ASTRID RUPPERT

LEUCHTENDE TAGE

ROMAN

dtv

Ausführliche Informationen über
unsere Autoren und Bücher
www.dtv.de

Von Astrid Ruppert
ist im dtv außerdem erschienen:
Obendrüber, da schneit es (25419)

Originalausgabe 2019
© 2019 dtv Verlagsgesellschaft mbH & Co. KG, München
Dieses Werk wurde vermittelt durch die Literarische Agentur
Thomas Schlück GmbH, Hannover
Umschlaggestaltung: www.bürosued.de unter Verwendung
eines Fotos von ullstein bild Deutschland/Kontributor
Satz: Uhl + Massopust, Aalen
Gesetzt aus der Rotation LT Pro, Gill Sans und der Cinzel
Druck und Bindung: CPI books GmbH, Leck
Gedruckt auf säurefreiem, chlorfrei gebleichtem Papier
Printed in Germany · ISBN 978-3-423-26226-2

Becoming who you are, can be
the hardest thing in the world.

Ellen DeGeneres

1906

Der Mond steht als feine Sichel am schwarzen Himmel und spendet nur wenig Licht. Doch ihre Augen haben sich während des Wartens schon an das Dunkel gewöhnt, und die Schatten ihres Zimmers sind ihr vertraut geworden. Sie hat lange wach gelegen und gewartet, bis alle Geräusche des Hauses verstummt und auch die letzten Schritte verhallt sind. Und dann hat sie noch einmal lange gewartet, bis sie sicher sein konnte, dass auch der letzte schlaflose Bewohner des Hauses den Weg in seinen eigenen Traum gefunden hat. Wie eine Ewigkeit ist es ihr erschienen. Und jetzt ist es plötzlich so weit.

Jetzt endlich. Mit einem Mal ist sie so hellwach, dass ihre Haut prickelt wie in eiskaltem Wasser. Ihr Herz schlägt schnell. Lautlos schlüpft sie aus dem warmen Bett, in dem sie bis eben in all ihren Kleidern gelegen hat, und steht fröstelnd in der Mitte ihres Zimmers. Sie greift nach dem Mantel, den sie auf dem Stuhl bereitgelegt hat. Der Stoff fühlt sich gut an. So vertraut. Sie zieht die Tasche, die sie im Laufe des Tages mit ihren Lieblingssachen heimlich gepackt hat, unter dem Bett hervor, stopft ihre Strümpfe in die Manteltasche und nimmt die Schuhe in die Hand, um ihr Zimmer, ihre Familie und ihr ganzes bisheriges Leben auf nackten Sohlen zu verlassen.

Sie kann kaum schlucken, so heftig klopft ihr Herz im Hals. Vorsichtig drückt sie die Klinke ihrer Zimmertür herunter und öffnet sie nur ein wenig, damit sie nicht quietscht. Als sie durch den Spalt schlüpft, raschelt der Stoff ihres Kleides und sie erstarrt. In der Stille des schlafenden Hauses klingt das viel zu laut. Hoffentlich wacht niemand auf. Sie wagt es nicht, sich noch einmal zu bewegen. War da ein Geräusch? Oben im Haus? Eine Tür? Wie gelähmt lauscht sie ins Dunkel des Treppenhauses. Wenn sie jetzt entdeckt wird, ist alles vorbei.

Es vergeht einige Zeit, bis sie sich traut, weiterzugehen. Leise eilt sie die Treppe hinunter, lässt die vierte, die siebte und die zwölfte Stufe der schweren Eichentreppe aus, weil sie knarren. Eins – zwei – drei – Schritt – fünf – sechs – Schritt – acht – neun – zehn – elf – Schritt. Die restlichen Stufen läuft sie schnell und ohne zu zählen und fährt zum Abschied zart mit den Fingerspitzen über die drei Kindergesichter, die ihr Vater in das Treppengeländer schnitzen ließ, seine drei Kinder, die beiden Söhne und die kleine Lisette. Wie sie es liebt, das Schnitzwerk unter ihren Fingern zu fühlen. Noch ein allerletztes Mal. Sie weiß genau, wenn sie jetzt weitergeht, kann sie nie mehr zurückkommen.

Auf Zehenspitzen schleicht sie durch die Halle. Weil der vordere Eingang nachts verschlossen ist, verlässt sie das Haus durch die Flügeltüren des Gartensalons, wo ihre Eltern jeden Sommer die langweiligsten Gesellschaften geben, mit den langweiligsten Gästen, die man sich nur vorstellen kann. Alle hier sind zufrieden mit ihren in Samt und Seide gepolsterten Leben und ihren in Samt und Seide geschnürten Leibern. Es nimmt Lisette die Luft, wenn sie nur daran denkt. Sie braucht so viel Luft. Manchmal denkt sie, sie braucht mehr Luft als andere.

Ohne sich noch einmal umzudrehen, zieht sie die Flügeltür leise hinter sich zu und steht auf der Terrasse. Es ist sehr still und der Garten versinkt vor ihr im Dunkel. Sie zittert ein wenig und weiß nicht, ob es die Kälte oder die Aufregung ist. Oder die Angst vor der Ungewissheit? Sie wird ein neues Leben haben. Ein Leben, in dem sie rennen darf und lachen, über Zäune klettern und Mauern, sich wild im Kreise drehen, bis ihr schwindelig wird, in Kleidern ohne Mieder, in einem nicht eingeschnürten Leben. Mit Emile.

Der Wind rauscht in den Pinien am Ende des Gartens und weht ihr Mut zu. Unter den Pinien wartet Emile. Bestimmt wartet er schon auf sie.

Beherzt nimmt sie die Tasche und eilt barfuß die Stufen hinunter. Schuhe und Strümpfe kann sie später immer noch anziehen, jetzt muss es schnell gehen. Sie läuft im Schutz der Hecken und Bäume am Rande des Gartens entlang, damit niemand sie entdeckt, der vielleicht schlaflos am Fenster steht. Jedes Rascheln im Gebüsch, jedes kullernde Steinchen lässt sie zusammenzucken. Wie laut ihr Herz schlägt. So laut, dass sie glaubt, man müsse es durch den ganzen Park hören können und noch weiter, über die Allee und die Wälder hinweg, bis hinein in die Stadt, wo Baron von Stetten vielleicht gerade jetzt davon träumt, dass sie ihm antwortet auf seinen Antrag. Ausgerechnet an ihrem Geburtstag hat er davon anfangen müssen, und sie hat sofort gewusst, dass die Zeit nun drängt.

Als sie bei den Pinien ankommt, ist Emile nicht da. Neben ihr fällt etwas hart zu Boden, und sie zuckt zusammen vor Schreck. Aber es ist nur ein Pinienzapfen, nichts als ein Pinienzapfen, der vor ihre Füße kullert. Sie hebt ihn auf und wickelt ihn sorgfältig in ihr Taschentuch, bevor sie ihn in die Tasche steckt.

Der harzige Duft der Pinien aus Italien, die ihr Vater hier am Sommerhaus pflanzen ließ, schenkt ihr Zuversicht. Irgendwann wird sie mit Emile nach Italien fahren und durch blühende Zitronenhaine laufen. Wie Zitronenblüten wohl duften? Sie stellt sich immer einen zarten Zitronenduft vor, aber vielleicht ist das ja falsch. Vielleicht duften die Blüten der Zitronen auch ganz anders.

1

2006

Wir waren Einzelgängerinnen. Zusammen ergaben wir kein Ganzes, was man Familie hätte nennen können. Vielleicht nannte ich uns deshalb so gerne die »Winterfrauen«. Das gab uns einen Zusammenhalt, eine Klammer, die wir sonst eigentlich nicht hatten. Andere Familien, das waren Nester, Geflechte, Gemeinschaften, das waren Mütter und Väter, Geschwister, Cousins, Onkel, Tanten und Großeltern, mit unterschiedlichsten Gemeinsamkeiten. Schmale Lippen oder spitze Nasen, ein musikalisches Talent, eine bestimmte Art zu lachen oder sich ans Ohrläppchen zu fassen. Meine Freundinnen aus großen Familien stöhnten, wenn sie ständig zu Familienfeiern eingeladen wurden und deshalb nicht zu den coolen Partys gehen konnten, weil die Tante Geburtstag hatte oder der Großcousin heiratete. Ich liebte ihre Geschichten von betrunkenen Onkeln, von Großmüttern, die zum hundertsten Mal die gleichen Anekdoten aus ihrer Jugend erzählten, und von Kindern, die unter den Tischen heimlich die Schnapsgläser leerten, wenn die Erwachsenen es schon nicht mehr mitbekamen. Ich beneidete sie um ihre Familien und wäre immer so viel lieber dorthin gegangen als zu den coolen Partys, bei denen ich mich meistens uncool fühlte.

Wir drei Winterfrauen, das waren ich, meine Mutter Paula, die immer unterwegs war oder davon träumte, unterwegs zu sein, und meine Großmutter Charlotte, die so gut wie nie unterwegs war. Sie wohnte auf dem Land, wo sie nach dem Krieg auf den Hof meines Opas eingeheiratet hatte. Meine Großmutter besuchte ich am liebsten alleine, weil meine Mutter und sie sich entweder stritten oder anschwiegen. Ich wusste dann nie, auf wessen Seite ich gehörte, und fühlte mich unwohl.

Meinen Großvater kannte ich genauso wenig wie meinen Vater, und die Männer, die sich bei meiner Mutter darum beworben hatten, zeitweise die Vaterrolle für mich zu übernehmen, interessierten mich nicht. Sie waren sowieso nie lange geblieben. Männer waren kein Thema bei uns. Von Yannick erzählte ich nur am Rande. Paula fand meine Freunde immer langweilig.

Meine Mutter nannte ich Paula. Sie wollte das so, weil sie nicht auf ihre Mutterrolle reduziert werden wollte. Vielleicht hatte ich deshalb nur bei meiner Oma dieses innige, besondere Gefühl. Weil es auf der ganzen Welt nur einen Menschen gab, der sie Oma nennen durfte, und das war ich. Paula erzählte ich selten etwas von Oma, und wenn ich es tat, dann hörte ich immer dieses »Tsssss«. Ein kräftiger, kurzer Luftstoß, zwischen Zunge und Gaumen hinausgezischt, manchmal herablassend, manchmal aufgebracht. Genauso schwierig war es, Oma etwas von Paula zu erzählen. Oma seufzte erst, dann schwieg sie. Ich hing irgendwo zwischen dem Tsssss und dem Schweigen und gewöhnte mir an, so gut wie gar nichts mehr zu erzählen.

Wir drei waren wie einzelne Glasperlen, die in einer kleinen Schachtel umeinanderkullerten, als ob sie zu ganz unterschiedlichen Ketten gehört hätten. Es schien, als wären wir nur zufällig zusammen in dieser Schachtel gelandet. Als wären wir nur zufällig miteinander verwandt.

Auch die Legende von meiner Urgroßmutter Lisette verband uns nicht. Es gab eine Fotografie von ihr, die meine Mutter irgendwann an ihre Pinnwand gehängt hatte. Auf dem Bild kniete meine Urgroßmutter in einem Beet zwischen Blumen und Gemüse, einige widerspenstige Haarsträhnen hatten sich aus ihrem Knoten gelöst, und sie versuchte sie lachend, mit erdigen Händen, aus ihrem Gesicht zu streichen. Ihr Lachen strahlte mir so unbeschwert entgegen. »1913« stand auf der Rückseite des Bildes. Als ich Oma fragte, wer es aufgenommen haben könnte, zuckte sie die Achseln. Da war sie ja noch nicht auf der Welt gewesen. Das konnte sie nicht wissen. Paula sagte, Lisette sei mutig gewesen: »Sie ist weggelaufen von zuhause. In dieser Zeit, das muss man sich mal vorstellen! So eine tolle Frau, und diese große Liebe, ach, diese ganz große Liebe!« Das ließ Paula und mich immer sehnsüchtig seufzen, und irgendwie schwärmte auch ich für Lisette, ohne sie gekannt zu haben. Als Baby hatte ich noch in ihrem Arm gelegen, und ich stellte mir manchmal vor, dass durch diese Berührung etwas von meiner Urgroßmutter an mich weitergegeben worden wäre. Etwas von diesem Leuchten, das in Paulas Erzählungen immer mit dem Namen Lisette verbunden war. Drei unterschiedliche Glasperlen in einer Schachtel. Konnte man zu dritt überhaupt eine richtige Familie sein?

Ich hatte immer das Gefühl, dass uns etwas fehlte. Dass es so wenig Geschichten gab und so viel Schweigen zwischen dem Zischen und Seufzen.

Durch Yannick und seine Freunde hatte ich eine Fotografenszene kennengelernt, von der ich vorher noch nie gehört hatte. Sie nannten sich Urban Explorer und suchten alte, verlassene Häuser, um den Verfall zu fotografieren. Lost Places waren ihr Ziel, Häuser, die aufgegeben worden waren, warum auch immer. Die Urban Explorer hielten sich stillschweigend an einen strengen Verhaltenscodex, kletterten nur in Häuser, die ihnen Zutritt gewährten, und veränderten nichts an dem, was sie vorfanden. Niemals würden sie ein Schloss oder ein Fenster gewaltsam aufbrechen. Sie waren auf der Suche nach Bildern, die zeigten, wie die Natur allmählich wieder das Kommando übernahm. Es war wirklich faszinierend, auf wie viele Arten Holz zerfallen konnte. Yannick, der montags bis freitags für hochwertige Designkataloge makellose Oberflächen fotografierte, sehnte sich geradezu nach Bildern von Pilzen, die aus abgeblätterten Tapeten wucherten, und nach den leuchtenden Farben unbekannter Schimmelkolonien. Vielleicht hatte ich mich genau deshalb in ihn verliebt. Auch wenn mich an den Häusern etwas anderes interessierte. Lost Places, verloren, vergessen und unbewohnt. Aber eine Seele hatten die Häuser trotzdem noch, auch wenn die Zeit und die Natur unerbittlich an ihnen nagten. Und diese Seele war es, die mich faszinierte.

Ich stahl mich mit den Fotografen in die Häuser hinein, um mir in den leeren Räumen Geschichten auszudenken von Familien, die hier gelebt haben könnten. Wer war über diese Treppe nach oben gerannt, bevor sie einbrach? Wer hatte an diesem Spülstein erst mit dem schmutzigen Geschirr und dann vielleicht mit dem ganzen Leben gehadert? Wer hatte aus diesem Fenster gesehen? An Fenster, hatte ich gelernt, sollte man in verlassenen Häusern nie zu nah herantreten. Dort fanden sich die meisten morschen Balken, die porösesten Wände, hier löste die Zeit alles auf, was einmal fest und solide gewesen war. Genau hier traf die Außenwelt auf die Innenwelt. Das waren die brüchigen Stellen, bei Häusern und bei Menschen.

Ich begleitete Yannick immer, wenn er loszog, um ein Haus zu erkunden, auch wenn ich ihm mit meiner Angst auf die Nerven ging. Ich war einfach keine Abenteurerin. Spannung und Nervenkitzel stressten mich ungemein. Sobald es im Fernsehen nur ein wenig spannend wurde, sobald jemand alleine durch leere Häuser ging, in denen Türen einen Spalt breit offen standen, musste ich aufstehen, um mir etwas zu trinken zu holen. All meine Albträume fanden in leeren Häusern statt, in denen nichts geschah, überhaupt nichts, trotzdem hatte ich große Angst, und wenn ich aus einem Albtraum erwachte, schlug mein Herz laut und schnell. Ich war also denkbar ungeeignet für diese Ausflüge in alte, leere

Häuser, in denen viele Türen spaltbreit aufstanden. Aber ich wollte immer mit und dachte mir Geschichten aus, die ich in Stichworten notierte. Ich hatte zu jedem Haus eine Datei mit Notizen auf meinem Laptop. Immer hoffte ich, dass ich etwas finden könnte, eine Botschaft, die das Haus mir erzählen würde. Eine Geschichte, die dort auf mich wartete. Nur für mich. Eine Geschichte, die ich erzählen musste.

Sie ist weggelaufen von zuhause. In dieser Zeit, das muss man sich mal vorstellen!

»Wo steht eigentlich das Haus, in dem deine Mutter gelebt hat?«, fragte ich meine Großmutter irgendwann. »Von wo ist Lisette denn weggelaufen?«

»Das war irgendwo im Taunus.«

»Ich dachte, sie hätte in Wiesbaden gelebt?«

»So genau weiß ich das nicht mehr«, antwortete Oma und schwieg auf diese Art, die ich gut kannte. Ich hatte keine Ahnung, ob sie sich tatsächlich nicht erinnerte oder ob sie sich nicht erinnern wollte. Als ich sie das nächste Mal besuchte, versuchte ich es wieder und dann wieder, ohne eine Antwort zu bekommen.

Irgendwann hatte ich Glück. Ich war zu ihr gefahren, um ihr zu helfen, ihre Blumenkästen zu bepflanzen. Eigentlich war ihr das alles schon viel zu anstrengend geworden, aber es gehörte für sie einfach dazu. Ich hatte zwei Steigen mit bunten Sommerblumen gekauft, weil ich mich in der Gärtnerei nicht entscheiden konnte. Erst war sie enttäuscht, dass ich keine Geranien gebracht hatte, wie immer. Aber während wir die Kästen bepflanzten, gefielen ihr die bunten Blumen doch.

»Das hätte meiner Mutter gefallen«, sagte sie, »kunterbunte Blumen, davon konnte sie nie genug haben.«

Vielleicht lag es an den bunten Blumen, denn später erzählte mir Oma tatsächlich von dem Haus im Taunus, in dem Lisette die Sommer ihrer Kindheit verbracht hatte. Aber sie hatte keine

Ahnung, ob es überhaupt noch existierte. Ich war hartnäckig, und bekam heraus, dass Lisette sie einmal dorthin mitgenommen hatte, um es ihr zu zeigen.

»Und wo im Taunus war das?«

Erst behauptete sie, sie wisse das nicht mehr, nach so vielen Jahren. Aber ich ließ nicht locker, und irgendwann beschrieb sie den Weg sogar erstaunlich gut, obwohl es so lange her war und sie nur ein einziges Mal dort gewesen war. Danach glaubte ich, genügend Anhaltspunkte zu haben, und begab mich auf die Suche nach dem alten Sommerhaus. Ich irrte bestimmt einen halben Tag umher in der Gegend, die meine Großmutter mir beschrieben hatte, aber ich fand es tatsächlich.

Einsam, verlassen und heruntergekommen stand das Haus an einem Waldweg, der so zugewuchert war, dass ich ihn als solchen überhaupt nicht erkannt hatte und mehrmals daran vorbeigefahren war. Das war das Haus, das ich immer gesucht hatte. Das Haus, von dem ich hoffte, dass es mir etwas erzählen würde. Ich näherte mich vorsichtig. Ein Sommerhaus, 1890 erbaut, sagte der Stein über der Tür, die sich Besuchern schon in vielen Farben geöffnet hatte, grün, braun, schwarz. Man konnte die unterschiedlichen Lackschichten noch erkennen. Abgeblätterter Putz, zugenagelte Fenster, Gestrüpp, das alles überwucherte. Ein Stück Dachrinne hing traurig herunter, Stürme hatten Ziegel abgedeckt. Glassplitter, Graffiti. Ich war offensichtlich nicht die Erste hier. Mit klopfendem Herzen ging ich ums Haus herum, traute mich aber alleine nicht, zu versuchen, in das Haus hineinzukommen. Schon hier draußen herumzulaufen weckte meine alte Bekannte, die Angst. Ich versuchte, sie zu ignorieren, war fasziniert, neugierig und ängstlich zugleich. Als eine Amsel aus dem Gebüsch aufflog, schrie ich laut auf. Ich hatte sie erschreckt. Und sie mich. Yannick würde jetzt genervt seufzen. Ich hatte ihm nichts von dem Haus erzählt, keine Ahnung, warum. Vielleicht wollte ich es einfach für mich behalten. Das war mein Haus. Es war ein Teil meiner Familie, über die ich so wenig wusste.

Hinter dem Haus, wo einmal ein Garten gewesen sein musste und nun wildes Dickicht wucherte, führte eine Treppe zu einer Terrasse, eine Freitreppe. Ich hatte noch nie jemandem davon erzählt, dass es immer mein Mädchentraum gewesen war, in einem Haus mit Freitreppe zu wohnen. Nicht von rosa Seide, goldenen Kronen und Glitzer überall hatte ich geträumt und auch nicht von Prinzen, sondern von einer Freitreppe, die man hinunterrennen konnte. Wahrscheinlich hatte ich das einmal in einem Film gesehen oder in einem Buch gelesen. Eine Freitreppe. Ob Lisette damals über diese Treppe weggelaufen ist?

Ich blickte zu dem Haus hinauf und stellte mir vor, dass die Treppe nicht kaputt wäre und nicht überwuchert von wildem Brombeergestrüpp. Wovon träumte dieses Haus in seinem Dornröschenschlaf? Und wenn man es aufweckte, was würde es mir erzählen? Über Lisette? Über die Winterfrauen? Über mich?

1888

Lisette kam mit einem ungewöhnlichen Schwung und ungewöhnlich schnell zur Welt, als drängte es sie, den engen Mutterleib zu verlassen und ihren ersten Atemzug am Abend des 15. Juni im Drei-Kaiser-Jahr zu tun. Während Wilhelm II. am Totenbett seines Vaters zum letzten deutschen Kaiser wurde, rutschte Lisette der Hebamme förmlich durch die Hände, füllte ihre hungrigen kleinen Lungenflügel, ohne dazu einen Klaps zu benötigen, und begann lauthals auf einem hohen c zu schreien. Sie schrie so laut, dass die Musiker im Salon der Wiesbadener Villa, in dem Lisettes Vater Otto Winter die

Inthronisierung des neuen Kaisers mit einer kleinen Gesellschaft beging, sich verwundert anschauten und kurz aus dem Takt kamen.

Otto Winter, der die Gäste ohne seine Frau unterhalten musste, war an diesem Abend ein wenig pikiert darüber, dass sein drittes Kind sich ausgerechnet diesen Tag ausgesucht hatte, um zur Welt zu kommen. Für seinen Geschmack machte sich das Kind damit zu wichtig, Kinder hatten sich nach den Bedürfnissen der Erwachsenen zu richten. Nicht umgekehrt. Aber dem dritten Kind war das anscheinend egal. Auch, dass man es noch nicht sah und trotzdem schon hörte. Und wie. Dabei sollte es eigentlich umgekehrt sein.

Dass Lisette grundsätzlich viele Regeln egal sein würden, ahnte zu diesem Zeitpunkt noch niemand, außer der Hebamme vielleicht, die eine derart energische Geburt selten erlebt hatte.

Als die Gesellschaft zu Ehren des neuen Kaisers am Abend immer noch keine Anstalten machte, sich aufzulösen, und der zum dritten Mal frischgebackene Vater sich nicht bequemte, nach Mutter und Kind zu schauen, betrat die Hebamme mit dem gewaschenen und in weißen Mull gehüllten Säugling den Salon und legte das Bündel in Otto Winters Arme.

»Alles dran an dem Kleinen?«, fragte dieser die Hebamme mit schon sektschwerer Zunge.

»Es ist eine Kleine«, sagte sie resolut. »Und an der Kleinen ist alles dran, was sie braucht.«

Die Nachricht, dass sein drittes Kind ein Mädchen war, zauberte ein Lächeln auf sein Gesicht. Mit zwei Knaben hatte er schließlich würdige Stammhalter und Erben als Nachfolger für sein Baugeschäft. Eine kleine Tochter, das war doch eine ganz famose Abwechslung! Er sah ein entzückendes gelocktes Geschöpf vor sich, das in einem hübschen Rüschenkleid vor ihm knickste und dem Papa einen herzigen Gute-Nacht-Kuss in den Bart drückte. Ein Mädchen!

»Die Frau Gemahlin ist sehr erschöpft, aber wohlauf«, erlaubte sich die Hebamme mit einem vorwurfsvollen Blick zu verkünden, als er sich nach wie vor nicht nach dem Befinden seiner Frau erkundigte. Sie nahm ihm das kleine Bündelchen aus dem Arm und verschwand wieder nach oben, wo Dora Winter nicht sehr erfolgreich versuchte, ihre Enttäuschung darüber zu verbergen, dass ihr Mann das Fest nicht einmal für fünf Minuten verließ, um sie in die Arme zu schließen, nach allem, was sie gerade durchgemacht hatte. Drei kleine Tränen brannten in ihren Augen und kullerten über ihr Gesicht, dann hatte sie sich wieder im Griff und fragte die Hebamme mit nur einem ganz kleinen, kaum hörbaren Zittern in der Stimme, ob sie denn den Eindruck habe, dass das Fest ein Erfolg sei? Als die Hebamme das bejahte, gelang es Dora, das Zittern zu unterdrücken und ihre Lippen zu einem Lächeln zu verziehen. So sollte es sein. Genau so.

Doch gerade als sie glaubte, das richtige, beinah zufriedene Lächeln gefunden zu haben, wurde sie erneut von einer großen Wehe ergriffen und riss die Augen auf, vor Schmerz und bangem Erstaunen. Ihr Körper verkrampfte sich noch einmal, um etwas aus ihrem Leib herauszupressen, womit selbst die Hebamme nicht mehr gerechnet hatte. Ein zweites Kind, ein Zwillingskind, von dem niemand etwas geahnt hatte, das aber schon eine Weile nicht mehr am Leben war, wie die Hebamme mit einem kurzen Blick auf das dunkle Knäuel bemerkte. Zusammen mit der Nachgeburt ließ sie es in einer Schüssel verschwinden, die sie rasch mit dem Fuß unters Bett schob, außerhalb der Sichtweite der Mutter, die so etwas nicht auch noch sehen musste.

In den folgenden Nächten beweinte Dora Winter heimlich

das tote Kindchen, als hätte sie es gekannt. Auch wenn ihm der Weg in die Welt schon in ihrem Schoß versagt geblieben war. Wenn sie die kleine Lisette in ihren Armen hielt, dieses rosige, hellwache, in Spitzentücher gehüllte Wesen, dann freute sich stets nur ein Teil von ihr, denn der andere Teil trauerte um das Kind, das sie tot geboren hatte.

1894

Otto Winter lehnte sich in seinem Korbsessel zurück und ließ den Blick zufrieden über den weitläufigen Garten seines Sommerhauses schweifen. Auf der halbrunden Terrasse hatte sich die Sonntagsgesellschaft um die üppig beladene Kaffeetafel versammelt. Die Kuchen waren verspeist, und die Gäste aus Wiesbaden wurden nicht müde, die herrliche Anlage zu loben, die der angesehene Gartenarchitekt Lannert geplant hatte. Für Otto Winter war das Beste gerade gut genug. Eine repräsentative Stadtvilla ganz in der Nähe des Kurparks in Wiesbaden war das eine, aber ein hübsches kleines Sommerhaus in den kühleren Taunushügeln für die sommerlichen Landpartien, das war etwas Feines. Das hatte nun wirklich nicht jeder.

Direkt am Haus war der Garten formal angelegt. Der viereckige Rosengarten wurde von weißen Kieswegen durchkreuzt, die sich in der Mitte zu einem Rondell trafen. Hinter dem Rosengarten dehnte sich eine Rasenfläche zu einem kleinen Park, der zum Ende des Grundstücks hin immer ursprünglicher wurde, getreu dem Vorbild englischer Landschaftsgärten. Eigentlich hatte ihm das nicht gefallen, dass sein Garten stellenweise aussah wie eine Wiese oder gar wie ein Wald. Aber der Architekt wusste, was en vogue war. Dadurch wirke der Garten endlos, als ob er in den Wald übergehe, hatte Lannert geschwärmt. Dieser Gedanke hatte Winter wiederum gut gefallen. Wenn es dadurch so aussah, als ob der ganze Wald ihm gehörte, dann sollte es ihm recht sein.

Winter war als Bauunternehmer in Wiesbaden in den letzten Jahren zu einem ansehnlichen Vermögen gekommen. Die Einwohnerzahl der Stadt hatte sich innerhalb von dreißig Jahren vervierfacht. Denn die Kurstadt florierte, nicht zuletzt durch die neuerdings regelmäßigen Besuche des Kaisers. Seitdem sprossen Hotels nur so aus dem Boden, um alle anreisenden Besucherscharen zu beherbergen. Die, die es sich leisten konnten, ließen sich Villen bauen, um sich in der Lieblingsstadt Kaiser Wilhelms niederzulassen. Geräumige Etagenwohnungen entstanden in den Stadthäusern entlang der Prachtstraßen. Es wurde gebaut, was das Zeug hielt, im Nizza des Nordens.

Otto Winter war einer der Ersten gewesen, die diesen Trend für sich nutzten. Als er innerhalb eines Monats gebeten wurde, sieben Villen zu bauen, und hörte, dass andere Baumeister ebenso viele Anfragen bekommen hatten, war er das Risiko eingegangen, so viele Handwerker fest zu beschäftigen, dass er alle Aufträge annehmen konnte. Als Erstes baute er auf billigem Bauland ein Haus mit Schlafsälen für die Handwerker, die er von überallher anwarb. Das Lachen seiner Konkurrenten über dies wahnwitzige Projekt verstummte schnell, als sie sahen, dass Winters Rechnung aufging. Er bebaute bald weitere Flächen mit kleinen, einfachen Wohnungen für die Familien seiner Arbeiter. In mehreren Wohltätigkeitsvereinen wurde er sogar dafür ausgezeichnet, weil er so vorbildlich für die Familien seiner Handwerker sorgte. Die Behausungen waren einfach, aber sie waren doch heller und geräumiger als die in den schmalen Gassen des sogenannten Katzelochs, wo die meisten Handwerker und Bediensteten der Kurstadt auf engstem Raum leben mussten.

Sein Baugeschäft hatte Otto Winter, der der Sohn eines Maurermeisters war, erst vor wenigen Jahren gegründet. Aber das Geld, das er bereits damit verdient hatte, verschaffte ihm und seiner Familie den Zugang in die bessere Gesellschaft Wiesbadens. Der neue Geldadel, dem die Winters nun voller Stolz angehörten, neigte dazu, kaiserlicher sein zu wollen als der Kaiser selbst. Dora Winter achtete peinlichst genau darauf, stets das Richtige zu tragen und das Richtige zu sagen, beim Richtigen zu kaufen, das Richtige aufzutischen, und am besten alles viel richtiger zu machen als die höhere Gesellschaft, der sie nun endlich angehörte. Sie schielte zu den Prinzessinnen und Gräfinnen, die in Wiesbaden kurten, und konnte manchmal ihr Glück kaum fassen, nun in Salons zu verkehren, in denen der Adel sich mit Offizieren und gesellschaftlichen Größen mischte. Beflissen imitierte sie den Stil, die Sprache und das Gebaren der feinen Gesellschaft und übernahm deren Meinungen, ohne nachzudenken. Dazugehören, dafür tat sie alles.

Zufrieden paffte Otto Winter mit seiner Pfeife perfekte Ringe in die Luft und schaute zu den Pinien am Ende des Gartens. Lannert hatte ihm versichert, dass er mit hohen Pinien am Sommerhaus ganz en vogue sei. Lannert, im Gegensatz zu ihm weit gereist, wusste über solche Dinge Bescheid.

»Dann können Sie sich immer vorstellen, dass gleich dahinten Italien anfängt und das Meer rauscht!«

Daraufhin hatte Winter sofort angewiesen, die Pinien zu pflanzen.

Lisette blickte zu ihrem Vater und seufzte schwer. Sie würde noch ewig sitzen bleiben müssen. Wenn ihr Vater so zufrieden zu den Pinien hinüberlächelte, konnte alles sehr lange dauern. Sie sah den Rauchringen nach, die über ihrem Vater davonschwebten und sich nach und nach zitternd auflösten. Wenn sie doch nur schon aufstehen könnte. Sie hatte schon einige Male zu ihrer Mutter geschaut, die jedes Mal so tat, als würde sie Lisettes Ungeduld nicht bemerken. Warum saßen alle so lange am Tisch? Und redeten und redeten. Ihre beiden großen Brüder taten auch schon ganz erwachsen. Wilhelm war doch nur fünf Jahre älter als sie. Von dem noch älteren Friedrich war sie das ja gewöhnt, aber dass jetzt auch noch Wilhelm damit anfing! Die Rauchringe aus Vaters Pfeife durften auch davoneilen, nur sie musste stillsitzen und sich langweilen. Sie zappelte in ihrem weißen Musselinkleid, das sie keinesfalls bekleckern durfte, unruhig auf ihrem Stuhl herum. Wann durfte sie endlich in den Garten laufen und spielen? Ihre Füße wippten auf und ab, und Mutter hatte ihr schon zwei mahnende Blicke zugeworfen. Hoffentlich hatte sie den Fleck noch nicht gesehen. Lisette wusste auch nicht, wie die Schokolade auf ihr Kleid gekommen war. Wie gelang das bloß ihren Brüdern, dass ihre weißen Matrosenblusen immer sauber waren?

»Und hinter den Pinien liegt Italien.« Das sagte der Vater jedes Mal, wenn sie hier saßen. »Ich höre das Meer rauschen. Hört ihr es auch? Seid mal leise ...« Er legte eine Hand an sein Ohr und nickte. »Also, ich höre es gut.«

Lisette versuchte, das Rauschen auch zu hören. Manchmal gelang es ihr, manchmal auch nicht. Vor Anstrengung legte sich die Stirn unter ihren dunklen Locken in kleine Falten. Aber ja, da war es doch. Jetzt hörte sie es. Es rauschte ganz deutlich, und sie lächelte triumphierend. Genau so hatte Papa es ihr beschrieben. Ein Rauschen von einem großen Wasser, so groß, dass man nicht sehen konnte, wo es aufhörte. In

Mamas Salon in Wiesbaden hing ein Bild, auf dem man das Meer sehen konnte. Lisette liebte es. Ein Bild voller Himmel und Meer und wunderschönen Blumen. Sie wäre am liebsten hineingerannt in das schöne Blau. Und hinter dem Strand waren die Gärten, in denen die Zitronen blühten. Denn das wusste Lisette, dass Italien das Land war, in dem die Zitronen blühten. Kennst du es wohl? Das hatte Fräulein Heinlein mit ihr auswendig gelernt. Herr von Goethe hatte es gedichtet, und die Worte darin waren so wunderschön. So gerne wollte Lisette dieses Land kennenlernen, in dem die Zitronen blühten und diese herrlichen Goldorangen im dunklen Laub glühten.

Als eine wunderschöne Sängerin letztes Jahr bei einer der Gesellschaften ihrer Eltern das Lied der Mignon gesungen hatte, hatte Lisette in der Mitte ihres Körpers einen ziehenden Schmerz gefühlt und weinen müssen. Es war wie Bauchweh von zu viel Torte und doch ganz anders. Es war ein schönes Bauchweh gewesen. Sie verstand nicht, warum hinterher jemand sagte, dass Schubert eben doch kein wahres Genie sei, aber das Lied wäre nett vorgetragen worden. Es war das schönste Lied, was sie je gehört hatte. Und wenn so Italien war, dann wollte sie genau dahin. *Dahin, dahin ...* Und dieses wundersame Land lag hinter ihrem Garten und sie konnte sogar das Meer rauschen hören, aber nie gingen sie dahin! Immer wenn sie ihren Vater fragte, wann es den endlich so weit wäre, dann lächelte er und sagte, bald. Bestimmt ganz bald. Alle lächelten dann und schauten zu den Pinien. Wie auch jetzt.

»Ich höre es!«, rief sie. »Ich höre es ganz genau!« Friedrich lachte sogar, als sie das rief, und sie sah ihn verwundert an. Warum lachte er? Doch dann verstand sie: Wahrscheinlich würde es heute endlich so weit sein. Heute würden sie den

Ausflug dorthin machen. Deshalb war der Besuch heute zum Kaffee gekommen und deshalb lachte Friedrich. Wahrscheinlich wollte die Familie sie, die Jüngste, überraschen.

Sie sprang auf und lief zur Treppe, die von der Terrasse in den Garten führte. Das brachte ihr umgehend eine Ermahnung ihrer Mutter ein.

»Lisette, man entfernt sich nicht unentschuldigt vom Tisch.«

Lisette hörte es kaum, sie wollte jetzt endlich los!

»Können wir bitte, bitte zum Meer gehen? Ich möchte es doch so gerne sehen, bitte!«

Ihr Fuß stampfte auf, obwohl sie versuchte, ihn festzuhalten, und sie wusste im gleichen Moment, dass Mama das gar nicht gefallen würde. Sie versuchte, besonders still zu stehen, denn sie wusste ja, wie wichtig es war, dass ein Mädchen sich beherrschte. Vor allem jetzt, wo der Ausflug zum Meer so kurz bevorstand, musste sie besonders ruhig stehen. Aber in ihr war alles so unruhig. Es war so schwer, diese Unruhe zu unterdrücken.

»Contenance, Lisette!«

Aber Mama klang belustigt und gar nicht so streng wie sonst, und als sie sich verwundert umdrehte, lächelten alle. Mama, Papa, die Gäste aus Wiesbaden und auch ihre Brüder. Sie alle lächelten immer breiter, und Friedrich bekam sogar einen roten Kopf und war kurz davor, loszuprusten.

Warum lachten jetzt alle? Lisette schaute an sich herunter, ob etwas mit ihrem Kleid nicht in Ordnung war, fand aber nichts, außer dem kleinen Fleck. Und den schien Mama gar nicht zu bemerken.

»Das ist nicht lustig!«, brach es aus ihr heraus, und ihr Fuß stampfte schon wieder auf. »Warum gehen wir denn nicht gleich zum Meer?«

»Weil es hier überhaupt kein Meer gibt, du kleines Rumpelstilzchen!« Friedrich schüttete sich schier aus vor Lachen, und jetzt prustete auch Wilhelm los.

»Papa, du musst ihnen noch einmal sagen, dass Italien hinter den Pinien ist, und das Meer auch!«, rief Lisette.

Aber ihr Vater grinste genau wie alle anderen und gab ihr keine Antwort. Friedrich schaute seine kleine Schwester amüsiert an: »Das wird er dir ganz bestimmt nicht sagen, weil es da überhaupt kein Meer und kein Italien gibt. Das ist der Taunus, Lieschen. Und dahinter liegt Wiesbaden.«

»Das ist nicht wahr!«, rief Lisette, und ihre Beine machten einfach, was sie wollten, und hörten gar nicht auf zu treten und zu stampfen.

Jetzt schüttelte sich auch Papa vor Lachen, dass sogar die blankpolierten Goldknöpfe seiner Weste auf und ab tanzten. Mama tupfte sich mit ihrem Spitzentaschentuch die Tränen aus dem Augenwinkel, nur sie selbst wusste nicht, worüber sich alle so herrlich amüsierten, und spürte die Wut wie eine Säule in sich aufsteigen. Wilhelm streckte den Arm nach ihr aus.

»Komm mal her, Kleine. Friedrich hat recht, bis nach Italien und zum Meer ist es sehr weit, da kann man nicht eben mal hinfahren. Die Reise würde Tage dauern.«

Lisette, die sich schon in Wilhelms Arme werfen wollte, blieb wie angewurzelt stehen. Dann fuhr sie herum und sah ihren Vater an, sah ihn lachen, sah, wie die ganze Gesellschaft über sie lachte. Sie lachten über sie! Weil Papa sie angelogen hatte. Dabei durfte man doch gar nicht lügen. Alle hatten es die ganze Zeit gewusst und sich über *sie* lustig gemacht. Die Wut entwich mit dem ersten empörten »Aber ...« aus ihrem Mund, und ihre Beine, die eben noch so kräftig gestampft hatten, fühlten sich plötzlich weich und zittrig an. Heiße Scham begann in ihr zu glühen. Als ihr Tränen in die Augen schossen, stürmte sie einfach davon, die Stufen hinab in den Garten und an den Rosenbeeten vorbei über den Rasen. Sie sah nicht genau, wohin sie rannte, weil die Tränen alles verschwimmen ließen, und natürlich stolperte sie, schürfte sich das Knie auf, und ihr schönes weißes Kleid war jetzt auch noch voller Grasflecken. Sie rappelte sich wieder auf und rannte und rannte. Immer weiter in den Garten hinein, bis sie die Rufe ihrer Familie nicht mehr hören konnte. Sie wollte nur noch weg von ihnen. Sie waren so gemein. Papa, ihre Brüder, ihre Mama, aber am allermeisten Papa.

Zur Strafe für dieses unbeherrschte Verhalten musste Lisette drei Tage in ihrem Zimmer bleiben und darüber nachdenken, was Gehorsam und Demut und Contenance bedeuteten.

»Wie willst du jemals eine junge Dame werden und einen netten Ehemann bekommen, wenn du dich so benimmst?« Lisette verstand den Zusammenhang nicht. Sie wusste, dass sie irgendwie anders sein sollte, und sie wollte es ja auch gerne versuchen, aber es war so schwer, es gelang ihr einfach nicht. Die Gefühle in ihr waren oft so groß, viel größer als sie, und platzten einfach so aus ihr heraus. Ausgelacht zu werden, wenn man vom Meer träumt! Und dann nicht weglaufen zu dürfen, wenn man es doch nicht mehr aushielt, dass alle lachten. Als gäbe es all das nicht, was in ihr war. Nicht die Sehnsucht, nicht die Enttäuschung, nicht die Scham.

»Sie muss lernen, sich zusammenzureißen.« Der Satz tönte in ihrem Kopf nach, während sie später alleine ihre Abendsuppe auf dem Zimmer löffelte. Wenn Mama und Papa nur wüssten, wie sehr sie sich doch schon zusammenriss, jeden Tag, jede Stunde.

> »Beim Gehen befleißige man sich eines gemessenen, harmonischen Schreitens und hüte sich vor dem Laufschritt, er steht besonders Damen schlecht ... Der Gang der Damen sei anmutig und leicht ... Jeder bewege sich ruhig und gelassen vorwärts.«
>
> *Der Gute Ton, 1895*

1895

Das dunkelblaue Paletot ihrer Mutter mit dem Samtbesatz und den schwarzen Posamenten, die so herrlich glänzten, war das schönste Kostüm im ganzen Kurpark, fand Lisette. Sie lief neben ihrer Mutter her und versuchte, kleine, langsame Schritte zu machen, weil es sich ja nicht gehörte, schnell zu laufen. Das machten nur die Menschen, die viel zu besorgen hatten. Mutter hatte ihr erklärt, dass sie zum Glück zu den Menschen gehörten, die das nicht mussten, weil sie Personal hatten, das alles für sie besorgte. Allzu langsam zu laufen gehörte sich allerdings auch nicht, weil das auf einen zu verträumten Charakter schließen ließ. Es war alles nicht so einfach.

Mama sah so elegant aus mit ihrem schwarzen Hut, der perfekt zu ihrem Ausgehkostüm passte. Es kam nicht oft vor, dass sie zusammen in die Stadt gingen zum Einkaufen, weil sie schließlich Dienstboten hatten. Aber gelegentlich gab es etwas, das auch eine Dame wie ihre Mutter selbst erledigen musste.

Lisette freute sich, dass sie mitkommen durfte ins Kaufhaus Bormass, wo sie Spitze für Weißwäsche aussuchen wollten.

»Du darfst mitkommen, wenn du brav bist«, hatte Mutter gesagt, und Lisette wollte unbedingt brav sein und versuchte, nicht zu hopsen.

Im Kaufhaus roch es elegant. Die Luft schwirrte von den Parfums der feinen Damen, die hier einkauften, und dem Lächeln der Angestellten, die sich höflich verbeugten, wenn sie an ihnen vorbeigingen. Ihre Mutter trat an einen der Verkaufstische, dessen poliertes Holz wie Honig glänzte. Obwohl Lisette hier nichts anfassen durfte, strich sie verstohlen darüber. Ihre Mutter ließ sich die Spitze zeigen und betrachtete mit hochgezogenen Augenbrauen die Ware, die die Verkäuferin hinter ihrer Theke in kleinen Schachteln hervorholte. Sie öffnete eine nach der anderen, und ihre Mutter lugte hinein, seufzte mal hier, wiegte das Haupt, schüttelte verneinend den Kopf, manchmal so heftig, dass die Blumen ihres Hutes auf und ab wippten. Doch dann blieb ihr Blick an einer Spitze hängen und sie deutete entschieden darauf: »Diese hier gefällt mir ausgesprochen gut.«

»Normannische Spitze, eine sehr gute Wahl«, lobte die Verkäuferin und legte das Spitzenband auf die Theke. »Ganz neu eingetroffen. Beste Qualität.«

Lisette stellte sich auf die Zehenspitzen, um besser sehen zu können, und sah eine zarte, wunderfeine Spitze.

»Die ist ja so schön wie die Spinnweben, die morgens zwischen den Büschen im Garten sind«, rief sie und blinzelte, während sie sich die Spitze in den Büschen vorstellte, wie hunderte feiner Tautröpfchen in ihr glitzerten. Die Verkäuferin und ihre Mutter sahen sie entgeistert an.

»Du sollst nicht ungefragt sprechen«, sagte ihre Mutter später, nachdem sie sie ärgerlich von der Abteilung weggezogen hatte. »Es war sehr unschön von dir, das Fräulein zu beleidigen. Ich kann froh sein, dass sie mir die Spitze überhaupt noch verkauft hat. Dich kann man wirklich nirgendwohin mitnehmen!«

Dann sprach sie den ganzen Rest des Tages nicht mehr mit

ihr. Obwohl Lisette ihr noch die schönste rote Dahlie pflückte, die sie im ganzen Garten gefunden hatte, obwohl sie ihr Puppenhaus aufgeräumt hatte, ohne dass sie dazu ermahnt werden musste, und obwohl sie immer noch nicht verstand, was sie falsch gemacht hatte. Nur dass sie etwas falsch gemacht hatte, das war offensichtlich.

Abends im Bett unterhielt sie sich mit ihrer Puppe Josephine, die niemals aufhörte, mit ihr zu sprechen, und fragte sie flüsternd: »Was ist die feinste Spitze auf der Welt?«

»Natürlich ist nichts feiner und edler als Spinnwebspitze«, antwortete Josephine.

»Genau das denke ich doch auch«, flüsterte Lisette in das Dunkel ihres Zimmers und war froh, dass Josephine der gleichen Meinung war wie sie.

1896

Achtzehn Hörnchen lagen in der Silberschale auf dem Frühstückstisch. Wilhelm und Friedrich futterten ein Butterhörnchen nach dem anderen, während sie sich quer über den Frühstückstisch lateinische Vokabeln zuriefen. »*Victor*«, rief Friedrich, es zischte an ihrem Ohr vorbei wie ein spitzer Pfeil. »Sieger«, gab Wilhelm zurück. Plötzlich waren nur noch acht Hörnchen in der Schale, und Lisette hatte noch immer ihr erstes auf dem Teller liegen. Sie musste sich beeilen, wenn sie noch eines abbekommen wollte.

Ihre Mutter bestrich schweigend ihr Hörnchen mit Thereses Himbeermarmelade. Auf die silbernen Frühstücksmesser war Mutter sehr stolz, und sie wurde nicht müde zu betonen, dass Lisette sich glücklich schätzen könne, in einem Haushalt aufzuwachsen, in dem man Frühstücksmesserchen sein Eigen nennen konnte. Das war gewiss etwas sehr Schönes, aber die leuchtend rote, duftende Marmelade, die man mit den Messern auf den Hörnchen verteilte, fand Lisette wesentlich schöner. Ihr Vater, der am Tischende saß, las wie immer die Zeitung, und alles, was man von ihm hörte, war das Rascheln der Seiten, wenn er umblätterte. Alle waren mit irgendetwas beschäftigt, und keiner beachtete sie.

Lisette kniff die Augen zusammen, um besser lesen zu können, was auf der Zeitung stand, die ihr Vater hielt. Der Kaiser ritt in seiner Uniform die Wilhelmstraße entlang, wo es von lachenden und winkenden Kindern nur so wimmelte, Mädchen in weißen Sonntagskleidern, die Blumensträußchen schwenkten, um den Kaiser zu grüßen. Wenn sie auch in eine Schule ginge, könnte sie ebenfalls lateinische Wörter über den Tisch fliegen lassen und dem Kaiser winken.

»Ich weiß nicht, warum ich auch noch Griechisch lernen soll«, schimpfte Wilhelm jetzt und sprang auf, als Friedrich sich erhob.

»Das Lateinische ist doch schon schlimm genug, und was hat der Gallische Krieg mit Vaters Baugeschäft zu tun? Warum müssen wir uns mit Cäsar plagen?«, beschwerte sich Wilhelm.

»Wenn man weiß, wie Cäsar Kriege gewinnt, kann man überall ein *victor* sein und siegen«, erwiderte Friedrich und nickte seinen Eltern zu. »Auf Wiedersehen, Mama, Papa.«

»Vater musste auch kein Latein lernen und hat es zu etwas gebracht«, murmelte Wilhelm, während er seinem Bruder folgte.

»Das Geschäft geht neuen Zeiten entgegen«, erwiderte Otto Winter und ließ die Zeitung sinken. »Deshalb lernt ihr all das, was man zu meiner Zeit noch nicht gelernt hat. Man muss mithalten. Und nicht nur das, man muss vorausgehen!«

Er sah seinen beiden Söhnen nach.

»Werden wir!«, riefen sie und verschwanden, ohne Lisette zu beachten. Sie sah ihnen nach, wie sie zusammen das Esszimmer verließen. Zusammen gingen sie zur Schule, zusammen lernten sie Vokabeln, zusammen würden sie das Baugeschäft ihres Vaters weiterführen und zusammen ließen sie sie alleine hier sitzen.

»Endlich Ruhe«, seufzte ihre Mutter. »Das Lateinische kann einem ja am frühen Morgen den besten Appetit verderben. Noch etwas Kaffee?«

Ihre Mutter nahm die silberne Kanne, um Kaffee nachzuschenken, auch wenn ihr Vater als Antwort nur brummte. Er brummte oft, aber sie hatten alle gelernt, seine vielen Arten des Brummens zu deuten. Dieses Brummen verstand Lisette auch, es hieß: Ja, ich nehme noch eine halbe Tasse.

Ihr Vater faltete die Zeitung zusammen, warf einen Blick auf die Wanduhr, deren goldene Zeiger ihm sagten, dass es auch für ihn an der Zeit war zu gehen, und leerte seine Tasse mit wenigen großen Schlucken.

»Die Söhne werden die besten Chancen haben«, sagte er. »Wenn Friedrich erst Architekt ist und Wilhelm das Baugeschäft gelernt hat, dann wollen wir mal sehen, was aus Winter und Söhnen werden wird. Es gefällt mir nicht, dass die ganzen jungen Architekten von den Universitäten kommen und Aufträge absahnen, die bisher direkt an die Bauunternehmer gingen. Wir müssen die Architekten einstellen, nicht die Architekten uns! Es wird jetzt wirklich Zeit, dass Friedrich studiert. Dann wird auch ein Winter einmal Theater und Schulen bauen und nicht immer nur dieser Genzmer, der uns hier nur die Villen überlässt.«

»Aber deine Villen sind wunderbar!«, fiel ihre Mutter ihm ins Wort. »Es sind die schönsten in Wiesbaden und sehr gefragt! Das Geschäft wird immer florieren«, sagte sie und tupfte sich den Mund mit der zarten Damastserviette ab, die neben ihrem Teller lag. »Doch es wird den Jungen nicht leichtfallen, dir das Wasser zu reichen.«

Vater lächelte zufrieden, als sie das sagte, schob den schweren Eichenstuhl zurück und erhob sich wie von einem Thron.

»Was wird eigentlich aus mir?«, fragte Lisette »Wenn ich auch in Vaters Geschäft mitarbeite, könnte es *Winter und Söhne und Tochter* heißen.«

Ihr Vater schaute Lisette schmunzelnd an. »Hast du denn schon einmal so ein Schild gesehen?«, fragte er.

Sie überlegte einen Moment und schüttelte dann die braunen Locken: »Nein.«

»Und weißt du auch, warum du noch nie so ein Schild gesehen hast?«

Wieder schüttelte sie den Kopf und sah ihren Vater erwartungsvoll mit ihren großen grünen Augen an: »Nein, warum?«

»Weil es das nicht gibt und nie geben wird. Töchter steigen nicht in die Geschäfte ihrer Väter ein. Das zarte Geschlecht soll sich nicht die hübsche Stirn kräuseln müssen wegen Geschäften. Die sind Männersache.«

»Die Unterschiede zwischen dem zarten und dem starken Geschlecht sind auf heilige Naturgesetze gegründet, man darf sie nicht außer Acht lassen«, ergänzte ihre Mutter lächelnd: »Frauen haben andere ehrenvolle Aufgaben.«

Lisette war noch nicht überzeugt, vor allem, weil ihr gerade keine richtige Aufgabe einfiel, bei der sie ihre Mutter je beobachtet hätte.

»Welche denn?«

»Unsere Aufgabe ist es, dem Mann ein schönes Heim zu schaffen, damit er von dort aus in Ruhe seiner Berufung folgen kann«, antwortete ihre Mutter.

»Das weibliche Geschlecht ist anders beschaffen, es kennt zum Glück keine Berufung«, sagte ihr Vater und lächelte ihrer Mutter zu, die bestätigend nickte.
»Wir haben die edle Aufgabe ...«
»Und wenn ich aber doch auch will, dass ...«
»Kinder, die was wollen«, unterbrach ihr Vater sie sofort und streng, weil sie dieses Wort sagte, das nicht sein durfte ... kriegen eins auf die Bollen. So ging der Satz weiter, aber ihr Vater brauchte ihn gar nicht zu vollenden, sie kannte ihn gut genug. Auch das Lächeln, das eben noch in Mutters Mundwinkeln gesessen hatte, verschwand. »Dieses Wort wünsche ich aus deinem Munde nicht zu hören.«

Es war entsetzlich schwer, dieses Wort nicht zu sagen, weil es doch immer etwas zu wollen gab. Sie schaute nach unten auf ihren Teller und begann mit gerunzelter Stirn, die Krümel zu einer Linie zusammenzuschieben. Es gelang ihr einfach nicht, dieses Wort nicht zu benutzen. Während sie die Krümel zu einer Wellenlinie schob, die sich über ihren Teller schlängelte, überlegte sie, wie sie es schaffen könnte, nie mehr »ich will« zu sagen. Vielleicht könnte sie das »ich will« verkleiden, wie an Fasching. Dieses Jahr war sie als Japanerin kostümiert gewesen, mit einem geblümten Kimono und einem bunten Papierschirm, hinter dem sie sich versteckt hatte. Vielleicht gelang es ihr, ein Kostüm zu finden, hinter dem sich das Wollen verstecken könnte?

»Ich wünschte, ich könnte auch noch eine andere Aufgabe haben«, sagte sie und schaute von ihrem Teller auf, um zu sehen, ob dieser Satz ihren Eltern besser gefiel? Ob Wünschen besser war als Wollen?

»Erkläre unserem kleinen Lockenkopf mal, dass diese krausen Gedanken in ihrem Köpfchen nichts zu suchen haben. Ich muss los.«

Wünschen schien also auch falsch zu sein, Lisette begann zu ahnen, dass es darum ging, gar nichts zu wollen und auch nichts zu wünschen. Sie würde kein liebes Mädchen sein, solange ihr das nicht gelang. Es gab so vieles, was sie noch lernen musste, um ein liebes Mädchen zu werden, so wie Magdalena Buchinger von nebenan. Es war wirklich schwierig.

»Wartet nicht mit dem Essen am Mittag, Kommerzienrat Brenner bat mich ins ›Vier Jahreszeiten‹, er will wohl über eine neue Villa sprechen. Das mache ich natürlich gerne!« Damit verließ ihr Vater das Speisezimmer, und Lisette blieb alleine mit ihrer Mutter am Frühstückstisch zurück.

Kommerzienrat Brenner durfte also wollen. Vielleicht war es ein Wort für Jungen und Männer, so wie auch Berufungen nur für Jungen und Männer waren? Stirnrunzelnd schob Lisette nun die Krümel auf ihrem Teller zu einem Stern zusammen, der ihr aus der Tellermitte Mut zufunkelte. Sie musste richtig nachdenken, wie sie es sagen könnte, ohne dass es nach Wollen klang.

Ich will auch aufs Gymnasium gehen und lateinische Vokabeln über den Tisch fliegen lassen, dachte sie und betrachtete den Stern auf ihrem Teller. Es ist bestimmt viel schöner, in eine Schule zu gehen, als immer mit Fräulein Heinlein zuhause zu lernen, flüsterte sie dem Stern zu.

Als sie aufsah, begegnete sie dem Blick ihrer Mutter, die sie mit sorgenvoller Miene beobachete. Lisette senkte den Blick wieder auf ihren Teller, sie wollte nicht, dass ihre Mutter sie so anschaute.

»Die anderen Schulkinder sehen immer so lustig aus«, sagte sie.

»Es ist aber nicht lustig in der Schule«, erwiderte ihre Mutter.

Da irrte sich Mama. Lisette griff nach der Zeitung, die ihr

Vater auf dem Tisch hatte liegen lassen, und deutete auf das Bild des Kaisers bei seinem morgendlichen Ausritt. »Die Kinder lachen *alle*. Weil sie zur Schule gehen und weil sie dem Kaiser winken dürfen.«

Sie tippte auf jedes einzelne lachende Gesicht. Lustig, lustig, lustig. Sehnsüchtig schaute Lisette auf das Foto. Gruppen von Mädchen standen winkend und lachend am Straßenrand.

»Morgen früh soll Fräulein Heinlein einen Spaziergang mit dir machen. Das ist schön von dir, dass du unserem lieben Kaiser winken möchtest«, sagte ihre Mutter.

Natürlich wollte Lisette auch dem lieben Kaiser winken. Aber mit Fräulein Heinlein würde es viel weniger lustig sein als Hand in Hand mit einer Klasse von Schulkindern, die zusammen lachten.

Lisette nahm sich eines der duftenden Hörnchen, die ihre Brüder übrig gelassen hatten, und als sie hineinbiss, fiel ihr etwas ein: »Therese ist eine Frau und hat trotzdem eine Berufung. Sie backt Hörnchen und kocht für uns. Sie hat doch auch eine richtige Aufgabe, wie Papa.«

»Das ist keine Berufung. Therese hat keine andere Wahl, und du kannst froh und dankbar sein, dass du niemals zu den Mädchen und Frauen gehören musst, die solche Aufgaben zu erfüllen haben.«

»Aber warum ist das keine Berufung?«, fragte Lisette.

»Stell nicht so viele Fragen, das gehört sich nicht.«

Damit nahm ihre Mutter das Glöckchen, mit dem sie immer nach Anni klingelte, und erhob sich. Das Frühstück war beendet.

Entsetzliche Verwirrung moderner Unternehmungssucht! ... ein leiser Schauer durchrieselte uns, als wir vor einiger Zeit erfuhren, man beabsichtige, Gymnasien für Mädchen zu gründen, und dieser Plan sei sogar im Kopf einer Dame entstanden! ... man hat sich ja an vieles gewöhnt, aber weibliche Gymnasien sind denn doch zu stark!

Deutsches Damenjournal, 1889

Dora Winter ließ sich in ihrem Zimmer auf den Sessel vor ihrem Frisiertisch fallen und löste den lockeren Knoten, mit dem sie ihr Haar fürs Frühstück hinten im Nacken zusammengesteckt hatte, um sich ihrer Tagesfrisur zu widmen, die erheblich aufwendiger war. Sie bürstete ihr Haar mit der feinen Schildplattbürste, die auf dem Tisch vor ihr lag. In sanften braunen Wellen fiel es ihr lang über die Schultern und lockte sich in den Spitzen.

Wenn Lisettes Haar doch auch so sanft fiele. Aber nein, ihre Tochter hatte störrische Locken auf einem störrischen Kopf. Dabei hatte sie es doch so gut. Wie kam dieses Kind nur darauf, in eine Schule gehen zu wollen, wo sie mit Hinz und Kunz zusammen in der Bank sitzen müsste? Sie hatte es doch nicht nötig, etwas zu lernen, wie die armen Mädchen, denen es nicht so gut ging wie ihnen. Wie kam dieses Kind nur immer auf diese Ideen? Und sie hatte beim Frühstück wieder geflüstert. Das musste ihr dringend abgewöhnt werden. Das Kind hatte manchmal Neigungen, die Dora Angst machten.

Es war noch nicht lange her, da hatte sie gehört, wie Lisette sich mit ihrer Puppe unterhielt. Erst hatte sie sich nichts dabei gedacht, denn es war ja normal, dass kleine Puppenmütter mit ihren Puppenkindern redeten und sie erzogen, um zu üben, wie es sein würde, wenn sie später selbst Mütter werden würden. Aber dann war sie einen Moment stehen geblieben und hatte gelauscht, wie Lisette mit ihrer Puppe redete. Wie mit einer gleichaltrigen Freundin hatte sie gesprochen, ihr Fragen gestellt und dann konzentriert zugehört, als ob sie von der Puppe tatsächlich eine Antwort bekäme. Eigentlich hatte sie sich vorgenommen, umgehend mit Otto darüber zu reden. Aber dann war ihr eingefallen, dass Otto wahrscheinlich gar nicht wusste, wie Mädchen mit Puppen spielten, und dass sie es ja viel besser wissen müsste. Nein, es war nicht normal.

Vielleicht müsste man einen Arzt aufsuchen und das Kind einmal untersuchen lassen? Vielleicht bräuchte Lisette eine Medizin für die Nerven? Nicht, dass das Kind immer sonderbarer wurde. Andererseits war es auch riskant, einen Arzt aufzusuchen. So etwas blieb nie lange verborgen. Irgendjemand würde sie sicher sehen und anfangen, darüber zu sprechen. Und irgendwann wüsste es halb Wiesbaden. Was das für die Zukunft ihrer Tochter bedeuten würde, mochte sich Dora gar nicht ausmalen. Nein, am besten, man wartete ab. Vielleicht verwuchs es sich ja noch.

Die Erziehung ihrer Söhne war lange nicht so schwierig. Vielleicht wäre Lisette anders geworden, wenn ihr kleines Geschwisterchen damals auch gelebt hätte? Dieses traurige, dunkle kleine Etwas, das sie in der Schüssel hatte liegen sehen, bevor die Hebamme sie unter das Bett geschoben hatte. So gerne würde sie das Bild vergessen, weil es ihr über all die Jahre wie eine wiederkehrende Schuldzuweisung erschien. Sie hatte versagt. In ihrer dritten Schwangerschaft hatte sie versagt. Dora Winter, die keine einzige Fehlgeburt gehabt hatte, der kein Kind im Kindbett gestorben war, hatte, ohne dass irgendjemand es auch nur ahnte, ein Engelchen in den Himmel geschickt. Noch nicht einmal ihr Mann Otto wusste davon. Nur die Hebamme war Zeugin diesen beschämenden Versagens gewesen. Sosehr sie sich auch anstrengte, da saß des Makels Kern tief verwurzelt in ihrer Erinnerung. Neun Jahre war es nun schon her, aber vergessen hatte sie es nie, und es kam vor, dass sie weinen musste, wenn sie alleine war, ohne recht zu wissen, warum. Sie hatte das Kind doch gar nicht gekannt, sie hatte ja noch nicht einmal von ihm gewusst. Und in dem Moment, in dem sie von ihm erfahren hatte, da hatte sie es schon verloren.

Vielleicht wäre dieses Kind einfacher gewesen als Lisette? Sie stellte sich vor, wie liebreizend das andere Mädchen gewesen wäre. Vielleicht wäre es blond gewesen, und sie hätte ihm jeden Abend das Haar kämmen können, das in blonden weichen, sanften Wellen über seine Schultern gefallen wäre.

Aber dieses Kind war nicht mehr da. Das sanfte Mädchen, das ihr vertraut und lieb gewesen wäre, gab es nicht. Sie spürte, wie es ihr in der Kehle plötzlich eng wurde und ihr Tränen in die Augen stiegen.

Lisette lief einfach den Düften nach und ließ sich von ihnen direkt in die Küche führen, wo wohlige Wärme sie umfing. Therese stand mit gerötetem Gesicht am Ofen und rührte in einem Topf. Es roch nach herzhafter Suppe und, ganz frisch und grün, nach den würzigen Kräutern, die Anni an dem großen, blanken Holztisch, der in der Mitte der Küche stand, mit dem Messer wiegte.

»Na, wen haben wir denn da?«, rief Therese, als sie Lisette sah. »Hast du etwa am Tisch nicht genug gegessen und schon wieder Hunger?«

»Nein, mir war langweilig. Darf ich ein bisschen helfen?«, fragte Lisette und rutschte neben Anni auf die Bank am Küchentisch. »Darf ich rühren? Gibt es Grüne Soße?«

Lisette schaute in die Schüssel mit dem Sauerrahm, in die Anni die frischgehackten Kräuter gab. Als Therese nickte, griff sie nach dem Löffel und begann, Kreise zu ziehen. Milchig weiße Kreise zog sie ins duftende Kräutergrün, das langsam versank, während sie weiterrührte, bis sie ein perfektes Schneckenhaus in die Schüssel gemalt hatte.

»Hast du schon einmal diese Ananastörtchen gegessen, über die jetzt immer alle sprechen?«, fragte Therese und Lisette sah von ihrem grüncremigen Kringel auf.

»Die von ›Kunder‹?«

»Wie die wohl aussehen?«

»Hast du denn noch keines probiert?«

»Ach«, Therese winkte ab. »Bis unsereins mal dazu kommt, das kann dauern.«

»Wie eine große Praline«, sagte Lisette. »Unten ist eine Waffel mit viel Schokolade und obendrauf ist Marzipan mit Ananas, und drum herum sind ganz viele Mandelstückchen.«

Therese hört ihr konzentriert zu, und Lisette konnte sehen, wie sie versuchte, sich das Törtchen vorzustellen.

»Aber ich mag sie nicht besonders. Ich mag deine Kuchen lieber. Und deine warmen Butterhörnchen«, sagte Lisette. »Die sind das beste Essen auf der ganzen Welt.«

Therese lachte. »Ich glaube, im ganzen Haus hier gibt es niemanden, der so gerne isst wie du! Für mein kleines Fräulein Lisette koche ich aber auch am liebsten, das weiß nämlich, was gut ist.«

»Kannst du mir nicht beibringen, wie man Butterhörnchen macht?«

»Ach, du liebe Zeit!«, lachte Therese. »Das braucht dich doch nicht zu interessieren. Du wirst ja wohl immer jemanden haben, der dir gute Butterhörnchen backt. Wenn du mal groß bist und einen eigenen Haushalt hast und deine Köchin

es nicht so gut hinbekommt, dann werde ich ihr ausnahmsweise das Geheimnis verraten ... aber nur, wenn sie nett ist.«
»Oh«, rief Anni und schaute von ihrem Wiegemesser auf.
»Da kannst du schon mal stolz sein. Das verrät sie nämlich noch nicht einmal mir!«
»Ich würde es so gerne lernen, bitte, Therese. Wann backst du wieder Hörnchen? Darf ich wenigstens zuschauen, bitte?«
Therese schüttelte den Kopf. »Das geht doch nicht, mein Lieschen. Da bekomme ich Ärger mit deiner Frau Mama.«
»Sie braucht es doch gar nicht zu wissen.«
Anni und Therese warfen sich einen amüsierten Blick zu, der Lisette nicht entging, und sie schöpfte Mut.
»Ach, bitte«, wiederholte sie noch einmal.
»Weißt du überhaupt, wann ich Hörnchen backe?«, fragte Therese. »Lange vor dem Frühstück fange ich damit an, sobald der Ofen warm ist. Um fünf Uhr. Da schläfst du noch süß und selig in deinem Federbett.«
»So früh?«, rief Lisette. Das war ja wirklich mitten in der Nacht. Wie könnte sie es bloß schaffen, um fünf Uhr aufzuwachen, um mithelfen zu können?
Anni lachte »Was glaubst denn du!?«, rief sie. »Um vier springen wir aus dem Bett. Die Öfen müssen doch früh als Erstes gefeuert werden, für das Badewasser des gnädigen Herrn und für das Frühstück.«
Daran hatte Lisette noch nie gedacht. Aber wenn Anni auch schon so früh wach war, könnte sie doch an ihre Tür klopfen, um sie zu wecken.
»Du meinst es ja wirklich ernst«, sagte Therese kopfschüttelnd, als sie das vorschlug.
Als Lisette die Küche verließ, mit dem festen Vorsatz, morgen früh mit Therese zu backen, hörte sie Anni besorgt nachfragen, ob sie Lisette denn wirklich wecken solle? Lisette

verlangsamte ihre Schritte, um Thereses Antwort noch zu hören. Anni brauche sich nicht zu sorgen, meinte Therese, denn das gnädige Fräulein würde es sowieso nicht schaffen, so früh aus den warmen Federn zu kriechen.

»Morgen lerne ich, wie man Butterhörnchen backt«, flüsterte Lisette abends vor dem Einschlafen Josephine ins Ohr. »Deshalb werde ich ganz früh aufstehen. Aber du darfst weiterschlafen, wenn du willst.«

Schlaftrunken und gähnend kniete Lisette am nächsten Morgen um fünf Uhr in der warmen Küche, schlürfte heiße Milch mit einem Schuss Kaffee, genau wie Therese und Anni, nur dass die beiden heißen Kaffee mit einem Schuss Milch tranken, und knetete den samtig weichen Teig. Er fühlte sich herrlich an in ihren Händen und duftete so buttrig, dass sie die Hörnchen schon auf der Zunge schmeckte. Sie hatte das Gefühl, noch nie im Leben so etwas Schönes gemacht zu haben.

> Nur keine großen Disputationen mit Kindern:
> der Vater, die Mutter will – und das Kind muß,
> so ist es guter Ton.
> *Der Gute Ton, 1895*

»Lisette hat für die Dienstboten Ananastörtchen gekauft?«
Otto Winter sah seine Frau kopfschüttelnd an.
»Was soll ich denn jetzt machen?« Doras Stimme klang aufgebracht und eine Spur zu hoch. »Ich habe ihr Geld gegeben, weil sie darum bat, mit Fräulein Heinlein bei ›Kunder‹ vorbeigehen zu dürfen, um Ananastörtchen zu kaufen. Natür-

lich habe ich erwartet, dass wir die Törtchen zum Tee reichen! Wie stehe ich denn jetzt da?«

Dora regte sich immer mehr auf, und Otto gelang es nicht, sie zu beruhigen.

»Und die Dienstboten sitzen unten in der Küche und lassen es sich gut gehen! Als Nächstes essen sie noch das Filet und wir bekommen die Reste!«

Otto Winter seufzte und zitierte schließlich seine Tochter herbei, um ihr zu verbieten, die Dienstboten zu beschenken. Weil sie einem sonst auf der Nase herumtanzten. Das wäre den Sozialisten sicher recht, aber in der Villa Winter herrschten andere Regeln, die sie nun mal zu befolgen hatte.

»Aber es ist doch ungerecht, dass Therese die neuen Törtchen noch nicht probieren konnte«, argumentierte Lisette.

»Ich möchte nichts mehr davon hören. Geh auf dein Zimmer.«

»Therese gibt uns doch auch immer Feines zu …«

»Keine Widerrede!«

»Aber wir können doch …«

»Zimmerarrest!«

1899

Lisette konnte nicht mehr stillstehen. Ihre Füße kribbelten, dass es kaum auszuhalten war. Wenn sie sich auf die Zehenspitzen stellte, wurde es besser. Es half auch, wenn sie ihre Zehen auf und ab bewegte oder sich auf die Außenseite ihrer Füße stellte. Sie hatte sich fest vorgenommen, dieses Mal sehr geduldig stillzustehen bei der Anprobe. Sie war jetzt schließlich schon elf Jahre alt, fast elfeinhalb, also eigentlich so gut wie erwachsen. Und sie war selbst der Meinung, dass man da nicht mehr herumzappelte wie ein Kleinkind.

Ihre Mutter tat das ja auch nicht. Ihre Mutter stand immer reglos und schön auf dem Podest. Selbst in auf links gedrehten Taillen, bei denen die Nähte korrigiert werden mussten und die Fäden und die Füllung noch herausschauten, sah sie elegant und würdevoll aus. Lisette hatte vor dem Spiegel geübt, auch so elegant dazustehen wie ihre Mutter und dabei dieses spezielle Spiegelgesicht aufzusetzen. Denn wenn ihre Mutter in einen Spiegel sah, verzog sie stets ihr Gesicht, hob die Augenbrauen leicht nach oben, formte mit ihren Lippen ein kleines Schnütchen, streckte die Nase in die Luft und legte den Kopf etwas schief. Auch das Spiegelgesicht hatte Lisette extra für die Anprobe geübt und sich gewundert, dass ausgerechnet ihre Mutter sie stirnrunzelnd ermahnt hatte, doch nicht so ein hochnäsiges Gesicht zu ziehen: Was, wenn ihr Gesicht nun so stehen bliebe? Dann würde sie nie einen Mann finden.

Lisette fragte sich mittlerweile, wie sie jemals einen Mann finden sollte, es gab so viele Gründe, die dagegensprachen. Weil ihr Gesicht stehen blieb, weil sie zappelte, weil sie widersprach, weil ihr die Maschen immer von den Nadeln hüpften. Weil. Im großen Standspiegel, der stets vor dem Podest aufgebaut wurde, konnte sie selbst erkennen, dass die Eleganz ihrer Haltung sich schon nach der Anprobe des ersten Kleides verflüchtigt hatte. Weil sie keine Geduld hatte. Weil sich ihre guten Vorsätze immer so schnell verflüchtigten. Weil. Weil. Weil.

Es dauerte ewig, bis alles angepasst war, wobei ein Kleid doch viel gemütlicher war, wenn es nicht so viele zwickende Abnäher hatte.

»Jetzt halte doch einmal still!« Frau Molitor wurde langsam ungehalten.

Lisette stand so still, wie sie nur konnte, und trotzdem war es nicht genug. Es war nie genug. Dabei bemühte sie sich sehr. *Dem kleinen Veilchen gleich, das im Verborgenen blüht, sei immer lieb und gut, auch wenn es niemand sieht.* Wie gerne wäre sie wie das kleine Veilchen, das Mutter ihr neben den Spruch ins Poesiealbum geklebt hatte. Aber durften Veilchen sich nicht auch einmal beschweren?

»Warum muss das immer so zwicken?«

Sie wollte die Arme bewegen, aber es ging nicht.

»Die Kleider geben dir Haltung. Wenn du Haltung wahrst, kneift auch nichts.« Frau Molitor war jetzt offensichtlich zufrieden mit ihrem Werk.

»Zum Glück legen Sie in Ihrem Haus ja noch Wert auf Haltung«, sagte Frau Molitor zu Mutter. »Nicht wie in diesen Haushalten, die dem Reformkleid huldigen. Was dieser Frauenverein da hervorbringt, was angeblich so gesund sein soll ...« Die Schneiderin schüttelte den Kopf.

»Was denn für ein Verein?«, fragte Lisette und fing sich einen mahnenden Blick ihrer Mutter ein, weil sie unaufgefordert gesprochen hatte.

Frau Molitor schüttelte den Kopf. »Es kann nicht gesund sein, Frauen in Säcke zu stecken. Völlig wider die Natur und die Anmut der Frauenfigur.«

»Was ist ein Reformkleid?«, fragte Lisette.

»Von Reform halten wir hier nichts«, antwortete ihre Mutter knapp. »Der Kaiser und die Kaiserin, habe ich gehört, halten auch nichts davon.«

»Aber warum sollen Frauen Säcke tragen?«

Lisette stellte sich vor, dass sie sonntags im Kurpark flanierten und alle Frauen in Mehl- und Zuckersäcken herumliefen, wie sie unten in Thereses Vorratskammer standen, mit Spitzen und Schleifen verziert. Sie musste kichern.

»Das verstehst du noch nicht«, antwortete Mutter und warf Frau Molitor einen strengen Blick zu. Es gehörte sich scheinbar nicht, darüber zu sprechen.

»Eine Katastrophe, wenn Sie mich fragen«, seufzte Frau Molitor. »Eingesperrt gehören sie, diese verrückten Weibsbilder.«

»Ein weißer Kragen wäre hübsch auf dem dunkelgrünen Kleid.« Mutter hob jetzt energisch die Stimme. »Mit etwas Spitze. Das putzt so schön.«

»Ein Spitzenkragen wäre *sehr* hübsch«, bestätigte Frau Molitor rasch, während sie Lisette aus dem Kleid heraushalf, damit sie sich nicht an den Nadeln pikste, mit denen alle zusammengesteckt war.

Hoffentlich waren sie jetzt fertig. Dieses Mal hatte es besonders lang gedauert, weil besonders viele Toiletten angefertigt werden mussten. Zur Begrüßung des neuen Jahrhunderts mit all seinen Festivitäten und Ereignissen, für die Mutter neue Morgenkleider brauchte, neue Visitenkleider, ein neues Kostüm für den Spaziergang bei gutem Wetter, einen neuen Paletot für den Spaziergang bei schlechtem Wetter, drei neue Abendroben für die festlichen Diners, ein neues Theaterkleid und natürlich ein neues Ballkleid für den Silvesterball. Ewig hatten sie über Vor- und Nachteile der Prinzesskleider debattiert, darüber, ob Glockenröcke auch für Damen in ihrem Alter vorteilhaft wären und wie lang ein Schleppprock schleppen durfte und musste. Lisette graute vor dem Tag, an dem man sie in die gleichen Kleider stecken würde, die man nicht einmal mehr alleine an- und ausziehen konnte wegen der ganzen Schnürungen und Haken und Ösen und Bänder und Knöpfe. Und am allermeisten graute es ihr vor der Korsage, in die ihre Mutter jeden Tag eingeschnürt wurde. Alle Mädchen bekamen feste Mieder, sobald sie anfingen, *sich zu ent-*

wickeln. Was immer das auch heißen mochte. Als Frau Molitor bemerkt hatte, dass sie gewachsen war, hatte sie schon Angst bekommen, dass es jetzt so weit wäre und sie auch ein festes Mieder bekommen müsste. Aber zum Glück war davon keine Rede gewesen. Wenn es nach ihr ging, wollte sie sich niemals entwickeln.

»Ich könnte mit Fräulein Heinlein einen Spaziergang machen!«, versuchte Lisette, die Anprobe zu beenden. Dann könnte sie Fräulein Heinlein über diese Reform ausfragen. Doch Mutter hörte ihren Vorschlag überhaupt nicht. Ihre Gedanken hingen noch an den Kleidern fest, als hätte Frau Molitor sie dort aus Versehen angenäht.

»Wie viele Kleider haben Sie denn für die Mädchen des Kommerzienrats Buchinger angefertigt?«, erkundigte sich Mutter neugierig bei der Schneiderin, die ihre Nachbarinnen, die Damen der Buchingers und ihre Freundin Magdalena, ebenfalls ausstaffierte.

»Nicht die Hälfte«, flüsterte Frau Molitor hinter vorgehaltener Hand. Diese Nachricht zauberte ein sehr zufriedenes Lächeln auf das Gesicht ihrer Mutter.

»Aber hübsche, wollene Ausgehmäntel mit einem Pelzkragen hätten sie beinahe in Auftrag gegeben. In Dunkelblau.« Frau Molitor sah Dora nun bedeutungsvoll an: »Sehr schönes englisches Modell, das trägt man in Berlin. Letzthin sah man die Kaiserin, die Kaiserinmutter und die Prinzessin zusammen in diesen Mänteln spazieren. Seitdem wollen es alle Damen, die es sich leisten können.«

»Tatsächlich?«

»Frau Kommerzienrat Buchinger hätte die Mäntel gerne nähen lassen«, raunte die Schneiderin vertrauensvoll. »Aber ihre Mutter war der Meinung, sie hätten genügend gute Mäntel.«

Die beiden Frauen warfen sich einen Blick zu, der besagte, dass man ja wisse, dass es nebenan nicht ganz so großzügig zuginge wie hier bei Winters. Über Mutters Gesicht huschte ein triumphierendes Lächeln: »Diese Wintermäntel, für uns beide? Das wäre doch hübsch, oder, Lisette?«

»Ja, manchmal ist es von Vorteil, wenn die Großmutter nicht mit im Haus wohnt.« Frau Molitor kramte schon in ihrer Tasche und förderte ein Bild der Modelle zutage.

Die Großmutter. Die Buchingers hatten eine Großmutter, die mit ihnen im Haus wohnte. Lisette kannte sie. Sie trug immer dunkle Kleider, auf denen eine weiße Perlenkette leuchtete. Alle ihre Spielfreundinnen hatten Großmütter, die nach Veilchen dufteten und ihnen schöne Geschichten vorlasen. Warum hatten sie eigentlich keine Großmutter?

Frau Molitor reichte Mutter einige Stoffproben, damit sie einen Stoff aussuchen konnte.

»Warum wohnt bei uns keine Großmutter im Haus?«, fragte Lisette unvermittelt. »Haben wir gar keine Großmutter?«

Mutter wurde rot und streckte ihr strenges Kinn nach vorne.

»Nein«, sagte sie. »Wir haben keine Großmutter. Geh jetzt auf dein Zimmer.«

Lisette schaute sie verdutzt an. Was hatte sie denn falsch gemacht?

»Aber die Maße …« Frau Molitor hob verwundert den Blick von den Stoffproben. »Wollen wir nicht …«

»Für heute reicht es«, entschied Mutter knapp und erhob sich mit rotem Kopf. »Die Maße nehmen wir morgen«, sagte sie, bevor sie den Salon verließ.

Frau Molitor und Lisette sahen ihr noch immer verwundert nach.

»Ich befürchte, deiner Mutter war nicht wohl«, sagte Frau Molitor und begann, alles zusammenzuräumen und zurück ins Nähzimmer zu tragen, das man unterm Dach neben den Zimmern der Dienstboten stets für sie einrichtete, wenn sie für die Winters nähte.

Lisette bot an, ihr zu helfen, und schlich danach zum Schlafzimmer ihrer Mutter. Vorsichtig öffnete sie die Tür und lugte hinein. Mutter hatte die schweren Samtportieren zugezogen und saß in Gedanken versunken in ihrem zierlichen rosa Fauteuil.

»Mama«, flüsterte Lisette vorsichtig. »Mama, ich wollte dich nicht verärgern.«

Mutter schaute in ihre Richtung, aber sie schien sie gar nicht wahrzunehmen. Sie blickte vielmehr durch sie hindurch, als ob sie etwas sähe, was sich hinter ihr befand. Lisette drehte sich um, um nachzusehen, wohin Mutters Blick ging, aber da war nichts. Nachdenklich ging Lisette zurück in ihr Zimmer.

1900

Die Kutsche kam langsam vor dem Sommerhaus zum Stehen und Lisette sprang ungeduldig heraus. Sie hatte es kaum erwarten können, endlich hier zu sein. Mutter musste sich gleich hinlegen, weil sie von langen Kutschfahrten immer Kopfweh bekam, und keiner beachtete Lisette, die voller Vorfreude zum Haus lief. Das Sommerhaus im Taunus war ganz anders als die Stadtvilla in Wiesbaden. Mit seinen verschindelten Giebeln und den dunkelgrünen Fensterläden erinnerte es fast ein wenig an ein Forsthaus. Lisette lief die Stufen zur grün gestrichenen Eingangstür hinauf und betrat die Halle. Die Flügeltüren, die zum Gartenzimmer und zur Terrasse führten, standen weit auf und ließen das sommerliche Licht hereinfallen. Lisette sprang direkt in das helle Viereck hinein, das die Sonne auf den Boden malte, und wandte sich zur Treppe. Zur Begrüßung strich sie den drei Köpfchen, die ins Geländer geschnitzt waren, über ihr hölzernes Haar. Sie konnte mit geschlossenen Augen ertasten, wessen Gesicht sie gerade unter den Fingern fühlte. Wilhelm hatte wie sie volle Lippen und ein deutliches V in der Mitte der Oberlippe, Friedrichs Lippen waren viel schmaler, und bei ihrem eigenen Ebenbild kringelten sich die Locken deutlich um das Gesicht.

Lisette lief die Treppe hinauf, immer zwei Stufen auf einmal nehmend, bis in ihr Zimmer. Sie zog als Erstes die Vorhänge beiseite, um die Fenster weit zu öffnen und die frische Taunusluft hereinzulassen. Die Luft roch herb und grün, nach Wald und Wiese, und sie liebte diesen Blick mitten ins wogende Grün, in das sie gleich hineinlaufen würde. Doch zuerst hatte sie einen anderen Plan.

Sie ging zurück ins Treppenhaus und lauschte, wo alle wohl gerade waren. Mutter lag bestimmt schon in ihrem Zimmer. Ihr Vater sprach draußen mit dem Kutscher und bot ihm an, eine Tasse Kaffee in der Küche zu trinken, bevor er wieder zurückfuhr in die Stadt. Wilhelm und Friedrich hörte sie nicht. Unten rumpelte es, wahrscheinlich waren alle noch mehr oder weniger mit dem Gepäck beschäftigt, was ihr genau die unbehelligten Momente bescheren würde, auf die sie sich schon die ganzen letzten Tage gefreut hatte.

Leise, um die Aufmerksamkeit nicht auf sich zu lenken, öffnete sie die Tür, hinter der sich die schmale Stiege zum Dachgeschoss verbarg, wo die zwei Zimmer für die Dienstboten waren. Therese schlief in der etwas größeren Dachstube,

Anni schlief im kleineren Zimmer. Lisette lauschte noch einmal nach unten ins Haus und lief dann rasch nach oben. Die Treppe war hier viel enger, und Lisette war froh, dass sie noch keine langen Kleider tragen musste, über die sie bei diesen schmalen Stufen sonst bestimmt gestolpert wäre. Oben öffnete sie vorsichtig die Tür zu Annis kleiner Dachkammer und schaute hinein. Sie kam sich sehr verwegen vor, und ihr Herz klopfte laut. Natürlich wusste sie, dass es sich nicht gehörte, in Annis Zimmer zu gehen, aber sie konnte einfach nicht widerstehen. Annis Dachkammer im Sommerhaus war für sie das schönste Zimmer auf Erden. Es konnte keinen schöneren Raum geben. Das Fenster ging nach Westen, und nachmittags fiel das Licht golden an den Vorhängen aus geblümtem Kattun vorbei auf den blanken Holzboden, auf dem nur ein kleiner hellblauer Läufer lag. Hellblau wie das Stück Sommerhimmel, das man durch das Fenster sah, wenn man im Bett lag. Keine schweren Vorhänge, keine dicken Teppiche, die alles schluckten und dämpften und Lisette immer das Gefühl gaben, vom Leben draußen abgeschnitten zu sein. In diesem Zimmer war das Draußen nicht so weit weg, das Licht fand ungehindert seinen Weg, und keine schweren Möbel störten die Luftigkeit. Wie in einem Vogelnest in einem hohen Baum war es hier, dachte Lisette, hell und gemütlich und so, als ob man jederzeit ins Blau hinausfliegen könnte. In Annis Kammer befanden sich nur ihr schmales Bett, ein Waschtisch, eine Kommode und ein Stuhl. An einem der beiden Haken, die sich innen an der Tür befanden, hing Annis Nachthemd aus schlichtem Leinen, an dem anderen eine ihrer weißen Schürzen, über die Lisette vorsichtig strich.

Als sie den Wunsch geäußert hatte, auch so ein Zimmer zu bekommen wie Anni, hatte ihr Vater gelacht und ihre Mutter entgeistert den Kopf geschüttelt.

»Kann ich denn nicht wenigstens solche Vorhänge bekommen? Ich wünsche mir nichts anderes zum Geburtstag als solche geblümten Vorhänge, die im Wind wehen, wenn man das Fenster öffnet, bitte!«, hatte sie gebettelt. »Bitte!«

Ihr Vater hatte gesagt, er würde darüber nachdenken, während ihre Mutter schon vehement den Kopf geschüttelt hatte. »Unmöglich. Was sollen bitte schön die Dienstboten davon halten, dass die Tochter des Hauses Dienstmädchenvorhänge bekommt? Das reißt ja jede nötige Distanz nieder.«

»Das ist doch egal, wenn ich sie nun mal mag!«, hatte sie widersprochen.

»Es kommt nicht in Frage.«

An der Kopfhaltung ihrer Mutter konnte sie genau erkennen, dass sie niemals solche Vorhänge haben würde. Wenn Mutters Nacken plötzlich ganz steif aus dem Kragen ragte und sie ihr Kinn nach oben streckte, während sie das alles einen einzigen Unfug nannte, dann hatte Lisette keine Chance. Aber wenn sie erst einmal groß wäre und ihren eigenen Haushalt hätte, dann ... dann wären überall helle, leichte Vorhänge, die in der Luft tanzten, die durchs Fenster hereinwehte, die Böden wären alle aus blankem Holz, und sie liefe immer barfuß, um das schöne, glatte Holz unter den Fußsohlen zu fühlen.

Sie legte sich auf Annis Bett und stellte sich vor, wie es sein würde, in einem Haus mit solch luftigen Zimmern zu leben. Wie es wäre, eigene Aufgaben zu haben, anstatt sich fünf Mal am Tag umzuziehen und mit der Köchin die Speisepläne zu besprechen, wie ihre Mutter das tat. Nein, so ein langweiliges Leben, wie Mutter es führte, das war nichts für sie. Doch wie könnte ihr Leben aussehen? Sie war das gnädige Fräulein Winter und irgendwann wäre sie eine gnädige Frau Irgendwer. Wer würde sie dann sein?

Lisette stand auf und strich das Bett glatt, damit es nicht

auffiel, dass sie hier gewesen war. Sie zog die Tür wieder hinter sich zu und lief die Stiege hinunter, um unbemerkt zurück in ihr Zimmer zu gelangen. Gerade als sie ihre Zimmertür hinter sich geschlossen hatte, klopfte es an ihrer Tür und Wilhelm kam herein.

»Wo warst du denn? Ich habe dich überall gesucht!«

»Ich bin ein wenig herumgelaufen und habe das Haus begrüßt«, antwortete Lisette, und das war ja noch nicht einmal richtig gelogen. Obwohl sie und Wilhelm manchmal Geheimnisse miteinander teilten, hatte sie das Gefühl, es wäre besser, ihm nichts von ihrem Ausflug in Annis Dachzimmer zu erzählen.

Lisette trat auf die Terrasse, in die Helligkeit und Wärme des Sommertages, und stand einen Augenblick still, um diesen Moment zu genießen. Die Luft war herrlich klar und frisch. Viel klarer und frischer als in Wiesbaden, wo die warme Luft sich im Sommer zwischen den Hügeln, die die Stadt umgaben, oft staute. Hier draußen wehte ein leichter Wind, und Sonnenwärme umfing sie. Lisette spürte, wie in ihrem Bauch ein Lächeln entstand, das sich von dort in ihrem ganzen Körper ausbreitete, das machte, dass ihr Herz hüpfte, dass ihre Füße tanzten, dass ihre Arme sich weit ausbreiteten und sie sich im Kreis drehen musste, bis ihr schwindelig war. Unter den rauschenden Blättern tanzten Lichtpunkte über das Grün des Rasens, und Lisette lief von Sonnenfleck zu Sonnenfleck weiter hinein in den Garten. Sobald man sie vom Haus aus nicht mehr sehen konnte, zog sie Schuhe und Strümpfe aus, um barfuß das Gras unter den Sohlen zu fühlen. Allein und unbeobachtet lief und hüpfte sie so schnell, wie die Freude in ihr sprudelte. Niemand, der sie ermahnte, niemand, der sie maßregelte, nichts, was sich nicht gehörte. Hier war alles gut.

Wo die Sonne schien, war das Gras warm und trocken, nur

im Schatten war es noch feucht, und kleine Gräser und Hölzchen blieben an ihren Fußsohlen kleben. Es gab so viel zu spüren, sie fühlte sich hellwach.

Der Rasen am Haus, den der Gärtner pünktlich zu ihrer Ankunft frisch geschnitten hatte, war ein weicher Teppich und duftete, wie nur frisch geschnittenes Gras duften konnte. Weiter hinten, zum Wald hin, wurde das Gras dagegen immer dünner und härter. Genau hier lag die Freiheit, zwischen den Gartenmauern.

Wenn Lisette gar nicht so richtig darüber nachdachte, dass ihr Paradies Grenzen hatte, dann konnte sie so tun, als sei der Garten ihre Welt, die ihr immer offenstand. Konnte sich über die Mauern hinwegträumen. Vielleicht könnte es ein kleines Haus für sie geben, hier am Ende des Gartens, neben dem Haus des Gärtners, mit blanken Holzböden und großen Fenstern, durch die sie immer mitten hinein ins schöne Grün schauen könnte. Ob Mädchen auch Gärtner werden konnten? Dann würde sie gleich in Alberts Gartenhaus ziehen, sobald sie groß wäre, und sich um den Garten kümmern. Draußen war es so schön, warum sollten immer nur die Männer draußen sein und die Frauen im Haus bleiben? Sie hielt ihr Gesicht in den Wind und genoss es, wie er eine Haarsträhne nach der anderen aus ihren geflochtenen Zöpfen befreite und wehen ließ.

Sie war jetzt schon weit vom Haus weggegangen, bis dahin, wo der Garten bereits in den Wald überging. Die Pinien, die ihr Vater hatte pflanzen lassen, waren schon wieder ein ganzes Stück gewachsen. Immer wenn sie herkam, sammelte sie die heruntergefallenen Zapfen auf, um sie in ihrem Zimmer in den kleinen Kamin zu legen. Sie liebte den harzigen Duft, den die Zapfen verströmten. Auch wenn Mutter immer schimpfte, sie würde Ungeziefer ins Haus bringen.

Heute ging Lisette an den Pinien vorbei, immer weiter in den Wald, bis sie zu einem Zaun kam, der den Garten begrenzte. Hier war sie noch nie gewesen. Wenn sie zurückschaute, konnte sie das Sommerhaus durch die Bäume noch nicht einmal mehr erahnen. Wie weit das Grundstück wohl reichte? Sie folgte dem Zaun nach links. Der Boden hier war uneben, der Gärtner schien nie hierherzukommen, und kurz überlegte Lisette, ob sie die Schuhe nicht besser wieder anziehen sollte. Aber ihre Füße kribbelten so herrlich, sie wollte sie nicht gleich wieder in die Schuhe sperren. Sie legte die Zapfen, die sie schon aufgesammelt hatte, zusammen mit ihren Schuhen und Strümpfen an eine Baumwurzel und ging langsam weiter am Zaun entlang.

Nach etlichen Metern entdeckte sie ein kleines Tor. Sie drückte die Klinke herunter und stellte fest, dass es nicht abgeschlossen war. Wahrscheinlich benutzte außer dem Gärtner, kaum jemand dieses Tor. Die Verlockung war groß. Sie drückte die Tür auf und trat aus dem Garten des elterlichen Grundstücks hinaus in den Wald.

Lisette ging vorsichtig ein paar Schritte in den Wald hinein, bis sie zu einer kleinen Lichtung zwischen hohen Buchen kam. Dünnes, langes Waldgras wurde hier von der Sonne beschienen und lud sie ein, sich hineinzulegen, es sah so weich aus. Sie setzte sich ins Gras und konnte kaum fassen, was sie da eben alles entdeckt hatte: ein heimlicher Weg nach draußen, eine sonnige Lichtung im Wald. Das würde das Geheimnis ihres Sommers sein.

Sie ließ sich zurückfallen in das zarte Sommergras, das ihre nackten Beine kitzelte, und sah hinauf in die sanft schwingenden Baumwipfel. Wie schön das sein musste, vom Wind hin und her gewiegt zu werden. Der Himmel war blau und hoch und endlos weit, die Blätter rauschten leise. Bienen summten, manche ganz nah, manche weiter weg. Es duftete nach Sommer, nach dem herben Waldboden und nach süßen Blüten. Wenn sie die Augen zusammenkniff und nach oben ins Helle blinzelte, sah sie eine wie von tausend Linien umstrahlte Sonne, die heller oder blasser wurde, je nachdem, wie kräftig sie blinzelte. Irgendwo hoch oben sang eine Amsel ein sehnsüchtiges Lied.

1901

Lisette hörte die Rufe der Kraniche, die in einem großen V über den klarblauen Herbsthimmel zogen. Wenn die Kraniche nach Italien flogen, dann war der Sommer hier vorbei und mit ihm die Besuche im Sommerhaus. Die Fontäne im Teich des Kurparks war abgestellt. Enten schwammen ruhig zwischen gelben Blättern, die der Wind ins Wasser segeln ließ, und die weißen Boote, in denen im Sommer die verliebten Paare um die Fontäne ruderten, waren verschwunden.

Fräulein Heinlein bestand auf einem täglichen Spaziergang zur Förderung der Gesundheit. Wenn das Wetter schlecht war, machten sie nur einen kurzen Gang ins Museum, um die feine Pinselführung irgendwelcher Maler und ihrer oft so düsteren Bilder zu studieren, die Lisette nicht interessierten. Aber heute schien die Sonne und die Welt leuchtete. Als sie über den Schlossplatz gingen, verlangsamte Lisette ihre Schritte. Die neue Höhere Töchterschule sah aus wie ein echtes Schloss, und sie beneidete alle Mädchen, die auf diese Schule gehen konnten. Ihre Familie war sich einig, dass sie bereits über genug Geistesbildung verfügte, um ihren zukünftigen Ehemann nicht zu langweilen, sie brauche keine

Schule, sie habe es doch gut. Das sagte ihr jeder, wie gut sie es habe. Trotzdem fühlte sie sich zurückgesetzt und war neidisch. Auch wenn sie wusste, dass es nicht schön war, neidisch zu sein. Wilhelm lernte mittlerweile für sein Abitur, Friedrich studierte in Mainz Architektur. Nur sie saß zuhause, lernte sticken und übte sich in Konversation mit Fräulein Heinlein. Und sie würde so lange zuhause sitzen und sticken und sich in Konversation üben, bis ein Mann sie heiraten würde.

»Es ist ungerecht«, seufzte Lisette. Fräulein Heinlein wusste sofort, was sie meinte. Zusammen sahen sie hinüber zu dem prächtigen Bau. Allein das Portal der Schule versprach, in ein Märchen voller Möglichkeiten zu führen. Möglichkeiten, die ihr alle verwehrt blieben.

Fräulein Heinlein sah Lisette ernst an. »In einigen Städten soll es schon Gymnasien für Mädchen geben. Aber wer zu viel über Gerechtigkeit nachdenkt, macht sich das Leben sehr schwer, Lisette. Es ist leichter, wenn man die Welt so akzeptiert, wie sie ist, und sich anpasst. Denk nur an Ilse.«

Fräulein Heinlein hatte ihr zum dreizehnten Geburtstag ein Buch geschenkt, ›Der Trotzkopf‹. Die junge Ilse machte so viel falsch und wurde ungefähr so oft ermahnt wie Lisette. Aber Ilse war es am Ende gelungen, ein liebes Mädchen zu werden. Wenn es ihr nur gelänge, wie Ilse zu sein. Dann müsste sie sich nicht dafür schämen, dass sie nicht das Mädchen war, das alle viel lieber sehen wollten. Wenn sie sich dafür schämte, war das ein dunkles Gefühl, grau wie Gewitterwolken und schwer wie Blei, das sie manchmal tagelang lähmte. Dann blieb sie in ihrem Zimmer und redete nur noch mit Josephine, obwohl sie schon viel zu alt war, um mit einer Puppe zu sprechen. Danach schämte sie sich umso mehr. Aber wem, wenn nicht Josephine, könnte sie all das sagen, was in ihr war?

1902

Wilhelm lehnte neben Lisette an der Brüstung der Aussichtsterrasse des Hotels auf dem Neroberg. Sie schauten über Wiesbaden bis hin zum Rhein, der sich wie ein silbernes Band in der Ferne dahinzog. Auf der Hotelterrasse hinter ihnen, wo die ganze Familie zum Sonntagsausflug saß, klapperten Löffelchen an feinen Porzellantassen und eilten Kellner mit blinkenden Silbertabletts umher, um die Gäste zu bedienen.

»Warum bin ich jetzt ein Backfisch?«, fragte Lisette ihren Bruder.

Wilhelm schaute sie fragend an.

»Ich meine, warum werden Mädchen ausgerechnet Backfische genannt? Weiß das der Herr Abiturient vielleicht? Mamas und Fräulein Heinleins Antwort ist: weil sie eben so genannt werden.« Das war, fand Lisette, keine Antwort.

»Ja, stell dir vor, der kluge Herr Abiturient weiß es«, grinste Wilhelm. »Mit den jungen Fischen im Netz kann man eben noch nicht viel anfangen. Genau wie mit euch Mädchen. Die Fische sind nicht mehr so klein, dass man sie ins Wasser zurückwirft, aber sie geben auch noch keine rechte Fischmahlzeit ab. Also taucht man sie in Teig und bäckt sie in der Pfanne! Dann machen sie wenigstens satt.«

»Das hast du doch erfunden!«, rief Lisette empört.

»Das hat uns einer der Lehrer so erklärt. Ich finde, es ist eine lustige Erklärung!«

»Sehr lustig«, gab Lisette verärgert zurück. »Du bist ja auch kein Mädchen. Und für euch gibt es so ein Wort überhaupt nicht.«

Sie ärgerte sich über sein Grinsen. Trotzdem, wenn sie ehrlich war, musste sie zugeben, dass das Bild gar nicht so falsch war.

Zu was taugte sie eigentlich?

Sie ging in die Mädchenkreise, wo sie zweimal in der Woche nachmittags Wohltätigkeitsstrümpfe strickten, sangen und tanzen lernten. Sie tat dann immer so, als ob sie sich darauf freute, und bemühte sich, bei den anderen Mädchen abzugucken, wie man sich am besten verhielt, um nicht aufzufallen. War sie die Einzige, der es so ging? Magdalena Buchinger von nebenan hatte immer rote Wangen und glänzende Augen, wenn es wieder so weit war, und sie traute sich nicht, sie danach zu fragen.

Würde sie denn, wenn die Backfischzeit vorbei war, dann plötzlich etwas taugen? All dieses unnütze Warten. Und war das, worauf sie alle warteten, wirklich das, was sie sich ersehnte?

Am liebsten hätte sie Flügel. Die würde sie weit ausbreiten, sich hier vom Geländer abstoßen und sich hoch in die Lüfte schwingen, um über die Stadt zu fliegen und dem Rhein zu folgen wie einer glitzernden Straße. Sie wäre eindeutig lieber ein Vogel als ein Fisch, der in der Pfanne landen würde.

1903

Erleichtert spürte Lisette, wie die Frühlingsluft ihre Wangen kühlte, und atmete tief durch. Für heute war sie dem Handarbeiten im stickigen Salon entkommen, weil es Fräulein Heinlein nicht ganz wohl war. Sie sah sich im Garten um. Die Tannenzweige auf den Beeten waren verschwunden, und der Gärtner Albert hatte schon die Rabatten für die Frühlingsblumen vorbereitet. Lisette bewegte sich lieber im Garten, als sich im Salon unter Fräulein Heinleins Adlerblick mit dem

Mustertuch für feine Stickereien abzukämpfen. Buchstaben im Plattstich. *Dein Heim sei deine Welt, darin es dir gefällt.*

Sie ging zum Ende des Gartens, wo Albert in einem Gewächshaus die Pflanzen für die Rabatten heranzog. Hier überwinterten die empfindlicheren Blumen, hier trieben die Zwiebeln vor, so dass immer alles pünktlich blühte und in den Beeten keine Lücke entstand. Albert wusste alles über die Pflanzen in seinem Garten und unterhielt sich mit ihnen. Lisette freute sich, wenn er die ersten Rhabarberknospen, die sich rot und glänzend aus der winterharten Erde schoben, wie alte Freunde begrüßte. Und sie liebte die Geschichten, die er ihr erzählte. Dass man am ersten Schneeglöckchen, das man sah, läuten musste, weil man dann einen Wunsch frei hatte. Dass man die erste Kastanie, die man im Herbst fand, einem lieben Menschen schenken musste, dem sie dann ein Jahr lang Glück brachte. Dass Knoblauch den Rosen guttat, dass die Wurzeln der Iris Sonnenanbeter waren und über der Erde liegen mussten, die Hortensien dagegen den Schatten liebten. Genauso gerne hörte sie ihn darüber sinnieren, warum die Kosmeen in einem Jahr wie eine rosa Wolke blühten und im nächsten Jahr vor sich hin kümmerten. »Das war ein Kosmeenjahr, als ich hier anfing«, sagte er, wenn man ihn danach fragte, seit wann er bei Winters war. Besonders mochte sie es, wenn er ihr erzählte, dass sie in einem Rosenjahr zur Welt gekommen war und der Duft von Rosen sie immer beruhigt hatte, wenn sie weinen musste.

»Die Rose wird dir immer guttun, wenn du Kummer hast«, sagte er. »Sieh zu, dass du immer Rosen im Garten hast.«

»Darf ich helfen?«, bat Lisette den alten Gärtner, als er ihr sein von tausend Fältchen durchzogenes Wettergesicht zuwandte. Der Anblick seiner Gestalt in der Wolljoppe war ihr schon so lange vertraut. Er trug die Tweedkappe, die sie ihm zu Weihnachten geschenkt hatte. Sie saß auf seinem Kopf, als wäre sie angewachsen, und manchmal fragte sich Lisette, ob er sie überhaupt nachts zum Schlafen abzog. Als sie ihn danach fragte, knurrte er nur und wandte sich ab. Aber seine hellen Augen hatten verdächtig geglänzt, als er die Mütze ausgepackt hatte, und sie hatte daraus geschlossen, dass er sie mochte.

Hier im Garten war mit einem Mal alles gut. Sie ging in das Gartenhäuschen, wo an einem Haken hinter der Tür ein Leinenkittel für sie hing, damit sie sich ihre Kleider nicht verdarb, wenn sie im Garten half. Sie zog den Kittel über und folgte Albert zu den Beeten.

»Dann bereiten wir den Zwiebeln mal die Bettchen«, brummte er, und zusammen verteilten sie Kompost auf den Beeten. Lisette genoss es, die Erde in ihren bloßen Händen zu zerkrümeln und den weichen Kompost in die Wintererde einzuharken. Es roch erdig und süß und grün nach Frühling, und die Farben des erwachenden Gartens leuchteten.

Weil sie sich mit ihren schmutzigen Händen ständig die widerspenstigen Locken aus der Stirn strich, wanderte die Erde überallhin. Und natürlich vergaß sie völlig, auf ihr Kleid zu achten, während sie im Gras kniete. Von den Schuhen ganz zu schweigen. Man konnte sich einfach nicht um den Garten kümmern und dabei an Rocksäume denken. Sie zerkratzte sich ihre Hände an den Rosenstöcken, die noch ihren Winterschlaf hielten, aber das machte ihr nichts aus. Zusammen mit Albert belud sie die Schubkarre mit den Körben, in denen die vorgezogenen Frühlingszwiebeln lagen.

»Was ist das denn?«, fragte sie den Gärtner und nahm eine Zwiebel aus einem Korb heraus. Sie war größer als die anderen und von zarten, fiedrigen Luftwürzelchen umspielt. Aus ihrer Mitte trat ein kräftiger hellgrüner Trieb hervor, an dem üppige Knospen schlummerten. Man müsste ein Kleid haben, das genauso aussieht, dachte Lisette. Ein Zwiebelkleid, ein Tanzkleid mit flatternden Bändern.

»Das ist die Königin der Frühlingspflanzen, die Kaiserkrone«, erwiderte Albert.

Ein Kaiserkronenkleid. Sie legte die Zwiebel vorsichtig zurück zu den anderen und fuhr die Schubkarre zu den Beeten. Sie würde es zeichnen, später heute Abend. Auch wenn sie es bestimmt niemals nähen lassen könnte, zeichnen und träumen konnte man ja davon.

Als Albert seine Richtschnur anlegte, um als Erstes die Kaiserkronen in regelmäßigen Abständen auf alle Rabatten zu verteilen, reichte sie ihm die dicken Zwiebeln dazu aus dem Korb. Dazwischen kamen abwechselnd gelbe Lilien und hellrote Tulpen.

»Warum setzt du die Zwiebeln alle in eine gerade Reihe?«, fragte Lisette.

»Die Gnädige hat es gerne so gepflanzt, wie es auch in den öffentlichen Anlagen gepflanzt ist, deshalb.«

Lisette schaute mit zusammengekniffenen Augen auf die Beete und sah die Farben schon vor sich leuchten, die dort bald blühen würden. Vor ihrem inneren Auge strahlte das dunkle Orange der Kaiserkronen aber ganz anders, wenn es über den lila Tulpen und den dunkelroten Lilien leuchten würde. Man könnte die Farben ganz anders anordnen, so dass alles ineinander überging und sich gegenseitig hervorhob.

Albert zögerte, als sie ihm das vorschlug. »Wir sollten es lieber so machen wie immer, schon wegen der Gnädigen.«

»Ja«, seufzte Lisette. »Mutter hat alles sehr gerne so, wie es andere auch haben. Aber vielleicht können wir es auch *ein einziges Mal* anders machen!« Sie erschrak. Der Satz war ihr so schnell und laut herausgerutscht. Sie wusste, dass es nicht richtig war, vor dem Gärtner so von ihrer Mutter zu sprechen. Sie schielte zu ihm hinüber. Es sah so aus, als ob er lächelte.

»Wenn es Ärger gibt deshalb ...«, begann er.

»... ist es ganz alleine meine Schuld«, ergänzte Lisette.

»Aber wie willst du es denn machen?«, fragte Albert und Lisette strahlte ihn an. Das war immerhin kein Nein.

»Darf ich?«

Sie begann, die Zwiebeln in den Beeten umzusetzen. Sie sprang hin und her, grub neue Löcher in die weiche Erde, ohne dass die Richtschnur zum Einsatz kam. Irgendwann trat sie zurück und betrachtete ihr Werk. In ihrer Vorstellung stand das Beet schon in voller Blüte. Sie gesellte das dunkle Violett zum hellen Rot und stellte kleine leuchtende Inseln zusammen, die es so noch nie hier im Garten gegeben hatte.

Der alte Gärtner runzelte die Stirn. »Besonders regelmäßig wird das nicht«, gab er zu bedenken.

»Auf einer Wiese ist ja auch nichts regelmäßig«, antwortete Lisette. »Und trotzdem ist es wunderschön. Die Sterne sind auch nicht gleichmäßig am Himmel verteilt. Vielleicht sind sie deshalb viel schöner?«

»Ein Garten braucht aber seine Ordnung, sonst wäre er ja kein Garten, sondern Wildnis.«

Das stimmte. Der Plan des Gärtners war es, der die Wiese zum Garten machte. »Aber kann es nicht auch eine neue Ordnung geben?«, überlegte sie. »In der die Blumen nicht nach Abständen geordnet werden, sondern nach ihrem Leuchten? Es könnte so schön leuchten! Und um das ganze Rot und Pink und Violett und Orange binden wir ein Band aus den blauen Traubenhyazinthen und Vergissmeinnicht, eine blaue Atlasborte. Wie in dem schönen Frühlingsgedicht, wo der Frühling sein blaues Band flattern lässt.«

Albert betrachtete Lisettes Werk skeptisch.

»Können wir es nicht *ein Mal* so lassen?«, bat sie ihn, als sie seinen Blick sah. »Ich würde so gerne wissen, ob es so aussehen wird, wie ich es mir vorstelle, bitte, Albert.«

Er seufzte tief. »Und was machen wir mit den ganzen gelben Blumen? Die sind alle noch in der Schubkarre.«

»Damit pflanzen wir eine Sonne.« Sie deutete zu dem runden Beet, das vor dem Haus im Kies eingelassen war. »Dahin kommt eine Sonne aus allen gelben Blumen. Die strahlt dann jeden Tag für uns, egal, ob es Wolken gibt oder nicht.«

All die Gelbtöne der verschiedenen Blumen würden zusammen wie Sonnengold leuchten. Auch an den trüben Tagen würden diese Blumen bis in den kleinen Salon hineinstrahlen, wenn Mutter es nur einmal zulassen würde, die Vorhänge weiter aus dem Fenster zu ziehen.

Die Sonne stand schon tief, als Lisette noch mit der Schere durch den Garten ging, um Zweige für das Haus zu schneiden. Manche Sträucher blühten schon, andere würden in der Vase im warmen Zimmer erst aufblühen. Sie schnitt einen großen Strauß aus rosa Zauberhasel und Blutpflaume und steckte lange leuchtend gelbe Zweige von den Forsythien und hohe Osterglocken dazwischen. Sie würde den Frühling ins Haus holen. Und alles würde duften.

> Sie (die Tochter) muss wie ein Frühregen sein: geräuschlos, ohne Ansprüche und voll Segen.
> *Der Gute Ton, 1895*

Im Salon hatte sich um Dora Winter eine kleine Teegesellschaft versammelt. Die dicke Frau Kommerzienrat Buchinger von nebenan, die kein Stück Kuchen liegen lassen konnte und für Thereses Nusstorte wahrscheinlich Diebstähle begehen würde, und ihre Tochter Magdalena, der man jetzt schon ansehen konnte, dass sie die Figur ihrer Mutter geerbt hatte, sprachen dem guten Kuchen zu. Walter Buchinger und Friedrich, die zusammen als einjährige Freiwillige ihren Heerdienst leisteten, waren fürs Wochenende nach Hause gekommen und unterhielten sich über die Anforderungen, die sie für die Offizierslaufbahn erfüllen mussten. Magdalena verfolgte das Gespräch interessiert und schrie erschrocken auf, als sich die Tür zum Garten plötzlich öffnete und sich mit einem Schwall kalter Frühlingsluft ein riesiges Bündel von Zweigen in den Salon schob.

Lisette, die hinter den Zweigen kaum zu sehen war, fuhr ebenso erschrocken zusammen. Sie hatte nicht damit gerechnet, überhaupt gesehen zu werden. Jetzt brachte sie nicht nur frische Luft und Blumen mit, sie hinterließ auch eine dicke Spur krümeliger dunkler Erde auf dem hellen Teppich.

Dora wollte im Boden versinken. Alle starrten Lisette entgeistert und sprachlos an, und Lisette starrte sprachlos zurück. Bis Walter Buchinger in die peinliche Stille hineinrief, sie sehe ja aus wie eine Frühlingsgöttin! Mit all der Erde und den Blüten, und man müsse sie unbedingt malen lassen, genauso, wie sie da nun stünde! Genau so!

»Wohl eher wie ein Maulwurf!« Friedrich stand auf, froh, dass Walter die Situation gerettet hatte, und breitete die Arme aus, um seine Schwester zu begrüßen und sie gleichzeitig weg von den Blicken der Gäste in die Eingangshalle zu ziehen.

»Wird es nicht langsam Zeit, dass du dich wie eine junge Dame benimmst?«, sagte er streng und schüttelte den Kopf. »Frühlingsgöttin. Immerhin scheinst du kleines Ungetüm plötzlich alt genug zu sein, um Verehrer zu gewinnen. Walter ist ja ganz außer sich vor Entzücken.«

»Unsinn«, murmelte sie, »ihm gefielen bloß meine Zweige.«
Er klingelte nach Anni, wies sie an, als Erstes die Erde wegzukehren, und schickte Lisette nach oben zum Umziehen. »Und zum Waschen«, fügte er hinzu, als er ihre Hände sah. Aber die Zweige brauchten Wasser, wollte Lisette widersprechen, schluckte es jedoch herunter, als sie seinen strengen Blick sah. Die Zweige waren plötzlich viel weniger schön. Und auch sie bemerkte nun die Erde auf ihrem Kleid, an ihren Händen. Überall war Erde.

Sie hatte kaum ihre Hände gewaschen, da stand ihre Mutter schon vor ihr, blass vor Zorn. »Du bist zu alt, um im Garten bei dem Gärtner zu spielen!«

»Ich habe nicht gespielt. Ich habe gepflanzt!«, verteidigte sich Lisette. »Ich habe etwas gemacht, an dem wir den ganzen Frühling über Freude haben werden! Es wird wunderschön! Du wirst sehen, dass es viel schöner wird als sonst, weil ...«

»Es gehört sich nicht! Du kannst nicht in den Salon trampeln, mit dreckigen Schuhen wie ein Bauernmädchen! Wir haben Personal, das sich um die Blumen kümmert. Deine Aufgabe wäre es gewesen, die Gäste zu unterhalten!«

Die Stimme ihrer Mutter überschlug sich fast.

»Das hast du doch schon gemacht!«, schrie Lisette zurück. »Ich weiß sowieso nie, über was ich reden soll mit diesen dummen Wachteln!«

»Lisette!«

Rot, dunkelrot kochte die Wut in ihr. Sie sah am Gesicht ihrer Mutter, dass sie zu weit gegangen war, sie spürte es selbst, aber sie konnte sich nicht mehr bremsen. Eben noch war alles so herrlich gewesen. Jetzt war schon wieder alles kaputt. Alles, was sie machte, alles, was schön war, war falsch.

»Ich werde nie die Tochter sein, die du gerne hättest!«

Sie brach in Tränen aus und stürmte aus dem Zimmer, die

Treppe hinauf und warf sich aufs Bett. Neben ihr auf dem Nachttisch lag das Sticktuch, das Fräulein Heinlein in ihr Zimmer geräumt hatte.
Dein Heim sei deine Welt, darin es dir gefällt.

So konnte es nicht weitergehen. Dora bekam die halbe Nacht kein Auge zu, weil Lisette durch ihre Gedanken geisterte und sie nicht zur Ruhe kommen ließ. *Sie würde nie die Tochter sein, die sie gerne hätte.* Man konnte nicht mehr darüber hinwegsehen: Lisette war ein Mädchen, das den rechten Weg nicht fand. Sie war unmöglich, unbelehrbar, wie vom Teufel geritten. Sie hatte so wenig von der sanften blonden Tochter, die sie sich immer vorgestellt hatte, dass sie manchmal dachte, wenn sie nicht selbst bei ihrer Geburt dabei gewesen wäre, dann würde sie glauben, man habe sie vertauscht. Es war doch ungerecht, dass gerade sie, die sich so sehr mühte, alles richtigzumachen, mit so einer Tochter gestraft wurde. Warum war das Mädchen so aufsässig? Die Söhne waren Goldschätze. Die Tochter war der Dorn, der sie stetig pikste. Aber jetzt war es genug. Dieses Kind würde keine Zweige mehr ins Haus schleppen, keinen Dreck mehr hereinbringen wie bei armen Leuten, sie nicht mehr blamieren vor den Nachbarn, die sich bestimmt den Mund zerreißen würden darüber, wie es im Hause Winter zuging. Sie würde sich nicht mehr auf Gesellschaften wagen können, weil man in allen Ecken tuscheln würde. Daran sieht man doch die Herkunft, hörte sie die feinen Damen raunen, die lässt sich nicht verleugnen. Gartenblumen im Haus! Es war nicht zu fassen. Jetzt würde jeder denken, dass sie kein Geld für Seidenblumen hätten, die doch so viel schöner waren. Dabei hatte sie erst kürzlich ein kleines Vermögen für die kunstvollen Sebnitzer Seidenblumen ausgegeben, die schönsten, die man derzeit bekommen konnte. Alles hatte Lisette wieder zunichtegemacht. Der Ruf war ruiniert.

Es war doch schon bitter genug, dass sie in ihrer Villa keine Ahnengalerie hatten, weil es keine vorzeigbaren Ahnen gab. Die ganzen Jahre hatten sie verbergen können, woher sie kamen. Ihre Familie kam aus Igstadt, einem Dorf! Das durfte hier niemand jemals erfahren, dass sie aus ganz kleinen Verhältnissen kam. Ihr Vater war Schreiner, und sie besuchte ihre Familie so gut wie nie. Weil sie sich für ihre Eltern schämte, die im Gegensatz zu ihr nichts aus ihrem Leben gemacht hatten. Was, wenn sie jemand dort sähe? Nicht auszudenken.

Es war ein Glück, wie Otto das alles geschafft hatte. Alles hatten sie getan, alles, um hier in der Gesellschaft zu bestehen. Aber wenn Lisette so weitermachte, würde sie noch alles entlarven. Damit musste jetzt Schluss sein. Lisette würde ihr keine Unverschämtheiten mehr ins Gesicht sagen.

Als der Morgen dämmerte, stand für Dora Winter fest: Lisette gehörte ins Pensionat.

Natürlich war es ein wenig traurig, dass die Kinder alle das Haus verließen. Friedrich als Einjähriger im Kaiserlichen Heer, Lisette im Pensionat. Doch Wilhelm würde ihr bleiben.

Beim Frühstück, zu dem Lisette nicht erschien, verkündete Dora diese Entscheidung, und ihr Ton war so fest und unnachgiebig, dass keiner ihren Entschluss in Zweifel zog. In Wilhelms Gesicht sah sie einen Funken des Widerspruchs aufflammen, aber sie zog es vor, ihn nicht genauer anzuschauen. Außerdem war er gestern gar nicht dabei gewesen. Friedrich, der ja direkt bezeugen konnte, wie unmöglich Lisette sich benommen hatte, stimmte ihr mit Nachdruck zu. Also war es beschlossen, und man würde sich noch heute darum kümmern, einen Pensionatsplatz zu finden. Zum Glück hatte man ja Verbindungen.

Nach dem Frühstück inspizierte Dora die Rabatten, um sich zu vergewissern, dass auch alles richtig gepflanzt war. So wie immer. So wie es der Kaiserin hier in den Anlagen so gut gefiel. Was konnte schon falsch sein am erlesenen Geschmack der Kaiserin? Lisettes Satz, dass es »viel schöner sein würde als sonst«, hatte schlimmste Befürchtungen in ihr geweckt. Nicht zu Unrecht, wie sich nun herausstellte.

Der Gärtner druckste erst ein wenig herum und wollte nicht heraus mit der Sprache. Aber als sie ihn direkt darauf ansprach, erzählte er, dass das gnädige Fräulein eine wunderbare neue Ordnung vorgeschlagen hätte. In kurzer Zeit schon würde man sehen können, wie schön …

Das hatte ihr gereicht. »Pflanzen Sie alles um«, wies Dora ihn an. »Wir halten es so, wie wir es immer gehalten haben.«

Damit wandte sie sich zum Gehen, die Sache war für sie erledigt. Aber der alte Gärtner fing noch einmal davon an.

»Das gnädige Fräulein Lisette hat eine besondere Vorstellungskraft, eine Gabe, es wäre schade …«

Unwirsch fiel Dora dem Gärtner ins Wort. Das gnädige Fräulein müsse vor allem lernen, sich anzupassen und sich ihrem Stande gemäß zu benehmen. »Vorstellungskraft wird ihr dabei nicht von Nutzen sein, deshalb werden wir sie nicht dazu ermutigen, so etwas noch einmal vorzunehmen. Und Sie sollten sich an die Anweisungen derer halten, die Sie bezahlen.«

Diese Botschaft schien bei ihm angekommen zu sein, denn er senkte den Kopf und murmelte etwas, das so klang wie »Jawohl, gnädige Frau«.

Als Albert schweren Herzens die Richtschnur vom Nagel nahm, an die er sie am Abend zuvor gehängt hatte, die Zwiebeln wieder ausgrub und entlang der Schnur legte, wie immer, glaubte er, Lisette am Fenster stehen zu sehen. Er hob die Hand zum Gruß, doch sie drehte sich abrupt weg.

Die Arbeit war an diesem Tag zäh und freudlos, und in einem plötzlichen Impuls von Aufmüpfigkeit beschloss er, das Sonnenbeet vor dem Haus, das Lisette mit so viel Freude dort gestaltet hatte, genauso zu lassen, wie es war. Dann hatte er es eben vergessen. Die Sonne würde bleiben.

Albert ahnte nicht, dass Lisette ihre Sonne nicht sehen würde, weil sie ins Pensionat kommen würde, bevor die Blumen überhaupt aufblühten. Aber er sah die Sonne jeden Tag. Und alle Bewohner des Hauses in der Humboldtstraße sahen die Sonne ebenfalls jeden Tag. Und jeder von ihnen hatte dazu seine ganz eigenen Gedanken.

2006

Lisette war mir vollkommen unähnlich, sie war eigentlich viel mehr wie meine Mutter Paula, ungeduldig und eigenwillig, sie war all das, was sie nicht sein sollte, und genau so, wie Paula mich am liebsten gehabt hätte. Paula gab in Gesellschaften gerne zum Besten, wie ungern ich in den Kinderladen gegangen bin und wie viel lieber ich bei ihr bleiben wollte. »Und dann immer diese Tränen an der Tür!«

Ich erinnerte mich natürlich an nichts.

»Maya war so ein Klammerkind! Andere sind einfach losmarschiert: Kinder, buntes Spielzeug, Spaß! Und wer hing an meinem Rockzipfel? Die kleine Maya.«

Paula seufzte dann theatralisch, und ich wusste, sie hätte lieber eine mutige Tochter gehabt, eine Draufgängerin. Nicht so ein ängstliches Mädchen, wie ich es war. Dabei hatte sie mir so viel

Pippi Langstrumpf vorgelesen, Matilda und Ronja Räubertochter. Ich bewunderte diese aufmüpfigen Mädchen alle heimlich, aber sie beschämten mich, denn ich war nie Pippi, ich war immer die kleine Annika. Meine Mutter schenkte mir Autos und Schwerter und Cowboyhüte, aber ich sehnte mich nach der Puppenwiege mit der weißen Spitzengardine, die meine Freundin Lena bekommen hatte. Ich musste nie ausgebremst werden, mich musste man eher anfeuern. Wird man automatisch mutiger, wenn die Mauern höher sind, die man überwinden muss? Wäre ich als Lisette auch kämpferisch gewesen und eigensinnig, oder wäre ich genau die Tochter gewesen, die ihre Mutter sich gewünscht hatte? Weil ich eben so war, wie ich war. Ein bisschen zu brav, ein bisschen zu ängstlich. Ein bisschen zu langweilig? *Dem kleinen Veilchen gleich, das im Verborgenen blüht?*

Nächstes Jahr würde ich dreißig werden. Ich hatte immer gedacht, wenn ich erst mal dreißig wäre, dann hätte ich es geschafft, dann wäre ich jemand. Eine interessante Frau mit einem tollen Haarschnitt von einem total angesagten Friseur, bei dem man sich nur einmal durch die Haare fahren musste und immer gut aussah. Den würde ich mir mit dreißig leisten können, weil ich natürlich einen super Job hätte und dazu eine wunderschöne Wohnung und einen perfekten Mann. Und wenn wir nicht schon ein Kind zusammen hätten, dann wüsste ich zumindest, dass er der Mann ist, mit dem ich Kinder bekommen würde. Hätte, würde, könnte …

Ich hatte nichts von all dem. Meine langen braunen Haare schnitt ich selbst vor dem Spiegel. Weil ich lockige Haare hatte, kam es nicht so darauf an, ganz perfekt zu schneiden, man sah es nicht, wenn es ein bisschen schief wurde. Aber das war das unwichtigste der unerreichten Ziele. Einen tollen Job hatte ich leider auch nicht. Eigentlich hatte ich davon geträumt, Literatur zu übersetzen, hatte Anglistik und Romanistik studiert und ein Studium für Übersetzung drangehängt. Genau die beiden Sprachen zu studieren, die fast jeder konnte und in denen es die meisten Übersetzer gab, verlieh mir nicht gerade ein Alleinstellungsmerkmal. Ich wartete noch immer auf den Tag, an dem ich mit einem berühmten französischen Autor in einem Straßencafé sitzen würde, um mit ihm die Feinheiten meiner Übersetzung zu diskutieren. Stattdessen übersetzte ich als Elternzeitvertretung Korrespondenz für eine Technologiefirma und hoffte insgeheim, dass die Frau, die ich vertrat, gleich auch noch fürs zweite Kind zuhause bleiben würde. Ganz offensichtlich gehörte ich beruflich nicht zu denen, die es mit dreißig geschafft haben würden. Ich wohnte auch noch immer in meiner kleinen Studentenwohnung im Nordend, die meine Oma mitfinanzierte, ohne dass Paula davon wusste. Frankfurt war teuer. Ich hatte schon oft überlegt, aus Frankfurt weg und aufs Land zu ziehen, aber was ich dort an Miete sparte, würde ich an Benzin wieder ausgeben, und hier waren schließlich meine Freunde. Und Yannick.

In Bezug auf ihn war ich meinen selbstgesetzten Zielen am nächsten. Wir hatten keine Kinder, wir hatten auch noch nie darüber gesprochen, aber er war der Mann, mit dem ich einmal Kinder haben würde. Durch ihn würde mein Geburtstag nächstes Jahr mir zum Glück nicht nur mein Scheitern vor Augen führen. Und der Rest würde sich bestimmt auch irgendwann finden.

Yannick plante gerade mit seinen Fotokumpels eine Tour in den Osten, wo es mehr Lost Places gab als hier, im durch und durch erschlossenen und sanierten Westen. Dort wimmelte es noch von aufgegebenen Höfen und verlassenen Gutshäusern, die die Natur sich zurückeroberte, als wollte sie den Menschen sagen: Streng dich ruhig an, irgendwann gehört es doch wieder zu mir. Ich war mir unsicher, ob ich die Tour mitmachen würde. Seit ich von der verlassenen Sommervilla im Taunus wusste, kam es mir vor, als würde ich fremdgehen, wenn ich ein anderes verlassenes Haus betrat. Das Haus im Taunus war es, das ich ergründen wollte, und ich wollte mehr von Lisette erfahren. Ich hatte versucht herauszufinden, wer die letzten Besitzer gewesen waren, aber ich war noch nicht weitergekommen. Meine Oma hatte wieder nur mit den Achseln gezuckt und so getan, als hätte sie keine Ahnung, von was ich eigentlich spräche, als ich sie noch einmal danach gefragt hatte. Manchmal befürchtete ich, dass sie gar nicht so tat, als hätte sie alles vergessen, sondern dass dies wirklich der Fall war. Deshalb bedrängte ich sie nie, ich wollte nicht, dass wir uns beide eingestehen mussten, dass sie nicht mehr alles im Griff hatte. Sie war schon 89 Jahre alt, und ich hatte keine Ahnung, was wir machen würden, wenn es ihr mal nicht mehr gut genug ging, um alleine auf dem großen, leeren Bauernhof zu leben.

Ich fuhr nach Wiesbaden, spazierte durch die Straßen der Villenviertel und stellte mir vor, dass Lisette hier gelebt hatte. Die prunkvollen Villen standen noch immer, saniert, renoviert und beeindruckend. Man hatte die Grundstücke irgendwann geteilt, um in die einst großen Gärten neue, lukrative Mehrfamilienhäuser zu setzen, Garagen anstelle der Pavillons und Kutscherhäuser, geteerte, pflegeleichte Einfahrten anstatt geharkter Kieswege. Als ich zurück zum Auto ging, dachte ich, dass mein alter kleiner Opel Corsa zwischen all den teuren Limousinen, die hier parkten, ziemlich verloren wirkte. Tatsächlich zog ich einige skeptische Blicke auf mich, als ich in mein Auto einstieg. Zum Glück sprang es an. Die smarten und bestimmt sehr wichtigen Anzugträger schauten mir noch beim Ausparken zu, wahrscheinlich befürchteten sie, dass ich eines ihrer Luxusautos streifen könnte. Dann verschwanden sie in einer der Villen, in denen sich nun Kanzleien befanden. Ich fuhr zurück nach Frankfurt und dachte, dass diese Kanzleien selbst jetzt noch vom einstigen Renommee des Villenviertels in Kurparknähe profitierten.

Das monatliche Treffen von Yannicks Gruppe der Fotoabenteurer fand wie immer beim Griechen um die Ecke von mir statt. Das Essen dort war so schlecht, dass nie etwas los war. Ich erwähnte das Haus im Taunus mit keinem Pieps. Zwar brannte ich darauf, endlich in das Haus hineinzugehen, aber irgendetwas hielt mich zurück. Mit wem sollte ich hinfahren? Es war etwas so Persönliches, ich hatte keine Lust, mit einer Horde super ausgestatteter Fotocracks, die ich kaum kannte, durch das Haus zu gehen, fragte mich aber auch, warum ich nicht schon längst alleine mit Yannick hingefahren war. Wahrscheinlich hatte es sich einfach noch nicht ergeben.

Ich ging relativ früh nach Hause, weil sich an dem Abend alles um die Reise nach Brandenburg drehte, bei der ich nicht mitfuhr. Yannick hatte Verständnis dafür gehabt, dass ich nicht extra Urlaub nehmen wollte. Vielleicht fand er es auch toll, mit den Kumpels alleine unterwegs zu sein, und das war ja auch okay, man musste nicht immer alles zusammen machen.

Draußen vor der Tür des Lokals atmete ich erst mal tief ein. Die frische, kühle Luft war eine Wohltat nach dem Geruch von Frittierfett. Meine Kleider würde ich zuhause komplett in die Waschmaschine stecken können.

»Fährst du nicht mit in den wilden Osten?«, fragte eine Stimme hinter mir. Ich drehte mich um. Ich hatte gar nicht mitbekommen, dass der Typ, der heute zum ersten Mal dabei gewesen war, das Treffen anscheinend gleichzeitig mit mir verlassen hatte.

Ich schüttelte den Kopf, erklärte, dass ich nicht mehr so viel Urlaub hätte und sowieso nicht zum harten Kern gehörte. Dass mich die Geschichten der Häuser immer mehr interessierten, mehr als der gefotoshopte Schimmel oder die Ausrüstung. »Oder die Adrenalinkicks, wenn wir schon mal dabei sind.«

Er lachte. »Dann bist du gar keine richtige Lara Croft?«

»Sehe ich etwa so aus?«

»Ich habe mich schon gefragt, was du in dieser Gruppe machst. Du hast die ganze Zeit an etwas anderes gedacht, stimmt's?«

Ich sah ihn irritiert an. Er hatte mich beobachtet. Und er hatte bemerkt, dass ich nicht wirklich dazugehörte.

»Bist du eigentlich neu in Frankfurt«, fragte ich ihn, statt zu antworten, »oder nur neu in der Gruppe hier?«

»Beides.«

»Na dann, willkommen«, sagte ich und wünschte ihm noch einen schönen Abend, bevor ich ging.

Ich hatte gedacht, ich wäre ein besseres Chamäleon und besser getarnt. Ich glaube nicht, dass es bisher irgendjemandem aufgefallen war, dass ich nicht richtig dazugehörte. Schließlich interessierten sich die Urban Explorer mehr für Gegenstände und Flächen als für lebendige Menschen. Sie bildeten eine Gruppe, in der ich gut untertauchen konnte. Gruppen übten eine große Anziehungskraft auf mich aus, genau wie Familien, weil sie einem Zugehörigkeit schenkten, dieses Wir, um das ich schon immer buhlte.

Ob Lisette im Pensionat auch dazugehören wollte und dort das Chamäleon in sich gesucht hat, um nicht aufzufallen? Es muss sehr streng zugegangen sein. Bestimmt fühlte sie sich fehl am Platz zwischen all den braven Mädchen aus gutem Hause, die fleißig stickten, Klavier spielten und sich bescheiden unterordneten, auf dem Weg zur lobenswerten jungen Dame. Vielleicht hätte ich mich sogar wohlgefühlt in einer Welt voller Regeln und Handlungsanweisungen. Die Pippi Langstrumpf in mir zu entdecken war mir schon immer viel schwerer gefallen. Trotzdem glaubte ich, mir vorstellen zu können, wie Lisette sich gefühlt haben musste. Immer nicht ganz zugehörig. Immer leicht fremd. Immer auf der Hut.

2

1905

Lisette wusste jetzt, was es bedeutete, *sich zu entwickeln*. Ganz offensichtlich hatte sie sich entwickelt. Ihr Körper hatte Rundungen bekommen, die er früher nicht gehabt hatte. Plötzlich hatte sie Brüste bekommen, und sie wusste nicht so recht, was sie davon halten sollte. Was sie wusste, war, dass es sich fremd anfühlte. Manchmal gefiel sie sich. Manchmal gefiel sie sich überhaupt nicht. Manchmal ging es ihr viel zu schnell, wie sich ihr Körper veränderte, und sie sehnte sich nach dem Körper zurück, den sie kannte. Plötzlich passte sie in fast keines ihrer Kleider mehr hinein. Ihre Mutter und Frau Molitor hatten sich bei der letzten Anprobe diese vielsagenden Blicke zugeworfen und hatten beschlossen, dass die Zeit für ein festes Korsett gekommen war. Lisette hatte gemischte Gefühle, wenn sie daran dachte. In letzter Zeit hatte sie fast immer gemischte Gefühle, ganz egal, an was sie dachte.

Die Korsage musste sitzen, nicht zu fest, vor allem aber nicht zu locker, da waren sich ihre Mutter, Frau Molitor und die gesamte Modewelt sehr einig. Reformkleider, die ohne Mieder getragen werden konnten, hatten sich hier in Wiesbaden nicht durchgesetzt. Es galt schon als unanständig, das Wort nur auszusprechen. Die Damen liefen wie wandelnde Stundengläser umher, und manchmal sah es aus, als bräuchte es nur einen einzigen starken Windstoß, und sie würden in der Mitte durchbrechen.

Im Miedergeschäft strengte Lisette sich an, sich so dick wie möglich zu machen, damit ihr Mieder bloß nicht zu eng ausfallen würde. Eugenia, ihre Zimmerkameradin im Pensionat, hatte ihr dazu geraten. Zum Glück. Eugenia, ein Jahr älter als Lisette, war schon seit einem halben Jahr verlobt und hatte außerdem zwei ältere Schwestern, die über vieles Bescheid wussten. Sie hatte Lisette ständig spüren lassen, was für ein dummes kleines Küken sie war. Lisette mochte Eugenia nicht, und genauso wenig mochte sie, wie sie sich in deren Nähe fühlte.

Dennoch war Eugenia ein unerschöpflicher Quell ganz erstaunlicher Informationen. Tagsüber hatten die Mädchen gelernt, wie man sich auf Bällen verhielt und wie man seine Tanzkarten führte, sie hatten Papierfächer bemalt, auf denen die Herren ihre Tänze eintragen konnten, Lisette hatte schon eine ganze Schachtel davon im Schrank. Sie hatten Anekdotensammlungen auswendig gelernt, damit sie Konversationen bestreiten konnten, ohne zu langweilen und vor allem ohne zu klug zu erscheinen. Auf keinen Fall klüger als ein Mann.

Aber die wirklich wichtigen Dinge hatte Lisette abends vor dem Einschlafen von Eugenia erfahren. Zum Beispiel alles über das Küssen. Es gab Küsse, die man gewähren durfte, und Küsse, die man abzuwehren hatte. Ein ganzer Kosmos des Küssens hatte sich aufgetan, sobald das Licht in ihrem Zimmer gelöscht war, und das Küssen war erst der Anfang. Nach der Hochzeit würden im Ehebett Dinge geschehen, die weit über das Küssen hinausgingen. Während Eugenias älteste Schwester ihr von himmlischen Freuden berichtet hatte, die mit der Ehe auf sie zukommen würden, fand die andere Schwester, dass es das Schrecklichste an der Ehe war und dass sie es hielt wie Queen Victoria, die allen jungen Ehefrauen den Rat gab: »Close your eyes and think of England.« Nur, dass sie natürlich nicht an England dachte und auch nicht an Deutschland. Eher an ein neues Kleid. Oder einen neuen Putz für den Hut. Das waren die Dinge, über die auch Eugenia selbst am allerliebsten und am allerhäufigsten nachdachte. Woran es wohl lag, dass die beiden Schwestern so unterschiedlich berichteten? Und wie würde es wohl für sie selbst werden, dann, irgendwann?

Wenn Lisette abends im Dunkeln im Bett lag, küsste sie sich heimlich die Hand, um herauszufinden, wie ihre Lippen sich anfühlten, und überlegte, was es wohl mit den Gerüchten über die Beteiligung der Zunge beim Küssen auf sich hatte. Ob man sie tatsächlich in den Mund des anderen hineinschob? Es klang unvorstellbar! Und war es nicht sonderbar, dass sie einem Mann ihre Gedanken unbedingt vorenthalten sollte, sich ihre Zungen aber irgendwann im Mund begegnen würden?

Ilse wurde immerhin geküsst von ihrem Leo. War das am Ende auch der Grund, warum der Trotzkopf sich gewandelt hatte, weil man nur so dem Backfischdasein entfliehen konnte? Weil man dann erwachsen genug war, um zu küssen?

Nun stand Lisette im Unterkleid vor der resoluten Korsettverkäuferin, die so derart fest an den Bändern des Mieders zog, dass Lisette fast umfiel. Ein Erstmieder sollte das sein, aber es erschien Lisette schon ziemlich fortgeschritten, so fest und unbequem, wie es sich anfühlte. Lisette dehnte ihren Brustkorb auf, streckte weit ihren Bauch heraus und versuchte, nie vollständig auszuatmen, so dass ihr schon beinahe schwindelig wurde, nur damit bloß nichts zu eng geschnürt werden würde.

»Ziehen Sie den Bauch jetzt mal ordentlich ein, junge Dame«, wurde sie barsch aufgefordert.

»Mehr geht nicht«, keuchte Lisette und presste ihren Bauch

heraus, so gut sie konnte. Es fühlte sich schrecklich an, etwas so eng am Körper zu tragen, und sie zeterte und schimpfte in einem fort vor sich hin, dass sie keine Luft bekäme und dass es sie kniff und zwickte und dass das bestimmt nicht richtig so sei. Aus dem Augenwinkel sah sie, wie ihre Mutter, die jeden Handgriff genau verfolgte, peinlich berührt die Augen schloss.

»Na, na, na, jetzt will ich aber nichts mehr hören«, beschwerte sich irgendwann die genervte Korsettverkäuferin. »Man muss sich daran gewöhnen. Und Sie wollen doch den Männern gefallen.«

Und wer fragt danach, ob ich mir selbst gefalle?, dachte Lisette, behielt die Frage aber für sich. Sie hatte im letzten Jahr gelernt, manches besser für sich zu behalten. Es war einfacher.

Die Verkäuferin zog jetzt ein Maßband um Lisettes Taille.

»Fünfundfünfzig Zentimeter«, sagte sie stirnrunzelnd. »Wenn sich das gnädige Fräulein erst einmal an alles gewöhnt hat, kann sie bestimmt auf fünfundvierzig Zentimeter geschnürt werden. Bis sie heiratet, schaffen wir das, wenn wir uns schön anstrengen!« Sie nickte Lisette aufmunternd zu. »Also, zusammenreißen und hoch atmen, dann wird das schon. Man kann das lernen, schön in die Büste zu atmen, nicht wahr, gnädige Frau?«, bemerkte sie mit einem Seitenblick zu ihrer Mutter.

Dann warf sie noch einen ungenierten Blick in Lisettes Unterkleid. »Besonders viel Büste gibt es ja noch nicht.« Sie zupfte an dem Oberteil, um Lisettes Brüste nach oben zu pressen. »Aber was nicht ist, kann ja noch werden. Umso wichtiger ist es, die schmale Taille zu betonen. Dann wirkt die Büste gleich voller. Vielleicht kann Ihre Hausschneiderin etwas nachhelfen, da gibt es ja schöne Kniffe.«

Nicht besonders viel Büste. Schöne Kniffe. Die Anproben bei Frau Molitor kamen Lisette plötzlich paradiesisch vor. Niemals hatte die Schneiderin so respektlos von ihrem Körper gesprochen, niemals hatte sie sich so entblößt gefühlt. Sie hasste jede Minute hier in dieser dunklen Kammer, hinter den zugezogenen Vorhängen, und sie hasste diese Frau, die an ihr herumzerrte, die ihr ins weiche Fleisch kniff, von dem sie plötzlich wünschte, es wäre nicht ihres. Es war schwer, ruhig zu bleiben, aber das feste Mieder war die Eintrittskarte zur Welt der Bälle, der Küsse und der bunten Fächer, die in ihrer Schachtel darauf warteten, endlich mit den Namen gutaussehender junger Männer beschriftet zu werden. Ohne Mieder kein Ballkleid, ohne Ballkleid keine Küsse.

Als sie das Hinterzimmer des kleinen Ladens verließen, dachte Lisette erst, dass sie sich gut um das ganze Malheur herumgemogelt hatte, denn sie bemerkte das Korsett kaum. Doch schon nach wenigen Schritten spürte sie am ganzen Körper, wie es überall drückte. Es war etwas völlig anderes, im Stehen noch genug Platz zum Atmen zu haben, als sich mit dem Korsett zu bewegen. Schnell gehen, sich umdrehen, jemandem ausweichen, den Hut festhalten, bei jeder Bewegung zwängte sie das Korsett in einen Käfig. Plötzlich war da etwas, das sie bei jedem Atemzug einengte. Langsam und steif quälte sie sich über die sanft ansteigende Humboldtstraße, die sie sonst flink hinaufschritt. Das war wie ein Gefängnis! Sie versuchte, die aufsteigende Verzweiflung niederzukämpfen, aber sobald sie zuhause war, fiel der letzte Rest Beherrschung von ihr ab.

»Ich kann nicht mehr!«, rief sie und spürte, wie die Tränen ihr in die Augen schossen. »Ich will das nicht tragen!«

»Du wirst dich daran gewöhnen«, lächelte ihre Mutter. »Es ist nur die ersten Tage etwas ungewohnt.«

»Ich will mich nicht daran gewöhnen …«, schluchzte Lisette, die schon um Luft ringen musste, und je mehr sie sich aufregte, desto enger wurde es. »Ich halte es nicht aus! Ich muss hier raus, sofort. Jetzt sofort …«

»Bald wirst du es sogar mögen«, lächelte ihre Mutter. »Wenn ich morgens mein Korsett anlege, fühle ich mich erst richtig gerüstet für den Tag. Dann weiß ich, dass ich alles durchstehen kann, was der Tag von mir fordern wird. Und das wird dir auch so gehen.«

»Ich will aber andere Tage als du! Ich will mein Leben nicht in einem Käfig verbringen!«

Noch mit dem Hut auf dem Kopf stürmte Lisette nach oben in ihr Zimmer und warf die Tür mit einem lauten Knall hinter sich zu. Sie riss sich alles vom Leibe, der Hut flog in die Ecke, die Jacke hinterher. Sie wollte nur noch aus diesem Korsett heraus, immer enger schnürte es sich um sie zusammen. Ungeduldig knöpfte sie ihre Bluse auf und zog sie über den Kopf, weil es ihr nicht schnell genug ging. Nur raus aus diesem Käfig. Alles saß so stramm, sie bekam die vermaledeiten Knöpfchen der Korsage nicht auf. Ihre Hände waren ganz feucht, ständig rutschten ihre Finger ab, wenn sie versuchte, die Knöpfe durch die engen Knopflöcher zu drücken. Helle Panik mischte sich in ihre Wut. Sie griff nach ihrer Schere und schnitt sich das neue Mieder vom Leib. Das Material war so fest, dass sie mit der Schere immer wieder abrutschte und sich verletzte. Aber sie war so wütend, dass sie den Schmerz kaum bemerkte, Hauptsache, sie konnte wieder atmen.

Befreit keuchte sie auf, als sie das Korsett endlich los war. Sie schleuderte es in Fetzen durch das Zimmer und bedauerte, dass das keinen Lärm machte, warf sich erschöpft auf den Boden, zerknüllte den Stoff in ihren Händen und weinte heiße Tränen.

Lisette bemerkte ihre Mutter nicht gleich. Sie sah auf, weil die Stille im Raum plötzlich eine andere war. Da war das ungerührte Gesicht ihrer Mutter, der steife Hals auf ihrem fest geschnürten Körper. Wie versteinert stand sie da, und Lisette stockte der Atem, als der Blick ihrer Mutter sie traf. Was hatte sie da bloß angerichtet? Bälle, Feste, Verehrer, Küsse – adieu. Sie schaute auf das zerschnittene Korsett, dessen Fetzen wie die traurigen Federn eines Vogels, der dem Fuchs zur Beute gefallen war, in ihrem Zimmer verteilt herumlagen, und spürte plötzlich den Schmerz an ihrer Taille. Sie blutete. Nach all der heißen roten Wut begann sie fürchterlich zu frieren. Sie blickte hoch.

Starr wandte ihre Mutter sich ab und verließ das Zimmer ohne ein Wort.

Dora lag entkräftet in ihrem Schlafzimmer im Bett. Dieser Versuch war offensichtlich gescheitert. Sie wollte niemanden sehen. Anni brachte ihr einen Melissentee zur Stärkung der Nerven, den sie dankbar in kleinen Schlucken trank. Dummerweise hatte sie Anni gebeten, bei Lisette aufzuräumen, und damit auch noch dem Personal Einblick in diese missliche Lage gegeben, in der sie sich befanden. Wäre sie bei Sinnen gewesen, hätte sie dafür gesorgt, dass niemand außer der Familie von dem Korsettdrama erfahren hätte. Es drang schon genug nach außen, und man konnte nie darauf bauen, dass Anni nicht schwatzte, mit dem Mädchen der Buchingers nebenan oder dem Mädchen der Schellenbergs. Dann würde es schnell die Runde machen, blitzschnell. Nicht auszudenken, wie sie tuscheln würden. Sie würde Anni um Verschwiegenheit bitten müssen. Vielleicht mithilfe der dunkelblauen Seidenbluse, die ihr etwas zu eng geworden war.

Dora stellte die Tasse ab, sank ermattet zurück ins Kissen

und schloss die Augen. Sie hatte so sehr darauf gebaut, dass das neue Korsett nicht nur den Körper ihrer Tochter, sondern ihr ganzes Wesen in Zaum halten würde. Dieses Kind verstand nicht, worauf es ankam. Was hatten sie nicht schon alles versucht?

Nachdem das erste Pensionat sie binnen weniger Wochen nach Hause geschickt hatte, hatte man zum Glück schnell ein zweites ausfindig gemacht. Dort hatte man es länger mit Lisette ausgehalten, wobei eine großzügige Spende der Baufirma Winter eine entscheidende Rolle gespielt hatte. Doch bald hieß es auch dort, ihr fiele es schwer, sich an Regeln zu halten, das Mädchen sei eigensinnig und disputierte gern. Ja, das klang nach Lisette. Sie sei zwar bei den Mädchen beliebt, klug und fantasievoll und hätte ein gutes Auge, aber es fehlte an natürlicher Demut. Man glaubte, sie sei im Kreis der Familie besser aufgehoben.

Dora verstand genau, was die Pensionatsleiterin meinte, als sie diese Worte aussprach und die Familie bat, Lisette wieder mit nach Hause zu nehmen.

Es wurde wirklich Zeit, dass ein junger Mann daherkam, bevor es sich herumzusprechen begann, dass Lisette schwierig war. Aber wie sollte sie einen jungen Mann kennenlernen, wenn sie das Korsett verweigerte? Man müsste sie eben zwingen.

Es würde keine neuen Kleider geben, bis sie sich dazu bereit erklärte, wieder ein Korsett zu tragen. Ohne Korsett keine neue Garderobe. Da Lisette fast nichts mehr passte, seit sie begonnen hatte, sich zu entwickeln, würde es nicht allzu lange dauern, bis sie nachgab.

> Nur keine lose hängenden Jacken! Sie machen einen nachlässigen Eindruck und sollen von keiner Frau, die auf Anmut hält, getragen werden.
>
> *Der Gute Ton, 1895*

Dass Mutter nicht mehr mit ihr sprach, seit dem Vorfall mit dem Korsett, der nun schon über eine Woche zurücklag, war zwar nicht schön, aber Lisette hielt es aus. Ebenso gut hielt sie es aus, dass es keine neuen Kleider für sie gab. Sie zog morgens eine lose Morgenjacke über ihr Nachtkleid und blieb trotzig den ganzen Tag in dieser Garderobe, die eigentlich nur fürs Schlafzimmer bestimmt war. Es war sehr gemütlich. Lisette hatte fest vor, diesen Kampf zu gewinnen. Niemals würde sie sich wieder in ein Korsett stecken lassen. Niemals. Auch wenn Bälle und Tanzkarten, Verehrer und Küsse damit komplett aus ihrer Reichweite rückten. Dann pfiff sie eben darauf.

Wilhelm, Friedrich, selbst Anni waren nacheinander zu ihr gekommen und hatten versucht, sie zur Einsicht zu bringen. Anni sogar mithilfe warmer Butterhörnchen und einem Gruß von Therese.

Aber Lisette fand nicht, dass es an ihr war, nachzugeben. »Rede doch mit Mutter, wenn du der Meinung bist, dass der Streit beendet werden muss!«, sagte sie zu Wilhelm, woraufhin der abgesandte Schlichter, wie die anderen auch, ihr Zimmer seufzend und unverrichteter Dinge verließ.

Nun kam Anni schon zum zweiten Mal. Heute Morgen war ein neues Zweitmädchen ins Haus gekommen, um Therese und Anni bei der Arbeit zu unterstützen.

»Was soll sie bloß denken?«, fragte Anni und strich sich nervös ihre gestärkte Schürze noch glatter.

»Dass Mütter und Töchter sich nicht immer einig sind«, antwortete Lisette.

»Es ist doch peinlich, wenn das gnädige Fräulein den ganzen Tag im Morgenmantel durchs Haus läuft. Wie soll ich dem neuen Mädchen das denn erklären?«

»Sage ihr, wie es ist! Dass meine Mutter sich weigert, mir neue Kleider machen zu lassen.«

Anni schaute Lisette verzweifelt an. »Das geht doch nicht.«

»Ist sie denn nett?«

»Wird sich zeigen«, seufzte Anni und sah unglücklich aus.

Henriette, berichtete Anni, kam aus der städtischen Kinderbewahranstalt, der Mopskaserne, wie alle das Kinderheim nannten, und war ungefähr so alt wie Lisette. Anni hatte gehört, dass sie flicken und kleinere Änderungsarbeiten machen konnte und mit dem Bügeleisen geschickt umging.

Dann würde sie wahrscheinlich recht schnell zu ihr geschickt werden, dachte sich Lisette. Um nach ihren Kleidern zu schauen. Damit Mutter den Morgenmantel nicht mehr sehen musste. Doch Lisette würde nicht einknicken. Sie würde den Kleider-Schweigekrieg nicht verkürzen, indem sie einem Dienstmädchen erlaubte, an ihrer Kleidung herumzunähen. Diesen Gefallen würde sie Mutter nicht tun.

Eigentlich war es viel leichter, sich zu widersetzen, als sie gedacht hatte. Wenn man einmal damit angefangen hatte, aus der Rolle zu fallen, war es gar nicht so schwer, einfach weiterzumachen.

»So schöne Kleider«, staunte Henriette, als sie vor Lisettes Kleiderschrank stand, und verstummte. Henriette war zart, blass und trug ihr honigblondes Haar in einem festen Knoten. Lisette hatte sich eigentlich vorgenommen, das neue Mädchen nicht zu mögen. Aber dieser Vorsatz löste sich auf wie ein Sahnebonbon im Mund, beim ersten Blick in Henriettes karamellfarbene Augen.

Lisette musste unwillkürlich lächeln. Sie mochte Henriettes goldenen Blick sofort und wollte es dem zurückhaltenden Mädchen, das unsicher vor ihr stand, nicht noch schwerer machen. Bereitwillig zeigte sie ihr all ihre Kleider.

Schüchtern strich Henriette über die Stoffe, nahm ein Kleid heraus, hängte es wieder zurück und sah Lisette dann hilflos an.

»Ich soll ... also, ich meine ...« Sie brach ab.

Lisette half ihr. »... schauen, was man wie ändern kann, weil es untragbar ist, dass das gnädige Fräulein den ganzen Tag im Morgenmantel herumläuft?«

»Genau.« Henriette atmete erleichtert aus.

»Du kannst ruhig sagen, dass ich mich weigere.«

»Aber die Kleider sind ... wunderbar. Man könnte sie doch weitertragen. Es ist doch viel zu schade ...«

Ehrfürchtig strich Henriette über den glatten Stoff des hellblauen Atlaskleides, über den braunen Samt des Kleides daneben.

Lisette fühlte sich mit einem Mal schäbig. Henriette träumte von so einem Kleid, und sie, Lisette, weigerte sich, es anzuziehen. Aber deshalb konnte sie doch jetzt nicht nachgeben?

»So ein schönes Prinzesskleid hat niemand, den ich kenne. Wir tragen Blusen und Röcke, weil das praktischer ist.«

Henriette lächelte ein verlegenes Karamelllächeln. »Darf ich Sie fragen, warum Sie Ihre schönen Kleider nicht mehr anziehen möchten?«

»Ich möchte kein Korsett tragen«, sagte Lisette. »Und Mutter will mir keine neuen Kleider nähen lassen, bis ich mich füge. Aber im Morgenmantel möchte sie mich auch nicht sehen. Lieber will sie, dass ich mich in zu kleinen Kleidern jeden Tag schäme. Und dann doch nachgebe.«

Henriette nickte langsam, nahm ein Kleid aus dem Schrank und hielt es prüfend vor Lisette: »Ich glaube nicht, dass man es einfach ändern kann. An den wichtigen Stellen, da ist es besonders schwierig ...«

Lisette sah, wie das Mädchen sie verstohlen musterte und versuchte zu sehen, wie groß ihr Busen schon war, was der Morgenmantel momentan in seinen üppigen Faltenwürfen verdeckte.

»Genau! Das ist bestimmt sehr schwierig. Das mit den wichtigen Stellen hinzubekommen.« Lisette war erleichtert.

Sie blickten sich verschwörerisch an.

»Und sie sind ein bisschen größer als deine«, bemerkte Lisette. »Deshalb würde *dir* das Kleid sehr gut passen.«

Henriette riss die Augen auf, wurde ein bisschen rot, und sie mussten beide kichern.

»Weißt du, was ich an dem Kleid hier eigentlich nicht mag?«, fragte Lisette und deutete auf ihr Samtkleid.

Henriette schüttelte den Kopf. »Wie kann man irgendetwas an diesem Kleid nicht mögen?«

»Es ist ein Stehkleid. Man kann damit überhaupt nicht laufen. Man stolpert ständig über den Saum. Wenn man ihn nicht anhebt, bleibt man darin hängen und fällt hin.«

Lisette hob den Saum ihres Morgenmantels auf übertrieben gezierte Art etwas an und schob sich mit winzigen Schrittchen durch ihr Zimmer. »Man kann nichts in den Händen tragen, man kann nur trippeln oder stehen oder sitzen und sticken. Oder stolpern! Da hast du es besser.«

Sie deutete auf Henriettes graues Kleid, auf dem eine weiße Schürze blitzte. »Tut mir leid, Anni«, sagte Lisette und knickste höflich. »Ich kann heute die Tafel nicht decken, ich muss meinen Rock halten!«

Henriette knickste ebenfalls. »Ich kann die Terrine nicht

nach oben tragen, die Herrschaft muss heute leider hungern, denn ich muss meinen Rock halten!«

Zum ersten Mal seit Tagen lachte Lisette laut auf. Wenn man trotzig mit Morgenjacke durchs Haus lief, gab es nicht viel zu lachen.

»Aber Sie müssen doch gar nichts tun«, sagte Henriette.

»Das würde ich aber gerne.«

»Und was?«, fragte Henriette neugierig.

»Ich weiß nicht ...«, sagte Lisette und fand es plötzlich peinlich, vor Henriette zu jammern. Was würde sie gerne tun?

»Ich würde mir gerne Kleider ausdenken«, sagte sie zögernd. »Kleider, in denen man sich bewegen kann und in denen man kein Korsett braucht. Und ich würde sie auch gerne nähen können. Oder ich würde gerne Gärtner werden und immer draußen sein. Dann könnte ich Gärten entwerfen und sie bepflanzen. In den buntesten Farben. In England gibt es Frauen, die so etwas machen.« Sie zuckte die Achseln. »Ich stelle es mir schön vor, wenn man sieht, was man gemacht hat. Wenn etwas einen Sinn hat.«

»Und warum machen Sie es nicht?«

Lisette sah Henriette überrascht an. »Na, weil ich es nicht darf.«

Henriette nickte. »Aber Sie dürfen eigentlich auch nicht den ganzen Tag im Morgenmantel herumlaufen.«

Lisette stutzte. Das stimmte. Sie durfte es nicht. Und sie tat es trotzdem. Sie hielt unwillkürlich den Atem an. Plötzlich war sie viel zu aufgeregt, um einfach weiter zu atmen. Henriette hatte recht. Worauf wartete sie eigentlich? Und was würde geschehen, wenn sie einfach anfing? Mit irgendetwas. Sie nickte entschlossen. Sie würde aufhören zu warten und einfach anfangen, etwas zu tun. Irgendetwas. Heute. Jetzt.

Lisette suchte ihr Skizzenbuch, in das sie das Kaiserkronenkleid gezeichnet hatte. Es kam ihr vor, als wäre es Ewigkeiten her, dabei war es erst letztes Jahr gewesen, kurz bevor sie ins Pensionat geschickt worden war. Endlich fand sie das Heft und betrachtete ihre Skizzen von damals. Nichts war starr oder steif an diesem Kleid. Lisette wusste plötzlich, wie eine Frau sich in diesem Kleid fühlen würde, sie spürte wie die Ärmel flatterten und wie der Rock beim Laufen schwang. So mussten Kleider sich anfühlen. Genau so.

Warum war es so angenehm, Nachthemden zu tragen? Weil nichts einengte. Aber zu Nachthemden wurden diese Gewänder doch nur, weil sie aus Wäschestoff gemacht waren. Wenn man ein Kleid wie ein Nachthemd nähen würde, aber aus einem guten, geschmeidigen Kleiderstoff? Mit hübschen Ornamenten. Aus einer zarten Seide. Grün wie das weiche Waldgras auf ihrer geheimen Lichtung jenseits des Sommerhauses. Das wäre ein Kleid, in dem sie sich unbeschwert bewegen könnte.

Ein Kleid, das sie umhüllte und streichelte.

Ein Kleid, in dem sie sich schön fühlen könnte.

1905

Kronprinz Wilhelm und Cecilie heirateten in Berlin. Otto las es Dora zum Frühstück aus der Zeitung vor. Selbst nahm Dora noch immer keine Zeitung in die Hand, weil sie der Meinung war, dass das einer Frau nicht gut zu Gesicht stand. Von Politik verstanden Frauen sowieso nichts, und die wichtigen Dinge, die Dora wissen musste, erfuhr sie von ihrem Mann. Mit einem spektakulären, aufs Prächtigste geschmückten Festzug würde das Paar vom Brandenburger Tor bis zum Stadtschloss gefeiert werden. Letzten Herbst hatten sie sich verlobt, und jetzt war es so weit.

Eine Verlobung, dachte Dora, wäre vielleicht die Lösung für ihre widerspenstige Tochter. Doch weiter entfernt von einer Verlobung als jetzt konnte Lisette gar nicht sein, gestand sie sich seufzend ein und goss noch etwas Kaffee nach.

Sie hatte lange nicht mit Otto und den Söhnen gefrühstückt, außerstande hatte sie sich gefühlt und die Schwäche noch nicht einmal vortäuschen müssen. Der bloße Gedanke, ihrer Tochter zu begegnen, die seit drei Wochen in Morgengarderobe durchs Haus lief, ließ sie stets wieder kraftlos in die Kissen zurücksinken. Allein das weiche Bett war ihr ein sicherer Ort.

Doch Friedrich, ihr lieber Friedrich, hatte gestern bei ihr gesessen, ihr die Abendsuppe ans Bett gebracht und sie überredet, wieder aufzustehen. Man könne Lisettes Verhalten nicht hinnehmen und sie müsse Stärke zeigen. Mehr denn je, hatte er gesagt und ihre Hand genommen. Der gute Junge. Recht hatte er. Mit den Jungen hatte sie so ein Glück. So ein wunderbares Glück. Fast hatte sie sich geschämt, dass er sie an ihre Aufgabe als Mutter erinnern musste. Doch davon hatte er nichts hören wollen. Sie würden sich auf sie freuen, es wäre so einsam beim Frühstück ohne sie, hatte er angefügt und sich mit einem Kuss verabschiedet.

Nun waren die Männer gegangen, um ihrem Tagewerk nachzugehen, und sie fühlte sich bedeutend besser als in den letzten Wochen. Alle waren ausgesprochen freundlich mit ihr umgegangen, keiner hatte Lisette auch nur erwähnt.

Sie war froh, auf Friedrich gehört zu haben, und griff zum Badeblatt, um nachzulesen, welche Berühmtheiten aus aller Welt heute in Wiesbaden eintreffen würden. Das russische

Fürstenpaar mit den unaussprechlichen Namen war wieder da. Herrlich, wie der Adel durch Wiesbaden flanierte, die ganze Stadt war geadelt dadurch, die Familie, ja, sie selbst fühlte sich geadelt durch die Anwesenheit der Grafen und Zaren, Herzöge, Fürsten und Barone. Sie blätterte um und blieb an einem Namen hängen. Die Baronin von Stetten zu Waltershain würde heute anreisen. Im letzten Jahr hatte sie die Baronin auf einer Gesellschaft kennengelernt. Eine erstaunlich robuste Frau von wenig Eleganz, erinnerte sie sich, trotz dieses imposanten Titels, den sie trug. Dora erinnerte sich jedoch vor allem an eines: Die Baronin von Stetten hatte einen Sohn, Offizier im Kaiserlichen Heer. Und brauchte der Adel nicht immer Geld, um die großen Güter irgendwo in Preußen am anderen Ende der Welt zu unterhalten? Wo lag dieses Waltershain noch gleich? Sie konnte sich nicht daran erinnern.

Aber dass der Kaiser persönlich die von Stettens auf ihrem Gut schon mit seiner Anwesenheit beehrt hatte, daran erinnerte sie sich gut. Nicht auszudenken, den Kaiser im eigenen Anwesen begrüßen zu können! Wenn Seine Majestät auf der Gästeliste von Lisettes Hochzeit stehen würde. Nein, es war nicht auszudenken! Man müsste sofort Visiten machen. Man könnte es so einfädeln, dass man die von Stettens zu Lisettes Geburtstag einlud. Das waren keine zwei Wochen mehr. Zum Glück hatten sie die nötigen Verbindungen, all das zu arrangieren.

Was bloß aus ihr geworden wäre, wenn sie Otto nicht geheiratet hätte? Sie wollte lieber gar nicht daran denken. Otto war so tüchtig. Zufrieden strich sie über den feinen Damast der Tischdecke und erinnerte sich mit Schaudern daran, dass es dort, wo sie herkam, lediglich eine einzige Tischdecke gegeben hatte, die nur sonntags und an besonderen Geburtstagen aufgelegt wurde, keinesfalls öfter, um sie zu schonen. Servietten hatte man nicht gekannt. Ob sie ihren Eltern noch einmal eine Tischdecke schicken lassen sollte? Aber das hübsche Service, das sie ihnen zur Silberhochzeit geschenkt hatte, stand auch im Schrank und wurde nicht benutzt. Nein, sie würde ihre Eltern erst wieder besuchen, nachdem für Lisette alles in die Wege geleitet worden war. Gerade jetzt musste sie vorsichtig sein. Die Zukunft ihrer Tochter stand schließlich auf dem Spiel.

Ein Problem gab es allerdings noch, und das war die Kleiderfrage. Lisette konnte dem Baron wohl kaum im Morgenrock vorgestellt werden. Sie brauchte Kleider, denen man auf den ersten Blick ansah, dass die Familie Winter über genau das verfügte, was der Familie derer von Stetten zu Waltershain fehlte.

Plötzlich war sie richtig froh, eine Tochter zu haben.

Ein hoffnungsvoller Tag! Mutter hatte ganz plötzlich verlauten lassen, dass sie damit einverstanden sei, dass Lisette ihr Mädchenmieder weiterhin tragen dürfe, wenn sie im Gegenzug zustimme, es später noch einmal mit dem Korsett zu probieren. Und sie solle bitte Besorgungen in der Stadt für sie übernehmen, weil sie sich noch viel zu schwach fühle, das Haus zu verlassen. Natürlich. Zu schwach. Und natürlich war sie schuld an Mutters Schwäche. Aber Lisette hatte nicht widersprochen, sondern stumm genickt. Brav zu allem genickt. Wann *später* sein würde, darüber hatten sie schließlich nicht gesprochen. Inzwischen konnte Lisette es wirklich kaum abwarten, das Haus endlich einmal wieder zu verlassen. Heimlich war sie einige Male im Nachthemd im Garten gewesen.

Heute war wunderbares Ausflugswetter und sie sollte Henriette mitnehmen, um ihr die Geschäfte zeigen, in denen die Familie Winter einzukaufen pflegte. Damit sie Bescheid wusste, wenn etwas zu besorgen war.

Lisette steckte sich ihr Haar zu einem lockeren Knoten tief im Nacken zusammen und schlüpfte in das dunkelblaue Kleid. Sie mochte es nicht besonders, aber es passte noch am besten. Das Kleid war so fest gearbeitet, dass sie es bei jeder Bewegung wie einen Panzer spürte. Was für ein Unterschied zu den weichen Stoffen der letzten Wochen! Aber da sie von ihrer Mutter den Auftrag erhalten hatte, bei Blumenthal verschiedene Stoffe auszuwählen, die für neue Kleider in Frage kämen, würde sie das langweilige Blau jetzt eben tragen.

Lisettes Heft war mittlerweile voller neuer Skizzen für Kleider. Wenn Mutter nur erlauben würde, dass sie sich etwas davon nähen lassen dürfte! Sie setzte ihren Hut mit dem blauen Band auf, schlang ihr perlenbesticktes Beutelchen ums Handgelenk und wartete vor dem Haus auf Henriette. Ohne Schürze, mit einem kleinen Strohhut auf dem Kopf und einem leeren Korb am Arm kam sie bald strahlend auf Lisette zugeeilt. Offensichtlich freute sie sich genauso auf den gemeinsamen kleinen Ausflug.

In der Stoffabteilung des Kaufhauses Blumenthal wurde Lisette schon erwartet, denn ihre Mutter hatte bereits die Nachricht geschickt, aus welchen Stoffen die Vorauswahl getroffen werden sollte. Es waren sehr prächtige Stoffe, die der Verkäufer bei Blumenthal ihnen präsentierte und mit Schwung auf dem Stofftisch aufschlug: französische bestickte Seide in schillernden Farben, feinster englischer Liberty-Atlas und duftige Sommermusseline, schwarze Brüsseler Spitzen, die man in Paris über heller Seide trug. Lisette fragte zweimal nach, ob ihre Mutter wirklich diese Stoffe vorgeschlagen habe, und der Verkäufer, ein seriös wirkender älterer Herr mit

Brille, versicherte ihr, dass alles seine Richtigkeit habe, und lobte den erlesenen Geschmack der Frau Mama.

Henriette und Lisette sahen sich mehr als nur einmal verwundert an. Warum suchte sie so teure Stoffe aus? Hatte sie nun doch ein schlechtes Gewissen? Lisette fragte trotzdem auch nach einfachen, waschbaren Kalikos und Kattun für Sommerröcke, die sie im Garten tragen konnte, ohne dass sie gleich eine Katastrophe auslöste, wenn der Stoff mit der Natur in Berührung kam.

Da fiel Lisette plötzlich ein Seidenstoff ins Auge, unbestickt, ganz zart und fließend und in genau dem leuchtenden hellen Grün, das sie an ihre Waldlichtung erinnerte. Es war ein Zierstoff, erfuhr sie, völlig ungeeignet für Kleider. Sie wandte sich an Henriette, um sie zu befragen, wie ihr die Farbe gefiel, aber Henriette starrte gebannt zu dem Verkaufstresen neben ihnen, von dem fröhliches Lachen erklang. Eine Dame stand dort mit ihrer etwa zehnjährigen Tochter, und beide lachten zusammen sehr herzlich über irgendetwas. Der Verkäufer, der die beiden bediente, verzog kein Gesicht, aber es war ihm anzusehen, dass ihn das Lachen peinlich berührte. Mutter und Tochter lachten so sehr, dass die Dame in ihrem Täschchen nach ihrem Spitzentuch kramen musste, um sich die Tränen aus den Augenwinkeln zu wischen, worüber die beiden noch mehr lachen mussten.

Lisettes Herz krampfte sich kurz zusammen, und sie musste tief durchatmen, um die Enge zu vertreiben, die plötzlich in ihr war. Es gab Mütter, die lachten. Es gab Mütter, denen es gleich war, ob ein Verkäufer sie mahnend anschaute. Sie schaute zu Henriette, die ebenfalls gebannt zu den beiden hinübersah. Sie hatte die Lippen fest aufeinandergepresst, und ihre Augen glänzten etwas heller als sonst. Sie war still und sagte nicht mehr viel, bis sie den Laden verließen.

»Es muss schön sein, eine Mutter zu haben«, sagte Henriette

leise, als sie auf die belebte Kirchgasse traten. Lisette nickte. Sie schauten sich einen Moment stumm an, dann griff Lisette nach Henriettes Hand und verstand plötzlich. Deshalb fühlte sie sich Henriette so nah. Natürlich war es etwas völlig anderes, überhaupt keine Mutter zu haben, aber sie teilten die Sehnsucht nach einer Mutter, die sie beide nicht hatten. Einer Mutter, die mit ihnen lachen würde. Die die Meinung der anderen, die Meinung von *tout le monde*, weniger interessierte als das, was ihre Tochter empfand. Wie schön das sein musste, eine Mutter zu haben, der ihre Tochter das Wichtigste auf der Welt war. Nachdem die Wut darüber schon oft aufgebraust und wieder verraucht war, war eines geblieben: dieser kleine Kern von Traurigkeit, der manchmal schmerzte wie ein Steinchen im Schuh.

Sollte ich jemals eine Tochter haben, schwor sich Lisette, dann wird das, was sie fühlt, mir immer wichtiger sein als das, was die anderen sagen. Und wir werden zusammen lachen, dachte sie, bis wir uns die Tränen wischen müssen. Meine Tochter und ich: Wir werden lachen.

Gemeinsam gingen sie durch die belebten Straßen Wiesbadens. Lisette zog Henriette in die kleine Ellenbogengasse und zeigte ihr, wo Familie Winter Kaffee und Tee kaufte. Sie liebte es, beim Händler Linnenkohl anzustehen und den Duft des frischgerösteten Kaffees einzuatmen. Ein Besuch bei Linnenkohl nährte zwischen der blankpolierten Holztheke und den Namen der Kaffeesorten und Gewürze aus fernen Ländern, die auf den Porzellanschildern in den Regalen standen, eine unbestimmte Hoffnung, dass es Orte gab auf der Welt, die auf klangvolle Art anders waren als alles, was sie hier kannte. Die kleinen hölzernen Kisten, auf denen in fremden Sprachen stand, welcher Tee sich darin befand, erzählten Geschichten aus der Ferne.

Henriette staunte stumm. Ehrfürchtig legte sie die Tüten

mit Kaffee und Tee, die Vanillestangen aus Tahiti und Zimt aus Ceylon für Therese in ihren Korb. Lisette bemerkte, dass die Verkäuferin in ihrer hübschen weißen Schürze nur mit ihr sprach und Henriette keines Blickes würdigte. Je teurer die Kleidung der Kundschaft, desto freundlicher lächelte die Bedienung hinter der Theke.

»Es ist nicht gerecht«, sagte Lisette, als sie den Laden verließen. »Nur weil sie Hoflieferanten sind und dem Kaiser Kaffee schicken, können sie doch trotzdem all ihre Kunden mit der gleichen Freundlichkeit bedienen.«

»Sie waren doch nicht unfreundlich«, erwiderte Henriette lächelnd und hängte sich den Korb an den Arm.

Wie bescheiden sie war, dass die Ungerechtigkeit sie noch nicht einmal störte, dachte Lisette.

»Ist es schwer?«, fragte sie. »Wollen wir den Korb lieber zusammen tragen?«

Henriette schüttelte den Kopf. »Ich kann doch nicht das gnädige Fräulein die Einkäufe tragen lassen! Was sollen denn die Leute denken!«

»Ist es denn immer das Allerwichtigste, was die Leute denken? Du bist schlimmer als meine Mutter!«

»Er ist nicht schwer«, widersprach Henriette lächelnd. »Jedenfalls noch nicht ...«

Danach kauften sie bei Bormass drei Dutzend neue Knöpfe für Weißwäsche, ließen sich Nussecken für den Nachmittagstee im Café Maldaner in eine hübsche Schachtel einpacken und liefen die Kirchgasse hinunter bis zum Kranzplatz, wo Lisette in der Buch- und Schreibwarenhandlung Limbarth ein neues Heft kaufen wollte. Ihr altes Heft war schon voll mit Kleiderskizzen, und sie hatte noch immer so viele Ideen, die sie alle notieren wollte, damit sie auch keine einzige davon vergaß.

Doch vorher blieben sie eine Weile am Kochbrunnenplatz

stehen, um die Kurgäste zu beobachten, die das Wasser tranken, das beständig heiß und dampfend aus dem Kochbrunnen sprudelte und Wiesbaden zur Kurstadt gemacht hatte. Brunnenmädchen schenkten das Wasser in Gläser und traten aus dem Pavillon, unter dem die heiße Quelle in ein Becken floss, um sie in der Trinkhalle zu verteilen. Dort wandelte man nicht nur, um das heiße Wasser zu trinken, sondern vor allem, um zu sehen und gesehen zu werden.

»Manche Mädchen aus dem Heim wurden Brunnenmädchen«, sagte Henriette.

»Und warum wolltest du lieber Dienstmädchen werden? Die Arbeit ist doch bestimmt schwerer?«

»Es dauert nicht sehr lange, bis die Brunnenmädchen Rheuma bekommen«, sagte Henriette. »Sie müssen ständig in den feuchten Keller steigen, um das Wasser zu holen, und ihre Kleider können nie richtig trocknen. Außerdem hat man als Dienstmädchen immer ein Dach über dem Kopf und bekommt zu essen. Und man muss nicht mehr im Heim wohnen.«

»Wie war das Leben im Heim?«, wollte Lisette wissen. Henriette seufzte nur, schüttelte den Kopf und war nicht bereit, viel zu erzählen. Das Leben in der Villa Winter sei leichter, sagte sie und deutete zum Kochbrunnen. Sie habe noch nie von dem Wasser probiert.

Lisette winkte ab. »Es schmeckt salzig und schwefelig. Es ist einfach widerlich!«

»Und warum kommt dann alle Welt hierher, kauft sich teure Trinkbecher für diese Brühe und bezahlt auch noch viel Geld dafür?«

»Es soll schrecklich gesund sein und alle Krankheiten heilen.«

»Dann hoffen wir, dass wir gesund bleiben und es nie brauchen, oder?«

Sie bestaunten die aufwendigen Hüte der in Wiesbaden kurenden Damenwelt und stupsten sich an, wenn ein besonders riesiges Blumenbukett oder ein ganzer Obstkorb an ihnen vorbeiwandelte.

»Schau, ein Federvieh«, raunte Lisette und deutete zu einer Dame, die aus dem Palasthotel zu den Kutschen eilte. Ihr mit ausladenden Pfauenfedern geschmückter Hut machte es ihr sehr schwer, einzusteigen, ohne dass die Federn brachen. Für dieses Ungetüm war der Einstieg viel zu eng, so dass der Kutscher ihr schließlich eine offene Kutsche herbeiwinken musste.

Amüsiert gingen sie weiter zur letzten Station. Als sie die Buchhandlung direkt neben dem Palasthotel betraten, sah Lisette ein Buch im Schaufenster, das sie begeisterte. »Jede Frau ihre eigene Schneiderin«, las sie laut vor. »Einfachstes, von jedermann ohne Vorkenntnisse sehr leicht erlernbares Zuschneidesystem.« Hieß das etwa, dass man mit diesem Buch nähen lernen konnte? Das wäre ja zu schön, um wahr zu sein! Doch, genauso sei es, bestätigte der junge Herr, der die Buchhandlung führte, und packte Lisette das Buch zusammen mit einem neuen Heft und Briefpapier ein. Jetzt konnte sie es kaum abwarten, nach Hause zu kommen.

> Wir beginnen damit, dass wir die Rückenlinie auf der Taillenlinie 3 cm einstellen, an der Hüftlinie jedoch wieder an die hintere senkrechte Linie laufen lassen ... Länge der Schulterlinie wie üblich ¼ der halben Oberweite.
>
> *Jede Frau ihre eigene Schneiderin, 1900*

Ratlos saß Lisette vor dem Buch. Was als so leicht und einfach angepriesen worden war, stellte sich doch ganz entsetzlich kompliziert dar. Als sie Wilhelm fürs Abitur abgefragt hatte, hatte sie meist verstanden, worum es ging. Wilhelm hatte mehrfach betont, dass sie sich nicht grämen solle, wenn sie etwas nicht verstehe, denn das Denken des weiblichen Geschlechts sei eben ganz anders beschaffen. Ihre Empörung hatte er nicht verstanden und hatte immer wieder erstaunt aufgeschaut, wenn sie ihn korrigiert hatte. Aber das, was hier in diesem Buch stand, war schwieriger zu verstehen als die höhere Mathematik aus den Büchern ihres Bruders.

Jede Frau könne nähen, hieß es im Vorwort. Und dass es nur weniger grundlegender, leicht zu erlernender Techniken bedürfe, um selbst Kleider herzustellen. Durch Lisettes Vorstellung schwebte ein Kleid in grüner Seide, und sie hoffte, sie würde schnell herausfinden, wie man es hinbekäme. Doch diese Hoffnung schwand schnell. Sie verstand noch nicht einmal die Beschreibungen, die genauso gut auf Chinesisch hätten sein können. Was um Himmels willen hieß »einstellen«, von welchen Linien war hier die Rede, und die Skizzen der Schnitte verstand sie schon gar nicht. Wie sollte man unter all diesen Linien die richtige finden? Das leichte Kleid aus waldgrasgrüner Seide, ihr Traumkleid, flatterte einfach davon.

Dann musste es eben anders gehen. Ohne dieses Einstellen und ohne hintere Schulterlinien. Lisette breitete eines ihrer Nachthemden vor sich auf dem Boden aus und begann, es entlang der Nähte zu zerschneiden. Dann zerschnitt sie ihr kupferfarbenes Seidenkleid, aus dem sie inzwischen herausgewachsen war, so, dass die Stoffbahnen denen des Nachtkleides glichen. Sie erkannte schnell, dass der Stoff nicht reichte, und beschloss, auch das veilchenblaue Tuchkleid und das braune Samtkleid zu opfern. Sie steckte die Nähte mit allen Nadeln zusammen, die sie in ihrem Stickkörbchen fand, und merkte in ihrem Eifer weder, dass sie sich ständig stach, noch, dass sie ein fürchterliches Durcheinander veranstaltete. Bald wusste sie überhaupt nicht mehr, welche Teile eigentlich wohin gehörten. Sie vergaß die Zeit, sie vergaß ihren Hunger, sie vergaß alles um sich herum. Überrascht schaute sie auf, als der Gong zum Abendessen ertönte.

Plötzlich verstand Lisette alles. Das Einzige, was sie wunderte, war, dass sie so lange dazu gebraucht hatte. Mutters unvermitteltes Umschwenken. Die teuren Stoffe. Frau Molitors überraschendes Erscheinen und die neuen Kleider. Ihr siebzehnter Geburtstag, der plötzlich mit einem Gartenfest begangen wurde. Sie verstand, warum Therese sich schier selbst übertroffen hatte mit den herrlichen kleinen Cremeschnitten, in denen auf luftigem Teig duftende Himbeeren in dicker Vanillecreme versanken. Und sie verstand Walter Buchingers düstere Blicke angesichts der Familie von Stetten, die Mutter eingeladen hatte. Es ging überhaupt nicht um ihren Geburtstag. Es ging um diesen Baron. Friedhelm von Stetten. Von Stetten zu irgendetwas. Was war es noch gleich? Weiterswald? Weitershain? Gerade hatte er angeboten, ihr ein Glas Bowle zu bringen und mit ihr durch den Garten zu spazieren. Genau in dem Moment, als sie ihn mit den beiden blitzenden Kristallgläsern, in denen die Erdbeeren bei jedem Schritt auf und ab tanzten, auf sich zukommen sah, fiel es ihr wie Schuppen von den Augen. Natürlich. Der Adel. Deshalb Mutters gekünsteltes Lächeln, der Saphirschmuck, das gute Porzellan. Natürlich. Mutter wollte zeigen, was die Winters zu bieten hatten. Geld. Und eine Tochter. Darum ging es.

Das Klirren der Gläser, das Stimmgemurmel, alle Geräusche verschmolzen zu einem einzigen Rauschen. Ich soll verheiratet werden, dachte sie. Das war also Mutters Plan. Und der Adel sollte es sein. Darauf hätte sie wirklich früher kommen können. Sie suchte den Raum ab, ob sie Henriette irgendwo entdecken konnte, aber sie war nirgends zu sehen. Ihr Blick blieb an ihrem Bruder Friedrich hängen, der seinem Freund Walter, der immer noch recht düster zu ihr herüberschaute, auf den Rücken klopfte, aber sie hatte jetzt keine Zeit, sich Gedanken um Walter zu machen. Lisette musste dem langen, dünnen Rücken des Barons nach draußen folgen. Wie eine Bohnenstange ragte von Stetten vor ihr auf, viel zu groß, der Baron Bohnenstange, dachte sie, und dass sie sich nur küssen könnten, wenn sie auf einen Schemel steigen würde. Aber sehr wahrscheinlich wollte sie ihn gar nicht küssen. Er war ihr nicht als besonders attraktiv aufgefallen. Wenn sie ehrlich war, war er ihr überhaupt nicht aufgefallen. Über seine Aufmerksamkeit hatte sie sich gewundert, aber gar nicht richtig zugehört, als er ihr alles Mögliche erzählt hatte.

Er lebte weit weg auf seinem Gut in Brandenburg, oder war es Mecklenburg? Verwaltete er das Gut? Hatte er vorhin nicht noch etwas vom Kaiserlichen Heer erzählt? Wahrscheinlich war er Offizier, der ganze Adel war ja immer Offizier. Etwas an ihm war seltsam, wenn er sie ansah mit seinen grauen Augen.

Sie gingen nebeneinander von der Terrasse in den Garten. Konversation, dachte sie. Jetzt wäre also der Zeitpunkt, eine Geschichte aus den Anekdotensammlungen zum Besten zu geben, ihn an den richtigen Stellen anzulächeln und dann die Augen niederzuschlagen. Das hatte man ihr im Pensionat beigebracht. Mit kleinen heiteren Geschichten zu unterhalten, ohne dabei allzu klug zu erscheinen. Ihr fiel keine einzige Anekdote ein, und lächeln konnte sie auch nicht. Vor den Teerosen blieben sie stehen, und er reichte ihr das Glas mit der Erdbeerbowle. Konversation.

»Herrliche Rosen«, bemerkte er.

»Gloire de Dijon«, sagte Lisette.

»Sie kennen die Namen?«, fragte er verwundert.

»Ich kenne den Namen von allem, was in unserem Garten wächst«, sagte sie und nahm einen Schluck Fruchtbowle. Sie sah an seinem Blick, dass sie ihm damit zu klug erschien.

»Erstaunlich«, sagte er. »Dass Sie sich das alles merken können, mit ihrem hübschen Köpfchen.«

»Ich liebe den Garten«, sagte sie. »In das Köpfchen passt viel hinein, besonders das, was man mag.«

»Zweifellos.«

Er sah sogar ganz nett aus, wenn er so lächelte. Bestimmt würde er sich daran gewöhnen können, dass sie sich im Garten auskannte.

»Wir haben auch einen großen Garten. Leider ganz ohne Rosen.«

»Wie schade. Ein Garten, vor allem ohne Teerosen, ist eigentlich kein richtiger Garten.«

»Warum sie wohl Teerosen heißen?«, sinnierte er.

»Weil sie aus China kommen. Es gab einen Züchter namens Ti, der brachte die Ti-Rose nach England, und die Engländer dachten, es hieße Tea. Wie Tee, auf Englisch.«

»Tatsächlich?«

»Vielleicht.«

Er schaute sie verwirrt an.

»Oder vielleicht heißen sie so, weil man ihre Blüten in Teemischungen gibt? Wer weiß das schon?«

»Aha«, sagte er und runzelte die Stirn.

»Sie duften wundervoll.«

»Dann werde ich sie pflanzen lassen in unserem Garten.«

»Wirklich?«, fragte Lisette überrascht. »Gefällt Sie Ihnen tatsächlich so gut? Die Gloire de Dijon ist allerdings recht frostempfindlich und braucht eine sonnige ...«

Jetzt wusste sie es! Jetzt wusste sie, was seltsam an ihm

war. Es waren seine grauen Augen. Er schaute sie nur aus einem Auge an, und das andere war so seltsam unbewegt. Sie starrte ihm stirnrunzelnd von einem Auge ins andere, hin und her und wieder hin, und er starrte unverwandt zurück, während sie versuchte, den Satz zu vollenden, den sie gerade angefangen hatte. Ihr fiel leider nicht ein, wovon sie gerade gesprochen hatten.

Er hatte ein Glasauge.

»Stört es sie sehr?«, fragte er. »Es war ein Fechtunfall.«

»Ach, du liebe Zeit!«, entfuhr es Lisette. »Wie schrecklich, Sie Armer! Und verzeihen Sie, ich …«

»Zum Glück traf es nur ein Auge, und zum Glück kann ich Sie sehen. Und die Rosen dazu und kann mich nun den Rest des Tages fragen, wer wohl lieblicher anzuschauen ist, die Rose oder Sie?«

»Eindeutig die Rose«, sagte Lisette. »Sie redet nicht so viel Unsinn, und sie starrt nicht, es tut mir leid, ich bin sehr unhöflich.«

»Oh nein Sie sind sehr bezaubernd«, sagte er.

Sie sollte ihn nicht so unverblümt anstarren, dachte Lisette. Aber sie konnte den Blick nicht abwenden von dem Glasauge. Feinste kleine Striche in unterschiedlichsten Grautönen bildeten das Farbspiel einer Iris täuschend echt nach.

»Das ist also ein … ein Kunstauge?«, sagte sie, vor allem, um etwas zu sagen und nicht nur stumm zu starren.

»Müller in Wiesbaden ist führend auf dem Gebiet. Deshalb sind wir nach Wiesbaden gereist. Man braucht gelegentlich ein neues. Sie sind sehr empfindlich.«

Sie spürte, wie ein Kichern in ihr aufstieg, das sie zu unterdrücken versuchte. Oh, ich gehe mir heute ein neues Auge aussuchen. Man braucht gelegentlich ein neues … Sie nippte rasch an ihrer Bowle.

»Die Träne ist der erbitterte Feind des künstlichen Auges.«
»Tatsächlich?«
Sie hatte das Schild in der Taunusstraße schon oft gesehen. Wenn sie im Nerotal spazieren gingen, kamen sie daran vorbei, und immer hatte sie sich gefragt, was sich dahinter wohl verbarg.
Um von Stetten nicht ohne Unterlass in das künstliche und ab und zu auch in das echte Auge zu starren, senkte sie den Blick auf die Teerosen. Verschwenderisch blühten sie dieses Jahr und dufteten so stark, dass sie wie in einer Rosenwolke standen. Was hatte Albert ihr immer erzählt? Dass sie in einem Rosenjahr geboren wurde. Dieses Jahr musste auch ein Rosenjahr sein, so üppig hatten sie selten geblüht. Blühten die Rosen für sie? Würde dies *ihr* Rosenjahr sein, in dem sich ihr Leben veränderte?

Er schrieb ihr jeden Tag. Jeden Vormittag lag eine Karte von ihm in der silbernen Schale auf dem Tisch in der Eingangshalle. Er holte sie zu Spaziergängen ab, er lud sie ins Café Orient ein, er fuhr mit ihr mit der wasserbetriebenen Bahn auf den Neroberg, und er ruderte sie über den Weiher des Kurparks. Er brachte Blumen, er brachte Törtchen, er brachte Theaterbillets. Man besuchte gemeinsam Bälle, und Mutter war entzückt. Wenn der Herr Baron die Tochter auch ohne Korsett mit auf Bälle nahm, dann ging es auch plötzlich ohne. Tanzen ließ es sich auf jeden Fall viel besser, und ihre Fächer waren stets voll beschrieben. Lisette konnte noch tanzen, wenn die anderen schon keine Luft mehr bekamen. Die von Stettens blieben den ganzen Sommer, und Mutter trug ihr entzücktes Lächeln wie einen Schmuck, den sie gar nicht mehr ablegte.
Es war ein warmer Sommer, der träge machte, je länger er anhielt. Ein Sommer der kleinen weißen Wölkchen an einem

blauen Himmel, der kalten Limonaden und taumelnden Bienen. Ein Sommer, in dem man Schatten suchte und matt in den Korbsesseln saß und den Lichtspielen der Blätter im Garten zusah.

»Und, bist du verliebt?«, fragte Henriette sie an einem gewittrigen Abend im August, als sie zusammen in ihrem Zimmer die Kleider aufhängten. Die Schwüle stand im Raum, und kein Lüftchen regte sich.

»Ich glaube schon. Ich weiß es nicht«, antwortete Lisette. Und es war genau so. Sie wusste es nicht. »Er ist jedenfalls ein guter Tänzer ... und nett, oder?«

Es war alles neu und anders. Sie freute sich auf die Ausflüge, die sie unternahmen, und war überrascht, wie viel ihr plötzlich erlaubt wurde und wie abwechslungsreich die Tage durch ihn waren. Das Warten hatte ein Ende. Jetzt begann offensichtlich das Leben, auf das man sie vorbereitet hatte.

Ja, sie mochte ihn, sie mochte die Höflichkeit, mit der er ihr begegnete, und sein Schicksal war so anrührend. Wie dramatisch das gewesen sein musste, ein Auge zu verlieren! Er war so interessant und erwachsen, dass sie begann, sich selbst erwachsener zu fühlen.

War das alles zusammen Liebe? Sie hatte etwas anders erwartet von diesem Zustand, aber vielleicht hatte sie auch von etwas geträumt, das es gar nicht gab? Vielleicht war es das Kindische in ihr, was nun vernünftig wurde und einsah, dass Träume überschäumen konnten, aber sich nicht immer erfüllten? Ein neues Gefühl war das. Sie war sich ein wenig fremd. Manchmal stand sie vor dem Spiegel und betrachtete sich. Vielleicht sollte sie sich doch die Nase pudern? Die Sommersprossen ließen ihr Gesicht immer so jugendlich erscheinen, gerade jetzt im Sommer wurden es täglich mehr. Sie trug ihr Haar öfter hochgesteckt. Nur Backfische trugen ihr Haar offen, und sie war jetzt kein Backfisch mehr. Sie hatte einen Verehrer.

Manchmal fragte sie sich, ob er denn überhaupt in sie verliebt sei, weil es nie zu der Art von Küssen kam, die man abzuwehren hatte als anständiges Fräulein. Er hauchte ab und zu einen Kuss auf ihren Handrücken, aber er bedrängte sie nie. Die Küsse, von denen Eugenia erzählt hatte, nachdem sie abends das Licht in ihrem Pensionatszimmer gelöscht hatte, hatten hitziger geklungen, drängender und wesentlich unschicklicher. Nein, von Hitze war nichts zu spüren. *Ihr* Baron, so sprach Mutter seit Neuestem immer von ihm, war die Zurückhaltung in Person. Und sie konnte sich nicht so recht vorstellen, dass unter seinem Schnurrbart ein Mund sein könnte, der küssen wollte. Die Sache mit den Zungen schien Lisette jetzt eindeutig ein Gerücht gewesen zu sein, mit dem Eugenia sich hatte wichtigmachen wollen.

Helle Blitze zuckten über den Himmel, und das Grollen des Donners wurde lauter. Die beiden Mädchen standen nebeneinander am Fenster und schauten hinaus in die dunklen Wolken. Henriette zuckte bei jedem Donner zusammen, und Lisette legte beruhigend den Arm um sie.

»Wie weit bist du mit dem Nähen?«, fragte Henriette, und Lisette holte ihr buntes Kleid hervor, das sie hinten im Schrank verborgen aufbewahrte. Gemeinsam hatten sie angefangen, die Bahnen von Hand zusammenzunähen, aber weil Henriette die letzten Abende nicht aus der Küche weggekommen war, hatte Lisette alleine weitergemacht. Jetzt, im Spätsommer, musste so viel eingekocht werden, dass Henriette wenig Zeit hatte, sich zu ihr zu stehlen, um ihr zu helfen. Wenn sie kam, duftete sie nach Himbeeren oder nach Aprikosen, weil sie den ganzen Tag lang mit Therese Marmelade gekocht hatte.

»Ziehst du es an?«, fragte Lisette. »Damit wir sehen, wie es fällt. Ich habe viel verändert, aber es stimmt noch nicht.«

Lisette half Henriette in das Kleid hinein und zupfte es zurecht. Skeptisch trat sie zurück und betrachtete ihr Werk.

»Du siehst aus wie eine Vogelscheuche, der man den letzten Lumpen verpasst hat.«

»Das klingt ja, als wäre dir die Sensation für die Modewelt gelungen.« Henriette musste kichern, während Lisette um sie herumging und versuchte, Nähte zurechtzuzupfen, damit der Stoff irgendwie anders fiel. Ohne Erfolg. Das seltsame Gewand sah einfach nicht aus wie ein Kleid, schon gar nicht wie das Kleid, das Lisette vorschwebte.

»Ja, die ganz, ganz große Sensation ...«, murmelte Lisette. »Im nächsten Jahr haben wir schon mal ein tolles Faschingskostüm für den Lumpenball ...« Sie trat einen Schritt zurück. »Ich bekomme es nicht hin.« Entmutigt setzte sie sich auf den Teppich. »

»Das, was ich mir vorstelle, und das, was herauskommt, hat einfach gar nichts miteinander zu tun. Ach, ich beneide Frau Molitor. Die durfte wenigstens lernen, wie das geht.«

»Ich habe immer gedacht, wenn man in einem Haus wie diesem aufwächst, kann man alles lernen, was man will«, sagte Henriette.

»Schön wäre es!«, lachte Lisette. »Ich frage mich, ob das überall so ist oder nur bei uns? Oder, wenn es überall so ist, warum sind alle damit zufrieden? Bin ich zu unzufrieden?«

Henriette zuckte die Achseln. »Es ist doch schön zu träumen. Ich träume auch.«

»Was denn? Von was träumst du?«, fragte Lisette und sah Henriette neugierig an.

»Ich hätte gerne ein Zimmer für mich, und manchmal hätte

ich gerne Zeit, ganz viele freie Nachmittage hintereinander. Obwohl, ich weiß gar nicht, was ich dann machen würde.«
»Und ich würde gerne weniger freie Nachmittage haben und stattdessen viel mehr tun. Wir müssten uns abwechseln können. Ich helfe beim Marmeladekochen und du setzt dich solange in den Garten und machst Pause.«
Henriette lachte, aber Lisette war ganz ernst.
»Man sollte sich doch aussuchen können, was man machen will, du genauso wie ich. Das wäre gerecht. Ob er dafür wäre, dass ich Nähen lerne?«
»Das musst du ihn fragen«, sagte Henriette.
»Vielleicht ist es wichtiger als das ganze Geküsse oder Nicht-Geküsse.«
Henriette, die schon oft genug gesagt hatte, dass sie von Küssen nicht viel hielt, stimmte zu, während Lisette ihr aus dem Kleid heraushalf und es wieder verstaute. Sie würde ihn fragen. Bald. Gleich morgen. Sie reichte Henriette ihre Kleider und hielt inne.
»Komm, wir tauschen. Das wollte ich schon immer.«
Henriette sah sie verständnislos an. Lisette ging zu ihrem Schrank, holte das hellblaue Atlaskleid heraus, das Henriette bei ihrer ersten Begegnung so bewundert hatte, und hielt es ihr hin. Dann schlüpfte sie aus ihrem Kleid und griff nach Henriettes dunkelgrauem Rock.
»Wenn Anni dich jetzt ruft, dann gehe ich, und du machst eine Pause und denkst darüber nach, was du gerne machen würdest.«
Henriette schüttelte entsetzt den Kopf, aber Lisette tat so, als ob sie es nicht bemerkte, und knöpfte sich den dunkelgrauen Rock zu. Er war aus einem sehr fest gewebten Kaliko, mit dem man wahrscheinlich alles machen konnte, sich hinknien, Flecken abbürsten, waschen, er war unemp-

findlich und praktisch. Wie befreiend. Henriette stand immer noch reglos. Erst als ein Blitz das Zimmer erhellte und draußen ein lauter Donner krachte, stieg sie zögernd in das blaue Kleid.

Lisette war erstaunt, als sie sich im Spiegel sah. Sie verschwand in dem dunklen Grau von Henriettes Kluft. Ihr Körper trat in den Hintergrund, aber ihr Gesicht strahlte auffälliger. Ihre Haare glänzten rötlicher, und in ihren grünen Augen sah sie die Goldpünktchen tanzen.

Henriette war verblüfft, als sie sie sah. »Du wärst ein hübsches Dienstmädchen. Ein sehr hübsches sogar.«

»Das wollte ich schon immer einmal hören«, lachte Lisette und half Henriette beim Zuknöpfen des Kleides. »Und dieses Blau steht dir besser als mir! Wirklich, du hast Augen wie Karamellbonbons und die schönste Haut! Schau nur! Eben warst du noch ganz blass ...«

»Und genau das wollte *ich* schon immer einmal hören«, stöhnte Henriette, als Lisette sie vor den Spiegel zog.

»... und jetzt hast du Haut wie Sahne.«

Draußen begann plötzlich der Regen zu rauschen, wie Musik für sie beide, und ein Wind kam auf, der frische Luft ins Zimmer wehte und sie aufatmen ließ nach der Schwüle des Tages. Sie standen nebeneinander vor dem Spiegel und betrachteten sich stumm.

»Das ist dein Kleid, Henni. Und wenn du das nächste Mal frei hast, ziehst du es an. Ich schenke es dir.«

»Das geht nicht.«

»Doch. Können wir nicht einfach damit anfangen, Dinge anders zu machen?«

Ihre Augen trafen sich im Spiegel und sie lächelten. Dann drehte Henriette das Gesicht zu ihr und schaute sie ernst und direkt an, ganz nah waren sie sich.

»Wenn er dich heiraten will, und wenn du Ja sagst und mit ihm weggehst, wirst du mich mitnehmen?«
»Ja«, sagte Lisette. »Ich gehe nicht weg, wenn du nicht mitkommen kannst.«
»Meinst du das ehrlich?«
Lisette nickte.
Ein Blitz erhellte ihre Gesichter, und für einen Moment sah Lisette Henriettes goldenen süßen Blick leuchten.
»Ich werde nie ohne dich irgendwohin gehen«, sagte Lisette und der Donner tobte über ihrem Lächeln.
»Du bist meine goldene Schwester.«
Als der Donner verklang, hörten sie, wie Anni nach Henriette rief. Lisette nickte Henriette schelmisch zu und lief in der Dienstmädchenkluft aus ihrem Zimmer.

1906

Otto Winters nahender fünfzigster Geburtstag, der im Mai gefeiert werden sollte, hielt alle auf Trab. Dora hoffte auf gutes Wetter, hoffte auf ein Fest, von dem man in Wiesbaden lange reden würde, hoffte vor allem auf ein Fest, auf dem eine Verlobung bekanntgegeben werden würde. Von Stetten war angereist und wieder abgereist und wieder angereist, er schrieb häufig, er schickte Aufmerksamkeiten, es war eine Sache der Zeit, wann er die Frage aller Fragen stellen würde, dessen war sich Dora sicher. Bald wäre Lisette achtzehn und im perfekten Alter. Es war das Beste, was ihr passieren konnte. Als Baronin von Stetten wäre sie schließlich jemand. Otto hatte sich erkundigt. Das Gut der von Stettens stand ordentlich da, und der junge Baron hatte einen untadeligen Ruf. Es gab eigentlich keinen Grund mehr, noch lange zu warten. Nicht dass der Baron noch merkte, wie kompliziert das Mädchen oft war. Oder hatte er es schon bemerkt und zögerte deshalb? Sie trug kein Korsett, sie stickte nicht gern, sie spielte nicht sehr gut Klavier, was die Baronin sehr bedauerte, das hatte sie ja deutlich genug gesagt.

Ach, wenn Dora doch selbst damals die Chance gehabt hätte, das Klavierspiel zu erlernen. Aber in dem Haus, in dem sie aufgewachsen war, hätte man noch nicht einmal den Platz für ein Klavier gehabt, selbst wenn man es sich hätte leisten können. Jetzt war es dafür natürlich zu spät, sie würde niemals am Klavier sitzen und spielen können. Aber ihre Tochter hätte genau das machen können, was ihr selbst verwehrt geblieben war. Zum Glück hatte der Baron einen guten Einfluss auf sie. Sie war etwas gefälliger und gesetzter geworden, seit er in ihrem Haus ein und aus ging. Er war genau der Schwiegersohn, von dem sie immer geträumt hatte. Lisette musste beim Fest ihres Vaters einen tadellosen Eindruck hinterlassen, dafür würde sie schon sorgen, das war ihre Pflicht als Mutter. Sie fühlte sich bei diesem Gedanken sehr edel und verspürte einen Moment der Rührung darüber, wie viel sie für ihre Tochter tat und wie groß ein Mutterherz doch sein konnte. Trotz all der Widrigkeiten.

Frau Molitor würde später vorbeikommen, um Maß zu nehmen für die Abendroben Sie dachte an etwas besonders Würdiges für sich für diesen Anlass, ein dunkles Violett vielleicht? Oder ein Weinrot? Dazu die Perlen? Für Lisette ein leuchtendes Apricot? Das Mädchen sollte strahlen. Ein glänzendes Apricot wäre sehr hübsch für sie.

Während sie auf die Schneiderin wartete und sich schon wunderte, weil diese noch niemals zu spät gekommen war, klopfte Anni und brachte ihr eine Nachricht von Frau Molitor.

Dora musste die Nachricht dreimal lesen, bis sie endlich verstand, was sie geschrieben hatte. Es war zu schrecklich, es konnte doch nicht wahr sein? Frau Molitor konnte wegen einer Gichtattacke nicht mehr nähen. Ihre Hände waren so schmerzhaft angeschwollen, dass sie die Finger nicht mehr bewegen konnte. Was für eine Katastrophe! So kurz vor dem großen Tag.

Anni und Henriette wurden sofort geschickt, um nach einer anderen freien Schneiderin zu fragen. Aber es war schier unmöglich, schnellen Ersatz zu finden. Die Saison war in vollem Schwung und alle Wiesbadener Schneiderinnen, die über einen gewissen Ruf verfügten, waren komplett ausgebucht. Undenkbar, etwas nicht individuell Angefertigtes zu kaufen. Für diesen Anlass!

Gerade als Dora schon überlegte, das Fest abzusagen, empfahl Frau Molitor, die sie in ihrer Not um Rat fragte, einen geschickten jungen Schneider, der sie ihrer Ansicht nach sehr gut vertreten könnte. Er wohnte außerhalb von Wiesbaden, unweit des Sommerhauses der Winters, und sie würde für ihn die Hand ins Feuer legen. Dieser Hand ging es auch ohne Feuer schon schlecht genug, und Dora war sich nicht sicher, was sie von dieser Garantie halten sollte, aber sie hatten letztlich keine Wahl. Ein junger Herr Maibach. Ob das das Richtige war? Aber hatte nicht Mizzi Schellenberg inzwischen auch einen jungen Hausschneider und war überaus zufrieden mit ihm? Und war Schellenbergs Schneider nicht ebenfalls komplett ausgebucht? Das ließ doch darauf schließen, dass es durchaus en vogue war, einen jungen Mann als Damenschneider zu haben. Nun, wenn es denn en vogue war, dann müsste man sich an den Gedanken gewöhnen. Dora willigte ein. Man musste einfach mit der Zeit gehen, wenn man dazugehören wollte.

Lisette hatte sich gewappnet. Sie wollte zu dem Fest ihres Vaters ein selbst entworfenes Kleid tragen und versuchen, ihre Mutter und den neuen Schneider mit ihren Entwürfen zu überzeugen. Vielleicht war es ein Wink des Schicksals, dass die alte Schneiderin erkrankt war.

Sie hielt ihr mit Skizzen gefülltes Heft in der Hand, als sie in den Salon eilte, wo der neue Schneider schon wartete. Aufgeregt umklammerte sie es, und als Henriette ihr aus dem Salon entgegenkam, wo sie gerade ein Tablett mit Tee und Plätzchen auf den Tisch gestellt hatte, zwinkerten sie sich wortlos zu. Henriette wusste, was sie vorhatte.

Als Lisette von Stetten vor einer Weile gefragt hatte, ob er es nicht richtig fände, wenn eine Frau, auch ihres Standes, einer Beschäftigung nachginge, wie Nähen zum Beispiel, hatte er gelächelt und gemeint, dass eine Frau doch genug Beschäftigung damit hätte, ein Haus ordentlich zu führen. Andererseits könne man bestimmt eine hübsche Summe Geld sparen, wenn Frauen sich die Kleider selbst nähen könnten, und wie überaus reizend, aber doch ganz unnötig dieses Ansinnen sei. Er hatte ihren Vorschlag überhaupt nicht ernst genommen, und sie hatte an diesem Tag nichts mehr dazu gesagt.

Aber die Zweifel nagten an ihr. Ob ihr Wunsch, Kleider zu entwerfen und sie vielleicht sogar selbst zu nähen, einer dieser kindischen Träume war, aus denen sie noch herauswachsen musste? Niemand glaubte wirklich daran. Selbst Henriette nicht.

Sie betrat den Salon, sah Mutters skeptisches Kinn, und der junge Mann, der ihr gegenüber mit dem Rücken zur Tür saß, erhob sich höflich, um sie zu begrüßen. Sie würde es schwer haben, wenn Mutter schon ihr Kinn in die Luft streckte. Also: tief Luft holen und standhaft bleiben.

Mit festem Schritt und höflichem Lächeln ging sie auf die kleine Sitzgruppe zu. Sie fühlte sich gut gewappnet. Aber nicht gut genug für das, was nun geschah. Sie war alles andere als gewappnet für diesen Blick aus den dunkelblausten Augen, um die herum alles andere sich in dem Moment auflöste, als er in ihre Augen traf. Die ganze Welt verschwamm. Nur diese Augen, diese dunkelblauen Augen strahlten sie an, und sie wollte nie mehr wegschauen. Seit wann war Blau eine warme Farbe? Was war das überhaupt für ein Blau? Dunkel und tief, hell und leicht zugleich. Zum Hineinfallen und Darinversinken.

Irgendetwas befähigte sie, weiter all das zu tun, was nun zu tun war. Sie lächelte, sie grüßte, aber sie hörte kaum, was sie selbst sagte. Sie wusste nicht, woher sie die höflichen Worte nahm in diesem Moment, und ob sie irgendeinen Sinn machten. Von irgendwoher kamen diese Worte angeflogen, und da niemand sie seltsam ansah, ging sie davon aus, dass ihre Verwirrtheit zumindest nicht nach außen drang. Sie reichte den blauen Augen die Hand, und sie verschwanden, senkten sich über ihre Hand, auf der sie für den kürzesten aller Augenblicke einen Atem spürte. Sie hatte keine Ahnung, wie es ihr gelang, den Tee einzugießen oder sich hinzusetzen, ohne zu fallen. Alles drehte sich, aber sie plauderte über das Wetter, über seine Anreise, und wie nett, dass er gekommen war, der Herr Maibach, um ihnen zu helfen. Und die ganze Zeit über hörte sie seinen Namen im Takt ihres Herzschlags in ihrem Ohr pochen, in ihrem ganzen Körper pochen.

Emile Maibach Emile Maibach Emile Maibach …

Sie vergaß das Heft mit den Skizzen, sie vergaß, was sie fragte, sie vergaß seine Antworten, sie lächelte und plauderte, wie es sich gehörte, aber sie lebte in den Sekunden, in denen seine Augen ihre trafen, ein anderes Leben. Der Salon sah aus, wie er immer aussah: Die Ornamente der Tapeten waren üppig, die Sessel zierlich, das Silber blitzte und das Kristall glänzte. Alles war wie immer, und doch war die Welt plötzlich eine andere.

»Darf ich den Damen etwas vorschlagen?«, fragte Emile Maibach, nachdem er seinen Tee ausgetrunken und eine zweite Tasse abgelehnt hatte. Er öffnete eine Mappe und zog einzelne Blätter hervor, auf denen Abendroben abgebildet waren. Er suchte nach etwas Bestimmtem und reichte zuerst ihrer Mutter die Bilder der Modelle, die er für sie ausgesucht hatte. Mutters Kinn senkte sich ein wenig. Ein gutes Zeichen. Sie schien die Modelle zu mögen. Neugierig versuchte sie, einen Blick darauf zu erhaschen. Es sah alles sehr nach Mutter aus, genau so, wie sie es mochte. Vielleicht hatte Frau Molitor ihn beraten, damit er gleich einen guten Eindruck hinterließ. Was er *ihr* wohl vorschlagen würde? Sie griff nach ihrem Heft. Er blätterte wieder in seiner Mappe und zögerte kurz, bevor er aufsah.

»Für das gnädige Fräulein vielleicht etwas … Mutiges?«, fragte er vorsichtig.

»Wenn unsere Kronprinzessin Cecilie es tragen würde, ist es die richtige Wahl«, sagte Mutter in einem Ton, der keinen Widerspruch duldete. Aber Lisette beachtete ihre Mutter gar nicht.

»Gerne«, antwortete sie dem jungen Schneider. Wenn er sie für mutig hielt, dann würde sie nun mutig sein. Sie wandte den Blick kurz ab von den blauen Augen und schlug ihr Heft auf. Es war sicher nicht der günstigste Moment, Mutter zu widersprechen. Aber wenn sie etwas Neues anziehen wollte, dann musste sie jetzt vorpreschen. Jetzt. Sie hielt ihm eine ihrer Skizzen hin.

»Ich weiß nicht, was Sie mir gerne vorschlagen würden,

aber wenn man ... also, wenn Sie so ein Kleid ... wenn Sie an etwas in dieser Art denken ...« Sie spürte, dass sie rot wurde. Außer Henriette hatte niemand bisher ihre Skizzen gesehen. Plötzlich hatte sie das Gefühl, viel zu viel von sich zu offenbaren, und klappte das Heft vor seiner Nase direkt wieder zusammen. Er schaute sie erstaunt an.

Blau Blau Blau.

»Bestimmt haben Sie viel bessere Vorschläge«, sagte sie zögernd und dachte, bitte lache nicht über mich, Emile Maibach. Bitte nicht.

»Sehr richtig«, nickte ihre Mutter und sah sie strafend an und dann ihn besonders liebenswürdig. »Ihre Vorschläge würden mich sehr interessieren, dafür sind Sie schließlich hier.«

»Ich bin immer dankbar für Anregungen. Vor allem, wenn sie so interessant sind«, antwortete er.

Emile, sie nannte ihn in Gedanken schon so, sah sie fragend an. Sie nickte, damit er ihr die Bilder von Modellen aus seiner Mappe reichen konnte. Ihre Mutter streckte die Hand aus, um sie vorher zu inspizieren. Manche gab sie Emile direkt zurück, andere gab sie an Lisette weiter. Lisette sah, wie er zögerte. Allein dieses kleine Zögern, mit dem er die zurückgewiesenen Blätter einen Moment zu lange in der Hand hielt, bevor er sie zurück in seine Mappe legte, ließ sie glauben, einen Komplizen gefunden zu haben. Sie war plötzlich nicht mehr allein.

Sie nickte schließlich halbherzig zu einem Kleid, das ihrer Mutter gefiel, das sie sich selbst jedoch nicht ausgesucht hätte.

»Apricot«, sagte ihre Mutter. »Glänzender Atlas in zartem Apricot.«

»Eine hervorragende Wahl«, bestätigte Emile zögernd. Atlas sei ja immer wieder wunderbar, gab er ihr recht, vom Feinsten, und dieser Glanz, diese Festigkeit. Wunderbar. Obwohl bei diesem Kleid – er runzelte die Stirn und wiegte sein Haupt –, vielleicht sei ein anderer Stoff auch denkbar. Andrerseits, wenn sie sich Atlas wünsche, solle sie Atlas bekommen, das Problem ließe sich lösen.

Wie er ihre Mutter dazu bekam, innerhalb von zwei Minuten weder weiterhin auf Atlas noch auf Apricot zu bestehen, war erstaunlich. Wenn er es jetzt noch schaffen würde, sie von einem anderen Modell zu überzeugen ...

Er lächelte Lisette zu, als ob er ihre Gedanken lesen könnte und ihr mit seinem Lächeln sagen wollte, sie solle sich keine Sorgen machen.

Während er Dora vermaß, die erst stocksteif im Raum stand, weil dies seit Jahren immer nur Frau Molitor gemacht hatte und kein Mann, vor allen Dingen kein jüngerer Mann, kam Anni mit hochroten Wangen in den Salon, knickste und bat Mutter nach unten. Wegen eines Lieferanten, murmelte sie, und wegen irgendeines Ärgers. Sehr dringend sei es, entschuldigte sie sich mehrfach. Nach einigem Hin und Her verließ Dora Winter ebenfalls sich mehrfach entschuldigend den Salon, um Anni zu folgen.

Kaum war sie aus der Tür verschwunden, fanden sich Lisettes und Emiles Blicke, verhakten sich ineinander, und es war Lisette, als ob Emile den ganzen Raum füllte mit seiner Anwesenheit. Es gab nur noch ihn und seine blauen Augen.

»Moosgrün wäre schön«, sagte er nach einer Weile. »Wie Ihre Augen. Etwas heller. Frühlingsmoosgrün.«

»Meine Lieblingsfarbe«, sagte sie und lächelte überrascht. »Und Blau«, fügte sie hinzu, denn Blau war seit ungefähr einer halben Stunde unbedingt auch ihre Lieblingsfarbe. »Dunkelblau.« Sie sagte nicht, wie *Ihre* Augen, aber sie wusste, dass er wusste, dass sie genau das dachte.

»Darf ich Sie etwas fragen?«

Lisette nickte.

Er deutete auf das Heft, das Lisette beiseitegelegt hatte.

»Woher stammen diese Skizzen?«

»Ich habe versucht, Kleider zu zeichnen. Ich kann es leider nicht ...«

»Oh doch, Sie können es sehr gut. Aber wo haben Sie solche Kleider gesehen?«

»Ich habe sie mir ausgedacht.«

Er schaute sie ungläubig an. »Wirklich? Das ist ...«

»Sagen Sie ruhig, dass es albern ist. Ich ...«

»Aber nein«, sagte er, »das waren sehr schöne Modelle, die ich ungefähr eine Sekunde lang sehen durfte. Oder eine halbe. Dürfte ich bitte noch eine Sekunde daraufschauen? Oder zwei? Bitte.«

»Zwei sogar ...« Dann schüttelte sie lächelnd den Kopf. »Lieber nicht, es ist zu albern, ich hätte besser gar nicht ...«

»Doch, hätten Sie. Unbedingt. Bitte. Drei Sekunden.«

Lisette blickte zur offenen Tür und lauschte, ob ihre Mutter schon zurückkam. Aber deren Stimme war noch entfernt aus der Eingangshalle zu hören.

»Meinen Sie das ernst?«, fragte sie, und er nickte.

»Sehr ernst. Wirklich.«

Sie blätterte in dem Heft, um die Stelle wiederzufinden, bevor Mutter zurückkommen würde, und stellte fest, dass ihre Finger zitterten.

»Sie haben sich viele Kleider ausgedacht«, stellte er fest und versuchte Blicke auf das zu erhaschen, über das sie schnell hinwegblätterte.

»Ach«, sagte sie und blätterte weiter. Alles schien ihr plötzlich viel zu lächerlich, als dass sie es jemandem zeigen könnte. Vor allem nicht jemandem mit dunkelblauen Augen.

»Darf ich?«, fragte er und streckte bittend die Hand aus.

Zögernd überließ sie ihm das Heft. Er nahm es behutsam in die Hände und blätterte vorsichtig um.

Jetzt sieht er mich, dachte sie und begann, nervös zu plappern. »Unsere Schneiderin hat meine Ideen immer strikt abgelehnt. Aber ich ... ich träume«, sagte sie. »Ich weiß nicht, wie man das richtig macht, es sind alles nur Versuche, also, bitte ... ich schaffe es nicht, die Linien so hinzubekommen, wie ich sie vor mir sehe, aber ich träume solche Kleider, wie sie sich anfühlen könnten ...«

»Es sind wundervolle Träume«, sagte er und schaute auf. Blau Blau Blau.

»Machen Sie sich über mich lustig?«

»Nein«, sagte er. »Das würde ich nicht tun. Träume sind eine ernste Angelegenheit.«

Sie schwiegen eine Weile, während er weiterblätterte.

»Und Sie würden so ein Kleid gerne tragen? Obwohl Sie ...« Er verstummte.

»Ich trage das hier, weil ich muss«, erwiderte sie. »Hier zieht man es vor, dass die Gedanken und Ideen einer jungen Frau eng geschnürt werden, wie ihr Körper im Kleid. Damit sich um Himmels willen nichts bewegen kann. Aber ich will mich bewegen. Und ich trage auch kein Korsett«, sagte sie und wurde rot.

»Es ist der Gesundheit auch nicht zuträglich, ein Korsett zu tragen«, antwortete er ruhig und sah sie offen an.

»Genauso wenig zuträglich ist es, nicht frei denken zu dürfen«, sagte Lisette.

»Oder nicht zu träumen ...«, ergänzte er und gab ihr das Heft zurück. »Ich würde alle Ihre Entwürfe sehr gerne in Ruhe betrachten. Ich würde die Kleider am liebsten nähen. Alle. Sie müssen getragen werden. Sie müssen leben. Sie sind sehr interessant und sie sind sehr schön.«

»Wirklich?«

Er hatte sie gesehen. Er verstand ihre Träume. Er nannte ihre kleinen Zeichnungen Entwürfe und er nahm sie ernst. Sie lächelte und fiel in seinen blauen Blick hinein wie in einen See und versank darin. Er fand die Kleider schön. Sehr schön.

Er nickte. »Sie sind sehr schön.«

Hatte er das gerade gesagt? Was meinte er? Die Kleider?

Sie schauten sich an, und jetzt war die Länge des Blickes schon nicht mehr schicklich und wurde von Sekunde zu Sekunde immer unschicklicher. Aber es gelang ihr einfach nicht, ihren Blick von seinem zu lösen. Ihm gelang es ebenso wenig.

Doch dann kam ihre Mutter durch die Tür, und der Blick riss entzwei.

Als Emile schließlich Lisettes Maße nahm, strengte es sie ungemein an, weder ihn noch ihre Mutter merken zu lassen, wie schnell ihr Atem ging, wie schnell ihr Herz klopfte. So dicht stand er bei ihr, sie konnte sogar einen Hauch von Minze riechen und fragte sich, woher der Duft kam. Hatte er Minzpastillen gelutscht, bevor er hergekommen war? Nein, der Duft kam aus seiner Kleidung, als ob er in einem Feld von Pfefferminze gelegen hätte. Sie stellte sich vor, direkt neben ihm in diesem Feld von Pfefferminze zu liegen und über ihnen der Himmel. Ihr wurde schwindelig. Als er das Maßband um ihre Taille legte, stellte sie sich vor, er würde sie mit dem Maßband an sich ziehen, und sie würde in die Minze hineinfallen und spüren, wie der Stoff seines Jacketts sich anfühlte, und dann wäre ihr nicht mehr schwindelig, weil er sie festhielte. Kam es ihr nur so vor oder waren all seine Bewegungen viel langsamer als eben? Er war ihr so nah, dass sie dachte, er müsse hören, wie laut ihr Herz klopfte. Er nahm ihre Armlänge, die obere und dann die untere. Bestimmt sah man, wie es in ihrer Brust bebte. Sie blickte vorsichtig an sich hinunter, aber zu ihrer großen Erleichterung sah man nichts. Sie spürte die Wärme seines Körpers, als er hinter ihr stand, um die Kleiderlänge zu messen, vom Hals zum Boden, und als seine Finger, leicht wie Schmetterlingsflügel, versehentlich ihren Nacken berührten, war es versehentlich?, murmelte er leise »Verzeihung«. Wenn es doch nur noch einmal passieren würde. Als er die vordere Rocklänge maß und vor ihr kniete, hätte sie gerne in sein Haar gefasst, in sein dichtes blondes, welliges Haar. Ob es wohl weich war oder störrisch, wie ihres? Sie versuchte, sich auf die Ornamente der Tapete zu konzentrieren und nicht an ihre Finger in seinem Haar zu denken.

Ihn gehen zu lassen, ihm nicht nachzulaufen, ihn durch die Tür verschwinden zu sehen und stehen zu bleiben kostete sie große Anstrengung. Sie war erfüllt von etwas, das sie nicht kannte, es ließ sie von innen heraus zittern, es war süß, und es tat weh, es war wie Fieber und Schüttelfrost, und sie dachte, dass sie krank werden würde.

»Du hast dich verliebt«, stellte Henriette nüchtern fest, als sie ihr alles erzählt hatte. »Oder du näherst dich dem Wahnsinn. Aber das ist weniger wahrscheinlich.«

Plötzlich verstand sie Eugenias ältere Schwestern. Die eine, die vom Paradies gesprochen hatte, die andere, die alles entsetzlich fand, was in der Ehe geschah. Lisette dachte an die Fingerspitzen in ihrem Nacken und glaubte zu wissen, wo das Paradies zu finden war. Und wo nicht.

2006

So eine tolle Frau, und diese große Liebe, ach, so eine ganz große Liebe!

Paula und ich seufzten, wenn wir auf dem Sofa Liebesfilme anschauten, wenn wir ins Kino gingen, wenn wir von Heiratsanträgen hörten, wenn wir an Lisette und ihre große Liebe dachten.
Oma seufzte nie mit. Liebe war nicht ihr Thema.
Einmal, ich war vielleicht dreizehn oder vierzehn, haben wir sie sonntags besucht. Immer wenn Paula einen Anfall von schlechtem Gewissen hatte, weil sie sich zu wenig bei ihrer Mutter blicken ließ, fuhren wir sonntags zum Mittagessen hin. Wir standen dann immer früh auf und frühstückten nicht, um überhaupt Hunger fürs Mittagessen zu haben, das bei Oma immer pünktlich um zwölf auf dem Tisch stand. Es gab Gulasch und Spätzle und dazu Salat aus dem Garten, der ganz anders schmeckte als in Frankfurt, und hinterher Schokoladenpudding mit Schlagsahne. Ich hatte die Sahne schon im Kühlschrank stehen sehen und deshalb aufgepasst, mich nicht zu satt zu essen. In meinem Magen sollte unbedingt noch genug Platz für mindestens zwei Schüsselchen von meinem Lieblingsnachtisch sein. Lauwarmer Schokoladenpudding mit kalter Schlagsahne war neben Eis das Beste, was es zum Nachtisch geben konnte. Paula und ich hatten am Abend zuvor Liebesfilme geschaut. Erst *Love Story* und dann *So wie wir waren*. Wir hatten beide so sehr geweint, dass wir morgens beim Aufstehen immer noch leicht geschwollene Augen hatten und uns kalte Waschlappen ins Gesicht pressen mussten.
Beim Mittagessen versuchten wir, Oma die Filme nachzuerzählen, überschlugen uns beide mit den Beschreibungen von der großen Liebe und wie groß eine Liebe doch erst wurde, wenn man sie für immer verlor. Paula seufzte.

Diese große Liebe.

»Große Liebe«, blaffte Oma, während sie die leeren Teller abräumte. »Als ob unsere Paula an die große Liebe glaubt, bei den vielen kleinen Lieben, denen sie immer nachläuft.«

Das war gemein. Paulas Gesicht versteinerte sofort. Während Oma noch mit dem Rücken zu uns die Teller ins Spülbecken stapelte, suchte Paula in ihrer Tasche nach den Autoschlüsseln. »Maya, wir gehen«, sagte sie und stand auf. Ich konnte es kaum glauben, dass ich nun keinen Schokoladenpudding bekommen würde. Wegen Liebe, wegen irgendetwas mit Liebe, was ich nicht verstand. Ich war böse auf Oma, die unsere gute Laune kaputt gemacht hatte und wegen der ich nun meinen Nachtisch nicht bekam. Aber als ich mich in der Tür noch mal umdrehte und Oma alleine an der Spüle stehen sah, sah sie traurig aus, und da tat sie mir leid.

»Die hat doch überhaupt keine Ahnung von Liebe«, wetterte Paula im Auto. »Aber austeilen! Das kann sie. Nur weil ich Lisette ähnlicher bin als ihr, das kann sie einfach nicht ertragen.«

Sie hielt an der nächsten Tankstelle, um sich Zigaretten zu kaufen.

»Ich dachte, du hast aufgehört«, sagte ich, und sie zuckte die Achseln, als sie sich eine Zigarette anzündete und den Rauch ebenso schnell inhalierte, wie sie ihn wieder ausstieß.

»Nur weil sie den falschen Mann geheiratet hat und sich nie getraut hat, ihn zu verlassen, muss sie mich immer angreifen. Gott sei Dank leben wir heute, Mayamia, Gott sei Dank!«

»Warum war Opa denn der falsche Mann?«

Das war damals ein seltsamer Gedanke gewesen. Opa war der falsche? Auch wenn ich meinen Opa kaum gekannt hatte, weil ich noch sehr klein war, als er starb, war das doch etwas, was fest zusammengehörte. Oma und Opa.

»Merk dir eins, mein Schatz, die Liebe muss immer groß sein. Immer! Sonst lohnt es sich gar nicht erst, damit anzufangen.«

Damit drückte sie die Zigarette wieder aus und wir fuhren weiter.

Ich schwieg den Rest der Fahrt. Was sollte ich auch sagen? Ich konnte entweder zu meiner Mutter gehören oder zu meiner Großmutter, niemals zu beiden gleichzeitig. Und die Liebe war ein gefährliches Thema, das man vor Oma besser nicht ansprach.

Meine Mutter wartete schon immer auf die große Liebe, die ganz große, und ich glaube, bei jedem Mann, in den sie sich verliebte, dachte sie, dass er es nun wäre, der für sie vorbestimmte Liebespartner für die große Liebe. Sie hatte wohl oft geglaubt, die große Liebe gefunden zu haben. Denn ihrer Meinung nach schien es sich viele Male gelohnt zu haben, damit anzufangen. So wie Lisette Emile gefunden hatte, hoffte Paula, auch ihren Mann zu finden. Paula hatte mir schon als Kind vom Mythos der Kugelmenschen erzählt, mit dem Platon das immerwährende Streben nach Liebe erklärte. Die früheren Kugelmenschen waren so klug und stark, dass die Götter sich von ihnen bedroht fühlten. Also spaltete Zeus die Kugeln auf. Er halbierte sie, und aus jeder Kugel entstanden zwei Menschen, die seitdem verzweifelt herumliefen und ihre verlorene Hälfte suchten. Sie umarmten sich innig, in der Hoffnung, sie könnten dann wieder verschmelzen und eins werden, aber sie wuchsen einfach nicht mehr zusammen. Die Götter hatten sie getrennt, und die Sehnsucht nach ihrer anderen Hälfte würde niemals aufhören.»So irren wir alle umher und umarmen uns und suchen die verlorene Hälfte, die zu uns gehört.«

»Und das ist dann die große Liebe?«, hatte ich sie gefragt, und sie hatte genickt.

»Es ist doch eine gute Erklärung, oder?«

Ich sah meine Mutter staunend an. Sie kämpfte gegen alles an, was sie als nicht zeitgemäß, als verstaubt, überholt und zu konservativ befand, aber sie erklärte sich die Liebe mit einem Mythos, den ein griechischer Philosoph vor weit über 2000 Jahren erdacht hatte. Kein Wunder, dass das nicht klappte.

Wenn Paula verliebt war, erkannte ich sie kaum wieder. Dann war sie aufgeregt, exaltiert, unberechenbar. Sie tanzte durch die Wohnung und sang laut zu irgendwelchen Songs im Radio, zog sich fünfmal um, bevor sie das Haus verließ, und war nicht wirklich ansprechbar. Es schien mir nicht sonderlich attraktiv, so verliebt zu sein, so sehr neben sich zu stehen. Meine Vorstellung von Liebe war auf jeden Fall eine andere. Die erstrebenswerte Art von Liebe war für mich eine zuverlässige Liebe. Eine, die einen nicht zu einem anderen, irgendwie wild gewordenen, ausgelassenen Menschen machte, eine, wegen der man sich nicht zerstritt und den Nachtisch stehen ließ. Die ganz große Liebe, davon war ich überzeugt, wurde doch immer erst richtig groß, wenn sie unmöglich wurde. Im Kino war die große Liebe wunderbar. Aber im echten Leben? Dann doch lieber eine Nummer kleiner, etwas weniger himmelhochjauchzend und dafür beständig. So wie bei mir und Yannick.

3

1906

Lisette fieberte dem Augenblick entgegen, da sie Emile wiedersah. Sie wartete ungeduldig darauf, dass er die Stoffproben schickte und die Anproben bald beginnen könnten. Sie wartete wie im Winter auf Schnee, wie im Frühling auf die ersten Frühlingsboten, sie wartete wie früher aufs Christkind, nur noch viel ungeduldiger.

Wenn sie spazieren ging, wenn sie durch Wiesbaden schlenderte, wenn sie im Theater war, überall sah sie ihn und sah ihn doch nicht. Wenn sich der Mann, den sie für Emile hielt, dann umdrehte und sich als Fremder herausstellte, war sie jedes Mal aufs Neue enttäuscht.

Lisettes Kleid würde die Farbe von frisch gekochter Erdbeermarmelade haben, solch ein Rot hatte sie noch nie getragen. Als sie sich die Stoffprobe, die Emile geschickt hatte, vor dem Spiegel anhielt, begannen ihr Gesicht und ihr Haar zu leuchten. Er hatte geahnt, dass ihr das stehen würde. Er hatte sie gesehen.

An dem Abend, an dem Emile, wie zuvor Frau Molitor, zu ihnen in die Villa Winter zog, um die in Auftrag gegebenen Garderoben fertigzustellen, freute sich Lisette zum ersten Mal, dass die Anproben lange dauern würden. Zum ersten Mal fand sie es wunderbar, dass der Strom der erwarteten Badegäste, die im Sommer aus aller Welt in Wiesbaden anreisten, dafür sorgte, dass die Garderoben der Damen im Hause

Winter auf den neuesten Stand gebracht werden mussten, um mitzuhalten. Viele Anproben unzähliger Kleider, um mit den Fürstinnen und Gräfinnen und der kaiserlichen Familie, die mit ihrer Gefolgschaft um den Weiher des Kurparks flanierte, mitzuhalten.

Vor Aufregung konnte Lisette gar nichts essen. Sie starrte auf den Kalbsbraten auf ihrem Teller und die Blumenkohlröschen, die Therese mit gebräunter Butter angerichtet hatte, genau so, wie sie es mochte. Aber die Unruhe in ihr war so groß, dass sie gar nicht die Geduld hatte, etwas zu kauen und hinunterzuschlucken. Ihr war, als bestünde sie nur noch aus Herzklopfen. Und ein Herzklopfen sehnte sich nicht nach Essen.

Sie würde ihn wiedersehen. Tagelang hatte sie diesem Augenblick entgegengefiebert. Jetzt war der Augenblick da, Emile packte genau jetzt oben in Frau Molitors Zimmer seine Nähmaschine aus, und sie versuchte auszurechnen, wie viele Meter und Wände sie trennten. Was, wenn seine Augen doch nicht so dunkelblau waren, wenn sie sich alles nur eingebildet hatte? Die Blicke, die Nähe, die flatternden Finger in ihrem Nacken? Die Welt bestand aus tausend Fragen, und sie hoffte auf die eine, die ganz bestimmte Antwort. Sie spürte den fragenden Blick ihrer Mutter und führte eine Gabel zum Mund.

»Ist dir nicht wohl?«, fragte Dora stirnrunzelnd.

»Vielleicht habe ich heute Nachmittag zu viel Kuchen gegessen«, log Lisette. Sie bemühte sich, noch ein Blumenkohlröschen mit der silbernen Gabel aufzuspießen, und schaute es seufzend an, bevor sie die Gabel wieder sinken ließ.

Emile hatte schon vor längerer Zeit beide Eltern verloren. An seine Mutter, eine Französin, erinnerte er sich kaum, sie war an einer Lungenentzündung gestorben, als er noch ein kleiner Junge gewesen war. Sein Vater hatte versucht, sein Bestes zu geben, um für den kleinen Emile zu sorgen. Er war Waldarbeiter, und sie lebten in einfachen Verhältnissen im Taunus. Als sein Vater vor einigen Jahren bei einem Unfall im Wald verunglückte, hinterließ er Emile Erinnerungen an eine Kindheit mit viel Liebe und schwerer Arbeit und wenig Geld. Emile beschloss, niemals so einen gefährlichen, schweren Beruf ausüben zu wollen, und ging bei einem Schneider in die Lehre. Sein Vater hätte es wahrscheinlich niemals verstehen können, dass er den Wald und den Geruch von frischem Holz und die Erschöpfung nach körperlicher Arbeit gegen ein Leben in Räumen, mit Nadel und Faden und angestrengten Augen eintauschen wollte. Wenn Emile an seinen Vater dachte, dann dachte er an dessen Zuverlässigkeit, an die Kraft und die Sicherheit, die er vermittelte. Sein Vater hatte etwas von einem großen alten Baum, an den man sich lehnen konnte. Aber dieser starke Baum hatte wenig Verständnis für alles, was außerhalb des Waldes stattfand. Schulbildung, Ideen, Weltgeschehen, feineres Handwerk. Emile hatte nach dem Tod seines Vaters sein Leben in die Hand genommen und alles gelernt, wozu er Gelegenheit bekam, so dass er ein guter Schneider wurde, der mit handwerklichem Geschick und Geduld und einer großen Intuition arbeitete. Die Arbeit machte ihn zufrieden, aber er spürte auch, dass er einsam war, dass in ihm schon immer eine Einsamkeit wohnte, die nach einer Verbindung suchte, die hoffte und sehnte. Vielleicht war ihm gar nicht klar, wie sehr er sich nach einer Verbindung zu einem Menschen sehnte, der ihm ähnlich war. Bis er Lisette kennenlernte.

Als Lisette ihn wiedersah, gab ein einziger Blick ihr alle Antworten. Doch die Fragen hörten nicht auf. Sie veränderten sich. Ihr ganzes Leben war plötzlich ein einziges großes Fragezeichen. Rührte die Verbundenheit, die sie mit Emile fühlte, von den Blicken her, die sich immer sofort ineinander verflochten und immer schwerer lösten, oder von seinen Gedanken, die ihren so ähnlich waren? Wieso konnte er so gut in ihren Kopf schauen? Wieso kannte er sie, und woher kannte sie ihn, obwohl sie sich so selten begegneten? Oder lag es gar nicht an den Gedanken, sondern an der Haut, durch die sie sich ihm verbunden fühlte? Da, wo seine Hand ihre gestreift hatte, wo seine Fingerspitze sie berührte, hinterließ diese Berührung einen Abdruck, den sie noch Stunden danach spürte. Wenn sie ihn gesehen hatte, fühlte sich ihr ganzer Körper an wie nach ihren Ausflügen in den Wald am Sommerhaus. Alles an ihr kribbelte, und sie hatte das Gefühl, lebendig zu sein wie nie zuvor.

Hemd	240 g
Weißes Beinkleid	430 g
Korsett	350 g
2 Unterröcke	1400 g
Kleidertaille	500 g
Kleiderrock	1350 g
	4270 g

Die gesunde Frau, 1901

»Es gibt tatsächlich einen Verband zur Verbesserung der Frauenkleidung?« Lisette sah Emile überrascht an. Ihre Mutter hatte den Salon nach der Anprobe gerade verlassen, und Emile und sie unterhielten sich, während er die neu gesteckten Stoffe zusammenräumte.

»Schon seit vielen Jahren. Es gibt sogar mehrere Verbände.

Jeder will etwas anderes, aber alle fördern das Reformkleid sehr, und es gibt Zweigstellen in vielen Städten.«

»Aber natürlich nicht in Wiesbaden.«

»Natürlich nicht.«

Sie schauten sich an und seufzten. Alles, was mit Reform zu tun hatte, hatte es in Wiesbaden besonders schwer. Emile bückte sich und hob einen kleinen Stapel Schriften aus seiner Tasche.

»Es gibt eine Zeitschrift, ich habe mir gedacht, dass Sie das interessieren könnte. Aber versprechen Sie sich nicht zu viel davon. Die haben ganz andere Beweggründe als Sie. Ihre Ideen ähneln eher denen der Künstler, die die Kunstkleider und die Eigenkleider erfinden.«

Eigenkleider, das klang genau wie das, was Lisette vorschwebte. Ein Kleid, das einer Frau zu eigen war, genau zu einer Frau passte, zu ihr allein, das sie umhüllte und ihr Wesen zum Vorschein brachte. Sie schaute in Emiles dunkelblaue Augen, nahm ihm die Hefte aus der Hand und begann sofort darin zu blättern. Sie war hin- und hergerissen, die Entwürfe und die Schnittmuster, die diese Zeitschrift boten, waren zwar alle ohne Korsett zu tragen und betonten nicht die geschnürte Taille, aber besonders schön waren sie auch nicht.

»Schauen Sie sich das an«, sagte sie stirnrunzelnd und deutete auf eine Tabelle in der Zeitschrift. »Die Kleidung, die wir am Körper tragen, wiegt über vier Kilo! Kein Wunder, dass man auch ohne Korsett kaum Luft bekommt. Aber warum versucht niemand, andere Stoffe zu wählen als diese schweren, festen Gewebe?«

Warum glaubten alle, dass man sich mit Panzern umgeben musste, warum war alles so fest und gefüttert und schwer? So ein Kleid machte doch auch nicht freier. Die Abbildung zeigte eine Frau in einem schweren Tuchkleid, dessen Oberteil gefüttert und dann noch bestickt worden war, so dass es wie eine feste Platte wirkte, die alles wegdrückte, was Frauen in ihrer oberen Körperhälfte nun einmal mehr oder weniger besaßen.

»Das ist nicht die Lösung«, murmelte sie. »Die Lösung muss befreiend, leicht und schwungvoll sein. Und elegant.«

Emile schaute sie an und nickte. »Sie sollten unbedingt weitere Entwürfe anfertigen. Sie haben viel bessere Ideen.«

»Finden Sie das wirklich? Sie sollen mir nicht schmeicheln.«

Lisette sah Emile fragend an. Ob er wirklich meinte, was er sagte?

»Wie können Sie daran zweifeln?« Er schüttelte verwundert den Kopf. »Jemand wie Sie ... die Ideen sind hervorragend, ich dachte nicht, dass ...«

»Außer Henriette hält mich hier jeder für verrückt, wenn ich davon spreche. Weshalb ich es nie tue.«

»Sie sollten davon sprechen«, sagte er ernst. »Ich möchte Ihnen gerne zuhören.«

»Wirklich?«

Er wollte ihr zuhören, und sie wollte erzählen, alles, was sie dachte, alles, was sie in sich verbarg. Als Anni in den Salon kam, verabschiedete sie sich höflich und trug alle Hefte in ihr Zimmer. Sie lief, nein, sie hüpfte, die Schriften unterm Arm, und versteckte sie in ihrem Schrank. In ihr tanzte so eine fröhliche Aufbruchstimmung. Es gab noch mehr Menschen, die sich Gedanken darüber machten, die Kleidung zu verändern. Es gab einen Verein, ja, sogar mehrere. Die Starre, gegen die sie schon immer ankämpfte, schien porös zu werden. Emile hatte ihr eine Tür zu einer anderen Welt geöffnet. Es war etwas in Bewegung gekommen, und sie würde sich mitbewegen.

Morgens lag eine Karte in der Silberschale in der Eingangshalle. Der Baron würde sie um drei Uhr nachmittags abholen, um sie zu einem Café-Besuch auszuführen. Plötzlich war das, was in den letzten Wochen eine willkommene Abwechslung gewesen war, etwas entsetzlich Langweiliges. Sie wäre sogar lieber alleine zuhause geblieben, um an Emiles dunkelblaue Augen zu denken, als über süßen Kuchen hinweg in Friedhelm von Stettens graue Augen zu blicken. Aber natürlich musste sie zusagen, es wurde einfach erwartet, und natürlich ließ sie sich ausführen. Brav ging sie neben von Stetten, der ihr von seinen Pferden erzählte, die er auf dem Gut hielt, von Jagden, die sie veranstalteten, von seinem Verwalter und von den Getreidepreisen. Ihr fiel auf, dass er sie kein einziges Mal fragte, was sie dachte, was sie erlebt hatte, was sie gerne machte. Er fand es ganz normal, dass sie seinem Redestrom zuhörte. Bis vor wenigen Tagen hatte sie auch geglaubt, dass es normal wäre. Bis vor wenigen Tagen. Bis sie Emile kennengelernt hatte. Emile.

Er habe eine Überraschung für sie, sagte von Stetten und riss sie damit aus ihren Gedanken. Sie hielt den Atem an. Er wollte ihr doch hoffentlich nicht hier auf offener Straße …?

Sie waren gerade von der Wilhelmstraße, wo sie unter den Platanen gewandelt waren, die ihre nackten Zweige auch jetzt Anfang Mai noch in den Himmel streckten, in die Taunusstraße eingebogen. Er wollte sie mitnehmen zu Müller, um zusammen mit ihr sein neues Glasauge auszusuchen. Sie hätte sich doch immer so interessiert über die Kunst der Herstellung erkundigt.

»Vielleicht werden Sie es ja weiterhin oft anschauen, liebe Lisette«, sagte er und lächelte, und ihr wurde bang.

Der Okularist Müller begrüßte von Stetten als langjährigen Kunden sehr freundlich.

»Fräulein Winter hat Ihre Fertigkeiten schon oft bewundert«, stellte von Stetten Lisette vor, und Lisette wurde willkommen geheißen. Herr Müller freute sich, dass der Baron in Begleitung kam, und führte sie in einen Raum, von dessen Wänden hunderte von Augen sie anstarrten. Staunend stand Lisette vor einer Wand voller kleiner Fächer, in denen die Glasaugen nach Farben sortiert nebeneinanderlagen und geduldig geradeaus blickten.

»Hier haben wir die braunen Augen, dort die grünen, hier die blauen mit dem Übergang zu den grauen. Wollen Sie versuchen, das Auge mit der Iris zu finden, die am besten passt?«

»Ich werde es versuchen«, sagte Lisette. »Obwohl die vielen Blicke mich ein wenig einschüchtern.«

»Wenn man nichts zu verbergen hat, hält man es aus«, lachte Müller.

»Die Wachmänner der Polizei sollten ihre Verhöre hier abhalten«, bemerkte Lisette und hoffte, gut verbergen zu können, dass sie am liebsten nur nach den dunkelblauen Augen geschaut hätte, nach dem Meer, dem tiefen See, dem Himmel bei Nacht. Aber sie schritt langsam die Wand der grauen Augen ab, ging entlang der Regale voller einsamer Augen, die auf einen Partner warteten, dem sie glichen, damit sie nach draußen durften und endlich gesehen werden konnten. Auf den ersten Blick schien jedes Auge seinem direkten Nachbarn sehr zu ähneln. Aber dann begann Lisette, Unterschiede wahrzunehmen. Ein Blaustich, ein hellerer oder deutlicher gezackter Kranz um die Pupille. Sie schaute jedes Auge an und fand keines, das dem Auge von Stettens genau entsprach, aber einige, die ihm sehr nahekamen. Der Okularist hielt die Glasaugen, die Lisette ausgewählt hatte, neben von Stettens gesundes Auge und neben das bereits gemalte Auge. Lisette bemerkte, dass sie sich nicht genau glichen. »Es fehlt etwas dunkelgrau, leider.«

»Trotzdem haben Sie richtig gewählt«, bemerkte Herr Müller. »Wir malen nur die Grundfarbe vor, die verfeinern wir jetzt noch individuell. Sie haben dem Herrn Baron aber schon recht tief in die Augen geschaut, nicht wahr?«

Lisette spürte, wie ihr die Wärme in ihre Wangen stieg. Jetzt wurde sie auch noch rot. Tief in die Augen geschaut hatte sie schließlich einem anderen. Sie hoffte, dass die tausend Augen an der Wand nicht ihre wahren Gedanken erkannten. Gleichzeitig ärgerte sie sich über den lächelnden Blick, den von Stetten mit Müller wechselte wegen ihrer glühenden Wangen.

Geschickt zeichenete der Okularist mit dünnen Stiften aus vielen unterschiedlich getönten feinsten Glasfäden neue Schattierungen auf die bereits aufgemalte Iris. Als er zum Schluss mit einem roten Glasstift noch einige dünne Äderchen in das milchige Augenweiß zeichnete, staunte Lisette. Wer wolle denn freiwillig rote Äderchen im Auge haben? Ohne die würde das Auge zu künstlich aussehen, erklärte Müller. Zu viele davon, und es sähe krank aus, das wolle man auch niemandem antun.

»Jetzt verstehe ich auch, warum sie Kunstaugen heißen«, sagte Lisette. »Es sind wirklich Kunstwerke.«

Als sich von Stetten vor der Haustür der Villa Winter von ihr verabschiedete, beugte er sich über ihre Hand, ließ sie jedoch nicht wie erwartet los. Er sah sie aus seinem lebendigen Auge an, während das neue, brillante Glasauge blicklos ins Leere starrte, und rang nach Worten.

»Ich befürchtete immer, abstoßend zu sein, ich war überzeugt, dass keine Frau es ertragen würde, mit einem Mann mit einem Kunstauge zu leben. Bis heute. Heute durfte ich erleben, dass Ihr Interesse an mir diese so peinliche Hürde überwindet. Ich danke Ihnen, Lisette. Ich danke dir, Lisette.«

Lisette wollte im Boden versinken vor Scham, denn wenn sie ehrlich war, dann war ihr Interesse an den Kunstaugen größer als an ihm. Und das war von Anfang an so gewesen, aber erst heute hatte sie es sich wirklich eingestanden. Wie schäbig von ihr. Plötzlich tat er ihr leid, sie würde ihn maßlos enttäuschen. Wortlos drückte sie seine Hand und bat im Stillen um Vergebung, aber ihr fiel nichts, aber auch gar nichts ein, was sie ihm hätte sagen können.

»Ich danke dir für jeden freundlichen Blick aus deinen schönen braunen Augen«, sagte er.

Da wusste sie plötzlich, was sie erwidern konnte.

»Sie sind grün. Meine Augen sind grün.« Mit diesen Worten ließ sie ihn stehen und verschwand im Haus.

Lisette warf noch einen Blick auf ihren Entwurf. Sollte sie das wirklich wagen? War es nicht unglaublich dreist? Sie konnte nicht schneidern, sie war keine Directrice. Sie war sogar zu ungeduldig, selbst Knöpfe anzunähen. Von feinen Nähten ganz zu schweigen, wie man an ihrem verunglückten Nähversuch deutlich erkennen konnte. Sollte sie es trotzdem wagen, diesen Entwurf an das Atelier Klinger in Frankfurt zu schicken, das in jeder Ausgabe der Modezeitschrift für Reformkleidung inserierte?

Sie betrachtete den Entwurf ihres Kaiserkronenkleides noch einmal skeptisch. Zusammen mit Emile hatte sie es mehrfach überarbeitet. Der Rock bauschte sich in glänzendem Braun wie die Zwiebel, aus den Falten der Taille wuchs das Oberteil wie die zartgrünen Blätter, und unzählige hellgelbe Streifen zarter Spitze umwirbelten den Rock wie die feingliedrigen Luftwurzeln. Ja, dachte sie dann, ja! Sie würde es wagen, das Kleid war wunderbar. Sie schob den Entwurf in den Umschlag, legte ihren Brief dazu und versiegelte ihn.

Die neue Frauentracht lag vor ihr. Sie schlug das Heft auf und sah gleich auf der ersten Seite die Anzeige des Modeateliers von Elsbeth Klinger in Frankfurt. Ihr Mut musste noch einmal einen kleinen Anlauf nehmen. Dann schrieb sie die Adresse entschlossen auf den Umschlag und brachte den Brief selbst zur Post, bevor sie es sich noch anders überlegen würde.

Als sie zurückkam, lief sie zur Küche, um Therese die Gewürze zu bringen, die sie für sie in der Stadt gekauft hatte. Im kleinen Treppenhaus, das zur Küche führte, stieß sie mit Emile zusammen, der auf dem Weg nach oben war. Sie rannte ihn beinahe um und musste sich festhalten, um nicht zu fallen. An ihm festhalten, wie sie erschrocken feststellte. Und trotzdem konnte sie ihn nicht loslassen. Eng aneinandergelehnt waren sie beide unfähig, diese Nähe aufzulösen.

»Ich habe es gewagt«, flüsterte sie. »Ich habe den Brief weggebracht.«

»Wunderbar«, flüsterte er zurück, ganz nah vor ihrem Gesicht. Und dann spürte Lisette seine Lippen auf den ihren und wunderte sich nur kurz, wie schön es sich anfühlte, wenn Lippen auf Lippen trafen. All die Gedanken, die sie sich vorher über das Küssen, über Lippen, über Zungen gemacht hatte, verflüchtigten sich im Nu.

Als sie plötzlich von unten Stimmen hörten, stoben sie erschrocken auseinander.

»Huch!«, rief Lisette.

»Vorsicht, Fräulein Winter«, rief Emile. Und als Anni auf der Treppe erschien, sahen sie beide so erschrocken aus, als wären sie tatsächlich gerade zusammengestoßen.

»Entschuldigung«, stammelte Emile, und Lisette wusste nicht, ob er sich für den Kuss entschuldigte oder für den Zusammenstoß. Sie hoffte für Letzteres.

»Machen Sie sich nix draus, Herr Maibach«, lachte Anni über Emiles gerötetes Gesicht. »Unser gnädiges Fräulein ist ein rechter Wirbelwind ... schon immer gewesen!«

»Meine Schuld. Verzeihung«, murmelte Lisette, versuchte höflich zu lächeln und ging nach unten, um Therese die Vanillestangen zu bringen, die diese bestellt hatte. Feinste Vanille aus Tahiti. Sie könnte nicht süßer schmecken als dieser Kuss.

Die Anproben dauerten sehr lange und waren zudem recht häufig, fand Dora. So ein junger Schneider musste eben noch viele Erfahrungen sammeln. Kein Vergleich mit Frau Molitor, die alles stets zügig zu Wege brachte. Er war ein wenig unsicher, schien ihr, wollte alles stets lieber dreimal überprüfen, es war wirklich ein wenig mühsam.

»Ah, jetzt bin ich beruhigt«, sagte er oft. »Ich möchte nicht, dass die gnädige Frau unzufrieden ist oder dass es weniger als perfekt sitzt.«

Lisette bewies ausnahmsweise eine Engelsgeduld bei dieser ganzen Prozedur. Dora lächelte. Ja, die Liebe verwandelte die Menschen. Endlich hatte Lisette verstanden, wie wichtig es war, sich hübsch anzuziehen, um ihrem Baron zu gefallen.

Es könnte durchaus sein, dass nicht nur die Unsicherheit des jungen Schneiders daran schuld war, dass alles so lange dauerte. Sie vermutete, dass er die Anwesenheit im Haus vielleicht sogar gerne hinauszögerte, weil er Gefallen an Henriette gefunden hatte. Dagegen war im Prinzip nichts einzuwenden, solange nichts Unschickliches passierte. Nicht, dass sie Henriette noch entlassen müsste. Sie würde sich bei Anni erkundigen, wie es um die beiden stand. Gleich morgen. Hoffentlich vergaß sie es nicht. Es war so fürchterlich viel zu tun vor dem Fest. An so viel musste sie denken. Sie musste Otto bitten, noch mehr Sekt zu bestellen. Lisette sah so reizend aus in dem neuen roten Kleid, nicht, dass die Verlobung bekannt gegeben würde und sie hätten nichts zum Anstoßen.

Lisette lauschte ins Treppenhaus, ob jemand sie hörte. Die Dienstboten waren alle in der Küche, ihre Mutter war im Salon und unterhielt sich mit Frau Buchinger und Mizzi Schellenberg von nebenan, die hören wollten, wie die Festvorbereitungen voranschritten. Wahrscheinlich schwärmte Mutter ihnen von Emile vor. Herr Maibach, würde sie sagen, sei ein Genie. Es würde eine Weile dauern, das Teetrinken der Damen, so dass sie die Gunst der Stunde nutzen konnte. Ihr Vater und die Brüder kamen selten vor dem Abendessen nach Hause. Sie schlich zum Dienstbotenaufgang, öffnete die Tür und lief so schnell und leise sie konnte die Treppe hinauf. Sie hörte das Rattern der Kurbelnähmaschine, schon bevor sie unterm Dach ankam, wo sich die Zimmer der Dienstboten befanden, die Wäschekammer, die Kofferkammer und das Zimmer, das als Nähzimmer eingerichtet worden war. Vor der Tür hielt sie kurz inne und atmete einmal durch, um ihren Herzschlag zu beruhigen. Als drinnen die Nähmaschine anhielt, klopfte sie zart und trat ein.

Seine Augen strahlten auf, als er sie sah. Als ob ein Licht in ihnen entzündet wurde, und sie fühlte sich sofort wunderbar und schön. Und besonders.

Emile saß über ihr Kleid gebeugt. Der erdbeerrote Stoff war überall und darüber das Meer seiner Augen. Sie kam vorsichtig näher, um den Stoff nicht zu verschieben, und er streckte ihr beide Hände entgegen und zog sie an sich.

Still verharrten sie in ihrer Umarmung, sie wusste nicht, wie lange, waren es Sekunden, waren es Minuten, war es eine Ewigkeit? Sein Kopf lag an ihrer Brust, ihr Kopf lag auf seinem, ihre Arme hielten einander umschlungen, und sie atmete den Duft seiner Haare und roch den Hauch von Pfefferminze, der aus seiner Kleidung stieg.

Still standen sie, ganz still, und fühlten, dass etwas zwischen ihnen strömte, so stark, dass Lisette glaubte, zu schweben über eine Wiese voll wilder Minze. Nach einer langen, langen Weile hob er den Kopf und sah sie an, und sie senkte ihre Lippen vorsichtig auf seine. Lippen, weiche Wärme, Lippen, Zungenspitzen. Jeder Kuss war anders, jeder Kuss ein neues Abenteuer, und sie fragte sich, wie sie ohne all das hatte leben können, früher? Genauso oft fragte sie sich, wie es weitergehen würde mit ihnen, wenn die Kleider alle fertig sein würden. Aber noch brauchte sie sich darum keine Gedanken zu machen. Noch war er hier, und sie lebte für die gestohlenen Augenblicke wie diesen.

Mittlerweile wusste sie, woher der Minzduft kam. Er pflückte die Zweige und Blätter und steckte sie sich in die Taschen, in die Ärmel, unter den Kragen, damit er immer frisch roch. Er hatte kein Geld für teueres Eau de Toilette, er pflückte seinen Duft auf den Wiesen und im Garten. Im Sommer kam oft etwas Dost dazu, und der Winter musste mit getrockneten Kräutern bestritten werden. »Mein *Eau de Prairie*«, nannte er es und lächelte verschmitzt.

»Ich will wissen, wie du im Winter riechst«, murmelte sie.

»Und im Sommer und im Herbst ...«

Sie hörte die Schritte vor der Tür erst, als es schon zu spät war. Die Tür öffnete sich und Lisette gelang es gerade noch, einen Schritt von Emile wegzutreten, aber an Henriettes Blick konnte sie sehen, dass sie alles verstanden hatte. Nach einer Schrecksekunde, in der sich alle drei anstarrten, stammelte Lisette, dass Emile sein Maßband vergessen und sie es ihm gebracht habe.

»Das hätte ich doch machen können«, sagte Henriette und

schaute noch einmal von ihr zu Emile. »Ich soll ausrichten, dass es Kaffeezeit ist und Sie in die Küche kommen können, Herr Maibach. Therese meinte, Sie bräuchten bestimmt eine Stärkung.«

Damit verließ sie das Zimmer. Mit plötzlich zittrigen Beinen setzte Lisette sich auf den Stuhl, der neben dem Nähtisch stand, und sah Emile an.

Emiles Blick war aufgewühlt. »Ich darf dich nicht so kompromittieren, du darfst nicht mehr kommen, das geht nicht.« Er sprang auf. »Du sollst dich nicht heimlich hierherschleichen müssen, das ist unter deiner Würde.«

»Nicht zu dir zu kommen ist wesentlich würdeloser.«

Sie umschlangen sich wieder, plötzlich ernst, plötzlich verzweifelt, plötzlich nicht mehr unbeschwert, und waren sich dabei noch viel näher.

»Ich liebe dich«, flüsterte sie. »Ich weiß es ganz genau.«

»Das darfst du nicht«, flüsterte er.

»Ich liebe dich trotzdem.«

Er sah sie an, seine Augen waren noch dunkler als sonst. Er sagte kein Wort, aber seine Lippen sagten ihr alles, was sie wissen musste.

»Das darfst du nicht noch einmal machen.«

Henriette kämmte Lisette, die vor ihrem Frisiertisch saß, die langen Haare. »Stell dir vor, Anni wäre geschickt worden.«

Lisette schwieg.

»Das kann nicht so weitergehen. Du wirst den Baron heiraten, Lisette.«

Lisette schwieg.

»Lisette?«

Ihre Blicke trafen sich im Spiegel.

»Du wirst doch den Baron heiraten?«

»Er hat mich nicht gefragt«, antwortete Lisette tonlos.
»Und wenn er dich fragt?«
Lisette schaute zur Seite. Es war unvorstellbar.
»Er fragt mich nicht. Er hätte schon tausend Gelegenheiten gehabt.«
»Er wartet sicher auf die ganz besondere Gelegenheit.«
Lisette nickte düster.
»Wahrscheinlich hast du recht. Vaters Geburtstag. Oder meiner. Wahrscheinlich meiner. Dann kennen wir uns genau ein Jahr, und er schenkt mir einen Ring.«
Die beiden Frauen schwiegen.
»Ich liebe ihn nicht«, sagte Lisette und schaute Henriette verzweifelt im Spiegel an. »Das weiß ich jetzt. Und er liebt mich auch nicht. Er hört mir nie zu, er redet nur von sich, er kennt noch nicht einmal meine Augenfarbe. Nach einem Jahr, Henni! Nach einem ganzen Jahr denkt er, dass ich *braune* Augen habe!«

Henriette schwieg.

»Und Emile versteht alles, was ich denke, er hört mir zu, er interessiert sich für die Entwürfe, er versucht das Kleid so zu nähen, dass es einem von meinen ähnelt, ohne dass Mutter es merkt, er zeigt mir alles, was ich wissen will übers Nähen, und er ist, ach, er ist einfach ...«

»Aber er ist ein Schneider«, erwiderte Henriette. »Ihr lebt in unterschiedlichen Welten.«

»Das tun wir beide auch, Hennilein, und trotzdem bist du meine Freundin.«

»Nur, weil wir uns an die Regeln halten und weil es uns leichtfällt, das zu tun. Weil es normal ist, dass ein gnädiges Fräulein ein Mädchen hat. Aber letzten Endes bist du das gnädige Fräulein und ich bin dein Mädchen.«

»Unsinn!«, rief Lisette.

Henriette strich ihr liebevoll übers Haar, aber sie sah traurig aus. »Wenn du ihn liebst, werden wir uns verlieren«, sagte sie leise.

»Das ist jetzt wirklich Unsinn«, sagte Lisette und griff nach Henriettes Hand. »Wir werden uns niemals verlieren.«

Die neuen Kleider, die Emile genäht hatte, waren Mogelmodelle. Mutter wäre entgeistert, wenn sie wüsste, was Emile alles verändert hatte. Manchmal war es nur eine Kleinigkeit, aber zusammen genommen war es eine Menge. Er hatte Abnäher verschoben, um ihr Bewegungsfreiheit zu verschaffen, Ärmelausschnitte erweitert, weiche Innenfutter gefertigt, damit sie nicht in steife, fest gefütterte Taillen gepresst wurde. Er hatte ihr zu Röcken geraten, zu denen man nach und nach andere Überkleider würde anfertigen können, unter denen sich dann der Rockbund verbarg, den sie heimlich umschlagen konnte, um die Rocklänge zu verkürzen und damit mehr Bewegungsfreiheit zu haben, sobald sie draußen den Argusaugen ihrer Mutter entkam. Emile sah, wo sie sich unwohl fühlte, ohne dass sie etwas sagen musste.

»Woher weißt du das?«, flüsterte sie ihm zu, als er begann, die Ärmel zu lösen und neu festzustecken.

»Haben mir deine Schultern erzählt«, flüsterte er leise zurück. Sie stand stiller, als sie je bei einer Anprobe gestanden hatte, um bloß nicht den einen kleinen Moment zu verpassen, in dem seine Hand ihre Haut für den kürzesten aller Augenblicke streifen könnte. Kleine Berührungen, die länger dauerten, wenn Mutter sich wegdrehte oder nach Anni klingelte. Manchmal befürchtete sie, dass ihre Beine einfach einknicken könnten, weil sie so weich wurde, wenn er sie anlächelte. Es waren heilige Minuten, die sie später, wenn sie wieder alleine war, alle noch einmal durchträumte.

Mehr als einmal schmuggelte sie ihr Vogelscheuchenkleid in sein Nähzimmer und besserte mit ihm zusammen die Fehler aus, die sie gemacht hatte. Wo Stoff fehlte, weil sie ihn zerschnitten hatte, fügte er neue Bahnen ein und zeigte ihr, wie man sie so zusammennähte, dass sie besser fielen.

Henriette beobachtete staunend, wie sich das zusammengestückelte Etwas allmählich in ein Kleid verwandelte.

»Es wird richtig gut. Aber du brauchst meine Hilfe gar nicht mehr beim Nähen«, stellte sie fest. Sie sagte nicht, jetzt, wo du ja Emile hast, der dir bei allem hilft, aber Lisette hörte, dass dieser Satz mitschwang und zwischen ihnen stand.

»Ich werde ein Kleid für dich entwerfen. Und ich werde so lange üben, bis ich es alleine für dich nähen kann, und du wirst die Schönste sein, wenn du es trägst. Die Allerschönste.«

Henriette lächelte traurig.

»Du glaubst mir das nicht«, sagte Lisette. »Aber irgendwann wird es so weit sein!«

»Wenn du es sagst«, erwiderte Henriette, und Lisette nickte heftig.

Seit Emile bei ihnen im Haus war, war sie hellwach wie nie. All ihre Sinne waren geschärft und saugten alles auf, was er ihr beibrachte. Er zeigte ihr, wie man nähte, wie man Falten steckte, wie man Fülle erzeugte, auf was man beim Zuschneiden achten musste. Sie redeten zwischen den immer länger andauernden Küssen über ihre Entwürfe, sie stellten sich vor, ihre Kleider in Zeitschriften abgedruckt zu sehen, warteten auf Antwort vom Atelier Klinger. Zwischen scheuen Umarmungen träumten sie mutige Träume.

Sie erzählte ihm von der Waldlichtung am Sommerhaus, von ihrem Italien und wie wunderbar es wäre, dort mit ihm im Gras zu liegen und in den Himmel zu schauen. Sie träumten davon, tatsächlich nach Italien zu fahren und Zitronen von den Bäumen zu pflücken. Manchmal wusste sie nicht, was am schönsten war, mit ihm zu reden oder ihn anzuschauen? Mit ihm zusammen an einem Kleiderentwurf zu arbeiten, mit ihm zu träumen oder ihn zu küssen oder sich an ihn zu lehnen und zu spüren, wie ihrer beider Körperwärme allmählich einen Kokon bildete, den sie am liebsten niemals mehr verlassen würde.

Zuerst hatte man beschlossen, das Essen für das Fest liefern zu lassen, doch das hatte eine größere Krise in der Küche ausgelöst, da die beleidigte Therese daraus schloss, dass man ihr wohl nicht zutraute, ein Festessen erster Güte herzustellen. Um die Gemüter wieder zu beruhigen, hatte man Therese die Durchführung anvertraut, und der Speiseplan, den sie aufgestellt hatte, wäre selbst dem Geburtstag des Kaisers würdig gewesen. Fischpasteten wurden gebacken und Enten gefüllt, Tafelspitz kochte in würzigen Brühen mit feinen Gemüsen, und Rehrücken wurden gespickt. Saucen wurden gerührt, Cremes geschlagen und Puddings gekocht. Nur die Torten wurden bestellt und würden geliefert werden, wie auch die anderen Backwaren. Das hatte Therese schließlich hingenommen, weil sie eingesehen hatte, dass sie das Backen nicht auch noch gleichzeitig bewältigen könnte in ihrer Küche, die niemand mehr betreten durfte, der nicht den speziellen Auftrag hatte, etwas dort abzuliefern, abzuholen oder einer Aufgabe nachzukommen. Lisette wurde ein paarmal weggeschickt, obwohl sie sich gerne in den Wirbel aus Essensdüften und Topfgeklapper, wippenden Messern und kreisenden Schneebesen begeben hätte, in dessen Zentrum Therese mit konzentrierter Übersicht ruhte. Sie überprüfte persönlich jeden einzelnen Einkauf, der zur Villa geliefert wurde, und setzte ihren ganzen Stolz daran, dass die Speisen bei diesem Fest erlesen sein würden.

»Ich muss es wirklich nicht jede Woche haben, so ein Fest, nein, durchaus nicht, aber man weiß doch wieder, dass man kochen kann«, bemerkte sie so gut wie jeden Abend aufs Neue, wenn sie sich zufrieden nach getaner Arbeit die Hände an ihrer Schürze abtrocknete.

Doch nicht nur in der Küche ging es rund. Die ganze Villa Winter befand sich im Ausnahmezustand. Nachdem hundert Gäste erwartet wurden, hatte man begonnen, Pavillons im Garten aufzustellen, zwischen denen bengalische Feuer die Nacht erleuchten würden. Jeder betete zum Wettergott, dass kein Maisturm durch die Pavillons fegen würde, dass kein Regen den Garten in einen Sumpf verwandeln möge. Albert bekam zwei Hilfsgärtner zur Seite gestellt, damit kein einziges welkes Blatt im ganzen Garten zu finden sein würde, es wurden zusätzliche Rosenstöcke in Töpfen, Kübel mit Palmen und duftende Lilien in schillernden Keramiken angeliefert. Zehn Kellner waren engagiert, das Kristall und Silber stand auf Hochglanz poliert bereit, man hatte feinstes Porzellan bestellt. Rheinwein und Sekt lagerten in den eigens dafür angeschafften Eisschränken zur Kühlung.

Lisette hatte erreicht, dass sie den Blumenschmuck arrangieren durfte, gegen die Bedenken ihrer Mutter, in deren Augen ausschließlich kostspielige Seidenblumengestecke gute Gestecke waren. Die Liebe Emiles verlieh Lisette eine Kraft, gegen ihre Mutter zu argumentieren, wo sie sonst vielleicht längst resigniert hätte.

»Der Garten ist voller wunderbarer Blumen, und was wir nicht selbst haben, kaufen wir dazu. Stell dir doch vor, wie es duften wird, nichts ist so schön wie echte Blumen! Glaub mir.«

Ihre Brüder hatten ausnahmsweise einmal beide ihre Partei ergriffen. Es wäre doch charmant, wenn die Tochter des Hauses bei einem solchen Fest zeigen könnte, wie groß ihr Sinn für Schönheit und häusliche Anmut sei. Und dass ihr Geschick in diesen Dingen sicher einen guten Eindruck machen würde. Friedrich hatte Mutter bedeutungsvoll angeschaut, und jeder hatte verstanden, dass er damit meinte, dass dies bei der Familie von Stetten gut ankommen würde. Lisette musste sich zwar zusammennehmen, dass sie ob dieser Begründung nicht ärgerlich herausplatzte, aber dann atmete sie tief durch: Hauptsache, sie hatte etwas zu tun. Es lenkte sie ab, durch den Garten zu streifen und sich zu überlegen, welche Blumen sie wie arrangieren würde. Es lenkte sie ab von der schrecklichen Sehnsucht nach Emile, der vor wenigen Tagen die Villa Winter verlassen hatte. Alle in Auftrag gegebenen Kleider waren längst fertig und seine Anwesenheit ließ sich weder erklären noch rechtfertigen.

Beim Abschied, als sie sich zum letzten Mal in sein Nähzimmer geschlichen hatte, hatten sie sich versichert, dass sie sich sehen würden, sobald sie mit ihrer Familie im Sommerhaus ankäme. Er wohnte nicht weit entfernt von Georgenthal. Sie hatte ihm von ihrer Lichtung im Wald erzählt, ihm beschrieben, wie sie zu finden sei, und er hatte versprochen zu kommen.

Obwohl es höchstens vier Wochen dauern würde, bis sie sich wiedersehen würden, war Lisette verzweifelt, ihn gehen lassen zu müssen. Als sie am Fenster des Salons stand und beobachtete, wie er in die Kutsche stieg, war schon ein Schluchzen in ihr aufgestiegen. Und als die Kutsche sich in Bewegung setzte und wegrollte, weg von ihr, da hatte sie das Gefühl, sie würde alles verlieren, was ihr Leben ausmachte, und konnte nicht aufhören zu weinen. In so kurzer Zeit hatte sich alles verändert. Das Leben war ein anderes, wenn man wusste, zu wem man gehörte, und wenn man einzeln und ausgiebig geküsste Fingerspitzen hatte.

Vater hatte Kaiserwetter zu seinem Geburtstag. Lisette sah aus ihrem Fenster hinunter in den geschmückten Garten, in dem die ersten sommerlich gekleideten Gäste mit Sektschalen in der Hand vor den Beeten standen. Sie wusste, dass es jetzt höchste Zeit war, hinuntergehen, um die Gäste zu begrüßen. Mutter würde unruhig werden. Sie trat vor den Spiegel und betrachtete das erdbeerrote Kleid, das Emile für sie genäht hatte, an dem sie ihre ersten, vorsichtigen Nähte unter seiner Anleitung genäht hatte. Behutsam strich sie über den schimmernden Stoff. Jeder Zentimeter des Stoffes war durch seine Hände geglitten. Sie wünschte, er wäre hier, sie wollte nur von ihm gesehen werden. Alle fieberten seit Tagen dem Fest entgegen, nur Lisette hoffte, dass es schnell vorbei wäre, dass die nächsten Wochen schon vorbei wären, dass sie zum Sommerhaus fahren würden und sie Emile endlich wiedersehen könnte.

Sie steckte sich die Haare noch einmal fest, benutzte nichts von dem weißen Puder, mit dem sie vor Kurzem noch versucht hatte, ihre Sommersprossen zu überdecken, um erwachsener auszusehen, und verließ ihr Zimmer.

Langsam bewegte sie sich durch die eintreffende Gästeschar, grüßte hier, plauderte dort und versuchte, sich den Weg nach draußen zu bahnen, um den milden Frühlingsnachmittag auf der Terrasse auszukosten. Im Gartensalon sah sie eine Dame vor einem ihrer Blumengestecke stehen. Ganz offensichtlich interessierte sie sich für das Arrangement, beugte sich sogar darüber, um an den Rosen zu riechen. Ihr gefällt es, dachte Lisette und freute sich, denn natürlich hatte ihre Mutter gestern noch allerlei auszusetzen gehabt an ihren Blumen.

Schellenbergs hätten letzthin einen so wunderbaren Blumenschmuck gehabt. Ob man nicht doch besser noch einen Floristen fände, der das angemessen arrangieren würde, und doch bitte nicht auch noch Zweige aus dem Garten – nicht auch noch dieses Gestrüpp!

Lisette hatte beschlossen, zu schweigen und einfach weiterzumachen. Aber es war nicht einfach gewesen, ihren Ärger hinunterzuschlucken. Und dann waren ihr auch noch drei schöne Lilien gebrochen, weil sie die armen Blumen viel zu aufgebracht zwischen die Zweige hatte drücken wollen. Zum Glück war Wilhelm genau im richtigen Moment aufgetaucht und hatte Mutter besänftigt. Warum gelang es allen anderen, Mutter zu besänftigen, nur ihr nicht? Was hatte Mutter bloß gegen sie, dass alles, was sie tat, in ihren Augen falsch war? Außer Baron von Stetten natürlich. Aber der war nun mal in ihren eigenen Augen falsch.

Das Kleid, das die Dame vor dem Blumenarrangement trug, war anders als alle, die Lisette bisher gesehen hatte. Es war ein Wasserfall. Kaskaden blauer Seide flossen von den Schultern die Arme hinab, und der Rocksaum schlug durch den glockigen Fall übereinandergelagerter Schichten leichten Stoffes richtige Wellen. Was für eine grandiose Idee!

Die Dame, deren Haar zu einem voluminösen Knoten gesteckt war, in dem kleine Glassteine wie Wassertropfen funkelten, bemerkte ihren Blick.

»Wundervolle Blumen«, sagte sie und lächelte, als Lisette auf sie zukam. »Sehr ungewöhnlich. Wer hat das so kunstvoll arrangiert?«

»Ich durfte mich um die Blumen kümmern.«

»Ganz wunderbar! Ich würde das gerne nachahmen, wenn ich es mir merken kann.«

»Das wäre mir eine Ehre.«

»Sie sind die Tochter des Hauses, nicht wahr? Ich bin Eleonore Baumgarten. Ich verbringe den Sommer hier bei meiner Kusine in Kronberg.«

»Lisette Winter«, sagte Lisette und lächelte. »Ich muss sagen, ich habe noch nie ein Kleid wie Ihres gesehen, es ist einfach wundervoll.«

»Es stammt aus Wien, aus dem Atelier der Damen Flöge. Sie fertigen eine besonders schöne Art von Reformkleidern.«

»Oh, genau das versuche ich auch!«

»Sie entwerfen Kleider? Waren Sie auf einer Kunstgewerbeschule?«

»Nein, ich war auf keiner Schule. Man hält Schulen hier für sehr unschicklich.«

Frau Baumgarten lachte. »Aber sicher kennen Sie die Kreationen der Künstler der Mathildenhöhe?«

»Eine Ausbildung ist sicher nicht ganz so unschicklich wie die Darmstädter Künstlerkolonie mit unserem werten Großherzog und seiner Kunst und seiner Scheidung ... aber fast. Deshalb war ich noch nicht dort.«

Frau Baumgarten lächelte amüsiert. »Nun ist er ja zum Glück schon wieder verheiratet. Und sein Hochzeitsturm ist wirklich einen Ausflug wert!« Sie schüttelte lächelnd den Kopf. »Das schöne Wiesbaden versammelt die Weltbürger um seine Brunnen, aber die scheinen keinerlei Einfluss auf die meisten der Bewohner zu haben, die sich moderner Gedanken standhaft erwehren! Wie sind Sie nur darauf gekommen, die Blüten in diese dunklen Blätter zu setzen? Was ist das überhaupt?«

Sie befühlte vorsichtig die dunklen Blätter des Perückenstrauchs, aus dem pfirsichfarbene Päonien, Teerosen und orange Lilien zwischen den zartgoldenen Blütenwölkchen über den dunklen Zweigen herausleuchteten.

»*Kennst du das Land, wo die Zitronen blühen? Im dunklen Laub die Goldorangen glühen?* Das ist das ...«

»... das Lied der Mignon«, ergänzte Frau Baumgarten. »*Dahin, dahin, will ich mit dir, oh mein Geliebter ziehen.* Ein überaus sehnsüchtiges Lied«, bemerkte sie und sah Lisette so wissend an, dass sie spürte, wie sie rot wurde.

»Das ist Ihnen gut gelungen. Sie glühen tatsächlich, die Goldorangen. Wie schade, dass Sie ausgerechnet in Wiesbaden leben, wo man sogar den gefeierten Jugendstil vor dem Kaiser verstecken muss.«

Weil Lisette sie fragend ansah, lehnte sie sich vertraulich zu ihr hin und erklärte mit gedämpfter Stimme: »Der Kaiser liebt das Moderne nicht, er verbannt wunderbare Künstler aus seinen Ausstellungen in Berlin, keine Sezessionisten, um Gottes willen!«

So hatte Lisette noch nie jemanden über den Kaiser sprechen hören.

»Und in seinem lieben Wiesbaden will er das erst recht nicht sehen«, fuhr Frau Baumgarten fort. »Deshalb dürfen die Ornamente der wunderbaren Künstler der Jugend allerhöchstens in den oberen Stockwerken zu sehen sein, denn so weit nach oben reicht der kaiserliche Blick nicht!« Sie kicherte ein wenig, und Lisette schüttelte ungläubig den Kopf.

Frau Baumgarten war so schillernd und schön, sie sprach frei, lachte laut und sie wusste Dinge, von denen Lisette keine Ahnung hatte.

»Darmstadt würde Ihnen sehr gefallen, da bin ich mir sicher. Schauen Sie sich das alles an. Machen Sie einen Ausflug! Haben Sie nicht einen Verehrer mit einem Automobil?«

»Nun, man könnte einen Chauffeur mit Automobil buchen und einen Ausflug machen, wenn dir der Sinn danach steht, liebe Lisette.«

Die Stimme, die plötzlich an Lisettes Seite ertönte, gehörte von Stetten, der sich bereits über ihre Hand beugte. Lisette sah den Blick von Frau Baumgarten, und als sie die beiden einander vorstellte, veränderte sich deren Haltung sofort. Das Vertrauliche, das eben noch zwischen ihnen geherrscht hatte, wich einer höflichen, etwas herablassenden Distanz. Als von Stetten anbot, den Damen etwas zu trinken zu holen, und verschwand, beugte sich Frau Baumgarten zu ihr hinüber und steckte ihr eine Karte zu.

»Besuchen Sie mich«, sagte sie. »Meine Kusine und ich würden uns sehr freuen, dann erzähle ich Ihnen mehr. Vielleicht tut es Ihnen gut, dieser Stadt und ihren Bewohnern einmal zu entkommen.« Damit schaute sie von Stettens langem, dünnem Rücken hinterher.

»Danke«, sagte Lisette und steckte die Karte in ihr Täschchen. »Das werde ich. Unbedingt.«

»Haben Sie Ihr Kleid auch selbst entworfen? Ein wunderbares Rot.«

»Meine eigenen Kleider dürfte ich hier niemals tragen. Aber das Kleid ist eine Mogelei. Es sieht ungefähr so aus wie das Kleid, das meine Mutter für mich in Auftrag gegeben hat, ist aber in Wahrheit ein Reformkleid.«

»Sie haben einen geschickten Schneider. Ihre Entwürfe würde ich sehr gerne sehen«, lächelte Frau Baumgarten.

»Ich wünschte, ich könnte sie Ihnen zeigen«, sagte Lisette und verstummte sofort, als von Stetten zurückkam, zwei Sektschalen in der Hand, die er ihnen reichte.

»Besuchen Sie mich«, sagte Frau Baumgarten und sah sie mit eindringlichem Blick an, als sie sich nach wenigen Minuten verabschiedete. »Bringen Sie Ihre Entwürfe mit. Und heiraten Sie bloß nicht«, setzte sie leise nach, mit einem kleinen Seitenblick zu von Stetten. Lisette sah ihr beeindruckt nach.

»Seltsame Person, und welch eigentümliches Kleid«, unterbrach von Stetten ihre Gedanken.

»Eine sehr interessante Person. Wahrscheinlich die interessanteste Person, die man auf diesem Fest finden kann«, widersprach Lisette so impulsiv, dass er verstummte.

Später klopfte ihr Bruder Friedrich an sein Glas, um eine kurze Rede zu halten, auf den Vater, natürlich, und um am Ende der Rede überraschend seine Verlobung bekannt zu geben. Während die gesamte Gesellschaft klatschte und seine zukünftige Braut Berta an seine Seite trat, war Lisette erleichtert. Sie gratulierte Friedrich und seiner Berta so herzlich, dass Friedrich fast ein wenig überrascht schien. »Vielleicht hat mein kleines Schwesterchen ja auch bald gute Neuigkeiten«, grinste er, und Lisette lächelte stumm, wissend, dass ein Baron von Stetten keine Nummer zwei sein wollte. Für heute war sie in Sicherheit.

Lisette stand vor ihrem Kleiderschrank. Ihre Mutter hatte sie nach oben geschickt, damit sie sich umzog, bevor die Buchingers und die Schellenbergs zum Tee kamen. Vielleicht würde der Baron ebenfalls erscheinen. Sie seufzte. Es ging ständig nur noch um den Baron. Ob er erschien, wann er erschien, ob er die Frage stellen würde, wann er die Frage stellen würde? Was sollte sie bloß tun, wenn er sie wirklich fragte? Sie war den Vormittag über im Garten gewesen und hatte mit Albert zusammen die verblühten Rosen abgeschnitten. Rosenblüten schneiden, das durfte sie, das war einer jungen Dame gerade noch zuträglich. Dass sie auch noch mit ihm Unkraut gejätet und Himbeeren gepflückt hatte, hatte man ihrem Kleid leider angesehen, was ihr wieder eine Zurechtweisung einbrachte. Seit sie Emile kannte, der all das an ihr mochte, was hier nicht sein durfte, fiel es ihr noch viel schwerer, so zu tun, als sei sie die Tochter, die Mutter gerne hätte.

Als sie auf die Terrasse trat, etwas aufgeregt, das musste sie zugeben, fragte sie sich, woher sie eben noch den Mut genommen hatte, tatsächlich dieses Kleid anzuziehen. Außer Henriette und Emile wusste niemand, dass es überhaupt existierte. Henriette, die den Gästen bereits Zitronenlimonade zur Erfrischung einschenkte, vergaß vor Schreck, was sie tat, als sie Lisette in ihrem selbstgenähten Kleid sah, und die Limonade lief direkt aus dem übervollen Glas auf Mizzi Schellenbergs Rock. In dem allgemeinen Aufruhr, der darüber entstand, bemerkten alle erst durch Magdalena Buchingers entgeisterten Aufschrei, dass man sich über etwas ganz anderes aufzuregen hatte als ein wenig verschüttete Limonade.

»Das ist mein Eigenkleid«, sagte Lisette und fühlte sich nur halb so mutig, wie sie klang. »Ich habe es für mich genäht, nach meiner eigenen Idee.«

»Umziehen! Lisette, du ziehst dich sofort um!«, hörte sie die schrille Stimme ihrer Mutter. »Ich wünsche diesen Lumpen nicht zu sehen. Schnell, bevor ...«

Der Satz brach ab. Denn in diesem Augenblick erschien neben Anni auf der Terrasse Baron von Stetten. Völlig unerwartet sprang ausgerechnet er Lisette zu Hilfe und lobte das weise und sparsame Bestreben, aus nicht mehr passenden Kleidern neue zu fertigen.

»Aber das war nicht mein Anliegen«, versuchte Lisette sich zu erklären. »Ich habe nur den Stoff der Kleider nutzen wollen, um etwas auszuprobieren. Meine eigene Idee.«

Keiner hörte ihr zu. Von Ideen wollte niemand etwas hören.

Lisette sah ihrer Mutter an, dass sie in diesem Moment nicht wusste, was sie mehr entsetzte. Die Tochter in dem Lumpenkleid, die von Ideen sprach, oder die Tatsache, dass ihr zukünftiger, wohlgelittener Schwiegersohn die Sparsamkeit lobte. Sparsamkeit war nichts, was in den Augen ihrer Mutter lobenswert war.

»Eine Winter kann sich immer neue Kleider leisten«, stieß sie hervor. »Immer.«

»Darum geht es überhaupt nicht«, versuchte Lisette es noch einmal, aber wieder hörte ihr niemand zu. Ihre Mutter tastete schon nach dem Riechfläschchen und versuchte, sich Luft zuzufächern. Lisette nahm ihr den Fächer ab und wedelte ihr damit ein kühlendes Lüftchen zu.

»In diesem Kleid kann man außerdem so gut atmen, dass man keine Luftzufuhr von außen braucht, auch dann nicht, wenn man sich fürchterlich aufregt«, fuhr Lisette fort. »Aus diesem Grund habe ich es genäht. Es fördert die Gesundheit.«

»Wie interessant, ein Eigenkleid in unserer Mitte«, versuchte Mizzi Schellenberg den Nachmittag zu retten.

»Nicht wahr«, hauchte Magdalena tonlos, setzte sich besonders aufrecht im Korbstuhl zurecht und strich dabei über ihre viel zu eng geschnürte Taille.

Als von Stetten sich später verabschiedete, hielt er Lisettes Hand und beugte sich sehr lange darüber, bevor er sie mit seinem sehenden Auge anlächelte.

»Meine liebe kleine sparsame Lisette, es ist äußerst lobenswert, dass du dir diese Gedanken machst, aber ich möchte dir versichern, dass es völlig unnötig sein wird. Au revoir!«

»Aber hast du mir denn nicht zugehört, ich wollte nicht ...«, begann sie, doch da hatte er sich schon umgedreht und sie sah seinem dünnen langen Rücken hinterher. Niemand hatte ihr zugehört.

Ihre Mutter blieb den ganzen nächsten Tag in ihrem Zimmer, wohin sie sich geschwächt von der Aufregung zurückgezogen hatte. Als sie dann endlich wieder auftauchte, war das

Erste, das sie sagte, sie hoffe, dass alle diesen Vorfall vergessen hätten, bis sie aus dem Sommerhaus zurückkämen. Und dass dieser ... Lumpen verschwinden müsse. Und zwar sofort.

Emile kam nicht. Sie waren schon seit einer Woche im Sommerhaus, sie hatte ihm bereits zweimal geschrieben und keine Antwort bekommen. Jeden Tag ging Lisette zu ihrer Waldlichtung und suchte nach Zeichen von ihm. Wo war er? Ob er die Lichtung nicht fand? Aber das war unmöglich, sie hatte sie ihm so genau beschrieben. Sie hatten vereinbart, immer nachmittags hier aufeinander zu warten, wann immer es möglich sei.

Während Lisette auf ihn wartete, häufte sie Tannenzapfen zu kleinen Hügeln, schichtete Steinchen, rupfte Moos und hoffte, dass auch Emile Zeichen für sie legen würde, falls er zu anderen Zeiten käme als sie. Doch wenn sie am nächsten Tag wiederkam, war alles noch unberührt.

Die ersten zwei, drei Tage, an denen sie sich mit klopfendem Herzen und voller Erwartung auf den Weg gemacht hatte, schienen ihr schon Ewigkeiten her zu sein. Inzwischen war die Angst, ihn wieder nicht anzutreffen, schon größer als die bange, hoffnungsvolle Vorfreude, ihn vielleicht, bestimmt, ach, ganz sicher gleich zu sehen.

Es konnte doch nicht sein, dass er eine ganze Woche lang nicht kommen konnte? Es musste etwas geschehen sein. War Emile krank und lag fiebernd im Bett? Oder war er plötzlich verreist, hatte ihn ein Schneiderauftrag weggeführt, ohne dass er sie vorher benachrichtigen konnte? Oder hatten ihre Nachrichten ihn nicht erreicht? Sollte sie ihm noch eine Nachricht schicken? Eine dritte, eine vierte?

Dann schlug das Wetter um. Es regnete so sehr, dass sie keinen triftigen Grund fand, das Haus zu verlassen. Trübselig stand sie am Fenster und starrte in den Garten, und ihr einziger Trost war, dass Emile bei diesem Wetter auch nicht kommen würde. Bis sich plötzlich die Angst einstellte, dass die Zeit im Sommerhaus verstreichen würde, ohne dass sie sich sehen konnten.

Ihre Mutter betrachtete sie besorgt. Sie dachte, sie habe Sehnsucht nach ihrem Baron, und versuchte sie immer wieder in Gespräche über ihn zu verstricken, weil sie glaubte, es würde sie trösten. Wenn es um den Baron ging, konnte Mutter so nett sein. Lisette schwieg, seufzte und sendete ein Stoßgebet zum Himmel, betete um gutes Wetter. Es schien zu helfen: Am nächsten Morgen schien die Sonne.

Lisette wachte auf blinzelte in das Licht, das an den Vorhängen vorbeifiel, die sie nie zuzog. Erst war sie glücklich, die Sonne zu sehen, doch dann kam ihr ein Gedanke, der sich nicht verscheuchen ließ. Plötzlich wusste sie es mit hellsichtiger Gewissheit: Emile liebte sie nicht mehr. Deshalb kam er nicht zur Waldlichtung. Er hatte eine andere kennengelernt. Die besser zu ihm passte. Die schöner war. Die er viel einfacher treffen konnte als sie. Ein Mädchen aus seiner Nachbarschaft, mit dem er jeden Abend im Pfefferminzbeet liegen konnte. So musste es sein. Warum schien ausgerechnet jetzt die Sonne? Sie zog sich die Decke über den Kopf und stellte sich verzweifelt vor, wie er eine andere küsste, so wie er sie geküsst hatte. Sie hörte das Klopfen an ihrer Tür überhaupt nicht, so verzweifelt war sie, so sehr brannten diese Gedanken.

Erst als Henriette zu ihr ins Zimmer kam und die Decke wegzog, tauchte sie auf aus den Decken. Ausgerechnet Pfefferminztee brachte Henriette, und Lisette brach in Tränen aus.

»Er liebt mich nicht mehr«, schluchzte sie. Henriette nahm sie in den Arm, versuchte sie zu trösten, zu beruhigen, aber

Lisette wollte sich nicht beruhigen lassen. Das Einzige, was sie trösten könnte, wäre Emile selbst.

»Dann ist es vielleicht besser, es hinzunehmen und wieder nach vorne zu schauen«, sagte Henriette. »Es ist besser, ihn zu vergessen.«

»Das sagst du nur, weil du ihn nicht leiden kannst. Du konntest ihn von Anfang an nicht leiden.«

»Das ist nicht wahr! Ich kann ihn wirklich gut leiden. Aber ihr passt nicht zusammen. Ihr kommt aus zu unterschiedlichen Welten.«

»Wo wir herkommen, ist doch egal. Wir haben die gleichen Träume! Das ist alles, was zählt.« Traurig sah sie Henriette an und verbesserte sich: »Wir *hatten* die gleichen Träume. Dachte ich.«

»Ach, Lisette, das hat doch keine Zukunft.«

»Er ist meine ganze Zukunft«, widersprach Lisette. »Ich weiß nichts, was mehr Zukunft haben könnte.«

Sie spürte die Tränen wieder in sich aufsteigen. Was würde von ihr bleiben, ohne Emile? Mit verschwimmendem Blick sah sie Henriettes besorgtes Gesicht und schloss die Augen.

»Ohne ihn habe ich keine Zukunft.«

Lisettes Geburtstag nahte und Dora Winter hoffte, dass von Stetten den Tag nutzen würde, um der Familie im Sommerhaus einen Besuch abzustatten und endlich die Frage aller Fragen zu stellen. Es schien so, als ob er das unrühmliche Zwischenspiel vergessen hatte, als Lisette plötzlich in diesem ... wie sollte sie es nennen ... in diesem Etwas aufgetaucht war. Am liebsten wäre sie für Lisettes Geburtstag wieder zurück nach Wiesbaden gereist, aber Lisette hatte sich geweigert. Es sei ihr einziger Wunsch, dass sie blieben.

Nun gut, es war vielleicht ihr letzter Sommer hier, und

sie liebte diese Wochen im Grünen. Wilhelm hatte sie gerade noch einmal daran erinnert und dafür plädiert, zu bleiben. Sie hoffte nur, dass den von Stettens der Weg nicht zu weit sein würde. Vielleicht könnte man den Chauffeur mit dem neuen Automobil schicken, um sie abzuholen. Dann wäre die Reise weniger beschwerlich. Seit sie das Automobil hatten, graute auch ihr selbst nicht mehr so sehr vor der Reise in den Taunus, es war richtiggehend komfortabel geworden. Sie würde mit Otto darüber reden, bestimmt hätte er nichts dagegen, ihm war ja auch daran gelegen, dass alles glattging. Auch wenn ihn diese Verbindung nicht so sehr begeisterte wie sie, weil er stets das Gefühl hatte, dem Adel unterlegen zu sein, naturgemäß unterlegen zu sein, trotz seines Reichtums und trotzdem er es zu etwas gebracht hatte. Enkel würden ihm guttun. Die würden ihn aufheitern. Wenn sie auch Lisettes Kinder sicher nicht oft sehen würden, denn das Gut der von Stettens war irgendwo weit im Osten. Aber vielleicht könnte Lisette die Sommer in Wiesbaden verbringen? Das wäre herrlich, dann könnte sie als Mutter der jungen Baronin von Stetten Visiten machen. Sie würde dafür Kärtchen drucken lassen: Dora Winter mit Tochter Lisette Baronin von Stetten von Waltershain. Adel war doch wunderbar, ob man sich nun unterlegen fühlen musste oder nicht. Hauptsache, man hatte Haltung. Nun musste noch eine gute Verbindung für Wilhelm gefunden werden, dann wäre die Zukunft aller Kinder gesichert, und sie hätten ihre Pflicht als Eltern erfüllt. Friedrich hatte vorbildlich gehandelt, indem er sich mit Berta Wiegandt verlobt hatte. Auf Ottos kluge Vermittlung hin hatte er Berta, die Tochter eines großen Baustoffhändlers, kennengelernt und ausgeführt. Der Händler, so hatte man gehört, kränkelte seit Längerem und würde sein Geschäft gerne in die Hände eines zuverlässigen Schwiegersohnes geben. Allein schon um seine

Tochter abzusichern, die ohne Mutter und Geschwister dastehen würde, sollte ihm etwas zustoßen. Zum Glück war Friedrich umsichtig genug gewesen, diese Chancen zu erkennen. Wenn Lisette mit den von Stettens weggehen würde, ließen sich im Haus ohne Weiteres zwei Zimmer für das junge Paar herrichten. Wenn dann auch Wilhelm eine Frau nach Hause führen würde, könnte man ihnen die Gästezimmer zur Verfügung stellen. Lisette und der Baron würden sicher eine eigene Wohnung mieten, wenn sie in den Sommern kämen. Vielleicht könnte man auch noch einen Gästetrakt anbauen? Oder das Sommerhaus vergrößern? Wie gut, dass sie so viel Platz hatten, und wie gut, dass sie Otto hatte. Er würde ihnen einfach alles bauen, was sie brauchten, er fand immer eine Lösung. In ihrer Familie würde niemand jemals so beengt wohnen müssen wie in der Familie, aus der sie kam. Wenn sie wieder in Wiesbaden wären, würde sie ihre Eltern besuchen. Dann gäbe es vielleicht auch schon zwei Verlobungen, von denen sie berichten konnte. Was sie wohl dazu sagen würden, dass ihre Enkelin eine Frau Baronin wurde? Ob sie dann endlich einmal stolz wären auf das, was sie und Otto geleistet und erreicht hatten? Sie seufzte. Es war immer so schrecklich deprimierend bei ihren Eltern, die es nie geschafft hatten, etwas aus sich zu machen. Gut, dass es ihr immer gelungen war, die Besuche so geheim zu halten, dass niemand wusste, dass es sie überhaupt gab. Es würde doch alle nur verwirren. Manchmal hatte sie ein schlechtes Gewissen, dass sie den Kindern die Großeltern und den Großeltern die Enkel vorenthielt. Aber keiner würde wissen, wie man miteinander überhaupt Konversation betreiben sollte! Es war einfach besser so.

Lisette wollte eigentlich nicht mehr zur Lichtung gehen, aber sie konnte es auch nicht lassen. Täglich stahl sie sich durch den Garten davon, um durch das Tor in den angrenzenden Wald zu gelangen. Es gehörte doch alles zusammen: ihre Lichtung, ihre Träume, sie und Emile. Aber wer fehlte, war Emile. Alles, was bis vor Kurzem noch Gewissheit gewesen war, war dadurch ins Wanken geraten. Hatte sie sich denn alles nur eingebildet? Diese Ströme von Glück zwischen ihnen, die Gedanken, die sie geteilt hatten? Wo lag der Fehler? Hatte er es gar nicht so ernst gemeint wie sie, und wenn dem so war, wie hatte sie sich derart täuschen können? Und auf was konnte sie sich dann überhaupt noch verlassen? Auf nichts. Und am allerwenigsten auf sich selbst. Das war die Antwort, und diese Erkenntnis war fast bitterer als die Eifersucht, die in ihr brannte, wenn sie sich vorstellte, dass er vielleicht mit einer anderen in seiner Kräuterwiese lag.

Lisette freute es nicht mehr, einfach auf der Lichtung im Gras zu liegen wie früher, sie konnte nicht mehr unbeschwert in den Himmel schauen oder dem Vogelgezwitscher lauschen. Unruhig und rastlos formte sie Herzen aus Tannenzapfen, Herzen aus Moos, Herzen aus Laub. Und dazwischen tanzte ihr rotes Kleid aus Rosenblättern, die sie im Garten aufgelesen hatte, von Minze umringt. Auf der Lichtung war schon ein ganzer Teppich entstanden, der ihre Geschichte erzählte. Kleider fielen ihr keine mehr ein, wozu auch sollte sie sich Kleider ausdenken, wenn Emile ihre Skizzen nicht mehr sehen würde? Wozu überhaupt noch irgendetwas, ohne Emile?

In trübe Gedanken versunken näherte sie sich der Lichtung, weil sie es trotz allem nicht lassen konnte, und erschrak. Denn da saß Emile, inmitten ihres Blätterteppichs. So sehr erhofft und dann doch so unerwartet. Ihr Herz klopfte wild.

Vielleicht hatte er ein Rascheln gehört, vielleicht spürte er auch ihre Anwesenheit, jedenfalls schaute er auf, und ihre Blicke trafen sich. Der ganze Wald hielt gleichzeitig mit ihr den Atem an. Langsam stand Emile auf und ging auf sie zu. Stumm schauten sie sich an, und seine Augen waren noch viel schöner als in ihrer Erinnerung. Sie hatte das Gefühl, den Boden unter den Füßen zu verlieren, während ihr Herz wilde Tänze in ihrer Brust veranstaltete. Wie im Traum bewegten sie sich aufeinander zu, sie schien ihre Beine gar nicht bewegen zu müssen, und trotzdem stand sie plötzlich vor ihm. Ganz dicht vor ihm, und dann war sie in seinen Armen. Sie wusste nicht, ob das erleichterte Seufzen aus ihrer oder seiner Kehle kam, aber es war egal. Alles war egal. Sie spürte seinen Herzschlag, schloss die Augen und spürte, wie die Welt sich drehte.

Dann lagen sie nebeneinander im Gras, und Lisette hatte ihren Kopf auf Emiles Schulter gebettet. Unter ihr der Waldboden, über den Baumwipfeln der Himmel, dazwischen das Summen der Insekten und ihr klopfendes Herz.

»Ich wollte nicht herkommen«, sagte er.

»Aber warum ….?«

Lisette sah Emile fragend an.

»Ich habe gehört, dass du dich verloben wirst. Und ich …«, er brach ab. Lisette fuhr hoch, setzte sich auf und schaute ihn empört an.

»Ich werde mich aber nicht verloben. Ich denke gar nicht daran! Wie kommst du darauf? Warum fragst du nicht *mich*? Warum hörst du darauf, was andere sagen, und lässt mich hier warten?«

»Weil mir etwas klar geworden ist. Irgendwann heiratest du. Wenn nicht jetzt, dann irgendwann, wenn nicht diesen Mann, dann einen anderen. Aber du wirst sicher nicht mich heiraten.«

»Was redest du da? Warum nicht?«

»Du bist es gewohnt, alles zu bekommen, auch den kleinen

Schneider, wenn er dir gefällt. Das will ich aber nicht. Ich will nicht der Gespiele der Prinzessin sein, verstehst du? Dazu ist mein Herz viel zu voll.« Er nahm ihre Hand und legte sie auf sein Herz. »Das halte ich nicht aus.«

»Prinzessin und Gespiele?« Lisette schüttelte vehement den Kopf. »Was für ein unglaublicher Unsinn! Du bist... mein Mann!«

»Machst du mir gerade einen Heiratsantrag?« Emile musste lächeln. »Das wäre eigentlich meine Aufgabe.«

»Wenn du auf das Geschwätz irgendwelcher Leute hörst, muss ich mich eben um die Formalitäten kümmern.«

Er nahm ihre Hand von seiner Brust und küsste sie, setzte sich auf und sah sie an. Blau Blau Blau. In diesem Blick wollte sie baden, für immer, aber ihr wurde in genau diesem Moment selbst bewusst, was das bedeutete. Emile sprach es aus.

»Lisette, wir können nicht heiraten, das weißt du genau. Ich kann dir nichts bieten. Ich habe kein Haus, kein Auskommen, kein gar nichts. Deine Eltern würden niemals einwilligen.«

»Ich sage, dass ich dich heiraten will, und du sagst Nein?« Sie sprang auf und schüttelte das Laub von ihrem Kleid.

»Lisette, sei doch vernünftig!«

»Wir haben uns. Und unsere Liebe! Unsere Träume. Unsere Talente. Was willst du denn mehr?«

»Davon werden wir nicht satt. Davon können wir uns nichts kaufen.«

»Glaubst du so wenig an uns? An dich? Wo ist dein Mut? Ich dachte, mit dir ist alles möglich ...«

»Deine Eltern werden es verhindern. Das weißt du ganz genau. Sie werden dich wegschicken, sie werden tun, was sie können, um unser Zusammensein zu verhindern. Wir beide, das darf einfach nicht sein.«

Er nahm ihre beiden Hände. »Es darf so etwas wie uns nicht geben.«

»Es gibt uns aber. Wir gehören zusammen.«

»Sie werden dich verstoßen, dich enterben, du wirst nicht mehr dazugehören.«

»Ich habe noch nie das Gefühl gehabt, dazuzugehören«, erwiderte Lisette ernst. »Erst seit ich dich kenne, weiß ich, wohin ich gehöre. Wenn du mich nicht liebst, muss ich das hinnehmen. Obwohl ich nicht weiß, wie das gehen soll. Aber kein anderer Grund wird mich daran hindern, bei dir zu sein.«

»Du weißt nicht, was du da sagst.«

»Hältst du mich für so dumm?«

»Du weißt genau, dass ich das nicht tue.«

»Hältst du mich für feige?« Lisette schaute ihn funkelnd an. »Oder bist du feige?«

»Es hat eher mit Vernunft zu tun, glaube ich.«

»Und was ist daran vernünftig, wenn wir uns nicht mehr sehen, obwohl wir uns lieben? Stell dir doch vor, wir könnten jetzt zusammenbleiben. Ich würde meine Hand in deine legen und mit dir in unser Zuhause gehen. Stell dir vor, wir hätten eine kleine Wohnung. Zwei Zimmer. Oder ein Zimmer, was brauchen wir denn mehr? Wir könnten zusammen Tee trinken. Und Butterhörnchen essen, die ich für uns gebacken habe. Es würde sich so richtig anfühlen, wie sich noch nie etwas richtig angefühlt hat.«

»Du kannst Butterhörnchen backen?«, fragte er.

»Bessere, als du dir vorstellen kannst.«

Er zog sie so fest an sich, dass sie nach Luft ringen musste. Aber genau da wollte sie sein, so nah bei Emile, wie es nur irgend möglich war.

»Ich habe dich so vermisst«, seufzte er in ihr Ohr und hielt sie noch fester. »Aber was sollen wir bloß tun?«

»Wenn du mich liebst, finden wir einen Weg, das weiß ich. Solange du bei mir bist, ist alles gut.«

Sie lächelte ihn an, und er erwiderte ihr Lächeln. »So, wie du es sagst, klingt es, als ob alles möglich wäre ...«

»Das ist es auch.«

Ausgerechnet an ihrem Geburtstag konnte sie Emile nicht sehen, weil sich die von Stettens tatsächlich zum Kaffee am Nachmittag ankündigten. Mutter hatte sie überschwänglich eingeladen, doch zum Abendessen zu bleiben, die Küche würde ein bescheidenes, frugales Mahl richten, wenn sie damit vorliebnähmen – als ob es bei Winters jemals bescheiden zugehen würde. Niemand hier wusste, was das eigentlich bedeutete. Auch Lisette nicht. Wie es wohl wäre, bescheiden zu leben, fragte sie sich. Emile hatte behauptet, sie könne so nicht leben, sie wüsste gar nicht, wovon sie eigentlich spräche. Aber sie wollte nicht die verwöhnte Prinzessin sein, für die er sie hielt. Nur weil sie in Reichtum aufgewachsen war, hieß das doch nicht, dass sie nicht auch ganz anders leben könnte. Wie es wohl wäre, einfach wegzulaufen? Weg von hier, zusammen mit Emile, in ein neues Leben. Sie könnten nach Italien fahren und durch Zitronenhaine spazieren. Oder in Berlin ein Atelier für Mode eröffnen. Oder auch einfach hierbleiben und in einem kleinen Haus leben, am hinteren Rand eines Gartens, mit Fenstern, durch die man den Himmel sah. Das würde ihr genügen, solange Emile bei ihr war.

Nach dem Kaffee am Nachmittag wollte von Stetten mit Lisette durch den Garten spazieren, um die Rosen zu bewundern. Lisette war sich der neugierigen Blicke bewusst, die beide Mütter ihnen von der Terrasse aus nachsandten. Sie hoffte, dass nichts passieren würde, solange sie im Blickfeld der Mütter blieben, dass sie vielleicht noch nicht einmal viel miteinander reden müssten. Ihr fiel plötzlich gar nichts mehr ein, worüber sie mit dem Baron hätte sprechen können. Und auch er schwieg lange. Erst als sie bei der hintersten Rosenlaube ankamen, begann er von ihrem Gut zu erzählen und dass er einer jungen Dame wie ihr ein angemessenes Leben bieten könnte. Seine Mutter wäre ja immer dort, so dass sie während seiner Abwesenheiten nie einsam wäre. Da er einmal im Jahr nach Wiesbaden reisen musste, um dem Okularisten Müller den obligatorischen Besuch abzustatten, wäre es ihr somit auch möglich, einmal im Jahr ihre Familie zu besuchen.

»Und von Liebe ist wohl keine Rede?«, fragte sie und hörte selbst, dass sie etwas spitz klang. Sie bereute die Frage im selben Moment, in dem sie sie stellte. Wenn sie den Satz doch nur zurückholen könnte. Er blieb stehen und wandte sich ihr zu. Bitte, lass ihn nicht von Liebe sprechen, dachte sie, bitte, und verfluchte ihr schnelles Mundwerk.

»Meine liebe Lisette –«

Weiter kam er nicht, denn ganz plötzlich stand Albert vor ihr, als wäre er gerade aus einem Beet aufgetaucht. Er hielt etwas in der Hand, das in Papier gewickelt war, und überreichte es ihr mit einem tiefen Diener.

»Dem gnädigen Fräulein Lisette, zum Geburtstag alles Gute wünsch ich auch«, sagte er und lächelte sie an.

»Danke, lieber Albert!«, rief sie erleichtert und freute sich wie noch nie, ihn zu sehen. Am liebsten wäre sie ihm um den Hals gefallen. Sie löste das Papier und hielt eine Glasflasche in der Hand, die mit einer zartrosa Flüssigkeit gefüllt war. Es war Rosenwasser, aus den Blüten der Damaszenerrosen in Wiesbaden, das er für sie angesetzt hatte. Stolz erzählte er, wie schwierig es gewesen war, die vielen Rosen heimlich zu pflücken, weil sie ja jede einzelne Rosenblüte im Garten kannte, und er lächelte verschmitzt.

»Aber wie macht man das?«, fragte sie neugierig und spürte, wie von Stetten an ihrer Seite unruhig wurde. Er schien jetzt doch über Liebe reden zu wollen. Ihr dagegen konnte das Gespräch über Rosenblüten gar nicht lange genug dauern.

»Man sammelt einen kleinen Korb voller Blütenblätter und zupft die weißen Ansätze ab, und dann kocht man das Wasser auf, gibt es über ein Drittel der Rosenblätter und lässt es einige Stunden ziehen. Dann fischt man die Blätter alle heraus und kocht es wieder auf. Und wenn das Wasser kocht, gießt man es über das nächste Drittel der Rosenblätter und lässt es wieder einige Stunden ziehen. Dann holt man die Blätter heraus und …«

»Lassen Sie mich raten«, unterbrach ihn von Stetten. »Man gießt es wieder über das letzte Drittel der Rosenblüten, sehr hübsch.«

»Ach, Sie wissen das? Machen Sie auch Rosenwasser selbst?«

Albert sah von Stetten stirnrunzelnd nach, der ohne Antwort schon ungeduldig weiterging, aber Lisette blieb bei Albert stehen und drückte seine schwieligen Gärtnerhände herzlich.

»Das ist das schönste Geschenk, das du mir machen konntest«, erwiderte Lisette. »Jetzt kann ich jeden Morgen schon Rosenduft haben, bevor ich überhaupt mein Zimmer verlasse! Hab tausend Dank!« Sie drückte ihm einen Kuss auf das runzlige Gesicht, bevor sie wohl oder übel zu von Stetten aufschloss.

»Es war unhöflich von ihm, unser Gespräch so langatmig zu unterbrechen«, sagte er und bot ihr seinen Arm. Sie ignorierte den Arm und erwiderte, es sei unhöflich von ihm gewesen, den alten Gärtner zu unterbrechen.

»Er ist mein Freund, von ihm habe ich gelernt, wie man Pflanzen verstehen kann, von ihm weiß ich alles, was ich über den Garten weiß.«

»Da wir einen Gärtner haben, wirst du darüber nichts wissen müssen. Er kümmert sich um alles, du musst nichts tun.«

»Ich möchte nicht *nichts tun*.«

Von Stetten schwieg, und Lisette konnte sehen, dass er verärgert war. Sie schwieg ebenfalls. Schließlich hatte sie einen genauso guten Grund wie er, verärgert zu sein. Beim Abschied musterte er sie ernst , sagte, es tue ihm leid, dass er bei den Rosen unterbrochen worden war, weil er für heute ganz andere Pläne gehabt habe.

»Wir werden das beim nächsten Wiedersehen nachholen. In aller Form.«

Sie schaute auf, blickte genau in die kunstvoll gemalte Iris seines Glasauges und neigte den Kopf in einem vagen Nicken.

Abends hielt sie die Karte von Eleonore Baumgarten in der Hand. *Besuchen Sie mich*, hatte sie gesagt. *Besuchen Sie mich.*

Am nächsten Tag war sie fahrig, unruhig, konnte es kaum erwarten, dass es vier Uhr wurde und sie zur Lichtung laufen konnte, in der Hoffnung, Emile zu sehen. In den wenigen Tagen, die sie sich nun nachmittags gesehen hatten, war ihre Liebe noch einmal so viel größer geworden, dass sie wusste: Eine Zeit ohne Emile wollte sie nicht noch einmal erleben. Nie mehr ohne Emile. Der Rest war egal. Egal, welche Konsequenzen es haben würde, sie wollte, nein, sie musste in seiner Nähe sein. Und sie mussten jetzt schnell handeln. Denn von Stetten würde seinen Antrag wiederholen, und es würde schwieriger sein, von Wiesbaden aus auszureißen als von hier.

Denn das war die einzige Lösung, die ihr eingefallen war: ausreißen. Sie würde Frau Baumgarten um Rat bitten. Lisette war sich sicher, dass sie ihnen helfen würde. Kronberg war nicht allzu weit.

Das größte Problem war nicht, dass sie sich von ihrem Zuhause und ihren Eltern würde trennen müssen. Dass sie die vertraute und sichere Welt verlassen müsste, die sie so gut kannte. Das Problem war Henriette. Sie hatte ihr versprochen, nirgendwohin zu gehen ohne sie, und jetzt würde sie ihr Versprechen nicht halten können. Dabei war ihr Henriette, neben Emile, der liebste Menschen auf der Welt. Es quälte sie, dass sie sich ausgerechnet zwischen Henriette und Emile entscheiden musste, und wünschte, Henriette könnte einfach mitkommen. Sie war so in Gedanken versunken, dass sie gar nicht hörte, dass Mutter sie ansprach. Nun sah sie deren fragenden Blick und bat um Verzeihung. Wie gut, dass ihre Mutter nicht in ihren Kopf schauen konnte.

»Meinst du nicht, es wäre besser, bald nach Wiesbaden zurückzufahren? Ich sehe doch, dass du dir Sorgen machst, weil dein Baron so zögerlich ist. Es wäre nur verständlich, wenn du lieber in seiner Nähe wärst!«

Ihre Mutter schaute sie besorgt an und griff, welch seltene Geste, nach ihrer Hand, um sie zu drücken. Sie legte ihre andere Hand auf die Hand ihrer Mutter und streichelte ihr mit Wehmut darüber.

»Ich glaube, die frische Luft hier tut mir sehr gut, Mutter«, stammelte sie. »Vielleicht gehe ich ein wenig spazieren und denke darüber nach.«

»Tu das, mein Kind«, seufzte ihre Mutter. »Tu das.«

Als sie zur Lichtung kam, saß Emile schon dort, und sie rannte die letzten Meter auf ihn zu. Sie warf sich in seine

Arme und riss ihn stürmisch zu Boden. Lachend lagen sie im grünen Waldgras, bis er atemlos innehielt und sie anschaute.

»Herzlichen Glückwunsch zum Geburtstag, meine Schöne«, flüsterte er, und seine Hand spielte mit einer Haarsträhne, die sich aus ihrem Knoten gelöst hatte. Und Lisette konnte den Gedanken nicht unterdrücken, wie es wäre, wenn seine Hand alles lösen würde, was es zu lösen gab, ihre Haare, alle Bänder, alle Knoten, alle Knöpfe. Aber Emile setzte sich auf und reichte ihr die Schachtel, die neben ihm im Gras lag. »Für dich. Zum Geburtstag«, sagte er.

»Du hast ein Geschenk für mich?«

Er nickte. »Pack es aus.«

Sie öffnete die Schachtel, und da war diese wundervolle Seide, grün und zart, wie die Seide, die sie im Kaufhaus gesehen hatte. Hier im Wald leuchtete sie zauberhaft und schimmerte wie ein Feengewand. Sie strich vorsichtig darüber.

»Was ist das?«

»Schau nach.«

Sie lächelte ihn an.

»Mach schon«, sagte er. »Ich kann es kaum abwarten, was du sagst.«

Sie nahm den Stoff aus der Schachtel und hielt ein Kleid in ihren Händen, das direkt aus ihren Träumen zu kommen schien. Es war leicht, schimmerte in zarten Falten, floss in weichen Bahnen zu Boden und hatte am Ausschnitt eine Stickerei aus kleinen goldenen Perlen, die unregelmäßig über das ganze Oberteil verstreut tanzten. Sie war sprachlos.

»Gefällt es dir?«

Lisette konnte nicht sprechen, nur nicken. Das war ihr Kleid. Er hatte *ihr* Kleid für sie gefertigt. Er hatte sie komplett verstanden. Nach einer Weile ließ sie es sinken.

»Du hast in meinen Kopf geschaut.«

Er lächelte.

»Und die Perlen, du hast sie einfach gestreut, wie die Blumen auf einer Wiese ...«

»Wie die Goldpünktchen in deinen Augen. Wie die Sommersprossen in deinem Gesicht. Wie die Sterne am Himmel.«

»Ich will es anziehen«, flüsterte sie.

»Und ich will dich darin sehen.«

Sie stand auf, zog ihre Schuhe aus und begann langsam die Knöpfe ihres Kleides zu öffnen, ohne ihren Blick von ihm zu lösen. Beim letzten Knopf zögerte sie einen Moment, doch dann streifte sie das Kleid entschlossen ab und ließ es auf den Waldboden fallen. Sie konnte das Seidenkleid unmöglich über ihre Unterkleider ziehen, und sie sah an seinem Blick, dass er das Gleiche dachte. Ihr Mund war plötzlich ganz trocken. Sie löste die Knöpfe ihres Mieders, zog es aus, knöpfte den langen Unterrock auf und ließ ihn ebenfalls fallen. Nun stand sie in ihren Hemdhosen vor ihm, nur noch wenige Haken und Ösen, dann wäre sie nackt. Wieder zögerte sie, aber dann begann sie langsam Haken für Haken ihres Untergewands zu lösen, streifte es von den Schultern und ließ es zu Boden fallen.

Jetzt stand sie nackt auf der Lichtung und sah Emile an. Der Wind strich über ihre Haut, die plötzlich überall kribbelte und lebendig war, als wäre sie in kaltes Wasser getaucht.

Wie ein sanfter Wasserfall glitt die kühle Seide über ihre nackte Haut, wie ein zärtliches Streicheln umhüllte sie ihren Körper. Das Kleid zu tragen war noch viel schöner, als sie es sich vorgestellt hatte. Sie fühlte sich wunderbar. Sie fühlte sich frei. In diesem Kleid fand sie die schönste Version ihrer selbst.

Vorsichtig legte sie sich in das hellgrüne Moos und zog Emile zu sich, bis seine Hände unter dem losen, zarten Kleid alles fanden, was sie suchten. Alles, was sie taten, war verboten, aber es war das einzig wirklich Richtige, es war, als hätte sie es schon immer gesucht und endlich ihr Italien gefunden. Die Goldorangen im dunklen Laub, hier glühten sie. Hier lebte sie.

2006

Das Kleid war so zart, ein Hauch von einem Kleid. Ich hatte mich daran erinnert, dass wir damals, als wir das Haus meiner Urgroßmutter Lisette ausräumten, einige Kleider mitgenommen hatten. Ich war vielleicht sieben oder acht Jahre alt, und ich weiß noch, dass ich das Haus toll fand. Es war bunt und ungewöhnlich, ganz anders als alle Häuser, die ich bis dahin gesehen hatte. Sie hatten mir in Lisettes ehemaligem Schlafzimmer das Bett gemacht, und weil ich nicht schlafen konnte, hatte ich in ihrem Kleiderschrank nachgeschaut, ob ich etwas zum Verkleiden finden würde. In meinem Kinderzimmer stand eine Kiste voll zusammengesammelter Klamotten und Hüte. Verkleiden spielte ich lieber als alles andere. Ich fand es toll, auszuprobieren, wer ich sein könnte, und gleichzeitig zu üben, wie man sich in Kleidern versteckte. Ich wollte die Kleider unbedingt für meine Klamottenkiste haben, aber da hatte es eines von Paulas seltenen strikten Neins gegeben: Diese Kleider waren nicht zum Spielen, die wollte sie aufheben.

Ich rief meine Mutter an.

»Hast du Lisettes Kleider eigentlich noch? Die wir damals mitgenommen haben? Als das Haus vermietet wurde, weißt du noch?«

»Daran erinnerst du dich noch? Klar habe ich die.« Sie schwieg einen Moment. »Ich weiß eigentlich gar nicht, was ich damit machen soll. Die liegen seit zwanzig Jahren hinten im Schrank. Nein, stimmt nicht«, sagte sie. »Manchmal habe ich sie auch getragen. Aber man wird nicht jünger, ich kann nicht mehr alles anziehen ... Ich müsste sie mir mal wieder anschauen.«

»Gib sie mir«, sagte ich, »ich halte sie in Ehren.«

Sie zögerte. »Du kanntest Lisette doch gar nicht.«

»Vielleicht lerne ich sie über ihre Kleider kennen.«

»Du interessierst dich doch gar nicht für Kleider.«

Das stimmte so nicht. Mütter hatten manchmal wirklich keine Ahnung. Nur weil ich das anzog, was alle anzogen, hieß das nicht zwangsläufig, dass ich mich nicht dafür interessierte. Manchmal probierte ich Sachen an, die mir gefielen, die anders waren, aber meistens fühlte ich mich dann verkleidet. Nicht auf die spielerische Art wie damals, als Mädchen vor meiner Klamottenkiste. Ich fühlte mich unwohl, ausgestellt und falsch. Es war so viel einfacher, das zu tragen, was alle trugen, um nicht aufzufallen, um nicht beweisen zu müssen, dass man jemand war, um keine Statements abzugeben, außer diesem: Ich bin wie ihr. Ich trug schmale Jeans und T-Shirts, dünne Blusen, Kapuzenpullover, lange Strickjacken und Chucks. Ich gehörte dazu und konnte gleichzeitig in der Menge verschwinden.

»Bevor du sie weggibst, gib sie mir.«

»Ich denk mal drüber nach.«

Wir redeten über ein paar belanglose Dinge, sie erzählte mir von einer tollen Ausstellung in Berlin und dass sie für einen Film angefragt worden war, der in Italien gedreht werden würde, nächstes Frühjahr, ob ich sie nicht dort besuchen wollte? »Wir zwei machen uns ein paar schöne Tage!«

Als wir auflegten, war ich mir sicher, dass sie natürlich nicht drüber nachdenken würde, sie würde es schnell vergessen. Die Ausstellung, der Film, Italien. Ihr Leben lenkte sie immer von vielem ab, auch von ihrer Tochter. Aber dieses Mal täuschte ich mich. Denn kurz darauf war ein Päckchen bei mir angekommen. Vielleicht hatte sie eine plötzliche Anwandlung mütterlicher Zuneigung. Vielleicht hatte sie auch nur ausgemistet oder Platz im Schrank gebraucht. Aber sie hatte einen richtigen kleinen Karton besorgt, und als ich ihn öffnete und das cremefarbene Seidenpapier aufschlug, lag das moosgrüne Seidenkleid darin, an das ich mich noch so gut erinnerte. Ein Kleid in Seidenpapier, das war wie in den alten Filmen, die ich früher mit meiner Mutter geschaut hatte, auf dem Sofa an verregneten Sonntagen. Ich musste lächeln. Vielleicht war es dieses Mal doch eher mütterliche Zuneigung? Paula hatte sogar ein Kärtchen dazugeschrieben.

Das ist das Kleid, mit dem dein Uropa deine Uroma erobert hat, das war der Anfang ihrer großen Liebe.
Vielleicht kommt sie ja mit diesem Kleid zu dir.
Paula

Da hatte ich mich eben noch gefreut über die Mühe, die sie sich gemacht hatte, und gleich kam wieder der Dämpfer. *Vielleicht kommt sie ja … die große Liebe …* Ich war mit Yannick zusammen, meine Güte, und ich hatte nicht vor, einen anderen zu suchen. Ich war nicht wie sie, immer auf der Suche nach dem noch perfekteren Traummann. Ob er ihr jetzt gefiel oder nicht, Yannick war eben meine Art von Traummann.

Andächtig nahm ich das Kleid aus dem Karton, schlüpfte aus meinen Jeans und dem Sweatshirt und zog es an. Es passte mir genau. Es war ein Hauch, ein kühler, zarter, streichelnder Hauch, der meinen Körper umspielte, und ich trat vor den Spiegel, um mich zu betrachten. Ich öffnete den Dutt und schüttelte meine Haare, sie fielen lockig über die Schultern. Das Kleid ließ mich leuchten, meine Haut, meine Augen, meine Haare. Es gab diese Farbberatungen, die einem sagten, welche Farben einem besonders schmeichelten. Dieses Kleid war auch eine Farbberatung. So ein Grün hatte ich noch nie getragen, ich hatte gar nicht gewusst, dass dieses Grün mir überhaupt stand. Am liebsten hätte ich das Kleid gar nicht mehr ausgezogen, aber es war so alt, so porös an manchen Stellen, löchrig und ausgerissen an den Nähten der Ärmel, ich traute mich nicht wirklich, mich darin zu bewegen. Und ich hatte versprochen, es in Ehren zu halten, ich musste es schonen. Aber ich konnte den Blick kaum von meinem Spiegelbild lösen, ich gefiel mir. Ich gefiel mir richtig gut. Nein, es war mehr. Ich fand mich schön.

Am liebsten wäre ich in dem Kleid zur Sommervilla gefahren und dort durch den Garten gelaufen. Aber erstens war es viel zu kalt, und zweitens hätte die erste Brombeerranke im Garten das Kleid zerrissen. Aber ich wollte plötzlich noch dringender zu dem Haus im Taunus fahren. Ich wollte unbedingt hinein, auch wenn ich befürchtete, dass alles verändert war inzwischen, es würde ja nicht mehr aussehen wie vor hundert Jahren. Vielleicht hatten schreckliche Siebziger-Jahre-Renovierungen darin stattgefunden. Aber alleine würde ich mich niemals in das Haus hineinwagen, und das sollte man sowieso nicht tun. Denn eine der Regeln der Urban Explorer war: Gehe nie alleine in ein verlassenes Haus. Wenn man doch mal durch eine morsche Diele brach, war es schon besser, jemanden dabeizuhaben, der den Notarzt rufen würde. Yannick war jetzt im Osten und schickte mir jeden Abend Fotos von den Häusern, die sie dort erkundeten. Es sah wirklich spektakulär aus. Sie wollten noch das nächste Wochenende dranhängen, weil es so viel zu sehen gab. Ich würde also noch länger warten müssen mit meinem Ausflug in die Vergangenheit meiner Familie.

Zwei Tage später stand ich plötzlich nachmittags im Gemüseladen vor dem Typen, der zusammen mit mir das Treffen beim Griechen verlassen hatte. Er erkannte mich wieder und fragte, was ich um diese Zeit hier machte. Ich antwortete, dass ich zum Glück nur halbtags Anleitungen für technische Geräte übersetzte, weil ich das ganztags wahrscheinlich auch gar nicht aushalten würde.

»Dann bist du schuld, wenn es mir nicht gelingt, meinen Festplattenrekorder zu programmieren, weil ich die Anleitung nicht verstehe?«

»Genau«, erwiderte ich. »Hat mit dir gar nichts zu tun.«

»Da bin ich aber erleichtert«, grinste er.

Ich griff nach ein paar Äpfeln, und ich weiß nicht, was es war, ob es mit dem Kleid zu tun hatte? Völlig unvermittelt hörte ich mich sagen: »Es gibt ein verlassenes Haus im Taunus, hast du Lust, mit mir hinzufahren?«

Ich war genauso überrascht über meinen Vorschlag wie er und versuchte, ihn schnell zurückzunehmen. »Also, irgendwann mal, meine ich.« Nicht, dass er jetzt dachte, ich würde mich an ihn ranschmeißen oder hätte sonst niemanden. Aber er sagte einfach: »Klar. Wann?«

Wir trafen uns am nächsten Nachmittag, mit sehr kleinem Gepäck. Handschuhe, Taschenmesser, Taschenlampe, feste Schuhe. Er hatte keine riesige Kameraausrüstung dabei, und ich hatte auch nur meine kleine Digitalkamera in der Jackentasche. Wir grinsten beide über unsere spartanische Ausrüstung, als wir zu meinem Auto gingen.

Wie er eigentlich hieße, fragte ich ihn. Er verbeugte sich.

»Lukas. Und sag jetzt nicht, der Lokomotivführer.«

»Maya.« Ich verbeugte mich ebenfalls. »Und nicht die Biene. Ich bin eine Maya mit Ypsilon.«

»Ah, Maya, die indische Göttin! Die Weltenerschafferin!«

Ich schüttelte den Kopf. »Laut meiner Mutter ist es in Nepal das Wort für Liebe.«

»Auch super«, sagte er. »Ich mache also heute einen Ausflug mit der Liebe!«

Ich musste lachen. Lukas hatte sehr blaue Augen und dunkle

Haare, eine seltene Mischung, was mir genauso gut gefiel, wie den Namen einer Göttin zu tragen. Ich dachte an das Kleid und dass ich gerne die Frau im moosgrünen Kleid wäre, die ich im Spiegel gesehen hatte. Was trennte mich von ihr?, fragte ich mich. Oder vielmehr, welche Welt müsste erschaffen werden, in der ich diese Frau in diesem Kleid sein könnte?

»Was ist das jetzt eigentlich für ein Haus, zu dem wir fahren?«, fragte er, als wir in meinem Auto saßen und die Stadt hinter uns ließen.

»Es ist die Villa, in der meine Urgroßmutter die Sommer ihrer Kindheit verbracht hat.«

»Echt?« Jetzt war er wirklich erstaunt. »Deine Vorfahren hatten eine Sommervilla? Hast du auch eine Ahnengalerie in deiner Wohnung?«

»Sie ist abgehauen aus der Ahnengalerie. Mit achtzehn.«

»Mit dem Gärtner?«

»Mit dem Schneider.«

»Wow.«

»Ich will sehen, was sie verlassen hat.«

»Willst du auch weglaufen?«

Natürlich nicht. Ich und weglaufen? Das passte überhaupt nicht zusammen. Trotzdem fühlte ich mich irgendwie ertappt.

»Keine Ahnung«, sagte ich zögernd. »Irgendetwas zieht mich dahin. Vielleicht will ich auch einfach nur aus einem Fenster schauen, aus dem sie vor hundert Jahren auch geschaut hat.«

»Vielleicht finden wir einen Krümel von dem Mut, den sie hatte.«

»Könntest du den denn gebrauchen?«

»Ach, klar«, seufzte er. »Du denn nicht?«

Ich war froh, dass ich die Abzweigung in den richtigen Waldweg wiederfand, ohne zu lange suchen zu müssen. Lukas sah mich ein paarmal fragend von der Seite an, als mein Auto über den zugewucherten Weg rumpelte. Nachträglich wunderte ich mich, dass ich das bei meinem ersten Besuch ganz alleine bewältigt hatte. Als ich vor dem Haus anhielt, pfiff Lukas leise durch die Zähne.

»Wow, das ist ein kleiner Schatz, weißt du das?«

Wir stiegen aus und gingen um das Haus herum, auf der Suche nach einer Möglichkeit hineinzukommen. Lukas war beeindruckt, und irgendwie gefiel es mir, dass ich ihn beeindruckt hatte mit diesem Fund. Natürlich fragte er, was die anderen in der Gruppe davon hielten. Als ich ihm gestand, dass ich niemandem davon erzählt hatte, schaute er mich erstaunt an, und ich war froh, dass er nicht näher nachfragte.

Von der Terrasse her gab es keine Chance, hineinzukommen, die Türen waren komplett mit Platten zugenagelt. Wir kämpften uns durchs Gestrüpp rund ums Haus, und auf der Ostseite entdeckten wir ein Fenster, dessen Verbretterung sich gelöst hatte. Lukas verschränkte die Hände und lud mich ein, daraufzusteigen, um nachzuschauen. Ich setzte einen Fuß in seine Hände und stütze mich ab, um das Sims zu erreichen. Das Fensterglas war zersplittert, man würde also hineingreifen können, um es zu öffnen. Ich lehnte mich mit meinem ganzen Gewicht gegen das Sims und griff vorsichtig durch das spitze Glas, um innen an den Fenstergriff zu kommen. Ich erreichte ihn zwar, aber das Fenster klemmte.

»Geht es noch?«, fragte ich Lukas. Sein Ja klang etwas gepresst, während ich vorsichtig am Griff rüttelte, um nichts kaputt zu machen und mich nicht zu verletzen. Dann stand es plötzlich offen. Der Einlass war klein, zwischen den Brettern, aber ich würde durchpassen. Doch dann fragte ich mich plötzlich, wie Lukas ohne Räuberleiter hier hochkommen würde und wie ich es überstehen würde, solange alleine in dem Haus zu sein, bis er nachkam?

Ich ließ mich langsam zurückgleiten und sprang nach unten.

»Wie geht's deinen Händen?«, fragte ich ihn.

»Alles gut. Wolltest du nicht reinklettern?«

Ich zögerte nur kurz. »Alleine habe ich viel zu viel Angst.«
Es fiel mir überhaupt nicht schwer, ihm das zu sagen. Er nickte, als ob es das Normalste auf der Welt sei, Angst zu haben, und überlegte.
»Hast du irgendetwas im Auto, auf das wir klettern können?«
»Mein Ersatzreifen?«
»Könnte reichen.«
Es reichte, zum Glück. Zuerst half er mir wieder hoch, und während ich wartete, dass er mir über den Reifen nachkletterte, bat er mich, nachzuschauen, ob sich der zweite Fensterflügel auch öffnen ließ. Wir hatten Glück, und er passte schließlich auch durch die Fensteröffnung. Ich hatte dadurch überhaupt nicht bemerkt, dass ich es eine Weile alleine im Haus ausgehalten hatte.

Dann standen wir plötzlich in der Eingangshalle und hielten die Luft an. Es roch nach Schimmel und Moder und so muffig, dass ich nur ganz flach zu atmen wagte. Hier war renoviert worden, zumindest die Wände, die Lampen, das sah alles nach Fünfziger oder Sechziger Jahren aus. Der sich wellende Bodenbelag, ein schrecklicher grauer PVC-Boden mit aufgedruckten Fugenlinien, war an manchen Stellen gebrochen und darunter konnte man die alten Dielen erkennen. Wir bewegten uns vorsichtig mit tastenden Schritten zur Treppe. Lukas streckte mir seine Hand entgegen, um mir über den unebenen Boden zu helfen oder um mich zu halten, falls ich einbrach. Er packte fest zu, als ich nach seiner Hand griff, und ich fühlte mich viel sicherer als sonst. Die Treppe, die nach oben führte, war aus dunklem Eichenholz. Eiche war ausdauernd, da sie frei lag und so aussah, als hätte sie wenig Witterung von außen abbekommen, könnten wir Glück haben und sogar in die oberen Stockwerke gelangen. Als wir näher kamen, sah ich, dass das Geländer am ersten Pfeiler anders aussah. Unter einer dicken Staubschicht war ein Schnitzwerk verborgen. Zögernd stand ich davor, ich wollte sehen, was sich darunter befand. Ein Wappentier, ein Familiensymbol? Aber es gehörte ja zu den Regeln, nichts zu berühren, nichts zu verändern. Ich sah zu Lukas, der eine Grimasse zog. Pippi oder Annika? Wer würde ich sein?

»Ich finde«, sagte er nach einer Weile, in der ich mich immer noch nicht entschieden hatte, »da du die Urenkelin bist und es quasi dein Haus ist, darfst du nachschauen. Eigentlich musst du sogar nachschauen, es gehört zu den Aufgaben der Göttin Maya, alle Schleier zu lüften.«

Das klang plausibel, fand ich, und wischte mit meiner behandschuhten Hand vorsichtig die Staubschicht weg, der Staub fiel in dicken Fetzen zu Boden. Zum Vorschein kamen drei Kinderköpfe. Zwei Jungen und ein Mädchen. Lisette. Ich wischte den Staub sorgfältig aus jeder kleinen Falte, bis ihr ganzes Köpfchen freigelegt war, strich ihr über die Locken, die Augenbrauen, putzte die Nase, polierte die Lippen.

»Hallo«, flüsterte ich. »Hallo, Lisette.«

Das kleine Mädchen schaute mich an. Ich streichelte ihr zärtlich über die Wangen, bewegt von diesem Gesicht. Damit hatte ich nicht gerechnet, dem Abbild meiner Urgroßmutter in diesem Treppenhaus zu begegnen, dem Mädchen, das sie einmal gewesen war.

»Weißt du was«, sagte Lukas plötzlich, »sie sieht aus wie du.«

4

1906

Es kam Lisette wie eine Ewigkeit vor, als sie im Dunkeln auf Emile wartete. Sie war noch nie mitten in der Nacht im Wald gewesen, und im Mondlicht sah alles anders aus. Jedes Rascheln, jedes Knacken eines Ästchens ließ sie zusammenzucken. Selbst ihre vorsichtigen Schritte klangen viel zu laut. Sie zitterte vor Aufregung, alleine hier im Dunkeln, aber sie zweifelte keinen einzigen Moment daran, dass Emile kommen würde. Ihre Tasche war schwer. Dabei hatte sie nicht viel mitgenommen. Wenn man von zuhause ausriss und nur ein Fahrrad und die Liebe hatte, die einen davontragen würden, konnte man nur wenig einpacken. Das meiste, was sie besaß, würde sowieso nicht in ihr neues Leben passen.

Ihr neues Leben.

Das grüne Seidenkleid war natürlich dabei, auch die anderen Kleider, die Emile genäht hatte, hatte sie eingepackt, etwas Wäsche, etwas Warmes, daran hatte Emile sie erinnert, auch wenn jetzt Sommer war, ein paar Lieblingsdinge, auch Alberts duftendes Rosenwasser, ihren gesamten Schmuck, um ihn verkaufen zu können, falls es nötig sein würde. Sie hatte alles Geld eingesteckt, das sie besaß. Zum Glück hatte ihr Vater ihr ein großzügiges Geldgeschenk gemacht zu ihrem achtzehnten Geburtstag.

»Manchmal ist es wichtig, dass eine junge Frau über etwas Geld verfügt, von dem niemand etwas weiß«, hatte er gesagt. Sie wusste, dass er dabei an von Stetten dachte, von dem er glaubte, dass er knauserig sei. Er hatte mit Sicherheit nicht daran gedacht, dass sie damit weglaufen würde. Jetzt würde er sich wahrscheinlich Vorwürfe machen, sie damit ermutigt zu haben. In wenigen Stunden würde Henriette die Abschiedsbriefe finden. Ach, Henriette, wie sie ihren karamellsüßen Blick vermissen würde. Bei dem Brief an sie hatte sie am heftigsten weinen müssen, weil es am meisten schmerzte, sie zu verlassen. Sie schämte sich, dass sie beim Brief an ihre Eltern nicht eine Träne hatte vergießen müssen.

Sie sah sich um. Es fühlte sich alles so unwirklich an, hier mitten in der Nacht im Wald. Hinter ihr lag ihr altes Leben, das sie nun für immer verließ, und vor ihr lag ihr neues Leben, irgendwo mitten in einer großen, fremden Ungewissheit. Aber sie hatte einen Fixstern: Emile.

Als sie seine Schritte hörte, flog sie erleichtert in die Wärme seiner Umarmung.

»Du zitterst ja. Es tut mir leid, ich konnte nicht früher weg«, sagte er und hielt sie fest. »Jemand hatte mein Fahrrad geliehen und mir nicht rechtzeitig zurückgebracht.«

Er nahm ihre Tasche und befestigte sie so gut es ging am Fahrrad, das sie schweigend den holprigen Waldweg entlangschoben. Ihre kalte Hand hielt er unter seiner Hand am Lenker fest, bis sie aus dem Wald herauskamen und auf einen befestigten Weg stießen. Vor ihnen lagen Wiesen und Felder, die im Mondlicht silbern schimmerten. Ihr Weg führte mitten hinein in diese zaubrig erleuchtete Landschaft, und Lisette war froh, das Dunkel des Waldes hinter sich lassen zu können. Hier, wo sie sah, dass ihr Weg in die silbrige Weite der mondhellen Nacht führte, atmete sie auf.

Emile wackelte hin und her, als er versuchte, mit dem Gepäck und ihr auf dem Sattel geradeauszufahren, und Lisette klammerte sich lachend an ihn.

»Halte deinen Rock zusammen!«, rief er. »Und halte dich gut fest!« Nach ein paar Metern hatte er das Fahrrad unter Kontrolle. Es ging leicht bergab, und als das Fahrrad schneller rollte und sie den Fahrtwind im Gesicht spürte, da war es plötzlich da, das Gefühl von Freiheit. Es erfüllte sie und ließ sie laut in die Nacht herausjauchzen. Sie klammerte sich fest an ihn, fühlte sich sicher und frei zugleich und wusste genau, dass sie diesen Moment nie vergessen würde.

»Wir fliegen!«, rief Lisette. »Lass den Wind wehen, lass uns fliegen, Emile, wir fliegen!«

Als es wieder bergauf ging, kamen sie zum Stehen. Das Fahrrad schlingerte ein wenig auf dem unebenen Untergrund, und Lisette sprang vom Rad. Emile schaute sie ernst an.

»Willst du das wirklich, Lisette? Willst du wirklich mit mir weglaufen? Ich weiß, was du aufgibst. Es ist viel. Du könntest ein Leben ohne Sorgen haben und nicht bei Nacht und Nebel ...«

»Aber ich will es!«, unterbrach sie ihn. »Ganz sicher! Alles, was ich bin und sein will, kann ich doch nur bei dir sein.«

»Du gibst dein Zuhause auf.«

Sie schüttelte den Kopf.

»Du bist mein Zuhause.«

Meine liebste Henriette,
ach, bitte verzeih mir, liebste Henni, denn heute breche ich mein Versprechen an Dich. Ich gehe mit Emile fort von hier. Wenn wir ein Zuhause gefunden haben und ein Zimmer für Dich, dann werde ich Dich bitten, uns zu folgen. Dich zu verlassen ist das Schwerste. Meine liebe Freundin, liebe Schwester, ein Teil meines Herzens bleibt bei Dir,
Deine Lisette

Als Henriette Lisettes Zimmer betrat, um sie zu wecken, und das leere Bett sah, dachte sie als Erstes, sie wäre schon aufgestanden. Doch dann sah sie die Briefe auf ihrem Frisiertisch. Mit einem Mal wurde ihr ganz schwindelig. Briefe und ein leeres Bett, das konnte doch nur eines bedeuten.

Sie sank auf den Stuhl und starrte auf den Briefumschlag mit ihrem Namen. Das war es also. Sie war weg. Lisette war weg. Erst wollte Henriette den Brief gar nicht öffnen, als ob sie die Wahrheit, die sie darin finden würde, dadurch noch einen Moment hinauszögern könnte. Aber ihr Körper zitterte und ließ sich nicht beruhigen, ihr Körper wusste schon alles, bevor sie es überhaupt las.

Als sie den Brief öffnete, fiel etwas heraus und landete auf ihrem Schoß. Es war die goldene Kette mit den kleinen blauen Saphirblüten, die sie so mochte. Sie zog sie an, während ihr die Tränen übers Gesicht liefen und auf den Brief tropften, auf den auch schon Lisettes Tränen getropft waren, überall dort, wo die Buchstaben verschwommen waren. Als hätte der Brief im Regen gelegen.

Sie berührte die Kette zärtlich. »Leb wohl«, flüsterte sie leise und ließ die Kette unter ihrem Kleid verschwinden. Sie würde sie nie mehr ablegen. Niemals.

Als sie sich beruhigt hatte und ihre Tränen getrocknet waren, steckte sie den Brief in ihre Rocktasche und verließ das Zimmer leise. Sie würde so tun, als ob sie Lisettes Abwesenheit erst später entdeckte. Wohin ihr Weg sie auch führte, sicher konnte sie jeden Vorsprung gebrauchen.

Es war ein warmer Tag, und es wurde immer mühsamer, das Fahrrad auf den kleinen, verborgenen Wegen entlangzuschieben, die sie gewählt hatten. Bisher hatten sie nur einmal von Weitem ein Fuhrwerk gesehen und hinter einem Holunderbusch gewartet, bis es verschwunden war. Ansonsten waren sie keiner Menschenseele begegnet. Als sie hinter einem Feld ein kleines Wäldchen entdeckten, machten sie dort eine Rast. Emile hatte ein halbes Brot mitgebracht und eine Flasche mit Wasser gefüllt. Lisette hatte sich in der Vorratskammer eingedeckt und wahllos nach allem gegriffen, was man mitnehmen konnte, ein Stück Käse, ein Rest Pastete, getrocknetes Obst, ein Stück Kuchen. Einem Impuls folgend hatte sie zwei von den Meißner Porzellantassen mitgenommen, die ihre Mutter vor einigen Jahren für das Sommerhaus erworben hatte. Indisch Purpur. Ihre Mutter fand es sehr elegant. Diese Tassen aus dem Geschirrschrank des Sommerhauses jetzt hier in einem Wäldchen im Schatten junger Buchen im Gras liegen zu sehen war ein seltsamer Anblick. Sie gehörten eigentlich nicht hierher, genauso wenig wie sie selbst, und trotzdem waren sie hier, waren nun Schicksalsgenossen auf dem Weg in ihr neues Leben.

Lisette hatte Emile bestimmt schon zum fünften Mal erzählt, dass sie so jemanden wie Frau Baumgarten noch nie getroffen habe und dass sie hoffte, sie würde sich an sie erinnern.

»Ich bin aufgeregt«, seufzte sie. »Und ich plappere. Aber bestimmt erinnert sie sich.«

Schließlich hatte sie ausdrücklich gesagt, sie solle sie besuchen. Und jemand wie Frau Baumgarten würde Überraschungsbesuche mögen, ganz sicher. Sie hoffte nur, dass sie recht hatte.

Sie verbargen das Fahrrad im hohen Gras, legten sich nebeneinander unter den Baum und schlossen die Augen. Sie waren müde nach der durchwachten Nacht, und ihre Glieder waren schwer. Bevor Lisette einschlief, nahm sie die Stille der sommerlichen Landschaft wahr, über der die Wärme jetzt schon hing wie eine Glocke. Sie spürte den harten Boden, auf dem sie lagen, Emiles Körper neben ihr, den Duft von würzigem Dost und Sommergräsern, sirrende Fliegen, Bienengebrumm. Glück.

Teuerste Mama, teuerster Papa, liebe Brüder!
Es tut mir leid, Euch das antun zu müssen, ich bin nicht die Tochter, die Ihr verdient habt. Ich folge heute dem Mann, den ich liebe, in ein Leben, das Ihr niemals für mich wählen würdet, das ich aber selbst gewählt habe.
Die Summe, die ich in meiner Schatulle in Wiesbaden aufbewahre, müsste derjenigen entsprechen, die ich von Euch, liebe Brüder, ohne zu fragen geliehen habe. Lebt wohl und verzeiht mir.
Lisette

Dora lag hinter zugezogenen Vorhängen auf ihrem Bett, den Brief in der Hand, den Lisette zurückgelassen hatte. Sie hatte erst gar nicht verstanden, wovon in dem Brief die Rede war. Der Mann, den Lisette liebte, war doch der junge Baron. Der würde um ihre Hand anhalten, weshalb sie doch nicht mit ihm weglaufen müsste. Allmählich nur begann es allen zu dämmern, dass es sich um einen anderen jungen Mann handeln musste. Henriette, die Lisette schließlich sehr nahestand, hatte glaubwürdig versichert, keine Ahnung zu haben, von welchem Mann und welcher Liebe die Rede sei. Niemand hatte eine Idee, was in das Mädchen gefahren sein könne, und nach einer aufgeregten Diskussion im Salon hatte sich Dora zurückgezogen. Welch ein Skandal! Dieses eine Wort fuhr in ihrem Kopf Karussell und verdrängte jeden anderen Gedanken. Skandal.

Erst hatte man beschlossen, Lisette suchen zu lassen, doch die Angst vor dem öffentlichen Aufsehen, was dadurch erregt werden würde, war zu groß. Man ging davon aus, dass sie schon bald reumütig zurückkommen würde und man auf keinen Fall die Verlobung mit von Stetten durch unbedachtes Handeln aufs Spiel setzen dürfe. Es kam plötzlich allen ganz gelegen, dass die Familie im Sommerhaus weilte und es deshalb nicht direkt auffallen würde, dass Lisette nicht da war. Alle hofften, dass sich sowohl die Liebe als auch das Reisegeld schnell verbrauchten und Lisette in wenigen Tagen zurück sein würde. Einen Detektiv würde man indessen beauftragen, an den Bahnhöfen und unter den Kutschern diskrete Nachforschungen anzustellen. Dann würde man weitersehen. Ein Detektiv. In ihrer Familie. Dora schloss die Augen. Wenn irgendjemand davon erfahren würde, wäre das ihr Ruin. Sie würde nie wieder nach Wiesbaden zurückkehren können. Sie würden alles aufgeben müssen, um sich dieser Schande nicht auszusetzen. Vor ein paar Tagen noch hatte der Gedanke sie traurig gemacht, dass Lisette als junge Baronin so weit weg leben würde. Aber wenn sie ehrlich war, und in diesem Moment war sie ehrlich, wünschte sie sich, dass Lisette nie mehr wiederkäme, dass sie diese Tochter nie geboren hätte. Am liebsten würde sie alles einfach vergessen können.

Lisette und Emile standen am späten Nachmittag vor der kleinen Villa in Kronberg, die Karte von Frau Baumgarten in der Hand, und erfuhren von dem Dienstmädchen, dass Frau Baumgarten schon vor zwei Wochen zurück nach Berlin gereist war, ihre Schwiegermutter sei erkrankt. Das Mädchen wollte die Tür offensichtlich sehr gerne und sehr schnell wieder schließen. Natürlich hatte Lisette ihre Visitenkärtchen in ihrem Zimmer liegen gelassen, sie gehörten zu ihrem alten

Leben. Und ihre Adresse stimmte seit heute Morgen ohnehin nicht mehr. Doch ohne Kärtchen blieb das Dienstmädchen der Kronberger Kusine von Frau Baumgarten so abweisend wie die Tür, die sie direkt vor ihnen ins Schloss fallen ließ.

»Was machen wir denn jetzt?«, fragte Lisette und sah Emile nachdenklich an. »Wir müssen uns eine Bleibe suchen. Es gibt doch bestimmt einen Gasthof hier. Irgendwo.«

»Vor allem müssen wir darauf vertrauen, dass niemand misstrauisch wird und uns meldet«, überlegte Emile.

»Daran habe ich überhaupt nicht gedacht.« Lisette sah ihn erschrocken an, und durch ihren Kopf flogen Bilder von Polizisten, die kamen, um sie abzuführen, sie sah sich auf der Wache sitzen, sah sie beide die Nacht in einer Zelle verbringen. »Dann werden wir eben im Freien übernachten«, sagte sie und erschrak, als plötzlich eine Stimme vom Gartentor her lachend fragte: »Was haben wir denn für abenteuerliche Besucher in unserem Garten, die im Freien übernachten möchten?«

Ein Herr, deutlich jünger als ihr Vater, schloss zuvorkommend das Gartentor hinter der Dame, die eher verhalten und mit fragendem Blick auf sie zukam. Frau Baumgartens Kusine war Ende dreißig, mit hellem Haar, hellen Augen und einem hellen Kleid. Alles an ihr war hell wie ein Sommertag.

»Haben wir bereits Bekanntschaft gemacht?«, fragte sie stirnrunzelnd, während sie Lisette und Emile musterte. Lisette erklärte, wer sie waren und dass sie gerade erfahren hatten, dass Frau Baumgarten nach Berlin abgereist war. Die Kusine, Frau Berghoff, erinnerte sich, dass Eleonore von Lisettes Blumenschmuck sehr geschwärmt hatte, und lud die beiden zu einem erfrischenden Getränk in ihren Garten ein. Dort schilderte Lisette, trotz Emiles warnender Blicke, sehr ehrlich ihre Lage und bat um Rat.

»Eine abenteuerliche Geschichte«, seufzte Herr Berghoff und strich sich immer wieder besorgt den Bart. »Wenn wir Sie beide hier unterbringen, machen wir uns der Kuppelei schuldig, und Ihre Eltern könnten ...«

Emile sprang sofort auf und betonte, dass sie keineswegs ehrbaren Menschen Unannehmlichkeiten machen wollten. Doch Herr Berghoff hatte bereits eine Lösung. Lisette könne vorerst bei ihnen im Gästezimmer bleiben, und Emile würde man beim Nachbarn zur Linken unterbringen, einem alleinstehenden Maler. Krapp würde sich wahrscheinlich freuen über ein wenig Gesellschaft, und das abenteuerliche Übernachten im Freien könnten sie zumindest für diese Nacht getrost verschieben.

Das Haus der Berghoffs war viel bescheidener als die Villa Winter. Sie hatten nur das eine Mädchen, Käthchen, das an der Tür so abweisend gewesen war, und Lisette hatte den Eindruck, dass ihr Besuch sie nicht begeisterte. Käthchen schien sich um den gesamten Haushalt alleine zu kümmern und schlief in einer kleinen Kammer direkt neben der Küche. Die Berghoffs hatten ein Esszimmer und einen Salon, von dem eine kleine Treppe auf die Terrasse und in den Garten führte. Oben gab es drei Schlafzimmer, von denen eines nun für Lisette hergerichtet wurde.

»Wir sind hier von Malern umgeben«, sagte Fanny Berghoff, als sie ihr das Zimmer zeigte. »Herr Krapp ist vor Jahren hier gestrandet, weil er das Ländliche gesucht hat. Die Kronberger Malerkolonie hat viele Künstler aus den Städten angezogen. Das Licht über den Taunuswiesen scheint ein besonders schönes zu sein.«

Sie wartete, bis Lisette ihre Tasche abgestellt hatte, und griff ihre Hand.

»Lisette, erzählen Sie mir, warum Sie glaubten, von zuhause weglaufen zu müssen? Gab es denn keinen anderen Weg?«

»Nein.« Lisette schüttelte den Kopf. »Alle Wege, die ich gerne beschritten hätte, sind mir von Anfang an versperrt worden.«

Sie schwieg, aber weil Frau Berghoff sie weiter fragend anschaute, sprach sie weiter. »Wo ich herkomme, hält man nichts davon, dass Mädchen etwas lernen, eigene Ideen haben, einen eigenen Geist. Alles, was ich möchte, ist verboten, und niemand hat auch nur den kleinsten Funken Verständnis dafür.«

Frau Berghoff nickte nachdenklich.

»Und ich möchte auch keinen Baron heiraten und irgendwo im Osten auf einem Gut leben, zusammen mit seiner Mutter, die mich noch nicht einmal mag. Das wäre ein Schritt von einem Gefängnis ins andere, und ohne Liebe. Emile und ich, wir haben gemeinsame Träume.«

Frau Berghoffs Blick ermutigte sie, und alles sprudelte aus ihr heraus. Sie erzählte von ihren Entwürfen, davon, wie Emile nähte und wie anders man sich fühlen konnte, wenn man das richtige Kleid trug, und dass sie genau das machen wollten. Kleider entwerfen, in denen jede Frau genau die sein konnte, die sie war.

»Ich bin kein dummes Gänschen, das die Familie und mich selbst unbedacht ins Unglück stürzt. Also, ich hoffe es zumindest. Ob ich Glück oder Unglück finde, weiß ich nicht. Aber ich weiß, dass ich es versuchen muss.«

Lisette zeigte ihr das grüne Seidenkleid, sie zeigte ihr das erdbeerrote Kleid und ihr Skizzenbuch, und Frau Berghoff nickte nachdenklich.

»Und niemand in Ihrer Familie schätzt Ihr Talent und will Sie unterstützen?«

Lisette schüttelte den Kopf.
»Niemand.«
Sie spürte, wie ihr die Tränen in die Augen stiegen. »Emile ist jetzt meine Familie«, sagte sie und bemühte sich um eine feste Stimme.
»Manchmal muss man sich die Familie suchen, in die man gehört. Es ist ein großes Glück, in eine Familie hineingeboren zu werden, in die man gut passt. Das hat nicht jeder.«
Frau Berghoffs Blick war hell und ernst, als sie zur Tür ging. »Wir essen um sieben Uhr.« Bevor sie das Zimmer verließ, drehte sie sich noch einmal zu Lisette um. »Vielleicht schneiden Sie uns im Garten einen kleinen Strauß für den Tisch?«
Lisette nickte. Fanny Berghoff hatte sie verstanden.

Der Sommerabend war mild, und die Berghoffs hatten mithilfe von Emile den Gartentisch auf der Terrasse gedeckt, mit einem einfachen hellen Leinentuch. Lisette hatte um jede Serviette mit langen Gräsern duftende lila Salbeiblätter und Schnittlauchblüten gebunden, und auch den kalten Braten, den Fanny auftischte, mit Blättern und Blüten verziert, was allgemeines Entzücken auslöste. Krapp fragte gleich, ob sie auch male, mit diesem künstlerischen Auge male sie doch bestimmt, und was denn, bitte schön?
»Nein«, antwortete sie, da fiel ihr Fanny Berghoff ins Wort und erzählte der ganzen Runde, dass man sich die Werke, die aus Lisettes Begabung und Emiles Handwerk entstanden, anziehen könne, und wie man hier sah, ließe sich mit diesem Talent nicht nur der Mensch, sondern auch der Tisch verschönern.
Lisette spürte, wie sie rot wurde und gleichzeitig ganz still. Das kannte sie nicht, dass jemand das, was sie immer hatte verstecken müssen, auch noch vor anderen Menschen an-

pries. Sie verstummte verlegen. Aber schnell diskutierten alle über Kleidung, über Reform, und Lisettes Kopf flog fasziniert von links nach rechts und wieder zurück, um den Sprechern zu folgen, um aufzusaugen, was sie sagten. Keiner kannte hier anscheinend die Regel ihrer Mutter, dass man nicht zu disputieren habe bei Tisch. Alle Tischregeln, die Lisette kannte, wurden hier nicht befolgt, dieses Abendessen war völlig anders. Es wurde diskutiert, getrunken, erzählt, als sei das Essen Nebensache. Es gab kalten Braten und Kartoffelsalat, die zwei Nachbarinnen zur Rechten hatten süße Tomaten aus ihrem Garten mitgebracht, die Käthchen ihnen aufgeschnitten hatte. Die Weinflaschen und die Wasserkaraffen standen auf dem Tisch, und jeder bediente sich selbst, sobald sein Glas leer war. Es war alles so einfach.

Die beiden Freundinnen, die die Tomaten mitgebracht hatten, hätten unterschiedlicher nicht sein können. Elisabeth Dillmann war eine große, imposante Frau, mit einem durchdringenden Blick, sie war Malerin, wie Krapp. Aber während sie ihn damit aufzog, dass er an den Dingen klebe, um ihre Struktur und Form zu ergründen, eifert er sich darüber, dass sie das Wesen der Welt nie würde ergründen können, wenn sie immer nur dem Licht nachjagte, wie die Franzosen es taten. Ihre Freundin Frieda, mit der sie anscheinend zusammenlebte, schüttelte darüber lachend den Kopf und flüsterte Lisette zu, dass es kein Essen gab, an dem diese Diskussion nicht mindestens einmal geführt wurde: »Wer ist der bessere Künstler? Das ist ihrer beider Abendsport!«

Während die Malerin in dunklen soliden Kleidern steckte, trug Frieda eine zarte Bluse mit viel Spitze. Sie war Lehrerin an Kronbergs Höherer Schule für Jungen und Mädchen. Jungen *und* Mädchen zusammen auf einer Schule! Lisette staunte. Und Kaiserin Friedrich, die Mutter des Kaisers, hatte die Privatschule sogar selbst unterstützt, bis diese vor Kurzem, wenige Jahre nach ihrem Tod, in eine staatliche Schule umgewandelt wurde.

»Ich dachte, das gäbe es überhaupt nicht, dass Mädchen und Jungen gemeinsam in eine Schule gehen«, sagte Lisette und verstummte, als sie merkte, dass alle sie anschauten.

»Sie hatten wahrscheinlich eine Privatlehrerin?«, fragte Frieda neugierig. Lisette nickte, etwas verschämt, während Frieda erklärte, dass sie daran glaube, dass alle Kinder das Recht auf eine gleiche Art von Bildung hätten, ungeachtet ihrer Herkunft und ungeachtet ihres Geschlechts.

»Ich wollte sehr gerne auf eine Schule gehen. Ich habe nie geglaubt, dass Mädchen und Frauen nicht so klar denken können wie Jungen und Männer. Nur weil wir auch Gefühle haben, haben wir doch trotzdem auch einen Verstand, oder?«

Bis Käthchen die Erdbeeren mit gezuckerter Sauermilch zum Nachtisch brachte, schwirrte Lisette der Kopf, von sozialer Gerechtigkeit hatten sie gesprochen, und vor allem die Frauen hatten gesprochen! Die Frauen hatten am Tisch von Politik gesprochen, und die Männer hatten nicht nur zugehört, sondern waren auf ihre Argumente eingegangen, als sei das ganz normal. Von Kunst war ebenfalls viel die Rede gewesen, was sie neugierig machte. Denn die Kunst, die im Wiesbadener Museum ausgestellt wurde, hatte sie meist als etwas Düsteres, Bedrückendes empfunden. Sie sprachen davon, dass der Kaiser keinen Kunstverstand habe, von der Mathildenhöhe in Darmstadt, von der Wiener Sezession, von den Kleidern der Anna Muthesius und der Schwestern Flöge, von den Reformern in Ascona, von Hesse, von Freud und dass man Träume deuten konnte. Lisette sagte kein Wort und fühlte sich schrecklich ungebildet, falsch gebildet. All das hier interessierte sie brennend, und niemand hatte ihr je davon erzählt.

Emile schien das Gleiche zu denken, auch er sagte so gut wie nichts. Sie sah auf seine Hände, die den Stil des Weinglases hielten, und wusste, wie seine Finger sich anfühlten. Wenn ihre Augen sich trafen, dann lächelten sie sich an. Hielten sich mit ihren Blicken aneinander fest in dieser neuen Welt, für die sie beide noch keinen Kompass hatten.

»In was für ein Gewand würden Sie mich kleiden, Fräulein Winter?«, fragte Elisabeth Dillmann und schaute sie interessiert an. »Ich habe noch keines gefunden, das mir gefällt. Das hier trage ich, weil es am wenigsten stört. Aber das heißt ja noch nicht, dass es deshalb gut ist.«

Lisette versuchte hinter das graue Kleid zu schauen, das Frau Dillmann trug. Sie würde keine fließenden Stoffe mögen, sie hatte etwas sehr Geradliniges, das einen Rahmen suchte. Am liebsten würde sie einen Anzug für sie anfertigen. Lisettes Gesicht schien zu verraten, dass sie eine Idee hatte, denn nun hob Elisabeth erwartungsvoll die Brauen und sah sie fragend an.

»Ich würde Ihnen zu einem Anzug raten, mit einem Hosenrock. So schwingend, dass nicht jeder auf den ersten Blick sieht, dass es kein Rock ist, aber gleichzeitig so sparsam, dass Sie sich überhaupt keine Gedanken um die Stofffülle machen müssen.« Sie schaute zu Emile. »Emile müsste den Stoff dafür vorschlagen, er weiß, was sich am besten dazu eignet. Eine Tunikabluse mit schlichtem Kragen und einer auffälligen Brosche wären dazu sehr schön.«

Alle waren mucksmäuschenstill und starrten Lisette gebannt an. Sie spürte, wie sie rot wurde, und verstummte. »Verzeihen Sie, wenn ich zu vorlaut ...«

»Sprechen Sie weiter«, sagte Elisabeth stirnrunzelnd und fegte Lisettes Stammeln mit einer ungeduldigen Handbewegung beiseite. »Was ziehe ich an, wenn ich auf einer Abendgesellschaft eingeladen bin?«

»Das Prinzip kann man beibehalten, aber ich würde dann schimmernde dunkle Stoffe wählen. Oder, Emile?«

Emile nickte. »Mitternachtsblau.«

»Könnten Sie so etwas für mich anfertigen?«

Emile sah Elisabeth Dillmann erstaunt an. »Aber ja«, sagte er. »Ja.« Er war so verdutzt, dass ihm in diesem Moment nichts anderes einfiel.

Elisabeth Dillmann fragte Berghoffs und Krapp, ob man bereit sei, die beiden so lange aufzunehmen, bis die Garderoben fertig seien. Die Idee mit dem Hosenrock käme ihr sehr entgegen, und sie hob das Glas auf Lisette, Emile und die neuen Garderoben.

Als es schon lange dunkel war, räumten sie alle zusammen den Tisch ab. Herrschaft und Gäste, und Lisette staunte. Fanny war der Meinung, dass Käthchen ihren Schlaf verdiente und nicht so lange aufbleiben müsste, bis sie endlich selbst zu Bett gingen. Emile griff nach ihrer Hand und zog sie in seine Arme, bevor er sich mit Krapp zusammen nach nebenan verabschiedete.

»Es fängt gut an, unser neues Leben«, flüsterte er ihr ins Ohr. »Und es wird auch gut weitergehen«, flüsterte sie zurück.

Vor dem Einschlafen dachte Lisette an die beiden Mahlzeiten, die sie heute eingenommen hatte. Das Picknick in dem kleinen Wäldchen, losgelöst von allem, was bisher war, und allem, was noch sein würde, und dieses lebendige Abendessen mit Fremden, die sich schon jetzt anfühlten wie Freunde. Sie hatte noch nie so viel Neues erfahren, noch nie so viel Interesse entgegengebracht bekommen. Die Ahnung, dass es noch etwas anderes geben musste als das Leben in der Villa Winter, hatte sie nicht getäuscht. Es gab ein anderes Leben, und sie war drauf und dran, es zu leben.

Lisette stand vor den Bildern der Malerin und war überrascht. Es waren Bilder voller Wiesen in flirrendem Licht und weiten Himmeln, die sich ins Unendliche dehnten. Manchmal waren die Wiesen fast rosa oder blau oder goldgelb, selten waren sie grün. Sie leuchteten wie diese ersten Tage ihres neuen Lebens, durch die sie fast traumwandlerisch glitten. Alles war leicht, wie die Figuren, die Elisabeth Dillmann auf ihre Leinwände bannte, in Farben, in denen Lisette noch nie Menschen gemalt gesehen hatte. Blaue Gesichter, lila Körper, und doch schienen sie ihr so treffend, sie schien sie zu kennen: Es waren Figuren, die sie verstand, in ihrem Brennen, ihrer Traurigkeit, ihrem Sein. Das waren Bilder, die ihr gefielen.

Sie verbrachte viel Zeit damit, die Bilder zu betrachten. Die Ausstellungen, die sie mit ihren Eltern und Fräulein Heinlein besucht hatte, waren immer so entsetzlich deprimierend und düster gewesen und hatten eine Welt gezeigt, in der sie nicht gerne sein wollte. In die Welt dieser Bilder hier würde sie jedoch am liebsten hineinkriechen.

»Sie malen die Menschen, wie sie sind, ich glaube sie fast zu kennen. Ich habe immer gelernt, dass man nach dem Ideal streben muss oder es besser gleich lassen soll. Aber es ist so schön, etwas wiederzuerkennen auf einem Bild. Es ist so, als ob eine Tür in einem aufgeht.«

»Wir brauchen keine idealisierende Kunst.«

»Nein, wir brauchen Ideale in uns«, sagte Lisette.

Die Dillmann sah sie neugierig an. »Und was ist mit Ihren Kleidern? Wollen Sie damit keine Ideale schaffen?«

»Vielleicht schon«, überlegte Lisette. »Aber nicht, um eine fremde Idealvorstellung zu erfüllen, sondern um zu erreichen, dass eine Frau sich selbst wie ein Ideal fühlt, nicht weggeschnürt und eingeengt. Welche Frau hat denn bitte eine

Figur wie ein Stundenglas? Als ob oben und unten nicht zusammengehörten!«

Die Dillmann schaute sich ihre Entwürfe an und nickte. »Wenn Sie Kleider zeichnen wollen, müssen Sie die Körper darunter kennen. Sie wissen zwar genau, wie ein Kleid sich anfühlen muss, aber es muss auch richtig aussehen, sonst kommen Sie nicht weit mit Ihren Gedanken. Hier stimmen die Proportionen nicht.«

Sie deutete auf zwei Entwürfe, blätterte weiter, deutete auf noch eine Skizze und ließ Lisette dann Körper zeichnen, bis sie Krämpfe in den Händen bekam.

»Nein, nein, nein«, sagte sie, als sie auf Lisettes Skizzen schaute. »Sie dürfen nicht scheu sein, wenn es um die weibliche Brust geht. Das ist doch etwas Schönes, damit müssen Sie arbeiten. Malen Sie nackte Brüste.«

Mit diesen Worten stellte sie drei kleine Plastiken vor Lisette, einen Torso und zwei Statuen, drei nackte Frauen. Lisette strömte die Hitze ins Gesicht. Es war ihr peinlich. Sie stümperte herum, die Linien wollten nicht gelingen. Wie schwer das war, eine weibliche Brust zu zeichnen, ja, allein sie nur anzuschauen. Das machte man doch nicht, dachte sie und merkte selbst, dass sie damit klang wie ihre Mutter. Man machte es sehr wohl, wenn man Malerin war oder wenn man Kleider entwerfen wollte. Da hatte die Dillmann recht. Aber sie konnte es einfach nicht. Sosehr sie sich auch bemühte, es sah holprig aus, ungelenk, wie eine dumme Kinderzeichnung.

Ab und zu warf die Malerin einen Blick zu ihr hinüber, aber sie tat so, als ob sie es nicht bemerkte, und blieb den Rest des Tages vor den kleinen Statuen sitzen. Sie fühlte sich elend und ungenügend, zweifelte, dass sie es jemals schaffen würde, einen Körper zu zeichnen, und fragte sich, woher sie überhaupt die Überzeugung nahm, für so etwas Schwieriges wie einen Körper Kleider finden zu können.

Abends war sie niedergeschlagen und völlig erschöpft. Als sie aus ihrer Hemdhose stieg, um in ihr Nachthemd zu schlüpfen und ins Bett zu gehen, zögerte sie einen Moment, bevor sie das Nachthemd überzog. Sie legte es entschlossen zurück aufs Bett, holte noch einmal tief Luft und trat nackt vor den Spiegel, der die Schranktür in ihrem Zimmer zierte.

Es fühlte sich ungeheuerlich an, das zu tun. Nicht nur nackt im Raum zu stehen. Sich auch nackt zu betrachten. Sie sah sich im Spiegel, sie vermaß die Längen und Abstände ihres Körpers in Handbreiten, vier Handbreiten vom Beinansatz bis unter die Brust, drei Handbreiten von der Brustwarze bis zum Schlüsselbein. Nackt, wie sie war, begann sie, vor dem Spiegel stehend, eine Skizze von sich anzufertigen. Immer wieder ließ sie das Papier sinken, schaute sich im Spiegel an, korrigierte und fing eine neue Skizze an. Sie wiederholte es so lange, bis ihr Körper auf dem Papier ungefähr mit dem Bild im Spiegel übereinstimmte.

Am nächsten Tag legte sie die zwei besten Skizzen mit klopfendem Herzen auf den Tisch. Die Dillmann würde sofort erkennen, was sie gemacht hatte, aber sie wollte wissen, was sie besser machen könnte.

Die Malerin schaute konzentriert darauf, nahm einen Bleistift und korrigierte ein paar Striche.

»Man kann den Körper ungefähr in acht Kopflängen einteilen.«

Sie maß mit dem Stift eine Kopflänge ab und legte sie an die Figur, die Lisette gezeichnet hatte. »Mit der zweiten Kopflänge sind wir bei den Brustwarzen, mit der dritten am Nabel, und am Ende der vierten Kopflänge endet der Rumpf und die Beine beginnen, die auch vier Kopflängen lang sind.«

»Deshalb sieht es so seltsam verwachsen aus, die Beine sind nicht lang genug.«

»Genau so ist es«, bestätigte die Dillmann und lachte.

»Wobei Ausnahmen, wie immer, die Regel bestätigen.«

Wie früher besuchte Lisette Emile in der Schneiderstube, in die sich sein kleines Gästezimmer im Hause Krapp verwandelt hatte. Anders als früher musste sie es nicht mehr heimlich tun. Aber genau wie früher hatten sie keine Chance, mehr als Küsse und Umarmungen auszutauschen, obwohl sie sich nach mehr sehnten.

»Ich will, dass du dein grünes Kleid anziehst ...«, flüsterte er in ihr Haar, an ihren Mund, an ihren Hals, den seine Lippen erwanderten, bis sie zu zerfließen glaubte vor Verlangen. Abends, alleine in ihrem Zimmer, zeichnete sie das grüne Kleid über die Zeichnung ihres nackten Körpers. Jetzt stimmte alles. Aber nur sie wusste, wie es sich anfühlte, das Kleid zu tragen.

Nach vier Wochen hatten Lisette und Emile für alle Damen neue Kleider entworfen und geschneidert, und Lisette konnte sehen, dass alle drei glücklich waren in ihren neuen Gewändern. Sie bewegten sich anders. Besonders Elisabeth hatte sich verändert. Ihr Ernst und ihre Größe hatten sie anfangs eingeschüchtert, so klug, so direkt und geradeaus war sie. Lisette konnte sich genau vorstellen, wie sie sich fühlte. Wenn man nicht mehr gegen seine Kleidung ankämpfen musste, bekam man so viel Kraft für anderes. Man konnte plötzlich Seiten an sich zulassen, die es vorher gar nicht gab.

Elisabeth liebte ihre Hosen, die man erst auf den zweiten Blick als solche erkannte, und hatte sich gleich drei davon anfertigen lassen. Zusammen mit einer neuen Jacke, die wie ein Herrenjackett geschnitten war, einer Abendtoilette und einem neuen Malerkittel hatte sie nun eine neue Garderobe, in der sie sich gut fühlte. Für Frieda, die normalerweise Röcke und Blusen trug, hatten Lisette zwei Prinzesskleider entworfen, die ihre Zierlichkeit mit einer hohen Taille betonten, so dass sie allen wie eine Elfenkönigin erschien, wenn sie damit durch den Garten lief. Fanny, die sich gerne in Gesellschaften bewegte, hatte sich wagemutige neue Visiten- und Abendkleider anfertigen lassen und sagte, dass sie sich jetzt fühlte wie eine ganz moderne Berlinerin, und drei Zentimeter größer dazu.

Lisette und Emile wollten das Geld für die Fertigung der Kleider nicht annehmen. Schließlich hatten sie freie Kost und Logis und, viel wertvoller als das, Hilfe und Freundschaft erfahren.

Aber ihre neuen Freunde ließen in dieser Hinsicht nicht mit sich reden, sie zahlten ihnen zweihundert Mark und machten ihnen einen unglaublichen Vorschlag. Elisabeth Dillmann hatte von einer Erbtante, die sie kaum kannte, ein Häuschen im Rheingau geerbt. In einem Weindorf über dem Rhein, oberhalb von Eltville. Sie hatte es noch nie gesehen und eigentlich vorgehabt, das Haus zu verkaufen. Aber wenn Lisette und Emile wollten, würde sie ihnen das Haus zur Verfügung stellen. Solange sie alles in Ordnung hielten, so dass es keinen Ärger im Dorf geben würde, müssten sie nur für ihre Unkosten aufkommen, bis sie es sich leisten könnten, Miete zu zahlen. Was sie dazu sagten?

Sie sagten gar nichts. Sie waren sprachlos.

In Lisettes Hals saß ein dicker Kloß. Sie konnte plötzlich nicht mehr sprechen. Und obwohl sie jubeln wollte, schluchzte sie los, als sie versuchte, danke zu sagen.

2006

Ich hatte immer mehr Sehnsucht nach Zuhause als nach der Fremde und zu viel Angst, etwas aufzugeben, was ich kannte. Vielleicht lag es am unsteten Leben meiner Mutter, die immer auf der Suche war, nach der schöneren Wohnung, dem besseren Liebhaber, der interessanteren Rolle, dem beglückenderen Leben. Als sie plötzlich den Film entdeckt hatte oder der Film sie, wollte sie nach Berlin ziehen, weil man da näher dran sei am Geschehen. Nach dem Mauerfall war dort alles aufregend und im Umbruch. Umbrüche waren genau das, was meine Mutter liebte. Ich war mir sicher, dass auch ein Mann dahintersteckte, und hatte beschlossen, nicht mitzugehen. Ich wollte bei meiner Oma bleiben und dort mein Abitur machen. Paula war entsetzt. Sie konnte nicht verstehen, dass ich mich freiwillig in dieses Kaff begab, um in dieses große alte Bauernhaus zu ziehen und mit ihrer schweigsamen Mutter zusammenzuleben.

Aber ich setzte mich durch. Ich wollte eine Vespa und mehr Taschengeld. Dafür bot ich an, nach Oma zu schauen, die genau in dieser Zeit nach einer Hüft-OP etwas angeschlagen war und Hilfe gut gebrauchen konnte. Vor allem, wenn ihre Tochter nicht mehr nur achtzig, sondern vierhundertachtzig Kilometer weit weg wohnen würde. Paula konnte mich zwar überhaupt nicht verstehen, aber meine Argumente waren zu gut, als dass sie etwas dagegensetzen konnte.

Die drei Jahre bei Oma waren die gemütlichsten Jahre, die ich bis dahin erlebt hatte. Wir verstanden uns gut, und weil ich so viele Ferien bei meiner Oma auf dem Land verbracht hatte, hatte ich die ganze Zeit über ein Feriengefühl, selbst mitten im Abitur. Im Dorf war ich nicht der brave Langweiler, sondern das interessante Mädchen aus der Stadt, und ich hatte es nie bereut, nicht mit nach Berlin gezogen zu sein. Bestimmt genoss Paula ihre neugewonnene Unabhängigkeit auch in vollen Zügen, selbst wenn sie es nicht zugab. Wahrscheinlich sehnte man sich immer genau nach dem, was man nicht hatte.

Nachdem wir in der Sommervilla gewesen waren, war ich irgendwie traurig, ohne zu wissen, warum. Lisette war gerade mal achtzehn gewesen und so verliebt, dass sie für diese Liebe alles aufgegeben hatte. Wie sicher konnte sie mit achtzehn überhaupt gewesen sein? War es nicht naiv, sich voll und ganz auf einen Menschen zu verlassen, den sie gar nicht richtig kannte? Das war doch ein Cocktail aus Leichtsinn und Hormonen, und hundert Jahre später interpretierten wir wilde Romantik und große Gefühle hinein. Ich konnte jedenfalls guten Gewissens behaupten, dass ich mit meinen neunundzwanzig Jahren bisher niemals so naiv, so leichtsinnig oder so hormongesteuert gehandelt hatte. Selbst die Entscheidung, zu meiner Oma zu ziehen, die einzige ungewöhnliche Entscheidung, die ich je getroffen hatte, war wohlüberlegt und vernünftig gewesen. Ich war noch nie Hals über Kopf in eine Beziehung geschlittert, ich hatte noch nie unüberlegt geküsst, geliebt, Wohnungen gewechselt, Reisen unternommen, Jobs gekündigt. Trotzdem geisterte das Bild von Lisette, die über die Freitreppe in ein neues Leben lief, durch meine Träume.

Am nächsten Sonntag fuhr ich mit dem Foto von Lisettes Kinderkopf zu meiner Oma. Sie betrachtete das Foto und nickte, aber sie sagte kein Wort dazu.

»Sah sie so aus? Ist ihr das ähnlich?«, fragte ich Oma, die nickte und brummte, dass sie sie doch nur als Erwachsene gekannt habe.

»Warst du denn im Haus, als du damals mit deiner Mutter dort warst? Kennst du dieses Treppenhaus?«, bohrte ich weiter.

Sie schüttelte den Kopf und stand auf. »Ich koche uns mal Kaffee. Habe uns Schmierkuchen gebacken.«

Sie goss das kochende Wasser über das Kaffeepulver im Filter und wartete darauf, dass es langsam durchsickerte. Während der

Duft des frischgebrühten Kaffees sich ausbreitete, schaute sie aus dem Fenster. Sie erschrak etwas, als ich sie daran erinnerte, Wasser nachzugießen, und murmelte etwas davon, dass sie jetzt wirklich alt werde. Den Kaffee zu vergessen, also so etwas. Aber ich hatte das Gefühl, dass es gerade nicht ums Vergessen gegangen war, im Gegenteil. Sie hatte sich an etwas erinnert. Aber sie erzählte mir nichts davon, sie wechselte geschickt das Thema.

1906

Als der Zug in Wiesbaden hielt, zog Lisette den Hut tief in ihr Gesicht und wagte es nicht, aufzuschauen, aus Angst, jemand könnte sie erkennen und womöglich abführen. Erst als sie Eltville erreichten, begann sie aufzuatmen. Sie machten sich auf den Weg durch die Weinberge Richtung Rauenthal.

Emile schob das Fahrrad, das mit noch mehr Gepäck beladen war als vorher, weil alle ihnen etwas mitgegeben hatten, von dem sie dachten, dass sie es unbedingt brauchen würden. Eine Wolldecke. Proviant, Kerzen, Streichhölzer.

Lisette konnte es kaum abwarten, ihr neues Zuhause zu sehen. Ob es sehr klein war, ob es einen Garten hatte? Wie war es eingerichtet, und was sah man wohl, wenn man aus dem Fenster blickte?

Nach dem ersten staubigen Anstieg durch die Weinberge wand sich eine steile, mit Kirschbäumen bestandene Chaussee zu dem Dorf auf der Höhe. Sie mussten eine kurze Pause einlegen, um unter den alten Kirschbäumen zu verschnaufen. Lisette war eigentlich viel zu ungeduldig, um hier zu rasten. Am liebsten wäre sie den ganzen Berg nach oben gerannt, aber der Sommertag war heiß, und ihr war schon schwindelig von der Anstrengung.

Sie gingen durch die steilen Gassen zur Mitte des Ortes. Den Hochweg, wo das Haus der alten Frau Metz stand, hatten sie noch nicht gesehen.

»Wahrscheinlich heißt die Straße so, weil sie so hoch liegt«, mutmaßte Emile, und Lisette sah sich um.

»Ich glaube, hier liegt alles mehr oder weniger hoch.«

Im Dorf gab es ein Gasthaus neben dem anderen, Winzer warben mit Weinflaschen, Gläsern und Weinlaub für ihren Ausschank, dazwischen entdeckten sie Bäcker, Fleischer. Als sie am Kolonialwarenladen Rosenkrantz auf der Hauptstraße vorbeikamen, fragte Lisette nach dem Weg. Wenige Minuten später standen sie vor einem kleinen verputzten Häuschen mit blauen Fensterläden. Der Anstrich war wahrscheinlich einmal weiß gewesen, jetzt sah es grau und schmuddelig aus, als hätte sich lange niemand mehr darum gekümmert. Lisette wusste nicht genau, was sie sich vorgestellt hatte, aber selbst Alberts einfache Hütte am Ende des Gartens der Villa Winter sah einladender aus als dieses Haus.

Der Zaun war überwuchert von Winden, und sie mussten das Tor zuerst davon befreien, um es überhaupt öffnen zu können. Dann arbeiteten sie sich durch die hohen Disteln und Nesseln zur Haustür vor. Lisettes Hand zitterte ein wenig, als sie den Schlüssel in das Schloss an der Haustür steckte, und kurz hoffte sie, dass es das falsche Haus sei. Aber der Schlüssel passte und die Tür sprang auf.

Muffigkeit schlug ihnen entgegen, und Lisette musste sich einen Moment überwinden, bevor sie Emile in das dämmrige Haus folgte. Nach dem Tod der alten Dame, so schien es, hatte niemand mehr das Haus betreten. Es gab viel zu tun, das konnte man auch im Dämmerlicht unschwer erkennen, und von der Hälfte der Sachen, die zu tun waren, hatte Lisette nicht die leiseste Ahnung. Wie putzte man blinde Fenster? Wie würde man jemals diesen fleckigen Spülstein oder diesen verkrusteten Ofen wieder sauber bekommen? Verzagt sah sie sich um. Man musste die Fenster öffnen. Aber das Fenster war lange nicht geöffnet worden, und ein Flügel klemmte fest. Mit viel Kraft gelang es. Doch in dem Licht, das nun durch das offene Fenster in die Küche flutete, sah sie das ganze Elend noch deutlicher.

Aber Lisette sah auch die Holzböden, die glatten, verputzten Wände, den Blick aus den niedrigen Fenstern in den verwilderten Garten bis in den Himmel. Plötzlich dachte sie an die Dachkammern im Sommerhaus. Genau so würde es hier werden. Blanke Holzdielen, offene Fenster. Ein Haus wie aus ihrem Traum, schlicht und hell, mit im Wind wehenden leichten Vorhängen, mit Licht und Luft und Platz für Ideen. Man musste das Haus nur wieder lieben und sich darum kümmern, dann würde es sie zurücklieben und fröhlich werden. Das spürte sie.

»Es tut mir leid, dass ich dir das antun muss«, sagte Emile und schaute sich unglücklich um. »Du kommst aus einem Schloss und jetzt sperre ich dich in eine Höhle, der böse Drache aus dem Märchen, der die arme Prinzessin verschleppt und ...«

»Aber nein!«, rief sie und drehte sich zu ihm um. »Das wird schön hier. Ich sehe es, wie hell und schön es hier werden kann.«

Emile sah sich ratlos um.

»Doch.« Lisette nickte. »Und ich habe mich lange genug darüber beschwert, dass ich nichts zu tun habe.«

Sie liefen durch das Haus. Es gab nicht viele Türen und hinter keiner verbarg sich eine Badewanne oder ein Wasch-Klosett.

»Sie haben in diesem Haus das Badezimmer vergessen«, stellte Lisette fest.

»Es gibt nicht überall Badezimmer«, erwiderte Emile.

»Ach, nein?«

»Es gibt eigentlich nirgendwo Badezimmer, außer in den Villen der Reichen. Man hat ein Häuschen draußen.« Er deutete aus dem Küchenfester in den Garten zu einem kleinen Holzverschlag.

»Ich dachte, da wäre das Gartenwerkzeug untergestellt«, sagte Lisette und musste lachen. »Ich habe wirklich keine Ahnung, oder? Und wo baden wir? Gibt es dafür auch ein eigenes Häuschen im Garten?«

Emile öffnete eine Holztür und deutete in die Waschküche dahinter, in der eine Zinkwanne an der Wand lehnte. »Waschzuber und Badewanne in einem.«

»Verstehe.« Lisette nickte. »Auf Teppiche und sieben Sorten Gläser zu verzichten ist wahrlich einfacher.«

»Apropos sieben Sorten Gläser ....«, sagte Emile und deutete zum Geschirrschrank. Lisette folgte seinem Blick.

Drei blinde Wassergläser und zwei Römergläser für Rheinwein standen auf vergilbten Zeitungen. Das Geschirr daneben war weiß mit rotem Rand und einfachen kleinen Blümchen.

»Bei euch standen feine Mahagonivitrinen voller Kristall im Salon«, sagte er und malte eine Blume in den Staub, der dick und schwer auf dem Küchentisch lag.

»Und Henriette und Anni haben schon abgestaubt, bevor auch nur ein einziges Staubkorn zu sehen war.«

»Was sollen wir machen?«, fragte er hilflos und sein Gesicht war so verzweifelt, dass sie lachen musste.

»Wir fangen an«, sagte sie und stemmte die Hände in die Hüften. »Wir fangen an! Ich weiß nur nicht, womit.«

Es gab viele Anfänge.

Lisette fing an, indem sie ihr Kleid auszog und sich ein Hemd von Emile über den baumwollenen Unterrock überzog.

Sie fingen an, alles aus dem Haus hinauszuschleppen, was nicht fest eingebaut war. Es war nicht viel und das meiste war leicht zu tragen. Der Garten sah schnell aus wie ein Möbellager.

Sie fingen an, das leer geräumte Haus zu putzen.

Sie fingen an, den ersten neugierigen Blicken der Nachbarn zu begegnen, die wie zufällig am Haus vorbeiliefen.

Es begann schon zu dämmern, als Lisette bemerkte, wie erschöpft und hungrig sie war. Was für ein Glück, dass die Kronberger ihnen Proviant mitgegeben hatten. Der Laden von Herrn Rosenkrantz war bestimmt schon längst geschlossen. Lisette füllte die Wanne mit Wasser und wusch sich im Garten hinter dem Haus den Staub und den Schweiß von der Haut. Alles tat weh von den ungewohnten Bewegungen. Sie hatte festgestellt, dass sie die wirklich wichtigen Sachen des Lebens noch nicht gelernt hatte. Putzen war ihr ein Rätsel.

»Wenigstens kann niemand bei uns hereinschauen«, stellte Lisette seufzend fest, nachdem sie die Fenster geputzt hatte und sie dennoch fast schlimmer aussahen als vorher. Emile hatte mehr Ahnung von Hausarbeit als sie. Er wusste, dass man Fensterglas mit Zeitung trockenrieb und den Ofen mit Asche putzte, in die man etwas Wasser rührte. Er wusste auch, dass das klumpige Pulver unter dem Spülstein, das sie schon wegwerfen wollte, Soda war, mit dem man alles sauber schrubben konnte.

Sie aßen auf der Treppenstufe der Küchentür, die in den Garten hinterm Haus führte. Auch das war ein erstes Mal. Sie hatte in den letzten Wochen so vieles zum ersten Mal gemacht, dass sie gar nicht glauben konnte, letztlich gar nicht so viele Kilometer von der Villa Winter entfernt zu sein. Es war eher so, als sei sie in einem anderen Land gelandet. Vielleicht war das Land ihrer Sehnsucht doch immer schon ganz nah gewesen, und nun waren sie in ihrem Italien angekommen. Es gab zwar keine Goldorangen, aber im grünen Laub des Pfirsichbaums in ihrem Garten würden bald goldene Pfirsiche reifen.

Abends gingen sie mit einer Kerze durch das leer geräumte Haus und betrachteten ihr Werk. Es war noch kein Zuhause, aber es barg alle Möglichkeiten, eines zu werden.

Neben der Küche im Erdgeschoss, die eine Tür zum Garten hatte, befand sich ein weiterer Raum mit einem Ofen und zwei Fenstern, eines nach vorne zur Straße und eines nach hinten in den Garten.

»Das wird unser Atelier. Einen Salon brauchen wir nicht, oder?«

Lisette schaute Emile fragend an.

»Und eine gute Stube? Gehört nicht zu jedem Haus eine gute Stube?«

»Bei uns wird das Atelier die gute Stube. Hier werden wir arbeiten, nähen, zeichnen, lesen, Tee trinken. Und leben. Anders leben.«

»Dann wird es die beste Stube, oder?« Sie spürte den Druck seiner Hand und erwiderte ihn. Dass das alles möglich war. Dass sie den Menschen gefunden hatte, mit dem all das möglich war.

Als Lisette sich am nächsten Morgen ankleidete und ihr Kleid vom Stuhl hob, auf das sie es am Abend zuvor gelegt hatte, hielt sie inne. Bei allem, was sie heute tun würde, war das Kleid doch nur hinderlich. Ihr Blick fiel in Emiles geöffnete Tasche. Sie nahm Emiles Hose heraus und hielt sie vor sich.

Die Hose könnte ihr sogar passen, dachte sie und schlüpfte hinein. Sie band sich den Gürtel fest und lief damit zur Treppe. Wie leicht man eine Treppe hinunterlaufen konnte in Hosen! Sie lief in den Garten, um Teller auf den Küchentisch zu stellen, den sie hinausgetragen hatten.

Als Emile mit einem Brot vom Bäcker zurückkam und sie sah, klappte ihm die Kinnlade herunter. Aber bevor er irgendetwas sagen konnte, rief sie ihm zu, dass sie bald eine eigene Hose bräuchte, sonst hätte er die längste Zeit seines Lebens zwei Hosen besessen.

Lisette arbeitete Tag für Tag in dem verwahrlosten Garten, den die alte Frau Metz nicht mehr hatte versorgen können. Sie riss Brennnesseln und Disteln heraus, grub wilde Brombeeren aus, deren Ausläufer sich überall ausgebreitet hatten, und legte die alten Stauden und Sträucher frei, die sich in dem wuchernden Gestrüpp verbargen. Emile hatte ihr aus einfachem Waschkattun, den es im Dorfladen gab, eine Hose und dazu einen Kittel genäht, beides trug sie nun jeden Tag.

»Irgendwann muss mein Albert einfach hierherkommen«, sagte Lisette, als sie sich auf den Spaten stützte und sich ihr Werk ansah. Es sah noch nicht aus wie ein Garten, aber es sah auch nicht mehr aus wie eine Wildnis. »Und dann will ich mal sein Gesicht sehen, wenn alles so wächst, wie ich es mir vorstelle.«

Sie ließ den Blick über ihren Garten schweifen und sah vor ihrem inneren Auge, wie nächstes Jahr um diese Zeit Wolken von Katzenminze und Frauenmantel um blaue Schwertlilien und Rittersporn ziehen würden, wie später Levkojen, Phlox und Astern in allen Farben um die Wette strahlen würden.

»Ich werde das ganze Jahr in den Garten gehen, um Blumensträuße zu schneiden. Wir werden immer Blumen im

Haus haben«, sagte sie und drehte sich zu Emile um. »Und alles wird leuchten.«

In den anderen Gärten im Hochweg wuchs das Gemüse in ordentlichen Reihen. Ringelblumen und Zinnien reihten sich dort brav am Zaun entlang. Ihr Garten würde anders werden. Sie wusste jetzt schon, dass sie auf der Südseite des Hauses Rosmarin, Salbei und Lavendel unters Fenster setzen würde, davor Kissen von Thymian und Bohnenkraut. Sie beschrieb Emile, wie der Wind im Sommer den Duft der Kräuter ins Haus wehen würde. Und Minze musste auch dorthin, Pfefferminze für Emiles Eau de Prairie. Und Rosen, natürlich. Rosen.

Liebe, allerliebste, beste Henriette!
Wir haben ein kleines Haus bekommen, in dem wir leben können. Es hat eine Küche mit einem Holztisch und zwei wackeligen Stühlen, auf die wir uns kaum zu setzen wagen, und ein Atelier, in dem wir leben. Die Malerin, für die Emile die Hosenröcke genäht hat, hat uns eine gebrauchte Kurbelnähmaschine besorgt und mit dem Automobil hier vorbeigebracht. Das war vielleicht eine Aufregung! Ich glaube, es war das erste Automobil, das man hier im Hochweg gesehen hat, denn die Kinder sind schreiend ins Haus zurückgelaufen, als es vorbeifuhr. Die mutigeren sind hinterhergerannt und haben es ehrfürchtig berührt. Seitdem beäugt man uns hier noch neugieriger.
Oben im Haus gibt es eine große Kammer mit Dachschrägen und einem Fenster, von dem aus man ins Tal schauen kann. Es gibt im ganzen Haus blanke Holzböden, stell Dir vor, ich habe gelernt, wie man sie schrubbt, und habe das segensreiche

Wundermittel Soda entdeckt. Ich lerne gerade alles, was Du schon längst kannst! Zum Glück ist Sommer und man kann alle Fenster öffnen und Licht und Luft ins Haus hereinlassen und den alten Muff vertreiben. Das Haus ist schon richtig fein geworden und wir werden hier glücklich sein, ich weiß es, Hennilein.
Stell Dir vor, ich habe einen großen Garten, in den man direkt aus der Küche hineintreten kann. Noch gibt es keine Rosen, aber im Herbst will ich unbedingt welche pflanzen. Wir haben Himbeeren, einen Pfirsichbaum haben wir und einen Apfelbaum auch, ich kann aber nicht erkennen, welche Sorte es ist, Albert wüsste es wahrscheinlich sofort. Du musst Albert erzählen, dass ich jetzt einen Garten habe. Wann immer ich kann, überlege ich, was ich wohin pflanzen werde. Ich wünschte, Du könntest kommen und alles sehen. Die Dillmann hat uns ein Bild zum Einzug geschenkt. Sie hat mich gemalt, und ich habe es gar nicht gemerkt. In leuchtenden Farben. Du musst uns besuchen kommen, Hennilein, wenn Du einen freien Tag hast. Bitte komm recht bald! Mit dem Zug ist man schnell in Eltville. Von da ist es ein steiler Anstieg, man läuft schon eine Stunde, aber man hat die ganze Zeit einen herrlichen Blick auf den Rhein. Ich rede immerzu mit Dir und erzähle Dir alles, was ich mache. E. denkt gewiss schon, er hat sich eine Verrückte ausgesucht, die den ganzen lieben Tag lang vor sich hin plappert! Es grüßt Dich von Herzen
Deine Dich immer liebende Lisette

PS: Wie geht es Mama? Liegt sie immer noch krank im Bett? Du sagst keinem Menschen im Haus, wo wir sind, nicht wahr? Ich würde alle gerne wissen lassen, dass es mir gut geht, aber wahrscheinlich ist es nicht mehr das, was man von mir wissen will.

Liebe Lisette!
Die Gnädige sagt, Du bist krank und an die See gereist, zur Erholung. Deine Brüder suchen Dich. Sie wissen nichts. Ich rede mit keinem Menschen. Das ist schwer und traurig. Ich weiß nicht, ob das ein Brief ist. Ich habe noch nie einen Brief geschrieben. Gott schütze Dich. Ich vermisse Dich.
Deine Henriette

Nach dem großen Hausputz hatten sie ihren Hausrat durchgezählt und festgestellt, dass sie hundertzweiundzwanzig Dinge besaßen, dazu ihre Kleidung und Emiles Schachtel mit den Nähutensilien. In einer einzigen der vielen feinen Vitrinen in der Villa Winter befanden sich mehr Dinge als in ihrem gesamten Haus.

»Vielleicht wäre es schön, irgendwann einmal auch Geschirr für Gäste zu haben. Oder überhaupt Gäste zu haben.« Lisette stellte die beiden abgewaschenen Gläser und Tassen in den Geschirrschrank, den sie dunkelblau gestrichen und mit Wachspapier ausgelegt hatten. »Aber vorerst bin ich schon froh, wenn jemand überhaupt grüßt, anstatt nur grimmig wegzuschauen, wenn ich vorbeigehe.«

»Irgendwann ändert sich das«, sagte Emile und reichte ihr die Teller, die er trocken gerieben hatte. »Irgendwann haben wir Freunde. Wir brauchen nur etwas Geduld.«

Der Weißbinder Eschbach, dessen Haus im Hochweg fast im Feld stand, hatte ihnen gezeigt, wie man Wände tünchte. Und er hatte ihnen, wenn auch etwas brummelnd, geholfen. Er hatte die richtige Farbe besorgt und zusammen mit seinem ältesten Sohn Heiner einen Tag lang mitgestrichen. Die Diele in einem zarten Grün, die Küche leuchtend blau, um die Fliegen zu vertreiben, das Atelier in einem hellen Grau. Unters Dach, wo sie ihr Schlaflager errichtet hatten, hatten sie den Himmel geholt. Alles dort war zartblau wie der Himmel an einem Frühlingsmorgen oder einem unbeschwerten Nachmittag im Sommer.

Als Emile den Weißbinder fragte, was sie ihm schuldeten, brummelte er nur etwas, winkte ab, und weder Emile noch Lisette hatten auch nur die entfernteste Idee, was er gesagt haben könnte. Etwas hilflos schauten sie ihm nach. »Stell dir doch nur vor, wenn er gebrummelt hat, dass er fünf Mark will, und wir geben sie ihm nicht, dann haben wir gleich Feinde!« Am nächsten Tag nahm Lisette ihren ganzen Mut zusammen und ging hinüber zu Eschbachs, um bei Thea nachzufragen.

Thea Eschbach, die Frau des Weißbinders, wischte ihre Hände an der Schürze ab, und ihre braunen Knopfaugen schienen zu lächeln, als sie ihr bedeutete, hereinzukommen. Die Eschbachs waren gerade dabei, Mirabellen einzukochen, und drei Kinder schauten neugierig auf, als Lisette hinter Thea die Küche betrat. Während Thea erklärte, dass sie doch Nachbarn seien und dass man sich hier im Dorf gegenseitig aushelfe, schubste sie den kleinsten der Jungs wieder näher an den Tisch und ermahnte die älteste Tochter Nanchen aufzupassen, dass die Kerne nicht zurück zu den entsteinten Mirabellen fielen.

Nanchen war ungefähr sechzehn Jahre alt und hatte die gleichen freundlichen Knopfaugen wie ihre Mutter.

»Ich glaube, ich kann sehr vieles noch nicht, was man hier können sollte. Aber ich werde alles lernen, um Ihnen auch helfen zu können, jederzeit. Also, wir machen Kleider, damit können wir Ihnen immer helfen!«

Thea lachte. Darauf käme sie sicher einmal zurück, denn sie sei keine gute Näherin. Als Lisette wieder ging, hatte sie eine Schüssel voll Mirabellen in der Hand und ein warmes Gefühl im Bauch. Die Küche hatte sie an Thereses Küche in der Villa Winter erinnert. Sie musste unbedingt kochen lernen. Einem Haus ohne eine Küche, in der gekocht wurde, fehlte doch irgendwie das Herz.

Am schönsten war es abends. Wenn sie sich in der Küche am Spülstein wuschen oder den Waschtrog füllten und darin badeten, danach die Stühle nach draußen in den Garten trugen, um dort ein Glas Wein vom Winzer in ihrer Straße zu trinken. Wenn sie spürten, wie ihre müden Glieder kribbelten, während der Garten in der feuchten Abendluft duftete.

Das helle Blau in ihrem Schlafzimmer wurde abends tiefer und geheimnisvoller. Wenn Emile sie im Dunkeln in den Himmel warf, dann durchschwebte sie die Weite der Nacht wie ein Stern, im Takt ihres klopfenden Herzens funkelte sie, glühte, leuchtete, bis er sie wieder auffing und sie in seinen Armen schlief, bis das erste Sonnenlicht sie weckte. Die Nächte waren Nächte im Himmel, und sie gehörten ihnen ganz allein. Sie waren einfacher als die Tage.

Es ging vieles schief. Es gab Tage, da waren sie so erschöpft, weil ihnen nichts gelang, dass sie kurz davor waren, den Mut zu verlieren. Wenn Lisette zu sehr haderte, dann war es Emile, der ein bisschen mehr Mut übrig hatte, und wenn Emile dachte, es ginge nicht weiter, dann war es Lisette, die sie beide wieder aufheiterte. Wenn die Suppe nach nichts schmeckte, wenn die Fensterläden nicht gleichmäßig gestrichen waren, wenn Flecken sich nicht aus der Kleidung waschen ließen, wenn ein morscher Stuhl zerbrach.

Tagsüber war es voll im Ort, aber abends, nachdem die Tagesgäste aus den Badeorten verschwunden waren, kam niemand mehr hierher. Lisette hatte oft Angst, entdeckt zu werden, und machte sich Sorgen, dass Wiesbaden nicht weit genug weg war.

»Dich erkennt hier niemand«, versuchte Emile sie zu beruhigen, wenn sie zur Gartenarbeit ihre Hosen trug und den einfachen Strohhut auf dem Kopf hatte.

Thea Eschbach kam mit einem Stück Stoff unterm Arm vorbei. Den feinen dunkelroten Stoff, der seit ihrer Hochzeit im Schrank sein dunkles Dasein fristete, hatte sie sich nie getraut, selbst zurechtzuschneiden, geschweige denn, selbst etwas damit zu nähen. Aber sie wollte auch einmal ein gutes Kleid, für feiertags, es durfte bloß nicht zu elegant werden, bitte!

Lisette und Emile taten ihr Bestes. Das Kleid sollte so schlicht und bequem werden, dass Thea sich darin nicht verkleidet fühlen würde. Aber es sollte ihr auch das Gefühl geben, etwas Besonderes zu sein. Lisette fand, dass dem dunkelroten Stoff die Fröhlichkeit fehlte, die sie oft in Theas Augen blitzen sah. Sie verzierten das Kleid am Ausschnitt und an den Ärmeln mit einer bunt gewirkten Blumenborte, die Lisette noch mit kleinen schimmernden Perlen bestickte.

Als ihre Nachbarin schließlich im fertigen Kleid vor dem Spiegel stand, der neben einem Bett und einem Schneidertisch die erste größere Anschaffung gewesen war, die sie sich geleistet hatten, konnte Lisette zusehen, wie sie sich plötzlich aufrichtete, sich durch die Haare fuhr und wie ihre Augen strahlten.

»Ich wusste gar nicht, dass ich so ...« Sie brach ab und betrachtete versonnen ihr Spiegelbild.

»Sie sind schön«, sagte Lisette, und Thea lächelte verlegen. »Früher«, erzählte sie, »da hat der Fritz immer gesagt, dass ich das schönste Mädchen im Dorf bin. Aber das ist lange her.« Sie seufzte glücklich und konnte sich gar nicht von ihrem Spiegelbild lösen, aus dem ihre verloren geglaubte Schönheit sie freundlich anlächelte.

Lisette war froh, eine Nachbarin wie Thea zu haben. Sie wusste zwar von Therese, dass eine Prise Ingwer in der neumodischen Cumberlandsauce Wunder wirkte, und sie wusste, wie man die Butter bräunte, die man über den Blumenkohl träufelte, aber wie man den Blumenkohl überhaupt kochte oder das Fleisch garte, zu dem man eine Cumberlandsauce reichte, davon hatte sie keine Ahnung. Und Thea wusste alles. Bis auf die Sache mit der Cumberlandsauce. Und dem Ingwer. Davon hatte sie noch nie gehört.

Seit sie das Kleid für Thea genäht hatten, gab es einige Menschen mehr, die ihnen freundlich zunickten, wenn sie im Dorf unterwegs waren. Immer wenn jemand sie grüßte, der sie vorher bloß angestarrt hatte, wusste Lisette, dass es sich um Familie oder Freunde von Eschbachs handeln musste. Es war ein Anfang.

Dora hielt den Brief, der für Lisette gekommen war, in der Hand und fühlte sich zu schwach, ihn zu öffnen. Wer schrieb Lisette denn Briefe? Ob sie dadurch etwas über ihren Verbleib erfahren könnte? Andererseits, wenn der Brief von jemandem war, der von ihrem Verbleib wüsste, dann würde der Brief ja nicht hierhergeschickt werden. Sie öffnete das Kuvert und las als Erstes, wer ihn geschrieben hatte. Eine Frau Elsbeth Klinger, Frankfurt. Sie kannten keine Elsbeth Klinger in Frankfurt.

Und sie schrieb von einem wundervollen Entwurf, in vielen blumigen Worten, den sie gerne fertigen wollten, und ob das Fräulein Winter sich in der Lage sähe, noch weitere Entwürfe einzureichen, gerne würde sie sie kennenlernen. Was meinte sie damit? Welche Entwürfe, und warum würde sie Lisette kennenlernen wollen? Da erlaubte sich doch jemand einen Spaß mit ihr, der leidenden Mutter. Nein, der Brief musste weg! Sie zerriss den Brief genau in dem Moment, als Wilhelm in den Salon kam. Er sprach kein Wort, aber er schien etwas Dringendes auf dem Herzen zu haben. Sie kannte ihn gut genug. Doch er starrte nur auf die Papierschnipsel, murmelte etwas, das sie nicht verstand, und verließ den Salon wieder. Ja, seit Lisettes Verschwinden waren sie alle etwas durcheinander. Sie warf die Schnipsel in den Papierkorb. Nun war der Brief beseitigt, es war nicht gut, sich zu erinnern. Sie würden sich alle damit abfinden müssen, dass die Winters eben zwei Söhne hatten. Und keine Tochter.

In der Nacht, als Dora vergebens den Schlaf suchte, tauchten Bilder vor ihrem inneren Auge auf. Lisette in ihren Nachthemden, als sie sich geweigert hatte, sich anzuziehen. Diese Ideen für Kleider, die sie Herrn Maibach zeigen wollte. Lisette in diesem entsetzlichen Lumpenkleid, das sie sich zusammengestückelt hatte. Waren das die Entwürfe, von denen in dem Brief die Rede gewesen war? Unmöglich. Wer sollte so etwas wunderbar finden? Nein, es musste eine Verwechslung sein. Sie beschloss, den Brief einfach zu vergessen. Aber Wilhelms Gesicht tauchte ebenfalls auf, er hatte ihr doch etwas sagen wollen, als er mittags im Salon aufgetaucht war? Sie würde ihn morgen fragen. Sie durfte es nur nicht vergessen. Sie vergaß so viel in letzter Zeit.

Im Kolonialwarenladen von Herrn Rosenkrantz hängten sie einen Zettel auf, dass Emile Schneiderarbeiten vornahm. Auch in den Gaststätten legten sie Zettel aus, und am Zaun hatten sie ein Schild angebracht. *Modeatelier für Damen* stand da nun in schwungvoller Schönschrift. Nach langen Überlegungen hatten sie keinen Namen darauf geschrieben. Emile war der Meinung, dass sie mit ihrem Namen werben sollten.

»Das Atelier, dem du geschrieben hast, hieß ja auch *Elsbeth Klinger*. Also sollte unser Atelier *Lisette Winter* heißen.«

»Dass diese Madame Klinger nie geantwortet hat«, erwiderte Lisette düster. »Sie fand den Entwurf sicher so schlecht, dass es ihr noch nicht einmal wert schien, ihn mir zurückzuschicken. Aber wir werden meinen Namen sicher nicht an den Gartenzaun schreiben. Wie schnell sieht es jemand, der meine Familie kennt.« Sie seufzte. »Eigentlich müssten wir viel weiter weggehen. Wo uns niemand finden kann.«

»Aber wohin willst du gehen? Wir haben unser ganzes Geld in dieses Haus gesteckt, und so ein Haus finden wir nie wieder.«

Lisette schaute Emile hilflos an. »Ich will ja auch gar nicht weg. Es geht nur nicht vor und nicht zurück.«

»Wir müssen *Änderungsarbeiten* dazuschreiben, sonst kommt hier nie jemand«, sagte Emile, als sie stirnrunzelnd auf das Schild starrten.

»Du bist aber kein Änderungsschneider, du bist Damenschneider! Und wir wollen eine neue Damenmode entwerfen, wir wollen Eigenkleider anfertigen und etwas verändern! Wir haben doch ein großes Ziel!«

»Unser ganzes Geld ist so gut wie weg. Ich brauche keine großen Ziele! So etwas kann nur jemand sagen, der noch nie Angst hatte, sich kein Brot kaufen zu können.«

»Ich kann nichts dafür, dass es bei uns immer genug gab, deshalb brauchst du es mir auch nicht vorzuwerfen.«

»Ich kümmere mich um ein zweites Schild und darauf schreiben wir *Änderungen*.«

»Dann nimmt uns hier niemand ernst!«

»Uns nimmt sowieso niemand ernst!«, gab Emile zurück.

»Thea Eschbach war doch zufrieden mit ihrem Kleid.«

»Und wie viele neue Kundinnen sind zu uns gekommen, weil ihnen Theas Kleid so gut gefallen hat?«

Lisette seufzte. »Hier im Dorf lässt man sich eben nicht einfach so ein Kleid nähen. Wir müssen uns in Eltville und in Schlangenbad herumsprechen. Die Kurgäste müssen von uns erfahren. Das dauert eben.«

»Und wie, bitte schön?«

»Gewiss nicht mit einem Schild, auf dem *Änderungen* steht! Vielleicht nähst du mir erst mal ein schönes Kleid, damit ich es tragen und herzeigen kann.«

»Und von welchem Stoff? Wir müssen erst einmal Geld verdienen, bevor wir welches ausgeben.«

»Nein, wir müssen etwas investieren, etwas wagen!«

Emile sprang vom Stuhl auf und lief unruhig auf und ab.

»Wovon, Lisette? Wir haben genug investiert und gewagt. Und? Was ist dabei herausgekommen? Wie viele neue Modelle hast du denn entworfen, seit wir hier sind? Keine Handvoll. Weil du Böden schrubbst und abends zu müde bist, um überhaupt noch Ideen zu haben!«

»Und bis wir genug verdienen, um wenigstens eine Zugehfrau zu haben, müssen wir eben alles selbst machen. Willst du mir das jetzt auch noch vorwerfen, dass ich mich um den Haushalt kümmere?«

»Nein, ich werfe dir gar nichts vor!«

»Gar nichts klingt für mich aber anders.«

Damit stürmte Lisette aus dem Haus und lief aus dem Dorf hinaus den Feldweg hoch zu der kleinen Anhöhe, die nur wenige Schritte von ihrem Haus entfernt war. Sie war wütend. Sie schuftete den ganzen Tag, sie machte alles, ohne sich auch nur einmal zu beklagen, weil es eben der Weg war, den sie gehen mussten, und jetzt wurde ihr genau das vorgeworfen. Sollte sie sich denn in den Sessel setzen und lieber noch mehr Zeichnen üben, anstatt sich darum zu kümmern, dass sie etwas zu essen hatten? Immerhin hatten sie ein Dach über dem Kopf. Was für ein Glück! Da regte sich Emile auf, dass sie zu wenig entwarf! Er sollte mal froh sein, dass *sie* sich nicht aufregte. Da war sie so tapfer und beklagte sich nie, und dann wurde ihr das auch noch vorgehalten. Dass Emile so ungerecht sein konnte.

Doch je länger sie dort saß, desto ruhiger wurde sie. Der Blick von hier oben glättete ihre Wut. Über die gestreiften Weinberge hinweg konnte man weit ins Tal schauen, durch das sich der Rhein hier breit und behäbig zog. Sie konnte Schiffe erkennen, klein wie Spielzeug, Schiffe, die zum Meer fuhren oder vom Meer kamen und durch die man mit der ganzen Welt verbunden war. Sie atmete tief durch und spürte, wie die Weite des abendlichen Tales ihr Gemüt etwas besänftigte.

Doch die Verzweiflung über ihre Lage blieb bestehen. Sie hatte zu wenig Ahnung davon, wie man ein Modeatelier führen, wie man Kundschaft gewinnen könnte. Es mangelte ihr nicht an Ideen für Kleider, ganz im Gegenteil. Aber wie diese Ideen in die Welt getragen werden könnten, das wusste sie nicht. Sie müssten Bälle besuchen und Abendveranstaltungen, Werbung betreiben, so dass sie mit ihren Entwürfen auf sich aufmerksam machten. Doch damit stand sie genau vor ihrem zweiten Problem: Wie könnte sie auf sich aufmerksam machen und gleichzeitig unentdeckt bleiben? Es war vertrackt. Und als wären das nicht schon genug Probleme, gesellten sich auch noch ihre ewigen Zweifel dazu. Wenn die Kronberger ihre Entwürfe wirklich mögen würden, dann hätten sie doch schon längst mehr in Auftrag gegeben und hätten sie weiterempfohlen. Auch Elsbeth Klinger hatte nie geantwortet. Sie sollte sich langsam damit abfinden, dass sie einfach nicht gut genug war. Sie hatte es eben nicht richtig gelernt. Nichts, was ihr in dieser Situation jetzt von Nutzen sein könnte, hatte sie gelernt. Die Dillmann hatte ihr aus Mitleid sogar Zeichenunterricht gegeben. Und sie dummes Gänschen hatte sich noch gefreut. Wie hatte sie nur glauben können, sie könne Kleider entwerfen? Kleider, die irgendjemandem außer ihr gefielen? Die Scham darüber trieb ihr die Tränen in die Augen.

Das alles war schon schlimm, aber am allerschlimmsten war, dass Emile sie offenbar nicht mehr liebte. Er hatte sich eben doch in die Prinzessin verliebt, im erdbeerroten Kleid. Und jetzt, wo sie Wände anmalte und den Garten bestellte, damit sie es schön hatten zusammen, war sie nicht mehr interessant für ihn. Wenn Emile sie nun verließ, würde sie der alten Frau Metz eine würdige Nachfolgerin werden. Wäre dann auch irgendwann eine von den alten, einsamen Frauen, die es in jedem Dorf gab. Dass ihre Liebe keinen Sommer lang halten würde, das hätte sie nicht für möglich gehalten. Und dann begannen die Tränen zu fließen, und sie musste ihren Kittelsaum benutzen, um sie zu trocknen, weil sie natürlich kein Taschentuch dabeihatte.

Als sie Schritte hörte, war ihr schon alles egal. Sollte man sie doch hier sitzen sehen und weinen, bald wüsste es sowieso das halbe Dorf, dass sie sitzengelassen worden war.

Stumm setzte sich Emile neben sie. Er hatte sein großes

blaues Taschentuch dabei. Es roch nach frischer Wäsche und nach ihm. Nach seinem Eau de Prairie. Lisette weinte noch mehr, bis er sie an sich zog. Es war so gut, in seinen Armen zu liegen. Warum konnte das nicht für immer so bleiben?

»Ich frage Frau Molitor, ob sie mir Arbeit vermitteln kann für die neue Saison. Und bald ist Weinlese«, sagte Emile. »Da brauchen sie jede Hand. Ich werde mithelfen, und für das Geld suchen wir eine Zugehfrau, wenigstens für zwei Stunden jeden Tag. Wir fragen Thea Eschbach, ob sie jemanden kennt im Dorf. Für die Wäsche und das Einheizen. Das wird mühsamer, wenn es noch kälter wird. Aber wir kommen schon über den Winter.«

Sie schaute ihn an. »Du willst mit mir über den Winter kommen?«

»Was denn sonst? Wir müssen doch überlegen ...«

»Du willst gar nicht weggehen?«

»Warum sollte ich denn weggehen?«, fragte er und schaute ehrlich überrascht. »Es tut mir so leid, was du alles arbeiten musst. Ich möchte, dass du im Sessel sitzen kannst und zeichnest, während ich nähe. Oder dass du im Garten Rosen schneidest, anstatt Brombeerhecken auszugraben und dir deine schöne Haut zu verkratzen.« Er nahm ihren Arm und küsste alle Kratzer, die sie sich an den wilden Brombeeren gerissen hatte. »Bereust du es sehr, mit mir hier gelandet zu sein?«

»Wenn du nicht weggehst, bereue ich gar nichts«, flüsterte sie.

»Aber ich gehe doch nicht weg! Wie könnte ich denn irgendwo sein wollen, wo du nicht bist?«

Dass einem die gleiche salzige Flüssigkeit sowohl aus Verzweiflung als auch aus Glück in die Augen stieg. Er versuchte, ihr Gesicht trocken zu küssen, und sie schmeckte ihre Tränen an seinen Lippen.

»Ich liebe dich«, murmelte er an ihrem Ohr.
Sie setzte sich mit einem Ruck auf und sah ihn an.
»Aber warum liebst du mich? Warum? Sag es mir.«
»Weil du den Sternenhimmel im Gesicht trägst«, sagte er, küsste ihre Sommersprossen und schaute ihr in die Augen.
»Weil deine Augen fast blau werden, wenn du weinst. Türkis.«
»Das sind keine Gründe. Das ist Beiwerk«, tat sie seine Worte ab und sah ihn fragend an. Gab es denn überhaupt Gründe für die Liebe? Hatte sie denn einen Grund, warum sie Emile liebte?
»Weil ich nur durch dich ich selbst sein kann«, sagte er, und sie nickte. Das war es. Das war es, warum man liebte. Sie lächelte ihn an und spürte, wie ihr Herz wieder weit wurde.

»Das ist ja wie Fliegen!« Lisette jubelte, als sie das erste Stück ohne allzu viel Schlingern auf dem Fahrrad geradeaus fahren konnte. Emile ließ sie lachend los, damit sie frei und schnell fahren konnte. Sie trat in die Pedale, hielt den Lenker fest und konzentrierte sich, das Gleichgewicht zu halten. Und plötzlich war alles ganz leicht. Die Blumen am Feldrand zogen an ihr vorbei, immer schneller, der Wind wehte ihr ins Gesicht. Sie hörte Emile hinter sich rufen.
»Nicht so schnell! Komm zurück!«
Aber es war doch so schön! Sie wusste auch gar nicht, wie sie auf dem schmalen Weg drehen könnte, und wie sie anhalten sollte, wusste sie erst recht nicht. Wenn es bergab ging, zog es in ihrem Bauch, wie früher beim Schaukeln. Es war so unbändig, so grenzenlos! Sie ließ sich rollen und jauchzte laut, als sie immer schneller wurde. Als der Weg wieder anstieg, verlangsamte sich ihr Tempo von selbst und sie sprang ab, als sie zum Stehen kam.
Was für eine herrliche Art, sich fortzubewegen. Es war viel

besser, als gefahren zu werden. Sie wendete das Fahrrad, um zurückzufahren, und sah Emile oben am Hang auftauchen. Er winkte ihr zu und rannte den Hang hinunter, ihr entgegen. Das ist wie unser Leben, dachte sie. Ein Rausch, ein Flug und ein Glück, und dann wird es mühselig, wenn es wieder bergauf geht. Sie begann, das Fahrrad zurückzuschieben. Als Emile eine Hand auf den Sattel legte, um ihr Anschubhilfe zu geben, passte der Vergleich schon wieder: Zusammen ging es einfach besser.

Als sie schon fast oben waren, kamen ihnen zwei junge Frauen aus dem Dorf entgegen und starrten auf Lisettes Hosen, die sie zum Fahrradfahren angezogen hatte. Sie besaß mittlerweile einige davon. Lisette grüßte freundlich, und die beiden Frauen schüttelten amüsiert den Kopf. Als sie vorbei waren, hörten sie hinter sich Kichern und Gelächter.

»Jetzt lachen sie«, sagte Lisette. »Aber warte es ab. Lisette, die Hellseherin, prophezeit: In hundert Jahren werden die Frauen alle Hosen tragen, und niemand wird lachen!«

»Schade, dass ich in hundert Jahren nicht mehr lebe. Das würde ich gerne sehen! Schieben Frauen in hundert Jahren auch alleine ihre Fahrräder den Berg hinauf?«

»Das können sie auch heute schon, wenn es sein muss ...«, rief Lisette, stemmte sich gegen den Lenker und rannte alleine los, mit dem Fahrrad den Berg hinauf.

> ... viele ließen
> sich überfüllen und fließen
> über von Innenraum
> in die Tage, die immer
> voller und voller sich schließen,
> bis der ganze Sommer ein Zimmer
> wird, ein Zimmer in einem Traum.
>
> *Rainer Maria Rilke, Das Rosen-Innere*

Sie lebte wie im Sommerhaus, wie auf ihrer Lichtung jenseits der Mauer, wo die Natur direkt zu ihr gesprochen hatte und ihr ihre Geheimnisse anvertraut hatte, die alle mit Farben, mit Weite und Freiheit zu tun hatten. Jeder krabbelnde Käfer, jeder Vogel, jedes flimmernde Blatt und jedes Rascheln in dieser grünen Waldesstille hatte ihr davon erzählt. Nun hatte die Lichtung sich so weit ausgedehnt, dass sie sogar darin leben konnte.

Lisette stand vor ihrem Kleiderschrank und betrachtete die Kleider, die sie aus ihrem alten Leben mitgebracht hatte, befühlte die Stoffe und dachte nach. Als sie Emile hinter sich hörte, drehte sie sich zu ihm um.

»Weißt du, wir sollten meine Sachen alle ändern. Sie sind so wenig alltagstauglich. Das sind alles besondere, kunstvolle Kleider aus Stoffen, die schwer sauber zu halten sind. Man braucht dafür ein anderes Leben. Ich sitze aber nicht mehr untätig herum, und wir haben keine Wäscherinnnen. Deshalb ziehe ich sie selten an.«

Es musste doch vielen Frauen so gehen wie ihr, und trotzdem wollten auch die nicht nur in Waschblusen und dunklen Röcken herumlaufen. Lisette hatte sich nun oft Gedanken gemacht, wie eine Kleidung aussehen könnte, die für alle Schichten tauglich war.

»Wenn man eine Kundschaft mit viel Geld hat, ist es wichtig, wunderschöne Einzelstücke zu entwerfen. Kunstkleider. Eigenkleider. Aber für den Alltag ist es viel sinnvoller, verschiedene Kleidungsstücke miteinander zu kombinieren.«

»Röcke und Blusen? Das war dir doch immer viel zu langweilig?«

»Ach, ich rede gar nicht von Blusen. Und vor allem nicht von diesen Blusen, die man bis unters Kinn zuknöpft, dass man den Hals gar nicht mehr bewegen kann! Warum werden Frauen immer aufs Neue in Kleidung gesteckt, die jede Bewegung unmöglich macht?«

Emile zuckte die Achseln. »Die feinen Damen müssen sich halt nicht bewegen.«

»Deshalb werden wir Kleidung für Frauen aller Klassen fertigen. Alle Frauen wollen doch schön sein und sich bewegen in ihren Kleidern.«

Sie schlug ihr Skizzenheft auf, um Emile ihre neuen Entwürfe zu zeigen.

»Ein ganz einfaches Unterkleid kann unterschiedliche Überkleider bekommen, ärmellos und halblang, das braucht gar nicht viel Stoff. Und es erspart die endlosen Anproben, weil nichts einzwängt. Es muss fließen, und dann fließt es eben über knochige Staturen genauso wie über üppig gepolsterte. Oder man hat einen Rock mit zwei, drei passenden Tuniken, Waschkattun fürs Haus, eine feine Seide zum Ausgehen, etwas Chiffon für den Abend.«

»Die Farben und die Stoffe passen wir an ...«

Sie nickte. »Wir hätten Grundmodelle, die wir unterschiedlich verzieren, damit sie fröhlich und bunt werden oder elegant, je nach Trägerin? Was meinst du?«

Emile hatte Feuer gefangen, das konnte sie sehen, wahrscheinlich entwarf er im Geist schon einen Schnitt dafür.

»Und eine Variante mit Hosen entwerfen wir natürlich auch. Für all die Frauen, die etwas anderes tun wollen, als im Fauteuil zu sitzen und zu sticken.«

»In Wiesbaden würde man dich mit deinen Hosen wahrscheinlich sofort verhaften.«

»Wenn wir erste Modelle aus meinen Kleidern hier schneidern, brauchen wir nur ganz wenig neuen Stoff dazukaufen. Und wenn die Schnitte einfach sind, kann ich dir in Zukunft bei den geraden Nähten sogar helfen.«

Bei Lisettes letztem Satz schaute Emile skeptisch. »Gerade Nähte? Du?«

Lisette zwickte ihn liebevoll. »So schlecht nähe ich auch wieder nicht.«

Emile zog die Augenbrauen hoch, und sie musste lachen. »Du hast ja recht. Wenn es nicht unbedingt sein muss …«

Sie legte eines ihrer Kleider aufs Bett und zückte die Schere, doch Emile nahm sie ihr schnell ab.

»Wir trennen die Nähte auf.«

»Das dauert mir zu lange«, stöhnte Lisette, aber Emile ließ nicht mit sich reden und nahm ihr die Schere aus der Hand.

»Es tut mir weh, das Kleid aufzutrennen«, sagte Emile und hielt das erdbeerrote Kleid, das er ihr genäht hatte, hoch. »Willst du das wirklich?«

»Eine rote Tunika wird wunderbar. Mit einem dunkelroten Rock. Und mit dem Stoff, der übrig bleibt, können wir den Rock verzieren und …«

Ein Klopfen an der Tür unterbrach Lisette.

»Vielleicht haben wir Kundschaft? Für die neuen Entwürfe, von denen noch keiner weiß?«

Sie sah Emile hoffnungsvoll an, strich sich ihr Kleid glatt und ging lächelnd zur Tür. Als sie die Tür öffnete, erstarrte sie. Es war, als ob ihr gesamter Kreislauf plötzlich stillstand, als ob alles Blut aus ihrem Kopf davonrauschte, so dass sie gar nicht mehr denken konnte. Vor der Tür stand ihr Bruder Wilhelm, der sie ebenso erschrocken ansah.

»Du bist es wirklich«, sagte er schließlich leise.

Lisette nickte stumm. Es dauerte einen Moment, bis ihre Glieder ihr wieder gehorchten, so dass sie einen Schritt zurücktreten konnte, um ihn einzulassen. Sie deutete stumm zum Atelier, immer noch unfähig, ein Wort zu sagen. Wilhelm bedachte Emile, der blass wie ein Leintuch geworden war, mit keinem Blick. Lisette bot ihm den Sessel an, aber er setzte sich nicht hin. Er starrte nur fassungslos um sich.

»Du kommst jetzt sofort mit mir mit und dann ... dann vergessen wir das alles.«

Wilhelm machte eine vage Bewegung, die den Raum, Emile, das ganze Dorf zu umfassen schien. »Das ist deine einzige Chance. Das weißt du, und du wirst klug genug sein, sie zu ergreifen.«

Lisette zitterte am ganzen Körper und hoffte, dass man es nicht sah.

»Nein«, sagte sie und war dankbar, dass ihre Stimme fester klang, als sie sich fühlte. »Nein, Wilhelm, das hier ist mein Zuhause. Hier gehöre ich hin. Ich lebe hier. Wir leben hier zusammen. Glücklich«, fügte sie hinzu.

»Leben nennst du das?« Wilhelm hob verzweifelt die Stimme an. »Ihr haust hier wie die Hottentotten. Ohne Möbel? Das nennst du Leben? Du bist verrückt geworden, Lisette.«

Sein Blick wanderte aufs Neue durch den Raum. Lisette folgte dem Blick und sah, was ihr Bruder sah: blanke Holzdielen statt edlem Parkett mit dicken Teppichen, getünchte Wände statt schwere Tapeten und Gobelins, helle, leichte Vorhänge statt üppigen Samtportieren, bunt angemalte einfache

Holzmöbel statt glänzend poliertem Mahagoni. Bei ihnen sah es aus wie in einem Dienstbotenzimmer.

»Es befinden sich durchaus Möbel hier, sie mögen nicht dem Stil unserer Herkunft entsprechen, aber sie gefallen mir. So wie auch mein Leben hier mir sehr gut gefällt, Wilhelm.«

»Hör auf mit diesem Unsinn. Du kommst jetzt mit, du gehörst nach Hause«, sagte er mit lauter Stimme.

Jetzt musste sie deutlicher werden. Es war nicht einfach.

»Ich vermisse hier aber nichts«, fuhr Lisette fort. »In unserem Leben in Wiesbaden habe ich alles vermisst.«

»Komm mit mir mit, Lisette, und alles wird vergeben und vergessen.«

»Hast du mir zugehört?«, fragte Lisette und starrte ihren Bruder stirnrunzelnd an.

»Komm nach Hause«, wiederholte er.

»Aber ich bin zu Hause! Ich gehöre hierher, Wilhelm. In unsere Familie habe ich nie gehört. Ihr kennt mich alle gar nicht, ich habe immer nur so getan, als gehörte ich zu euch. Aber an all das hier glaube ich! An Freiheit, an Bewegung, an Farbe. An meine eigenen Ideen.«

»Ideen? Was denn für Ideen? Lisette, hör auf mit dem Unsinn, bitte.«

»Du nennst es Unsinn, aber das ist mein Leben.«

Lisettes Stimme begann zu kippen. »Was weißt du denn wirklich von mir?«, brach es aus ihr heraus.

Wilhelm schwieg eine ganze Weile und blickte starr über sie hinweg. »Wenn du das alles ernst meinst, dann weiß ich wirklich nicht, wer du bist«, sagte er leise.

Sie musste dem Impuls widerstehen, seine Hand zu ergreifen, weil seine Ehrlichkeit sie rührte. »Und genau deshalb kann ich nicht mitkommen«, flüsterte sie. »Es tut mir leid. Wirklich. Aber ich kann nicht.«

Wilhelm schloss kurz die Augen und sah Lisette noch einmal an. Er ergriff ihre Hände und drückte sie so fest, dass es wehtat.

»Dann hast du kein Zuhause mehr.«

Lisette nickte. Es zerriss ihr das Herz, zu sehen, dass ihr großer Bruder mit den Tränen kämpfte, trotzdem hoffte sie, dass er es irgendwie verstehen könnte.

»Hier ist mein Zuhause, Wilhelm. Hier«, flüsterte sie.

Er nickte stumm, ließ ihre Hände los und wandte sich von ihr ab. Wie vertraut er ihr war und wie weh es tat, ihn so gehen zu lassen. Sie wusste, dass auch er immer um seinen Platz in der Familie ringen musste, kannte seine Angst, nicht gut genug zu sein, kannte seine Weichheit, die er unter äußerer Härte verbergen wollte. Wie auch jetzt, als er die Türklinke schon in der Hand hielt.

»Wilhelm ...«

Er hielt inne, drehte sich hoffnungsvoll um.

»Wilhelm, wirst du schweigen? Bitte!«

Die Enttäuschung stand ihm ins Gesicht geschrieben, und sie sah, dass er gehofft hatte, dass sie doch mitkäme.

»Wenn es dein Wunsch ist«, sagte er knapp und wandte sich wieder zum Gehen.

»Danke«, flüsterte Lisette, »danke, Wilhelm.« Und es gelang ihr, das Schluchzen genau so lange zurückzuhalten, bis die Tür hinter ihrem Bruder ins Schloss gefallen war.

> Kenn, oh kenne deine Sphäre,
> Laß sie nimmer ohne Not!
> Bist du Seefisch, bleib im Meere;
> Süßes Wasser ist dein Tod.
>
> *Emanuel Geibel, Spruch Nr. 22*

Lisette verließ eine Woche lang das Bett nicht. Sie bekam Fieber, das ständig stieg, sie murmelte im Schlaf wirre Worte. »Kenne deine Sphäre«, murmelte sie und warf sich unruhig umher. Dann wieder war sie so ruhig, dass Emile besorgt sein Ohr zu ihrem glühenden Gesicht senkte, um zu hören, ob sie noch atmete. Er hielt ihre Hand und wachte bei ihr. Thea Eschbach brachte ihnen Suppe, die er vergeblich versuchte, ihr einzuflößen, aber sie nahm nichts an, redete vom Seefisch, vom Backfisch und dass er sterben würde, der arme, arme Fisch. Sie machten ihr kühle Wadenwickel, die das Fieber nur kurz senkten.

Nach sieben Tagen wachte Lisette morgens auf und schaute wieder mit klarem Blick in die Welt. Das Fieber war gesunken, und Emile fiel ein Stein vom Herzen. Sie hatte getrauert, gekämpft und getobt, und jetzt hatte sie damit abgeschlossen. Sie war wackelig auf den Beinen, blass und dünn und matt. Aber als sie ihr erstes Bad nahm und Emile ihr den Rücken abseifte, sagte sie, dass es doch letztlich gut war, dass Wilhelm gesehen hatte, wie sie lebten.

»Vielleicht versteht er es irgendwann, dass wir in ihre Welt wirklich nicht mehr hineinpassen.«

»Willst du denn wirklich so leben?«, fragte Emile. »Ich dachte, dass ich dich irgendwann zurückbringen muss, weil du es hier nicht aushältst.«

Sie schüttelte den Kopf. »Es ist genau umgekehrt. Dort könnte ich nicht überleben. Das weiß ich jetzt noch besser.

Und wie groß der Unterschied zwischen diesen beiden Leben ist, habe ich in Wilhelms Augen wieder gesehen.«
»Er war völlig entsetzt.«
»Er hat sich hier so fremd gefühlt wie ich mich in der Villa Winter. Aber weißt du«, fügte sie nachdenklich hinzu, »wir können von Glück reden, dass er mich gefunden hat und nicht Friedrich.«
Emile sah sie fragend an.
»Auf Wilhelms Wort kann ich mich verlassen. Ich habe früher all seine Geheimnisse bewahrt. Er wird meines bewahren. Und das heißt, dass wir uns hier sicher fühlen können.«
Emile sah sie zweifelnd an. »Ich hoffe nur, dass du recht hast.«
Lisette nickte. »Ich weiß es. Er passt auch nicht immer in die Bahnen, die ihm vorgegeben sind, der Unterschied ist, dass er alles gibt, um dazuzugehören. Und ich nicht.«
Er wickelte sie in das große Handtuch und half ihr beim Abtrocknen, rückte den Sessel vor das Feuer, damit ihre Haare schneller trockneten, und freute sich über Lisettes riesigen Hunger.

Die Weinlese begann an einem nebligen Morgen im Oktober. Jede Hand im Dorf wurde gebraucht, und jeder, der irgendwie konnte, machte mit beim Herbsten, wie man hier die Lese nannte. Lisette und Emile trotteten in aller Herrgottsfrühe im Dunkeln zur Andacht in die Kirche. Dort ging es los. Das Weingut Winkler am Anfang des Hochwegs hatte sie beide gefragt, ob sie mithelfen wollten, und sie hatten sich darüber gefreut.
Nun standen sie zum ersten Mal zusammen hinten in der vollen Kirche und fühlten sich feierlich. Der Geruch von kaltem Weihrauch lag in der Luft und senkte sich auf alle herab,

wie der Segen für die Lese und den Wein, den der Pfarrer verteilte. Als sie aus der Kirche in den kalten Morgen traten, zogen sie nicht sofort in die Weinberge, wie Lisette es erwartet hatte, sondern gingen alle gemeinsam auf den Friedhof. Fast alle Bewohner des Dorfes standen vor den Gräbern und erzählten ihren Toten, dass es nun wieder losginge mit dem Herbsten. Lisette und Emile standen etwas verloren dazwischen. Sie hatten keine Gräber hier im Ort und alle Bande zu ihren Familien waren gelöst. Doch dann zog Lisette Emile mit zum Grab der alten Frau Metz. Am Grab der Fremden, in deren Haus sie zufällig gelandet waren, fiel ihr plötzlich auf, dass sie nie zuvor an einem Grab eines Familienmitgliedes gestanden hatte. Dass sie überhaupt nicht wusste, wer ihre Großeltern waren und wo sie beerdigt sein könnten. Es kam ihr plötzlich seltsam vor, dass ihre Eltern nie von ihnen erzählt hatten. Diesen Zusammenhalt einer Familie über Generationen, den sie hier beobachtete, hatte sie selbst nie erlebt. Sie griff nach Emiles Hand. Wir werden immer gut zusammenhalten, dachte sie, wir haben nur uns. Und um das Grab würde sie sich ab jetzt kümmern. Irgendwie war die alte Frau Metz an diesem Morgen zu einer Art von Tante geworden.

Nach dem Friedhofsgang fuhren alle gemeinsam auf den Erntewagen in die Weinberge. Viele Gesichter kannte sie vom Sehen, manche sahen weg, wenn ihre Blicke sich trafen, andere schauten sie neugierig an. Zum ersten Mal nahmen sie teil am Dorfleben, und Lisette hoffte, dass sie nicht alles falsch machen würde. Als sie ankamen, sprangen alle vom Wagen, und jeder wusste sofort, was zu tun war. Lisette musste sich beeilen, um überhaupt hinterherzukommen.

Es gab eine klare Arbeitsteilung. Die Frauen standen an den Reben, schnitten die Trauben und füllten ihre Buttchen, die rot und weiß in den Farben ihres Weingutes gestrichen waren und vor ihren Füßen im feuchten Gras standen. Die Männer gingen mit der großen Butt auf dem Rücken den steilen Hang auf und ab, und die Frauen leerten ihre Trauben hinein.

»Wenn seine Butt voll ist, leert er die Last in die Bütt, und wenn die Bütt voll ist, ziehen die Ochsen sie ins Dorf«, erklärte die Frau neben Lisette, die ihre fragenden Blicke gesehen hatte. Buttchen, Butt und Bütt.

Es war kalt und klamm, und Lisette schmerzten die Hände von der ungewohnten Tätigkeit. Von den kalten Trauben wurden ihre Finger immer steifer. Die Frauen um sie herum waren flink und routiniert und schnatterten dabei die ganze Zeit. Wie sollte sie das bloß den ganzen Tag aushalten, in diesem unwirtlichen Grau und der Kälte, die ihr immer tiefer unter die vielen Kleiderschichten kroch? Sie sehnte sich nach einer Pause.

In dem Moment riss der Nebel auf und die Sonne kam durch. Plötzlich war alles golden, plötzlich hielten alle inne, blinzelten lächelnd ins Licht, plötzlich blies eine Trompete zum Frühstück, und das Rheintal war mit einem Mal der hellste, schönste und freundlichste Ort auf der Welt. Es gab Brot, Käse und süßen warmen Tee, und diese Mahlzeit schmeckte besser als alles, was sie je gegessen hatte.

»Wieso seid ihr eigentlich gerade nach Rauenthal gekommen?« Es war Anni, die Tochter des Winzers, die das fragte. Die Gespräche verstummten, und alle schauten sie an.

»Wir haben eine Bleibe gesucht, da hat uns –«, Lisette zögerte nur ganz kurz, »– eine Freundin der Familie das Haus der alten Frau Metz überlassen, das sie geerbt hatte. Es ist nicht leicht für ein junges Paar, etwas in der Stadt zu mieten, es ist sehr teuer dort.«

»Und gefällt es euch hier?« Eine der Frauen, die in der Reihe neben ihr gelesen hatte, schaute sie fragend an.

»Ja«, sagte Lisette. »Es gefällt uns sehr. Und wenn wir noch ein paar Kunden für unsere Kleider bekommen, gefällt es uns noch besser.«

»Habt ihr's gehört?«, fragte Nanchen Eschbach. »Die neuen Schneider brauchen Kundschaft. Sonst steht das Haus bald wieder leer. Mutter würde ihr Kleid am liebsten nie mehr ausziehen.«

Sie zwinkerte Lisette zu, und Lisette lächelte dankbar zurück.

Als sie nach dem Frühstück weitermachten, blieb Nanchen an ihrer Seite und sagte ihr, dass jeder im Dorf wissen wolle, woher sie kamen und ob sie überhaupt verheiratet seien. Und dass jeder etwas anders glaube.

Lisette antwortete mit einem gedehnten »Ahaaa«, während sie versuchte, sich eine Antwort zu überlegen.

»Halt es doch mit unserem Pumpezenes.«

Als sie ihren verständnislosen Blick sah, lachte Nanchen.

»Das ist der Spitzname für den heiligen Nepomuk, er ist unser Schutzpatron.« Sie beugte sich vertraulich zu Lisette hinüber. »Und er hilft zu schweigen, bei Geheimnissen.«

Dann waren sie ja im richtigen Dorf gelandet, dachte Lisette. Diese Statue, an der sie schon oft vorbeigelaufen war, würde sie demnächst näher betrachten. Ob sie ihr mal ein Geheimnis verraten solle, fragte Nanchen und wartete die Antwort nicht ab. Ob sie eigentlich wisse, dass alle nur deshalb an ihrem Haus vorbeispazierten, um sie in ihren Hosen im Garten arbeiten zu sehen?

»Alle tun nur so, als ob sie einen Spaziergang zur Bubenhäuser Höhe machen, um auf den Rhein hinunterzusehen. Eigentlich wollen sie nur auf deine Hosen schauen!«

»Dann weiß ich ja, wie ich zu Geld komme, wenn es sehr knapp wird«, lachte Lisette. »Ein Hosenblick, zehn Pfennige!«

Jedes Mal, wenn es unverhofft an der Tür klopfte, kroch eine Gänsehaut Lisettes Rücken hinauf. Aber bestimmt würde Wilhelm sie doch beschützen, bestimmt käme niemand, um sie zurückzuholen. Aber konnte sie sich wirklich sicher sein? Emile war nicht da, als es an der Tür klopfte. Sie öffnete mit einem mulmigen Gefühl. Vor ihr stand eine der beiden Frauen, denen sie begegnet waren, als sie das Fahrrad den Berg hochgeschoben hatten. Sie hatte über ihre Hosen gelacht und Lisette wappnete sich innerlich.

»Ich bin die Gerda«, sagte die junge Frau. »Ich habe versucht, mir auch Hosen zu nähen, aber ich krieg's nicht hin.«

Erleichtert bat Lisette Gerda ins Haus. Bis Emile kam, hatte Lisette ihre Hosen geholt, um sie Gerda zu zeigen. Als Emile ihr dann später anbot, sie solle mit ihrer Näharbeit vorbeikommen, er würde ihr damit helfen, hatten sie zwar keine neue Kundin, aber eine neue Bekanntschaft gewonnen.

Und es ging weiter.

»Ob Sie uns wohl noch neue Kleider für Weihnachten machen können?« Die Bäckersfrau und ihre Tochter Lene, mit einem kleinen Kind auf dem Arm, standen vor der Haustür und schauten neugierig an Lisette vorbei ins Haus, um zu erspähen, wie es drinnen aussah. Lisette führte die beiden in das Atelier. Der Ofen bollerte gemütlich, die Dielen schimmerten honiggolden vor den Wänden, die Lisette mit bunten Ornamenten verziert hatte. Wenigstens war Fräulein Heinleins Erziehung zur hübschen Pinselführung somit zu etwas gut gewesen, und die beiden Frauen bestaunten die bunten Möbel, die Lisette genauso fantasievoll angestrichen hatte wie die Wände. Lisette ahnte, dass sie ihrem Ruf als Sonderlinge im Dorf jetzt noch gerechter werden würden, wenn alle erfuhren, wie kunterbunt sie hier lebten.

»Jetzt halte doch das Kind mal still!«, mahnte die Mutter

ihre Tochter, die den zappelnden Kleinen, der vom Arm wollte, kaum bändigen konnte. Lisette nahm ihr das Kind ab und setzte es auf den Boden vor einen Stapel Stoffreste. Augenblicklich war es ruhig und beschäftigte sich mit den Stoffstückchen. Lene schaute sie dankbar an.

»Ich hätte vielleicht gerne …«, begann Lene, wurde jedoch sofort von ihrer Mutter unterbrochen.

»Wir brauchen Festkleider, fürs Christfest. Nicht zu elegant, aber festlich. Und nicht zu teuer. Und schön unauffällig.« Sie schaute missbilligend zu dem Etwas aus leuchtend grünem Wollstoff, das Emile auf seinem Tisch im Schneidersitz gerade säumte. Unauffällig, das traf auf diese Farbe nicht zu.

»Kann ich nicht auch so ein schönes Grün haben?«, rief Lene, als sie Emiles Arbeit sah. Sie war etwas älter als Lisette, aber flachsblond, sehr rosig im Gesicht und hatte helle wasserblaue Augen. Moosgrün würde sie völlig entstellen.

»Daran siehst du dich satt«, sagte ihre Mutter gleich, und Lisette seufzte. Das war nicht der Grund, warum man Lene von dem Grün abraten sollte. Sie warf Emile einen schnellen Blick zu, zog Lene vor den Spiegel und griff dabei nach einem dunkelblauen Stück Stoff, das sie vor sie hielt. Der dunkle Wollmoiré verwandelte Lene plötzlich in eine erwachsene junge Frau und betonte zugleich ihre Zartheit.

»Ein Überkleid aus diesem feinen Gewebe und dazu ein Bahnenrock aus einem günstigeren Wollstoff in der gleichen Farbe, das ist praktisch und trotzdem elegant.«

Lene betrachtete sich schweigend.

»Ich sehe ja richtig erwachsen aus«, bemerkte sie erstaunt. »Ich bin immer die Kleine zuhause, bei den vielen großen Brüdern«, seufzte sie. »Immer muss ich kämpfen, damit mich mal jemand hört.«

Lisette zwinkerte ihr zu und flüsterte: »Nicht nur bei den Brüdern, oder?«

Die beiden lächelten sich verschwörerisch an.

»Das ist schön unauffällig, das Dunkelblau«, tönte die Stimme der Mutter. »Das nehmen wir.«

»Ist es nicht doch *zu* langweilig und unauffällig?« Zweifelnd befühlte Lene den Stoff.

»Das wird es nicht, warte nur ab ...«, versicherte Lisette und verriet nicht, dass sich vom Saum des Überkleides zarte bunte Blumenornamente nach oben ranken würden, die die Strenge aufbrachen.

Schon bei der ersten Anprobe wurde Lene durch das Kleid viel selbstbewusster. Als würde sie plötzlich selbst sehen, was eigentlich alles in ihr steckte. Sogar ihre Mutter verstummte kurz, als sie Lene in dem Kleid sah.

»Da merkt man, dass man alt wird«, seufzte sie. »Wenn man plötzlich erwachsene Kinder hat.«

1907

Im ganzen Rheintal läuteten um Mitternacht die Glocken. Das neue Jahr begann und vom Kirchturm klangen festliche Trompeten. Lisette war feierlich zumute. Sie stand dicht an Emile gelehnt zwischen all den Dorfbewohnern, die ihnen alle ein frohes neues Jahr wünschten. In dieser Silvesternacht gehörten sie einfach dazu, und Lisette wusste, dass sich unter manchem Mantel, unter manchem Wolltuch ein Kleid verbarg, dass sie und Emile den Frauen auf den Leib geschneidert hatten. Vielleicht hatte das Leuchten in den Augen dieser Frauen auch ein bisschen damit zu tun.

Sie schaute in den dunklen Sternenhimmel, in dem die Sterne wie Kristalle funkelten, und dann in Emiles Augen, in denen sich die Sterne spiegelten. In denen ihre ganze Welt sich spiegelte.

Zum Glück hatte Henriette schon lange bevor es kalt wurde Lisettes warmes Wintercape unter ihrem Bett versteckt, um es jetzt im großen Einkaufskorb aus dem Haus zu schmuggeln. Schon auf dem Bahnsteig in Eltville hatte sie es Lisette umgehängt, kaum dass sie ausgestiegen war. Lisette war dankbar. Als sie mitten im Sommer weggelaufen war, hatte sie keine Winterkleider mitnehmen können, und jetzt war sie froh über die guten warmen Wollstoffe. Henriette trug einen ihrer alten Mäntel, und Lisette strich lächelnd über den schwarzen Samtkragen, als sie ihn wiedererkannte.

»Macht es dir etwas aus?«, fragte Henriette besorgt. »Die Gnädige hat Anni und mir warme Sachen von dir gegeben.«

Lisette sah in Henriettes karamellfarbene Augen und umarmte sie bestimmt schon zum siebten Mal. »Ich wüsste nicht, wer die Sachen lieber tragen sollte«, sagte sie und ergriff ihren Arm.

»Dass Friedrichs neue Frau sie trägt, würde dir bestimmt nicht gefallen. Sie reißt alles an sich.«

Berta hatte das Cape schon gesucht, erzählte Henriette, genau wie Lisettes Fichu aus Pelz, den sie schon beim letzten Besuch mitgebracht hatte. Die junge Herrschaft lebte nun in der Villa und hatte ihr Schlafzimmer in Lisettes ehemaligem Zimmer eingerichtet, was Henriette offensichtlich überhaupt nicht behagte.

»Sie tut so, als sei sie die Gräfin Rotz, aber deine Kleider stehen ihr lange nicht so gut wie dir«, beschwerte sich Henriette.

»Du scheinst eine besonders innige Zuneigung zu ihr entwickelt zu haben«, neckte Lisette ihre Freundin.

Henriette verdrehte die Augen. »Nicht nur ich. Wir alle.«

Sie verließen den zugigen Bahnsteig und gingen untergehakt durch den Ort hinunter zur Rheinpromenade, auf der Suche nach einem Lokal, in dem sie sich aufwärmen konnten. Im Sommer wimmelte es hier von Ausflüglern, doch jetzt im Winter waren die Gassen leer. Auch auf der Promenade begegneten sie nur vereinzelt dick vermummten Gestalten, die hinter hochgestellten Krägen vorbeieilten und nur einen knappen Gruß nickten. Kalt und grau floss der Rhein, und ein paar einsame Enten standen aufgeplustert auf einem Bein am Rheinstrand und schliefen. Lisette warf ihnen ein paar trockene Brotkrusten hin, die sie immer in der Tasche hatte.

»Dass die Enten nicht frieren«, sagte Lisette.

»Na, sie haben ihr schönes warmes Federbett umgelegt. Aber die Füße, brrrrr ...«

»Wie selbstverständlich das immer war, warme Sachen zu haben und nie zu frieren.«

»Musst du denn frieren?«, fragte Henriette besorgt.

Lisette schüttelte den Kopf. »Morgens kommt Nanchen von gegenüber und macht in der Küche Feuer, und wenn wir aufstehen, ist es schon warm. Ich wünschte, sie könnte länger bleiben. Zwei Stunden kommt sie morgens und dann noch am Waschtag. Mehr können wir uns nicht leisten. Aber es hilft uns sehr.«

»Ich wünschte, ich könnte bei euch bleiben«, sagte Henriette, als sie sich im Weinhaus Krone an der Rheinpromenade gegenübersaßen und heißen Wein tranken, um sich zu wärmen. »Falls ihr mich überhaupt wolltet.«

»Ich vermisse dich jeden Tag.« Lisette griff über den Tisch, und sie hielten sich fest an den Händen.

»Du hast doch Emile.«

»Das ist aber etwas anderes als eine Freundin.«

Sie lächelten sich an.

»Aber wir würden es noch nicht einmal schaffen, Lebensmittel für uns drei zu kaufen, von einem Lohn ganz zu schweigen. Hoffen wir, dass dieses Jahr eine Veränderung bringt.«

Sie schauten hinaus auf den kalten grauen Rhein und legten ihre Hände um die warmen Becher.

»Du musst sagen, dass sich plötzlich Verwandtschaft gemeldet hat und du eine Woche zu deiner Familie fahren musst. Dann besuchst du uns, verliebst dich in einen jungen Mann aus dem Dorf, und dann heiratet ihr und du bist meine Nachbarin.«

Henriette lachte. »Als ob so etwas jemals möglich wäre! Welcher gescheite Mann heiratet denn ein Dienstmädchen, ohne Aussteuer, ohne alles?«

»Jeder Mann, der dich nicht will, sollte wegen Dummheit verhaftet werden. Wenn selbst ich einen gefunden habe, der mit mir zusammenleben will, ohne Aussteuer, ohne Hochzeit und ohne dass ich eine Ahnung vom Haushalten oder irgendetwas hatte.«

Lisette sah ihre Freundin nachdenklich an.

»Und hätte es irgendjemand für möglich gehalten, dass das gnädige, nein, das ganz und gar ungnädige Fräulein Winter in einem kleinen, bunten Haus glücklich ist? Hättest du das gedacht? Sei ehrlich.«

Henriette schüttelte stumm den Kopf.

»Siehst du. Alles ist möglich, Hennilein, alles. Auch wenn es überhaupt nicht danach aussieht.«

Später brachte Lisette Henriette zum Zug, und sie hielten sich so lange an den Händen, bis der Bahnhofsvorsteher die Türen schloss und der Zug sich in Bewegung setzte. Lisette blieb am Bahnsteig stehen und winkte dem Zug hinterher, auch als sie Henriettes winkenden Arm schon nicht mehr sehen konnte. Sie winkte noch immer, da war der Zug schon längst in der Ferne verschwunden, und die Rauchwolken der Lokomotive hatten sich in der kalten Winterluft aufgelöst. Beschämt ließ sie den Arm sinken und schaute sich verlegen um. Wenn der Bahnhofsvorsteher es gesehen hatte, so ließ er es sich nicht anmerken.

Der Frühling war einfacher als der Winter. Es wurde heller, der Garten erwachte und alles roch nach Wachstum und nach Hoffnung. Lisette stand im Garten hinter dem Haus und hielt ihr Gesicht in die Sonnenstrahlen. Sie spürte die Wärme auf der Haut und atmete tief ein. Die Zugvögel kamen zurück, die Akeleien blühten mit dem roten Türkenmohn und den Tränenden Herzen um die Wette, und die Stiefmütterchen wendeten wie sie ihre kleinen Gesichter zur Sonne.

Nachdem Frau Molitor sich geweigert hatte, ihrem ehemaligen Schützling zu helfen, ihm stattdessen sogar die Tür gewiesen hatte, übernahm Emile in Heimarbeit schlecht bezahlte Näharbeiten für ein Atelier in Wiesbaden, die sie immerhin ernährten.

Es wäre jetzt an der Zeit für ein Wunder, dachte Lisette. Ihren Goldschmuck hatte sie noch nicht verkauft, das war die letzte Reserve, auf die sie zurückgreifen konnten, aber sie zögerte noch. Sie ging zurück ins Haus, um in ihrem Notizbuch zu blättern, in dem sie sich die Rezepte notierte, die sie halbwegs beherrschte. Es waren nicht viele, und sie blätterte unschlüssig hin und her. Kartoffeln hatten sie jetzt schon die ganze Woche gegessen. Mit Sauermilch, mit gebratenen Zwiebeln, mit Salat. Sie hatte keine Idee mehr. Sie beschloss, zum Dorfladen zu gehen und die Speiseempfehlungen in den Frauenzeitschriften anzuschauen. Der nette Herr Rosenkrantz blickte immer höflich weg, wenn sie in den Zeitschriften blätterte und so tat, als könne sie sich nicht entscheiden, welche sie kaufen sollte.

Sie wünschte ihm einen guten Tag, als sie in den Laden trat, und wandte sich den Zeitungen zu, während er Zucker abwog und in Tüten verpackte. In der *Deutschen Hausfrau* fand sie, was sie gesucht hatte. *Einfacher Küchenzettel für Donnerstag*, las sie: Bohnensuppe, Kalbsbraten, Kartoffeln und geschmorte Birnen. Einfach nannten die das! Was war denn daran einfach? Sie dachte an Thereses Kalbsbraten und an Thereses Bratensoße und wünschte kurz, sie hätte eine Köchin, der sie diesen Küchenzettel einfach in die Hand drücken konnte. Darunter stand auch noch die Empfehlung für den *feinen Küchenzettel*: Tomatensuppe, Forelle Blau mit Butter, Hammelbraten mit Schalotten, Salzkartoffeln und Schokoladenpudding.

Sie seufzte tief. Das half ihr heute wenig. Fleisch war so teuer geworden. Emile hatte sich vor Kurzem schon beschwert, er sei doch kein Hase, er könne nicht immer nur Gemüse essen.

»Dann geh du doch heute einmal zum Fleischer«, hatte sie ihm geantwortet, »und suche uns etwas Schönes aus.«

Er war dann mit der neugewonnenen Überzeugung zurückgekehrt, dass Kartoffelsuppe durchaus auch ohne Würstchen schmecken konnte. Sie beschloss, ein halbes Pfund Graupen zu kaufen. Mit etwas Gemüse und etwas Speck könnte sie für wenige Pfennige eine gute Suppe kochen. Sie legte das Blatt sorgfältig zurück zu den anderen Zeitschriften.

Da entdeckte sie das Bild. Sie starrte auf die Titelseite der Zeitung und konnte nicht glauben, was sie dort sah. Das war doch ihr Kleid. Auf der allerersten Seite! Sie nahm die Zeitung in die Hand, um das Bild genauer zu betrachten. Es gab keinerlei Zweifel.

»Das ist mein Kleid«, stammelte Lisette und sah Herrn Rosenkrantz fassungslos an. »*Mein* Kleid!« Sie kramte in ihrer Tasche, legte das Geld für die Zeitung auf die Theke und verließ lesend den Laden. Fast stolperte sie, während sie den Bericht über die Eröffnung des neuen Kurhauses in Wiesbaden überflog. All die festlichen Abendroben, die das größte Aufsehen erregt hatten, waren beschrieben, und einige davon waren abgebildet. Und eine der abgebildeten Roben war ihr Kaiserkronenkleid. Das Kleid, dessen Entwurf sie letztes Jahr an das Modeatelier Elsbeth Klinger geschickt hatte.

Deshalb hatte sie sich nicht gemeldet! Frau Klinger hatte ihren Entwurf einfach kopiert und der Romanova, dieser russischen Sängerin, als ihre eigene Kreation verkauft. Die berühmte Romanova hatte *ihr* Kleid getragen! Und es stand ihr wirklich ganz hervorragend, so weit man es auf dem Bild erkennen konnte.

Aus Lisettes Fassungslosigkeit wurde blinder Zorn. Wie ungerecht und schändlich, eine Idee zu stehlen, *ihre* Idee zu stehlen! Was dachte diese Elsbeth Klinger sich eigentlich? Dass sie es nicht merken würde? Sie würde es dieser Klinger schon zeigen, dass sie es gemerkt hatte. Und wie! In ihr toste es und dunkelrot stieg die vertraute Woge der Wut in ihr auf.

»Ich fahre sofort nach Frankfurt und stelle sie zur Rede!«

Emile bremste sie. »Wenn du jetzt losfährst, kommst du am Abend dort an, das Atelier hat geschlossen und du musst in einem Gasthof übernachten. Das Ganze ist viel zu gefährlich und kostet nur viel Geld!«

Sie musste zugeben, dass er recht hatte, aber sie tobte. Sie versalzte die Kartoffeln, die es zum vierten Mal in dieser Woche gab, weil sie die Graupen vor Aufregung vergessen hatte, sie zerbrach einen Teller beim Abwasch, so dass Emile sie hinaus in den Garten schickte. Bevor noch mehr zu Bruch ging, spülte er das Geschirr lieber alleine fertig.

5

> Das Eigenkleid gehört nicht auf die Straße.
> Denn jede feinfühlige Frau wird es vermeiden
> wollen, schon von weitem eine Offenbarung
> ihrer Persönlichkeit zu geben.
>
> *Eigenkleid und Konfektion, 1907*

Lisette trug die erdbeerrote Tunika, die Emile aus ihrem ehemaligen Abendkleid geschneidert hatte, über einem dunkelroten Rock und steckte sich dazu passende frische Blumen aus dem Garten ins Band ihres Strohhuts. Schon am Bahnhof in Eltville zog Lisette sämtliche Blicke auf sich, und sie begegnete ihnen mit stolz erhobenem Kopf. Gestern hatte sie nicht gewusst, was sie kochen könnte, aber heute war sie Lisette Winter, deren Kleid die Romanova bei der Eröffnung des neuen Kurhauses getragen hatte.

Nur wusste es leider keiner, weil die Klinger so unverschämt gewesen war, es als ihr eigenes Kleid auszugeben. Emile versuchte die ganze Fahrt über, Lisette so weit zu besänftigen, dass sie Frau Klinger nicht sofort in Grund und Boden schreien würde.

»Und warum sollte ich das nicht tun?«, fragte sie mit funkelndem Blick. »Ich hätte jeden Grund dazu.«

Er seufzte tief. Lisette tat so, als ob sie seine besorgten Blicke nicht bemerkte, und blickte den Rest der Fahrt stur aus dem Zugfenster.

Zu Lisettes großem Erstaunen schien sich die Klinger sogar zu freuen, sie kennenzulernen. Sie trug ein dezentes

Reformkleid, hatte sich aber offensichtlich noch nicht ganz vom Schlepprock verabschieden können. Ihren langen Rocksaum zog sie bestimmt einen halben Meter hinter sich her, während Lisettes Rock so kurz war, dass man sogar ihre Fesseln sah.

Elsbeth Klinger beglückwünschte Lisette unumwunden zu ihrem Mut, ja, bewunderte ihre Kleidung und beteuerte mehrfach, wie glücklich sie sei, sie endlich zu treffen. Lisette warf Emile einen überraschten Blick zu, und ihr Zorn verpuffte im Handumdrehen.

Frau Klinger berichtete sofort von dem Brief, den sie ihr geschrieben und auf den sie nie Antwort erhalten habe, und erzählte, wie sie das Kleid, in ihrer Not, der sehr wählerischen und unzufriedenen Sängerin angeboten habe, weil ihr einfach nichts mehr eingefallen war. Natürlich würde sie Lisette den Entwurf angemessen vergüten.

Sie wurden durch das ganze Atelier geführt. Gleich neben dem eleganten Salon für Anproben, in dem der Tee serviert worden war, befand sich ein Saal, in dem sechs Näherinnen an ratternden Nähmaschinen mit der Fertigung von Kleidern beschäftigt waren. Putzmacherinnen saßen zwischen Stoffstapeln und unzähligen Schachteln, aus denen Spitze, Borten und Posamente schier herausquollen. Lisette verschlug es die Sprache. Das war ein beeindruckendes Atelier. Wie man hier aus dem Vollen schöpfen konnte! Allein beim Anblick der vielen Stoffe und Muster hatte sie sofort Ideen für neue Kleider, es war ein Traum. Es war ihr Traum, den sie hier vor sich sah.

Beim Abschied, zu dem Frau Klinger ihr dezent ein Kuvert überreichte, gab es noch eine weitere Überraschung. Frau Klinger bot ihr und Emile an, für sie zu arbeiten. Sie würde sie beide sehr gerne einstellen. Lisette bedankte sich höflich und versprach, dass sie gerne über das freundliche Angebot nachdenken würden.

Während Emile im Zug schon laut überlegte, dass man die Kronberger Freunde vielleicht bitten könnte, bei der Beschaffung einer kleinen Wohnung in Frankfurt behilflich zu sein, und wie wunderbar es doch wäre, dass sie mit einem Schlag alle Sorgen los wären, nickte Lisette nur kurz und schwieg.

Als sie in Eltville ankamen, hatten sie Hunger. Da sie ja etwas Geld in der Tasche hatten, beschlossen sie, erst einmal eine Mahlzeit einzunehmen. Als die Teller mit dem dampfenden Winzerbraten vor ihnen standen, begannen sie mit großem Appetit zu essen. Doch schon nach drei Bissen hielt Lisette inne und schaute Emile an.

»Ich habe nachgedacht. Wir werden das Angebot von Frau Klinger auf gar keinen Fall annehmen.«

Emile fiel vor Schreck das Stück Fleisch von der Gabel. »Warum das denn?«

»Jetzt hast du Soße auf dem Hemd«, bemerkte Lisette stirnrunzelnd, schnitt sich ein ordentliches Stückchen Fleisch von ihrer Bratenscheibe ab, steckte es in den Mund und schloss genussvoll die Augen.

»Warum, Lisette? Warum?« Emile sah sie kopfschüttelnd an. »Es ist doch ein hervorragendes Angebot, wir hätten beide Arbeit und wir wären ...«

»Weil wir ein eigenes Atelier eröffnen. Wir werden selbst so ein Atelier führen.«

Emile ließ verzweifelt sein Besteck sinken.

»Jetzt bist du verrückt geworden. Hast du gesehen, was man alles braucht? Hast du gesehen, wie viele Näherinnen dort saßen? Und weißt du eigentlich, wie viel Kundschaft man haben muss, um das alles zu bezahlen?«

Lisette nickte.

»Aber wessen Kleid wollte die Romanova?«
Sie zog genüsslich ihre Gabel mit Kartoffelbrei durch die dunkle, kräftige Soße.
»Iss, solange es warm ist«, sagte sie und deutete zu seinem Teller. »Bis ich so gut kochen kann, dauert es länger als bis zu unserem eigenen Atelier.«

2006

Übersetzerin zu werden, das war mein Traum. Geschichten neu erzählen, Nuancen von Worten nachspüren, Bedeutungen suchen. Welten entdecken und in meiner Sprache neu erschaffen. Da musste Lukas kommen und mir sagen, dass genau das die eigentliche Bedeutung meines Namens war. Maya, die Weltenerschafferin. Und was machte die Weltenerschafferin? Sie übersetzte Firmenkorrespondenz und Betriebsanleitungen. Immerhin war es ein Job, der mir die Miete bezahlte, wenn auch nicht mehr. Mein Leben war »Sponsored by Oma«. Paula hatte zwar mehr Geld als Oma, aber ich hätte mir viele Vorträge anhören müssen, wenn ich sie um Unterstützung gebeten hätte. Ich kannte Paulas Vorträge. Hatte ich alle schon mehrfach gehört. Die mit dem anfeuernden Unterton und die mit dem enttäuschten Unterton. Wie ich denn bloß damit zufrieden sein könne? Dass ich etwas aus meinem Leben machen müsse. Dass doch mehr in mir stecke.

Ich würde ja auch viel lieber interessante und besser bezahlte Übersetzungen machen, es klappte eben nur nie. Wenn ich mich bewarb, wollte ich mich auf keinen Fall anbiedern und mich als etwas verkaufen, was ich gar nicht war. Ich wollte nicht so tun müssen, als sei ich grandios, ich zweifelte doch selbst am allermeisten an mir. Was, wenn gar nicht mehr in mir steckte? Meistens war ich gar nicht überrascht, wenn die Absagen kamen. Leider momentan kein Bedarf. Gerne nehmen wir Sie in unsere Kartei auf.

Je mehr ich über Lisette nachdachte, desto mehr verliebte ich mich in sie, in diese junge Frau, die mit noch nicht einmal zwanzig so überzeugt von sich war. Wo nahm sie das her? Ob es mit Emile zu tun hatte? Ob diese Liebe ihr die Kraft gab, an sich zu glauben? Dann müsste ich mich durch Yannick doch auch mutiger und stärker fühlen, als ich es war. Bei uns schien das nicht zu funktionieren. Aber Lisettes Ideen waren schon stark gewesen, bevor sie ihm überhaupt begegnete, während ich schon immer das Klammeräffchen gewesen war. Wenn man mit dieser Geschichte aufwuchs, konnte man vielleicht nur zum Zauderer und Zweifler werden. Lisette hatte sich von der Meinung anderer über sie gar nicht erst verunsichern lassen und einfach das gemacht, was sie für richtig hielt.

Das Traumpaar. Warum hatte das Traumpaar nie geheiratet? In einem katholischen Dorf im Rheingau zu jener Zeit musste das einer Katastrophe gleichgekommen sein. Aber vielleicht lag es am Wein, dass man so etwas gelassener betrachtete. Oder an der Nähe zu den Bädern. Kurgäste aus aller Welt kamen von Wiesbaden, Schlangenbad und Bad Schwalbach in das Dorf, um in einer der vielen Weinstuben den beliebten Rheinwein zu trinken. Man war wahrscheinlich aufgeschlossener. Und es gab sie damals überall, die unverheirateten Künstlerpaare, über die man tuschelte, die Bohemiens, die für Farbe und Klatsch sorgten. Vielleicht machte es sie sogar interessanter. Ohne die Erlaubnis von Lisettes Eltern hätten sie schon recht weit fahren müssen, um wie alle, die sich im Verbotenen liebten, im schottischen Gretna Green zu heiraten. Ob sie je darüber nachgedacht hatten? Vielleicht war es einem Freigeist wie Lisette auch egal gewesen. Vielleicht war es sogar gut für die beiden, nicht geheiratet zu haben. Man hatte zu Beginn des Jahrhunderts als Frau in der Ehe alle Rechte an den Ehemann abgetreten. Das hätte bei Emile und Lisette vielleicht irgendwann zu Konflikten geführt.

Paula gefiel das natürlich gut, dass Lisette unverheiratet geblieben war. Es passte in ihr Bild. *Sie ist von zuhause weggelaufen. In dieser Zeit. Das muss man sich mal vorstellen.* Paula hatte auch nie geheiratet. Wenn sie davon sprach, klang sie immer stolz. Sie war die Unabhängige, die sich nicht anpasste, die zu niemandem gehören wollte. Meine Mutter, der Freigeist! Ich vermutete dennoch, dass es vielleicht den einen oder anderen Mann gegeben hatte, zu dem sie Ja gesagt hätte. Wenn sie gefragt worden wäre. Vielleicht hat mein Vater dazugehört? Aber Paula redete nie von ihm. Er war das große Tabu. Sie sprach lieber von ihrer Unabhängigkeit. Dass die auch manchmal traurig gewesen war, davon erzählte sie nie. Ich wusste bis heute nicht, ob sie meinen Vater eigentlich geliebt hatte oder ob er einer der vielen war, mit denen sie ausprobieren wollte, ob es die große Liebe überhaupt gab. Das Ergebnis war bekannt: Die große Liebe hatte es offensichtlich nicht gegeben, aber am Ende dieses Experiments war ich auf die Welt gekommen. Und ich hatte früh verstanden, dass es kein Thema war, über das man einfach reden konnte.

Ich wollte gerne einmal heiraten, ich fand das romantisch und glaubte Paula nicht, dass sie immer glücklich war, wenn sie gegenüber anderen ihre tolle Unabhängigkeit proklamierte. Schließlich hatte ich sie bei Liebesfilmen seufzen gehört. Ich wusste auch genau, dass ich ein weißes Kleid tragen würde. Und Blumen im Haar. Eigentlich träumte ich auch davon, dass die Orgel spielte, dass jemand sang und dass alle weinten, auch wenn ich sonst so gut wie nie in eine Kirche ging. Es war ein geheimer Traum, für den ich mich auch ein bisschen schämte, wenn ich ehrlich war. Vor allem Paula würde ich nie davon erzählen können. Wahrscheinlich würde ich auf einem Standesamt den Bund der Ehe eingehen.

Wie alle anderen auch. Rund um mich herum wurde in letzter Zeit viel geheiratet, Babys wurden geboren. Es war Nestbauzeit. Im Dorf meiner Oma auf dem Land bauten die jungen Familien neue, große Häuser, oder sie bauten die leeren Scheunen aus, in denen noch die inzwischen arbeitslosen Traktoren standen. Hier in Frankfurt kauften sie kleine Reihenhäuser in den Vororten, die sie früher verpönt hatten. Yannick und ich hatten schon auf einigen Hochzeiten getanzt, und ich hatte eine Liste angelegt, wen wir auf unsere Hochzeit einladen würden. Diese Liste existierte aber nur auf meinem Laptop, und Yannick wusste gar nicht, dass es die Liste überhaupt gab. Meine Hochzeitsträume waren so geheim, dass ich manchmal selbst erschrak, wenn ich die Liste sah.

Als Yannick zurückkam, brachte er einen Stick voller Fotos mit, die wir auf meinem Laptop anschauten. Es waren großartige Fotos von Räumen, in denen die Pracht vergangener Zeiten langsam verfiel. Da blätterte Gold, da lösten sich Furniere, und Farne wuchsen auf Fensterbänken, Efeu suchte sich seinen Weg in eine Bibliothek und umschlang langsam Buch für Buch, der Deckenstuck lag in der Mitte eines Zimmers auf dem Boden, in der Decke darüber gähnte eine Wunde im bröckelnden Putz. Moos auf den Dielen. Schimmelkolonien. Schillernde Farben der Fäulnis. Die Bilder waren beeindruckend, die besten, die er bisher gemacht hatte.

»Das liegt an den Motiven«, sagte er. »Je interessanter das Motiv, desto interessanter die Bilder.«

Ich weiß gar nicht, ob die Sommervilla für ihn ein interessantes Motiv wäre. Wahrscheinlich nicht, vor allem nach dieser Tour in den Osten. Zu viel war dort renoviert worden, zu wenig Originales war erhalten. Ihn hätte die Beschaffenheit der Staubschicht auf Lisettes Köpfchen am Treppengeländer jedenfalls mehr interessiert als der Kopf selbst. Er hätte stundenlang gewartet, bis das Licht im richtigen Winkel hereinfiel, um den Staub zu beleuchten.

Die Sommervilla war mein ganz eigener verlassener Ort. Mein Lost Place. Dort lag meine Staubdecke, die ich selbst entfernen wollte.

Yannick redete immer wieder davon, sich einen neuen Job suchen zu müssen. Andererseits war ihm klar, dass ihn kein anderer Job als Fotograf, mit dem er seinen Lebensunterhalt verdienen konnte, jemals so sehr begeistern würde wie seine Exkursionen. Trotzdem fing er immer wieder davon an. Mich nervte das und ich sagte es ihm.

»Und was machst du denn anders?«, fragte er mich. »Du träumst auch von tollen, super bezahlten Jobs, an die du nicht rankommst. Wo ist der Unterschied?«

Dass ich nicht ständig herumjammere, wollte ich gerade erwidern, und dass man manche Dinge eben einfach akzeptieren muss. Er schaute mich an, und ich konnte sehen, dass er genauso genervt war wie ich.

»Ich mache ja wenigstens in meiner Freizeit noch all das, wovon ich träume«, sagte er, und der Vorwurf war deutlich zu hören.

Ich schwieg und wollte schon beleidigt erwidern, dass ich immer wieder an meinen Notizen aus den alten Häusern arbeitete und er doch überhaupt keine Ahnung hatte. Aber auch, wenn ich es ungern zugab: Er hatte recht. Ich sammelte zwar Stichworte, aber aus ihnen entstanden keine neuen Welten. Auch wenn ich immer wieder darauf starrte. Doch irgendwann würde die Idee schon kommen. *Die Idee*, mit der sich alles zusammenfügen würde, zu einem Ganzen, zu einer Erzählung, zu meiner neu geschaffenen Welt. Irgendwann würde es so weit sein.

1907

Lisette hatte den Brief an die Romanova genau zwölf Mal geschrieben, bis sie damit zufrieden war. Um genau zu sein, war sie ab der neunten Version schon zufrieden gewesen mit ihrer Wortwahl, aber im zehnten Brief waren die Linien auseinandergeflossen und im elften Brief hatte sie vor lauter Konzentration aufs Schönschreiben zwei Buchstaben vergessen.

Aber die Mühe hatte sich gelohnt. Die Sängerin hatte prompt geantwortet, dass sie dem Atelier Winter in Rauenthal sehr gerne einen Besuch abstatten würde.

Jetzt zwirbelte Lisette unglücklich eine Haarsträhne nach der anderen. »Ich dachte, wir fahren zu *ihr*! Besprechen die neuen Kleider in ihrem feinen Hotel! Sie wird lachen über unser kleines, buntes Häuschen. Sie ist Paläste gewöhnt! Sie ist eine Berühmtheit!«

Lisette wurde immer nervöser.

»Wir sagen die Verabredung ab«, verkündete sie, als sie einen Tag vor dem angekündigten Besuch die Fensterscheiben auf Hochglanz polierte. »Wir sagen ab, weil ich plötzlich erkrankt bin. Sommergrippe. Ich habe eine sehr ansteckende und gefährliche Sommergrippe und kann den ganzen Sommer über niemanden empfangen. Oder Lungenentzündung.« Sie ließ den Lappen fallen. »Ich schicke ein Telegramm. Jetzt gleich.«

Emile sprang auf und zog sie zu sich. »Jetzt schau dich einmal um und sage mir, was du siehst? Und ich will nicht wissen, was dein Bruder gesehen hat, als er hier stand. Ich will wissen, was du jetzt siehst.«

Lisette schaute ihn fragend an. Was sollte das denn jetzt? Aber ihm zuliebe begann sie aufzuzählen: »Helle Dielenböden in einem buntgemusterten Zimmer. Ich sehe deinen

Schneidertisch, den Nähtisch, den Sessel am Fenster. Mein Tischchen mit den Skizzen und meinen Stiften. Den grauen Schrank mit den bunten Türen. Gut, dass man nicht sieht, dass es hinter den Türen noch ziemlich leer ist. Den Kleiderständer mit meinen Kleidern, den Modellen.«

»Ist das alles?«

»Ja. Nein. Alle Möbel sind angestrichen, damit man nicht sieht, wie schäbig sie eigentlich sind, alle Ornamente sind aufgemalt, alles ist bunt und zusammengewürfelt, und es gibt nicht genug Sessel, und ...«

»Einwand!«

»Was denn? Es stimmt doch!«

»Nein! Nicht ganz. Wir haben die Möbel bunt angestrichen und Ornamente aufgemalt, weil wir es schön finden. Wir wollten es so. Und deshalb müssen wir uns nicht verstecken.«

»Aber das wird der Romanova egal sein.«

»Dir sollte egal sein, was ihr vielleicht egal sein könnte.«

Lisette sah ihn an und atmete tief durch. Es war gar nicht so einfach.

»Es ist unser Atelier, hier wird genäht und entworfen und gelebt«, sagte Emile. »Ich sehe deinen großen Blumenstrauß. Ich frage mich immer, was für ein Zeug du da wieder hereinschleppst, und dann sieht es plötzlich prächtig aus in der Vase. Ich sehe unsere bunten Kissen, die wir zusammen genäht und bestickt haben, damit die Blumen aus dem Garten hier drin auch im Winter blühen. Ich sehe deinen Willen. Ich sehe unser freies und buntes und schönes Leben. Und unsere Träume.«

»Du hast recht«, sagte sie. »Es ist all das, was wir wollten. Aber da kommt eine wirkliche Dame, eine Diva, der unser Kaiser persönlich huldigt!«

»Ihr gefällt dein Kleid, deshalb kommt sie. Elegante Möbel und gefüllte Stoffschränke findet sie überall, auch im Atelier

Klinger, aber sie kommt hierher. Das waren übrigens *deine* Worte, wenn ich dich erinnern darf.«
»Und deine Worte darauf waren, dass ich verrückt bin. Und du hast leider recht! Ich bin komplett verrückt.«
»Wenn du nicht verrückt wärst, würde ich dich wahrscheinlich nicht lieben«, unterbrach Emile und zog sie zu sich. »Obwohl, leichter wäre es schon.« Er seufzte und rollte theatralisch die Augen. »Dann hättest du auch nicht so dumme Ideen für seltsame Kleider, würdest dich brav in ein Korsett schnüren und ...«
»Hör auf!«, rief sie und sah ihn hilflos an. »Jetzt bin ich eben wieder zur Vernunft gekommen! Sei doch froh! Das willst du doch, dass ich auf die Stimme der Vernunft höre!«
»Das ist nicht die Stimme der Vernunft. Das ist die Stimme deiner Mutter und deines Bruders. Und wenn ich einen ganzen Chor aufrufen muss, um diese Stimmen irgendwann zu übertönen, dann werde ich das tun!«

Die Romanova kam und war begeistert. Sie fand alles bezaubernd, kunstvoll, so persönlich, so selten, so eigen! Sie tranken süßen Most unterm Pfirsichbaum im Garten, und die Diva sah sich entzückt alle Entwürfe an, während sie mit rollendem R in ihrem charmanten russisch gefärbten Deutsch von der Datscha ihrer Großmutter erzählte, an die sie das alles hier erinnerte. Lisettes Anspannung schwand zusehends.
»Mir gefällt gut, dass alle Kleider Sie selbst ausdenken, Madame Winter. Und mir gefällt, *was* Sie ausdenken. Ich möchte bestellen drei Kleider für schöne Besuche und zwei Kleider für Abend und ein Kleid für Ball von Sommer, und dann wir wollen sehen, ob in neue Saison nicht alle Frauen wollen haben diese schöne Kleider.«
Als Lisette die Romanova später zu ihrem Automobil be-

gleitete, hatte es sich im Dorf schon herumgesprochen, dass bei den jungen Schneidern im Hochweg berühmter Besuch eingegangen war. Grüppchen von Frauen aus dem Dorf standen schnatternd am Zaun, manche hatten den wartenden Chauffeur in Gespräche verwickelt, die Jungen standen neugierig um das Automobil herum und berührten dieses Wunderwerk der Technik. Alle verstummten abrupt, als die Romanova aus der Tür trat und huldvoll in die Runde lächelte. Sie verteilte Autogrammkarten, winkte und lachte und plauderte.

Als sie schon im Wagen saß und der Chauffeur das Automobil startete, rief sie in ihrem reizenden Deutsch in die Runde, dass »Rauenthaler sollen sein stolz auf Künstler, auf bezaubernde Madame Winter!«.

Lisettes Wangen glühten, als die Kinder applaudierten und die neugierigen Blicke alle einen Hauch wohlwollender wurden.

Als sie die Tür hinter sich schloss, lehnte sie sich von innen dagegen, weil es plötzlich sehr guttat, sich anlehnen zu können, nach diesem Nachmittag.

Emile streckte den Kopf aus dem Atelier. »Gut, dass wir die Lungenentzündung abgesagt haben, oder?«

Lisette lächelte glücklich. »Morgen müssen wir Stoff kaufen. Vielleicht lohnt es sich ja bald, die Stoffe direkt bei den Fabrikanten zu bestellen? Wir würden bestimmt viel günstiger einkaufen können.«

»Eins nach dem anderen, Frau Größenwahn«, lachte Emile. »Das machen wir dann, wenn wir ein eigenes Automobil haben und persönlich bei den Herstellern vorbeidüsen können!«

Lisette strahlte über das ganze Gesicht. »Das ist eine hervorragende Idee! Wir werden uns erkundigen, was so ein Automobil eigentlich kostet.«

Emile schloss verzweifelt die Augen. »Das war doch nur ein Scherz!«

Und dann stürzte ausgerechnet die geheimnisvolle Marie Guérinet keinen Meter von ihrem Gartentor entfernt und riss sich einen unschönen Winkelriss ins feine Kleid. Madame Guérinet und der schottische Maler, mit dem sie auf Schloss Freudenberg in der wer weiß wievielten Ehe zusammenlebte, sorgten seit ein, zwei Jahren für skandalumwitterten Klatsch in der Gegend. Als Lisette noch in Wiesbaden gelebt hatte, hatte ihre Mutter oft genug mit den Nachbarinnen beim Tee gerätselt, ob es sich bei der Erbauerin des Schlosses wohl wirklich um eine uneheliche Bourbonenprinzessin handelte? Man munkelte, sie besäße Porzellan, das mit einer Krone und einem N, wie Napoleon, geschmückt war. Aber wenn das alles nicht stimmte, woher sollte sie dann das viele Geld haben, mit dem sie dieses großartige Schloss hatte erbauen lassen? Man flüsterte hinter vorgehaltener Hand über bis zur Decke verspiegelte Badezimmer, und laut sprach man über die zentrale Heizung, über Strom und ein sehr neumodisches Gerät zur Staubabsaugung. Lisettes Vater fragte sich manchmal verärgert, warum seine Architekten eigentlich nicht auf solche geniale Ideen kamen?

Madame verließ das Haus mit einem von Emile geschickt geflickten Rock und dem festen Vorsatz, wenige Tage später wiederzukommen, um sich ein neues Abendkleid nähen zu lassen. Wenn schon die Romanova hier nähen ließ.

»Wer hätte das gedacht«, flötete sie entzückt, »dass hier jemand Kunstkleider entwirft, und dann auch noch ein lieber Landsmann!« Dass Emile kein Wort Französisch sprach, weil seine Mutter es nie mit ihm gesprochen hatte, und dass Lisette diejenige war, die die Kleider entwarf, war ihr gleich.

Aber sie war völlig verzaubert, enchantée, très enchantée, küsste Lisette und Emile gleich dreimal sehr überschwänglich, bevor sie wieder von dannen schwebte. Lisette fand, dass es gereicht hätte, wenn Madame nur sie geküsst und Emile die Hand gereicht hätte. Aber sie hatte den Verdacht, dass sie nur deshalb geküsst worden war, damit die Bourbonenprinzessin auch Emile küssen konnte.

Erst befürchteten sie, sie käme nicht wieder. Aber nein, die Prinzessin, wenn sie denn wirklich eine war, kam tatsächlich wieder, und zwar zusammen mit einer Freundin, Fräulein von Herrenkirchen aus Köln. Durch diese ersten prominenten Kundinnen begann es sich herumzusprechen, dass es in diesem kleinen Weindorf auf dem Hügel nicht nur hervorragenden Wein, sondern auch ein ebenso hervorragendes Modeatelier gab. Es kam stetig neue Kundschaft. Und alle wollten neue Ballkleider für das nächste rauschende Fest in der Stadt der rauschenden Feste.

Plötzlich hatten sie viel zu tun. So viel, dass sie es nicht mehr alleine bewältigen konnten. Lisette fragte Thea Eschbach, wer aus dem Dorf beim Nähen helfen könnte.

»Na ja, mein Nanchen kann nicht nähen, aber …«

»… kochen?«, fragte Emile und sah hoffnungsvoll von seiner Nähmaschine auf.

»Kann sie«, lächelte Thea, und Lisette seufzte erleichtert. Bei der nun bestehenden Auftragslage konnten sie es sich leisten, Nanchen den ganzen Tag zu beschäftigen. Es war auch wirklich nötig. Über die Entwürfe und dem Berechnen von Stoffmengen, Stoffpreisen, Kleiderpreisen und dem Nähen der Kleider vergaßen sie alles andere. Die Kleider wurden zwar pünktlich fertig, aber dass sie auch etwas zu essen brauchten, ging oft unter. Es kam nicht selten vor, dass Lisette oder Emile noch abends bei Herrn Rosenkrantz' Laden schellten, um nach einem Stück Käse, einer Dose Sardinen oder einem Päckchen Reis zu fragen. Zum Glück machte es dem Händler nie etwas aus, noch einmal aufzuschließen, ihnen etwas zu verkaufen und dann in seinen wollenen Hausschlappen wieder in die Wohnung über seinem Geschäft zu schlurfen.

Es kam ein schnatterndes Grüppchen von Näherinnen zusammen, die sich die Stücke abholten und zu Hause daran weiterarbeiteten. Ihr Atelier war einfach zu klein für weitere Arbeitsplätze. Die Bäckerstochter Lene, die vormittags in der Bäckerei mithalf, aber nachmittags gerne etwas zuverdienen wollte, brachte keine geraden Nähte fertig, aber sie konnte schnell und sauber Knöpfe beziehen. Ihre Knopflöcher waren so perfekt wie ihre blonden Zöpfe, die sie im Nacken immer zum ordentlichsten Knoten steckte, den Lisette je gesehen hatte. Sie bewunderte Lisette wegen ihrer feinen Sprache, die sie unermüdlich nachzuahmen versuchte. Seit Lene das blaue Kleid trug, erhoffte sie sich mehr vom Leben als die mehlige Backstube und glaubte, diesem Ziel durch ihre feinen Knopflöcher für das Atelier Winter näherzukommen.

Edda war die Älteste, sie war schon über dreißig und hatte drei Kinder. Ausgerechnet sie musste zuhause einige Kämpfe ausfechten, bis sie zum Arbeiten in das bunte Haus gehen durfte. Weil die Schwiegermutter skeptisch war, war es ihr Ehemann auch. Aber der Verdienst war letztlich das beste Argument. Edda hatte Angst vor der Nähmaschine, aber sie fertigte wunderbare blinde Säume von Hand, selbst in den feinsten Seiden sah man die Stiche von außen nicht.

Gerda kam natürlich auch dazu. Seit Emile ihr geholfen hatte, Hosen zu nähen, kam sie sowieso oft vorbei. Gerda konnte mit der Nähmaschine umgehen, konnte Schnittmuster lesen und lachte gerne und viel.

Alle drei waren blond und Lisette nannte sie ihre Sonnenscheine. Emile zeigte ihnen, was sie genau zu tun hatten, korrigierte, erklärte, half, und die Produktion kam langsam ins Rollen. Jetzt, da sie alle zusammenarbeiteten, wurde ein Kleid nach dem anderen fertig, und die Flut der hereinkommenden Aufträge konnte halbwegs bewältigt werden. In dieser Saison gingen die Winter-Kleider auf Reisen.

»So soll es bleiben«, sagte Lisette abends zu Emile, als sie glücklich zusammen unter ihr warmes Federbett krochen und sich eng aneinanderkuschelten.

»So soll es einfach immer bleiben … nur ein bisschen wärmer dürfte es sein.« Vor lauter Arbeit hatten sie vergessen, das Feuer im Auge zu behalten. Es war schon vor Stunden erloschen, und ihre Glieder waren eiskalt. Aber nicht erloschen war das Feuer zwischen ihnen. Ganz und gar nicht erloschen.

Im Dorf wurde man immer freundlicher zu Fräulein Winter. Und man sah auch darüber hinweg, dass der Herr Gemahl eigentlich Maibach hieß, was ja bedeutete, dass er gar kein Gemahl sein konnte. Aber die beiden fertigten wirklich schöne Kleider, brachten prominente Kunden in den Ort, die alle gerne auch einkehrten, Wein tranken und sich diesen dann auch noch kistenweise nach Hause liefern ließen.

Was man von den Gerüchten zu halten habe, die man ab und zu hörte, wusste man nicht. Fräulein Winter sei eine Adelige, eine Baronin aus dem Mecklenburgischen. Andere erzählten, sie sei eine Kronbergerin, die in Wiesbaden verheiratet werden sollte, aber mit dem Schneider ihres Brautkleides ausgerissen sei. Wieder andere behaupteten, sie sei ein

Dienstmädchen, das die Herrschaft bestohlen habe und nun versuche, sich hier zu verstecken.

Lisette hatte keine Ahnung, dass sich im Dorf fast genauso viele fantastische Geschichten um sie rankten wie um die skandalumwitterte Bewohnerin von Schloss Freudenberg. Und dass ausgerechnet diese nun in Lisettes buntem Haus ein und aus ging und sich Kleider schneidern ließ, sorgte immer wieder für neue Spekulationen. Aber der heilige Nepomuk, der Patron der Verschwiegenen, schien ihr Geheimnis zu wahren.

1908

> Das geistige Wesen der Frau ist in hohem Maße mit ihrem Geschlechtsbewusstsein verwachsen. Von der Natur zur Mütterlichkeit bestimmt, gravitiert alles Fühlen und Denken der Frau zur Mutterschaft.
>
> *Die Frau und die Kunst, 1908*

Unsicher schaute Lisette Emile an, als die Kutsche vor dem Schloss Freudenberg hielt. »Ich habe ein bisschen Angst«, gestand sie.

»Du? Du kennst dich doch aus in dieser Welt«, sagte Emile. »*Ich* bin es, der zittern muss, weil ich nicht weiß, wie ich wackelige Törtchen in den Mund bekomme, ohne meine Würde zu verlieren, und welche Getränke ich wann zu trinken habe und was man überhaupt sagen darf und was nicht.«

»Du bist der beste Schneider und wirst die Damen alle mit einem einzigen Lächeln um den kleinen Finger wickeln!«

Flackernde Fackeln beleuchteten die Freitreppe, die zum

Eingang des Palais führte. Ein Abend mit Künstlern und Denkern würde es werden, hatte Madame Guérinet fröhlich angekündigt, schaffende, schöpfende, geistreiche Menschen würden sich in ihrem Salon versammeln, und Lisette werde diese interessante Gesellschaft lieben.

Lisette hatte sich dreimal umgezogen, bis sie sich schließlich für ein smaragdgrünes Kleid aus weicher Seidenmusseline entschieden hatte, das die Fesseln zeigte und über dem eine halblange, mit bunten Blumen und Blättern aufwendig bestickte Tunika aus Taft in gleicher Farbe schillerte. Es war ein schlicht geschnittenes Kleid, aber es war leichter als alles, was sie bisher in der Öffentlichkeit getragen hatte, und die Ornamente, die es zierten, waren ungewöhnlich. Ihr kastanienbraunes Haar, das durch das grüne Kleid noch rötlicher schimmerte als sonst, hatte sie in einem lockeren Knoten mit Blüten und Blättern aus dem Garten zusammengesteckt. Hoffentlich war das nicht zu mutig, dachte sie, als sie die ersten Damen in konventionellen Abendkleidern mit geschnürten Taillen und meterlangen Fußschleppen in der Eingangshalle stehen sah. Aber als sie den Saal betraten, stellte Lisette erleichtert fest, dass die Gesellschaft sehr bunt gemischt war.

Sie hatte nicht erwartet, dass die Herren Künstler ihr derart skeptisch, fast feindselig gegenübertreten würden. Aber genau die schienen es nicht richtig zu finden, dass sie als Frau ein Atelier betrieb und dass es ihr Mann war, der nähte. Sie fanden, es müsse umgekehrt sein.

»Ist es denn nicht ganz natürlich, dass auf diesem Gebiet eine Frau die besseren Ideen hat?«, fragte Emile, als einer der Herren laut bezweifelte, dass eine Frau erfolgreich Kunstkleider entwerfen könne.

»Und warum kann sie es?«, setzte Lisette nach: »Weil sie weiß, wie eine Frau fühlt.«

»Darum geht es nicht«, mischte sich Mohrbutter in die Diskussion ein. »Es geht um den reinen Ausdruck. Ein Frauenkleid hat eine dekorative Idee zu verwirklichen. Im Einklang mit dem Stile seiner Umgebung. Das erst erhebt das Kleid zum Kunstwerk.«

»Und macht die Frau zum Kleiderständer einer Idee.«

Lisette spürte, wie ihre Wangen zu glühen begannen. Wahrscheinlich war es dumm von ihr, hier gleich zu Anfang dem großen Mohrbutter zu widersprechen, der eine lange Abhandlung über das künstlerische Frauenkleid geschrieben hatte. Aber seine Gedanken machten sie einfach wütend.

»Mein Ansatz ist ein anderer. Ich versuche, das Wesen der Frau zu begreifen und ihr ein Kleid zu geben, in dem sie ganz und gar sie selbst sein kann.«

Der Mann neben Mohrbutter lächelte mit väterlicher Überheblichkeit in die Runde. »Das Wesen der Frau ist nicht schwer zu begreifen. Ihre Weiblichkeit drückt sich in der Mutterschaft aus, in der sie ihr ganzes Schaffen und Schöpfen verwirklicht. Bis es so weit ist, mag sie sich die Zeit vertreiben mit allerlei Angenehmem und meinetwegen auch mit Ideen für schöne Kleider, aber sobald die Kinder zu ihren Füßen spielen, wird sich ihr Geist ihrer eigentlichen Bestimmung zuwenden.«

Lisette schluckte und wollte etwas erwidern, da näherte sich ihnen ihre Gastgeberin mit einem weiteren Herrn im Schlepptau, den sie ihnen voller Stolz vorstellte. Herr Schultze-Naumburg, der Architekt ihres Traumschlosses und der Kämpfer für die Freiheit des Frauenkörpers.

»Über die Schönheit der Frau höre ich Sie sprechen?«

Er beugte sich über Lisettes Hand und äußerte seine Freude darüber, sie kennenzulernen, nachdem er ihre Kleider nun schon einige Male bewundern durfte.

»Über die Aufgabe des schönen Geschlechts und die Rolle der Kleidung disputieren wir gerade«, erklärte Mohrbutter. »Wenn das Kleid als Kunstwerk gesehen wird, dann benutzt es die Frau als Ständer für die Dekoration, es setzt sie mit der Einrichtung gleich, das ist unverschämt, finden Sie nicht?« Lisette schaute Schultze-Naumburg herausfordernd an, aber Mohrbutter schüttelte schon den Kopf.

»Die Kunst muss das ganze Leben durchdringen!«

»Erst mal muss das Leben gelebt werden. Und wie soll es gelebt werden? Das sind die ersten Entscheidungen, die zu treffen sind. Und deshalb muss man immer versuchen, mit einem Kleid das ganz individuelle Wesen und Leben einer Frau zu erfassen«, widersprach Lisette.

»Aber Sie wollen doch Schönheit erzeugen? Nur eine Vereinheitlichung und Klarheit des Stils erzeugt wahre Schönheit. Das Kleid muss sich in den Raum einfügen. Die Vielfalt ist ein großer Feind der Harmonie. Schauen Sie uns Männer an, wir sind alle gleich gekleidet. Sind wir deshalb keine Individuen?«

»Männer haben schon immer eine Stimme in der Welt, mit der sie ihre Persönlichkeit ausdrücken können. Frauen müssen diese Stimme erst finden. Das richtige Kleid kann helfen, diese Stimme zu kräftigen.« Lisette spürte, dass sie rot wurde, weil sie sich so ereiferte.

Schultze-Naumburg sah sie jetzt interessiert an. »Wie man an Ihnen deutlich bemerken kann. Wenn Frauen das Korsett ablegen, dann haben sie, wie man hört, auch genug Luft, um die Stimme zu erheben.«

»Genau!«

»Aber was ist die Aufgabe der Mode?«, fragte Schultze-Naumburg in die Runde. »Kann Mode wirklich den Eigencharakter stärken, oder vereinheitlicht sie nicht vielmehr, indem sie diktiert, was man zu tragen hat?«

»Mir ist es egal, was die Mode diktiert. Mir diktiert allein die Frau, die ein Kleid trägt. Braucht sie Halt, braucht sie Zartheit, braucht sie Strenge? Was sie nicht braucht, sind Panzer, die den Körper wegsperren. Sie hat nämlich einen Körper! Man vergisst es nur allzu oft, wenn man sie hinter vier bis fünf Kilo Stoff versteckt!«

»Es ist ja lobenswert, dass Schultze-Naumburg sich Gedanken um den weiblichen Körper macht, und es ist auch richtig, dass es der Gesundheit viel zuträglicher ist, kein Korsett zu tragen. Aber irgendwie kommt es mir doch komisch vor, wie die ganzen klugen Herren, die noch nie ein Korsett schnüren mussten und immer Hosen tragen können, über die Reform der Frauenkleidung sprechen.« Lisette musste die Stimme heben, um gegen das laute Rattern der Kutschräder durchzukommen. »Sie reden zwar über Befreiung, aber wenn man genau hinhört, dann findet auch Herr Schultze-Naumburg, dass der Körper einer Frau vor allem gesund sein muss. Damit sie sich fortpflanzen kann. Nur darum geht es ihm.« Lisette spürte, dass sie sich schon wieder in Rage redete.

»Wann pflanzen wir uns eigentlich fort?«, fragte Emile und schaute sie von der Seite an.

»Meinst du das jetzt ernst?«

»Natürlich.«

Lisette lächelte, schüttelte den Kopf. »Das passiert schon irgendwann. Und hoffentlich nicht zu schnell, jetzt haben wir erst mal ein volles Auftragsbuch. Du hast den Damen so schöne Augen gemacht, dass sie alle ein Kleid von dir wollen.«

Emile schüttelte den Kopf. »Weil Herr Schultze-Naumburg findet, dass deine Kleider den Fortbestand des Menschengeschlechts sichern, weil sie Frauen verschönern: Deshalb haben wir ein volles Auftragsbuch.«

Die Kutsche schaukelte sie durch das Dunkel der Nacht. Lisette lehnte ihr Gesicht ans Fenster und schaute hinaus. Es war wirklich verwunderlich, dass sie noch nicht schwanger geworden war. Ob sie einen Arzt aufsuchen sollte? Im Moment belastete es sie nicht, dass sie kein Kind bekamen. Im Gegenteil, alles wäre so viel schwieriger, wenn sie auch noch ein Kind hätten. Aber sie wüsste gerne, ob sie Kinder bekommen konnte. Dass sie Kinder bekommen konnte. Auch wenn sie keine Ahnung hatte, ob sie überhaupt eine gute Mutter sein könnte. Müsste man dafür nicht ein Vorbild haben, das man nachahmen konnte?

Manchmal hatte sie Angst. Vor allem, wenn sie alleine war. Wenn Emile nach Eltville oder Wiesbaden fuhr, um Stoff zu kaufen für all die wunderbaren Kleider für all die wunderbaren Damen, die plötzlich bei ihnen ein und aus gingen. Was, wenn Emile diese Damen auch ganz wunderbar fand? Und viel wunderbarer als sie selbst? Und dann ihre süßen blonden Näherinnen, die Emile anhimmelten, wenn er ihnen seine Tricks und Kniffe beibrachte. Himmelte er sie ebenfalls an? Manchmal wusste sie selbst, wie albern es war, sich diese Fragen zu stellen. Manchmal wusste sie es aber auch nicht.

Jetzt hatte sich ausgerechnet die Prinzessin von Schloss Freudenberg ein Kleid ausgesucht, das Lisette eigentlich für sich selbst haben wollte. Lisette wusste, dass sie ihr eigentlich auf ewig dankbar sein musste für all die Aufträge, die sie durch ihre Fürsprache bekommen hatten. Außerdem verging kaum eine Woche, in der sie nicht zu einem Besuch hereinwirbelte. Manchmal mit interessierten Gästen, doch oft kam sie auch alleine, blieb eine halbe Stunde, plauderte und verschwand wieder. Bei einem ihrer spontanen Besuche hatte sie den Entwurf für ein Kleid gesehen, das Lisettes grünem

Seidenkleid ähnelte, und hatte es sofort haben wollen. Ausgerechnet ihr schönstes Kleid, das Kleid ihrer Liebe. Lisette konnte es nicht anziehen, ohne daran zu denken, wie es war, wenn sie sich liebten, wenn Emile es ihr auszog oder auch nicht auszog. Wenn er mit dem zarten Stoff spielte und mit ihr, die unter dem Stoff zerschmolz. Wenn sie das grüne Kleid anzog, fühlte sie sich schön und stark und zart und weich zugleich, fühlte sich geliebt und begehrt. Alles war gut in diesem Kleid.

Aber sie hatte sich eine alltagstauglichere Version dieses Kleides gewünscht, wenn Emile irgendwann einmal wieder Zeit hätte, es für sie nähen. Die Aufträge gingen schließlich vor. Vielleicht aus einem leichten Wollmusseline, dunkelgrün, mit einem Ornament am Ausschnitt. Es sollte sich weich an Brust und Schultern schmiegen und dann sanft zum Saum fließen. Und ausgerechnet dieses Kleid wollte die Prinzessin jetzt haben. Und dazu noch ein Tanzkleid. Und ein Abendkleid. Lisette wusste, wie lange Anproben dauerten, wie genau Emile darauf achtete, dass es perfekt wurde. Das war das Geheimnis seiner Kunst.

Ob Emiles Fingerspitzen bei den Anproben auch den Nacken der schönen Französin berühren würden, so wie er damals ihren Nacken berührt hatte? Ob sie deshalb gleich drei Kleider in Auftrag gab? Sie war schön, reich und verschenkte ihren bezaubernden Charme in alle Richtungen.

Lisette seufzte. Dass gerade ihre ersten wichtigen Kundinnen so treu waren und immer wiederkamen, war wunderbar. Sie sollte dankbar sein und sich schämen für diese dummen Gedanken. Aber Emile war für Madame der Zauberer. Jetzt hatte sie ihn auch noch zum Schloss abholen lassen, zur Anprobe. Lisette hatte im Vorgarten gestanden und dem Einspänner nachgeschaut, der extra für Emile geschickt worden war. Und sie musste sich auch noch darüber freuen, dass er zu Madame Guérinet fuhr. Das Grün würde ihr bestimmt nicht stehen. Sie würde ganz fahl darin aussehen. Insgeheim freute sich Lisette sogar darüber.

Doch dann schüttelte sie den Kopf, um all diese unguten Gedanken damit herauszuschütteln. Sie wollte doch gar nicht so denken und versuchte sich abzulenken. Es war Zeit, die Bohnen und die Zinnien auszusetzen, die sie auf der Fensterbank vorgezogen hatte. Die Eisheiligen waren vorbei, die Pflanzen gehörten in die Erde. Steh nicht herum und träume dumme Gedanken, ermahnte sie sich und trug die Töpfe mit den kleinen Pflänzchen nach draußen. Die Zinnien wollte sie in den Vorgarten setzen, als bunte Begrüßung für alle Gäste und Kunden und für sie beide. Für sie beide, solange es sie beide noch gab. Doch wie immer wurde sie ruhiger, wenn sie in der Erde wühlte. Als ob ihre ganze Anspannung über die Hände hinausfloss in die braune Erde und als ob die unerschütterliche Ruhe der Erde durch ihre Fingerspitzen geradewegs in sie zurückfloss.

Später ging sie hinein, säuberte sich die Hände am Spülstein in der Küche und beschloss, zum Metzger zu gehen, um etwas Feines für das Abendessen zu holen. Fleisch war dieser Tage so teuer, dass sie nur selten welches aßen. Nanchen hatte kalte Kartoffeln vom Mittagessen übrig gelassen, damit sie abends Bratkartoffeln mit Sauermilch essen konnten. Bestimmt würde sich Emile freuen, wenn es statt Sauermilch zwei Bratwürste geben würde oder ein Stück Schinken.

Als Emile am Abend zurückkam, merkte sie gleich, dass er Wein getrunken hatte.

»Wein mit Madame Guérinet?«, fragte sie spitz. Er antwortete, es habe keinen Wein gegeben, sondern Champagner und dazu französische Paté, die sie von ihrer letzten Reise nach Paris mitgebracht hatte. Weshalb er auch keinen Hunger mehr habe.

Lisettes Stimmung sank in ergründliche Tiefen. Da hatte sie so viel Geld ausgegeben für den Schinken, und jetzt hatte er keinen Hunger, weil er schon mit viel Besserem gefüttert worden war.

»Ist heute etwas Besonderes?«, fragte er, als er die dicke Schinkenscheibe sah, die sie gekauft hatte. Als sie nur stumm den Kopf schüttelte, sah er sie fragend an. Was los sei? Aber sie sagte kein Wort, denn wenn sie auch nur den kleinsten Laut gesagt hätte, wäre sie wahrscheinlich in Tränen ausgebrochen.

Als sie später schweigend zu Bett gingen, sehnte sie sich danach, dass er sie in den Arm nehmen und die zuversichtliche Wärme seines Körpers alle Zweifel beheben würde, aber er war schon eingeschlafen, bevor sie sich auch nur an ihn schmiegen konnte. Der Champagner hatte ihm anscheinend ganz hervorragend geschmeckt.

Sie setzte sich auf und betrachtete ihn im Mondlicht, das durchs Fenster fiel. Es zerriss ihr fast das Herz, ihn so liegen zu sehen. Sein entspannter Mund, dieser Schwung seiner Wangenlinie, seiner Augenbrauen, die dunklen Wimpern. Es war alles so vertraut, so wunderbar und vertraut, und sie dachte, wenn sie diese Linien nicht mehr sehen würde, müsse sie sterben. Einfach sterben. Zart fuhr sie mit ihrer Fingerspitze über die dunklen Fächer seiner Wimpern, seine Lider begannen zu zucken, und sie beugte sich über ihn und bedeckte sein Gesicht mit Küssen, bis er sich im Schlaf nach ihr ausstreckte und sie zu sich zog, ohne aufzuwachen. Sie konnte nicht schlafen, lag die halbe Nacht wach an seiner Brust, und kein Traum erlöste sie von ihren eifersüchtigen Gedanken.

Irgendwann musste sie dennoch eingeschlafen sein. Sie hatte gar nicht mitbekommen, dass Emile schon aufgestanden war, als er sie mit einer Tasse Milchkaffee weckte und dazu die Neuigkeiten des gestrigen Tages erzählte.

»Fräulein von Herrenkirchen hat sich jetzt übrigens für penseefarbenen Atlas entschieden, ich wollte es ihr noch ausreden, sie ist viel zu blass dafür, aber sie will es unbedingt.«

»Sie war auch dabei? Und hat Fräulein von Herrenkirchen auch Champagner getrunken?«

»Ja«, sagte Emile und lächelte. »Und weißt du was?« Er nahm ihr die Tasse aus der Hand und küsste sie: »Champagner schmeckt überhaupt nicht.«

Der schmerzhafte Knoten in Lisettes Innerem begann sich etwas zu lösen und sie wurde weicher.

»Wein von unserem Winzer Winkler schmeckt jedenfalls besser«, sagte sie und zog ihn zu sich, vergrub ihre Hände in seinen Haaren und hoffte auf eine feurige Liebeserklärung. Wenn er ihr jetzt beteuerte, dass er sie liebte, dann hatte sie sich vielleicht wirklich alles nur eingebildet. Er begann, ihr Nachthemd aufzuknöpfen. Das war ein guter Anfang. Sie schloss die Augen und spürte seinen Fingern nach.

Aber dann ging es schief.

»Fräulein von Herrenkirchen will jetzt bei einer Zeitung anfangen, sie will Artikel schreiben und nicht mehr untätig herumsitzen«, sagte Emile.

Mit einem Ruck setzte sich Lisette auf. Er dachte an Fräulein von Herrenkirchen, während er ihr Nachthemd aufknöpfte?

»Wie überaus interessant«, bemerkte sie bissig, aber Emile schien ihren Ton gar nicht zu bemerken.

»Sie möchte für die *Neue Frauentracht* schreiben.«

»Da wirst du ihr ja sicher viele Tipps geben können, damit sie sich dort gleich als Expertin hervortun kann!«

Aufgebracht sprang sie aus dem Bett und zog ihr offenes Nachthemd über der Brust zusammen.

»Liebling, du bist ja eifersüchtig!«, rief er erstaunt. Sie stolperte über die Tasse, die er neben dem Bett abgestellt hatte, und floh nach unten, wo sie Nanchen am Spülbecken erschreckte, als sie im Nachthemd aus der Küchentür direkt in den Garten lief.

Lisette blieb im Garten und rupfte Unkraut wie eine Wilde. Es gäbe genug für sie im Atelier zu tun, viele Kundinnen warteten auf Entwürfe, die Liste ihrer Aufgaben war lang. Aber sie konnte sich nicht dazu bringen, hineinzugehen und neben Emile zu arbeiten. Wenn sie aufblickte, sah sie Emile im Atelier über dem grünen Kleid sitzen. Er schien überhaupt nichts anderes mehr zu machen, als sich nur um dieses vermaledeite grüne Kleid zu kümmern. Sie schaute weg und säte Salat und Erbsen. Sie baute fantasievolle Pyramiden aus Ästen, damit die Erbsen daran hochranken konnten. Und dann säte sie noch Schmuckkörbchen. Und Sonnenblumen. Und Levkojen. Gurken wären auch noch schön. Sie hatte noch gar keine Gurken.

Erst als Nanchen sie zum Mittagessen rief, bemerkte sie überrascht, wie hungrig sie war. Sie hatte völlig die Zeit vergessen.

Während sie den Tisch deckte, fragte Nanchen, ob Lisette denn jetzt wüsste, wen sie zu ihrem Geburtstag einladen wollte? Sie müsste allmählich wissen, für wie viele Leute sie das Essen richten müsse.

»Ich weiß gar nicht, ob mir nach Feiern zumute ist«, sagte Lisette wahrheitsgemäß und erntete einen erstaunten Blick. »Wir werden sehen«, wiegelte sie schnell ab, bevor Nanchen weiter nachfragen konnte. »Morgen entscheiden wir, das reicht auch noch.«

Sie ging ins Haus, um Emile zum Essen zu rufen und den Frieden wieder einzuläuten. Eigentlich hatte sie die Freunde aus Kronberg einladen wollen, Henriette natürlich, Nanchen Eschbach und ihre Familie gehörten ebenfalls dazu und die Näherinnen. Aber musste man denn feiern, wenn einem gar nicht danach zumute war? Sie wischte den Gedanken weg und trat in die Tür zum Atelier. Emile versäuberte konzentriert eine Naht und bemerkte sie nicht. Leise summte er etwas vor sich hin. Sie konnte die Melodie nicht erkennen. Als er aufblickte und sie im Türrahmen lehnen sah, lächelte er. Aber sie konnte das Lächeln nicht erwidern, so gerne sie einfach zu ihm gelaufen wäre, um ihm wieder nahe zu sein. Dieses Kleid für Madame Prinzessin lag zwischen ihnen wie ein unüberwindbarer Graben.

»Das Essen ist fertig«, sagte sie knapp. »Wir essen draußen.«

Das Essen verlief schweigend, und Lisette blieb danach einfach im Garten und kümmerte sich den ganzen Tag um ihre Pflanzen. Irgendwie würde sie ihre Arbeit schon wieder aufholen.

Es war ein milder Abend, und Lisette stand sinnierend im Garten und überlegte, ob sie den Rittersporn abstützen müsste, als Emile in die Küchentür trat.

»Komm, wir machen einen kleinen Abendspaziergang.«

Er hatte eine Flasche Wein in der Hand, steckte sich zwei kleine Wassergläser links und rechts in die Hosentaschen und zog Lisette auf den Weg vors Haus. Sie ließ sich mitziehen, wenn auch etwas widerstrebend.

Nebeneinander gingen sie schweigend den Weg hinauf zur Bubenhäuser Höhe, Lisettes Lieblingsplatz über dem Rheintal. Emile ließ sich an ihrem Baum ins Gras fallen und schenkte ihnen Wein ein. Lisette blieb stehen, hielt ihr Gesicht in den leichten Wind, der manchmal abends vom Tal hochwehte.

»Ich dachte, mein Mädchen braucht ein bisschen Weite, habe ich recht?«

Lisette seufzte.

»Was ist los?«, fragte er liebevoll, als sie sich zu ihm setzte und er ihr ein Glas in die Hand drückte. Da brach es alles aus ihr heraus. Ihre ganze Eifersucht, ihre Zweifel, ihre Angst, und die Tränen liefen. Er gab ihr sein Taschentuch, schenkte Wein nach und wartete. Wartete, bis sie aufhörte zu weinen. Wartete, bis sie nicht mehr schluchzte und sich vorsichtig an ihn lehnte. Dann legte er seinen Arm um sie und zog sie fest an sich.

»Warum glaubst du so wenig an dich?«, fragte er in ihr Haar hinein, weil sie ihr Gesicht in seinem Hemd vergraben hatte. »Oder an mich, wenn wir schon mal dabei sind?«

Sie konnte nicht gleich antworten, putzte sich die Nase und hob dann seufzend den Kopf.

»Aber ...«, setzte sie an.

»Aber?«, fragte er.

Sie seufzte. »Wir hatten zuhause eine Spieluhr, eine Kalliope. Im Deckel war ein Bild von rosa Vögeln, die auf blühenden Zweigen saßen. Sie spielte wunderbare Musik, wir hatten eine ganze Kiste mit Platten, die man darauf abspielen konnte. Aber eine Platte war kaputt, sie klang entsetzlich, wenn man versuchte, sie abzuspielen. Ich dachte immer, diese Platte bin ich. Ich sehe aus wie alle anderen auch, aber ich habe die falschen Töne.«

»Und warum erzählst du mir das jetzt?«

Sie schaute ihn hilflos an.

»Es gibt niemanden, der so richtig ist wie du, mein Lieschen. Alles, was wir erreicht haben, haben wir wegen dir erreicht. Ich bin ein guter Schneider, aber du hast die Ideen, die auf Reisen gehen können.«

»Aber…«

»Warum denn ein Aber? Von Fräulein von Herrenkirchen habe ich dir erzählt, weil sie gleich als Erstes über dich schreiben will. Du bist nur schon davongestürmt, bevor ich es überhaupt sagen konnte. Die Zeitschrift wird in einer neuen Reihe über die Arbeit kleiner Modeateliers berichten. Mit dir wird die Reihe eröffnet. Und fünf deiner Modelle werden vorgestellt. Mit Fotografien deiner Kleider.«

Sie starrte ihn an.

»Nach deinem Geburtstag fahren wir nach Köln.«

»Was …?«

»Du wirst zwanzig Jahre alt und bald eine Berühmtheit sein. Ich würde sagen, die Platte, die so ist wie du, die klingt besonders schön.«

In der Nacht lag sie grübelnd wach. Ein Bericht über sie würde neue Kundschaft bringen. Sie würden noch weniger Zeit haben und noch mehr Näherinnen brauchen. Während der Saison suchten alle händeringend Näherinnen, und dazwischen suchten alle Näherinnen händeringend Arbeit. Ihre drei Näherinnen sahen das Ganze oft noch eher als Nebenbeschäftigung an.

Edda hatte sie letztens schon richtig überreden müssen, dabeizubleiben, gerade jetzt im Sommer, wo Gärten, Felder und Weinberge versorgt werden mussten. Sie würden sie besser an sich binden müssen, vielleicht sogar zusätzliche Näherinnen beschäftigen. Und welche Kleider sollten sie überhaupt für die Zeitschrift auswählen? Womit wollte sie gesehen werden? Und was würde passieren, wenn jemand aus der Villa Winter die Zeitschrift in die Hände bekam?

Lisette schlug die Augen auf und hörte Emile unten lachen. Eine Frauenstimme lachte mit. Natürlich. Nanchen war schon da. Heute war Lisettes Geburtstag, deshalb war Nanchen früher als sonst gekommen. Sie blieb noch einen Moment liegen, dann schwang sie langsam die Beine aus dem Bett, zog ihre Morgenjacke über ihr Nachthemd und ging die Stiege hinunter in die Küche.

Es duftete nach frischgebackenen Butterhörnchen. Lisette hatte gestern Abend den Teig schon vorbereitet, damit Nanchen die Hörnchen am Morgen gleich backen konnte. Auf dem Tisch leuchtete ein Strauß bunter Blumen aus Eschbachs Garten, in dem die Tautropfen noch funkelten.

Emile küsste sie so innig, als würde Nanchen nicht danebenstehen, und dann schob er sie zum Frühstückstisch. Er setzte sie auf ihren Stuhl und holte eine Schachtel, die er ihr feierlich überreichte. Nanchen und er lächelten sich verschwörerisch an.

»Weißt du, was drin ist?«, fragte Lisette, und Nanchen lächelte, während sie ihnen allen dreien Kaffee und warme Milch eingoss. Neugierig öffnete Lisette die Schachtel, erkannte sofort den dunkelgrünen Stoff. Da lag ihr Kleid. Aber das war doch das Kleid für Madame. Was sollte das? Fragend sah sie Emile an. Nanchen kicherte, und Emile hob die Augenbrauen.

»Ich verstehe nicht?«, sagte sie zögernd.

Nanchen verschluckte sich schon vor Lachen und begann zu husten. Emile grinste über das ganze Gesicht.

»Es tut mir leid, dass du dich so ärgern musstest. Es war natürlich für dich, die ganze Zeit schon. Aber wie soll ich denn jemals etwas als Überraschung für dich nähen, wenn du doch täglich siehst, was ich mache? Zum Glück hat die werte Prinzessin mitgespielt …«

Lisette war sprachlos. Während ihr die Tränen in die Augen schossen, wusste sie nicht, ob sie sich mehr schämen oder freuen sollte. Es war ihr Kleid! Emile hatte es für sie genäht und bestickt. Für sie allein.

Obwohl sie niemanden eingeladen hatte, waren am Nachmittag plötzlich alle da. Albert hatte den Einspänner genommen und Henriette neben sich auf den Kutschbock gesetzt, um Lisette Ableger der Rosen zu bringen, die er für sie gezogen hatte.

»Geht ja nicht an, dass das Rosenkind nicht überall Rosen im Garten hat«, brummelte er und sah sich in Lisettes Garten um. »Was für ein Durcheinander!«, rief er aus, während er die Blumen betrachtete und sich den Bart rieb. »Ein schönes Durcheinander ist das. Und eine Ordnung hat es auch, wenn man genau hinschaut.«

Henriette und Lisette lachten, während sie den Korb auspackten, in den Therese eine Schachtel mit selbstgemachten Butterplätzchen und ein Pfund Kurhausmischung von Linnenkohl gepackt hatte.

»Jetzt haben wir gar nicht genug Kuchen gebacken«, stöhnte Lisette, aber Nanchen lief schon los, um den Kuchen zu holen, den sie heimlich gemacht hatte.

»Ihr hattet ganz schön viele Geheimnisse, ihr zwei«, sagte Lisette kopfschüttelnd und erzählte Henriette, wie Emile sie am Morgen überrascht hatte und wie viele Tränen sie vergossen hatte, weil sie dachte, er liebe sie nicht mehr.

Als nächste Überraschung kamen die Kronberger Freunde mit einem Automobil angefahren, das die Berghoffs sich inzwischen angeschafft hatten. Der Berghoff'sche Obsthandel laufe einfach zu gut, sagte Krapp.

»Ich sollte Erdbeeren verkaufen anstatt Bilder. Dann hätte ich auch schon ein Automobil und müsste mich nicht mehr bei den Nachbarn zum Essen einladen, um mal wieder satt zu werden.«

Elisabeth Dillmann gab nebenbei zwei neue Hosenanzüge in Auftrag, weil sie gar nichts anderes mehr trug. Sie war der Meinung, dass sie das Geld, das sie inzwischen als Miete für das Haus bekam, auch direkt in Kleider umsetzen könnte. Sie schenkte Lisette das Bild einer Rose, was Albert besonders begeisterte. Wenn man nah davorstand, sah es aus wie ein Farbklecks, aber wenn man drei Schritte zurücktrat, wurde es plötzlich eine zarte Rosenblüte. Albert ging nah heran, trat wieder drei Schritte zurück, trat wieder nah heran und wieder zurück. Er hätte das gewiss noch länger so gemacht. Doch als Lene, Gerda und Edda mit Blumen und mit noch mehr Kuchen kamen, rief Nanchen zum Kaffee, und Albert folgte ihr zum Tisch.

Lisette zögerte erst, Henriette nach ihrer Meinung über den Zeitungsartikel zu fragen. Denn wenn man eine Frage stellte, dann musste man auch die Antwort aushalten. Und alle Antworten, die Henriette ihr geben könnte, bargen einen Stachel.

»Hennilein, was meinst du, was würde passieren, wenn jemand zuhause sieht, was ich hier mache?«

»Sie wissen es doch alle«, sagte Henriette.

Das überraschte Lisette. Hatte Wilhelm doch alles verraten? Henriette erzählte, dass die Bekannte einer Freundin von Mizzi Schellenberg wiederum eine Dame kannte, die ein Kleid aus Lisettes Werkstatt trug. Hinter vorgehaltener Hand tuschelte man darüber, wie außerordentlich elegant es sei. Henriette hatte sogar gehört, wie Mizzi Schellenberg zu Lisettes früherer Freundin Magdalena Buchinger gesagt hatte, dass sie darüber nachdenke, hierherzukommen, um selbst ein Kleid in Auftrag zu geben. Sie hatte vorgeschlagen, zusammen einen Ausflug nach Rauenthal zu machen. Aber Magdalena habe mit rotem Kopf abgelehnt.

»Das bedeutet also, sie wissen darum und sie lassen mich in Ruhe?«

»Man tut so, als kenne man dich nicht.«

Das also war der Stachel. Man würde sie nicht verfolgen, man würde sie ignorieren. Sie hatte es fast geahnt. Natürlich war es besser, als immer wieder Angst zu haben, entdeckt zu werden. Aber weh tat es dennoch.

»Alle tun so, als hätte es dich nie gegeben«, fügte Henriette vorsichtig hinzu. »Und wenn die junge Gnädige etwas über dich sagt, weil sie wieder irgendetwas von dir gefunden hat, was sie behalten will, dieses raffgierige Wesen, dann schweigen alle betreten. Friedrich ermahnt sie dann immer sehr streng, und dann wird schnell das Thema gewechselt.«

»Meinst du, irgendjemand denkt daran, dass ich heute Geburtstag habe?«

Henriette nickte. »Alle. Aber keiner spricht darüber.«

Lisette dachte an die Geburtstage, die sie in Wiesbaden gefeiert hatte, und versuchte sich nicht anmerken zu lassen, dass sie plötzlich von einer Wehmut gepackt wurde, die sie selbst überraschte. Sie dachte an ihre Mutter, daran, wie sie ihre Hand gehalten hatte, vor zwei Jahren, bevor sie weggelaufen war. Mutters Hand. Dieser kurze Moment, in dem die Mutter erkannt hatte, dass ihre Tochter voller Sorgen war. Auch wenn sie keine Ahnung gehabt hatte, was ihre wahren Sorgen je gewesen waren. Sie hatte ihre Hand gehalten.

Lisette schaute aus dem Fenster nach draußen, und Henriette folgte ihrem Blick auf die Kaffeegesellschaft, die plaudernd im Garten stand. Diese Menschen kannten ihre Sorgen, ihre Gedanken, ihre Nöte, ihre Träume. Es war eine große Gesellschaft, die sich um die zwei Tische im Garten scharte. Bunt

gemischt, wie das Kaffeegeschirr auf ihrem Tisch, wie die Blumen in ihrem Garten. Lisettes Wahlfamilie faltete für sie die bunten Blätter auf, und sie fühlte sich darin geborgen.
Das war ihr Zuhause.
Das war ihr Leben.

1909

Dora Winter versuchte, sich möglichst unauffällig so nah wie möglich hinter die beiden Damen zu stellen, die so ins Gespräch vertieft waren, dass sie sie gar nicht bemerkten. Die blonde Dame war, soviel sie wusste, eine Verwandte des Großherzogs von Hessen, die andere, eine dunkelhaarige Schönheit, hatte irgendeine Verbindung zum russischen Zarenhaus. Dora wusste nur nicht genau, welcher Art die Verbindung war. Was sie aber genau wusste, war, dass der Name ihrer Tochter eben gefallen war. Die große blonde Dame trug eine ungewöhnliche hellblaue Robe. Goldene Lilien wuchsen aus dunkelblau schillernden Blättern vom Rocksaum nach oben. Und sie hatte gerade ganz deutlich gesagt, dass ihr Kleid eines von Lisette Winter sei.

Lisette Winter. Wie ein Blitz war der Name durch Dora gefahren. Es verging kaum ein Tag, an dem sie nicht an Lisette dachte. An Lisette und an ihre andere Tochter, die sie schon bei der Geburt verloren hatte. Diese Tochter hatte nie eine Spur hinterlassen können, die Spuren Lisettes waren allesamt entfernt worden. Berta, Friedrichs Frau, hatte sich inzwischen alles zu eigen gemacht, was Lisette einmal gehört hatte, und hatte ihren Platz im Haus eingenommen, den sie wesentlich besser ausfüllte.

Dora hatte sich damit abgefunden, keine Tochtermutter zu sein. Ihre Töchter hatte sie beide verloren, nichts als Kummer hatten sie gebracht. Sie war eben eine Sohnmutter. Und eine gute. Sie hatte zwei gute Söhne, und das war es, was zählte. Aber den Namen von Lisette zu hören erschütterte sie. Sie versuchte, noch näher an die beiden Damen heranzurücken, ohne zu sehr aufzufallen.

»... begnadet, einfach begnadet!«, hörte sie die Dame schwärmen. »Man legt das Kleid an und ist, wie soll ich es beschreiben, man ist wie neu! Es ist Zauberei! Ich werde nächste Woche noch einmal hinfahren und mir Kleider für die nächste Saison vormerken lassen. Man muss inzwischen schon recht lange warten.«

»Ein ausnehmend schönes Kleid. Erst kürzlich habe ich in Berlin ein Kleid von Mademoiselle Winter gesehen, dessen Trägerin mit ähnlichen Worten davon geschwärmt hat. Vielleicht wären Sie so nett, mir die Adresse zu sagen?«

»Allein um dieses ungewöhnliche Haus zu sehen, lohnt es sich schon, nach Rauenthal zu fahren. Ganz zauberhaft, verwunschen fast ...«

Dora wurde schwindelig, sie verlor den Halt und griff nach etwas, doch sie griff ins Leere. Die dunkelhaarige Dame bemerkte Doras Not, fasste beherzt nach ihrem Arm und führte sie zum nächsten Fauteuil. Dora versicherte ihr mehrfach, dass alles in Ordnung sei, bedankte sich höflich und bemühte sich, nicht die ganze Zeit nur auf das hellblaue Kleid zu starren. Dass diese Kleider in Berlin und vom Adel, sogar vom Hochadel getragen wurden, das war ... das war doch ...

Dora war nicht in der Lage, diesen Satz zu Ende zu denken.

»Lass uns ein luftiges Atelier hinten in den Garten bauen. Mit großen bodentiefen Fenstern, dann ist es so, als würden wir im Garten arbeiten. Und im Sommer öffnen wir alle Türen und leben und arbeiten einfach im Freien.«

Lisette stand im Garten und zeigte Emile die Stelle, an die sie gedacht hatte.

»Und wir stellen unsere Näherinnen fest ein. Sie können dann hier nähen, im neuen Atelier, du bist dabei und kannst schnell helfen, wo Hilfe gebraucht wird. Und es wird auch einen Salon geben, zum Empfangen und zum Anprobieren, gleich daneben. Was sagst du?«

»Und unsere beste Stube?«

»Bleibt unsere beste Stube. Aber wir brauchen mehr Platz zum Arbeiten.«

»Wir müssen Elisabeth Dillmann erst fragen, ob wir das dürfen.«

»Habe ich bereits. Sie würde uns Haus und Grundstück verkaufen, zu einem guten Preis, dann können wir auch investieren.«

»Das müssen wir doch erst rechnen!«

»Habe ich schon.«

Lisette hielt Emile ein Papier hin, auf das sie alles notiert hatte, doch er schaute gar nicht darauf, er schaute sie mit düsterem Blick an.

»Warum sprichst du nicht mit mir darüber?«

»Tue ich doch gerade!«

»Warum planen wir so etwas nicht zusammen? Traust du es mir nicht zu? Bin ich gut genug zum Nähen, aber nicht für die Planung unserer Zukunft?«

Lisette runzelte die Stirn. »Unsinn. Ich war letzte Nacht wach, du hast geschlafen wie ein Engel, und ich wollte dich nicht wecken. Da bin ich aufgestanden und habe gerechnet.«

»Letzte Nacht. Und vorher hast du keinen einzigen Gedanken daran verschwendet? Und mit Elisabeth Dillmann hattest du wohl telepathischen Kontakt?«

»Ach ... an meinem Geburtstag, da kamen wir zufällig auf das Thema zu sprechen. Aber ich wollte erst sicher sein. Und ich wollte abwarten, wie sich die Aufträge entwickeln.«

»Du.«

»Ja.«

Sie seufzte. »Ich hatte Angst, dass wir uns zu sehr freuen, wenn wir zusammen planen und ...«

»Angst! Ja, Angst habe ich auch! Es wird alles zu groß, Lisette! Was ist, wenn wir jetzt eine Saison lang Aufträge haben und dann nie wieder? Dann haben wir hier ein Atelier und haben Näherinnen fest eingestellt. Gleich drei!«

»Oder mehr.«

»Was?!«

»Wir brauchen eigentlich mindestens fünf Näherinnen. Wenn wir das nicht machen, haben wir garantiert bald überhaupt keine Aufträge mehr, weil die Kleider nicht fertig werden.«

Emile schüttelte den Kopf.

»Ich habe an meinen Vater gedacht letzte Nacht, weißt du. Sein Betrieb ist allein deswegen so groß geworden, weil er Arbeiter an sich gebunden hat. Er hat etwas riskiert. Das hat er gut gemacht, und das müssen wir auch.«

Emile sah sie zweifelnd an.

»Den Näherinnen und den Schneiderinnen geht es so schlecht!«

Emile nickte. »Zur Saison hin schuften sie sich zugrunde, und in den Zeiten dawischen nagen sie am Hungertuch. Aber das kann man eben nicht ändern!«

»Doch! Man kann. Unsere Röcke und Überkleider können wir immer in der Zwischensaison vorproduzieren, das ist fast Konfektionsware, die dann nur noch individuell angepasst wird. Und die Kunstkleider, die wirklich individuellen Roben, die bleiben das Saisongeschäft. Unser Geschäft steht damit auf zwei Füßen, und wir können Näherinnen das ganze Jahr über fest beschäftigen. Wir werden ihnen einen so guten Lohn anbieten, dass sie gerne hier arbeiten werden.«

»Jetzt willst du nicht nur die Kleidung verändern, sondern auch noch gleich die Arbeitsbedingungen für Näherinnen?«

Lisette nickte.

»Ich bin an eine Verrückte geraten.«

»Bedauerst du es?«

»Ich danke dem Schicksal täglich für Frau Molitors Gichtattacken.«

Lisette lächelte. »Ich auch.«

1910

Lisette sah den Briefträger auf ihr Haus zukommen. Heinrich hatte sie schon immer freundlich gegrüßt, auch als sie noch fremd und von allen skeptisch beäugt worden waren. Sie waren jetzt zwar noch immer die bunten, seltsamen Vögel, aber man freute sich inzwischen über den Farbklecks im Ort. Lisette nahm Heinrich die Post am Gartentor ab, wünschte ihm noch einen schönen Tag und schaute rasch, von wem die Briefe waren. Einer war von Henriette, einer aus Kronberg, einer aus Köln von einem Absender, den sie nicht kannte. Dahinter verbarg sich bestimmt eine Anfrage. Lisette lächelte. Jeder neue Auftrag gab ihr Sicherheit. So überzeugt sie sich nach außen auch gab, so unsicher fühlte sie sich oft innerlich.

Vor allem nach dem großen Risiko, das sie mit der Vergrößerung des Ateliers eingegangen waren, das nun den gesamten hinteren Teil des Gartens einnahm und genug Platz für die Fertigung ihrer Kleider bot. Zusammen mit dem Salon für die Anproben war ein luftiges Gebäude entstanden, vor dessen gesamter Länge sich eine Terrasse erstreckte. Es war weder so groß noch so elegant wie das Atelier der Klingers in Frankfurt. Aber es war ein fröhlicher, bunter und heller Ort. Es war genau das Atelier, von dem sie geträumt hatte.

Neugierig öffnete sie den Brief aus Köln. Man lud sie ein ... die Buchstaben tanzten auf dem Papier ... man lud sie ein, als Botschafterin des Vereins zur Verbesserung der Frauenkleidung zur großen Ausstellung nach Paris zu fahren und die französischen Reformkleider zu studieren. Ein Empfang mit Paul Poiret, dem Meister der neuen Mode, stand auch auf dem Programm. Sie ließ den Brief sinken und atmete einmal tief durch. Sie hatte es geschafft. Vielleicht war es doch langsam an der Zeit, die Zweifel wirklich endgültig wegzupacken.

Lisette schlug die Augen auf und wollte sich wie gewohnt zu Emile drehen, der noch neben ihr schlief. Aber noch in der Drehung wurde ihr übel. Jede Bewegung musste unbedingt vermieden werden.

»An was habe ich mir denn so den Magen verdorben?«, fragte sie Nanchen, die besorgt nach ihr schaute, nachdem Emile sie gerufen hatte.

»Ich glaube nicht, dass du dir den Magen verdorben hast«, sagte Nanchen. »Ich glaube, du bekommst ein Kind.«

»Ein Kind? Ich?«

Sie fuhr erschrocken hoch. Jetzt war sie vier Jahre lang nicht schwanger geworden, hatte fast schon aufgehört, sich darüber Gedanken zu machen. Aber eigentlich hatte sie sich immer gewünscht, Kinder zu haben, Kinder mit Emile. Nanchen kannte sich aus, sie hatte selbst gerade ihr erstes Kind bekommen. Die kleine Käthe wurde von Thea gehütet, aber oft spielte sie auch einfach im Garten, während Nanchen bei ihnen arbeitete.

Ein Kind. Aber gerade jetzt? Wo es so viel zu tun gab. Wie sollten sie das schaffen? Und ihr war so schlecht, allein vom Nachdenken wurde ihr schon wieder übel. Aber zwischen all diesen Gedanken hüpfte das Glück auf und ab. Sie würden ein Kind haben. Es müsste die Augen von Emile haben. Unbedingt. Seine dunkelblauen Augen. Seine Lippen.

Sie hörte, wie Emile Nanchen fragte, ob er vielleicht den Arzt rufen solle, hörte, wie Nanchen verneinte und ihn zu ihr schickte. Als Emile an ihrem Bett saß, nahm sie seine Hand, sah seinen besorgten dunkelblauen Blick und musste lächeln.

»Keine Sorge, Emile, ich bin nicht krank«, sagte sie. »Wir bekommen ein Kind.«

1911

Sie taten so, als ginge es ihnen um ihr leibliches Wohlergehen, weil die anstrengende Fahrt nach Paris einer Frau in guter Hoffnung nicht zuträglich sei. Zu dritt standen die Damen des Vorstands vor ihr und legten ihr mit scheinheiligem Bedauern in den Gesichtern nahe, für die noble Mutterschaft doch bitte alles andere zu opfern. Die Sekretärin, eine ältere Dame, deren ergrautes Haar in einem strengen Knoten fest am Kopf saß, verfolgte das Gespräch mit zusammengekniffenen Lippen und schob ihr dann ein Schreiben hin, auf dem sie durch ihre Unterschrift den Verzicht auf die Parisreise erklären sollte.

Aber Lisette wusste, dass die Damen es in Wahrheit moralisch unzumutbar fanden, dass eine unverheiratete Frau Mutter wurde. Einmal davon abgesehen, dass sich eine junge Mutter ausschließlich um ihr Kind und das Heim kümmern sollte. Genau dies sei doch die edelste Aufgabe der Frau und sie zu erfüllen ihre heilige Pflicht.

Lisette wusste nicht wohin mit ihrer Wut über diese Ansichten. Dass Männer sie äußerten, das kannte sie ja. Aber dass selbst Frauen so dachten, machte sie fassungslos. Warum erfuhr sie hier keine Unterstützung? Die Damen, die sich so reformerisch fühlten, dachten nur da reformerisch, wo es in ihr Weltbild passte. Lisette spürte die altbekannte rote Wut in sich aufsteigen und hätte der Vorsitzenden am liebsten die Tür ins Gesicht geknallt, was natürlich auch nichts geändert hätte.

Ging denn wirklich immer nur das Eine? Warum hatte sie ausgerechnet jetzt schwanger werden müssen? Wo sie endlich Fuß gefasst hatten, anerkannt waren und kurz davorstanden, auch international bekannt zu werden. Sie freute sich auf ihr Kind, fühlte sich reich und beschenkt, aber dass sie genau deswegen jetzt ihren Beruf aufgeben sollte, der ihr doch mindestens genauso wichtig war, das war absolut ungerecht! Warum sollte sie nur das eine oder das andere haben können?

Aufgebracht verließ sie das Kölner Büro des Vereins, rauschte durch die Gänge und würdigte die Damen auf den Fluren keines Blickes. Nur raus, nichts wie raus. Bis sie hörte, wie eine atemlose Frauenstimme ihren Namen rief.

»Frau Winter, wenn Sie jetzt nicht stehen bleiben, kippe ich auf der Stelle um!«

Lisette blieb stehen und drehte sich überrascht um. Die strenge Sekretärin, die dieser Sitzung gerade eben beigewohnt hatte, stand keuchend vor ihr. »Das ist ja unglaublich, dass Sie in Ihrem Zustand schneller sind als ich!«

»Das liegt an der Wut!«, rief Lisette ein wenig zu laut. Immer noch schwer atmend drückte ihr die Sekretärin etwas in die Hand. Lisette sah sie stirnrunzelnd an.

»Stecken Sie das schnell ein und lesen Sie es später«, riet ihr die Frau, nickte ihr zu und verschwand wieder. Lisette steckte den Zettel ein und schaute erst auf der Straße darauf.

Es war die Adresse von Paul Poiret in Paris. *Monsieur PP würde Sie gerne kennenlernen*, stand darunter. Natürlich. Man konnte die Ausstellung und Monsieur Poiret ja auch besuchen, ohne vom Verein abgesandt zu werden. Und genau das würde sie machen. Sie würde Monsieur PP schreiben und nach Paris fahren. Nur weil sie ein Kind bekam, würde sie nicht aufhören. Warum auch sollte für eine Frau alles zu Ende sein, wenn sie Mutter wurde? Sie würde weitermachen.

Emile war besorgt, ob die Reise nach Paris nicht zu anstrengend sein würde, aber Lisette schlug all seine Bedenken in den Wind. Wenn man schwanger war, war man ja schließlich nicht krank, und nach den ersten Wochen der Übelkeit fühlte sie sich jetzt stark und voller Energie. Sie fand es wunderbar, mit ihm zusammen im ratternden Zug zu sitzen, während draußen die Landschaft vorbeizog. Und als sie sich Paris näherten und sie den Eiffelturm erkannten, der so hoch über den Dächern der Stadt in den Himmel ragte, beschloss Lisette, dass man ab jetzt viel mehr reisen müsse.

In Paris sah man kaum noch geschnürte Frauen und nur vereinzelte Schleppröcke, und Lisette fühlte sich in ihren Kleidern hier richtiggehend zuhause. Sie fand, dass sie gut zu den modernen Pariserinnen passte, die im lebhaften Trubel auf den Prachtstraßen an ihr vorbeiflanierten. Das Notizheft legte Lisette gar nicht mehr aus der Hand, weil sie sich ständig etwas notieren musste. Ein Muster, ein Ornament, eine neue Hutform.

Als sie durch die große Modeausstellung gingen, begeisterten die ausgestellten Entwürfe von Poiret Lisette und Emile sehr. Seine Lampenschirmkleider mit den ausgestellten Säumen, die weiten orientalischen Pumphosen. Das war etwas wirklich Neues. Die Kleidermodelle des französischen Meisters waren ihren eigenen Kleiderentwürfen gar nicht so unähnlich, gingen aber noch weiter, weil sie zartere Stoffe verwendeten, als das in Deutschland üblich war. Das wiederum erforderte eine andere Art der Unterkleidung, die sich erst noch würde durchsetzen müssen. Hier trug man leichtes Trikot, was zuhause noch fast undenkbar war.

Auf seinem Empfang anlässlich der Ausstellung begrüßte Paul Poiret Lisette und Emile persönlich. In seiner kleinen Rede erwähnte er lobend, wie künstlerisch und elegant die Entwürfe seiner verehrten deutschen Kollegin Madame Winter seien. Die Abgesandten des Frauenvereins zur Verbesserung der Frauenkleidung, die nun mit einer anderen Directrice angereist waren, erwähnte er noch nicht einmal. Was diese aber gar nicht bemerkten, weil sie kaum Französisch sprachen. Erst als die Gäste sich applaudierend zu Lisette umdrehten, registrierten sie mit einer Mischung aus Erstaunen und Entsetzen ihre Anwesenheit. Lisette nickte ihnen huldvoll lächelnd zu und dankte im Geiste Fräulein Heinlein, die dafür gesorgt hatte, dass sie die Sprache perfekt beherrschte, und auch ihren Eltern. Die hatten zwar aus anderen Gründen befunden, dass sie Französisch sprechen sollte, aber das war in diesem Moment egal. Als Poiret sie für den nächsten Tag zu einem Gespräch unter Modeschöpfern in sein Atelier einlud, sagte sie strahlend zu. Als sie Emile davon erzählte, konnte sie der Versuchung nicht widerstehen, ihre Stimme so laut zu erheben, dass die Vereinsdamen aus Deutschland das auch mitbekamen. Sollten sie sich doch ruhig ein bisschen ärgern. Sie hatte sich schließlich auch geärgert, und nicht nur ein bisschen, als sie wegen ihrer Schwangerschaft ausgebootet worden war. Und der netten Sekretärin würde sie ein besonders hübsches Souvenir schicken.

Poirets Atelier war das Eleganteste, das Lisette je gesehen hatte. Er führte sie persönlich durch die repräsentativen Räume, in denen alles im französischen Art-déco-Stil aufeinander abgestimmt war, feinste Hölzer und Marmor ergaben ein stimmiges Bild, aufgelockert durch orientalische Muster. Sie dachte an ihr einfaches helles Atelier am Ende des Gartens, an die Arbeitsatmosphäre, das Licht und die Fröhlichkeit ihrer bunten Räume. Hier war nichts fröhlich, hier war alles elegant. Sehr elegant. Ob sie den Jugendstil auch so verehre, fragte der große Meister.

»Der Jugendstil ist zweifelsohne eine Revolution für die dunklen, überladenen Salons, in denen man kaum Luft bekommt, weil in jeder Ecke noch ein Strauß Pfauenfedern zwischen Palmwedeln in chinesischen Bodenvasen steckt. Die Klarheit des Ornaments ist natürlich erfrischend.«

»Höre ich ein *Aber*, chère Madame Winter?«

»Oui, das hören Sie ganz richtig. Bei aller Befreiung gibt es immer noch viele strenge Regeln!«

Lisette erklärte, dass dieser Stil doch gleich wieder einenge, dass es schon wieder Vorschriften gebe, an die man sich zu halten habe. Wände, Möbel, Geschirr, Kleidung, Kunst, Accessoires, alles musste zueinanderpassen, die Konzeption aus einem Guss entstehen. Ihr war das alles zu strikt, wenn ihr der Stil an sich auch direkt aus der Seele zu sprechen schien.

»Madame hat einen eigenwilligen Kopf.«

»Wenn man neue Ideen durchsetzen will ... Das müsste Ihnen doch vertraut sein.«

»Durchaus, durchaus«, erwiderte Poiret und hob an, Lobeshymnen auf die Genialität seiner eigenen Entwürfe zu singen. Lisette lauschte staunend. Natürlich war Poiret wundervoll und seine Mode bahnbrechend, und natürlich neigten die Herren der Schöpfung, die Großes geleistet hatten, besonders oft dazu, diese Leistung auch selbst laut zu rühmen. Aber dass sich jemand derart in Eigenlob sonnte, das hatte sie noch nie erlebt. Dass man so von sich überzeugt sein kann, wunderte sich Lisette, während sie dem Meister lauschte und beschloss, sich daran zu erinnern, wenn ihre Zweifel sie das nächste Mal heimsuchten.

»Chère Madame, ich werde Ihnen jetzt ein Präsent überreichen«, damit beendete er seinen Monolog und deutete eine Verbeugung an. »Mein neuester Rock. Sie werden eine der Ersten sein, die ihn trägt.«

»Das kann ich nicht annehmen«, wehrte Lisette sofort ab. »Und außerdem wird Ihnen mein Zustand sicher nicht entgangen sein. Ich würde Ihrem neuen Modell sicher wenig Würde und keinen Gefallen erweisen können.«

»Sie machen mir damit die größte Freude. Und ich habe den Rock schon umarbeiten lassen.«

Er nickte einer der jungen Mademoiselles zu, die überall dekorativ herumstanden, um dem Meister beim kleinsten Zeichen zu Hilfe zu eilen. Das Fräulein im penseefarbigen Kleid geleitete sie in die Garderobe, wo sie ihr den Rock zeigte, den man für sie vorbereitet hatte. Schwarzer Seidentaft fiel schmal nach unten und ließ den Knöchel frei. Dort, wo die Taille saß, waren übereinanderliegende Stücke schwarzen Stoffes eingelassen, die man auf unterschiedliche Arten um den Bauch wickeln konnte, so dass der Rock bis zum Ende der Schwangerschaft mitwachsen konnte.

Was für eine gute Idee, befand Lisette im Stillen und war froh, dass die Tunika, die sie trug, ausgesprochen gut zu dem Rock passte. Der Rock bauschte sich weich auf, wenn sie sich bewegte, fiel jedoch schmal nach unten, wenn sie stillstand. Poiret war wirklich ein Meister, von dem sie noch viel lernen konnte, diese Silhouette war sehr elegant.

Doch schon als sie die ersten Schritte machte, begann sie den Rock zu hassen. Der Saum des Rockes war so eng, dass er keine großen Schritte erlaubte. Sie konnte nicht mehr laufen. Sie konnte nur noch trippeln. Um sich nicht der Lächerlichkeit preiszugeben, ging Lisette sehr langsam, bewegte sich mit Mäuseschrittchen von Schaufenster zu Schaufenster und brauchte für wenige Meter sehr viel Zeit. Was hatte sich Poiret bloß dabei gedacht? Nichts, vermutete sie, gar nichts!

»Nur an die Silhouette hat er gedacht und an sonst nichts, der große Meister!«, empörte sie sich, als sie später mit Emile in dem kleinen Restaurant saß, in dem sie sich verabredet hatten. »Da verschwindet der Schlepprock, mit dem man stets die ganze Straße gekehrt hat, da werden die Röcke endlich kürzer, endlich können Frauen sich freier bewegen, ohne zu stolpern. Und jetzt das! Ein Humpelrock!«

Emile schüttelte den Kopf. »Was für ein Unsinn.«

»Ja! Mit dem können wir nun überhaupt nicht mehr laufen! Die langen Röcke konnte man wenigstens noch hochraffen, aber das nützt hier nichts, weil der Saum viel zu eng ist und jeden Schritt unmöglich macht! Auf so eine Idee kann nur ein Mann kommen, der schon sein Leben lang Hosen tragen konnte.«

»Ich habe etwas gelernt heute«, sagte Lisette, als sie nach

dem Essen durch den Jardin du Luxembourg schlendern wollten, was durch Lisettes Trippelschrittchen jedoch extrem erschwert wurde. »Bescheidenheit ist eine schöne Zier, deren sich Monsieur Poiret ganz und gar nicht rühmt! Ich will wirklich nie unbescheiden sein, es war recht unangenehm, ihm zuzuhören, aber ich dachte, ein wenig mehr könnte ich doch an meine Fähigkeiten glauben, oder was meinst du?«

»Lass mich nachdenken, habe ich dir so etwas oder etwas Ähnliches eigentlich auch schon mal gesagt?«

Emile tat so, als müsse er sich sehr konzentrieren, und rieb sich grübelnd die Stirn.

»Es könnte sein, dass du es tatsächlich schon einmal erwähnt hast.« Lisette blieb mitten auf dem Weg stehen und küsste ihn lächelnd.

»Und weißt du, was ich jetzt mache?«, fragte sie, nachdem sich ihre Lippen voneinander gelöst hatten. Sie bückte sich und riss mit einem energischen Ruck einen langen Schlitz in den Rock, um danach wieder befreit auszuschreiten.

»So, jetzt können wir in die Galeries Lafayette Geschenke kaufen gehen! Unsere Lieben zuhause sollen alle etwas Feines aus Paris bekommen.«

Der moderne europäische Mensch
kennt vom weiblichen Körper so gut als gar nichts.
Die Schönheit des weiblichen Körpers, 1910

Lisette schaute durch einen Türspalt in den gefüllten Saal. Sie war nervös. Sie wusste, dass sie die nächste Rednerin sein würde. Nur noch wenige Momente, dann war sie an der Reihe. Die Vorsitzende der Gesellschaft zur Förderung der Frau, die den Frauenkongress mit anderen zusammen ins Leben gerufen hatte, stand jetzt am Rednerpult und kündigte sie an. Das Kind bewegte sich in ihrem Bauch, und sie legte ihre Hand auf die Wölbung, die man inzwischen nicht mehr übersehen konnte. Emile, der neben ihr wartete, nickte ihr Mut zu, und sie lächelte dankbar zurück.

Erst hatten alle befürchtet, dass ihre Schwangerschaft schon zu weit fortgeschritten sei und der öffentliche Auftritt zu mühsam oder zu aufregend. Dann hatte man Angst bekommen, dass die Öffentlichkeit zu viel Anstoß daran nehmen würde, dass eine hochschwangere Frau in der Öffentlichkeit über Kleidung sprach. Und dann auch noch über Kleidung, die weder den Körper verbarg noch die anderen Umstände, in denen sich der Körper befand. Und dass man genau das an der Rednerin selbst nur zu deutlich sehen würde. Zusammen mit der mutigen Vorsitzenden hatte Lisette auf ihren Auftritt gedrungen, frei nach dem Motto: Wenn man schon aufgibt, bevor man es überhaupt versucht, wird sich nie etwas verändern! Und sie hatten sich durchgesetzt.

Das hatte sie nun davon. Lampenfieber und weiche Knie. Am liebsten würde sie jetzt behaglich in ihrem Sessel vor dem Kamin sitzen und nicht jeden Moment vor eine Öffentlichkeit treten müssen. Ach, nie im Leben würde sie die richtigen Worte ... oh Gott, es war so weit.

»... und begrüßen Lisette Winter!«, schloss die Vorsitzende ihre Ankündigung.

»Glaub an dich«, flüsterte Emile, und sie betrat den Saal.

Später erinnerte sie sich nicht mehr daran, wie sie es durch das Raunen und Klatschen im Saal eigentlich zum Rednerpult geschafft hatte, aber nun stand sie da und sah in bestimmt zweihundert Augenpaare von Frauen, Reporterinnen, Interessierten, die sie alle neugierig ansahen. Ihr Mund war trocken.

Sie würde keine Silbe herausbekommen. An ihrem Pult stand ein Glas Wasser, sie griff danach und nahm einen großen Schluck. Dann beschloss sie, den Augenpaaren lächelnd zu begegnen.

»Ich bin sehr aufgeregt, meine lieben Damen und auch Herren. Ja, ich sehe tatsächlich einige. Ich habe noch nie vor so vielen Menschen gesprochen. Soeben war ich mir noch sicher, dass ich die Lippen niemals auseinanderbekommen werde. Aber es ist gelungen! Vielleicht gelingt dann auch der Rest.«

Die Frauen im Publikum lachten, und Lisettes Angst flatterte davon.

»Das Korsett wird bald Geschichte sein. Niemand wird in ein paar Jahren noch wissen, was das eigentlich war, ein Korsett! Und die, die es wissen, werden sich fragen, warum es überhaupt so lange getragen wurde, warum so viele Frauen es auf sich genommen haben, ihren Körper wegzuschnüren, anstatt Kleidung zu tragen, die dem Körper Luft und Bewegungsfreiheit gibt und nicht versucht, ihn in eine unnatürliche Form zu pressen.«

Ein Raunen ging durchs Publikum.

»Zwar ist jeder der Meinung, dass die höchste Aufgabe der Frau die Mutterschaft ist, weshalb sie schwer dafür kämpfen muss, überhaupt eine gute Schulbildung oder einen Beruf zu erlangen. Aber wenn es dann so weit ist und sie ein Kind erwartet, dann soll sie doch bitte schön sehr lange so tun, als sei sie nicht guter Hoffnung. Ihr Bauch soll vielmehr mithilfe einer Schwangerschaftskorsage verborgen werden, dieser edle Bauch, in dem ein Kind heranwächst. Und wenn es nicht mehr zu verbergen ist, dann soll die Frau bitte ihren gesamten Körper in einem Zelt verhüllen, unter dem man den Körper nicht einmal erahnt.«

Lisette machte eine kleine Pause und schaute direkt ins Publikum. »Damit niemand wirklich erkennt, dass die Frau einen Körper hat, mit dem sie Dinge getan hat, die überhaupt erst dazu führen, dass Kinder auf die Welt kommen!«
Ein kleiner Schrei des Entsetzens ging durch das Publikum.
»Wenn Frauen, die guter Hoffnung sind, allerdings Modelle aus meinem Atelier tragen, wird die Legende vom Klapperstorch langsam in Vergessenheit geraten.«
Lisette hatte sich jetzt warmgeredet. Frauen brauchten Bewegungsfreiheit, Freiheit, um zu hüpfen, zu tanzen, zu laufen. Denn sobald man damit aufhöre, sich den Leib einzuschnüren, stärke dies nicht nur die erschlaffte Muskulatur des Körpers. »Ein Kleid zu tragen, in dem man sich gut fühlt«, fuhr Lisette fort, »stärkt auch die erschlaffte Muskulatur der Persönlichkeit.«
Sie sah ins Publikum. »Wenn man Frauen von Gymnasien, Universitäten und Wahlen fernhalten will, ist das Argument immer unser Körper, der der Mutterschaft fähig ist. Das soll der Beweis sein, dass wir zu nichts anderem taugen. Wenn wir als Frau mitten im Leben stehen wollen, gehört unser Körper aber genauso dazu. Und warum sollten wir dann so tun, als hätten wir keinen?«

Kaum hatte Lisette den ersten vernichtenden Artikel über ihren Vortrag gelesen, kamen die Zweifel zurück. Wenn selbst Frauen ihre Gedanken als schamlos und wahnsinnig titulierten, wie sollte sich dann jemals etwas ändern? Wahrscheinlich war sie es falsch angegangen. Wahrscheinlich hatte sie ihrer Idee mehr geschadet als sie befördert. Wie konnte sie nur glauben, dass sie eine gesellschaftliche Veränderung herbeiführen könnte?
Emile nahm die Zeitungen, zerknüllte sie und machte da-

mit Feuer in ihrer besten Stube.»Hör sofort auf, das zu lesen. Deine Gedanken sind richtig, du warst wunderbar und du warst überzeugend.«

»Das liest man ja, wie überzeugend ich war.« Sie nickte in Richtung Ofen.

»Es wird eben dauern. Mit einem Vortrag allein kann man nicht ändern, was sich jahrzehntelang in den Köpfen festgesetzt hat.«

»Wir spinnen doch, oder? Wir spinnen, Emile. Diese Kleider für Schwangere, die Empiretaille, Stoff, der über den runden Bauch fällt, keine Frau wird es jemals tragen wollen. Das ist Größenwahn.«

»Stimmt.« Emile nickte ernsthaft.»Stimmt, ja, richtig, ich hatte es nur gerade vergessen. Größenwahn. Und Hochstapelei.«

»Du brauchst dich nicht auch noch über mich lustig zu machen!«

»Wie war das gleich? Was hast du in Paris gesagt? Es war irgendetwas mit Eigenlob, und es hatte mit Poiret zu tun ... diesem Genie, dem besten Modeschöpfer aller Zeiten.«

»Das ist er ja auch. Unbestritten.«

»Stimmt! Er hat ja den großartigen Humpelrock erfunden, der Meister!«

Lisette musste jetzt ein bisschen lächeln.

»Das einzig Schlimme ist, dass du nicht an deine Ideen glaubst.«

»Es ist immer das Gleiche, oder?« Sie sah ihn hilflos an.

»Man hat dir zu lange gesagt, dass alles, was du denkst, Unsinn ist. Ich muss dir wahrscheinlich viele Jahre lang das Gegenteil sagen. Immer wieder. Immer und immer wieder. Irgendwann werde ich es vielleicht schaffen.«

Wie sich die Welt von einem Moment auf den anderen verändern konnte, wenn der richtige Mensch die richtigen Worte sagte.

»Wo wäre ich nur ohne dich?«, murmelte Lisette.

»Du wärst eine junge Baronin und müsstest dich um nichts anderes kümmern als darum, die Speisepläne mit deiner Köchin zu besprechen. Du hättest das feinste Porzellan auf dem Tisch stehen, Plätzchen zum Tee, die auf der Zunge zerschmelzen, und du wärst eine anständige Frau.«

»Findest du mich etwa unanständig?«

»Natürlich«, sagte er. »Zum Glück!«

»Ich will dich heiraten«, sagte Lisette. »Ich will deine Frau sein.«

»Du bist doch meine Frau. Und ich bin dein Mann. Und das werde ich immer sein. Auch wenn ich mal nicht mehr bin und du vielleicht einen anderen liebst.«

»Was redest du denn da für einen Unsinn?« Sie sah ihn irritiert an.

»Wissen wir denn, was das Leben uns beschert? Es kann alles passieren, meine Liebste, immer. Du musst mir etwas versprechen.«

Lisette sah ihn an und schüttelte den Kopf. »Ich will nicht davon reden. Ich will nicht. Das bringt Unglück. Hör auf davon, bitte.«

»Du musst mir versprechen, dass du immer versuchen wirst, glücklich zu sein und an dich zu glauben.«

»Emile ...« Sie sah ihn besorgt an.

»Das ist wie ein Eheversprechen, lass uns das jetzt einander versprechen. Nie aufzuhören, das Glück zu suchen. Und das Leben. Und die Fülle. Egal, was passiert. Für unsere Kinder und für uns selbst. Versprich es mir.«

Sie sah ihn fragend an. Sagte er das, weil sie schwanger war? Wusste er etwas, was sie nicht wusste?

»Warum?«, fragte sie. Sie suchte in seinem Gesicht nach einer Antwort, doch sie sah nur seinen ruhigen tiefblauen Blick. Sie sah keine Angst, keine Vorahnung, keine Sorge. Sie sah die pure Liebe. Wie immer, wenn sie in seine Augen sah.

»Ich verspreche es«, sagte sie. »Das Glück zu suchen. Und das Leben.«

»Und diese wilde bunte Fülle.«

Er deutete auf ihren Garten, der in allen Farben blühte, und sie wiederholte seine Worte.

»Und diese wilde bunte Fülle.«

»Gut.« Emile lächelte sie an. »Und jetzt gehen wir die Stoffbestellungen durch, damit du bei unserem neuen Pariser Händler bestellen kannst, ja?«

6

2006

Natürlich erfuhr Yannick von dem Haus im Taunus. Ich hatte es ihm auch nicht wirklich verheimlichen wollen, trotzdem hatte ich zu lange auf den passenden Moment gewartet, um ihm davon zu erzählen. Aber je länger es her war, desto weiter schien sich auch dieser Moment zu entfernen. Mir war klar, dass er sofort mit mir hinfahren würde, sobald ich es erwähnte. Mir war nicht klar, warum ich ihm nichts davon erzählte, und am allerwenigsten war mir klar, was es bedeuten würde, wenn er davon erfuhr.

Es war ein grauer, kühler Frühlingssonntag, und wir lümmelten bei mir auf dem Sofa herum. Yannick las eine Fachzeitschrift, und ich sortierte alle meine Dateien mit den vielen Stichworten, in der Hoffnung, dass sich mir beim Aufräumen eine innere Ordnung offenbaren würde, aus der sich eine Geschichte bildete, die ich dann nur noch aufschreiben müsste. Ich blieb an der Datei hängen, in der ich meine Stichwörter über Lisette sammelte. Das grüne Kleid, das geschnitzte Köpfchen, die Freitreppe, die Liebe, ihr Mut. Ich öffnete die Bilder, die ich auf dem Laptop gespeichert hatte, und war so darin versunken, dass ich nicht merkte, dass Yannick auch mit auf den Bildschirm schaute. Ich erschrak, als er fragte, wo das denn gewesen sei, er könne sich gar nicht erinnern.

Ich erzählte ihm von dem Haus. Er sah mich fassungslos an.

»Das glaube ich dir nicht, dass du alleine in ein leeres Haus gegangen bist.«

Ich gestand, dass ich tatsächlich nicht alleine dort gewesen war, tat aber so, als hätte ich von dem Haus erst erfahren, während er unterwegs im Osten war. Dass ich einfach nicht abwarten konnte, bis er zurückgekommen war. *A little white lie.* Gab es das, weiße Lügen?

Sein Blick war fassungslos und ungläubig. »Warum hast du nichts davon erzählt? Wir haben fast jeden Tag telefoniert?«

»Ich wollte dich nicht ablenken, du warst so absorbiert.«

Ich hörte selbst, wie kläglich das klang, und wurde wütend, als ich versuchte, mich zu verteidigen. »Es ist da halt nicht so sensationell wie im Osten! Das Haus hätte dich doch überhaupt nicht interessiert.«

»Das konntest du doch gar nicht wissen, bevor du nicht drin gewesen warst.«

»Na und?« Verdammt, was sollte ich denn sagen? Dass ich keine Lust hatte, mit ihm dorthin zu fahren, weil ich gerade ihm mit meiner Angst immer so sehr auf die Nerven ging? Denn das war es. Genau das war der Grund, dachte ich.

»Hast du was mit Lukas?«, fragte er misstrauisch.

»Quatsch«, sagte ich.

»Und warum hast du mir nichts davon erzählt, als ich wieder da war? Warum hast du mir gerade eben nichts davon erzählt?«

»Na, wie bescheuert würde sich das denn anhören?«

»Dann merkst du es ja selbst.«

»Natürlich!«, schrie ich. »Du gibst mir halt immer so ein Scheißgefühl, wenn ich Angst habe. Du stellst mich immer so hin, als wäre ich eine Psychotante mit einer riesigen Macke. Ich geh dir doch nur auf die Nerven! Ich bin Ballast für dich! Gib's doch zu!«

»Ich gebe dir immer so ein Scheißgefühl?«

Er wiederholte meine Worte langsam und deutlich, schaute mich stumm an und begann dann kopfschüttelnd seine Sachen zusammenzupacken.

»Ich brauche überhaupt nichts zuzugeben«, sagte er. »Hab ich dich immer mitgenommen, oder nicht? Ich habe dich immer gefragt, ob du mitkommen willst. Und warum wohl? Wäre ich hier, wenn ich dich für eine Psychotante halten würde?«

Er sah mich an. Er war verletzt, das konnte ich sehen. Warum schlug ich um mich, wenn ich doch nur in den Arm genommen werden wollte? Warum hatte ich ihm das so unüberlegt entgegengeschleudert, dass er mir ein Scheißgefühl gab. Und auch noch immer. Die drei bösen Unworte in Auseinandersetzungen: Immer. Nie. Du.

Gerade als ich sagen wollte, dass ich es doch nicht so gemeint hatte, sah er mich an und nickte.

»Vielleicht gut, dass du mal sagst, was du wirklich von mir hältst. Und darüber muss ich jetzt erst mal nachdenken, glaube ich.«

Reglos sah ich zu, wie er sogar seine Zahnbürste und seine Duschsachen aus dem Bad holte und einpackte. Als ich die Tür hinter ihm schloss, ohne auch nur einen Versuch gemacht zu haben, ihn zurückzuhalten, war ich immer noch total überrascht. Erst als ich in die Küche ging, um mir einen Tee zu kochen, und seinen speziellen grünen Lieblingstee sah, kapierte ich, dass er mich gerade verlassen hatte. Und den Tee, den hatte er wohl vergessen. Ich öffnete das Päckchen. Grüner Tee roch immer so, als hätte man nach dem Rasenmähen das gerade in der Sonne getrocknete Gras aufgesammelt. Ich verschloss das Päckchen wieder und setzte mich an den Küchentisch. Das Teewasser kochte, aber ich stand nicht auf, um mir einen anderen Tee aufzugießen. Ich blieb sitzen und starrte auf den Tisch.

Was war denn in mich gefahren? Warum war ich so gemein, ihm so einen dummen pauschalen Vorwurf zu machen? Es dämmerte schon, als ich mich endlich erhob, um mir einen Tee aufzugießen. Und während ich beobachtete, wie der Teebeutel das Wasser grün färbte, und es begann, nach Pfefferminze zu riechen, dachte ich, dass ich die Wahrheit gesagt hatte. In einem Impuls war sie mir herausgerutscht. Genau deshalb hatte ich ihm nichts von dem Haus erzählt. Ich fühlte mich kleiner, weniger, als ich war, wenn ich mit Yannick zusammen war. Er machte mich nicht stark. Wenn Emile Lisette stark machte, dann machte Yannick mich schwach. Warum kam ich erst jetzt darauf?

1912

Lisette schaute zu dem Körbchen unterm Pfirsichbaum, in dem Henri seit zwei Stunden in der ersten Frühlingssonne schlief. Nicht lange und er würde aufwachen. Seit sechs Monaten war ihr Leben in kleine Abschnitte unterteilt. Henri war wach, Henri musste gewindelt werden, Henri hatte Hunger, Henri schlief. Und das wiederholte sich unablässig, am Tag und in der Nacht. Und immer genau dann, wenn Lisette mit irgendetwas angefangen hatte, musste sie es wieder unterbrechen, weil ihr kleiner Sohn nach Aufmerksamkeit verlangte.

Emile kam aus dem Atelier zu ihnen heraus und streckte die Glieder. Er beugte sich über das Körbchen, um den schlafenden Henri anzuschauen.

»Vorsicht, nicht, dass er aufwacht«, sagte sie leise. »Ich würde so gerne noch die Skizzen für Poulet fertig machen.«

Das Wiesbadener Modehaus, das seit dem Tod des alten Poulet von dessen Sohn in eine neue Zeit geführt wurde, hatte schon zum zweiten Mal eine Kollektion von Konfektionsware bei Lisette in Auftrag gegeben.

»Dann kann ich ihn ja solange nehmen.«

»Ja, er wird sicher sehr gerne von dir gestillt.« Sie seufzte.

»Wenn ich ihn nicht so lieben würde, würde ich durchdrehen. Das hat die Natur schon ganz gut eingerichtet, mit dieser Liebe.«

Sie konnte sich gar nicht mehr daran erinnern, wie es war, sich den ganzen Tag selbst einzuteilen, für ihre Arbeit, ihre Ideen, ihren Garten, ihre Kundinnen, für die Näherinnen, für Emile. Immer kam alles anders als geplant, weil Henri länger schlief oder nicht schlief oder früher Hunger hatte. Aber das Ausmaß der Liebe zu diesem kleinen Wesen hatte Lisette überrascht, und seit der Geburt des kleinen Henri war nichts mehr wie vorher. Mit der Heftigkeit und Unbedingtheit dieser Liebe hatte sie nicht gerechnet.

Jetzt standen diese Liebe und ihr Schaffensdrang in ständiger Konkurrenz zueinander. Aber sie weigerte sich, eine Amme oder ein Kindermädchen zu suchen. Sie wollte, dass Henri anders aufwuchs als sie. Sie wollte seine Nähe, wollte seinen süßen Geruch, seine suchenden Händchen, seine strahlenden Augen, wenn er sie erkannte, das warme Gewicht seines kleinen Körpers. Sie wollte ihn sehen, riechen, hören und fühlen.

Ob es ihrer Mutter genauso gegangen war? Und ob sie all ihre Gefühle nur deshalb zurückgehalten hatte, weil man es eben so machte? Wie viel Anstrengung hatte sie das wohl gekostet? Oft beneidete Lisette Nanchen um ihre Mutter. Thea konnte schimpfen wie ein Kutscher, aber dann lachte sie wieder Tränen mit ihren Kindern und Enkeln, nahm sie alle in den Arm, küsste und herzte sie und kochte ihnen ihr Lieblingsessen.

Ob sie jemals so eine Mutter werden könnte? Ob man die Mutter werden könnte, die man selbst gerne gehabt hätte?

»Ich glaube, ich möchte meiner Familie mitteilen, dass wir ein Kind bekommen haben. Es ist doch nicht richtig, dass meine Mutter Großmutter geworden ist und nichts davon weiß.«

Emile sah sie nachdenklich an. »Und wenn niemand antwortet? Dann wirst du enttäuscht sein.«

»Ich versuche, es nicht zu erhoffen.«
Emile schüttelte den Kopf. Er kannte sie zu gut.
»Nur ein kleiner Brief an meine Eltern«, beharrte Lisette. »Dann haben wir unsere Pflicht getan. Sie haben schließlich ein Enkelkind!«
»Sie werden Henri ablehnen, denn ich bin der falsche Vater. Es wird dir nur wehtun, glaube mir, Lisette.«
Wahrscheinlich hatte er recht. Trotzdem ließ es ihr keine Ruhe. Einige Tage später saß sie an ihrem kleinen bunten Tisch in ihrer besten Stube. Sie hatte gerade einen Brief an die Kronberger Freunde geschrieben und sie für den kommenden Sonntag eingeladen. Das Briefpapier lag vor ihr, sie hielt einen Stift in der Hand. Sie suchte nach den richtigen Worten und glaubte, sie zu finden.

Dora Winter verwahrte seit Tagen diesen Brief in ihrem Nachttisch. Sie hatte noch mit niemandem darüber gesprochen. Nicht mit Otto, nicht mit Friedrich und auch nicht mit Wilhelm. Alle Gedanken an ihre Tochter hatte sie erfolgreich aus ihrem Alltag verbannt. Es hatte ein wenig Übung erfordert, auch in den Nächten nicht mehr an Lisette zu denken, aber auch das war inzwischen gelungen.
Friedrichs Hochzeit hatte ihr eine neue Tochter beschert, die treue Berta, die sich seit vier Jahren so wunderbar in die Familie fügte, als sei sie schon hineingeboren worden, als sei die richtige Tochter nach Hause zurückgekehrt. Irgendwann würde das gute Kind sie sicher zur Großmutter machen, und Wilhelm würde auch bald eine junge Frau nach Hause bringen. Alles war so, wie es sein sollte. Alles war gut.
Und jetzt dieser Brief. Stolz berichtete Lisette von einem Kind. Einem Bankert. Wie tief sie gesunken war, ihnen diese Schande auch noch mitzuteilen.

Dora hatte nicht vor, auf diesen Brief zu antworten, und sie würde keinem in der Familie davon erzählen, dass Lisette geschrieben hatte. Warum auch? Man würde auf keinen Fall darauf reagieren. Dennoch schaute sie den Brief mehrmals täglich an, sobald sie alleine war, zog es sie magisch zu ihrem Nachttisch. Irgendetwas in ihr gab so lange keine Ruhe, bis sie den Brief erneut hervorgezogen hatte, um die wenigen Zeilen zu lesen, die Lisette geschrieben hatte.

Liebe Maman,
ich möchte Dir und Vater mitteilen, dass ich einen gesunden Sohn geboren habe, der hier in glücklichen Umständen aufwächst.
Henri Winter erblickte am 7. September des Jahres 1911 das helle Licht dieser schönen Welt und schläft jetzt friedlich in der Wiege an meiner Seite.
Allen Kummer, den ich Euch zugefügt habe, bedaure ich zutiefst und hoffe, es erfüllt Euch heute mit Freude, von Eurem kleinen Enkelsohn zu hören. Bitte grüße meine lieben Brüder, die auch wissen sollen, dass sie nun beide zu Onkeln eines wundervollen, gesunden Neffen geworden sind.
Mit den herzlichsten Grüßen,
Lisette

Wieder und wieder las Dora die Zeilen, die sie schon auswendig aufsagen konnte, sah die Wiege vor sich, sah den kleinen Enkel darin liegen. Sechs Monate war er nun alt, ein Säugling noch.

Dora bemerkte weder, dass ihr Tränen übers Gesicht liefen, noch hörte sie das Klopfen, bevor Wilhelm ihr Zimmer betrat, um sie zum Essen hinunterzubegleiten. Erst als er sie ansprach, zuckte sie zusammen und erschrak. Sie hatte nicht aufgepasst. Sie hatte nicht vorgehabt, irgendjemandem von diesem Brief zu erzählen, aber jetzt musste sie Wilhelm, der gleich besorgt an ihre Seite eilte, wohl oder übel berichten, was sie für ein peinliches Papier in Händen hielt. Sie zögerte noch einen Moment, ob ihr etwas einfiel, was sie vorgeben könnte, aber da sein besorgter Blick sich nicht ablenken ließ, reichte sie ihm den Brief wortlos. Sie beobachtete ihren Sohn, als er erkannte, von wem der Brief war, und sah, wie seine Lippen zuckten.

Natürlich wurde der Familienrat einberufen. Otto Winters Gesicht sah gequält aus. Er hatte von ihnen allen am offensichtlichsten gelitten, nachdem Lisette sie verlassen hatte, aber er hatte nie ein Wort darüber verloren. Als er jetzt den Namen seiner Tochter aussprach, zitterte seine Stimme. Friedrich und Berta forderten streng, dass man dergleichen nicht zu beachten habe und dass die Verfasserin des Briefes vor allem nicht zu der Annahme verleitet werden dürfe, dass man ihr nun Geld schicken würde für das Bankert, mit dem sie der Familie weiteren Rufschaden zufügte.

»Sie schreibt nichts von Geld, ich glaube auch nicht, dass sie das nötig hat. Sie teilt uns nur mit, dass der Junge gesund ist«, bemerkte Wilhelm sachlich.

»So fängt es an«, sagte Berta. »Und der übernächste Brief beginnt dann mit der Frage nach Unterstützung.«

»Ach ja«, unterbrach Wilhelm seine Schwägerin, »kennst du dich denn mit so etwas aus?«

Berta wurde rot, und Friedrich beeilte sich, seine Frau zu unterstützen. »Das ist doch anzunehmen. Warum sonst sollte Lisette uns nach all den Jahren schreiben?«

Wilhelm sah auf den Brief. »Sie möchte uns mitteilen, dass sie einen gesunden Sohn geboren hat. Mehr nicht. Dass Mutter und Vater Großeltern sind und du und ich Onkel.«

»… eines wundervollen, gesunden Neffen sind«, ergänzte Dora seinen Satz.

»Genau das ist doch der Punkt!« Friedrich erhob sich und schritt unruhig auf und ab. »Berta sieht das völlig richtig. Sie erwähnt die Familienbande. Das ist der erste Schritt. Im zweiten wird sie uns an die Familienpflichten erinnern. An unsere Pflichten und ihre Rechte.«

»Die hat sie verwirkt«, sagte Dora tonlos und hörte selbst, wie hohl ihre Stimme klang. *Ein kleiner Enkelsohn … glücklich … wundervoll, gesund …* Es gab Lisette doch gar nicht mehr. Lisette war verschwunden. Es gab auch den Enkelsohn nicht, sei er noch so glücklich, wundervoll und gesund. Es hatte ihn nicht zu geben. Trotzdem konnte sie das Bild nicht abschütteln, immer wieder sah sie den Säugling vor sich, der in der Wiege schlief.

»Wir sollten dem vorgreifen«, sagte Friedrich. »Wir sollten sie davon in Kenntnis setzen, dass sie nichts zu erwarten hat. Wie Mutter sagt, sie hat ihre Rechte verwirkt.«

Otto stand auf, und Dora sah, dass er zitterte. Erst dachte sie, er zitterte vor Schwäche, weil ihn das alles so aufregte, aber dann sah sie, dass er vor Zorn zitterte. Er schlug mit der Faust auf den Tisch, so dass alle zusammenzuckten.

»Sie hat einen Fehler gemacht, und jetzt ist sie zu stolz, als dass sie um Hilfe bitten würde. Sie ist eine Winter. Sie wird niemals um Hilfe bitten, so wie auch ich in meinem ganzen Leben niemals um Hilfe gebeten habe. Wenn meine Tochter nach Hause zurückkehren will, dann werden wir sie aufnehmen.«

Mit diesen Worten verließ er den Salon, und sie blieben alle stumm zurück.

Wilhelm war der Erste, der die Sprache wiederfand. »Ich kümmere mich darum.«

Dora wusste selbst nicht, was sie dazu veranlasste, etwas zu sagen. Aber plötzlich hörte sie sich sprechen. »Nein, es ist die Pflicht einer Mutter, sich darum zu kümmern.«

Im gleichen Moment schon wünschte sie, sie hätte diese Worte nicht gesagt. Aber sie hatte sie gesagt. Laut und deutlich, und alle hatten sie gehört und zustimmend genickt.

Lisette ging nervös auf und ab, rückte hier noch einmal ein Kissen zurecht, zupfte an den Zweigen, die sie morgens frisch geschnitten hatte. Ihre beste Stube war, seit sie das Atelier im Garten gebaut hatten, ein richtiger Salon geworden. Aber er war weit von dem entfernt, was ihre Mutter einen schönen Salon nennen würde. Sie hatten mit viel Farbe einen fröhlichen und gemütlichen Raum geschaffen. Kräftiges dunkles Weinrot, Pfirsich- und Aprikosentöne leuchteten mit allen Rosenfarben um die Wette, mit denen sie die Ornamente an den Wänden und auf den Möbeln gestaltet hatte. Man hatte das Gefühl, ein modernes Gemälde zu betreten, sich in einem bunten Raum von Matisse zu befinden, dessen Bilder Lisette in Paris entdeckt hatte und die sie dazu inspiriert hatten, noch mehr leuchtende Farben ins Haus zu holen. Der blaue Teppich, der vor den beiden dunkelroten Sesseln lag, war eine Konsequenz der Bekanntschaft mit den Bildern von Matisse gewesen.

Ihre Mutter würde das alles verachten.

Wenn sie ehrlich war, war sie noch aufgeregter als letztes Jahr bei ihrem Vortrag oder als sie Poiret kennengelernt hatte. Mit ihm verband sie seitdem ein sporadischer Gedankenaustausch in Briefen. Er hatte ihr zur Geburt von Henri ein leuchtend rotes weiches Wolltuch geschenkt, in das man entweder *la Maman* oder *le fils* einhüllen könne.

Jetzt wäre sie schon nicht mehr so aufgeregt, wenn sie ihn wiedersähe. Und auf keinen Fall wäre sie so aufgeregt wie jetzt gerade. Sie spürte, zu ihrer Verwunderung, dass sie sich freute, ihre Mutter zu sehen. Sie wollte ihr Henri zeigen und wollte sie so vieles fragen. Wie lange hatte sie nicht mit ihrer Mutter gesprochen? Es wühlte sie auf. Dass ihre Mutter geantwortet hatte, dass sie den Weg auf sich nehme, um sie nach fast sechs Jahren wiederzusehen, um zu sehen, wie sie lebten, und den kleinen Henri kennenzulernen, das hieß doch bestimmt, dass sie sich mit ihr versöhnen wollte. Ob sie sich sehr verändert hätte?

Emile hatte befürchtet, dass sie zu viel von dem Besuch erwartete. Aber er hatte keine Ahnung, wie ein Mutterherz fühlte, er wusste ja noch nicht einmal, wie es war, eine Mutter zu haben. Über diese Bedenken konnte sie doch getrost hinwegsehen.

Emile hatte beschlossen, im Atelier zu bleiben und sich nicht blicken zu lassen. Lisette wollte ihn zwar lieber in ihrer Nähe wissen, aber er hatte sie davon überzeugen können. Es war doch schon schwer genug für ihre Mutter, den Weg hierher zu finden. Man müsse es ihr nicht noch schwerer machen, es ginge jetzt erst einmal nur um sie und Henri. Und natürlich hatte Emile recht. Wie so oft.

Und dann war ihre Mutter da. Seit Minuten schon stand sie reglos im Raum, sah sich vorsichtig um und vermied es, Lisette direkt anzuschauen. Im ersten Moment hatte Lisette sich gefreut, die vertraute Gestalt zu sehen. Am liebsten wäre sie auf sie zugelaufen, um sie zu umarmen. Aber sie hielt den Impuls zurück und beobachtete im selben Moment, wie der Nacken ihrer Mutter sich versteifte und wie ihr unerbittliches Kinn sich streng nach vorne reckte. Und sofort spürte Lisette, wie sich in ihrem Bauch genau der Knoten bildete, der sich dort schon immer gebildet hatte. Wie hatte sie es vergessen können, dieses Gefühl der Enttäuschung, das ihren ganzen Bauch so verkrampfte, dass es wehtat?

Ihre Mutter stand schlank und aufrecht in ihrem dunklen, geschnürten Visitenkleid mit passender Jacke in ihrer Stube. Sie hielt ihren Hut in der Hand, und Lisette sah die Silberfäden, die sich durch ihr Haar zogen, sah die Fältchen, die sich um ihre Augen gebildet hatten in den Jahren, in denen sie sich nicht gesehen hatten.

Lisette hatte ihr schon dreimal einen Sessel angeboten, Nanchen hatte versucht, ihr die Jacke, den Hut und die Handschuhe abzunehmen, hatte geknickst, als würde sie schon ihr Leben lang nichts anderes machen, und die Sachen schließlich einfach an sich genommen. Lisette gab Nanchen ein Zeichen. Zum Glück verstand Nanchen sofort und holte den kleinen Henri, den sie Lisette in den Arm legte. Vielleicht konnte er den Bann lösen?

Lisette ging zu ihrer Mutter und legte ihr das kleine warme Bündel in den Arm.

Dora hielt Henri mit einer Selbstverständlichkeit, als würde sie täglich nichts anderes tun, als Säuglinge im Arm zu halten. Lisette beobachtete, wie die beiden sich ansahen. Wie ihre Mutter in seine großen dunkelblauen Augen schaute, mit denen er ihr Gesicht ebenso neugierig zu erkunden schien wie sie seines. Als sich Henris kleiner Mund zu einem schiefen Lächeln verzog, war der Bann gebrochen, ihre Mutter lächelte zurück.

Lisette führte sie zum Sessel, drückte sie sanft hinein und goss ihr Tee ein.

»Soll ich ihn dir abnehmen, damit du deinen Tee besser trinken kannst?«

Doch ihre Mutter schüttelte nur stumm den Kopf, weiterhin versunken in die Betrachtung ihres Enkelkindes. Diesen ganz und gar nicht standesgemäßen Enkelkindes, das sie doch zu berühren schien. So kannte Lisette ihre Mutter nicht. Dass sie einen Säugling anlächelte, innig, ruhig, das hatte sie noch nie gesehen. Ob Mutter sie auch so liebevoll angelächelt hatte, als sie sie in ihren Armen gehalten hatte? Was war damals mit ihr geschehen? Diese Mutter, die hier im Sessel saß, die hätte sie gerne gehabt. Eine Mutter, die sie liebevoll im Arm hielt, die sich ihr zuwandte, sie wahrnahm und die lächelte. Der Knoten in ihrem Inneren begann sich zu lösen.

Gemeinsam schauten sie Henri an, seine wachen Augen, die das neue Gesicht fröhlich betrachteten, und seine rudernden Ärmchen.

Erst hörte Lisette gar nicht, dass ihre Mutter etwas sagte, mit Verzögerung kam der Satz bei ihr an.

»Warum hast du uns geschrieben?«

Wo war er hin, dieser Moment der Verbundenheit? Plötzlich war es weniger warm, und Lisette schlang die Arme um ihren Körper, um sich zu wärmen. Um sich zu halten. Sie öffnete den Mund, aber ihre Stimme versagte. Sie griff nach ihrer Tasse, um einen Schluck Tee zu trinken. Als sie die Tasse abstellte, hatte sie ihre Fassung wiedergefunden.

»Wegen Henri habe ich geschrieben.« Sie nickte in Richtung ihres Sohnes. »Damit du ihn kennenlernen kannst.«

Ihre Mutter nickte und schwieg. Dann schaute sie zur Tür.

»Dein Vater sagt, dass du jederzeit zurückkommen kannst.«

»Das ist sehr freundlich von ihm«, sagte Lisette. »Aber ich habe nicht geschrieben, weil ich zurückkommen will, ich ...«

Lisette verstummte. Was sollte sie sagen? Dass es ihr leidtat, was sie ihnen angetan hatte? Dass sie sie vermisste? Dass es so schade war, dass ihre Mutter sie nie verstanden hatte? Dass es wehtat? Ihre Mutter würde das alles nicht verstehen. Trotzdem sagte sie: »Ich bin glücklich hier.«

Ihre Mutter blickte sie an, als habe sie in einer fremden Sprache gesprochen, als würde sie es nicht fassen, selbst wenn sie es wollte, wie irgendjemand hier glücklich sein könne.

So viele Gefühle überschwemmten Lisette. Alle gleichzeitig. Die alte rote Wut, die innige Sehnsucht nach der Mutter, die Henri so liebevoll im Arm hielt, der Wunsch zu argumentieren, das Wissen, dass alle Worte umsonst waren. Ihre Mutter würde sie nie verstehen. Nie. Es tat weh, das zu denken.

»Ich habe hier alles, was ich brauche«, sagte sie leise und stand auf, um ihrer Mutter Henri wieder aus dem Arm zu nehmen, der jetzt nach Aufmerksamkeit strampelte und zu krähen begann.

Ihre Mutter legte die Hände in den Schoß und sah hilflos aus.

»Ich wollte euch nur mitteilen, dass ich ein Kind habe«, sagte Lisette.

»... einen gesunden Sohn«, flüsterte Dora, anscheinend ohne es zu merken. »... der hier in glücklichen Umständen aufwächst ...«

Das waren die Worte aus ihrem Brief, genau die Worte, die sie geschrieben hatte. Ihre Mutter kannte sie auswendig.

»Ich freue mich, dass du gekommen bist, um uns zu sehen.« Und nach einem kleinen Moment sagte sie leise, mit wackeliger Stimme: »Danke, Mutter.«

Ihre Mutter schaute auf und Lisette sah, dass ihre Augen glitzerten. Sie sah, wie sie die Augen aufriss, um zu verhindern, dass eine Träne sie verraten würde, sah, dass ihre Mundwinkel kurz zuckten, ganz kurz nur, dann hatte sie sich schon wieder unter Kontrolle und erhob sich.

»Dann richte ich also deinem Vater aus, dass du nicht wünschst, zurückzukommen.«

Die Contenance hatte gesiegt.

Durchs Fenster beobachtete Lisette, wie ihre Mutter in das wartende Automobil stieg, ohne einen einzigen Blick zu ihr zurückzuwerfen. Es war gut, dass sie wieder weg war, es war nur gut, versuchte Lisette sich zu sagen und setzte sich in den Sessel, in dem ihre Mutter eben noch gesessen hatte. Ihre Mutter verstand sie einfach nicht, hatte sie noch nie verstanden. Sie lebten in einander fremden Welten. Der Sessel war noch warm, und ausgerechnet diese Wärme war es, die sie hemmungslos losschluchzen ließ, als hätte sie etwas verloren, was sie nicht verlieren wollte. Dabei war es doch nur gut, dass Mutter wieder weg war, nur gut.

»Ich bin ganz aufgewühlt, ich habe mich so aufgeregt«, erklärte sie Emile, als er später fragend in ihr verweintes Gesicht sah. »Es macht mich wütend, dass sie nur danach urteilt, was die Leute sagen könnten! Mein Vater würde mich sogar wieder in der Familie aufnehmen, stell dir mal vor, aber sie nicht! Dabei ist sie meine Mutter!«

»Aber sie ist gekommen«, sagte Emile.

Dora hatte den Fahrer gebeten, nicht direkt nach Hause zurückzukehren, sondern noch ein wenig durch die Gegend zu fahren. Sie brauchte noch etwas Zeit. Sie wusste überhaupt nicht, was sie denken sollte, und vor allem wusste sie nicht, was sie erzählen sollte, wenn sie zurückkam. Zum Glück hielt ihr Kleid sie aufrecht. Wenn sie ihr festes Kostüm und ihr Korsett nicht hätte, würde sie hier hinten im Wagen zusammenbrechen vor Schwäche. Sie suchte ihr Riechsalz und öffnete das Fläschchen mit dem beruhigenden Lavendelduft. Haltung. Ruhe und Haltung. Sie setzte sich noch aufrechter hin und rückte den Hut zurecht. Die Federn mussten zur Seite gerichtet sein, die Blume über dem rechten Auge. Das hatte die Putzmacherin ihr erklärt, wie sie diesen Hut auch ohne Zuhilfenahme eines Spiegels jederzeit würde richten können. Der Hut war völlig verrutscht. Kein Wunder. Wie bei den Hottentotten hatte es dort ausgesehen. Kein Stil, nichts à la mode, die ganze gute Erziehung, die sie dem Kind hatten angedeihen lassen, war dahin. Die hatte dieser Schneider ihr schön ausgetrieben. Wahrscheinlich verließ sie das Haus sogar ohne Hut. Da hatte man doch den Beweis, welch schädliche Wirkung ein schlechter Einfluss haben konnte und wie unheilvoll es sich auswirkte, wenn Klassen sich mischten, die nicht zusammengehörten. Einfachste Ausstattung, nichts, was etwas hermachte und darauf schließen ließ, dass die hohe Kundschaft, von der sie gehört hatte, wirklich bei ihr aus und ein ging. Und alles so geschmacklos und bunt. Keine Tapeten. Kein Silber. Das war doch kein Wohnen. Entsetzlich. Das arme kleine Kind. Ob man den Enkel nicht zu sich nehmen könnte? Sie könnten ihm alles bieten, was er bei seinen Eltern vergeblich suchen würde, in diesem Dorf, in diesem Elend. Ob sie es Otto vorschlagen sollte? Immerhin war der Kleine ihr eigen Fleisch und Blut, er hatte etwas Besseres verdient. Andererseits steckte auch das Erbe dieses Schneiders in ihm. Da konnte man nicht auf gute Anlagen hoffen. Aber ein hübsches Kind war es schon. Dieses Kinderlächeln, es war so lange her, dass sie so ein liebes Kinderlächeln gesehen hatte. Ihr Enkelsohn. *Glücklich, gesund, wunderbar ...*

Als der Sommer kam, war Lisette erschöpft. Sie hatten in dieser Saison viel Erfolg und waren so gefragt wie nie zuvor. Die Arbeit veränderte sich. Irgendwann stellte Lisette fest, dass ihr die Luft zum Atmen fehlte, dass sie stundenlang über Rechnungen saß, Stoffpreise verglich und über das Führen der Auftragsbücher kaum mehr dazu kam, neue Ideen zu entwickeln. Dazu kam der kleine Henri und der sich durch das Kind ständig wandelnde, anstrengende Alltag der jungen Familie.

»Wir müssen irgendetwas verändern«, sagte Lisette nachdenklich, als sie einen ihrer immer seltener gewordenen Abendspaziergänge zur Bubenhäuser Höhe machten, um dort den Sonnenuntergang über dem Rheintal anzuschauen.

»Was willst du denn schon wieder verändern?«, fragte Emile kopfschüttelnd und streckte den Rücken, der ihn schmerzte nach den vielen Stunden, die er am Tag mit Zuschneiden verbracht hatte.

»Weißt du noch, wie viele Ideen wir in Paris hatten? Wir sollten mehr reisen, es liegt so viel in der Luft, man muss nur genug Muße haben, es aufzuschnappen. Ich kann gerade überhaupt nicht weiter denken als vom Schreibtisch zum Auftragsbuch und zum Kalender, wie soll ich da gute Ideen für neue Entwürfe haben?«

»Wir können nicht einfach wegfahren, wir haben viel zu viel Arbeit!«

»Du hast ja recht«, sagte Lisette. »Aber am Sonntag machen wir einen Ausflug. Einen richtigen Familienausflug. Ich will im Freien sitzen und Henri mit Torte füttern. Und nächstes Jahr fahren wir in eine Sommerfrische, so wahr ich hier stehe, wir schauen uns etwas an, was wir nicht kennen. Wir folgen dem Fluss ... wir fahren ans Meer. Oder wir fahren in die Berge, nach Österreich, ich war noch nie in den Bergen. Was meinst du?« Versonnen blickte Lisette auf den Rhein unten im Tal. Auf seiner Oberfläche spiegelte sich der noch helle Himmel, der sich in der sinkenden Abendsonne allmählich golden verfärbte.

»Ich weiß, wohin wir reisen, Liebster«, sagte Lisette und lächelte. »Wir reisen nach Italien.«

1913

Lisette lehnte in ihrem weißen Nachtkleid an der Brüstung der Veranda und blinzelte in die Sonne, die über dem Zitronenhain aufgegangen war. Sie liebte diese frühe Stunde, wenn Emile und Henri noch schliefen und sie alleine den Morgen begrüßte. Es war noch nicht lange hell, und alles sah noch frisch aus, erholt von der Kühle der Nacht, bevor die große Hitze am Nachmittag Menschen und Natur wieder ermüden würde. Aus dem Zitronenhain stieg schon der zarte Duft der Blüten, der gegen Mittag stets stärker wurde. Zitronenblüten dufteten ganz anders als Zitronen. Sie konnte sich nicht sattriechen an diesem Duft, der süß und frisch zugleich war. Jeden Morgen lief sie von der Veranda in den Hain, in dessen Mitte die Casa delle Fiore stand. Sie hatten das Haus für den Frühsommer von einer Bekannten von Marie Guérinet gemietet. Madame Guérinet war mit ihrem Malerehemann oft in der Casa delle Fiore gewesen, bevor sie sich vor vier Jahren schon wieder getrennt hatten, kaum dass ihr Schloss richtig fertiggestellt war. Er hatte hier stets gemalt, und Marie hatte Lisette oft von der Casa delle Fiore vorgeschwärmt, von dem Licht, von dem Duft. Sie hatte nicht übertrieben. Lisette pflückte einige der perfekten weißen Blüten, damit der Duft den ganzen Tag bei ihr blieb.

Obwohl es noch früh am Morgen war, hatte die Sonne schon eine große Kraft. Seit zwei Wochen waren sie bereits hier, und alle drei waren braun gebrannt, sahen aus wie Landarbeiter und trugen einfache Kleider aus hellem, kühlen Leinen, feiner Baumwolle oder weißem Batist. Für alles andere war es viel zu warm.

Lisette flocht sich einen losen Zopf, den sie mit einem Ästchen, an dem drei Blüten dufteten, zu einem lockeren

Knoten zusammensteckte. *Kennst du das Land, wo die Zitronen blühen* ... Sie ging durch das Gras bis zu der Stelle, wo die Zitronenbäume aufhörten und die Orangenbäume begannen. *Im dunklen Laub, die Goldorangen glühen* ... Jeden Morgen empfand sie es wie ein Wunder, wenn sie Orangen aus dem sattgrünen Laub der Bäume pflücken konnte und an ihrer Schale rieb, um dieses unglaubliche Aroma einzuatmen, wie es nur eine frisch gepflückte Orange verströmen konnte. Mit Früchten voll beladen ging sie zurück zur Casa delle Fiore.

In der Tür zum Schlafzimmer blieb sie stehen und betrachtete Emile, der noch schlief, nur halb zugedeckt mit einem weißen Laken, auf das durch die Fensterläden Streifen von Sonnenlicht fiel. Sein vom Schlaf zerzaustes Haar war länger als sonst, seit sie in Italien waren, und lockte sich im Nacken zu Kringeln. Sie lächelte, ließ die Orangen auf die Kommode gleiten und legte sich zu ihm auf ihr sonnengestreiftes Lager. Eine Locke fiel ihm ins Gesicht. Sie nahm sie und wickelte sie zärtlich um einen Finger, um sie ihm hinters Ohr zu stecken. Er schlug die Augen auf. In seinem gebräunten Gesicht wirkten seine Augen viel heller und klar wie das Meer, in dem sie die letzten Nachmittage gebadet hatten.

»Du duftest nach Orangen«, murmelte er und lächelte, als er sie an seinen schlafwarmen Körper zog und seine Arme um sie schloss.

»Können wir nicht einfach hierbleiben?«, flüsterte Lisette.
»Für immer?«
»Gefällt dir unser Leben zuhause nicht mehr?«
»Doch«, antwortete sie. »Sehr! Aber mit Zitronenblüten und dem Meer gleich hinter dem Orangenhain gefällt es mir immer besser.«
»Hm, du gefällst mir auch immer besser ...«, flüsterte

Emile und streifte liebevoll die Träger ihres Nachtkleides von ihren Schultern. Da hörten sie, wie kleine Füße aus dem Nebenzimmer über den Boden tapsten. Sie mussten lachen, als Henris kleine Stimme freudig »Guten Morgen« rief, er zu ihnen ins Bett kletterte und sich gemütlich zwischen sie fallen ließ.

»Frühstück haben, Mama, ja?«

Die Entwürfe, die Lisette während und nach ihrer Italienreise machte, waren anders als ihre vorherigen. Die Leichtigkeit der ländlichen Sommerkleider, die sie dort gesehen und getragen hatte, die Bewegungsfreiheit und die Schlichtheit, die sie kennengelernt hatte, inspirierten sie zu Entwürfen, die all das widerspiegelten. Die Kleider wurden viel kürzer, viel schmaler, viel leichter.

Zuhause war in ihrer vierwöchigen Abwesenheit alles erstaunlich gut gegangen. Die Näherinnen waren eingespielt und konnten selbstständig arbeiten. Der Buchhalter, Herr Niebel, der für sie die Rechnungs- und Auftragsbücher geführt hatte, hatte gute Zahlen vorzuweisen, und sie beschlossen, ihn zu behalten, damit Lisette sich wieder mehr um die Entwürfe kümmern konnte. Aber sosehr ihre neuen Entwürfe sie selbst begeisterten, Emile war skeptisch.

Mit gerunzelter Stirn betrachtete er die neuen Skizzen. »Die Röcke sind sehr kurz. Sie reichen nur übers Knie. Das wird niemand tragen wollen.«

»Man wird es lieben. Leichte Kleidung, zarte Stoffe. Luftigkeit. Schichten von Musseline und Chiffon.«

»Die deutsche Frau liebt die Luftigkeit nicht, mein Schatz.«

»Ach, seit wann bin ich denn eine Ausländerin?«

»Du kennst es doch, solide Stoffe, gute Qualität, nicht so viel vom Körper zeigen.« Er deutete auf die Beine und auf den Ausschnitt, die knappen Ärmel, die gerade die Schultern bedeckten.

Die Näherinnen hatten aufgehört zu nähen und verfolgten interessiert die Diskussion. Lene stand neugierig auf, um einen Blick auf Lisettes Skizze zu werfen. Kopfschüttelnd schlug sie sich auf Emiles Seite.

»Nein. Das wird ein Skandal. Man erkennt ja den ganzen Körper …«

»Warum? Das Kleid zeigt doch gar nicht viel vom Körper!«, widersprach Lisette. »Es umweht nur die natürliche Form.«

»Es ist zu viel Neues auf einmal. Man wird es nicht annehmen.«

Emile blieb bei seiner Meinung. Jetzt schauten auch Gerda und Edda über ihre Schulter. Gerda schlug die Hand vor den Mund und meinte, es wäre großartig, aber niemals würde sie es wagen, damit durchs Dorf zu laufen, und Edda kommentierte: »Na ja, als Nachtkleid würd ich's schon nehmen.«

»Danke auch für die Unterstützung!«, rief Lisette und schaute Emile herausfordernd an. »Nähst du jetzt ein Modell für mich, oder nicht?«

»Ändere nur eine Sache, denk noch einmal darüber nach. Lass die Röcke knöchellang und konzentriere dich auf die neuen Stoffe. Oder bleibe bei den gewohnten Stoffen und verkürze die Rocklänge, aber nur ein wenig. Bleib vernünftig.«

»Ich will nicht vernünftig sein. Wie lange soll das denn noch alles dauern, bis sich etwas verändert? Diese Kleider sind befreiend! Mit bloßer Vernunft kommt man nie weiter!«

Damit rauschte sie aus dem Atelier und verschwand Richtung Weinberge, um ihren Kopf zu lüften. Diese Sommerkleider waren eine Konsequenz aus allem, was sie bisher entworfen hatte. Sie spürte, es war an der Zeit, radikal etwas zu ändern. Warum hatten denn alle immer so große Angst davor?

Manchmal war es auch lästig, zu viele Meinungen zu hören. Sie liebte es ja, wenn sie alle zusammen an einem Schnitt herumtüftelten, wenn gute Ideen zusammenkamen und etwas noch besser wurde dadurch. Aber richtig mutig war man eher alleine.

Nachts kam Emile nicht ins Bett. Es war die erste Nacht, in der sie nicht zusammen schlafen gingen, seit sie hier lebten. War es so schlimm, dass sie etwas anderes wollte? War er ihr deshalb so böse, dass er nicht ins Haus kommen wollte? Sie stand am Fenster, sah das Licht im Atelier am anderen Ende des Gartens und überlegte, ob sie mit einem Glas Wein zu ihm hinübergehen sollte. Aber dann entschied sie sich doch dagegen. Nein, sie wollte an ihrer Meinung festhalten, und das musste Emile aushalten. Dann schlief sie eben heute alleine.

Das Bett war sehr groß, wenn man alleine darin lag. Es dauerte lange, bis ihre Füße warm waren und sie sich nicht mehr so verloren fühlte. War das der Preis, den sie zahlen musste, wenn sie einfach an sich glaubte? Allein sein? Irgendwann musste sie doch eingeschlafen sein, denn als sie aufwachte, war es hell und das Bett neben ihr war immer noch leer.

Sie redeten den ganzen Tag nicht miteinander. Sie ging nicht ins Atelier, sie ging noch nicht einmal in den Garten, um Emile und die Näherinnen bloß nicht zu sehen. Emile kam nicht ins Haus.

Als sie am nächsten Morgen schon wieder alleine aufwachte, sprang sie aus dem Bett und stürmte noch im Nachthemd die Treppe hinunter, durch den Garten und ins Atelier, wo Emile schon an der Nähmaschine saß und nähte und mit müden Augen aufsah, als sie hineinkam.

»Was machst du da eigentlich?«, rief sie. »Bist du jetzt bei uns ausgezogen? Willst du jetzt für immer hierbleiben? Redest du nicht mehr mit mir? Und alles nur, weil dir meine Idee nicht gefällt?«

»Diese Naht noch. Dann habe ich das Kleid fertig ...«, sagte er und führte den Stoff unter der Nadel entlang. »Vielleicht täusche ich mich ja«, sagte er, als er das Kleid herauszog. »Hier, vielleicht wartet die Welt nur darauf, und ich bin zu kurzsichtig, es zu erkennen.«

Damit hielt er ihr das Kleid hin, an dem er die ganze Zeit gearbeitet hatte. Es war leicht wie eine Feder, dachte Lisette, als sie es staunend in Händen hielt. Mitten im Atelier stehend zog sie ihr Nachthemd aus, um es überzustreifen.

»Es ist wunderbar«, strahlte sie. »Genau so habe ich es mir vorgestellt!« Sie lief zu Emile und umarmte und küsste ihn. Dieser Mann schaffte es doch immer wieder, sie zu überraschen.

»Und glaub mir: Es wird sich verkaufen wie warme Semmeln!«

Das Kleid wurde ihr Ladenhüter. Leider hatte Lisette darauf bestanden, Stoff in großer Menge einzukaufen und die lose fallenden Sommerkleider in drei verschiedenen Größen vorzufertigen. Alle hatten wochenlang Kleider genäht, die niemand haben wollte. Über hundert Kleider hingen an der Stange und wurden kaum weniger. Auch Poulet winkte ab, wollte weder die Kleider in Kommission nehmen noch ähnliche Entwürfe abnehmen. Herr Niebel tobte und weigerte sich, weiter für sie zu arbeiten, wenn sie solche unternehmerischen Risiken eingingen. Die Näherinnen warfen sich besorgte Blicke zu.

Wieder war es Emile, der versuchte, sie zu trösten, als sie verzweifelt zusammen die Zahlen betrachteten.

»Vielleicht ist die Zeit einfach noch nicht reif dafür. Wir

verpacken die Kleider und versuchen es in zehn Jahren noch einmal.«

Aber Lisette war untröstlich. »Da bin ich einmal von etwas überzeugt, zweifele nicht, hadere nicht, und dann geht es grandios schief! Ich habe komplett falsch gedacht! Was, wenn mir das jetzt immer passiert? Wenn es vorbei ist, weil ich nicht mehr einschätzen kann, was Frauen tragen wollen? Hundert Kleider! Umsonst!«

»Weißt du, wie viele Nähte ich auftrenne, weil ich später erst erkennen kann, dass sie anders hätten laufen müssen?«, versuchte Emile sie zu beruhigen.

»Hunderte Stunden von Arbeit und fünf Ballen Stoff! Die wir bezahlen müssen! Wenn das überhaupt reicht! Wenn die nächste Sache nicht gelingt, können wir das Atelier schließen! Warum hast du mich denn nicht gewarnt?« Sie sah ihn vorwurfsvoll an.

Jetzt war es an Emile, empört zu sein. »Was habe ich denn gemacht? Ich habe abgeraten! Ich habe genau das gesagt!«

»Und warum hast du dann den Schnitt gemacht und das erste Kleid überhaupt genäht?«

Emile seufzte. »Weil ich dachte, dass ich mich vielleicht täusche.«

Lisette schüttelte den Kopf und versuchte, die Locken, die sich aus ihrem Knoten gelöst hatten, wieder zurückzustecken.

»Du denkst in großen Dimensionen. Dann sind auch die Fehler größer«, sagte Emile.

»Warum regst du dich eigentlich nicht auf? Du hattest ja auch noch recht!«, rief Lisette.

»Wäre es dir lieber? Könnte ich auch ...«

»Ich schäme mich noch mehr, wenn du auch noch so gelassen bleibst!«

»Dann bin ich jetzt die Gelassenheit in Person«, sagte Emile und zog eine Grimasse.

Sie musste lachen, obwohl sie eigentlich heulen sollte.

»Hätte ich doch nur auf dich gehört.«

»Dann wären wir gar nicht hier«, unterbrach Emile. »Wir wären nie zusammen weggelaufen, wir würden nicht in diesem Haus leben, wir hätten kein Atelier. Es gäbe Henri nicht. Es gäbe all deine Kleider nicht.«

Sie sah ihn ratlos an. »Bist du mir gar nicht böse?«

»Du stürmst eben voran. Und du solltest nicht damit aufhören, nur weil es jetzt einmal richtig schiefgegangen ist.«

Lisette schüttelte den Kopf und schlug das Buch mit den elenden roten Zahlen mit Schwung zu.

»Du bist mir unheimlich, du bist viel zu jung, um so weise zu sein, weißt du das eigentlich?«

Sie lächelten sich an, und sie sah sich in seinen dunkelblauen Augen. Und das Bild, das sie in seinen Augen von sich sah, war immer besser als das, was sie von sich selbst hatte.

1914

Henri saß auf dem Boden und spielte mit Stoffresten, die er sich aus dem Atelier mitgebracht hatte. Henri war wählerisch. Er sammelte nicht jeden Stoffrest auf, er nahm nur die interessanten, mit einem schönen Muster. Oder Stücke, die sich besonders weich oder rau anfühlten. Unermüdlich legte er sie immer wieder nebeneinander, hob sie auf und sortierte sie neu.

Lisette sah ihm zu und legte die Zeitung beiseite. Liebevoll betrachtete sie ihre Familie. So wie jetzt, so sollte es bleiben. Henris konzentriertes kleines Gesicht, seine gerunzelte Stirn, weil er sich nicht entscheiden konnte, ob der braune Samt oder der blaue Taft schöner war und welcher besser zu dem Stückchen des roten Twills passte, der vor ihm lag. Emile, wie er die Zeitung in Händen hielt. Sie kannte jeden einzelnen Finger, die feste Hornhaut auf den Kuppen seiner Zeigefinger, mit denen er die Nadel führte und keinen Fingerhut brauchte, die weichen Kuppen der anderen Finger, die kleinen Härchen auf den unteren Fingergelenken, der eine krumme kleine Finger, den er gerne in der Hand versteckte, wie auch jetzt. Die Wärme, die vom bollernden Ofen zu ihr drang, die angelaufenen Fenster, der Duft warmer Hörnchen, der noch in der Luft hing, weil sie vorhin ein Blech voll für das Sonntagsfrühstück gebacken hatte. Genau so sollte es bleiben. Immer.

Lisette stand auf und wischte mit der Hand über das kalte Glas, um hinauszuschauen in den kalten grauen Januartag. Der Januar war immer ein schwieriger Monat. Es gab so gut wie keine neuen Aufträge, alle waren erschöpft nach der anstrengenden Arbeit für die winterliche Saison mit ihren vielen Festen und Bällen. Das neue Jahr war frisch, und die Auftragslage genau wie die Natur: erstarrt und reglos. Es passte einfach nicht zusammen.

»So schön es ist, einmal mehr Ruhe zu haben. Das neue Jahr sollte im März beginnen, dann hätte es mehr Schwung«, seufzte sie und ging zum Ofen, um noch ein paar Scheite nachzulegen. Kaum hatte sie die Ofentür geschlossen, begannen die Scheite im Ofen zu knistern. So kalt es draußen auch war, so gemütlich hatten sie es hier.

Emile sah sie über den Tisch hinweg an. »In England hat der Januar ziemlich viel Schwung. Schau, die Suffragetten haben die Fenster des Innenministeriums zertrümmert, um das Wahlrecht durchzusetzen.« Er deutete auf den Artikel, den er las.

Schon wieder tapfere Frauen, die alles riskierten. Rosa Luxemburg wurde verurteilt, weil sie zu Frieden aufrief, und in England wehrten sich die Frauen und nahmen schwere Strafen in Kauf, um endlich etwas zu verändern.

»Ich bin feige, oder?«, murmelte sie und nahm mit einem Topflappen die Kaffeekanne vom Ofen, die dort warm stand, und goss ihnen beiden noch etwas davon ein. Der Kaffee roch malzig, weil er schon lange auf dem Ofen gestanden hatte, und sie schob den abgekühlten Milchtopf vom Rand näher in die Mitte der Ofenplatte. Sofort begann es im Topf zu summen. Lisette wartete einen Moment, bis sich die Milch im Topf bewegte, und füllte die Tassen damit auf.

»Bestimmt wird das Wahlrecht für Frauen in England schneller durchgesetzt als hier.«

»Komm ja nicht auf dumme Ideen ...« Emile sah von der Zeitung auf und musterte Lisette stirnrunzelnd.

»Ich kann es jedenfalls gut verstehen, dass man anfängt, Fenster zu zertrümmern, wenn man nie gehört wird. Wenn man etwas verändern will, reicht es vielleicht wirklich nicht, immer nur darüber zu sprechen! Immer wieder darauf hinzuweisen, wie ungerecht das alles ist. Ich zahle genauso viel Steuern wie die Männer. Aber wählen darf ich nicht! Das hören sich die Herren dann an, nicken bedächtig, streichen sich über den Bart, und dann? Machen sie weiter wie immer! Es geht alles viel zu langsam.«

»Aber Gewalt ist keine Lösung.«

»Rosa Luxemburg kämpft mit reinen Argumenten, die anscheinend genauso gefährlich sind, sonst würde man sie nicht verurteilen, nur weil sie für den Frieden ist! Deshalb dürfen wir auch nicht wählen. Man hat Angst vor unseren Stimmen.«

»Die Linken haben Angst, dass ihr zu konservativ wählt, und sind dagegen, die Rechten haben Angst, dass ihr links wählt, und sind deshalb dagegen. Aber ...«

»Mama, Schoß ....« Henri stand vor Lisette und versuchte auf ihren Schoß zu klettern. Sie zog ihn hoch, und er kuschelte sich an sie. »Aber es wird sich irgendwann ändern«, sagte sie und fragte sich, ob sie nicht doch auch lauter würde rufen müssen, damit sich etwas änderte. Ob sie nicht alle viel lauter rufen müssten?

»Jetzt ist in den letzten Jahren so viel erreicht worden in der Mode, wir können so vieles tragen, ohne gleich verurteilt zu werden, und jetzt das! Ein Reichsausschuss für die deutsche Frau. Und sie wollen uns diktieren, was wir anziehen sollen!«

Lisette konnte vor Empörung gar nicht essen. Sie saß mit ihren drei Näherinnen und Nanchen, Emile und Henri am großen Tisch auf der Terrasse, die sich über die ganze Länge des Atelier erstreckte. Die Maisonne schien und sie aßen zusammen zu Mittag an dem langen Holztisch, der mittlerweile immer auf der Terrasse vor dem Atelier stand. Hier fanden sie alle Platz. Seit letztem Sommer hatten sie das Mittagsritual eingeführt. Es war Lisette unsinnig erschienen, dass Nanchen für sie und Emile etwas kochte, während die Näherinnen zur gleichen Zeit aus ihren mitgebrachten Dosen und Gläsern etwas aßen.

»Das macht uns auch nicht arm, wenn wir mittags zusammen eine Suppe essen«, hatte Lisette beschlossen, und so hielten sie es seitdem.

»Meine Sozialistin ohne Parteibuch«, hatte Emile gesagt, aber Lisette lehnte solche eine Bezeichnung ab. Sie fand, sie war ein bisschen Sozialistin und ein bisschen Kapitalistin. Sie hatte einen Betrieb, mit dem sie Geld verdiente, also war sie

Kapitalistin. Aber sie behandelte ihre Näherinnen gut, beteiligte sie am Gewinn, zahlte ihnen Lohn, auch wenn sie krank waren, ließ sie mitbestimmen und bot ihnen eine gewisse Sicherheit. Damit war sie also auch Sozialistin. Sie fertigte edle Roben für kaiserliche Bälle, Konfektion für den Mittelstand und verkaufte einfache Schnittmuster an Frauenmagazine, wodurch sich auch Frauen mit wenig Können und wenigen Mitteln aus günstigem Stoff ein schönes Kleid nähen konnten. Sie wollte Kinder haben und trotzdem arbeiten. Sie wollte Hosen tragen wie ein Mann und weich fallende Kleider wie eine Frau. Sie wollte Vielseitigkeit und Abwechslung, und vor allem wollte sie eines: nicht festgelegt werden. Wie sollte man denn wissen, wer man sein konnte, wenn man nicht alles ausprobierte?

Die einzigen Konstanten in ihrem Leben waren der Versuch, sich selbst treu zu bleiben und an sich zu glauben, und die Liebe zu Emile. Diese Liebe zu leben war so leicht, mühelos und lebendig wie in ihren ersten Tagen. Wenn sie hörte, dass Edda, obwohl sie eigenes Geld verdiente, nicht selbst entscheiden durfte, was damit geschah, wenn sie mitbekam, dass Lene dafür kämpfen musste, bei ihnen überhaupt nähen zu dürfen, und dass Gerdas Mann wollte, dass sie aufhörte zu nähen, sobald sie ein Kind hatten, dann dachte sie, dass sie mit Emile das größte Glück hatte. Er unterstützte sie, wenn sie sich klein, aber auch wenn sie sich groß fühlte. Niemals würde er ihr Vorschriften machen oder Bedingungen stellen. Manchmal dachte sie fast, ihre Näherinnen wären ohne ihre Männer besser dran. Von sich und Emile dachte sie das nie.

Vor Kurzem hatte Fanny Berghoff ihr, nachdem sie vier Kleider auf einmal gekauft hatte, beim Tee leise gestanden, dass sie sich von ihrem Mann missachtet fühlte. Sie hoffte, er würde sie wieder wahrnehmen, als Frau, und die vier neuen Kleider sollten dabei helfen.

Lisette wusste, dass Emile sie immer sah, weil er sie sehen wollte, egal, ob sie in Hosen den Garten umgrub oder in einem auffälligen Kleid tanzte. Alle Männer, die sie kannte, schienen bemüht, ihren Frauen das Licht zu nehmen, die Kraft und die Größe zu verringern. Emile jedoch stärkte sie. Ohne Emile wäre sie weniger. Er hatte ihr nicht nur seine Liebe, er hatte ihr sie selbst gegeben.

Die ständig neuen Einschränkungen und Widerstände forderten Lisette heraus. Genau dagegen galt es anzustürmen. Durch Emile fand sie dafür den Mut.

»Sie wollen eine deutsche Mode von Würde, Sitte und Anmut! Und schau an, unser Fräulein von Herrenkirchen ist ganz vorne dabei, als Sekretärin des Reichsausschusses.«

Deutsch sollte die Kleidung sein und sich von den französischen Einflüssen befreien, die plötzlich als dekadent galten und unsittlich. Es war noch gar nicht lange her, da hatte alles Französische als chic gegolten, wer nicht Französisch parlieren konnte, gehörte nicht zur besseren Schicht. Und dann empfahl dieser Reichsausschuss plötzlich, was die Ateliers zu fertigen hatten und was die Frauen tragen sollten in diesen ernsten Zeiten, wie es hieß. Die Zwischenfälle in Zabern hatten das geschürt, und nun begann man gegen ganz Frankreich zu hetzen. Selbst in der Mode. So unwichtig schien sie dann ja doch nicht zu sein, die nebensächliche Mode. Deutsche Kammgarne sollten verwendet werden, ausschließlich, als ob es etwas Langweiligeres gäbe, als sich so zu beschränken. Münchner Seide durfte ab und zu getragen werden. Oder Wiener Seide, die war auch zugelassen, für auflockernde Blusen, man war ja Bündnispartner, aus Österreich durfte noch Stoff importiert werden. Dabei wusste jeder, dass Seide aus Frankreich einfach schöner war. Und Fräulein von Herrenkirchen wusste das auch. Sie hatte vor gar nicht so langer Zeit ein Gewand aus französischer Seide bestellt. Daran musste sie sich doch erinnern? Ging es denn nur noch um Bündnisfragen? Und wie war es dann um das Bündnis zwischen Fräulein von Herrenkirchen und ihr bestellt?

»Alle fangen an, ein Feindbild zu entwickeln und das, was Deutsch ist, von allem anderen zu trennen. Das gefällt mir überhaupt nicht.« Lisette nahm den Löffel, um Nanchens Suppe zu essen, bevor sie völlig abgekühlt war. »Ich finde, unsere Kleider sollten dagegen protestieren und genau das vereinen, was uns die ganze Welt zu bieten hat, wir sticken russische Muster auf englisches Tuch und nähen orientalische Kaftane aus französischer Seide …«

»Dann pass nur auf, dass sie dich nicht boykottieren, weil du zu undeutsch bist. Nicht dass sie dich gar als Verräterin bezeichnen«, unterbrach Edda und sah dabei tatsächlich ängstlich aus.

»Du solltest es nicht übertreiben, Lisette«, fand auch Lene. »Das kann in Zeiten wie diesen gefährlich sein.«

Lisette schaute die beiden stirnrunzelnd an.

»Ich finde deutsche Kammgarne ganz hervorragend«, setzte Lene nach. »Wir sollten uns als Deutsche an die Empfehlungen halten. Wir müssen patriotisch sein!«

»Verstehe«, sagte Lisette knapp, stand auf und ging zurück ins Atelier, um weiterzuarbeiten, der Appetit war ihr erst mal vergangen.

Das Zittern entstand aus der Mitte. Ihr Magen krampfte sich zusammen, und von dort lief das Zittern in Wellen durch ihren Körper, ihre Beine wurden schwach, und sie suchte Halt, um sich zu stützen, doch ihre Arme zitterten unkontrolliert und versagten ihr den Dienst. Als wüsste ihr Körper bereits etwas, was sie noch nicht wusste. Ihr Denken war wie gelähmt. In ihrem Kopf war eine einzige große Leere.

Herr Rosenkrantz schob Lisette schnell einen Hocker unter, damit sie nicht umfiel. Stumm sank sie darauf und versuchte zu verstehen, was die aufgebrachten Stimmen um sie herum riefen: Mobilmachung, Krieg, der Kaiser, Vergeltung, Deutschland, ein schneller Schlag, Militär. Sie sah hoch und sah die Aufregung in den Gesichtern der anderen, die mit ihr im Laden waren. Freude, Jubel fast. Deutschland war im Krieg. Warum freuten sich alle? Über Krieg konnte man sich doch nicht freuen!

Sie musste sofort nach Hause. Sie wollte nach Hause zu Emile, aber ihre Beine trugen sie noch nicht. Hilfesuchend sah sie sich um, sah, wie Herr Rosenkrantz mit einem vollen Glas zu ihr kam. Sie nahm es dankbar entgegen, dachte, es sei Wasser, aber als sie es ansetzte, roch sie den Alkohol und trank trotzdem einen großen Schluck. Für einen Moment blieb ihr die Luft weg. Der Trester war stark und trieb ihr die Tränen in die Augen, aber nach wenigen Augenblicken kam er genau dort an, wo das Zittern begonnen hatte. Ein heißer Ball formte sich in ihrem Inneren, der das Zittern betäubte, und sie leerte das Glas mit zusammengekniffenem Gesicht. Zwischen all dem aufgekratzten Jubel, den großen Augen, den geröteten Wangen sah sie Thea am anderen Ende der Ladentheke. Thea stand ebenfalls stumm und ernst und hielt sich an der Theke fest. Ihre Blicke trafen sich. Inmitten der Jubelstimmung bildeten Lisette, Thea und Herr Rosenkrantz ein unsichtbares Dreieck der Angst.

> Es war ein Sonntag hell und klar,
> da zog ein tiefer Harm
> des Abschiednehmens in ein Herz,
> das doch so liebeswarm!
>
> *Postkartenspruch, 1914*

Der Brief lag seit neun Uhr morgens auf dem Küchentisch. Sie hatte gehofft, dass es länger dauern würde, aber die Mobilmachung wurde in den letzten Wochen mit großem Einsatz vorangetrieben. Herr Niebel, der in Wambach wohnte, hatte seine Einberufung letzte Woche schon bekommen, jetzt waren wohl die Rauenthaler dran.

Lisette konnte nicht ins Atelier gehen. Sie saß am Tisch, starrte auf diesen Brief und malte sich aus, wie es wäre, wenn darin stände, dass alle Väter zuhause bleiben durften. Oder dass Emile als Halbfranzose nicht einzusetzen war. Oder dass man Schneider nicht an die Front ziehen ließe. Oder dass alle Rauenthaler ausgenommen seien. Oder dass alles ein Versehen war und alle zuhause bleiben konnten.

Als Nanchen mit roten Händen aus der Waschküche kam, sah sie den Brief ebenfalls und ließ sich ihr gegenüber auf den Stuhl sinken.

»Dann wird es jetzt bei uns auch so weit sein«, sagte sie ernst und griff nach Lisettes Hand. »Aber alle sagen, dass der Krieg ganz schnell gewonnen wird. Dass sie schon Weihnachten alle wieder zuhause sind und wir den Sieg zusammen feiern.«

»Hoffen wir, dass es so ist. Hoffen wir es, Nanchen.«

»Soll ich schnell ein Stück Suppenfleisch holen, damit wir eine gute Kraftsuppe haben heute Mittag?«

Lisette nickte und strich über den Brief. »Am liebsten würde ich ihn verbrennen. In dem Feuer, auf dem du gleich die Suppe kochst.«

»Aber das machst du doch nicht …?« Nanchen sah sie besorgt an. Lisette schüttelte den Kopf. Sie würde gar nichts tun. Sie würde zum ersten Mal in ihrem Leben nichts tun können. Da hatte sie ihr Korsett zerschnitten, war von zuhause weggelaufen, hatte Poirets Humpelrock aufgerissen und hatte sich über so viele Kleinigkeiten aufgeregt. Aber dass ihr Mann in den Krieg ziehen musste, daran konnte sie nichts ändern. Was hatte sie damals zu Henriette gesagt? *Alles ist möglich, Hennilein. Man muss es nur wollen.* Falsch gedacht, Lisette, dachte sie bitter. Falsch, falsch, falsch.

»Ich muss es ihm sagen«, sagte sie leise und sah Nanchen hilflos an. »Aber ich warte noch. Wir sagen ihm jetzt nichts davon, dass der Brief da ist, es reicht ja auch, wenn er es später erfährt.« In einer Stunde oder zwei. War nicht jede Minute kostbar, in der er hier war und nichts ahnte? War es nicht ein süßes Unwissen, das sie ihm erhalten sollte, solange es nur ging?

Sie stand auf und sah durch die geöffnete Küchentür quer durch den Garten hinüber zum Atelier. Die Sonne schien zwar durch die Wolken, die der Wind in Fetzen über den Himmel trieb, aber sie stand jetzt schon tiefer und konnte nicht darüber hinwegtäuschen, dass der Sommer bald zu Ende gehen würde. Sie liebten diese goldenen Spätsommertage, in denen sie oft in den Weinbergen spazieren gingen, um die Sonnenstrahlen zu genießen, wie die Trauben, die genau jetzt an Süße gewannen. Genau jetzt, da sich ein neuer, bitterer Geschmack in ihr Leben mischte.

Sie sah durch die geöffneten Türen des Ateliers, wie Emile sich über einen der Nähtische beugte und Gerda etwas erklärte. Wie sie nickte und lachte, weil er anscheinend einen Spaß machte. Wie sollte das weitergehen hier, ohne ihn? Durch die geöffneten Türen trat er nach draußen auf die Terrasse und streckte sich. Dann schaute er unvermittelt zum Haus und lächelte, als er sie dort in der Küchentür entdeckte. Er machte einen Schritt in ihre Richtung, so als wolle er ihr etwas erzählen, vielleicht das, worüber er gerade mit Gerda gelacht hatte. Doch dann erlosch das Leuchten in seinem Gesicht, sein Lächeln verschwand, und er erstarrte mitten in der Bewegung. Er hatte ihr schon angesehen, was sie noch für sich behalten wollte. Ihr Blick hatte ihm alles verraten.

Er nickte und drehte sich um, weg von ihr, damit sie nicht sehen konnte, was in ihm vorging. Dabei wusste sie genau, was in ihm vorging. Sie spürte es über die Entfernung hinweg, und die Tränen schossen ihr in die Augen.

Er sah plötzlich so klein aus, so verletzlich und zart, und der Garten wirkte so groß. Er durfte doch den Garten nicht verlassen. Er musste doch hierbleiben, hier, wo alles gut war und sicher. Sie presste die Hände gegen die Augen und versuchte, das Schluchzen zu unterdrücken, das in ihr aufstieg. Sie musste stark sein jetzt, und tapfer. Sie musste ihm helfen. Sie konnte stark sein, das wusste sie. Genau jetzt war die Zeit dafür, und sie würde es ihm nicht noch schwerer machen. Was hatte Nanchen gesagt? *Weihnachten feiern wir alle zusammen den Sieg.* Bis Weihnachten, das waren ja gerade mal vier Monate. Was konnte denn in vier Monaten schon passieren?

Während Emile im Atelier aufräumte, breitete Lisette Emiles Uniform auf dem Tisch aus. In die linke Innenseite der Jacke, da, wo sein Herz schlug, nähte sie ein kleines Herz, das sie aus dem erdbeermarmeladenroten Seidenstoff geschnitten hatte. Einen Streifen ihres grünen Kleides nähte sie innen in sein Hemd unter die Knopfleiste. Aus all ihren Kleidern schnitt sie winzige Stoffstücke heraus und nähte sie überall verteilt in die Uniform hinein, an Stellen, die man von außen nicht sah, von denen nur er wissen würde. In jede Tasche legte sie duftende Kräuter aus dem Garten, Rosmarin, Minze und Thymian, als könnte sie durch all das einen Zauber weben, der Emile beschützen würde. Wie eine Fee im Märchen flocht sie ihm einen Schutzschild aus ihren Kleidern.

»Du hast Löcher in all deine Kleider geschnitten?«, fragte er und war entsetzt. »Sie werden kaputtgehen, und du musst mit geflickten Kleidern herumlaufen. Lisette, warum um Himmels willen …?«

»Den Kleidern tut das nicht weh! Die Löcher in meinem Herzen sind größer, dann passen meine Kleider wenigstens dazu, wie ich mich fühle, wenn du weg bist.«

Er schüttelte den Kopf, und sie hob die Hände.

»Und wenn du wiederkommst, wenn alles vorbei ist, trennen wir die Stoffstücke wieder ab und flicken alle Löcher.«

»Es werden nicht mehr die gleichen Stoffstücke sein wie jetzt. Und man wird es sehen, dass alles geflickt ist, und …«

»Na und? Hauptsache, du kommst wieder und gibst mir die Stoffstückchen zurück. Alles andere ist mir egal.«

»Heute Nacht schlafen wir einfach nicht«, flüsterte er und strich ihr die Haare aus dem Gesicht. »Wir haben die ganze Nacht für uns.« Seine Fingerspitzen streichelten ihre Stirn, fuhren über ihre Augenbrauen, ihren Nasenrücken, berührten zart die kleine Senke zwischen Nase und Oberlippe, strichen sanft über ihre Lippen, wanderten den Hals hinunter, wanderten langsam über ihren ganzen Körper, als wolle er ihn wie ein Blinder mit seinen Händen sehen und sich erinnern.

Sie wollte ihm alles schenken, was er mitnehmen konnte auf dem Weg, der morgen beginnen würde. Alles, damit er es vor seinem inneren Auge geschehen lassen konnte, wann immer er wollte. Während seine Hand ihren Körper ertastete, waren seine Augen geschlossen. Sie sah die feinen Linien seiner Augenbrauen, seine Wimpern, seine Wange, sah, wie seine Lippen sich bewegten und seufzend öffneten. Sie hob ihr Gesicht, um ihre Lippen an seine zu legen. Sie verharrten ganz still, Lippen an Lippen, Atem an Atem, Haut an Haut, bis sie es nicht mehr aushielten und miteinander verschmolzen, als könnte nichts und niemand sie trennen.

Sie hatten einen richtigen Sonntag zusammen verbracht heute, mitten in der Woche, an einem ganz normalen Dienstag. Die Näherinnen hatten frei bekommen, und Nanchen war zuhause geblieben, bei ihrem Mann und ihren Brüdern, die morgen zusammen mit Emile in den Zug nach Westen steigen würden. Sie hatten im Garten gefrühstückt, und sie hatte Butterhörnchen gebacken, viel zu viele, und selbst kein einziges davon herunterbekommen. Sie waren durch die sonnigen Weinberge gelaufen, Henri fröhlich plappernd auf Emiles Schultern. Schau mal, ein Schiff, ein Vogel, ein Hase, eine Blume. Henri zeigte ihnen alles, was er sah, und sie ließen sich bereitwillig ablenken von ihren Gedanken. Ein Schiff, ein Vogel, ein Hase, eine Blume. Was gab es denn auch Schöneres in diesem Moment?

Irgendwann schlief Emile ein, aber sie wollte wach bleiben. Schafen konnte sie noch lange genug, wenn er weg war. Sie betrachtete seine Hände. Für Lisette waren es die schönsten Männerhände, die sie je gesehen hatte. Kräftig und schlank waren sie, und der kleine Finger seiner rechten Hand im letzten Gelenk ein wenig krumm. Dieser rührende kleine Finger. Sie nahm seine Hand, die von ihrem Arm geglitten war, und legte sie auf ihre Brust, sie wollte die Wärme und das Gewicht seiner Hand auf sich spüren. Seine Hände, sie waren doch da, um sie zu berühren, sie zu halten oder um mit feinen Stoffen zu arbeiten, die filigrane Technik seiner Nähmaschine zu bedienen, um Henri zu kitzeln und aufzufangen, wenn er sich ihm vertrauensvoll entgegenwarf. Diese Hände waren nicht dazu da, um Gewehre zu halten, Kanonen zu laden. Sie legte ihre eigene Hand auf seine und verschränkte ihre Finger ineinander. Er murmelte kurz im Schlaf.

Und dann musste sie doch eingeschlafen sein, denn als sie aufwachte, lag sie alleine im Bett. Im ersten Moment erschrak sie und dachte, sie hätte den Abschied verpasst. Sie fuhr hoch, um sofort hinunterzulaufen. Als sie hörte, wie Emile in der Küche mit Henri sprach, warf sie sich ihr grünes Kleid über, das nun, wie alle ihre anderen Kleider auch, ein Loch hatte, und ging hinunter, wo die beiden schon zusammen frühstückten. Emile zog sie auf seinen Schoß und drückte ihr seine Tasse in die Hand.

»Warum hast du mich nicht geweckt? Ich hätte dir Kaffee kochen sollen heute Morgen, nicht du mir«, murmelte sie. »Und wie siehst du überhaupt aus?«

Er trug schon einen Teil seiner Uniform.

»Der Vorteil ist, wir werden gar nicht kämpfen müssen, die eleganten Franzosen werden einfach davonlaufen, wenn sie uns sehen. Dieses Feldgrau ist wirklich erlesen.«

»Möge es dich immer schützen, mein Herz«, flüsterte sie.

»Wir haben uns gerade etwas überlegt, Henri und ich«, sagte er, zwinkerte Henri zu und legte beide Arme um sie. Sie sah ihn fragend an. »Ihr beiden bleibt hier. Ich gehe allein zum Zug.«

»Niemals. Ich lass dich nicht allein, solange ich noch bei dir sein kann.«

»Ich möchte euch hier zum Abschied küssen, in Ruhe, nur wir drei, und euch in der Tür stehen sehen und gehen. Nicht in diesem Getümmel am Bahnhof, wo wir uns am Ende noch verlieren. Bleibt hier, bitte, lass mich dieses Bild mitnehmen.«

»Wenn du dir das so wünschst«, sagte sie gepresst und spürte, wie die Tränen ihr in die Augen schossen. »Ach, jetzt fange ich auch noch an zu weinen!« Sie wischte sich die Tränen mit dem Ärmel aus dem Gesicht.

»Ach, das arme Kleid«, seufzte Emile. »Henri, passt du bitte auf, dass deine Mutter immer ein Taschentuch hat und dass ihre Kleider in Ordnung sind?«

Henri nickte, und Lisette versuchte zu lächeln. Sie wollte doch nicht weinen, sie hatte es sich so fest vorgenommen. Dann begann immer gleich die Nase zu laufen, warum war das eigentlich so? Man hatte doch immer schon genug zu tun mit den Tränen.

»Jetzt macht deine Mama auch noch Flecken auf ihr schönes Kleid!«

»Waschen wir weg«, rief Henri.

»Genau«, sagte Emile. »Tränen, Flecken, Kummer, das werdet ihr immer schön wegwaschen, versprochen?«

»Verbrochen!«, krähte Henri und kletterte auch noch auf Emiles Schoß. Da saßen sie zu dritt, hielten sich, atmeten sich, spürten sich.

Bis Weihnachten waren es keine vier Monate, sagte sich Lisette. Eher drei. Es war überhaupt nicht lange. Sie sog Emiles Duft tief ein und versuchte sich zu beruhigen.

Und dann war der Moment plötzlich da, der letzte Kuss, die letzte Umarmung, dann stand sie plötzlich am Gartentor und sah Emile nach, sah, wie er sich noch einmal umdrehte, bevor er hinter der Biegung verschwand. Warum war es so schnell gegangen? So furchtbar schnell? Emile war weg. Bevor sie in Tränen ausbrechen konnte, zupfte es an ihrem Rock.

»Und was machen wir jetzt?« Henri sah sie erwartungsvoll an, und sie hatte keine Antwort.

Alle sahen sie später erwartungsvoll an. Nanchen und Gerda hatten auch verweinte Augen, Lene aber schimpfte mit ihnen. »Was seid ihr denn für Heulsusen? Seid doch stolz, dass unsere Männer die deutsche Ehre wiederherstellen. Es ist ein Tag zum Jubeln, nicht zum Heulen, denen werden wir schon zeigen, was unser Vaterland uns wert ist!«

»Heute machen wir gar nichts«, beschloss Lisette spontan. »Heute ist nicht der Tag, um viel zu machen. Wir tauchen die zwanzig übrigen Butterhörnchen in Milchkaffee und versuchen uns daran zu gewöhnen, dass jetzt alles anders wird. Hier kann jetzt weinen, wer will, und sich freuen, wer will«, sagte sie mit Blick zu Lene. »Und morgen habe ich wieder einen Plan. Morgen machen wir weiter.«

Meine Liebste,
unser Zug wurde gefeiert! Wo immer wir in Bahnhöfe einliefen, reichten Menschen uns Kuchen, Wein und Wurst durch die Fenster und jubelten uns zu, so dass wir uns alle schon fühlten wie Helden, bevor wir überhaupt ankamen. Jetzt ist das Leben ein ganz anderes, man wird hineingeworfen wie in einen Fluss, man schwimmt einfach mit, um nicht unterzugehen, und das ist am besten so. Ich sage allen, dass ich Emil heiße, um die Kameraden nicht zu verwirren, weil es jetzt gen Frankreich geht. Wir halten in Flandern die Stellung, um bald in Frankreich einzumarschieren. Hoffe, Ihr seid wohlauf. Nachts streichele ich die rote Seide, die Du mir ans Herz genäht hast, so wie Du selbst fest in mein Herz genäht bist. Küsse, meine Geliebte, Küsse für Dich, mein Lieschen, und unseren kleinen Henri, und möge der Frieden

*bald hergestellt sein, und wir wieder zusammen.
Dein E.*

*Mein Liebster,
jeden Tag schreibe ich Dir das Gleiche, wie sehr ich Dich vermisse und wie Du uns fehlst, aber Thea hat mit mir geschimpft, als ich es ihr erzählt habe. Also, obwohl wir Dich schrecklich vermissen, geht es uns gut, Liebster. Du brauchst Dir keine Sorgen zu machen. Ein Paket für Dich ist unterwegs, mit warmen Socken, harter Wurst, Früchtekuchen und Schokolade. Herr Rosenkrantz hat mir noch ein Päckchen mit Keksen mitgegeben für Dich. Wir halten alle zusammen und hoffen, dass Ihr bald zurück seid. Wir sind jetzt das Atelier der sehnsüchtigen Näherinnen. Es ist weniger zu tun als zuvor, kaum eine Frau will neue Kleider in diesen Zeiten. Wir erzählen uns Geschichten von unseren Männern, und so ist es, als ob du da bist, mein Geliebter. Mit vielen Küssen küss ich Dich und denke an Dich Tag und Nacht. Deine L.*

Welch Freude Dein liebes Päckchen war! Habe es mit einem Kameraden geteilt, mit dem ich, bekomme bitte keinen Schrecken, meine Liebste, im Lazarett liege. Nur kleine Verletzungen aus dem letzten Gefecht, die aber wieder heilen werden, also sorge Dich nicht. Wir freuen uns, dass wir ein paar Tage pausieren können, und wärmer als in den Gräben haben wir es auch. Eine traurige Nachricht ist, dass niemand glaubt, dass wir

Weihnachten nach Hause kommen. Das Vaterland braucht jeden Mann, und wir hoffen, dass das neue Jahr uns auf Fronturlaub schickt. In Liebe, Dein E.

Lisette ließ den Brief sinken. Emile war verletzt. Kleine Verletzungen. Er schrieb nicht, was es war. Weil es wirklich belanglos war oder weil er sie schonen wollte? Es war offensichtlich ernst genug, um ihn ins Lazarett zu schicken. Was war in diesen Zeiten ernst und was nicht? Solange er noch schreiben kann, ist bestimmt noch alles an ihm dran, meinte Nanchen. Lisette war dadurch eher verunsichert als getröstet. Und wenn er Schmerzen hatte oder sich nachts quälen musste? Er schrieb nichts von alledem. Aber ein Schnupfen würde es nicht sein und auch kein Kratzer.

Sie legte den Brief weg und stand auf, um das Gemüse und die Kartoffeln, die sie geschnitten hatten, in den Topf auf dem Herd zu geben. Einen Knochen hatte sie bekommen, sogar etwas Fleisch war noch mit dran gewesen, der kochte nun schon eine gute Stunde mit einer Zwiebel und Liebstöckel aus dem Garten. Sie holte die Flasche mit dem Traubensaft aus der kühlen Speisekammer und goss ein Glas für Henri und Käthchen ein. Nanchen brachte ihre Tochter, die nur ein Jahr älter war als Henri, nun oft mit, damit sie zusammen spielen konnten.

»Willst du auch ein Glas, Nanchen?«, fragte sie, aber Nanchen schüttelte den Kopf. »Lass das mal für die Kinder. Die freuen sich mehr darüber als ich.«

Das war glatt gelogen, Nanchen liebte süßen Traubensaft, und Lisette goss ihr trotzdem ein Glas voll.

»Bevor es Wein wird ...«, sagte sie zwinkernd und schob es ihr über den Tisch.

Die Herbstlese war vorbei. Es war anstrengender gewesen und hatte einen Tag länger gedauert als sonst, weil die starken jungen Männer gefehlt hatten. Sie hatten das Atelier geschlossen und alle mitgeholfen. Zum ersten Mal seit drei Jahren, denn genau im Oktober war sonst immer viel zu viel zu tun gewesen. Seit Kriegsausbruch war das alles anders.

Nach der Lese hatten sie beraten, wie es weitergehen könnte mit dem Atelier. Lisette konnte unmöglich alle Näherinnen weiter beschäftigen, weil die Aufträge einfach ausblieben. Gleichzeitig fehlten überall Arbeitskräfte, und die Frauen waren aufgefordert worden, die Arbeit der Männer weiterzumachen. Gerda war nun Schaffnerin in der Eisenbahn nach Wiesbaden, Lene musste den Bruder in der Backstube ersetzen, und Edda half im Weingut ihrer Schwiegerfamilie. Nanchen kam wieder nur noch vormittags, wie früher, weil Lisette mehr Zeit hatte. Vieles war wieder so wie früher, als sie sich mit Emile von Suppe zu Suppe gehangelt hatte, um warm und satt zu werden. Der große Unterschied zu früher war, dass Emile nicht da war. Dass sie alleine war. Und sie merkte, dass es leichter war, dünne Suppe zu essen, wenn man nachts nicht alleine war und sich nicht sorgen musste um den geliebten Mann.

Jetzt aßen sie auch sonntags zusammen zu Mittag. Lisette und Nanchen kochten etwas aus allem, was die Frauen vorbeibrachten. Hinterher tranken sie immer dünner werdenden Kaffee mit immer dünnerer Milch und wärmten sich am Herd, am Essen, an ihrer Gesellschaft. Manchmal dachte Lisette, sie könnten auch heißes Wasser schlürfen, es würde ihnen hinterher trotzdem allen besser gehen, weil es guttat, zusammenzurücken. Die Geschichten, die Tränen, das Gekicher, das alles machte satter und glücklicher, als man alleine sein konnte.

Heute gab es Kartoffelsuppe mit Lauch, und Nanchen begann schon, Falläpfel für Apfelbrei zu schälen. Lene hatte angekündigt, ein halbes Brot mitzubringen. Brot war knapp geworden. Lisette wollte nicht wissen, was die Bäcker mittlerweile alles im Brot verbuken, jedenfalls wurde es immer klotziger und dunkler.

»Wenn das so weitergeht, will ich bald gar keines mehr essen«, hatte Lisette gestöhnt. Doch inzwischen waren sie dankbar für alles, was satt machte. Und Henri aß das Brot, als hätte er nie etwas anderes gekannt.

Gräme Dich nicht, mein Liebster, dass Du Weihnachten nicht hier sein kannst. Sei gewiss, für uns wirst Du trotzdem hier sein, weil wir ununterbrochen an Dich denken. Ich bete jede Nacht zum Mond und zu den Sternen, zur Sonne und zu den Wolken, dass sie Dich beschützen mögen und Dich von mir grüßen, und, ja, ich bete auch zum lieben Gott und zünde mit Henri zusammen Kerzen an in der Kirche, wir legen die letzten Trauben der Maria zu Füßen. Und unser schönstes Fest feiern wir, wenn Du wieder da bist. Die Spitzbuben, die ich mit Henri für Dich gebacken habe, sind trockener als sonst, ich hoffe, sie schmecken Dir. Als ich das Glas mit der Himbeermarmelade geöffnet habe, um sie zu bestreichen, da habe ich an den Sommer gedacht, als wir zusammen Himbeeren gepflückt haben und noch nicht ahnten, was da auf uns alle zukommt. Es war so warm, und wir hatten roten Himbeersaft überall an den zerkratzten Armen, weißt Du noch? Ich habe die Marmelade geküsst, weil Du die Himbeeren in den Händen hattest, und musste weinen, ich albernes Huhn. Bleib tapfer, Liebster mein, Dein Lieschen

2006

Ich ging nicht mehr zu den Treffen der Fotoleute und schloss mich ihren Touren nicht mehr an, plötzlich hatte ich sonntags viel Zeit. Unter der Woche fehlte mir Yannick nicht, aber der Sonntag war ein einsamer Tag für frischgetrennte Singles. Es fing schon damit an, dass es schwer war, jemanden zu finden, der mit einem frühstücken ging. Sonntags waren alle meine Freunde als Pärchen unterwegs. Manchmal verabredete ich mich mit Lukas. Es waren keine romantischen Treffen, aber wir fanden uns nett, und es tat mir gut, mit ihm zu reden. Lukas fragte mich, ob ich schon einmal darüber nachgedacht hatte, ob ich Yannick eigentlich richtig ernst genommen hätte. Natürlich, empörte ich mich. Es war doch genau andersherum, er hat mich überhaupt nicht ernst genommen! Lukas hatte nur genickt und wir hatten nicht weiter darüber geredet.

Yannick war noch einmal vorbeigekommen, um die Sachen zu holen, die er vergessen hatte, und um mir meine Sachen zu bringen, die noch bei ihm gewesen waren. Für die er mir vor fast zwei Jahren eine halbe Schublade freigeräumt hatte. Unterwäsche, Socken, eine warme Strickjacke, ein Buch, das Körbchen im Bad. Alles, was man immer brauchte und nicht stets hin- und hertragen wollte. Zusammenziehen wollten wir nie. Wir hatten uns in unseren Wohnungen gegenseitig kleine Winkel eingeräumt, so wie Pärchen, die nicht zusammenleben, das eben tun. Ich begann mich zu fragen, wie viel Platz ich Yannick in meinem Leben überhaupt eingeräumt hatte? Und wie viel Platz hatte er in meinem Herzen bekommen, wenn ich ihn eigentlich nur sonntags wirklich vermisste? Hatte ich auch da nur einen kleinen Winkel für ihn freigeräumt? Aber wie sollte man einem Mann das ganze Herz öffnen, wenn man das Gefühl hatte, dass er einen nicht richtig ernst nahm, weil man ihm auf die Nerven ging. Mit dieser Angst. Dieser dummen Angst.

Ach, Schätzchen, jetzt stell dich doch nicht so an, hier ist doch gar nichts! Was soll denn hier sein? Wie oft hatte Paula kopfschüttelnd in meinem Zimmer gestanden und unters Bett geschaut, wo ich Monster vermutete, die mich am Fuß packen würden, sobald ich ihn aus dem Bett auf den Boden setzte. *Jetzt erklär mir doch mal, was da sein soll?* Natürlich konnte ich nie erklären, wie das Monster aussah, ich hatte es ja zum Glück noch nie gesehen. Genauso wenig konnte ich erklären, wie es dort hingekommen war oder warum es sich ausgerechnet den Platz unter meinem Bett ausgesucht hatte. Ich wollte auch nicht unters Bett schauen. Paula wusste nämlich nicht, dass sich das Monster zwar vor ihren Blicken verstecken konnte, dass ich es jedoch sehen würde. Und ich wollte ihm nicht in sein bestimmt ganz grässliches Gesicht schauen.

Es hatte nicht aufgehört, als ich älter wurde. Oft genug hörte ich Sätze wie: *Ach, komm, es ist doch nur ein Film*, oder: *Du hörst Gespenster*, oder: *Da ist nichts*. Aber ich hatte Gänsehaut, mein Herz klopfte, meine Hände schwitzten und alles Denken rutschte in meinen Bauch, in dem ein wilder Aufstand tobte. Da war nicht *nichts*. Da war doch etwas, was all das verursachte? Die Lücke zwischen dem, was ich empfand, und dem, was die anderen zu mir sagten, wurde immer größer. Irgendwann begann ich mich dafür zu schämen, dass ich so ein Hasenfuß war, und versuchte es zu verbergen, so gut es ging. Aber die Kluft zwischen mir und den anderen, den Ronjas und den mutigen Pippi Langstrumpfs, wurde dadurch nicht kleiner.

Vor Yannick hatte ich meine Angst nie verbergen können. Aber deshalb war es mir nicht besser gegangen. Im Gegenteil. Ich hörte immer öfter die Sätze, die beschwichtigen sollten. Hörte immer öfter das genervte Seufzen. Fühlte mich immer öfter wie früher als Kind, wenn die Monster unter dem Bett lauerten und ich mich nicht erklären konnte.

1915

Sie hatte sich am Bahnhof stehen sehen, wartend, während der Zug, der ihr Emile wiederbrachte, einlaufen würde mit großem Getöse. Die Türen des Zuges würden sich öffnen, und sie würde genau wissen, aus welcher er aussteigen würde, und ihre Blicke würden sich schon treffen, bevor sie aufeinander zuflögen, um sich zu umarmen, zu halten, zu spüren.

Viermal war sie am Bahnhof in Eltville gewesen, aber Emile war aus keinem der Züge ausgestiegen. Rund um sie herum waren Menschen aufeinander zugerannt, waren sich in die Arme gefallen, hatten sich wieder. Ihre Arme waren leer geblieben, und sie hatte sich einsamer gefühlt als in all den Monaten zuvor. Alleine hatte sie sich wieder auf den Rückweg nach Rauenthal gemacht. Ihre Füße und ihre Gedanken waren schwer wie Blei, und der Weg schien mit jedem Schritt länger zu werden. Henri würde enttäuscht sein. Sie würde eine Geschichte für ihn erfinden müssen und wünschte, jemand hätte sich auch eine Geschichte für sie überlegt, an der sie sich festhalten könnte bis morgen, bis sie wieder losgehen würde.

Am Abend, nachdem Henri im Bett war und sie die Küche aufgeräumt hatte, überlegte sie, wie sie an Wollstoffe kommen könnte. Der Frühling war dieses Jahr kalt, und Wolle war knapp. Sie hatte schon ein schlechtes Gewissen gehabt, weil sie zur Reichswollwoche nicht ihre gesamten Stoffvorräte gespendet hatte, für die Soldaten an der Front. Irgendetwas hatte sie zurückgehalten. Vielleicht hatte sie schon nicht mehr daran geglaubt, dass der Krieg so schnell vorbei sein würde, wie alle erwartet hatten. Vielleicht war es auch einfach Vorsicht gewesen. So nötig es war, die Soldaten an der Front mit warmen Kleidern zu versorgen, so wichtig war es für ihr Auskommen, Stoffe zu haben, um weiterarbeiten zu können. Aber inzwischen waren auch diese Wollstoffe aufgebraucht. So froh sie darüber war, dass einige treue Kundinnen wie Marie Guérinet noch warme Mäntel in Auftrag gegeben hatten, die Beschaffung der passenden Stoffe stellte sie vor ein Problem.

Als das Gartentor quietschte, aber niemand an die Tür klopfte, dachte Lisette, der Wind hätte es aufgestoßen. Wahrscheinlich hatte sie vorhin vergessen, es richtig zu schließen. Sie legte im Ofen einen Scheit Holz nach, schlang sich ein Wolltuch um die Schultern und versuchte, sich darauf zu konzentrieren, einen Mantel zu entwerfen, den man auch mit wenig Stoff fertigen konnte. Warum war sie so unruhig? Irgendetwas ließ sie innehalten. Einem Impuls folgend ging sie zur Tür und öffnete sie.

Und da stand er. Vor der Tür. Stumm und reglos standen sie voreinander. Er sah sie an. Nein, er sah sie nicht direkt an, er schaute ihr nicht in die Augen. Stattdessen wanderte sein Blick von ihrem Scheitel zu einem Punkt über ihren Augen, weiter über ihren Mund zum Hals, glitt langsam an ihr herunter, so als wäre es zu viel auf einmal, sie richtig anzuschauen, als müsse er sich vorsichtig daran gewöhnen, sie zu sehen.

Es dauerte lange, bis er ihr richtig in die Augen schaute und Lisette den verlorenen Blick sah. Seine dunkelblauen Augen waren noch dunkelblauer geworden.

Wie erstarrt standen sie voreinander. Da war nichts von all dem, was Lisette sich vorgestellt hatte: sich sehen, aufeinander zufliegen, sich vor Freude drehen, flatternder Herzschlag, hungrige Küsse. Nein, nichts davon gab es. Stattdessen versuchten sie vorsichtig, sich mit Blicken zu ertasten.

Sie sah die eingefallenen Wangen, diese dunklen, dunklen

Augen. Nach Minuten, heiligen Minuten, die sich für Lisette wie eine Ewigkeit dehnten, streckte sie vorsichtig ihre Hand aus. Er ergriff sie, und Lisette zog ihn ins Haus.

»Komm«, sagte sie. »Komm, mein Liebster, du bist zuhause.«

Während er badete, wärmte sie ihm das Essen und war froh, dass Henri schon schlief. Emile war wieder da. Er war da. Und doch war alles so anders. Fremd und vertraut zugleich, es verwirrte sie. Seine Bewegungen hatten sich verändert, seine Blicke, seine Hände. Er merkte es selbst, es schien auch ihn zu verwirren. Oft hielt er inne, als ob er sich zu erinnern versuchte, wer er hier gewesen war. Als ob er den Emile suchte, der hier gelebt hatte. Und nur Stück für Stück, ganz langsam fand er ihn wieder.

»Es ist eine andere Welt, Lieschen, es ist, als ob man von einem anderen Planeten wieder auf der Erde landet und sich erst wieder erinnern muss, wie es geht, das Erdenleben.«

»Erzähl mir davon«, flüsterte sie und streichelte seine Hände. Es waren keine Schneiderhände mehr, die mit zarten Seiden und feinen Zwirnen arbeiteten. Sie waren rau geworden, hart und schwielig, und obwohl er sie in der Wanne geschrubbt hatte, waren sie noch immer fleckig.

Er schüttelte den Kopf. »Jetzt nicht. Lass mich einfach nur hier sein.«

Später stand er stumm an Henris Bett und betrachtete seinen schlafenden Sohn.

»Willst du ihn wecken?«, fragte Lisette leise, aber Emile schüttelte wieder den Kopf.

»Es ist vielleicht ganz gut, wenn er mich erst morgen sieht, wenn ich hier schon ein bisschen angekommen bin.«

Lisette verstand plötzlich, warum er erst abends gekommen war. Sie sah ihn an und erkannte, dass er ihre Gedanken lesen konnte.

»Ich war viermal am Zug. Ich ... dachte schon ... ich ...«, sie brach ab.

»Ich wollte nicht aus dem Zug steigen und dich sehen, zwischen vielen Menschen, und ... ich wusste nicht, wie es sein würde. Ich wollte alleine mit dir sein. Ich bin eine Station vorher ausgestiegen, in Walluf, und am Rhein entlanggelaufen bis Eltville. Der Rhein kann so guttun.«

»Ja, das kann er«, sagte Lisette. »Der große, breite Fluss, der immer weiterfließt, das hat mir auch so oft geholfen.«

Emile nickte. »Genau. Dann wollte ich ein Glas Wein trinken und habe etwas zum Essen dazubekommen, in der *Weinpump*. Und als es dämmerte, bin ich langsam den Berg hochgelaufen, zu dir.«

»Und wie lange hast du vorm Tor gestanden?«

»Lange.«

Sie nickte, unfähig zu sprechen.

»Ich habe dir zugeschaut, wie du in der Küche aufgeräumt hast«, sagte er leise. »Du hast die Teller gespült und in den Schrank gestellt, die Gläser poliert und zu den anderen geräumt. Eines hast du stehen lassen und dir einen Schluck Wein eingeschenkt, hast ihn getrunken und das Glas ausgespült. Dann hast du die Tischdecke glattgestrichen und dir einen Block geholt. Es war das Schönste, was ich seit Monaten gesehen habe.«

Erst fremdelten sie. Schauten sich vorsichtig an. Berührten sich zaghaft, wie zum ersten Mal, als müssten sie herausfinden, ob sie sich noch kannten, sich einander vergewissern, bevor sie wieder so zusammen sein konnten, wie sie es sich ersehnt hatten. Und doch war dann alles anders.

Nach all der anfänglichen Zurückhaltung stürzten sie mit einer ungekannten Heftigkeit aufeinander zu, er klammerte sich an sie, als würde er ertrinken, und sie hielt sich an ihm fest, als ob sie ihn nie wieder loslassen wollte. Sie wussten nicht, ob sie flogen oder ob sie stürzten. Sie weinten beide. Es war zu viel auf einmal. Viel zu viel. Schluchzend hielten sie sich fest, ließen sich nicht los und schliefen eng ineinander verschlungen ein.

Als Lisette mitten in der Nacht aufwachte, sah sie, dass Emile ebenfalls wach war und mit weit aufgerissenen Augen ins Dunkel starrte.

»Es ist so ruhig«, murmelte er. »Keine Explosionen, keine Granaten. Aber ich höre sie trotzdem. Und die ...« Er verstummte abrupt.

»Was? Was hörst du noch?«

Er schloss die Augen und riss sie gleich wieder auf, und sie ahnte, dass er hinter seinen geschlossenen Augen Bilder sah, die ihn noch weniger würden ruhen lassen. Verzweifelt strich sie ihm übers Haar, küsste ihn, hielt ihn.

»Emile, Liebster, ich will alles wiedergutmachen, was kann ich machen, dass du nichts hörst, nichts siehst?«

»Lass mich dich halten und ...« Er brach ab. »Komm ganz nah, komm noch näher.«

Es war kalt im Schlafzimmer unter dem Dach und sie lagen unter der Decke eng zusammen wie in einem Kokon, in dem sich die Hitze ihrer Körper hielt. Sie klebten schier aneinander, Haut an Haut, und es gab keine Stelle, an der sie sich nicht berührten.

Irgendwann fing Emile an zu reden. Leise klang seine Stimme im Dunkel an ihr Ohr, manchmal spürte sie die Worte mehr, als dass sie sie hörte.

»An Weihnachten haben wir unsere Weihnachtsbäume auf

die Ränder des Grabens gestellt und Weihnachtslieder gesungen. Und die Tommys gegenüber, die am Tag davor noch auf uns geschossen haben, haben in ihrem Graben applaudiert, und dann haben sie auch gesungen. Irgendwann hat einer von uns gerufen, man solle nicht schießen, und ist mit einem lauten *Merry Christmas* aus dem Graben gestiegen. Dann kam einer von den Engländern aus dem Graben und dann nach und nach wir alle. Erst habe ich mich nicht getraut, aber dann dachte ich, das machen die nicht, die schießen nicht, nicht an Weihnachten.«

Seine Beine zuckten, und jetzt war sie es, die ganz still lag, während er sich unruhig hin und her bewegte.

»Wir haben uns die Hände geschüttelt, wir standen auf dem Feld, um das wir kämpften, auf dem Boden, für den wir Blut vergießen. Einfach so. Nebeneinander. Und es war völlig egal, wem dieses Land gehörte. Ihnen oder uns. Einer hat mir seine Familie gezeigt, er hatte das Foto auch in der Brusttasche, am Herzen, genau wie ich. Robert, so hieß er, Robert aus Cardiff, er hat mir kleine Rosinenbrötchen geschenkt, und ich habe ihm von meinem Stollen gegeben. Wir haben zusammen getrunken und einen Ball herumgekickt. Wie Kameraden, die sich gerade anfreunden. Wir haben gelacht. God bless you, hat Robert gesagt, und wir haben uns zum Abschied umarmt. Dann sind wir wieder in unsere Gräben. Wenn man uns gefragt hätte, wir hätten alle die Waffen liegen lassen und einfach weiter Fußball gespielt. Dazu sind solche Felder eigentlich da, weißt du? Zum Spielen.«

Er schwieg lange. »Und dann war Weihnachten vorbei, und wir haben wieder aufeinander geschossen. Und ich dachte immer, hoffentlich habe ich Robert nicht getroffen, hoffentlich bin ich nicht schuld, hoffentlich kann er wieder nach Hause zu seiner Frau, die so gute Rosinenbrötchen backen kann.«

»Bestimmt wirst du ihn niemals treffen«, flüsterte Lisette und streichelte seine Hand.

»Aber ich schieße, sie schießen, wir alle müssen schießen und bringen so viel Unglück.« Sein Körper war härter geworden, stärker und sehniger, und sie spürte unter ihrem Bein die Verletzung, die er am Oberschenkel hatte. Ein glatter Durchschuss, der zum Glück gut geheilt war. Aber unter der harten Oberfläche seines Körpers spürte sie die flackernde Angst seiner Seele und dachte, dass so ein durchschossener Oberschenkel wahrlich leichter heilte. Die Verletzungen, die die Seele davongetragen hatte, würden länger brauchen. Wie viel Gutes und Schönes er wohl erleben müsste, bis er sich wieder heil und sicher fühlte?

Wenn der Krieg nur bald vorbei wäre. Die Stimmen, die einen schnellen Sieg beschworen hatten, waren schon lange verstummt. Stattdessen wurden immer mehr Gräben gezogen. Meilen um Meilen gruben sie sich an allen Grenzen des Reiches entlang, und in jedem Graben kämpfte Mann neben Mann. Und sie alle hörten Explosionen, kämpften, schossen, hatten Angst, brachten Leid und erfuhren Leid.

Das musste doch ein Ende finden, es musste doch aufhören.

1916

Meine Liebste, wann hört es auf, fragst Du mich, und ich frage mich das Gleiche und habe keine Antwort. Es hört nicht auf. Als ich im Frühling zuhause war, ach, diese Frühlingstage, so lange sind sie schon vorbei, da hoffte ich, es wäre der letzte Fronturlaub und bald wäre ich zurück bei euch. Nun geht der Krieg schon fast zwei Jahre, und ich warte auf den nächsten Heimaturlaub. Jeder sagt, die Bewilligung geht schneller, wenn man Kriegsanleihen zeichnet, aber das machen wir nicht, hörst Du. Gerade werde ich als Fahrradkurier eingesetzt, zwischen der Front und den rückwärtigen Stellungen. Aus dem Graben herauszukommen und durch den Wald zu radeln ist herrlich, und ich hoffe, möglichst lange hier eingeteilt zu sein. Geht es Euch gut, mein Lieschen? Habt Ihr zu essen? Du warst so dünn in meinem Arm, bitte vergiss nicht zu essen, damit Du durchhältst, meine Liebste, bis recht bald, küsse ich Dich, Dein E.

Liebster Emile, jetzt habe ich Henri das Fahrradfahren beigebracht. Er wollte unbedingt Fahrradfahren, nachdem er gehört hat, dass Du nun täglich fährst, und es sieht lustig aus, wie der kleine Mann sich am Lenkrad festhält und im Stehen die Pedale tritt und dabei hin und her wackelt wie ein Kuhschwanz, aber er fällt nicht hin. Er könnte wahrscheinlich im Zirkus auftreten, so gut hält er die Balance. Er hält sie besser als ich. Seit Du wieder weg bist, habe ich Schlagseite. Komm bald wieder, mein Liebster, Deine L.

An einem Tag im Juni, als die Sonne von einem blauen Himmel schien und die Rosen am Kletterspalier dufteten, da wusste sie es plötzlich. Sie erwartete wieder ein Kind. Und sie wusste im gleichen Augenblick mit einer Sicherheit, für die sie keine Erklärung hatte, dass es diesmal ein Mädchen sein würde. Wie lange schon wollten sie ein zweites Kind, ein Geschwisterchen für Henri. Und jetzt, mitten im Krieg, war sie in Emiles letztem Fronturlaub schwanger geworden. Das war ein Zeichen der Hoffnung. Ein neues kleines Leben wuchs in ihr. Sie legte die Hände auf ihren Bauch und stand ganz still. Die Rosen dufteten, Kinder würden geboren werden, der Krieg würde vorbeigehen. Hoffentlich würde dieses Mädchen im Frieden geboren werden. Bestimmt würde sie das. Sie zupfte einige Rosenblätter aus einer Blüte, sie würde sie pressen und in den Brief an Emile legen.

Liebste, welch ein Geschenk Du mir machst mit dieser frohen Nachricht von neuem Leben. Es geht bald nach Verdun habe ich gehört. Man hört Schlimmes von der Marne, ich bin froh, dass wir nicht dorthin geschickt werden. Hoffe, dass wir vorher alle nach Hause können. Pass auf Dich auf, auf Dich und unsere Kinder, Dein E.

An drei Nachmittagen in der Woche ließ Lisette Henri bei Thea und Käthchen und ging zusammen mit Nanchen nach Eltville, um mit anderen Frauen Wohltätigkeitsdienste zu leisten. Sie wickelten Verbandsrollen auf, füllten schmerzstillende Mittel in Ampullen und hofften, dass keiner ihrer Lieben jemals etwas davon benötigen würde.

»Wie geht es deinem Jupp, und habt ihr von deinen Brüdern gehört?«, fragte Lisette Nanchen, als sie durch die Weinberge hinunter ins Tal liefen.

Nanchen nickte. »Bei uns ist alles gut.«

Sie schwiegen und dachten an Lene, die gerade ihren Bruder verloren hatte. Das K-Brot, klotzig und dunkel, wie es war, schmeckte seitdem noch trauriger. Kummerbrot nannte

Lisette es nun, weil der Kummer der Bäckerfamilie in jeden Laib mit eingebacken war. Lisette bekam keinen Bissen davon mehr hinunter. Ihre letzte Brotration hatte sie Eschbachs geschenkt, aber der Hunger würde sie zwingen, das Brot wieder zu essen, schließlich musste sie nicht nur an sich, sondern auch an das Kind denken, das in ihr heranwuchs. Gestern hatte sie zum ersten Mal gespürt, wie es sich bewegt hatte, und daran gedacht, wie es gewesen war, als Henri sich zum ersten Mal bewegt hatte. Wie sie und Emile sich umarmt hatten, ihren Bauch mit dem kleinen geborgenen Lebewesen zwischen sich, wie sicher sie sich gefühlt hatten. Wie unbesorgt. Sie hatte Emile gleich davon geschrieben. Aber dann hatte sie das Papier zerknüllt und heute Morgen in den Ofen geworfen, als sie die dünne Milch für Henri über dem Feuer aufgewärmt hatte. Es würde ihn nur traurig machen, sich daran zu erinnern. Er war schon so enttäuscht, dass er keinen Fronturlaub bekommen hatte, bevor er nach Verdun beordert worden war. Lisette fand es immer schwieriger, ihm zu schreiben. Sie konnte nicht mehr einfach unbefangen erzählen. Sie musste immer an seine Augen denken, die eine Dunkelheit gesehen hatten, die sie nicht kannte.

Henriette hatte ihr geschrieben, dass sie lange nichts von Friedrich gehört hatten, dass Wilhelm aber gerade auf einem kurzen Fronturlaub zuhause in Wiesbaden weilte und ganz anders sei als sonst. Sie hatte Henriette gebeten, ihn zu grüßen, aber nicht gehört, ob er darauf reagiert hatte. Dass sie lange nichts von Friedrich gehört hatten, würde Mutter Sorgen machen, ihren Lieblingssohn vermisste sie sicher am meisten. Da wussten sie alle um ihre Sorgen, aber sie teilte sie mit ihrer Wahlfamilie, mit Nanchen, mit Thea, mit Gerda, aber nicht mit ihrer eigenen Mutter. Wenn sie sich vorstellte, dass Henri so etwas erleben müsste. Ihr tat es ja schon weh, wenn er nur hinfiel und sich das Knie aufschürfte. Gott sei Dank würde dieser Krieg irgendwann vorbei sein, und er würde so etwas nicht erleben müssen. Mutter war sicher ganz krank vor Sorge um ihre Söhne. Trotzdem schien sie sich nicht daran zu erinnern, dass sie auch eine Tochter hatte. Und auch nicht daran, dass man sich in schweren Zeiten auch gegenseitig trösten konnte.

Lisette hielt sich fest an allem, was sie zu tun hatte. Zu nähen gab es wenig. Jeden Tag unternahm sie mit Henri Streifzüge über die Wiesen und in den Wald, wo sie spielten, sie wären Schatzsucher, die immer neue Schätze sammelten. Reisig zum Feuermachen, Brombeeren für Marmelade, Bucheckern zum Rösten, wilden Giersch für Spinat.

Der Blumenstrauß von bunten Zinnien aus dem Garten, den Lisette auf den Tisch gestellt hat, war wesentlich üppiger als ihre Mahlzeit. Aber sie taten trotzdem so, als sei ein Festmahl für sie aufgetischt.

»Wenn Sie mir bitte den Braten reichen würden, gnädiger Herr Henri?«, sagte Lisette und deutete auf das Brotkörbchen, in dem für jeden eine Scheibe Kummerbrot lag.

»Bitte schön, gnädige Frau!«, antwortete Henri lächelnd und gab ihr die Brotscheibe. »Und möchten Sie vielleicht auch Kartoffelbrei?« Er gab ihr die Schüssel mit dem Quark, den sie mit vielen Kräutern und Wasser gestreckt hatte.

»Ach, wunderbar!«, rief Lisette. »Dieser vorzügliche Kartoffelbrei! Ist es etwa der mit der vielen guten goldenen Butter?«, fragte sie. »Den nehme ich gerne!«

»Ich auch!«, rief Henri hoffnungsvoll, und Lisette schob die Schüssel höflich zurück zu ihm. »Nach Ihnen, bitte, danke. Aber essen Sie nicht zu viel davon, damit der Nachtisch noch Platz findet …«

»Nachtisch?« Henri sah sie noch hoffnungsvoller an. »Ist das jetzt auch Spiel, Mama?«

Sie tat so, als ob sie überlegen müsste, und er zappelte ungeduldig. »Gibt es wirklich Nachtisch?«

»Grießbrei«, lächelte sie. »Es gibt noch echten Grießbrei.«

»Mit Himbeersaft?«

»Fast. Mit Pfirsichkompott.«

Er kaute sein Brot, und als er es fertig gegessen hatte und jeden Krümel aufgepickt, sagte er tapfer, es sei gar nicht so schlimm, dass es keinen Kartoffelbrei mit Butter gebe, Grießbrei sei viel besser.

Mit der nächsten Butterration, die sie morgen hoffentlich bekommen würde, würde sie für Henri den goldensten Kartoffelbrei machen, den er je gegessen hatte. Auch wenn sie dann erst einmal keine Kartoffeln und keine Butter mehr hätten.

Lisette konnte niemandem sagen, wie sehr sie Emile wirklich vermisste. Seit sie schwanger war, war es besonders schlimm. Wenn sie morgens aufwachte, tastete sie nach ihm und fand ihn nicht. Wenn sie Feuer machte, fehlte er ihr, weil er immer gesagt hatte, dass sie Feuer machen konnte, als habe sie ihr Leben lang nichts anderes gemacht. Dabei hatte er es ihr erst beibringen müssen, in ihrem ersten Winter hier in ihrem bunten Haus. Bis dahin war ihr Leben lang Feuer für sie gemacht worden. Es war so traurig, alleine Feuer zu machen und nicht zu hören, wie er sagte, was er schon hundertmal gesagt hatte, und trotzdem würde sie nie müde werden, es zu hören. Er fehlte ihr, wenn sie zum Bäcker ging und das Brot noch warm war, er fehlte ihr, wenn sie Henri anzog und sie zusammen lachten, weil seine Ärmelchen sich verdrehten. Wenn sie sah, wie die Nachmittagssonne in den Garten schien, vermisste sie ihn, und wenn es regnete, vermisste sie ihn auch. Die Löcher in ihren Kleidern rissen immer mehr aus, und wenn abends eine Amsel sang, tat ihr das Herz weh. Ob Emile auch Amseln singen hörte? Ob es da, wo er war, überhaupt Amseln gab?

> Einen Tag lang in Stille untergehen!
> Einen Tag lang den Kopf in Blumen kühlen
> Und die Hände fallen lassen
> Und träumen: diesen schwarzsamtnen, singenden Traum:
> Einen Tag lang nicht töten.
>
> *Edlef Köppen, Loretto*

Meine tapfere Liebste, danke für deine Briefe, danke, danke. Ich träume davon, dass wir alle zusammen sind. Wenn es ein Mädchen wird, dann nennen wir es Charlotte, wie meine Mutter hieß, wenn Du nichts dagegen hast, eine kleine Lotte, die Deine Augen haben muss und Frieden, Frieden, Dein E.

Ich will nichts anderes, als nach Hause kommen. Gibt es ein schöneres Paradies als das, meine Liebste? Dein E.

Emiles Briefe wurden seltener und sie wurden immer kürzer. Weil die Seeblockade der Briten nun schon lange anhielt, wurde alles knapp und knapper. Die Lebensmittel, die Herr Rosenkrantz überhaupt noch in den Laden bekam, wurden dürftiger. Alles, was Lisette nährte, wurde rar. Zum Glück hatten sie den Garten. Zwischen den Blumen, die bunter und üppiger wuchsen denn je, als wollten sie dem Krieg trotzig die

Stirn bieten, hatte Lisette Gemüse und Kartoffeln angebaut. Weil sie Kartoffeln abgeben mussten, um die Bevölkerung in den Städten zu versorgen, hatten die Rauenthaler überall, wo es nur möglich war, viele kleine Äcker angelegt, wo sie Kartoffeln anbauten. Sie wuchsen nicht überall gut. Aber es war egal, Hauptsache, es würde ein paar extra Kartoffeln geben. Die Frauen halfen bei der Ernte, weil die Männer fehlten. Wer konnte, hielt sich ein Tier. Lisette hatte jetzt eine Ziege neben dem Atelier, damit sie immer Milch für Henri hatte, und sie dachte darüber nach, noch zwei Hühner zu besorgen, um Eier zu haben. Aber es waren keine Hühner zu bekommen. Allein von den Rationen, die ihnen zugestanden wurden, wurde man nicht satt. Zum Glück mochte Henri das Gemüse, das sie im Garten zog.

Früher waren die Kurgäste aus Wiesbaden gekommen, um Rheinwein zu trinken und den Blick ins Tal zu genießen. Jetzt kam niemand mehr zur Kur. Deutschland bekriegte all die Länder, aus denen noch vor Kurzem die Gäste angereist waren. Der russische Adel, die französischen Literaten, die englischen Kaufleute, sie alle blieben aus, und Wiesbaden verlor den Glanz. Jetzt wurden die Dienstboten aus der Stadt in den Rheingau geschickt, um Essen für ihre Herrschaft zu besorgen. Sie waren gewillt, für Butter, Eier, Speck und Kartoffeln das Tafelsilber herzugeben, weil es nicht satt machte. Lisette wollte weder das Silber, noch wollte sie Geld. Manchmal verschenkte sie etwas, dann schimpfte Nanchen mit ihr. Sie solle ruhig Geld nehmen, die Kasse sei leer, jetzt, da es kaum Schneideraufträge gab. Aber Lisette zuckte bloß die Achseln. Der Schwarzmarkt für Lebensmittel blühte, aber sie wollte sich nicht daran bereichern, dass sie das Glück hatte, auf dem Land zu leben und nicht so hungern zu müssen wie die Städter.

Henriette erzählte, dass auch in der Villa Winter die Nahrungsmittel knapp wurden. Selbst für viel Geld gab es nichts zu kaufen, und die Buttermesserchen lagen öfter in der Schublade als auf dem Tisch, weil es kaum noch Butter gab. Therese schimpfte, weil sie aus nichts ein Essen nach dem anderen zaubern musste, und es ging gegen ihre Würde als Köchin, mit Steckrüben zu kochen. Die waren für das Vieh und nicht für Menschen.

»Warum pflanzt Albert denn keinen Gemüsegarten an?«, fragte Lisette, als sie mit Henriette zusammen die Ziege fütterte. Henriette seufzte. Sie glaube gar nicht, wie oft Albert das schon vorgeschlagen hatte.

Natürlich, dachte sich Lisette, was würden denn die Leute denken, wenn Winters Kartoffeln im Garten hätten?

»Kann Therese den Vater denn nicht überzeugen?«, fragte Lisette. »Ihm ist ein voller Bauch doch bestimmt wichtiger als das Gerede der Leute. Oder Berta? Berta hat bestimmt Einfluss auf Mutter, oder?«

»Berta? Die junge Gnädige meckert zwar übers Essen, aber einen Nutzgarten findet sie unschicklich«, sagte Henriette und kraulte der Ziege den Rücken.

»Sie meckert also? Dann nennen wir dich ab jetzt auch Berta«, sagte Lisette zu ihrer Ziege.

Henriette kicherte. »Wenn ich das Therese und Anni erzähle, dann liegen die lachend unterm Tisch!«

Wenn Lisette etwas entbehren konnte, packte sie eine kleine Kiste und ließ sie vor die Küchentür der Villa Winter stellen. Pfirsiche von ihrem Baum, einen Kürbis, eine Flasche Wein. Wenn sie frische Butter vom Milchhof im Tal bekommen konnte, schickte sie manchmal ein kleines Stück mit. Es tat ihr wirklich leid, dass ihre Mutter ihre geliebten Buttermesser nicht mehr benutzen konnte, und sie wusste, dass es ihr ein wenig besser gehen würde, wenn sie Butter auf dem Tisch hatte.

Lisette bereitete alles vor für den Winter. Sie hatte lange gehofft, dass Emile nicht auch noch einen dritten Winter fern sein würde, aber mittlerweile befürchtete sie, dass es sogar noch länger dauern könnte. Es gab keinerlei Meldungen oder Hinweise darauf, dass der Krieg bald vorbei sein würde. Im Gegenteil. Die Geschichten, die hinter vorgehaltener Hand erzählt wurden, von Heimkehrern auf Fronturlaub, von Verletzten, die nach Hause geschickt wurden, weil sie nicht mehr kämpfen konnten, machten ihnen keinen Mut. Die Hoffnung, ein Friedenskind zur Welt zu bringen, die Hoffnung, das Neugeborene seinem Vater in den Arm zu legen, schmolz täglich etwas mehr.

Da vor dem Winter nun doch einige ihrer Stammkundinnen geschrieben hatten, dass sie neue, warme Kleidung bräuchten, fuhr Lisette zusammen mit Henri nach Wiesbaden, um Stoffe aufzutreiben. Es war nicht leicht. Warme Kleidung war so kostbar geworden wie Kartoffeln. Dass das, was einmal so selbstverständlich gewesen war, plötzlich nicht mehr existierte. Wollstoffe, Kartoffeln, Emiles Nähe. Es war schwer zu begreifen.

Mit Lene und Gerda hatte sie begonnen, die Aufträge zu bearbeiten, hatte die Kundinnen gebeten, in ihren eigenen Stoff- und Kleiderschränken nach Stoff zu suchen, den sie verwenden könnten. Sie bat auch darum, alte Mäntel geschickt zu bekommen, um deren Stoffe weiter zu verarbeiten. Sie dachte an ihr erstes Kleid, das sie aus drei abgelegten Kleidern gefertigt hatten, man musste nur Ideen haben, wie man etwas wieder zusammensetzen konnte. In der Stadt hoffte sie, in den Kaufhäusern noch Stoffe dazuzukaufen.

Man brauchte jetzt andere Kleider als im Frieden. Man brauchte Kleider, die wärmten, die trösteten, ohne falsche Versprechungen zu machen, in denen man sich beschützt fühlte und stark genug, alle Widrigkeiten zu meistern. Man brauchte Kleider, die einem halfen, durch schwere Tage zu kommen. Die einem halfen zu überleben.

Als sie im Kaufhaus stand und nach Wollstoffen fragte, erinnerte sie sich, wie Mutter ihr damals die feinsten Seiden und Atlasse bestellt hatte für die Kleider, mit denen sie den Baron beeindrucken sollte. Das Holz der Theken schimmerte noch immer wie Honig, und sie strich vorsichtig darüber. Es war so lange her, es war eine Erinnerung wie aus einem anderen Leben.

Vaters Geld hatte ihren Brüdern die Offizierslaufbahn erkauft, und sie hoffte, dass es ihnen gut ging. Ganz kurz hatte sie das Bedürfnis, zu ihrem Elternhaus zu gehen, an der Tür zu klingeln und ihre Mutter zu sehen. Aber Mutter hatte gesagt, es sei besser, dass sie sich nicht sahen, und von Henriette hatte sie nie etwas gehört, das anders klang. Es war vielleicht wirklich besser, es gar nicht erst zu versuchen. Sie würde es heute nicht ertragen, wenn Mutter ihr die Tür wies. Es war schon alles schwer genug.

Als sie an der Nagelsäule vorbeikamen, dem großen Siegfried, der vor dem Nassauer Hof aufgestellt war, um Spenden zu sammeln für das deutsche Heer, blieb Henri stehen.

»Können wir einen Nagel einschlagen für Papa?«

»Ein guter Junge«, lobte der Mann, der an der Nagelsäule wachte und die Nägel verkaufte. »Was für einen Nagel kann sich deine Mama denn leisten? Wir haben Nägel zu einer Mark und Nägel für dreihundert Mark, und alles dazwischen haben wir auch?«

Lisette hatte Henri erst weiterziehen wollen. Sie brauchten alles, was sie hatten, zum blanken Überleben. Da blieb nichts übrig.

»Wie viel können wir für einen Nagel bezahlen? Haben wir dreihundert Mark?«, fragte Henri hoffnungsvoll und sah sie unverwandt an.

Lisette seufzte und nickte dem Mann zu.»Einen Nagel für fünf Mark, bitte.«

Sie ließ Henri den Nagel einschlagen, der ihn stolz in die Figur klopfte, während Lisette bezahlte. Dann zögerte sie kurz und bat um noch zwei weitere Nägel.

»Für wen sind die denn? Auch für Papa?«, fragte Henri neugierig.

Sie schüttelte den Kopf. »Für meine Brüder.«

»Mama, du hast Brüder?«

Lisette nickte und konnte in Henris Gesicht beobachten, wie ihn diese Nachricht beschäftigte.

»Und hast du auch eine Mama?«, wollte er dann wissen.

»Ja«, sagte Lisette. »Und einen Papa auch.«

»Und wo sind die?«

»Weit weg«, sagte Lisette. »So weit, dass wir sie nicht besuchen können.«

Die Erklärung genügte ihm, und Lisette dachte, dass die Antwort gar nicht gelogen war, auch wenn es von hier keine tausend Schritte bis zur Villa Winter waren.

Später blieben sie vor einem Spielzeuggeschäft stehen und Henri deutete auf ein Schwert, das in den Auslagen ausgestellt war.

»Darf ich das haben, Mama?«, fragte er und sah sie mit leuchtenden Augen an. »Bitte, der Heini hat auch so eins und dann kann ich kämpfen, wie der Papa!«

Lisette betrachtete die ordentliche Reihe kleiner schwarzer Holzschwerter, die im Schaufenster ausgestellt waren. *Jeder*

Stoß ein Franzos! stand darauf in weißer Schrift geschrieben. Lisette schauderte es. Sie zog Henri in einem Impuls weiter, weg davon, nur weg. Was für ein schreckliches Spielzeug! Wie fürchterlich es doch war, dass die Kinder schon begannen, den Krieg zu spielen, in dem ihre Väter um ihr Leben kämpften. Bis in die Kinderzimmer hinein reichte die Gewalt, es war so schrecklich.

»Mamaaa!«, protestierte Henri lautstark. »Ich will aber so ein Schwert!«

»Halt den Mund und komm mit!«, fuhr sie ihn an und zerrte den immer noch widerstrebenden Henri einfach mit sich weiter.

Das kannte er nicht, dass seine Mutter so mit ihm umging, und er begann auf offener Straße zu weinen. In diesem Moment war Lisette plötzlich alles zu viel. Die Last der Schwangerschaft, ihr schmerzender Rücken, dass sie Henri alleine erziehen musste, die Sorge um Emile, der nicht enden wollende Krieg. Alles war zu viel.

»Sei ruhig!«, fuhr sie ihn an, blieb abrupt stehen und riss Henris Arm herum. Henri stolperte und fiel hin. Jetzt schrie er noch mehr. Was machte sie hier eigentlich? Das wollte sie doch gar nicht! Sie holte tief Luft und kniete sich zu ihm auf die Straße: »Komm mal her, mein Kleiner.«

Es blieben schon einige Passanten stehen und starrten sie an. Als sie die Arme ausbreitete, ließ Henri sich hineinfallen, kuschelte sein verheultes Gesicht in ihre Halsbeuge, lehnte seinen kleinen schluchzenden Körper an sie, und als er wieder sprechen konnte, kam die verzweifelte Frage in Stößen heraus. »Warum ... darf ich ... kein ... Schwert ... haben ... ein Schwert ... wie Heini ...«

»Weil ein Schwert eine Waffe ist, mit der man töten kann«, erklärte sie ihm, und er sah sie verwundert an.

»Aber man muss doch den Feind töten, sonst können wir den Krieg gar nicht gewinnen!«

So kauerten Mutter und Sohn zusammen mitten in der belebten Kirchgasse, links und rechts eilten Passanten vorbei, die ihnen neugierige Blicke zuwarfen, aber Lisette kümmerte sich nicht darum. Sie erklärte Henri, was sie dachte, und er hörte stumm zu. Dass der Papa genauso gut ein Franzose sein könnte, oder er oder sie. Dass die Menschen nichts dafür konnten, wo sie geboren wurden, und dass alle Franzosen vor Kurzem noch ihre Freunde waren. Und wenn man mit seinen Freunden auch mal streiten musste, man tötete sie deshalb nicht.

Henri betrachtete sie voller Konzentration, und sie konnte sehen, wie hinter seiner Stirn die Gedanken Karussell fuhren.

»Wenn Papa ein Franzose wäre, würdest du dann immer noch so ein Schwert wollen und verlangen, dass der Franzos getötet werden sollte?«

Henri schüttelte den Kopf und sah sie mit großen, ängstlichen Augen an.

Lisette hielt inne. Was redete sie denn? Henri war doch viel zu klein für so etwas, das konnte er noch gar nicht verstehen. Sie hatte ihn verwirrt, und sie hatte ihm genau das erzählt, was sie die ganze Zeit von ihm hatte fernhalten wollen. Sie hatte ihm immer eine sorgenfreie und schöne Kindheit sichern wollen. Genau das hatte sie mit ihren Worten gerade zerstört. Trotzdem war sie nicht gewillt, ihm dieses grässliche Spielzeug zu kaufen. Außerdem hatten sie schon viel zu viel Geld an der Nagelsäule ausgegeben, aber sie wollte Henri trösten.

»Wir kaufen dir ein anderes Spielzeug, wir kaufen dir ein Auto, ein kleines rotes Auto.«

Henri liebte Rot, und er sollte doch wieder spielen. Wie ein

Kind, das keinen Krieg kannte. Er sollte das schönste Auto bekommen, mit dem er und seine Freunde dann bestimmt viel lieber spielen wollten als mit den Holzschwertern.

»Ich will eine Eisenbahn.«

»Es gibt doch jetzt keine Eisenbahn! So viel Geld haben wir gar nicht.«

»Dann will ich nichts«, sagte er düster und kniff die Lippen fest zusammen.«

»Gut«, sagte sie seufzend. »Dann gibt es eben nichts.« Mühsam stand sie aus der Hocke auf und streckte sich. Was für ein stures Kind. Eine Eisenbahn! Sie schüttelte den Kopf, und den Rest des Tages schwiegen sie beide, während Lisette alle Besorgungen machte.

Als sie wieder zuhause waren und zu Abend aßen, betrachtete Lisette ihren noch immer schweigsamen Sohn und musste fast lächeln. Wie er das durchhielt, der kleine Dickkopf, den ganzen Tag keinen Pieps mehr mit ihr zu reden.

»Sag mir mal, warum wolltest du kein Auto haben?«

»Ich will kein Auto.«

»Das ist keine Antwort auf meine Frage.«

Er schwieg. Sie versuchte es andersherum.

»Warum wolltest du denn unbedingt eine Eisenbahn?«

»Weil die Eisenbahn den Papa zurück nach Hause bringt.«

Noch am Abend begann Lisette damit, ihm eine Eisenbahn zu basteln. Aus Karton und Papier und in Scheiben geschnittenen Weinkorken als Räder. Jeden Abend bastelte sie einen weiteren Wagen, den sie dunkelgrün anmalte. Die Lok war schwarz mit rotem Schornstein. Es machte ihr Spaß, die Eisenbahn zu bauen, die den Papa nach Hause bringen würde. Erst wollte sie die Eisenbahn für Weihnachten aufheben, als Geschenk. Aber so lange konnte sie selbst kaum abwarten.

Als die Eisenbahn fertig war, stellte Lisette sie mitten auf den Küchentisch, so dass Henri sie gleich beim Frühstück sehen würde. Ab da spielten sie jeden Tag *Die Eisenbahn kommt*. Manchmal wusste Lisette nicht, wer das Spiel lieber spielte. Henri oder sie selbst.

Lisette sah den Bürgermeister die Straße hochkommen und erstarrte. Albert Mühlheim brachte die schlimmen Nachrichten von den Gefallenen und Vermissten immer selbst in die Häuser. Heinrich, der Briefträger, hatte ihr erzählt, dass Mühlheim jeden Morgen die Post durchschaute, um ihm diese schweren Meldungen abzunehmen. Heinrich solle mal die guten Nachrichten verteilen, er übernehme die anderen, denn das sei doch das Mindeste, dass er den Familien persönlich sein Beileid ausdrücke.

Vielleicht geht er ja auch nur spazieren, dachte Lisette. Aber sie wusste genau, dass ein Spaziergang an einem kalten Vormittag im Dezember unwahrscheinlich war. Fünf Familien waren es im Ort, die bereits Verluste zu beklagen hatten. War das viel? Das war demjenigen, der jemanden betrauern musste, wahrscheinlich gleich. Denn für denjenigen war es alles. Alles. Und alles war sehr viel.

Sie hielt die Luft an, als Mühlheim die Straße hochkam und sich ihrem Haus näherte. Viele Häuser gab es nicht mehr in der Straße. Jetzt war er vor ihrem Tor. Gott sei Dank, er ging vorbei. Er ging weiter, an ihrem Gartentor vorbei, das immer noch quietschte und das sie nicht ölen würde, damit sie es sofort hören würde, wenn Emile zurückkam. Wenn der Krieg vorbei sein würde, dann würde sie es ölen. Sie würde auch ihre Kleider flicken, in denen die Löcher inzwischen schon ausgerissen waren. Aber was waren Löcher in den Kleidern gegenüber all den Löchern, die ihnen ins Leben gerissen wurden?

Sie beobachtete, wo Mühlheim hingehen würde. Doch hoffentlich nicht zu Eschbachs? Er blieb mitten auf der Straße stehen, und sie sah, wie schwer ihm der Weg war. Er blieb vor dem Haus neben Eschbachs stehen. Die Buschs waren es also. Frau Busch war heute die arme Frau, die es treffen würde. Und das so kurz vor Weihnachten, wie bitter, dachte sie. Andererseits war es völlig egal, wann es war, es war immer am schlimmsten.

Beide Söhne von Buschs waren im Krieg. Frau Busch war alleine, weil ihr Mann schon vor Langem gestorben war. Die arme, arme Frau Busch, dachte Lisette. Sie würde später zu ihr gehen müssen. Gleichzeitig schämte sie sich, dass sie erleichtert war, dass es nicht Eschbachs getroffen hatte. Und vor allem: nicht sie. Nicht sie. Nicht sie.

Das Kind in ihrem Bauch strampelte, und sie legte ihre Hand beruhigend auf den Bauch. Es konnte jetzt nicht mehr lange dauern, da war sie sich sicher.

Sie ging mit dem Holzkorb vors Haus, um neues Feuerholz zu holen. Nanchen hatte ihr zwar bereits einen vollen Korb hereingeholt am Morgen, aber sie heizte noch mit dem gesammelten trockenen Holz aus dem Wald, das schnell verbrannte, um das gute Holz für die Zeit mit dem Säugling aufzusparen, wenn es im neuen Jahr richtig kalt sein würde.

Als sie den Korb halb gefüllt hatte, so dass sie ihn noch gut tragen konnte, sah sie Mühlheim aus dem Haus der Buschs kommen. Sie richtete sich auf und nickte ihm zu. Er kam langsam hinüber, blieb an ihrem Zaun stehen.

»Wer?«, fragte Lisette, und Mühlheim seufzte schwer.
»Johann«, sagte er knapp.
»Der Ältere?«
Der Bürgermeister nickte stumm.
»Ich gehe nachher zu ihr.«

Er nickte wieder. Sie nickte ebenfalls. Zusammen standen sie voreinander und schwiegen, was gab es auch zu sagen? Sie blickte hinüber zu Frau Busch, als könnte sie den Kummer durch die Wände des Hauses hindurch sehen. Mühlheim atmete schwer. Sie konnte hören, wie schwer er Luft holte, sie anhielt und wieder ausstieß. War alles in Ordnung mit ihm? Sie wandte sich zu ihm, sah ihn fragend an.

»Wollen Sie ein Glas …?«

Sie brach ab, als ihre Blicke sich trafen. Er schaute sie an mit einem Blick, den sie noch nie … Warum schaute er sie so an?

»Es tut mir so leid«, sagte er und griff in die Tasche seiner Jacke.

Nein …

»Nein«, hörte sie jemanden sagen. Von weit weg hörte sie eine Stimme, weit weg, wie durch ein Rauschen, und sie klang so seltsam, so dünn, so hoch, wie die Stimme eines Kindes, dabei war hier gar kein Kind, und sie sah Mühlheims Blick, voller Schmerz, sah, dass seine Mundwinkel zuckten. Und jetzt hörte sie das Dröhnen in ihrem Kopf, hörte, dass sie es war, die schrie. »Nein!«, schrie sie. »Nein!« Es war wie ein Stich in ihre Mitte, ein böser großer Stich mit einem Schwert. Jeder Stoß ein Franzos, schoss es durch ihren Sinn, und wie ein Schlag auf den Kopf war es, so dass sie nicht mehr denken konnte. Und dann taumelte die ganze Welt, schwankte hin und her, der Boden kam plötzlich näher, der Holzkorb flog auf sie zu, warum kann der Holzkorb fliegen, dachte sie noch. Dann wurde es schwarz.

7

1917

Liebe Henriette,

wir schreiben Dir in großer Sorge. Mutter und ich schauen jeden Tag nach Lisette, aber es ist so, als sei sie nicht bei uns. Der Doktor sagt, es ist der Schreck, und wir müssen abwarten. Wir kümmern uns um sie und um Henri, so gut wir können. Der arme Bub versteht ja gar nicht, was los ist. Die Niederkunft steht jetzt bald bevor. Vielleicht kannst Du kommen? Vielleicht hilft es ihr, Dich zu sehen? Es grüßt Dich voller Sorge,
Dein Nanchen Eschbach

PS: Mutter grüßt auch und hofft, dass Du kommen kannst.

Als die Wehen heftiger wurden, umarmte sie den Schmerz. Ließ sich hineinfallen wie in eine schwarze Woge, die ihren Körper ergriff und mit sich zog, weg von dem anderen Schmerz, dem namenlosen, in dem sie eingeschlossen war und nicht mehr herausfand. Es war fast eine Erleichterung, als fiele sie aus dem eiskalten Nichts in ein Feuer, dem sie sich willenlos überließ. Die Stimmen, die um sie herum riefen, die sie aufforderten, sie solle pressen, die Hände, die sie am Arm packten, das alles störte sie. Die sollten alle weggehen und sie in Ruhe lassen. Sie wollte sich auflösen in diesem Schmerz und nicht mehr sein.

Plötzlich war es vorbei. Der Kampf war zu Ende, das Feuer erloschen. Sie schlug die Augen auf und schaute in den blauen Himmel über sich, das Himmelblau, es war einmal so ein glückliches Himmelblau gewesen, das sie über dem Bett gestrichen hatten, so glücklich, in einer anderen Zeit, sie schloss wieder die Augen.

Es waren viele Menschen um sie herum, Gemurmel, Worte, die sie nicht verstand, und dann hörte sie den kleinen Schrei. Eine Stimme, die sie nicht kannte, eine lebendige empörte Stimme, und dann war da dieses kleine Gewicht auf ihrem Bauch, das nach feuchtem Moor roch, nach Erde und süß zugleich, und etwas zog sich in ihr zusammen. Sie schlug die Augen auf.

»Charlotte …«, flüsterte sie. Dann brach sie in Tränen aus.

Henriette zwang sie aufzustehen, dabei wollte sie nur schlafen. Schlafen und schlafen und vergessen. Henriette zwang sie, Henri auf den Schoß zu nehmen, der lieber auf Henriettes Schoß bleiben wollte, weil es da gemütlicher war als bei ihr, seit der Tod ihr nähergekommen war als das Leben. Henriette zwang sie dazu, zu essen, zwang sie dazu, das kleine Mädchen anzulegen, damit es gestillt werden konnte. Henriette führte sie zur Badewanne und wusch sie mit warmem Wasser, sie kämmte ihr das Haar, wie früher, als sie vor ihrem Frisiertisch gesessen hatte. Wo war sie hin, die Lisette von damals? Sie sah in den Spiegel und erkannte die Frau nicht, die sie anblickte. Sie war so müde. So todmüde. Sie gehörte doch gar nicht mehr hierher. Henriette gehörte auch nicht hierher. Die gehörte ins Leben, nach Wiesbaden, die sollte nicht in diesem Trauerhaus bleiben, in dieser Zwischenwelt, in der Emile noch vorhanden war, in der sie ihn sehen konnte und ihn festhielt, wo immer es ging. Manchmal wachte sie morgens auf und er lag neben ihr im Bett. Wenn sie den Arm ausstreckte, um ihn zu berühren, griff sie ins Nichts.

Manchmal lehnte er in der Tür und lächelte sie an mit seinen dunkelblauen Augen, und sie lächelte zurück, es zog sie durch den Raum zu ihm hin, und wenn sie sich an ihn lehnen wollte, war da nur der harte Türpfosten. Und bitterkalte Luft. Jeden Tag wurde er ihr aufs Neue genommen, und sie wusste nicht, wie sie es aushalten sollte.

Emile war nicht mehr da.

Sie wollte nur noch dorthin, wo er auch war.

Henriette hatte ein paar Tage hintereinander den Rahm von Bertas Milch abgeschöpft und versuchte nun, sie zu Butter zu schlagen. Lisette erinnerte sich daran, dass es schön war, viel Butter zu haben. Weil sie satt machte. Weil alles besser schmeckte mit Butter. Butter war gut für Henri und gut für ihre Milch, damit Charlotte davon satt wurde. Sie erinnerte sich, dass sie sich über Butter einmal gefreut hatte. Aber sie spürte keine Freude in sich. Die Zeiten, in denen sie sich über Butter gefreut hatte, waren vorbei. Denn in diesem Krieg, der irgendwo da draußen tobte, da gab es keine Freuden mehr. Irgendwo draußen, weit weg von hier, so dass man gar nichts davon merkte, gab es Schützengräben, in denen Männer starben, ohne dass sie es hörten oder sahen. Sie verschwanden plötzlich. Lösten sich auf, ins Nichts. Man konnte nicht über ihren Körpern weinen, konnte sie nicht halten, nicht wiegen, nicht küssen, sie waren einfach weg, und keiner wusste, wie sie gestorben waren. Das war der wahre Krieg, der in ein Haus nach dem anderen einzog. Es waren die inneren Einschläge, die sie erschütterten, und vor denen gab es kein Entrinnen.

Henriette ließ den Quirl sinken, mit dem sie Sahne schlug, und stützte sich auf den Tisch.

»Kannst du dich nicht zusammenreißen, Lisette? Für die Kinder?« Henriette sah sie traurig an, und Lisette zuckte die Achseln.

»Wenn ich wüsste, wie das geht ...«

»Dann würdest du es machen?«

»Ja«, sagte Lisette. »Sag mir, wie es geht.«

»Du stehst auf und nimmst mir den Quirl aus der Hand und schlägst, solange du kannst. Es muss nicht lang sein. Es wäre ein Anfang.«

»Ich kann nicht.«

Henriette nickte. »Du willst nicht. Du lässt dich hängen, weil ich hier bin, weil Nanchen kommt, weil ich dir helfe, weil du nichts zu machen brauchst. Wir müssen das ändern.«

Lisette sah Henriette an. »Was willst du denn ändern? Den Krieg beenden? Emile wieder lebendig machen?«

»Ich fange mit kleinen Schritten an. Frau Rosenkrantz ist krank, sie hat die Spanische Grippe, und ich helfe die Woche nachmittags im Laden, damit Herr Rosenkrantz sich um seine Frau kümmern kann. Und du kümmerst dich in der Zeit um deine Kinder. Die Kinder brauchen dich.«

»Die Kinder brauchen Emile.«

»Und weil sie ihn nicht haben, brauchen sie dich besonders. Sie brauchen dich doppelt, verstehst du das? Sie brauchen *mehr* von dir! Nicht weniger!«

»Ich kann nicht«, sagte Lisette. Warum verstand Henriette das nicht? Henriette verstand sie doch sonst immer. Sie konnte nicht kochen, wenn Emile nicht mehr essen konnte, nicht spazieren gehen, wenn Emile nie mehr laufen würde, nicht mit Henri spielen, den er nie aufwachsen sehen würde, nicht Charlotte wiegen, die er nie kennenlernen würde.

Die sonst so sanfte Henriette ließ den Quirl fallen und schlug mit der flachen Hand auf den Tisch. »Und deshalb reißt du dich jetzt zusammen!«, schrie sie. »Ich weiß genau, dass du es kannst! Du bist stark, du hast Mut und du hast Kraft. Also, reiß dich jetzt zusammen und kümmere dich um deine Kinder!«

Damit riss Henriette die Tür zum Garten auf und rannte hinaus. Charlotte begann in ihrer Wiege zu weinen. Der Lärm hatte sie geweckt. Lisette hörte das dünne Stimmchen, aber sie reagierte nicht. Sie starrte durch die offene Tür auf Henriettes Rücken draußen im Garten. Das war einmal ihre liebste Freundin gewesen, wie eine Schwester, süß und sanft war sie gewesen. Was war in sie gefahren, sie so zu behandeln, und gerade jetzt, wo es ihr am schlechtesten ging?

»Du hast ja keine Ahnung! Dann geh doch weg, wenn du nicht bei uns bleiben willst«, rief sie dem Rücken hinterher.

Charlotte weinte jetzt noch lauter in ihrer Wiege.

»Ich habe dich nicht gerufen!«, rief Lisette und sah, dass Henriettes Rücken zitterte. Draußen war es hell, viel heller als in der Küche, die Sonne schien, und sie sah frisches Grün im Garten. Frisches Grün, an dem sich Emile nicht mehr freuen konnte. Sie wollte es nicht sehen, das verdammte Grün. Sie schloss die Augen.

Irgendwann drehte sich Henriette um, kam wortlos zurück in die Küche, nahm das weinende Kind aus der Wiege und legte es Lisette in die Arme. Sofort verstummte die Kleine, ruderte mit den Ärmchen, als wolle sie ihr winken, und sah sie mit großen Augen an.

Henriette liefen die Tränen über das Gesicht. »Das stimmt, du hast mich nicht gerufen«, sagte sie leise. »Du konntest nicht rufen. Aber Nanchen hat mich gerufen. Nanchen liebt dich nämlich, Lisette, und ich liebe dich auch. Deshalb bin ich hier, ich habe die Stellung in Wiesbaden gekündigt. Ich kann nicht zurück. Ich bleibe jetzt hier und helfe dir. Aber du musst auch mithelfen. Sonst schaffe ich es nicht. Verstehst du das? Ich schaffe es nicht ohne dich.«

Lisette saß auf der Terrasse vor dem Atelier in der Frühlingssonne. Henriette hatte sie dorthin gesetzt. Das Körbchen mit der schlafenden Charlotte stand neben ihr, und Henri spielte im Garten zwischen den ersten Veilchen und Schlüsselblumen. Unterm Pfirsichbaum blühte der Lärchensporn. Lisette ertrug es kaum, den Lärchensporn blühen zu sehen. Er hatte geblüht, als Emile zum letzten Mal hier gewesen war. Ein Jahr war es also schon her, dass sie ihn gesehen und gespürt hatte, acht kostbare Tage und Nächte lang, die sich nie wiederholen würden. Ein Jahr war es her, dass Charlotte in einer dieser acht Nächte entstanden war. Lisette schaute sich um. Sie hatte gar nicht gemerkt, dass der Frühling schon so weit fortgeschritten war. Ihre Welt war vor Weihnachten stehen geblieben. Aber die Welt, die sie umgab, drehte sich einfach weiter. Aus dem Winter wurde Frühling, aus dem Frühling würde Sommer werden. Henri spielte in den Beeten, die alle brachlagen.

Es war fast unerträglich, die Knospen zu sehen, die alle aufbrechen und wachsen würden. Alle sagten, es sei gut, dass der Winter vorbei war. Dass es jetzt bergauf ging und alles besser werden würde. Sie wussten alle nicht, dass es viel schlimmer war, wenn die Sonne auf eine Welt voller Lärchensporn und Himmelsschlüssel schien, die der Mann, ohne den man nicht leben konnte, nie mehr sehen würde.

Und der Krieg ging weiter und nahm kein Ende, und täglich wurden es mehr Frauen, denen Löcher ins Herz gerissen wurden, immer mehr Kinder, die sich nicht mehr an ihre

Väter erinnern konnten, in immer mehr Häusern wurde geweint. Was war denn besser daran, dass die Sonne schien? Sie zog ihr Schultertuch enger um den Körper. Alle Kleider hingen an ihr wie an einer Vogelscheuche, so dünn war sie geworden. Ihre Finger suchten das Loch in ihrem Rock, aus dem sie das Stoffstückchen für Emile ausgeschnitten hatte. Es franste immer weiter aus. Gerda hatte es schon stopfen wollen, aber sie hatte es abgelehnt, die Löcher stopfen zu lassen. Sollten sie doch ausreißen, sollte es doch jeder sehen. Ihre zerrissenen Kleider fühlten sich richtiger an als der rosa Schaum des blühenden Lärchensporns unterm Pfirsichbaum, der wehtat, wenn sie ihn anschaute, weil er viel zu schön war.

Heute vor drei Monaten war Charlotte zur Welt gekommen, und Henriette hatte Maiglöckchen auf den Tisch gestellt und angekündigt, sie würde jetzt versuchen, Mehl oder Brot aufzutreiben. Charlotte schlief noch in ihrer Wiege, aber bald würde sie aufwachen und ihre blauen Augen aufschlagen.

Emile hatte sich gewünscht, dass sie Lisettes grüne Augen bekäme, weil Henri schon seine blauen geerbt hatte. Aber Lisette wünschte sich, dass sie blau blieben, dass sie noch dunkler wurden, so dunkelblau wie die Augen ihres Vaters, in deren Blick sie irgendwann einmal glücklich gewesen war.

Lisette schaute aus dem Fenster. Henri spielte seit Tagen im Garten. Nach dem Frühstück ging er morgens hinaus und beschäftigte sich bis zum Abend da draußen. Er vergrub irgendetwas in der Erde. Sie versuchte zu sehen, was es war, konnte es aber nicht erkennen. Er war so konzentriert, dass er gar nicht bemerkte, dass Lisette nach draußen kam, um nachzuschauen, was er da eigentlich machte. Er vergrub Karotten. Eine Karotte nach der anderen.

»Henri! Warum verbuddelst du denn alle unsere Karotten?«, rief Lisette. »Magst du denn gar keine mehr essen?« Er zuckte zusammen, als er ihre Stimme hörte, und sah erschrocken auf.

»Doch«, sagte er. »Deshalb vergrabe ich sie ja. Damit wir im Sommer ganz viele davon haben. Hier sind die Kartoffeln.«

Er stand auf, wischte sich die erdigen Hände an seiner Hose ab und deutete auf das Beet, in dem sie letztes Jahr Kartoffeln gesetzt hatten. »Hier die Karotten, da die Zwiebeln, und drum herum habe ich Blumen gesät aus den Tütchen in deiner Samenkiste, weil du doch Blumen so gernhast.«

Er schaute sie hoffnungsvoll an, und sie spürte, wie sich irgendetwas in ihr auflöste in ihrer Herzgegend und wie ihr ein Ton entfuhr. Sie kniete sich neben ihn und zog ihn an sich.

»Warum weinst du, Mama?«, fragte Henri. Er wand sich aus ihrer Umarmung und schaute sie mit gerunzelter Stirn an. Sie zog die Nase hoch und schüttelte den Kopf. Sie konnte nicht sprechen. Henri griff in seine Hosentasche, zog ein zerknülltes Taschentuch hervor und hielt es ihr hin.

»Es ist ein bisschen schmutzig«, sagte er ernst, und sie nahm es, schnäuzte hinein und verbarg den nächsten Tränenschub vor ihm. Emile hatte immer ein Taschentuch für sie gehabt. Sie spürte, wie die Erinnerung sie wieder wegzog, aber sie versuchte hierzubleiben, bei Henri zu bleiben. Es war so unendlich schwer.

»Das hast du wunderbar gemacht«, sagte sie und hoffte, dass sie lächelte. Ihr Gesicht hatte diese Mimik lange nicht gemacht, es fühlte sich fremd an, und auch Henri beobachtete sie skeptisch. Als würde ihr Lächeln ihn nicht überzeugen. Sie würde ihm nicht sagen, dass man zwar Kartoffeln in die Erde setzte, damit daraus Pflanzen wuchsen, dass man Karotten aber einfach aus Samen zog. Stattdessen schlug sie ihm vor, zusammen das Unkraut zu jäten, damit alles besser wachsen würde. Er nickte begeistert.

»Das wollte ich auch, ich wusste nur nicht, was genau das Unkraut ist.«

Sie hockten nebeneinander im Beet, und Lisette erklärte Henri, was sie auszupfen mussten. Den Klee, den dreiblättrigen Klee. Sie betrachtete die Kleeblätter, als ob sie sie zum ersten Mal sehen würde, und Henri schaute ebenso konzentriert auf die Kleeblätter, um sie sich einzuprägen und sie dann mit einer großen Ernsthaftigkeit zu suchen und auszurupfen.

Sie rupften den Hahnenfuß, das Gras. Der Klee, wiederholte Henri, und rupfte alle Ausläufer mit seinen kleinen, kräftigen Händen.

»Und wenn du eines findest, das vier Blätter hat, dann hebst du es auf, denn das bringt dir Glück.«

»Henriette hat keine Ahnung vom Garten. Aber du weißt alles.«

Lisette schaute ihm zu, mit welchem Eifer er sich abmühte. *Du weißt alles.* Klee, Hahnenfuß, Gras.

In diesem Moment musste sie nicht mehr wissen als das. Sie musste sich keine Gedanken darüber machen, wie sie die nächste Stunde überstehen sollte, ohne an Emile zu denken, ohne an das Niewieder zu denken. In diesem Moment reichte es zu wissen, dass Klee, Hahnenfuß und Gras aus den Beeten verschwinden mussten, damit alles andere wachsen konnte. Es war das erste Mal, dass sie wieder etwas wusste.

Sie sammelten alles Grünzeug in einem Korb für die Ziege Berta.

»Da freut sich die Berta«, sagte Henri. »Ich glaube, das mag sie lieber als das Gras von den Wiesen, das wir ihr pflücken.«

Nebeneinander knieten sie im Beet und zupften in stiller Eintracht das Unkraut, während Charlotte selig schlief. Halm für Halm, Blatt für Blatt. Die Erde beruhigte Lisettes blasse, nervöse Fingerspitzen, die Ruhe wanderte bis zu den Ellenbogen, das ganze frische junge Grün beschäftigte ihre Hände und tat ihren Augen gut. Sie war sehr langsam und die ungewohnte Bewegung erschöpfte sie schnell. Henri blieb die ganze Zeit dicht neben ihr, sah ihr geduldig zu, beobachtete alles ganz genau und ahmte nach, was sie machte. Sie redeten wenig, aber sie waren sich sehr einig in allem, was sie taten.

Als Henri abends im Bett war und schlief, ging Lisette in der Dämmerung noch einmal hinaus in den Garten und grub alle Karotten wieder aus, die Henri gepflanzt hatte. Stattdessen säte sie an der gleichen Stelle Karottensamen aus, goss sie sorgfältig und hoffte, dass sie gut angehen würden. Es wäre so schön für Henri, wenn sie wachsen würden.

Sie wusch sich die Hände am Spülstein in der Küche, schrubbte die Karotten sauber und schälte sie. Henriette beobachtete sie dabei schon die ganze Zeit. Nach einer Weile fragte sie, für wen Lisette jetzt noch diese Karotten kochen wollte?

»Ich befürchte, Henri könnte die Karotten wiedererkennen, wenn er sie hier liegen sieht«, antwortete Lisette. »Er soll doch nicht merken, dass ich sie alle ausgegraben habe.«

Henriette ging zu ihr hin und nahm sie in den Arm. Erst stand Lisette starr und regte sich nicht. Sie vermied Berührungen. Berührungen taten weh, weil sie an Berührungen erinnerten, die es nie mehr geben würde. Aber nach einer Weile wurde sie weicher. Dann legte auch sie die Arme um Henriette, und es tat plötzlich gut, den Kopf auf Henriettes Schulter sinken zu lassen. Sie standen still in der Umarmung, doch nach einer Weile begann Henriette zu zittern. Lisette hob ihren Kopf und sah, dass sie weinte.

»Hennlein...«

»Ich bin so froh ...«, sagte Henriette und hielt sie ganz fest, während ihr die Tränen über die Wangen liefen. »Die Lisette, die ich kenne, kommt langsam zurück ...«

Der Garten half Lisette. Jeden Tag schaute sie zusammen mit Henri nach, wo wieder etwas aufgegangen war, was er gesät hatte. Zusammen ließen sie sich überraschen, staunten, wenn der Mohn und die Ringelblumen zwischen den Kartoffeln wuchsen und die Schmuckkörbchen neben den Tomatenpflanzen blühten. Den Schnittlauch mussten sie suchen, wenn sie ihn schneiden wollten, weil Henri ihn zusammen mit den Blumensamen überall verstreut hatte. Sie entdeckte ihn erst, als er blühte. Sie gruben zusammen neue Beete, setzten Kürbis, Sellerie und Kohl, sammelten Stöcke, aus denen sie seltsame Gebilde bauten, an denen die Bohnen hochranken konnten.

Sie arbeitete, bis der Rücken schmerzte, bis sie ihre Arme kaum mehr spürte und ihre Hände brannten. Sie baute einen Verschlag für Berta und ging jeden Tag weite Wege, um Futter für sie zu sammeln, damit sie gute Milch gab. Doch das alles erschöpfte sie nicht genug. Wenn sie in ihrem eigenen Garten fertig war, ging sie auf die Felder, um den Bauern zu helfen, weil es überall an Männern fehlte, und schuftete dort weiter, bis sie nicht mehr konnte. Ihr schmerzender Körper war das Einzige, was den anderen Schmerz betäuben konnte.

So erstarrt sie vorher gewesen war, so sehr kämpfte sie sich nun ab. Jeden Tag rackerte sie bis zum Umfallen. Sie wusste nicht, ob das die Rückkehr war, die Henriette gemeint hatte. War sie wirklich wieder da? Sie wusste gar nicht, ob es diese alte Lisette überhaupt noch gab. Sie wusste nur, dass sie irgendwie durch den Tag kam, wenn sie einfach weitermachte.

Als Lisette mit ihrer Arbeit fertig war und in den Garten schaute, sah sie die kleine Charlotte auf ihrer Decke unterm Pfirsichbaum. Unterm Baum war Charlotte immer zufrieden. Es war so ein schönes Bild, wie sie friedlich nach oben schaute in das Blätterspiel aus Licht und Schatten und dazu mit ihren Ärmchen ruderte. Lisette ging hinaus und ließ sich neben ihrer kleinen Tochter ins Gras sinken. Sie spürte die Erschöpfung in allen Gliedern und sah ebenfalls nach oben in die Blätter. Es dauerte nicht lange, da tauchte Henri auf und legte sich dazu. Henri kitzelte Charlotte und sie krähte vor Freude. Die Sonne malte helle Punkte auf sie alle, der Garten roch nach Sommer, Henri lachte, Charlotte gluckste. Genau das waren die gefährlichen Momente. Die Momente der Ruhe, die Momente, in die sich heimlich und unvermittelt ein Gefühl von Glück hineinstahl. Glück, das nicht sein durfte. Diese Momente musste Lisette meiden und so schnell wie möglich vor ihnen weglaufen. Sie stand auf und floh ins Haus. Als sie sich in der Küchentür umdrehte, sah sie Henris enttäuschten Blick.

Ihr Garten war in diesem Sommer so bunt und gepflegt wie nie zuvor. Keine welke Blüte, kein braunes Blatt blieb lange an einem Stängel, kein Kraut wucherte, wo es nicht sollte.

»Wenn man diesen Garten sieht, sollte man nicht meinen, dass es hier so traurig zugeht«, sagte Thea zu Henriette, als sie zusammen am Zaun standen und Lisette dabei zusahen, wie sie die verblühten Rosen abschnitt.

»Je schöner der Garten, desto trauriger der Gärtner«, sagte Henriette.

Stolz stand Henri vor ihr, in seinem Matrosenhemd, das Henriette geplättet hatte, und seiner großen Schulbrezel unterm Arm, die der Bäcker extra für diesen Tag für die Schulkinder gebacken hatte. Es hatte die komplette Mehlration der Woche verbraucht, aber alle Rauenthaler wollten, dass die Kinder ihre Brezel bekamen, und viele hatten beim Bäcker dafür Mehl und Butter abgegeben.

In Henris kleinem Schulranzen steckten eine Schiefertafel mit Schwämmchen und ein neuer spitzer Kreidestift. Henriette spuckte auf einen Lappen, um seine Schuhe sauber zu wischen, mit denen er schon wieder irgendwo entlanggeschrammt war. Er zappelte vor Ungeduld. Für ihn begann etwas Neues, etwas Aufregendes. Die Schule fing an.

Anfang und Ende, es lag alles so dicht nebeneinander. Lisette spürte Henriettes Hand im Rücken, die sie sanft und bestimmt Richtung Tür schob, als würde sie ihre Gedanken lesen können. Ihre Aufgabe war es jetzt, Henri an seinem ersten Tag als Schulkind zu begleiten.

1918

Dora blinzelte, als es plötzlich hell wurde. Otto war in ihr Schlafzimmer getreten und hatte die Vorhänge mit einer kräftigen Bewegung aufgezogen. Sie verließ ihr Schlafzimmer nur noch, wenn sie musste. Am liebsten lag sie hier den ganzen Tag und ließ ihre Gedanken spazieren. Anni wurde angehalten, die Samtvorhänge geschlossen zu halten.

»Nicht, bitte«, sagte sie. »Nicht so hell.«

Dämmriges Licht war so viel angenehmer, da störte einfach nichts. Jetzt störte es ganz schrecklich, das Licht, das sie ins Hier und Jetzt holte, wo sie sich nicht aufhalten wollte. Dort, wo sie eben gewesen war, war es doch viel schöner. Auf der Hotelterrasse auf dem Neroberg hatte sie gesessen, mit Otto, Friedrich und Wilhelm. Ein herrlicher Sonntag. Ihre kleine Viktoria war auch dabei gewesen. So eine süße blonde Tochter, alle beneideten sie um dieses hübsche Kind mit dem weichen blonden Haar. So lieb war sie immer gewesen, so lieb und brav. Eine Freude. Alle Kinder waren die reinste Freude.

»So liebe Kinder, nicht wahr, Otto?«

Sie lächelte ihn an, und er stand jetzt neben ihrem Bett und schaute ernst. Dass er so grau geworden war, der stattliche Mann. So grau und faltig und gar nicht so fesch wie eben noch auf dem Neroberg. Sie schloss die Augen wieder.

»Dora, der Krieg ist vorbei.«

Sie öffnete die Augen.

»Endlich«, sagte sie. »Endlich haben wir gewonnen.«

Die Neroberg-Tage würden wiederkommen.

»Wir haben nicht gewonnen, wir haben kapituliert.«

»Wir haben den Krieg nicht gewonnen?«

Otto schüttelte den Kopf.

Wie konnte das sein? Das war doch unmöglich. »Und wie geht es jetzt weiter?«

»Das weiß niemand«, sagte er düster.

Wenn Otto nicht weiterwusste, dann war die Lage wirklich ernst. Otto wusste immer, was zu tun war. Sie hatten viel Geld verloren in den letzten Jahren. Niemand baute mehr Villen. Wiesbaden war wie leergefegt, nachdem die Franzosen, die Engländer und die Russen zu Feinden geworden waren und nicht mehr nach Wiesbaden kamen. Der ganze herrliche europäische Adel blieb zuhause. Stattdessen hatte man in den leerstehenden Hotels Lazarette für Soldaten eingerichtet. Man stelle sich das vor: Krankenlager in den schönen Speisesälen, das war doch kein Leben mehr hier. Wie lange es wohl dauern würde, bis man wieder zu bauen anfinge und sie zu ihrem alten Leben zurückkehren könnten? Das konnte sie Otto jetzt nicht fragen. Er wusste nicht, wie es weiterging. Sie würde eine Weile warten und ihn dann wieder fragen. Dann wüsste er bestimmt eine Antwort.

Sie versuchte, nicht daran zu denken, dass ihr Junge den Heldentod gestorben war. Ganz umsonst. Fürs Vaterland hatte er gekämpft. Doch sein Vaterland hatte verloren. Sein edles Opfer war vergebens gewesen.

Sie schloss die Augen und versuchte sich wieder auf die Terrasse des Neroberg-Hotels zu begeben, wo silberne Gäbelchen auf feinem Porzellan klapperten und der Duft von Kaffee und Kuchen über die weiß gedeckten Tische zog und wo ihre kleine blonde Viktoria mit dem lieben Friedrich scherzte.

2006

Ich begann nachzudenken. Über Geschichte. Nein, das war das falsche Wort. Geschichte, das klang abstrakt und weit von mir entfernt. Als hätte niemand etwas damit zu tun, dabei hatten alle damit zu tun. Geschichte, das war die Summe aller persönlichen Geschichten, und alle waren umgeschrieben worden in diesem Krieg. Wenn ich darüber nachdachte, wie es dazu gekommen war, dass ein Land nach dem anderen in einen wahren Kriegstaumel geraten war, dass die Politik Millionen von Menschen ins Unglück gestürzt hatte, Menschen wie meine Urgroßmutter, mit ihren Hoffnungen, Träumen und Lieben, dann konnte ich das kaum fassen. Ich war ein Friedenskind, das Krieg nur aus Filmen und Schulbüchern kannte. So viel Schmerz, so viel Zerstörung. Ich begriff zum ersten Mal, was dieser Krieg bedeutet hatte, weil es meine glückliche, eigenwillige, mutige, strahlende Urgroßmutter getroffen hatte. Von Verdun hatte jeder gehört. Man kannte diese Wiese, auf der die weißen Kreuze in exakter Regelmäßigkeit aufgestellt waren, und ich wollte sie plötzlich sehen, diese Kreuze. Von Frankfurt aus waren das letztlich nur ein paar Stunden. Warum sollte ich nicht einfach losfahren?

Ich packte meine Kamera ein, machte mir ein Brot zum Mitnehmen und stieg ins Auto. Allein. Erst hatte ich noch überlegt, Freunde zu fragen, Lukas zu fragen, ob er mitkommen wollte. Ich hatte auch an Oma gedacht, ob sie vielleicht den Ort sehen wollte, an dem ihr Vater gestorben war, den sie nie kennengelernt hatte. Aber vielleicht ein anderes Mal, ich wollte jetzt lieber spontan losfahren. Es war Sonntagmorgen, abends könnte ich schon wieder zuhause sein, je schneller ich wegkam, desto besser.

Nach zwei Stunden war ich schon bei Saarbrücken. An der letzten Raststätte, »Goldene Bremm«, vor der französischen Grenze bei Saarbrücken fuhr ich ab. Was für ein schöner Name, dachte ich, er klang verheißungsvoller als Verdun. Aber alles, was Gold im Namen hatte, klang oft schöner, als es letztlich war. Und das traf auch auf diese Autobahnraststätte zu. Ich tankte noch einmal nach, weil ich nicht wusste, ob Benzin in Frankreich eigentlich teurer war, und kaufte mir einen Milchkaffee, um ihn während der Weiterfahrt zu trinken. Als ich den jungen Mann an der Kasse fragte, woher der Name »Goldene Bremm« kam, hatte er keine Ahnung. Aber die Frau, die in der Reihe hinter mir an der Kasse anstand, hatte meine Frage gehört und wusste, dass Bremm im Dialekt ein Wort für Ginster sei, den es hier im ganzen Gebiet gegeben hatte. Ich sah vor meinem inneren Auge golden blühende Ginsterfelder vor mir und überlegte, ob mein Urgroßvater sie wohl gesehen hatte, auf dem Weg nach Verdun? Wann blühte Ginster eigentlich, und wann war er dorthin gekommen?

Eine Stunde später parkte ich mein Auto unterhalb des Gräberfeldes. Es war kein richtiger Parkplatz, aber ich wusste nicht, ob ich schon vorbeigefahren war oder ob noch ein Parkplatz kommen würde. Ganze Schilderwälder hatten auf alles Mögliche hingewiesen, aber ich war viel zu ungeduldig und wollte möglichst schnell mein Auto abstellen und loslaufen. Ich wollte auch nicht zwischen Bussen parken oder in irgendwelche Reisegruppen geraten. Als ich losgefahren war, war mir gar nicht bewusst gewesen, dass es sich hier um ein großes Ausflugsziel handelte. In meiner Vorstellung war ich ganz allein auf dem Gräberfeld herumgelaufen, um langsam Name für Name auf den Kreuzen zu lesen. Jetzt ging ich am Rande des Feldes langsam bergauf, sah nach links, sah die Kreuze, die geometrische Anordnung, die unterschiedlichen Perspektiven je nach Blickwinkel, und fand es, wie soll ich sagen, interessant, dieses Meer der Kreuze. *Mort pour la France* stand unter jedem einzelnen Namen, für den eine rote Rose vor jedem Kreuz blühte. Von den Rosen hatte ich genauso wenig gewusst wie von den Busladungen Touristen. Es ging mir oft so, wenn ich einen Ort besuchte, den ich aus Büchern oder dem Fernsehen kannte. Meine Vorstellung unterschied sich von dem, was ich tatsächlich antraf, und mir fiel es dann schwer, zu akzeptieren, dass die Realität eine ganz andere war. Dieses Meer von Kreuzen und jedes Kreuz ein Mensch. *Mort pour la France.* Für wen war Emile gestorben? Für den Kaiser? Für Deutschland? Auf jeden Fall sinnlos. Das müsste eigentlich auf jedem Kreuz stehen, dachte ich. Sinnlos und völlig vergebens gestorben.

Dieses riesige Gebäude oben auf dem Hügel über dem Gräberfeld hatte ich entweder immer ausgeblendet oder nie wahrgenommen auf Bildern. Es sah aus wie ein Bunker, martialisch, mit einem hohen Turm in der Mitte, der die Form einer Granate hatte. Natürlich würde man hier kein Denkmal der Schönheit finden, sondern ein Denkmal, das brutal war und einschüchterte. Das war eigentlich logisch. Aber das Gebäude schreckte mich ab. Trotzdem ging ich hinein. Im Deckengewölbe standen die Namen von toten Soldaten, überall warteten hier die Toten, wohin man auch sah. Ich bestieg den Turm, um diese Landschaft zu sehen, versuchte die Bilder, die man kannte, die Bilder vom Krieg in den Schützengräben über diese Landschaft zu legen. Es war eine Wüste, in der jahrzehntelang nichts mehr gewachsen war, verseucht von zu viel Giftgas, zu vielen Granaten, zu vielen Toten. Es gab ein Gedicht von Kästner über Verdun, in dem die Toten aus der Erde auftauchten. Ich fand es schrecklich, als wir es in der Schule gelesen hatten, und hatte gedacht, dass ich den Kästner, der ›Pünktchen und Anton‹ geschrieben hatte, viel lieber mochte. Hier oben beeindruckte es mich, dass er über die Hölle von Verdun geschrieben hatte und demselben Kopf andere, so wunderbare Figuren entsprungen waren. Knochen, die aus der Erde ragten, und Pünktchen. Wie ging das zusammen? Und Lisette, Oma, Paula und ich? Wie ging das zusammen?

Es war ein mickriges Grün, das hier allmählich alles zudeckte, und es war noch immer verboten, durch diese Landschaft zu laufen, weil unter der Erde noch immer unzählige Granaten und Minen und Gifte die Erde verseuchten.

Auf der Rückseite des Gebäudes verstand ich, warum es so riesig war und warum es Gebeinhaus hieß. Ich sah die Knochen. All die Knochen, die die Erde wieder ausgespuckt hatte, waren hier aufgetürmt worden. Meter um Meter schritt ich entlang, schaute durch Fenster um Fenster in Kammern voller Knochen. Jeder Knochen hatte einem Menschen gehört, der gehofft und geliebt hatte, der geliebt wurde. Plötzlich packte mich der Ort.

Plötzlich wurde mein Magen flau und ich musste mich hinsetzen. Ich wollte weggehen von dieser Seite des Gebäudes, weg von den Fenstern, aus denen mich Knochen ansahen und klagten, dass ihnen der Körper, in den sie einmal gehört hatten, genommen worden war. Und zwar zu früh. Viel zu früh. Emile Maibach, lagen auch deine Knochen hier?

Plötzlich stiegen mir die Tränen in die Augen und ich musste all die armen Knochen beweinen. Natürlich hatte ich kein Taschentuch dabei. Was hatte ich eigentlich gedacht, als ich losfuhr? Vielleicht an so etwas wie Melancholie oder Wehmut. Jedenfalls nicht an diesen Schmerz und nicht an Knochen. Mein Ärmel musste herhalten. Ich schlug ihn um und ging mit verstopfter Nase wieder nach vorne. Als ich das Meer der weißen Kreuze sah, musste ich wieder weinen und merkte plötzlich, dass jemand neben mir stand und mir ein Taschentuch reichte. Ich nahm es dankbar und schnäuzte mich.

»Es ist so schrecklich, oder? So ein Wahnsinn. Was Menschen sich antun können«, murmelte ich.

Die Frau, die mir das Taschentuch gegeben hatte und die ich jetzt erst richtig sah, nickte. Sie war älter als meine Mutter, vielleicht um die siebzig. Und plötzlich fiel mir auf, dass fast alle Leute, die ich hier sah, viel älter waren als ich.

»Ist hier jemand aus Ihrer Verwandtschaft?«, fragte die Frau.

»Mein Urgroßvater. Emile Maibach.«

Es war eigentlich egal, wie er hieß, aber ich wollte seinen Namen nennen. Sein Name gehörte hierher.

»Er war Deutscher, hatte aber einen französischen Vornamen, weil er eine französische Mutter hatte. Das macht es alles nicht weniger absurd.«

Sie nickte.

»Mein Großvater ist hier auch gestorben«, sagte sie. »Josef Winkler.«

Auch sie wollte seinen Namen nennen.

»Erst seit ich immer wieder hierherkomme, beginne ich zu verstehen, dass dieser Krieg bis heute in uns nachwirkt.«

»Meinen Sie wirklich? Wir kennen heute doch so gut wie niemanden mehr, der diesen Krieg erlebt hat, außer als Kind vielleicht. Es ist doch nur gut, dass es vorbei ist und abgeschlossen.«
»Und warum weinen Sie dann?«, fragte sie sanft.
Bevor sie ging, gab sie mir noch ihr angebrochenes Päckchen mit den Taschentüchern.
»Ich habe noch welche im Auto«, sagte sie, als sie sich von mir verabschiedete.
Als ich auf der Rückfahrt das Schild »Goldene Bremm« las, kamen mir wieder die Tränen. Goldener Ginster, den Emile nicht mehr gesehen hatte, weil es keine Rückfahrt mehr gegeben hatte für ihn. Die Frau hat das geahnt, dachte ich. Sie wusste, dass die Tränen noch einmal fließen würden. Deshalb hatte sie mir die Taschentücher mitgegeben.

Ich fuhr an der Ausfahrt raus, blieb auf dem Parkplatz stehen und weinte und weinte. Um Emile. Um Lisette. Um meine Oma Charlotte, die ihren Vater nie kennengelernt hatte. Und auch um mich, die ich meinen Vater auch nie wirklich kennengelernt hatte. Vielleicht hatte es tatsächlich irgendetwas miteinander zu tun? Aber was?

Ich dachte an Lisette und wie anders sie gelebt hatte als ich. Lisette hatte geglüht, hatte so viel riskiert, war geflogen und bitter abgestürzt. Und das alles, bevor sie überhaupt so alt war wie ich jetzt.

Was für ein lauwarmes Leben ich lebte. Yannick und ich hatten uns getrennt, weil ich ihm nichts vom Sommerhaus erzählt hatte. Weil ich ihm nichts von mir erzählt hatte, weil ich ihm nur einen kleinen Winkel in meinem Leben eingeräumt hatte. Und trauerte ich? Wenn ich ehrlich war, trauerte ich nicht um Yannick, nicht um das Ende unserer Beziehung. Ich trauerte vielmehr darum, dass ich *nicht* trauerte. Ich betrauerte mein kleines, lauwarmes Leben, in dem ich schon viel zu lange akzeptiert hatte, dass man eben nicht alles haben kann. Weder die große Liebe noch den tollen Beruf. Mich hatte es genervt, dass Yannick immer von seinen Träumen geredet hatte, während ich meine Träume in Dateien mit blumigen Namen verbarg, zu denen mir nichts einfallen wollte. Zum ersten Mal erkannte ich, dass er gar nicht herumgejammert hatte. Er glaubte einfach daran, weiterzukommen. Und ich glaubte das nicht, weil offene Türen mir Angst machten.

Für Lisette war die Welt stehen geblieben. Für mich drehte sie sich weiter, ob ohne Yannick, ob mit Yannick. Es gab befremdliche Situationen, es gab einsame Momente vorm Einschlafen. Es gab Stiche im Herzen, wenn ich etwas von ihm fand, was er in meiner Wohnung vergessen hatte. Aber am allerschlimmsten war, dass ich gar nicht so richtig litt, weil ich ihn wahrscheinlich gar nicht so richtig geliebt hatte. Weil ich im Innersten gar nicht daran glaubte, dass zusammen alles besser sei. Ich glaubte doch gar nicht an die große, alles verändernde Liebe, daran, dass meine zweite Hälfte irgendwo in der Welt umherirrte und mich suchte. Ich glaubte ja noch nicht einmal richtig an eine »Beziehung«.

Wie auch? Meine Mutter hatte es mir nicht vorgemacht, dass Liebe außerhalb von Hollywood-Filmen oder Liebesromanen überhaupt existierte. Sie hatte mir zwar immer erzählt, dass ich ein Kind der Liebe war. Maya, die Liebe, nicht umsonst hieß ich so. Aber wenn ich ein Kind der Liebe war, wohin hatte sich die Liebe verflüchtigt? Warum kannte ich meinen Vater nicht? Die unterschiedlichsten Männer waren durch meine Kindheit gereist. Mein Vater hatte nicht dazugehört. Mal hatte es morgens im Bad nach Kouros gerochen und mal nach Adam und Eve. Düfte und Männer, sie kamen und gingen. Mit manchen kam ich gut klar, mit anderen weniger. Aber wie auch immer, wenn ich mich gerade an einen von ihnen gewöhnt hatte, dann war er irgendwann weg, und mit ihm seine Zahnbürste, sein Geruch, die Dinge, die er mitgebracht hatte, die unser Leben für eine Zeit begleitet hatten. So, wie

Yannick mir beigebracht hatte, wie man grünen Tee trank oder wie man Fotos bearbeitete, hatten die Männer meiner Mutter ihre Spuren in unserem Leben hinterlassen, aber es waren Spuren, die wieder verblassten. Es waren keine klaffenden Wunden, keine unheilbaren Einschnitte. Keine Gräben, in die wir starrten und uns dabei nicht vorstellen konnten, jemals wieder auf die andere Seite zu gelangen. Unsere »Goldene Bremm« war immer in Sicht geblieben. Von wem hätte ich denn Liebe lernen sollen?

Jetzt stand ich plötzlich vor einem Graben und wusste nicht, wohin.

Ich weinte fast die ganze Fahrt über. Nicht nur um Emile oder Lisette. Auch nicht um Yannick. Ich glaube, ich weinte um mich.

> In meinem Leben hat der Herbst gewühlt
> Zerfetzte Blätter zerrt der Wind davon
> Und rüttelt Ast um Ast – wo ist die Frucht?
> Ich blühte Liebe, und die Frucht war Leid.
>
> *Hermann Hesse, aus: Gang im Spätherbst, 1918*

Lisette versuchte in sich hineinzuspüren, was sie eigentlich fühlte. Die Freude, die sie sich immer vorgestellt hatte, diese Freude, wenn sie hören würde, dass der Krieg vorbei war, die stellte sich nicht ein. Natürlich war es gut, dass der Krieg vorbei war. Aber es war zu spät. Zwei Jahre zu spät für Emile und für alle anderen, die ihr Leben verloren hatten.

Sie erinnerte sich daran, mit welcher Kraft sie sich so oft aufgelehnt hatte. Gegen die starren Regeln zuhause, gegen die festen Pflanzpläne im Garten, gegen das Korsett, gegen die unbequemen Kleider, dagegen, dass Frauen unfrei, ohne Bildung waren. Gegen alles, was sie als ungerecht empfand, hatte sie etwas tun können. Nur nicht gegen den Krieg. Und nichts gegen den Tod. Gegen die schlimmsten Ungerechtigkeiten war sie machtlos gewesen. Liebend gerne hätte sie alle ihre erkämpften Freiheiten aufgeben, wenn es Emile wieder lebendig machen könnte. Wenn sie diese eine Ungerechtigkeit dadurch hätte ungeschehen machen können.

Der Krieg war verloren, die Welt drehte sich weiter, Menschen freuten sich, Menschen weinten, der Kaiser dankte ab, eine Revolution begann, es war alles egal. Diesen Tag hätte sie mit Emile erleben müssen. Ihn alleine zu erleben zählte nicht.

1919

Lisette schaute sich das Informationsblatt an, das Henriette mitgebracht hatte, auf dem Frauen über das Wählen belehrt wurden. Nicht fanatisch solle man sein, sich ruhig und ordentlich verhalten und gewissenhaft und bedacht der Bürgerpflicht nachkommen. Es sei nämlich nicht nur ein Recht, dass Frauen wählen dürfen, sondern auch eine Pflicht.

Sie und Emile hatten sich immer ausgemalt, wie es wäre, irgendwann zusammen wählen zu gehen. Alles, was ohne Emile geschah, fühlte sich so an, als ob es nur zur Hälfte geschah. Eine seltsame Taubheit umgab Lisette, die sie nur einen Teil dessen wahrnehmen ließ, was geschah. Fritz vom Kuhhof unten im Tal war ohne Beine zurückgekommen. Er weinte oft, weil sie ihn schmerzten und es nichts gab, was ihm helfen konnte. Viele schüttelten darüber den Kopf. Wie konnten ihm die Beine wehtun, wenn sie doch gar nicht mehr da waren? Lisette verstand den Mann. Da, wo plötzlich nichts mehr war, da war der Schmerz am größten.

Alles, was nun ohne Emile geschah, war so sinnlos. Alle ihre Gedanken waren viel mehr bei ihm als im Hier und Jetzt. Was interessierte sie die Welt? Warum sollte sie wählen gehen, wenn es das, was sie wählen würde, gar nicht mehr gab? Für Emile konnte sie kein Kreuzchen machen. Ihre Gedanken hielten sich an ihm fest, nur so blieb er bei ihr, auch wenn jeder Gedanke wehtat. Alles tat weh. Das Ende des Krieges, die ersten Besatzer im Rheingau, das erste Mal wählen. Henris erster Schultag, der erste reife Pfirsich. Niemals hätte sie gedacht, dass der Anblick eines Pfirsichs wehtun könnte.

»Komm mit«, sagte Henriette. »Wir gehen jetzt wählen.«

Sie hielt ihr den Mantel und den Wollschal hin, doch Lisette schüttelte den Kopf. Henriette blieb stur.

»Es sind Frauen ins Gefängnis gekommen, jetzt gibt uns die Revolution das Wahlrecht, und jetzt gehen wir wählen. Wie willst du deiner Tochter erklären, dass du nicht gewählt hast, als du es zum ersten Mal durftest?«

Sie ließ sich überreden. Wie durch einen Schleier nahm sie die anderen in der Schlange wahr, in der sie neben Henriette wartete. Wie vielen von ihnen ging es so wie ihr? Ob alle, die jemanden verloren hatten, auch nur noch halb durchs Leben liefen? Wenn zwei Millionen Soldaten allein in Deutschland gestorben waren, dann trauerten jetzt zwei Millionen Frauen, wer weiß wie viele Kinder, zwei Millionen Mütter, zwei Millionen Väter, Geschwister, Freunde, Nachbarn. Sie alle waren nicht mehr ganz, nur noch halb und voller Tränen. Das ganze Land ein Trauerzug. Und die, die keine Toten zu beklagen hatten, beklagten die Lebenden.

Wie Lene, deren Mann zurückgekommen war, aber als ein anderer. Er starrte vor sich hin und schwieg oder er zitterte und schrie, und seine eigenen Kinder hatten Angst vor ihm. Für ihn war noch Krieg, er hatte ihn mit nach Hause gebracht.

Lene erlebte jetzt den Krieg bei sich zuhause, aus nächster Nähe, jeden Tag aufs Neue. Und jede Nacht. Oder der Fritz unten im Tal. Alle sahen weg, wenn er zuhause über den Boden robbte, kleiner als seine Kinder. War das Schicksal gnädig, dass es Emile all das erspart hatte? Wie grausam war es, zu denken, dass der Tod gnädig sein konnte? Es waren viel mehr gestorben, als die Listen der Gefallenen erfassen konnten. Gefallene, das klang nach Hingefallenen. Wer hingefallen war, konnte wieder aufstehen. Aber die Gefallenen nicht. Der Heldentod fürs Vaterland, das klang erhabener, als es wirklich war. Wo Lisette auch hinsah, überall lauerte Leid, schauten leere Augen aus trauernden Gesichtern. Ob sie jetzt wählte oder nicht, es war alles egal.

Es war kalt, und Lisette zog ihr wollenes Schultertuch enger über den Mantel. Irgendwo hinter ihr in der Reihe schimpfte ein Mann, er beschwerte sich, dass es so lange dauerte, und wurde immer lauter. Das habe man nun davon, dass man die Weibsbilder wählen ließ. Irgendetwas in Lisette brachte sie dazu, sich umzudrehen. Es war ein hagerer alter Mann, der wütend mit seinem Stock auf den Boden stampfte. Sie kannte ihn vom Sehen. Als ihre Blicke sich trafen, ging er direkt auf sie los.

»Keine Ahnung von Politik, aber wählen wollen! Das ist der Untergang des Reiches!«

Bevor sie nachdenken konnte, platzte es schon aus Lisette heraus. »Das Reich ist bereits untergegangen. Und die Politik dazu wurde von Männern gewählt. Und von Männern gemacht! Vielleicht sollten bittere alte Männer überhaupt nicht mehr wählen, weil sie nicht mehr verstehen, dass Zeiten sich ändern!«

Beinahe wäre der Alte mit dem Stock auf sie losgegangen, aber seine Nachbarn hielten ihn zurück. Es gab Applaus und es gab Rufe der Empörung. Die Frauen, die um Lisette herumstanden, spendeten Beifall, und Henriette starrte sie mit großen Augen an.

»So habe ich dich lange nicht schimpfen hören.«

»Ich weiß auch nicht, was in mich gefahren ist«, murmelte sie.

»Das war meine alte Lisette ...«, sagte Henriette lächelnd. Lisette schüttelte den Kopf. »Die gibt's nicht mehr. Es gibt wahrscheinlich Teile von ihr. Aber die passen nicht mehr zusammen. Es ist alles Flickwerk.«

Emile war verschwunden von der Welt, als hätte es ihn nie gegeben. Wenn sie ihn wenigstens hätte beerdigen können. Sie glaubte immer, es würde ihr helfen, wenn es einen Ort gäbe, an dem sie an ihn denken könnte. Jeder hatte ein Grab. Selbst die alte Metz hatte eines, obwohl es außer Lisette niemanden gab, der an das Grab ging und an sie dachte.

»Geh rüber«, sagte Henriette und deutete zum Atelier am Ende des Gartens. Aber ins Atelier zu gehen, ohne Emile, war undenkbar. Lisette hatte das Atelier nicht mehr betreten seit der Nachricht von Emiles Tod. Jeder Versuch Henriettes, sie dazu zu bewegen, ihre Kleider zu flicken oder nachzuschauen, ob es noch einen Wollstoff gab für einen warmen Rock oder ein Kleidchen für Charlotte, hatte sie abgelehnt. Kleider interessierten sie nicht mehr. Die Kleider, die sie trug, seit der Krieg ausgebrochen war, waren runtergerissen, an den Ärmeln zerschlissen und am Saum ausgefranst. Diese Kleider waren in einem ähnlichen Zustand der Auflösung wie sie selbst.

Aber jetzt wollten Gerda, Lene, Edda und Nanchen sich herausputzen, sie wollten feiern, dass sie alle gewählt hatten, dass der Krieg vorbei war, auch wenn der Krieg verloren war, auch wenn sie alle etwas verloren hatten, auch wenn es vor allem diesen einen Grund zum Feiern gab, dass das Töten und Sterben ein Ende hatte. Gemeinsam standen sie vor Lisette, die sich sträubte, das Atelier zu betreten. Für sie gab es keinen Grund zu feiern. Und Kleider verschönern? Für wen sollte sie das tun?

»Für wen?«, fragte Gerda zurück. »Das willst du wissen? Für uns! Für die Toten können wir nichts mehr tun. Aber für uns können wir sorgen, und wenn es nur ein rotes Samtband ist, das ich mir in die Haare binde, oder ein kleines Stück Spitze, das auf die Bluse gesetzt wird. Ich will einfach mal wieder, dass etwas schön ist! Dass wir wissen, warum wir leben und warum wir das alles überstanden haben.«

Lisette sah sie an und nickte, wandte sich dann wortlos um, nahm den Atelierschlüssel aus der Schublade und gab ihn Gerda.

»Das will ich euch nicht verwehren«, sagte sie. »Ich weiß es nicht mehr, warum ich lebe. Aber wenn es euch hilft.«

Sie sah die Blicke, die sie sich zuwarfen, und machte auf dem Absatz kehrt, um nach oben zu gehen. Sie warf sich aufs Bett und dachte, sie könnte jetzt weinen, aber keine Träne kam. Warum weiterleben? Warum das alles alleine aushalten? Und das Atelier. Wie ein Kinderspiel kam es ihr vor, aus dem sie herausgewachsen war. Sie würden das Atelier gar nicht mehr brauchen. Kleider. Wie konnten sie alle nur an Kleider denken? Bilder der Zeiten, in denen sie sich Gedanken um Kleider gemacht hatte, tauchten vor ihrem inneren Auge auf. Raschelnder Seidentaft, bunte Fäden, die durch ihre Finger glitten, wenn sie ihre bunten Muster stickte, leuchtende Farben. Es war alles vorbei.

Sie hörte Geräusche auf der Treppe. Konnten sie sie nicht einfach in Ruhe lassen? Sie setzte sich auf und strich sich die

Haare aus dem Gesicht. Lene kam herein, mit einem Kleid in der Hand, und setzte sich neben sie aufs Bett. Ausgerechnet Lene.

»Hast du eine Idee?«, fragte sie Lisette und breitete das Kleid vor ihr aus. »Ich brauche etwas, woran ich mich festhalte.«

»Ach, Lene«, seufzte Lisette und strich mechanisch über den Stoff. »Ich habe keine Ideen mehr. Ich glaube, ich hatte alle meine Ideen immer nur für Emile.«

»Stimmt nicht«, sagte Henriette, die plötzlich auch in der Tür auftauchte. »Du hattest ein ganzes Buch voller Ideen, bevor du Emile überhaupt kanntest. Er hat sich in dich verliebt, weil du vor Ideen gesprudelt hast.«

»Das war einmal ...«

»Wenn wir nicht weiterwussten, hat er immer gesagt, wir fragen Lisette, die hat immer gute Ideen«, sagte Gerda, und Lene nickte. »Darauf haben wir uns immer verlassen. Auf deine Ideen.«

»Ich mich auch. Aber das ist vorbei.«

Sie strich weiter, ohne es richtig zu bemerken, über den dunkelroten Stoff von Lenes Kleid. »Das waren noch Stoffe«, murmelte sie. »Wenn man das mit der Kriegsware vergleicht ...«

»Ja«, sagte Gerda. »Eigentlich viel zu schade, wenn's wegkommt. Aber so kann man es sowieso nicht mehr tragen. Und festhalten kann man sich an so einem Kleid auch nicht mehr. Lisette hat recht, es ist alles vorbei. Ab in den Müll damit.«

Damit stand sie seufzend auf und zog das Kleid von Lisettes Schoß. Aber Lisettes Finger griffen zu und hielten den Stoff fest. Es passierte einfach. Sie hatte es gar nicht vor, den Stoff festzuhalten, ihre Hände machten sich selbstständig. Und ihre Gedanken auch.

»Man könnte etwas ansetzen.«

»Das Rot finden wir nie wieder«, seufzte Lene.

»Es müsste ein ganz anderer Stoff sein. Die Ärmel ansetzen, oben eine Passe machen und am Saum einen Streifen ansetzen. Dann verschwinden alle dünnen Stellen.«

»Kann ich mir nicht vorstellen.«

»Man müsste im Stoffschrank schauen. Das sind ja nur kleine Stücke, die man braucht. So etwas haben wir vielleicht noch.«

Es dauerte nicht lange, da hatten alle ihre Kleider auf dem Bett ausgebreitet. Lisette betrachtete sie, und unweigerlich tauchten in ihrem Kopf Bilder auf. Sie sah die Kleider wieder vor sich, die man zerschneiden konnte, um mit ihrem Stoff andere zu retten. Die bunten Fäden, die leuchtenden Farben, an die sie sich erinnert hatte, sie kamen alle zurück und flatterten durch ihre Vorstellung von Kleidern, als sie über die Stoffe strich. Es gab Kleider, aus denen immerhin noch Röcke werden konnten, kürzere Röcke, weil man die zerschlissenen Säume auch einfach abschneiden konnte.

Irgendwann tauchte eine Flasche Wein auf, die Edda mitgebracht hatte, Nanchen holte Gläser, und sie saßen und lagen alle zusammen auf Lisettes Bett, in dem sie jede Nacht trauerte und hoffte, dass sie von Emile träumen würde. Plötzlich war ihr einsames Bett ein Lager voller Kleider, voller Stoffe, voller kichernder Frauen.

Irgendwann standen Henri und Charlotte schlaftrunken und verwundert in der Tür. Sie setzten sich aufs Bett, kuschelten sich in Lisettes Decke und beobachteten mit großen Augen, was um sie herum geschah.

Irgendwann schliefen die Kinder ein.

Irgendwann gingen die Freundinnen.

Lisette bemerkte, wie sie sich zuzwinkerten, und musste lächeln. »Danke, dass ihr gekommen seid.«

»Nein, nein, wir sagen danke!«, rief Gerda.

»Du nimmst dich schließlich unserer Lumpen an«, seufzte Edda.

»Das habt ihr geschickt eingefädelt. Ich danke euch wirklich. Das ...das hat gutgetan.« Lisette umarmte jede von ihnen, als sie gingen, spülte zusammen mit Henriette noch die Gläser und räumte sie in den Schrank.

»War das deine Idee?«, fragte sie Henriette, als sie die Schranktür schloss.

Henriette schüttelte den Kopf. »Gerdas.«

»Ich weiß, was du für mich getan hast, Henni, und für die Kinder, ich weiß es, und ich ... Bitte verzeih mir, dass ich es dir so schwer mache.«

Henriette schüttelte nur den Kopf und murmelte etwas von »Was für ein Unsinn« und »Das ist doch selbstverständlich. Ich muss jetzt aber schlafen gehen«. Morgen früh sei ja die Nacht wieder vorbei.

»Meine goldene Schwester«, flüsterte Lisette und umarmte Henriette. Sie hielten sich lange fest.

Lisette ließ die Kinder in ihrem Bett schlafen, legte sich einfach dazwischen und zog die Decke über sie alle drei.

Vormittags kamen die Frauen wieder. Sie gingen zusammen ins Atelier, rissen die Türen zum Garten auf, lüfteten, putzten die Fenster, wischten den Staub von den Nähmaschinen und breiteten alle Stoffe auf der Terrasse aus. Viele Stoffe hatten die Jahre gut überdauert. Man würde sie verwenden können, um die Kleider zu reparieren, an denen Lisette schon beherzt die Schere angesetzt hatte.

»Jetzt setzen wir die Kleider neu zusammen, aus allem, was übrig geblieben ist.«

»Wenn man das mit dem Leben nur auch so machen

könnte ...«, sagte Lene leise.»Einen neuen Stoff ansetzen, da, wo der alte kaputtgegangen ist.«

Ihre Hand zitterte, als sie ihr zerschlissenes Kleid ausbreitete und glattstrich. Lisette griff nach ihrer Hand und hielt sie fest.

Die Nähmaschinen ratterten wieder, Futterstoff raschelte, Scheren ratschten entschlossen durch Gewebe. Töne schwirrten durch die Luft, die sie lange nicht gehört hatten. Sie standen alle in Unterkleidern im Atelier und kürzten sich die Säume, kicherten, weil kalte Finger in warme Ausschnitte fassten, um Falten und Abnäher zu stecken, weil sie alle so dünn geworden waren.

»Und was ist mit deinen Kleidern?«, fragte Gerda.»Hol sie raus, sie haben es genauso nötig.«

Lisette schüttelte den Kopf.»Meine Kleider bleiben, wie sie sind.«

Da blieb sie stur, den anderen konnte sie helfen, an ihren eigenen ausgerissenen Kleidern wollte und konnte sie nichts ändern.

»Bis sie dir vom Leib fallen«, sagte Henriette, die vor dem Spiegel stand und sich in ihrem neuen Rock betrachtete.

»Und was machst du dann?«

»Das überlege ich mir, wenn es so weit ist.«

In diesem Sommer wuschen sie die hundert Kleider, die Lisette vor dem Krieg entworfen hatte, und trockneten sie auf der Wiese hinter dem Atelier, wo man es nicht sah. Es sollte schließlich keiner davon wissen, am Ende wurden sie noch beschlagnahmt von den französischen Besatzern.

»Vor ein paar Jahren war ich so verzweifelt. Jetzt ist es fast ein Glück, dass sie damals keiner wollte«, sagte Lisette.»Das ist wie ein Geschenk.«

Abends nahm sie das erste dieser Kleider, das Emile nach dem großen Streit für sie genäht hatte, aus dem Schrank und strich mit geschlossenen Augen über den Stoff. Der war durch seine Hände geflossen. Seine Hände. Diese Momente, in denen er ihr plötzlich so nah war, in denen die Erinnerung ihr vorgaukelte, dass sie ihn sehen, fühlen, ja, fast riechen konnte, in denen ihre Sinne ihn festhielten und nicht loslassen konnten, stürzten sie jedes Mal wieder in tiefe Verzweiflung. Wie konnte es sein, dass er und sie nicht mehr in der gleichen Welt lebten und sich doch fast berührten?

»Du musst aufhören damit. Du musst dieses Kapitel abschließen. Es quält dich doch nur. Lass ihn gehen ...« Henriette war in ihr Schlafzimmer gekommen, das ihr Schrank zweiteilte, so dass sie beide eine eigene Schlafkammer hatten. Sie saßen zusammen auf Lisettes Bett, und Henriette redete sanft auf sie ein. Sie meinte es gut, das wusste Lisette. Aber Henriette wusste nicht, dass diese schmerzlichen Momente gleichzeitig die kostbarsten waren, die ihr geblieben waren.

Es machte schnell die Runde, dass es in Rauenthal neue Sommerkleider gab, die dort unter der Hand verkauft wurden. Frauen innerhalb der Besatzungszone, die ein Sommerkleid haben wollten, kamen nach Rauenthal und zogen das neue Kleid wie ein Unterkleid unter ihr Gewand, trugen es so nach Hause und waren selig. Ein luftiges helles Kleid, das nicht nur einfach und praktisch war, sondern auch schön. Und so leicht, wie man das Leben gerne wieder hätte.

Sie kam mit der Schubkarre voller Grünzeug für Berta vom Feldrand zum Haus zurück und erkannte den Mann, der vor ihrem Gartentor stand, im ersten Moment nicht wieder. Erst als er zu lächeln versuchte und ihren Namen sagte, sah sie, dass es Walter Buchinger war, der ehemalige Nachbar der Villa Winter. Dünn war er geworden und ernst. Schmerz war in sein Gesicht gezogen. Aber er war es. Und als sie ihn erkannte, bildete sich plötzlich eine Brücke in die Vergangenheit, in ihre Jugend. Bilder von Sommern in weißen Korbstühlen, von in der Sonne funkelnden Kristallgläsern tauchten auf. Es waren Bilder einer Welt, in der sie einmal gelebt hatten und die versunken war, wie ein für immer verlorenes Atlantis. Sie betrachteten sich stumm, hielten sich an den Händen und sahen, wie die Zeit und der Krieg sie beide verändert hatten.

Lisette ließ die Schubkarre stehen und bat ihn ins Haus. Er humpelte, winkte jedoch ab, als sie ihn danach fragte, und sie ließ es gut sein. Schweigend saß er im Sessel und sah sich ihre bunte beste Stube an, ganz ruhig, ohne ein Wort.

Lisette fragte sich, warum er hier war. Hatte ihre Mutter ihn geschickt? Wilhelm? Irgendetwas an seiner Haltung hielt sie davon ab, zu fragen, sie wartete einfach.

»Es ist sehr schön hier.«

»Es muss dir ungewöhnlich vorkommen. Für Mutter und Wilhelm war es eine Katastrophe zu sehen, wie wir leben. Gelebt haben«, verbesserte sie sich und verstummte.

»Deshalb bin ich hier«, sagte er und brach ab. Er schaute sie an, schaute wieder weg und rutschte auf dem Stuhl hin und her. »Ich konnte nicht eher kommen, wegen der Straßensperren der Besatzung, aber jetzt ist es etwas lockerer und …«

Er brach ab und sah auf den Boden.

»Lisette, ich war bei Emile … ich war bei ihm, als …« Er schloss die Augen.

Lisette wurde kalt. Wie erstarrt wartete sie, dass er weitersprechen würde. Jeder Augenblick zwischen ihnen wurde zu einer Ewigkeit, und ihr wurde immer kälter. Obwohl draußen die Sonne schien.

Irgendwann begann er stockend zu erzählen. Dass sie in Verdun aufeinandergetroffen und zusammen eingeteilt gewesen waren, nebeneinander gekämpft, geschlafen, gewacht hatten.

Sie sagte kein Wort.

»Du denkst bestimmt, warum Emile, warum nicht Walter?«

Erschrocken sah sie ihn an, erschrak in diesem Moment selbst über diesen Gedanken, der sich gerade in ihrem Kopf ausgebreitet hatte, den sie sich kaum eingestehen wollte.

Er schüttelte den Kopf. »Ich denke es selbst, Lisette. Warum habe ich überlebt? Ich habe keine Frau und keine Kinder.«

Er schaute sie mit großen, fragenden Augen an. »Warum ist diese Kugel so geflogen, wie sie geflogen ist? Warum nicht zehn Zentimeter weiter, in seinen Arm? Warum nicht zwanzig Zentimeter weiter durch die Luft? Warum nicht einen Meter weiter, in mein Herz? Ich frage es mich immer und immer wieder. Und weißt du, was die Antwort ist?«

Sie schüttelte den Kopf.

»Es gibt keine Antwort. Es gibt keine. Der Krieg gibt keine Antworten.«

Emile hatte Walter von ihr erzählt und ihm die Fotografie gezeigt. Da war er sich dann sicher gewesen, dass er neben dem Mann kämpfte, mit dem Lisette damals ausgerissen war.

»Das war in einem anderen Leben«, flüsterte sie.

»Ja. Wir hatten alle ein anderes Leben. Der Gedanke an euch, an dich, hat ihn aufrecht gehalten, er hat immer an dich gedacht. Falls dir das hilft.«

»Und wie … sag mir, wie …« Sie konnte nicht weitersprechen.

»Auf dem Feld. Eine einzige Kugel. Direkt ins Herz. Er

hat nicht gelitten, er ist so gestorben, wie wir es uns alle gewünscht haben.«

»Ihr habt euch das gewünscht?«

»Wenn wir schon sterben müssen, dann so. Ja, das haben wir uns gewünscht. Schnell, mit einem sauberen Schuss, ohne Schmerzen.«

Lisette schwieg. Wenn die Männer sich das gewünscht hatten, dann hieß das …

»Es sind viele anders gestorben. Viele …« Er wollte weitersprechen, aber er verstummte.

Sie wagte es nicht, weiter nachzufragen. Sie wusste genug. Für diesen Moment war es mehr als genug.

»Er liegt dort begraben. In einem Grab für alle, die an diesem Tag gestorben sind. Ich habe ihm das Bild von euch mit ins Grab gegeben.«

Sie nickte. Sie konnte nicht mehr denken. In ihrem Kopf breitete sich eine dunkle Stille aus, wie eine langsam steigende Flut überschwemmte sie ihr Denken. Endgültig.

»Er hat mich gebeten, zu dir zu gehen, falls ihm etwas passiert. Und dir …«, er schluckte und konnte eine Weile nicht weitersprechen, »und dir zu sagen … Er hat mich gebeten, dir seine Jacke zu bringen. Er hat gesagt, damit du deine Kleider flicken kannst und wieder heil wirst. Und dass du … Ich weiß nicht, ich wollte dir diese Jacke nicht bringen, sie ist, sie ist schrecklich. Aber ich habe es versprochen. Und ich soll … ich soll dir sagen …«, er rang nach Atem und sprach dann so leise weiter, dass sie es kaum verstand, »dass du immer sein Glück warst.«

Henriette war mit den Kindern weggelaufen, so schnell sie konnte, ans andere Ende des Dorfes, hinten in den Wald Richtung Schlangenbad, so weit weg, wie es nur ging, als Lisette angefangen hatte zu schreien. Sie schrie, bis ihre Stimme brach, bis sie nur noch die Lippen bewegte und kein Ton mehr aus ihrer Kehle drang. Drei Tage und Nächte trug sie Emiles Jacke. Es war ihr egal, dass sie dreckig war, dass sie stank. Sie war grausam, die Jacke, grausam wie sein Tod, er hatte sie getragen, und sie küsste jeden Zentimeter des Stoffes, jedes Papierchen, das sie in den Taschen fand, weil seine Hand es einmal berührt hatte. Sie strich über das Loch, das die Kugel in die Jacke, in seine Brust, in sein Herz gerissen hatte. Strich über die dunklen Flecken, wo sein Blut den Stoff getränkt hatte. Die Kugel, die ihn getötet hatte, war hier entlanggestreift, hier, wo ihre Finger den Stoff liebkosten, als sei es seine Haut. Sie wälzte sich in der Jacke, sie vergrub sich unter ihr, sie wickelte sich in sie ein und ließ sie nicht mehr los. Alles schmerzte. Alles.

Henriette und Nanchen befürchteten, dass Lisette dabei war, den Verstand zu verlieren. Aber das Gegenteil passierte.

Nach drei Tagen waren all ihre Worte versiegt, ihre Schreie verhallt, ihr Hals war wund und sie hatte keine Tränen mehr. Lisette legte die Jacke ab, um die Stoffstückchen herauszutrennen, die sie eingenäht hatte, damit sie sie zurück in ihre Kleider nähen könnte. Aber es war unmöglich. Die Stoffstückchen zerfielen, als sie sie abtrennte, so zerschlissen waren sie, und die Löcher in ihren Kleidern waren um vieles größer geworden über die Jahre. Sie saß im Atelier, schaute auf die kleinen zerfaserten Fetzen, die sie in der Hand hielt, und steckte sie schließlich in die Blechdose, in der sie Emiles Briefe verwahrte. Sie schnitt den Stoff rund um das Loch aus, das die Kugel im Emiles Uniformjacke gerissen hatte, hinterlegte und säumte das Stückchen Stoff mit blutroter Seide und tat es mit in die Schachtel, die sie in ihren Schrank stellte.

Dann holte sie den Spaten und ging zu dem Beet unterm Küchenfenster, aus dem Emile sein Eau de Prairie immer gepflückt hatte. Vorsichtig hob sie die Minze und den Thymian aus ihrem Beet und grub ein tiefes Loch. Sie küsste die Jacke ein letztes Mal und bettete sie in die Erde. Dann pflanzte sie alles zurück an seinen Platz.

Sie schleppte die Bank, die auf der Terrasse stand, an die Hauswand, zwischen die Küchentür und das Kräuterbeet. Hier würden sie ab jetzt zusammen sitzen. Endlich hatte sie einen Ort für ihre Trauer.

Lisette wusch sich die Hände. Dann trug sie alle ihre Kleider ins Atelier und begann, die Löcher in ihren Kleidern zu flicken. Emile hatte es so gewollt. Er hatte ihr seine Jacke geschickt, damit sie heil werden konnte. Sie wusste, dass sie nie wieder richtig heil werden würde, aber sie würde es versuchen. Es war seine letzte Botschaft an sie.

Plötzlich fühlte sie sich weniger allein. Er war zu ihr gekommen und hatte zu ihr gesprochen. Auf wundersame Weise hatte er zu ihr gesprochen. Während sie nähte, nahm sie einen Hauch von dem Kräuterduft wahr, der noch an ihren Händen haftete. Sein Eau de Prairie. Ein Hauch von Minze und Thymian. Ein Hauch von Emile.

8

2006

Nachdem ich aus Verdun zurückgekommen war, verkroch ich mich vor der Welt. Ich erledigte meine Arbeit, ich kaufte das Nötigste ein, aber mehr war nicht drin. Ich wollte mit niemandem reden, ich zog mir die Decke über den Kopf und vergrub mich in meinen Gedanken. Das Telefon klingelte einige Male, aber ich ging nicht dran. Warum sollte ich mit jemandem reden? Mir erschien alles in meinem Leben mit einem Mal so seicht, so sinnlos. Ich hatte immer wieder diese Angst, dabei gab es überhaupt keine Gefahr für mich. Obwohl ich nichts zu befürchten hatte, wagte ich: nichts. Ich könnte leben, im Gegensatz zu all den Menschen, deren Knochen in Verdun im Beinhaus lagen, ich könnte lieben, aber ich tat es nicht. Ich träumte von Freitreppen und flüchtete unter die Decke. Ich badete in Selbstmitleid und bedauerte mein ganzes Dasein. Vielleicht ähnelte ich Lisette doch in einem Punkt. Aber natürlich ähnelte ich nicht der jungen Lisette, sondern der, die so viel verloren hatte. Ihre große Liebe, ihren inneren Halt, den Menschen, der ihr Zuhause war. Wir hatten beide eine Schonhaltung eingenommen. Letztes Jahr hatte ich mir einen Nerv an der Schulter verklemmt und einige Wochen danach sehr hartnäckige Kopfschmerzen bekommen. »Sie haben wegen der schmerzenden Schulter eine Schonhaltung eingenommen«, erklärte mir die Orthopädin, die ich aufgesucht hatte. »Das ist immer falsch. Weil es dann nicht lange dauert, bis etwas anderes wehtut, und irgendwann kann man sich vor lauter Schonhaltungen gar nicht mehr bewegen.«

Lisette lebte nach dem Krieg zwar weiter, aber sie lebte wie in Schonhaltung, um sich zu schützen. Und ich tat das auch. Dabei hatte ich doch gar keinen Krieg erlebt und keinen Verlust. Wovor also wollte ich mich schützen?

Irgendwann stand Lukas vor der Tür und ließ sich nicht abwimmeln. Er hatte sich Sorgen gemacht, weil er mich nicht erreicht hatte. Das rührte mich irgendwie, auch wenn ich der Meinung war, so viel Aufmerksamkeit überhaupt nicht zu verdienen.

»Ganz schön mutig«, sagte er, als ich ihm von meinem Sonntag in Verdun erzählte. Mutig? Ich? Wenn er hergekommen sei, um sich über mich lustig zu machen, könne er auch gerade wieder gehen, patzte ich ihn an. Aber er meinte es ernst, meinte, ich hätte mich nicht gescheut, den tausenden Toten von Verdun zu begegnen. Wäre, ohne darüber nachzudenken, einfach alleine losgefahren. Lukas hatte recht. Das war wirklich ungewöhnlich für mich. Ich hatte zwar nicht im Mindesten damit gerechnet, dass es mich so überwältigen würde, aber ich war auch nicht auf die Idee gekommen, mich vorher irgendwie abzusichern.

»Draußen scheint die Sonne«, sagte er. »Und wir gehen jetzt irgendwo einen Kaffee trinken und du erzählst mir alles. Und keine Widerrede.«

Den nächsten Sonntag verbrachten wir zusammen, mit einem Ausflug nach Rauenthal.

»Findest du es nicht komisch, dass wir meiner Urgroßmutter hinterherfahren? Es gäbe bestimmt viel coolere Ausflüge.«

»Zum Beispiel?«

Ich zuckte die Achseln. »Etwas Spannendes. Mit den Fotoleuten zu spektakulären Lost Places.«

»Der Lost Place, den wir suchen, ist ziemlich spannend, finde ich.«

Wir parkten in der Nähe der Statue des heiligen Nepomuk und gingen zuerst zur Kirche und dann zum Friedhof, wo wir Lisettes

Grab suchten. Warum, fragte ich mich, waren wir nie mehr hierhergekommen? Warum war meine Oma Charlotte nicht öfter zum Grab ihrer Mutter gegangen? Dass sie es inzwischen nicht mehr tat, war ja verständlich, aber ich konnte mich nicht daran erinnern, dass wir in meiner Kindheit überhaupt jemals hier auf dem Friedhof gewesen waren. Die ersten Gräber waren alle neueren Datums, es dauerte eine Weile, bis wir die älteren Gräber fanden.

Und dann standen wir plötzlich davor. Lisette Winter, da war der Name meiner Urgroßmutter in Stein gemeißelt, und auf dem Grab wuchsen sogar bunte Blumen. Stiefmütterchen und Vergissmeinnicht und andere, deren Namen ich nicht kannte. Irgendjemand kümmerte sich anscheinend darum.

»Ein Friedhofsgärtner vielleicht«, sagte Lukas. Aber ich fand, dass diese Art der Bepflanzung nicht nach Friedhofsgärtnerei aussah. Jetzt wollte ich auch das Haus suchen und fragte mich, warum ich nicht schon früher darauf gekommen war, hierherzufahren? Ich fuhr mal eben nach Verdun, aber nicht in den viel näheren Rheingau.

Wo Lisettes Haus gestanden haben könnte, wusste ich nicht mehr. Vielleicht war ich sieben oder acht gewesen, als wir das Haus damals ausgeräumt hatten. Ich wusste noch nicht einmal, wer inzwischen dort wohnte. Vielleicht waren wir auch schon daran vorbeigelaufen, und ich hatte es einfach nicht erkannt.

»Gehört es deiner Familie denn noch?«, fragte Lukas, und ich schaute ihn überrascht an. Auf diesen Gedanken war ich noch gar nicht gekommen. »Vielleicht bist du ja eine richtig gute Partie«, sagte er. »Sommervilla im Taunus. Haus im Rheingau.«

»Klingt grandios«, erwiderte ich. »Aber warum wohne ich dann in einer winzigen Dachwohnung und weiß von nichts?«

»Dazu gibt es bestimmt eine dramatische Geschichte. Wird die nicht immer wieder erzählt bei euren Familientreffen?«

»Wir haben keine Familientreffen. Wir sind gar keine Familie, wir sind gerade mal drei Frauen, die wenig miteinander reden, wenn es überhaupt einmal dazu kommt, dass wir zusammensitzen.«

Ich rief meine Mutter an, um sie zu fragen, wo Lisettes Haus stand.

»Hochweg, warte mal, es war, glaube ich, die Nummer siebzehn oder fünfzehn. Es hatte blaue Fensterläden. Aber das ist ja schon lange her. Es liegt am Ortsrand, Richtung Rheintal.«

Sie wollte wissen, was ich in Rauenthal machte und mit wem ich dort war und wie ich überhaupt darauf kam, nach dem Haus zu suchen. Ich versprach, mich später zu melden, und legte auf.

Wir fanden den Hochweg. Die Nummer fünfzehn konnte es nicht sein, das war ein modernes Haus, und die Nummer siebzehn gab es gar nicht. Aber die Nummer neunzehn hatte zumindest Fensterläden, und als wir davorstanden, meinte ich mich zu erinnern, dass ich hier schon einmal gewesen war. Wir standen vielleicht zu lange davor, denn irgendwann trat ein Mann aus der Tür und fragte uns unfreundlich, ob er uns helfen könne. Ich wollte schon Nein sagen und mich dafür entschuldigen, dass wir so gestarrt hatten, aber Lukas antwortete ihm, dass es total nett sei, wenn wir ihn etwas fragen dürften, und ob er wisse, ob einmal eine Lisette Winter hier gewohnt habe, vor … Er sah mich fragend an. Bis vor ungefähr dreißig Jahren, ergänzte ich und dass ich ihre Urenkelin sei und schon hier gewesen war, mich aber nicht richtig erinnern könne. Da müsse er seine Frau fragen, antwortete er, die wisse solche Sachen eher. Er verschwand wieder im Haus und nach kurzer Zeit kam eine Frau um die vierzig mit einem sehr freundlichen Lachen herausgestürmt und rief schon in der Tür, ob ich etwa Paulas Tochter sei? Als ich das überrascht bejahte, bat sie uns sofort herein, schimpfte mit ihrem Mann, dass er uns so einfach auf der Straße habe stehen lassen, und bevor er etwas erwidern konnte, schickte sie ihn, noch zwei Kaffeegedecke zu holen, sie hatte gebacken. »Zum Glück«, rief sie, und unser vorsichtiger Versuch, den Kuchen auszuschlagen, wurde einfach nicht beachtet. Es gab Rhabarberkuchen mit Sahne, und dazu schüttete die quirlige und redselige Hanni, als die sie sich irgendwann vorstellte, in unverfälschtem Rheingauer Dialekt, ungefragt einen ganzen Wasserfall von Informationen über uns aus.

»Wie hängen wir jetzt zusammen? Pass acht, also, meine Mutter, nein, meine Großmutter und deine Großmutter, Unsinn, das geht ja noch weiter, also nein, noch einmal von vorne. Meine Urgroßmutter Nanchen war eine Freundin von deiner Urgroßmutter. Jetzt haben wir's! So war's. Ganz früher war sie ihr Mädchen, das nannte man wohl so, damals, die hat ihr immer geholfen im Haus, dann sind sie aber richtige Freundinnen geworden. Und deine Urgroßmutter hat meiner Großmutter Käthe eine gute Stellung besorgt, vor dem Krieg war das, natürlich, da ist man noch in Stellung gegangen, in Schlangenbad war sie, beim Badearzt, aber das interessiert dich ja bestimmt gar nicht.«

Doch, sehr, wollte ich sagen, aber dazu kam ich gar nicht, denn Hanni redete unentwegt weiter. Wie schade es sei, dass die Lotte weg ist und nie mehr wiedergekommen ist. Außer zur Beerdigung ihrer Mutter, aber die Paula, die war ja viel hier gewesen, als Kind, die war ja älter als sie, zehn Jahre vielleicht, oder? Sie schaute uns fragend an, aber bevor ich ergänzen konnte, wie alt Paula war, redete sie schon unverdrossen weiter. Ihr Mann sagte die ganze Zeit so gut wie kein Wort, aber irgendwann unterbrach er sie und erinnerte sie daran, dass sie den Kindern heute noch helfen wollten bei den Vorbereitungen für den Geburtstag und dass es vielleicht ja auch ein bisschen viel wäre für uns, das alles? Hanni schlug sich die Hand vor den Mund. »Ach, du liebe Zeit! Und ich rede und rede ...«

Wir verabredeten uns. Ich würde wiederkommen, und sie wollte sich ein bisschen sortieren, Ordnung in das ganze Durcheinander bringen da oben. Sie tippte an ihren Kopf und umarmte uns beide zum Abschied so herzlich, als ob wir zur Familie gehörten.

Lukas und ich liefen zur Bubenhäuser Höhe, saßen auf einem kleinen Stück Wiese oberhalb der Weinberge und schauten ins Rheintal. Der Blick war hier weit und der Rhein schimmerte hell im Licht.

»Das war wie ein Verwandtschaftsbesuch«, sagte ich. »Ist das nicht verrückt, Hanni wusste, wer ich bin. Und ich glaube, alles, was meine Oma sich zusammenschweigt, sprudelt aus Hanni einfach so heraus.«

»Es sprudelt nicht nur, es flutet!«

Ich beschloss, sehr bald wieder zu Hanni zu fahren, und ich nahm mir vor, alles aufzuschreiben. Eine Welt zu erschaffen. Meine Welt. Die Welt, aus der ich kam. Den verlorenen Ort wieder einzunehmen, die verlorene Geschichte zu finden.

»Maya, das ist eine ziemlich gute Idee«, sagte Lukas. Und ich fand das auch.

1921

Die Herbststürme fegten draußen übers Land, ließen die Fensterläden klappern und den Wind im Kamin heulen. Lisette und Henriette saßen abends nach dem Bad mit nassen Haaren vorm knisternden Feuer und fröstelten trotzdem.

»Mir dauert das zu lange, bis die Haare trocken sind. Wenn es jetzt Winter wird, muss das schneller gehen. Ich schneide sie mir ab.«

Henriette blickte überrascht auf.

»Du willst dir die Haare abschneiden? Deine schönen Locken? Mach das bloß nicht!«

Lisette stand schon vorm Spiegel und hielt sich die Haare hoch.

»Schau doch. Das ist modern. Und es ist so viel praktischer. Machst du mit?«

Henriette schüttelte entsetzt den Kopf, als Lisette die große Schere ansetzte und auf der Höhe ihres Kinns beherzt durch die Haare führte. Strähne um Strähne des nassen Haares fiel zu Boden. Als sie fertig war, schüttelte sie ihren Kopf hin und her und musste lachen, weil es sich so leicht anfühlte, weil sie es mochte, ihre Haarspitzen im Gesicht zu spüren. »Man fühlt sich befreit, Henni, es fühlt sich herrlich an.«

Ob es der neue Haarschnitt war, der sie auf die Idee brachte, oder die Überlegung, wie sie ihren alten Wintermantel noch einmal ausbessern könnte. Hinterher wusste sie nicht mehr, wie sie darauf gekommen war. Genauso wenig wusste sie, warum sie nicht schon längst darauf gekommen war.

Emiles Kleider im Schrank waren alle in einem guten Zustand. Zum Glück hatte sie nicht darauf gehört, als ihre Freundinnen ihr geraten hatten, sie alle wegzugeben. Sie probierte seine Mäntel an, seine Jacketts, seine Hosen. Es war etwas zu ändern, aber sie würden ihr gut passen. Und gab es nicht tausende von Frauen, deren Männer ihnen Kleidung hinterlassen hatten, die oft unversehrt im Schrank hing, während die eigene Kleidung zerschlissen war? Und waren Frauen es inzwischen nicht gewöhnt, ihren Mann zu stehen? Der Mangel nach dem Krieg war immer noch groß, es würde so vielen über den Winter helfen.

Lisette entwarf eine Kollektion, die Männerkleidung in schmaler geschnittene Frauenkleidung verwandelte. Zuerst runzelte Gerda die Stirn, als Lisette sie bat, die Änderungsschnitte dafür zu entwickeln. Aber als Lisette die Schulterpartie von Emiles braunem Mantel schmälerte, ihn mit rotem Taft neu fütterte und aus seiner dunkelroten Krawatte Besätze an den Taschen applizierte, begann sie zu verstehen, was Lisette meinte, und unterstützte sie. Bald trug Lisette Herrenjacketts zu ihren bunten Röcken, steckte Männerhemden in Männerhosen und knotete einen farbigen Stoffstreifen als Gürtel um ihre Taille. Sie mochte diese Mischung, und es schien vielen anderen Frauen ebenso zu gehen, denn es fanden sich immer mehr Nachahmerinnen. Das war die Kleidung, die Halt gab für alle Aufgaben, die nun zu bewältigen waren. Es war eine neue Art, sich zu kleiden, die in diese neue Zeit passte. Sie machte weiter, denn es fühlte sich richtig an. Doch die junge Frau im grünen Seidenkleid, die sie einmal gewesen war, gab es nicht mehr.

1927

Die Sonne fiel schräg durch die bodentiefen Fenster des Ateliers und malte ein leuchtendes Karree auf den Boden. An diesem späten Frühlingsnachmittag stand die Sonne schon tief, gleich würde sie untergehen. Das Kleid war fast fertig. Prüfend hielt Lisette es hoch und schaute, ob irgendwo noch Fädchen hervorschauten oder ob sie etwas vergessen hatte. Sie lächelte. Es war schön geworden, ein fröhliches buntes Kleid, und sie hoffte, es würde Charlotte gefallen. Sie musste daran denken, wie sehr sie es in diesem Alter gehasst hatte, Kleider anzuprobieren. Dieses endlose Stillstehen, das ewige Anpassen, damit alles genau saß und niemals verrutschen würde. Dieses Kleid war gemütlich und weich, wahrscheinlich hätte sie als zehnjähriges Mädchen dieses Kleid sogar gerne anprobiert. Sie stand auf und trat auf die Terrasse. Wie schön es schon nach Frühling roch und wie diese späten Sonnenstrahlen schon wärmten.

»Lotte!«, rief sie quer durch den Garten zum Haus hinüber und bedeutete ihrer Tochter mit einem Winken, herzukommen, als sie den Kopf aus der Küchentür herausstreckte.

Lotte war ein dünnes Kind. Alle Kinder waren so dünn, auch wenn ihre Mütter versuchten, sie so zu ernähren, dass sie zunahmen. Es gab inzwischen mehr zu essen als nach dem Krieg, aber manchmal dachte sie, dass ihre Körper sich in all den Hungerjahren so sehr daran gewöhnt hatten, mit wenig auszukommen, dass gar niemand mehr in der Lage war, viel zu essen. Den Seelen ging es ähnlich wie den Körpern. An das Glück mussten sie sich genauso gewöhnen wie ihre Mägen an Butter und Sahne.

»Schau, es ist fertig!« Lisette hielt ihrer Tochter das fertige blaue Kleid hin. »Willst du es mal anziehen?«

Charlotte schüttelte stumm den Kopf.

Enttäuscht ließ Lisette das Kleid sinken. »Was ist denn jetzt schon wieder? Warum gefällt es dir denn nicht?«

Lottes Gesicht blieb verschlossen, sie schüttelte nur noch einmal den Kopf, drehte sich um und verließ das Atelier, um durch den Garten zurück zum Haus zu gehen. Lisette betrachtete das Kleid kopfschüttelnd. Was hatte sie denn bloß? Es war ein wirklich schönes Kleid und hatte genau das Blau von Charlottes Augen. Die breite Borte am Saum, die sie aus allen möglichen blauen und roten Stoffen zusammengesetzt hatte, war das reinste Kunstwerk. Stundenlang hatte sie an den Applikationen gesessen.

Sie sah ihrer Tochter seufzend nach. Sie war jetzt zehn Jahre alt und das stillste Kind, dem sie je begegnet war, ihr Sorgenkind, ihr Herzenskind. Charlotte war das einzige Kind in ganz Rauenthal, das sie nicht verstand, sie schien zu existieren, ohne ihre Liebe zu brauchen. Ihre Küsse waren leicht, ihre Umarmungen zart. Sie lehnte sich nicht an, schmiegte sich nicht in Arme, war nie auf ihren Schoß geklettert. Sie blieb für sich.

Mit Henri war es leichter, mit ihm verstand Lisette sich oft ohne Worte. Als Henri am späten Nachmittag nach Hause kam, überlegten sie zusammen, welchen beruflichen Weg er nun im Sommer einschlagen wolle, wenn er mit der Schule fertig sein würde. Er schwankte noch zwischen Weinbau und der Schneiderei. Sie konnte das gut verstehen. Henri war ihr wirklich ähnlich. Er war gerne draußen im Freien, er sah Dinge gerne wachsen und er liebte es zu ernten. Er half im Weingut von Winklers, seit er zwölf war. Und gleichzeitig war er auch gerne im Atelier, hatte ein Gefühl für Stoffe und dachte darüber nach, ob er nicht bei einem Herrenschneider in die Lehre gehen sollte. Lisette hatte ihm geraten, auch über Damenschneiderei nachzudenken, weil es einfach abwechslungsreicher war.

»Es sind zwei so unterschiedliche Welten«, stöhnte er. »Wie soll ich mich da jemals richtig entscheiden?«

»Stell dir vor, du bist so alt wie ich, du wirst bald vierzig, du hast eine Familie, du hast Kinder, eine wunderschöne Frau natürlich ...«

Henri grinste und wurde sogar ein bisschen rot. Wie die Zeit verging. Vielleicht würde es überhaupt nicht mehr lange dauern, bis er ein Mädchen mit nach Hause brachte.

»... was willst du dann sein? Willst du deine Kinder mit in den Weinberg nehmen, mit deiner Frau abends im Keller stehen, um das erste Glas aus dem neuen Fass zu probieren? Wärst du froh, dein Gesicht morgens im Spiegel zu sehen, das schon im April ganz braungebrannt ist, weil du fast das ganze Jahr draußen zu tun hast?«

Henri hing an ihren Lippen, und sie sah, dass er sich das alles vorstellen konnte.

»Oder reist du umher, siehst London oder Mailand, um dort feine Stoffe einzukaufen und dich über Neuheiten zu informieren, besuchst Messen? Dann schaut dich morgens ein anderes Gesicht an. Gepflegt, ein schicker Haarschnitt, du wirst feine, weiche Hände haben, Stoffe ertasten, den unterschiedlichsten Menschen begegnen. Und trinkst du deinen Wein dann lieber mit den Herrschaften im Salon oder mit den Arbeitern bei einer Brotzeit im Weinberg?«

»Ich denke darüber nach«, sagte Henri und stand auf, um noch eine Runde spazieren zu gehen. Als er schon fast durch die Tür war, rief sie ihn zurück.

»Henri, du musst nicht meinetwegen Schneider werden. Oder deines Vaters wegen. Das weißt du, ja? Du wirst das, was du werden willst.«

Sie sah an seinem Gesicht, dass sie ins Schwarze getroffen hatte. Ihn verstand sie immer, ohne sich anstrengen zu müssen. Ihre Tochter zu verstehen fiel ihr dagegen schwer. Man sollte meinen, dass es andersherum wäre, dachte sie. Dass Mütter ihre Töchter viel besser verstanden, weil sie auch einmal ein Mädchen gewesen waren. Aber sie hatte keine Ahnung davon, wie es sich anfühlen könnte, Charlotte zu sein.

Sie hat zu viel von meiner Trauer abbekommen, dachte Lisette. Schon in ihrem Leib, dem am besten geschützten Ort, den es auf der Welt gab, hatte sie ihre Tochter in dunkler Trauer gewiegt und sie mit der Muttermilch mit noch mehr Traurigkeit gefüttert. Wenn Lisette irgendetwas in ihrem Leben bedauerte, dann das. Dass sie ihre Trauer um Emile nicht von ihr hatte fernhalten können.

Sie spürte den Verlust noch immer. Jeden einzelnen Tag

vermisste sie Emile, sein Lachen, seine Augen, seine Hände. *Lieschen, mein verrücktes Lieschen.* Er fehlte ihr in allem, was sie tat. Aber sie hatte gelernt, diesem Gefühl des Verlusts einen Platz zuzuweisen, den sie besuchen konnte, um sich dann aber auch wieder davon zu entfernen. So funktionierte es. Das Weiterleben. Wenn ihr das schon früher gelungen wäre, vielleicht wäre aus Charlotte ein fröhlicheres Kind geworden? Wenn, wenn, wenn ... Sie hatte seitdem wirklich alles versucht. Das Haus hatte sie noch bunter angemalt, den Garten noch üppiger bepflanzt. Sie hatte versucht, Lotte Fröhlichkeit anzubieten, mit ihr zu singen und zu tanzen, ihr alle Geschichten zu erzählen, die sie kannte, sie in bunte Kleider zu stecken, damit sie sich glücklich und frei fühlen würde. Aber es war nicht gelungen. All das, was sie ihr gab, wollte oder konnte Lotte nicht annehmen. Wenn sie nicht ernst dreinschaute, dann lächelte Lotte höflich und lehnte ab, was sie ihr anbot. So gerne würde sie Lotte einmal genau das geben können, was sie sich ersehnte, ein einziges Mal dieses Strahlen sehen, das sie von Henri so gut kannte. Aber bei Lotte schien sie immer danebenzuliegen.

Abends setzte sie sich zu Lotte ans Bett. Strich ihr über die blonden Zöpfe und fragte sie, was ihr denn nicht gefiel an dem Kleid. »Versuch es mir mal zu erklären, damit ich es vielleicht irgendwann richtigmachen kann.«

»Es gefällt mir ja«, sagte Lotte nach einer Weile und klang viel zu höflich. »Es ist ein wirklich schönes Kleid.«

»Aber ...?«, fragte Lisette.

»Aber ... ich möchte es nicht anziehen«, flüsterte sie so leise, dass Lisette es kaum hören konnte.

»Andere Mädchen wären froh, so ein schönes Kleid zu haben«, sagte Lisette. Sie selbst hätte dieses Kleid geliebt. Und hatte sie jemals so ein Kleid haben dürfen? Sie seufzte.

»Ich möchte lieber Kleider haben wie die anderen Mädchen auch. Ich will keine besonderen Kleider«, brach es plötzlich aus Charlotte heraus. »Ich will so aussehen wie alle aussehen! Wie Käthe und wie Rosi.«

»Dann brauche ich mir ja auch keine besondere Mühe mehr zu geben mit deinen Kleidern«, sagte Lisette, wünschte ihrer Tochter eine gute Nacht und schloss die Tür hinter sich.

In der Küche bereitete Henriette schon die Suppe für den nächsten Tag vor. Lisette setzte sich zu ihr an den Küchentisch und half ihr beim Gemüseschneiden. Nach einer Weile erzählte sie Henriette, was Charlotte eben zu ihr gesagt hatte.

»Darauf wäre ich nie gekommen.« Lisette hielt nachdenklich beim Schneiden inne. »Warum gehen Mütter eigentlich davon aus, dass ihre Töchter so sind wie sie selbst? Gerade ich sollte es doch wissen! Ich bin ja auch anders als meine Mutter. Und sie hätte auch so gerne eine Tochter gehabt, die so ist wie sie selbst. Und ich konnte alles sein, nur das nicht …«

»Ich bin wahrlich keine Spezialistin dafür, was Mütter und Töchter angeht«, seufzte Henriette. »Ich hatte nie eine Mutter, und eine Tochter werde ich jetzt wohl auch nicht mehr haben, in meinem Alter. Dass ich jetzt noch einen Mann abbekommen habe, ist schon verwunderlich genug.«

»Stimmt, wer hätte das gedacht?«

Henriette warf den nassen Spüllappen nach ihr. »Aber du hast ja recht. Und ihr werdet euch freuen, wenn ihr jetzt wieder mehr Platz habt hier.«

»Wenn ich die Wahl habe zwischen mehr Platz und dir, dann nehme ich immer dich. Aber ich freu mich für dich, Henni«, sagte Lisette und umarmte sie. »Und nächste Woche bin ich so weit. Dann kannst du dein Hochzeitskleid schon anprobieren.«

»Schon? Es wird höchste Zeit!«

»Das Kleid, das dir gebührt, braucht eben seine Zeit.«
»Mir wird es genauso gehen wie Charlotte, das weiß ich jetzt schon. Es ist viel zu schön für mich, ich hätte doch lieber etwas ganz Unauffälliges.«
»Für dich kann es gar nicht schön genug sein«, sagte Lisette.
»Weißt du das noch, als ich dir ein Kleid versprochen habe, das ich für dich ganz alleine nähen wollte?«
Henriette lächelte, natürlich erinnerte sie sich daran. »Damals habe ich nicht dran geglaubt. Nach diesem Kleid für Vogelscheuchen, weißt du noch?«
»Das war ein anderes Leben«, sagte Lisette.
Henriette schaute Lisette ernst an. »Aber du kommst hier zurecht, oder? Du wirst nicht in ein Loch fallen und verzweifeln, wenn ich nicht da bin?«
»Du hörst jetzt mal damit auf, dir Gedanken um mich zu machen. Jetzt geht es nur um dich, und ich komme zurecht.«
»Wirklich?«
»Wirklich. Außerdem wird es Zeit, dass jemand aus diesem Lotterhaus hier mal ehrenhaft wird und heiratet. Das ist gut für unseren Ruf im Dorf.«

Henriette war die schönste Braut, die je in Rauenthal aus der Kirche trat. Strahlend. Glücklich. In einem schlicht geschnittenen Kleid aus sahnefarbenem duftigem Seidenmusselin, der in vielen Schichten übereinanderfiel, so dass sie aussah wie eine Fee. Lisette wusste genau, was es für Henriette bedeutete, in eine Familie einzuheiraten, Teil einer Familie zu werden. Es war ihr größter Traum, weil sie nie eine eigene Familie gehabt hatte. Lisette wollte, dass jeder sah, dass ein sehr kostbarer Schatz in diese Familie eintreten würde, dass alle stolz sein mussten, sie willkommen heißen zu dürfen. Und das war ihr mit diesem Kleid gelungen.

Sie feierten im Garten. Lisette hatte eigentlich die Winzerhalle für sie mieten wollen, um Henriette eine Hochzeit auszurichten, bei der es an nichts fehlen sollte, mit Tanzboden, Kapelle und dem besten Essen. Henriettes zukünftiger Mann Toni hatte in ein Lokal einladen wollen, aber das hätte Lisette nicht zugelassen. Die Familie der Braut richtete die Hochzeit aus, darauf hatte sie bestanden. Aber Henriette hatte sich gewünscht, dort zu feiern, wo sie zuhause war. Sie wollte eine kleine Gartenhochzeit, für die sie alles selbst vorbereiten wollte. Eine Woche lang hatten sie gekocht und gebacken, den Garten geschmückt, für gutes Wetter gebetet, und jetzt war alles genau so, wie Henriette es sich gewünscht hatte. Und Lisette musste zugeben, dass Henriette genau richtig entschieden hatte, und sie war froh, dass es dieses Fest in ihrem Garten gab.

Als es zu dämmern begann, zündete Charlotte zusammen mit Nanchens ältester Tochter Käthe die Lampions in den Bäumen an, und der Akkordeonspieler begann zu spielen. Lisette setzte sich auf die Bank neben dem Kräuterbeet und sah zu, wie die ersten Paare auf der Wiese tanzten. Emile hätte jetzt mit Henriette getanzt. Er hätte den Brautvater gespielt. Und dann hätten sie beide zusammen getanzt. Er hätte sie zu sich gezogen und sie hätte ihren Kopf an seine Schulter gelegt. Sie versuchte, an etwas anderes zu denken, aber diese Gedanken waren stärker als ihr Wille und ließen sich nicht verdrängen. Gerda und ihr Mann tanzten miteinander. Es sah vertraut aus. Die beiden hatten die schwigrigen Zeiten gut überstanden. Er war zwar nur schwer damit zurechtgekommen, wie selbstständig Gerda geworden war, während er im Krieg gewesen war, aber sie hatten sich zusammengerauft. Lene saß neben ihrem Mann, dem es zumindest tagsüber ganz gut ging, obwohl er nie mehr würde arbeiten können. Er half den Winzern im Weinberg, wenn es ihm gut ging, und wenn es ihm nicht gut ging, saß er zuhause im Hof, starrte vor sich hin und schnitzte kleine Figuren aus altem Rebenholz. Er war ein Zitterer geblieben, und nachts war er noch immer im Krieg. Lene schlief inzwischen auf dem Sofa im Wohnzimmer, damit sie überhaupt Schlaf bekam. Jetzt hielten sich die beiden an den Händen.

Wie schön Henriette und ihr Toni miteinander tanzten. Lisette wünschte Henriette, dass Toni sie so lieben würde, wie sie von Emile geliebt worden war. Sie wünschte ihr, dass Toni Henriettes Mensch sein würde, der eine Mensch auf dieser Welt, und ihr Zuhause. Lisette merkte gar nicht, dass Tränen über ihr Gesicht liefen. Erst als jemand neben ihr Platz nahm und ihr ein Taschentuch hinhielt, nahm sie das Tuch dankend an und schnäuzte sich.

»Frisch gewaschen und geplättet«, sagte Walter. Zusammen beobachteten sie eine Weile in stiller Eintracht das Treiben unter den leuchtenden Laternen. Irgendwann brach Walter das Schweigen.

»Erinnerst du dich an den Frühlingstag in der Villa Winter, als du mit dem Arm voll Blumen in den Wintergarten geplatzt bist?«

»Natürlich. Mein Gott, ist das lange her. Das war der Auslöser, um mich ins Pensionat zu stecken, damit endlich eine Dame aus mir wird.«

»Was zum Glück nicht gelungen ist.«

»Wie habe ich das denn jetzt bitte zu verstehen?«

Walter grinste und schaute den Tänzern eine Weile zu. Fast beiläufig, den Blick noch immer geradeaus in den Garten gewandt, sagt er plötzlich: »An dem Tag habe ich mich in dich verliebt.«

Lisette lachte. »Weil ich wie ein Trampeltier überall Erde verteilt habe?«

Er lächelte, aber dann wurde er ernst. »Wenn ich ehrlich bin, habe ich damit nie aufgehört.«

Wahrscheinlich sah sie jetzt aus wie Berta bei Gewitter, Gott hab sie selig, die gute Ziege, die sie durch den Krieg gebracht hatte und die beim ersten Blitz stets die Augen aufriss und beim Donner noch das Maul dazu aufsperrte und so verharrte, bis das Gewitter vorüber war. Walter? Verliebt? In sie? Wie hatte sie so völlig ahnungslos sein können? Damals war er schon in sie verliebt, und auch all die Jahre, die er bei ihnen ein und aus gegangen war, seitdem er mit Emiles Jacke im Rucksack wieder in ihr Leben getreten war? Sie brauchte einen Moment, bis sie verstand, was das bedeutete.

»Ich habe mir bei dir nie Chancen ausgerechnet«, fuhr Walter irgendwann fort. »Als du den Baron versetzt hast, damals, war ich froh, der wäre nichts für dich gewesen, da war ich mir sicher. Eine Weile habe ich fantasiert, dass ich dich finden würde, nachdem du ausgerissen warst, dass du unglücklich wärst, sitzengelassen, verloren und dass ich dein Ritter und Retter sein würde.«

»Walter ...?«

»Dann habe ich gehört, dass es dir gut geht und du weder Ritter noch Retter brauchst, und dann, ja, dann kam der Krieg. Und als ich Emile kennengelernt habe, war ich für dich froh, dass du so geliebt wurdest. Und deine Trauer hätte ich niemals zu stören gewagt ...«

Lisette sah Walter an, sah, wie er versuchte zu lächeln. Sah, wie es misslang, sah, wie er wieder Luft holte. Walter war so etwas wie ihr bester Freund. Aber ...

»Aber ... jetzt, weißt du ... es ist alles lange her, und heute ist so ein Tag, an dem man glauben könnte, dass alles möglich ist. Wir sitzen hier wie Zaungäste, aber wollen wir nicht auch dazugehören?«

Er nickte zu den Tänzern, die sich in Paaren zwischen den Lichtern bewegten, und Lisette dachte erleichtert, dass er doch nur mit ihr tanzen wollte. Er hatte eben so ernst geklungen. Aber als sie ihn anschaute, war sein Blick noch immer sehr ernst, und in ihrem Hals wurde es plötzlich eng.

»Lisette, kannst du dir vorstellen, dass wir heiraten? Vielleicht zusammen weggehen? Mit deinen Kindern natürlich. Irgendwo anders ganz neu anfangen? Wir könnten nach Italien gehen. Du liebst Italien doch so sehr. Wir könnten auch hierbleiben, was immer du willst.«

Lisette konnte nichts erwidern, sie war immer noch viel zu überrascht.

»Wir sind zwar älter geworden, aber wir sind doch auch noch jung genug, oder? Henriette und Toni machen heute richtig Mut.«

Lisette versuchte zu verstehen, was er da eben gesagt hatte. Verliebt, heiraten, Italien. Sie suchte in seinem Gesicht nach allem, was sie anscheinend übersehen hatte. Sein liebevoller Blick. Wie naiv von ihr zu glauben, dass es nur eine gute Freundschaft war, die sie verband, und nichts anderes.

»Walter, mein lieber Walter«, flüsterte sie, nahm seine Hand und drückte sie fest. »Ich kann das nicht. Weder hier noch woanders. Es geht nicht, er sitzt zu tief in meinem Herzen ...«

»Er ist zehn Jahre tot, Lisette, er würde das nicht wollen.«

Sie nickte. »Ich weiß das auch. Es ist nicht, weil ich denke, er könnte es nicht wollen, es ist einfach so, wie ich sage. So, wie wir jetzt hier leben ... das ist alles, was mir möglich ist. Etwas anderes kann ich nicht mehr.«

Er nickte und schwieg.

»Es tut mir wirklich leid, Walter. Wirklich. Sehr. Ich würde gerne Ja sagen können, glaub mir das, bitte.«

Er drückte ihre Hand und stand auf. Als sie ihm nachsah, traf sie Henris Blick. Er hatte sie beobachtet. Zum Glück drehte Henri sich um und ging zum Tisch, auf dem die Bowle stand. Sie musste jetzt erst ihre Gedanken sortieren. Walter war irgendwo, wo sie ihn nicht sehen konnte. Sie überlegte, ob sie aufstehen sollte, um ihn zu suchen, er war so abrupt aufgestanden. Sie wollte ihn doch nicht verletzen. Aber wahrscheinlich musste er jetzt alleine sein. Dass ausgerechnet sie ihm wehtun musste. Dabei würde sie so viel für ihn tun. Fast alles. Aber heiraten? Mit ihm zusammen sein? Emile war für immer in ihrem Herzen, fest verwurzelt. Es gab inzwischen wieder ein Leben, ein Lachen, ein Leuchten. Es gab manchmal wieder ein Gefühl von Fülle, auch ohne ihn. Aber es gab in ihrem Herzen keinen Platz für die Liebe zu einem anderen Mann.

Henri tauchte mit zwei Gläsern Bowle auf und setzte sich neben sie. Er reichte ihr eines der Gläser, und sie lächelte ihn dankbar an.

»Warum hast du geweint, Mutter?«

Seit seinem dreizehnten Geburtstag sagte er *Mutter*. Es rührte sie so, dass er damit zeigen wollte, wie erwachsen er war. Er begann, in seinen Hosentaschen nach einem Taschentuch für sie zu suchen. Sie hielt das Tuch hoch, das Walter ihr gegeben hatte.

»Danke, ich habe schon eines. Ach, ich bin heute gerührt, dass Henriette einen guten Mann gefunden hat, und auch ein bisschen wehmütig, dass sie jetzt auszieht.«

Nach einer Weile nickte er in Walters Richtung. »Und was wollte Walter von dir?«

»Er hat mich gefragt, ob ich ihn heiraten möchte, du kleines Adlerauge.«

»Was hast du ihm gesagt?« Seine Frage klang gepresst.

»Magst du ihn denn gar nicht?«

»Er ist nett. Aber wir brauchen keinen neuen Vater.«

»Ich glaube nicht, dass er das hätte sein wollen. Es ging ihm mehr darum, mein Mann zu sein.«

Er schaute sie fragend an.

»Ich habe ihm gesagt, dass ich ihn nicht heiraten kann.«

Sie spürte Henris Erleichterung und legte einen Arm um ihn.

»Vielleicht gibt es irgendwann einmal wieder einen Mann in meinem Leben, vielleicht, vielleicht auch nie mehr, aber das weiß ich nicht. Die Zeit ist noch nicht da.«

»Das würdest du Vater antun?«

»Er würde es wollen, weißt du. Er würde wollen, dass wir glücklich sind.«

Henri sah sie stirnrunzelnd an und stand auf.

»Soll ich dir noch ein Glas Bowle bringen?«

»Besser nicht, sonst fall ich noch in die Beete ... Und du solltest auch mal langsamer machen jetzt.«

»Mutter ...!«

»Hast du Charlotte gesehen? Ich hoffe, sie trinkt nicht auch von der Bowle?«

»Dann suche ich die kleine Göre mal und bringe ihr bei, wie man ordentlich tanzt.«

Henri wurde Lisette manchmal fremd und sie beobachtete ihn besorgt. Es war für niemanden leicht gewesen, die Gewinner des Krieges als Aufpasser in fast jedem Ort sitzen zu haben, den Mördern der Liebsten täglich ins Gesicht schauen zu müssen, ihnen Lebensmittel abzugeben, die man selbst brauchte. Die Bitterkeit der Jahre nach dem Krieg konnte sich unter diesen Umständen einfach nicht auflösen. Lisette war froh, dass ihr Haus klein und wenig komfortabel war und keine Begehrlichkeiten bei den französischen Besatzern geweckt hatte. Ohne ihr Haus, ihr Nest, das ihnen Halt gab und in dem alle ihre Erinnerungen wohnten, hätte sie es nicht geschafft, weiterzuleben. Überall waren die schönsten Häuser an die Franzosen gefallen, in denen sie lebten, als seien es ihre eigenen. Das hatte die Stimmung in der Bevölkerung verändert. Es ging dabei nur manchmal um den verlorenen Reichtum. Der Verlust des Heimes und der Würde, das war viel schlimmer. Seit die Engländer die Besatzung des Rheinlandes übernommen hatten, war es etwas einfacher geworden.

Henri konnte seine Wut auf die Besatzer manchmal kaum beherrschen, und diese Wut erschreckte sie. Auch wenn sie Henri immer wieder sagte, dass er selbst zumindest ein Viertel Französisch sei, dass ein Krieg zwischen Nationen so sinnlos war, tat er sich schwer damit, die Verhältnisse zu akzeptieren, auch wenn er sie kaum anders kannte. Seit er auf dem Weingut arbeitete, ärgerte ihn jede Flasche Wein, die sie den Besatzern abgeben mussten. Es wunderte sie kaum, dass er sich schnell dieser neuen Partei angeschlossen hatte, die dafür sorgen wollte, den Deutschen ihre Ehre wiederzugeben. Henri wollte Vergeltung für alles, was seinem Vaterland genommen worden war. Für die Ehre, für die Väter. Für seinen eigenen Vater. Eine Welt voller Wut und Vergeltungsdrang war entstanden. Aber wie sollten Wunden heilen, wenn Hass sie immer wieder aufriss? Die Welt brauchte Heilung, Balsam für die vielen Verletzungen des Krieges. Die Welt brauchte keine Wut und keine neuen Gräben, sondern Brücken. Lisette bezweifelte, dass dieser Hitler ein Brückenbauer war. Henri hingegen war überzeugt, dass diese Bewegung genau das war, was Deutschland jetzt brauchte. Doch Lisette glaubte genau das Gegenteil. Aber sie wusste nicht, wie sie es anstellen sollte, Henri an seine andere Seite zu erinnern, die jetzt kaum noch zu sehen war. Die, mit der er damals Blumen gesät hatte, um ihr eine Freude zu machen, mit der er Karotten eingepflanzt hatte, weil er dachte, dass sie dadurch eine reiche Ernte bekämen. Die, mit der sich sein Feingefühl zeigte, wenn er seine kleine Schwester in den Schlaf gesungen hatte, mit dem er die Qualität von Seidenstoffen ertastet und die feinen Nuancen im jungen Wein herausgeschmeckt hatte. Aber vielleicht brauchte es andere Zeiten, um all das aus sich hervorholen zu können. Sie wusste ja selbst nicht, wo die Lisette geblieben war, die sie einmal gewesen war. Anders konnte man mit all den Narben, die vom Krieg geblieben waren, kaum zurechtkommen. Man musste sie gut verstecken, unter schönen Kleidern oder hinter lautem Lachen. Der Schmerz über die Verluste war sonst nicht auszuhalten. Sie mussten alle weitermachen. Die Narben verbergen und härter werden. Vielleicht war es gut und richtig, dass Henri härter geworden war. Eine harte Schale bot einen besseren Schutz.

Lisette und Charlotte waren allein im Atelier. Jede war für sich in ihre Beschäftigung versunken. Es war noch gar nicht so spät, aber draußen senkte sich schon die Novemberdämmerung über den Garten, und sie hatten das Licht angemacht. Wenn Charlotte mit ihren Schulaufgaben fertig war, kam sie oft ins Atelier und machte all das, wozu Lisette meist die Geduld fehlte. Sie rollte die Samtbänder auf, sortierte die Borten, ordnete die Reißverschlüsse nach Größen oder sammelte die Stoffreste, die heruntergefallen waren, und nähte daraus bunte Flickendecken für ihre Puppen.

Gerda und Lene kamen nur noch an Vormittagen, wenn es saisonweise viel zu tun gab, wenn Marie Guérinet oder die Kronberger und die anderen alten Stammkundinnen wieder ihre individuellen Roben für besondere Anlässe haben wollten. Oder wenn die ersten Modelle genäht werden mussten, mit denen Lisette ihre Entwürfe jetzt an Firmen verkaufte, die in großen Mengen Konfektionsware fertigten. Warum sie das nicht selbst übernähme und keine eigene Firma gründete, wurde sie oft gefragt, die Gewinne für sie wären dann doch viel höher, und dass sie kaufmännisches Talent habe, hätte sie oft genug bewiesen. Aber Lisette schüttelte den Kopf. So wie sie zu vielem den Kopf schüttelte. Ihr fehlte die Kraft für die großen Pläne, für das große Leben. Das, was sie zusammen mit Emile mit Schwung und Energie angegangen war, schaffte sie alleine nicht mehr. Es war ihr alles zu viel. Alles an ihr, was nach außen gedrängt hatte, die Reden, die sie gehalten hatte, die Überzeugungen, die sie getrieben hatten, die großen Träume, die sie geträumt hatten, das alles hatte sich verflüchtigt. Sie wurde nicht mehr von der tiefen Trauer beherrscht, aber sie war nicht in der Lage, sich so vorbehaltlos wie früher ins Leben und in die Arbeit zu stürzen.

Charlotte sortierte mit einer Engelsgeduld die durcheinandergeratenen Knöpfe in die kleinen Fächer der Knopflade, und Lisette hatte schon fast vergessen, dass sie überhaupt da war, als Charlotte völlig unvermittelt eine Frage stellte: »Warum haben wir eigentlich keine Großeltern?«

Lisette schaute erstaunt auf, und im ersten Moment fiel ihr keine Antwort ein. Dann erinnerte sie sich, dass sie selbst diese Frage einmal gestellt hatte, erinnerte sich daran, wie ihre Mutter mit rotem Kopf davongerauscht war, ohne ihr eine Antwort zu geben. War sie damals nicht ungefähr genauso alt gewesen wie Charlotte? Am liebsten hätte sie einfach geantwortet: »Weil wir eben keine haben.« Aber sie erinnerte sich zu gut an ihr eigenes Gefühl und gab dem Impuls nicht nach.

»Wir haben eine Großmutter, aber sie wünscht keinen Kontakt zu uns.«

Charlotte sah sie mit großen Augen an. »Sie kennt uns doch gar nicht.«

»Das stimmt.«

»Warum will sie uns nicht kennenlernen?«

»Ich weiß es nicht«, antwortete Lisette vage.

»Aber sie ist doch deine Mutter?«

Lisette nickte.

In Charlottes Gesicht standen tausend Fragen.

»Manchmal verstehen sich Mütter und Töchter nicht gut genug.«

Charlotte fragte nicht weiter, aber in Lisette hallte die Frage lange nach. Ihrer Mutter ging es nicht gut, das wusste sie. Der Tod ihres Lieblingssohnes Friedrich hatte sie in tiefe Trauer gestürzt. Nachdem sie aus der Villa Winter ausziehen mussten, weil die französischen Besatzer sie beschlagnahmt hatten, begann sie das Bett nur noch selten zu verlassen. Diese Demütigung hatten weder sie noch Vater verkraften können. Zwar waren sie in eine schöne und geräumige Etagenwohnung direkt an der Ringallee gezogen, ein prächtiges Eckhaus mit großen Balkonen, aber die Schmach war groß. Berta, Wilhelm, Anni und Therese hatten in Windeseile alles zusammengepackt, was sie transportieren konnten, und mit Droschken in die neue Wohnung bringen lassen. Das Automobil war schon vorher beschlagnahmt worden. Wilhelm hatte es nicht ertragen können, den Bürgersteig freimachen und auf die Straße treten zu müssen, sobald ein französischer Besatzer ihm entgegenkam. Meist waren es Schwarze, denen sie auf der Straße Platz machen mussten, weil die Franzosen mit Vorliebe ihre Soldaten aus den Kolonien ins Rheinland schickten. *Wer hat Angst vorm schwarzen Mann? Niemand! Und wenn er kommt? Dann kommt er halt!* Dem Feind, der seinen Bruder getötet und ihnen das Haus genommen hatte, nun auch noch diese Gesten der Unterwerfung zu schulden empfand er als Zumutung.

Lisette war sich nicht sicher, ob der Grund für Wilhelms Heirat nach Potsdam wirklich Liebe oder nicht eher Flucht gewesen war. Potsdam war weit weg von der französischen Rheinlandbesatzung. Sie hoffte für ihn, dass Liebe eine größere Rolle gespielt hatte, sie wünschte es ihm sehr.

Ihr Vater war seinen eigenen, traurigen Fluchtweg gegangen. Lisette war sich ziemlich sicher, dass die Demütigung, alles verloren zu haben, Otto Winters Herz gebrochen hatte. Die Nachricht von seinem Tod hatte ihr Walter übermittelt. Walter hatte den Korb, den sie ihm gegeben hatte, akzeptiert. Sie wusste nicht, ob es ihm sehr schwergefallen war, nach seinem Geständnis die Freundschaft zu ihr aufrechtzuerhalten. Aber sie war froh, dass sie den guten Freund darüber nicht verloren hatte.

Sie war Vaters Beerdigung ferngeblieben, um keinen Aufruhr auszulösen. Erst am nächsten Tag hatte sie alleine am frischen Grab ihres Vaters geweint. Um alle hatte sie geweint. Um den Vater, den sie so lange nicht gesehen hatte, um Friedrich, um die ganze Familie, um Emile, um sich und ihre Kinder und um die Unschuld, die sie alle im Krieg verloren hatten. Diese unschuldige Gewissheit, dass nach jeder Wolke wieder die Sonne leuchten würde, sie war verloren.

Sie hatte ihrer Mutter geschrieben, von Emiles Tod, von Charlottes Geburt, sie hatte ihr Fotos geschickt von sich und den Kindern, hartnäckig, jedes Jahr aufs Neue, als könnte sie, wenn sie es nur lange genug versuchen würde, das Familienband wiederherstellen. Sie hatte ihr Beileid zu Friedrichs und zu Vaters Tod ausgesprochen, und sie hatte auch zu Wilhelms Hochzeit gratuliert, aber nie eine Antwort bekommen. Die Zeit schien das durchtrennte Familienband nicht nachwachsen zu lassen. Was durchtrennt war, blieb durchtrennt.

Ob sie ihre Mutter trotzdem einmal besuchen sollte? Lisette hüllte sich in ein warmes Tuch, setzte sich auf ihre Bank am Kräuterbeet und fragte Emile, was sie tun solle. Dabei wusste sie schon, was er antworten würde. Wenn man schon viel verloren hat, gab es immer weniger, was man überhaupt noch verlieren konnte. Allein den Gedanken, eine Mutter zu haben, könnte sie noch verlieren.

Es war alles so lange her.

1931

Lisette lief durch das goldene Weinlaub hinunter nach Eltville, um den Zug nach Wiesbaden zu nehmen. Sie besuchte ihre Mutter einmal im Monat. Anfangs hatten sie wie in stiller Übereinkunft einfach miteinander geschwiegen. Wenn Lisette beim Abschied ankündigte, dass sie wiederkommen würde, nickte ihre Mutter stumm. Jedes Mal, wenn sie wieder nach Wiesbaden fuhr, hatte Lisette die Hoffnung, ihre Mutter würde sich freuen. Beim nächsten Mal würde sie sie anlächeln und sagen, dass sie schon auf sie gewartet habe. Aber dazu kam es nie. Stattdessen schien ihre Mutter nach und nach nicht mehr zu wissen, wer sie da eigentlich besuchte. Anfangs dachte Lisette, sie wolle sie damit strafen, doch Anni schüttelte den Kopf, und der Arzt, den sie zu Rate zogen, bestätigte, dass ihre Mutter in einen Wahn fiele, aus dem sie nur noch selten hervortreten würde. Am besten, man ließe sie im Glauben, alles sei gut, so wie es ist, und verärgere sie nicht.

Seitdem unterhielten sie sich. Mutter erzählte fantasievolle Geschichten aus der Zeit vor dem Krieg. Lisette erzählte ihr von ihrem Leben. Es tat ihr auf eine bestimmte Weise gut, von

Charlotte zu erzählen, von Henri, von ihrer Arbeit, von ihrem Garten, Geschichten aus dem Dorf. Sie erzählte ihrer Mutter, wer sie war. Einmal im Monat breitete sie ihr Leben vor ihr aus, und ihre Mutter hörte zu. Und manchmal, sehr selten, gab es so etwas wie einen Beweis, dass sie auch zuhörte. Einmal verblüffte sie Lisette, indem sie plötzlich fragte, wie denn der Wein schmecke, den Henri mache, und dass sie ihn gerne probieren würde. Als Lisette beim nächsten Besuch eine Flasche Wein mitbrachte, konnte sie sich jedoch an nichts mehr erinnern.

Wie immer hatte Lisette ein Stückchen Butter und ein Glas Marmelade für ihre Mutter mit dabei. Wie immer würde sie den Tisch decken, sie dazu bringen, einmal aufzustehen, und sie dann fragen, ob es in diesem Haushalt eigentlich Buttermesserchen gebe. Und wie immer würde ihre Mutter antworten: »Aber natürlich«, und sich mühsam erheben, um sie aus der Schublade zu holen und auf den Tisch zu legen. Wie immer würde sie schimpfen, dass die Mädchen die Messer nicht ordentlich poliert hätten, um dann wie immer seufzend zu betonen, wie froh man doch sein könne, zu den Menschen zu gehören, die Buttermesserchen ihr Eigen nannten.

Berta war ausgegangen. Sie ging immer aus, wenn Lisette kam. Ein winziger Hinweis von Anni genügte schon, dass sie die Wohnung verließ, um ihr bloß nicht zu begegnen. Dabei hatten Berta und sie das gleiche Schicksal erlitten, sie hatten beide ihren Mann verloren, sie hätten zusammen trauern können, sie hätten sich verbunden fühlen können. Aber Berta wollte keine Verbindung zu Lisette, sie wollte lieber so tun, als gäbe es sie gar nicht.

Genau wie früher führte Mutter das Buttermesser mit der ihr eigenen Eleganz, die Lisette schon als Mädchen bewundert hatte, aber nie hatte nachahmen können. Sie sah ihr dabei zu, wie sie das Messerchen fein säuberlich abstreifte, wie sie ihre Lippen mit der Serviette abtupfte, die Lisette ihr hingelegt hatte. Sie erzählte ihr, dass die Lese jetzt bald begann, dass sie die Frühjahrskollektionen entwarf und wie geschickt und geduldig sich Charlotte schon beim Nähen anstellte. Und sie lauschte den Geschichten, die Mutter von ihren Söhnen erzählte. Was für großartige und schöne Söhne sie hatte.

»Die ganze Welt steht ihnen offen! Der liebe Kaiser lud sie erst kürzlich zum Tee, als er in Wiesbaden weilte, und bat sie, ihm in Berlin eine Oper zu bauen. Eine Oper in Berlin, im Auftrag des Kaisers! Vater ist so stolz.«

Sie sagte ihrer Mutter nicht, dass der Kaiser im Exil lebte, dass die Oper in Berlin von Genzmer gebaut worden war, dass Vater und Friedrich nicht mehr lebten und Wilhelm weit weg war. Eigentlich war es beneidenswert. Sich einfach vom Schmerz zu verabschieden und in die so viel schönere Fantasie zu gleiten, eigentlich hatte Mutter es doch gut. Aber selbst in ihrer Fantasie ging es nur um die Söhne, immer die Söhne. Sie, die Tochter, spielte auch in dem neuen Kosmos, den ihre Mutter sich ausgedacht hatte, keine Rolle. Tote tauchten immer wieder darin auf, weggelaufene Töchter dagegen nicht. Ihre Mutter lauschte ihren Geschichten nur, weil sie nicht mehr wusste, dass es ihre Tochter war, die ihr all das erzählte. War sie deshalb weggelaufen, weil sie damals schon keine Rolle gespielt hatte? War es ihrer Mutter deshalb so leichtgefallen, sie zu vergessen?

Sie versuchte, die Kränkung gar nicht erst aufkommen zu lassen. Es war noch nie anders gewesen, und es würde auch nie mehr anders werden. Sie fing an, über ihren Garten zu plaudern. Darüber, dass die ersten Rosen schon Knospen hatten und dass sie gerade die Bohnen ausgepflanzt hatte, als ihre Mutter etwas Seltsames sagte.

»Wir hatten auch immer grüne Bohnen im Garten. So gerne ich sie auch esse, ich habe sie nie gerne geerntet. Dieser Ausschlag immer an den Armen und den Händen! Diese feinen Härchen haben mich so sehr geärgert.«

Woher wusste ihre Mutter von den Härchen der frischen grünen Bohnen? Sie hatten doch nie einen Gemüsegarten gehabt, so etwas war Mutter doch immer viel zu gewöhnlich gewesen? Selbst während des Krieges hatte sie lieber gehungert, als einen Gemüsegarten anlegen zu lassen.

Mutter strich sich über die Hände, als würde sie das Jucken noch immer spüren.

»Wo hattet ihr denn die Bohnen stehen?«, fragte Lisette.

»Nun, die Bohnen müssen ja immer wandern im Garten, Mutters Gemüsegarten war in Streifen angeordnet und die Bohnen sind immer vom Zaun weggewandert, zur Mitte hin. Das war immer eine Arbeit mit den Bohnen.«

Ihre Mutter wusste sogar, dass man Bohnen nicht jedes Jahr an der gleichen Stelle aussäen sollte? Lisette war so verblüfft, dass es einen Moment dauerte, bis sie darauf kam, zu fragen, wo der Gemüsegarten der Mutter eigentlich gewesen war.

»Gleich hinterm Haus«, sagte Mutter. »Der Boden in Igstadt war nicht überall gut, aber für Bohnen hat es immer gereicht. Bohnen brauchen ja nicht viel.«

»Was hast du denn in Igstadt gemacht?«, fragte Lisette verwundert, und ihre Mutter lächelte versonnen und schwieg. Als Lisette, noch immer verwirrt, begann, den Tisch abzuräumen, schüttelte ihre Mutter plötzlich den Kopf.

»Alle haben uns für verrückt gehalten. Alle. Hochmut kommt vor dem Fall und dass sie für uns beten werden. Und dann?«

Sie lächelte triumphierend.

»Was war dann?«, fragte Lisette vorsichtig und stellte das Geschirr wieder ab.

»Die lieben Söhne dürfen es nie erfahren«, sagte Mutter und schwieg.

»Das werden sie ganz sicher nicht«, sagte Lisette.

»Nein, nicht wahr?« Sie sah Lisette mit ängstlich aufgerissenen Augen an. »Niemand darf es wissen. Niemand.«

»Ich werde es keinem verraten, ganz sicher nicht«, versprach Lisette. Und als sie das Geschirr dann schließlich in die Küche trug, klapperte das zarte Porzellan, weil ihre Hände so sehr zitterten.

Am nächsten Tag schaute Henriette bei ihr vorbei, um ihr wie jedes Jahr die erste Rose zu bringen, die in ihrem Garten aufgeblüht war. Lisette stellte die duftende Blume in eine Vase und platzte gleich damit heraus, was sie gestern erfahren hatte. Dass ihre Mutter anscheinend aus einem Dorf in der Nähe Wiesbadens kam.

»Stell dir vor, sie hatten dort einen Gemüsegarten! Sie kommt aus einer Familie, die Bohnen im Garten hatte. Vom Dorf! Sie ist überhaupt nicht hochwohlgeboren! Und wir hatten bestimmt immer Großeltern und wussten nichts davon, weil sie wohl nicht fein genug waren. Sie hat sich von ihren eigenen Eltern abgewandt! Ist das nicht unglaublich?«

Henriette sah sie nachdenklich an.

»Was ist«, fragte Lisette. »Warum schaust du mich so an?«

»Ich habe eine Freundin, die hat sich auch von ihren Eltern abgewandt.«

Lisette sah sie entgeistert an.

»Aber das ist doch etwas ganz anderes! Doch nicht, weil sie mir nicht fein genug waren!«

»Nein. Weil sie dir zu fein waren.«

Lisette schwieg, aber ihre Gedanken fuhren plötzlich Karussell. Henriette hatte recht. War ihr deshalb alles immer falsch vorgekommen, und war Mutter deshalb immer so streng mit ihr gewesen, weil Lisette sie an ihre Herkunft erinnert hatte? Weil Lisette sich nach all dem gesehnt hatte, was ihre Mutter hinter sich lassen wollte?

»Jetzt will ich sie so vieles fragen und weiß gar nicht, ob sie noch Antworten für mich hat. Ob sie beim nächsten Besuch überhaupt noch weiß, dass sie mir davon erzählt hat? Am liebsten würde ich Mutter sofort wieder besuchen und –«

»Warum hast du mir nie gesagt, dass du deine Mutter besuchen gehst?«

Charlotte klang überrascht und vorwurfsvoll zugleich. Lisette fuhr erschrocken herum, sie hatte sie nicht kommen hören und fühlte sich ertappt. Wie viel sie wohl von ihrem Gespräch gehört hatte?

»Warum belauschst du uns heimlich? Das geht dich überhaupt nichts an!«

Sie hörte selbst, dass ihre Stimme streng klang, und sah, wie Lottes Gesicht sich sofort verschloss. Henriette streckte den Arm aus und zog Lotte zu sich.

»Deine Mutter will dich nicht damit belasten« sagte Henriette.

»Ich bin alt genug«, erwiderte Charlotte und schaute Lisette trotzig an.

Lisette seufzte und schwieg. Was sollte sie ihr jetzt sagen?

Henriette versuchte Charlotte zu erklären, dass Lisette es doch nur gut meine, weil es nicht leicht sei, jemandem zu begegnen, der im Kopf in einer anderen Welt lebe.

»Deswegen kann sie mir trotzdem davon erzählen.«

Damit wandte Lotte sich um, um die Küche wieder zu verlassen.

»Ich entscheide, was ich für richtig halte und was nicht.«

Lisettes Stimme klang streng, viel zu streng, das hörte sie selbst. Charlotte drehte sich daraufhin in der Tür zu ihr um und sagte mit einer Bestimmtheit, die Lisette verblüffte: »Und ich will meine Großmutter kennenlernen. Das nächste Mal, wenn du sie besuchst, will ich mitkommen.«

Kinder, die was wollen ... schoss es Lisette durch den Kopf, aber sie presste die Lippen zusammen, damit dieser verhasste Satz aus ihrer Kindheit ihr nicht über die Lippen kam. Henriette und Lisette schwiegen beide und hörten, wie Charlotte die Treppe nach oben stapfte.

Abends stand Lisette zögernd vor dem Zimmer ihrer Tochter. Sie wollte mir ihr sprechen, aber sie war selbst noch so aufgewühlt von allem, was sie erfahren hatte, sie musste ihre Gedanken erst einmal ordnen.

Sie war keine gute Tochter gewesen, und genau das hatte sie immer vor Charlotte verbergen wollen, um ihr ein besseres Vorbild zu sein. Konnte sie deshalb auch keine gute Mutter sein? Sie hatte ihre Herkunft verschwiegen, hatte ihr nichts von ihrem Leben, von ihren Eltern, von ihrer Mutter erzählt, um vor ihrer Tochter in einem besseren Licht dazustehen. Und damit hatte sie genau das wiederholt, was ihre eigene Mutter gemacht hatte. Dass sie das einmal feststellen würde, dass sie so anders war als ihre Mutter und doch so ähnlich. Und warum betrachtete sie ihr eigenes Verhalten als richtig, während sie es falsch fand, dass ihre Mutter ihr ganzes Leben lang über ihre Herkunft geschwiegen hatte?

Sie hatte Lotte erzählt, dass ihre Eltern der Hochzeit mit Emile damals nicht zustimmen wollten, und sie deshalb beschlossen hatten, ohne Trauung miteinander zu leben, was zum Bruch mit den Eltern geführt hatte. Das war ja nicht falsch. Lisette hatte nur nicht dazugesagt, dass sie weggelaufen waren.

Wenn Mutter sich nun ausgerechnet in Charlottes Gegenwart an alles erinnern würde. Lisette war sich sicher, dass Lotte sie dafür verurteilen würde. Sie war ein stilles Kind und sprach wenig. Aber wenn sie etwas sagte, dann war es sehr bestimmt, viel zu bestimmt für ihr Alter. Ihre Mutter und ihre Tochter hatten beide einen ähnlich prüfenden Blick auf sie. Da sie schon der mütterlichen Prüfung nie hatte standhalten können, befürchtete sie, auch bei ihrer Tochter durchzufallen.

Henriette gelang es immer viel besser, Lotte zu erreichen.

»Natürlich, weil ich die Tante bin«, sagte Henriette, als Lisette fragte, was sie bloß machen solle. »Tanten haben es immer leichter als Mütter. Nimm sie mit, sie ist ein vernünftiges Mädchen.«

Charlotte hatte sich hübsch gemacht für den Besuch. Sie hatte ihr Sonntagskleid angezogen und sich die Haare so oft gebürstet, bis ihre Locken golden schimmerten. Lisette musste sie nicht daran erinnern, die Schuhe zu putzen. Ihre Sonntagsstiefel glänzten, dass sich die Sonne in ihnen spiegelte.

Als sie zusammen vom Bahnhof zum Kaiser-Friedrich-Ring liefen, wurde Lisette nervös. Wie würde ihre Mutter reagieren, und würde sie Charlotte überhaupt bemerken? Zum ersten Mal wünschte sie sich, dass ihre Mutter keinen ihrer seltenen hellen Momente haben würde und dass Berta nicht doch beschlossen hätte, anwesend zu sein. Berta war ihr noch nie wohlgesonnen gewesen. Und zwischen ihrer Mutter und ihrer Tochter zu stehen war auch ohne Berta schwer genug.

Als sie die prächtige Etagenvilla am Kaiser-Friedrich-Ring betraten, bestaunte Charlotte ehrfürchtig den herrschaftlichen Eingang. Die Eckhäuser waren immer beeindruckend gestaltet, ganz besonders dieses Haus an der Ecke zur Moritzstraße. Vor Aufregung drückte Charlotte Lisettes Hand. Wie sie erst gestaunt hätte, wenn sie zur Villa Winter gegangen wären. Lisette musste der Versuchung widerstehen, Charlotte von der Villa zu erzählen und von dem glanzvollen Leben, das sie darin geführt hatten. Vielleicht ein anderes Mal. Jetzt würde es alles noch schwieriger machen, als es ohnehin schon war.

Durch das Treppenhaus tönten Klavierklänge. Die Musikschule Güntzel hatte sich seit einiger Zeit im Erdgeschoss eingemietet, und nachmittags schwebten die kunstvollsten Tonleitern durch die Eingangshalle. Charlotte blieb entzückt stehen.

»Hör mal, Mama«, sagte sie und lauschte, »da spielt jemand so schön Klavier. Ich wünschte, ich könnte das auch.«

»Ja, es ist wirklich schön, wenn man es kann, aber es zu lernen ist fürchterlich«, sagte Lisette. »Wenn die Finger nicht das machen, was sie sollen ... oje ...«

»Hast du es denn gelernt? Kannst du Klavier spielen?«

Lisette nickte. »Jedes Mädchen, dessen Eltern etwas auf sich hielten, musste damals Klavier lernen, ob es Begabung hatte oder nicht, und egal, ob es wollte oder nicht.«

»Das muss aber schön gewesen sein.«

»Nicht für die Ohren der armen Zuhörer!«

»Hattet ihr zuhause ein Klavier?«

Als Lisette das bejahte, runzelte Charlotte die Stirn. »Ihr wart sehr reich, oder? Wollten sie deshalb nicht, dass du meinen Vater heiratest? Weil er nicht reich genug war?«

Lisette nickte vage, und Charlotte folgte ihr die Stufen nach oben in den zweiten Stock. Über der Beletage waren die geräumigen Etagenwohnungen nach dem Krieg immer mehr verkleinert worden, und in einer dieser Wohnungen lebten Mutter und Berta nach Vaters Tod mit fast dem gesamten Mobiliar aus der einst großen Wohnung. Alles stand noch voller, als es sowieso schon gewesen war, weil Mutter noch nie ertragen konnte, dass irgendein Winkel nicht üppig dekoriert war. Und natürlich hatte sie sich von nichts trennen können.

Was Lisette die Luft zum Atmen nahm, beeindruckte Charlotte zutiefst. Als Anni ihnen die Tür öffnete, in ihrer weißen Schürze über dem dunklen Kleid, und sie in den Salon führte, bestaunte Charlotte stumm und ehrfürchtig die feinen Möbel, den üppigen Stuck, die schweren Tapeten, das Kristall, das Silber. Diese Wohnung atmete den Reichtum der Vorkriegsjahre, den Reichtum einer Welt, die Charlotte nie kennengelernt hatte.

Als sie ihre Mutter begrüßten, wollte Lisette ihre Tochter gerade vorstellen, doch ihre Mutter hatte sie bereits erblickt und schlug entzückt die Hände zusammen.

»Mein Kind«, rief sie, und ein Strahlen glitt über ihr Gesicht und ließ ihre Augen aufleuchten. »Mein gutes Kind!« Fast leichtfüßig ging sie auf Charlotte zu, die brav knickste, und zog sie an sich, in eine innige Umarmung. So glücklich hatte Lisette ihre Mutter noch nie gesehen.

»Mein liebes, liebes Kind!«

Mutter hatte Charlotte auf den Polsterschemel neben ihren Sessel gesetzt und strich ihr immer wieder zärtlich über die weichen blonden Locken. Unter Tränen lächelte sie. Charlotte ließ sie staunend gewähren und löste den Blick nur ganz kurz von dieser Frau, die ihre Großmutter war und so glücklich aussah, einfach nur, weil sie da war. Ganz kurz nur wanderte ihr Blick zu Lisette, die unbeachtet am Rande stand und von dort dieses wundersame Schauspiel beobachtete. Sie nickte Charlotte stumm zu und sah dieses glückliche Strahlen auf beiden Gesichtern, dem ihrer Mutter und dem ihrer Tochter. Wen glaubte ihre Mutter da vor sich zu haben? Und was ließ Charlotte so hell und glücklich strahlen? Sie verstand die Welt nicht mehr. Die beiden waren so glücklich. Bestimmt glaubte Mutter, die junge Lisette vor sich sehen, und fühlte sich Jahre zurückversetzt. Sah sie gerade dabei zu, wie sehr ihre Mutter sie geliebt hatte, damals? Es trieb ihr die Tränen in die Augen.

»Mein süßes Mädchen, mein Blondschopf, niemand auf der ganzen Welt hat so schönes blondes Haar. Und diese seidigen Locken, das sind die Locken, die den Engeln gehören ... mein Engel bist du ...«

Charlotte sog jedes Wort auf, hing an den Lippen ihrer Großmutter, aber Lisette war verwirrt. Sie war nie blond gewesen. Wie hatte Mutter immer über ihr störrisches Haar geklagt. Das Kämmen hatte sie deshalb lieber Anni überlassen, sie konnte sich gar nicht daran erinnern, dass Mutter sie je gekämmt hatte? Wem galt dieses Strahlen, an wen glaubte sie sich zu erinnern? Hatte sie sich eine blonde Fantasietochter ausgedacht, um all die Mängel, die ihre echte Tochter aufzuweisen hatte, auszugleichen? Oder täuschte sie ihre Erinnerung?

Lisette wandte sich ab, um in der Küche den Tee aufzugießen und die Butter, die sie wie immer mitgebracht hatte, in das silberne Butterschälchen zu füllen. Als sie mit einem Tablett in den Salon zurückkam, schwärmte ihre Mutter noch immer.

»Eigentlich wäre es ja die Aufgabe des Mädchens«, raunte sie Charlotte mit einem vertraulichen Augenzwinkern zu. »Aber diese wunderzarten blonden Locken zu kämmen, das sind die schönsten Momente des Tages. Die lasse ich mir nicht nehmen.«

»Der Tee ist bereitet«, sagte Lisette und fragte wie immer, ob es eigentlich Buttermesserchen gebe. Charlotte trat staunend neben ihrer Großmutter an die Schublade, ließ sich die silbernen Messerchen in die Hand legen und trug sie andächtig zum Tisch, um sie ordentlich neben die Teller zu legen. Sie erkannte das Kaffeegeschirr, das Indisch Rot von Meißen, von dem Lisette noch immer die zwei Tassen hatte, mit denen sie damals weggelaufen war. Lotte deutete darauf und lächelte Lisette verschwörerisch an. Lisette zwinkerte ihr zu und war plötzlich gerührt. Als ob Lotte dadurch einen Teil von ihr erkannt hätte, von dem sie vorher keine Ahnung gehabt hatte, und es tat gut.

»Sie ist die beste Tochter, die man haben kann«, sagte ihre Mutter und sah Charlotte dabei zu, wie sie versuchte, möglichst behutsam die Butter auf das Hörnchen zu streichen und dabei die vornehmen Gesten ihrer Großmutter nachzuahmen. Es gelang ihr gut, besser jedenfalls, als Lisette es mit ihrer stürmischen Ungeduld je hinbekommen hatte.

»Ja, das ist sie«, sagte Lisette und lächelte Charlotte an, die erstaunt zwischen ihnen hin- und herschaute. Lisettes Stimme zitterte ein wenig, als sie nachsetzte. »Und wie ... wie heißt sie denn noch mal, die liebe Tochter?«

»Viktoria. Das ist mein blonder Engel, meine Viktoria.«

»Sie heißt wie die Tochter des ... Kaisers? Wie hübsch.«

Ihr gelang es gerade noch, das *ehemalig* herunterzuschlucken, bevor sie es aussprach. Aber vielleicht wäre es ihrer Mutter noch nicht einmal aufgefallen.

»Umgekehrt«, sagte Mutter jetzt und kicherte ein wenig. »Der Kaiser hat seine Tochter Viktoria nach ihr benannt, weil sie so überaus reizend ist. Wenn sie einen Raum betritt, dann wird der Raum schöner durch sie. Sie wird die besten Chancen haben. Die allerbesten.«

Charlotte hörte stirnrunzelnd zu, ließ sich aber von ihrer Großmutter noch immer bereitwillig die Hand tätscheln.

Später bot Charlotte an, das feine Geschirr abzuwaschen, und Lisette half ihr, es in die Küche zu tragen. Als sie zurück in den Salon kam, saß ihre Mutter noch immer lächelnd am Tisch.

Auf der einen Seite war Lisette richtig stolz, dass ihre Mutter ihre Tochter so hübsch und wunderbar fand und sie doch einmal etwas richtig gemacht hatte, auf der anderen Seite machte es sie traurig, dass sie selbst ihre Mutter nie so glücklich gemacht hatte. Auch wenn sie inzwischen besser wusste, warum. Das Herz sprach doch immer lauter als der Verstand.

Ihre Nachbarn, die Eschbachs, hatten Verwandtschaft in Igstadt und hatten bei einem Besuch alles in Erfahrung gebracht, was Lisette wissen wollte. Lisettes Eltern waren beide aus kleinen Verhältnissen gekommen und hatten sich sehr angestrengt, nach oben zu kommen und zur besseren Gesellschaft zu gehören. Es war bewundernswert, wie ihnen das gelungen war. Natürlich musste es ihnen fast absurd vorgekommen sein, dass Lisette lieber in einem ähnlich kleinen Haus leben wollte, dem sie versucht hatten zu entkommen. Sie hätte gerne mit ihrer Mutter über alles geredet, aber dazu war es zu spät. Mutter wusste ja nicht einmal mehr, wer sie war.

»Und was ist eigentlich mit Lisette?«, fragte sie ihre Mutter nach einer Weile.

»Lisette. Ach, Lisette«, seufzte sie, und ein Schatten huschte über ihr Gesicht. »Das ist der einzige Kummer in Viktorias und meinem Leben. Dass das kleine Zwillingsmädchen tot geboren wurde und Viktoria kein Schwesterchen hat. Wir sind sehr traurig, so traurig. Zwei Kindchen und nur eins hat überlebt, nur eins ...«

»Aber nein, nicht doch«, sagte Lisette und versuchte ihre Mutter zu beruhigen. »Nicht doch, es ist doch alles gut.«

»Es war schon vorbei«, sagte ihre Mutter und hob jetzt den Blick, sah in eine Ferne, in der nur sie etwas zu sehen schien. Der leicht überraschte Gesichtsausdruck, mit dem sie ihre Geschichten erzählt hatte, wich einem Ausdruck echter Traurigkeit. Irritiert schaute Lisette ins Gesicht ihrer Mutter, das plötzlich älter aussah und eingefallener.

»Die Geburt war schon vorbei, und unten im Salon spielten die Musiker zu Ehren des neuen Kaisers. Wir dachten, alles sei überstanden, und dann ging es noch einmal von vorne los. Noch einmal ... noch ein Kind ...«

Sie senkte die Stimme und raunte Lisette zu. »Ich habe es gesehen, damals. Es war ein dunkles kleines Knäuel. Niemand weiß, dass ich es gesehen habe. Auch die Hebamme nicht. Aber ich habe es gesehen ... ich habe es gesehen, das kleine Ding in der weißen Schüssel ... das arme, kleine ...«

Sie schluchzte leise auf, und Lisette sah, dass ihr Tränen in die Augen stiegen. Lisette war völlig verwirrt. Es war so eine unwahrscheinliche Geschichte, aber aus irgendeinem Grund wusste sie, dass es die Wahrheit war. Die grünen Bohnen im Garten und ein kleines Ding in einer Schüssel.

»Ist das wahr?«, flüsterte Lisette und ihre Mutter nickte.

»Mein kleines Mädchen musste sterben, in meinem Leib ... wo alle Kinder sicher sind, ist dieses Kind gestorben ... so ein süßes Kind ... so ein süßes Kind ...«

»Viktoria hat also gelebt? Und Lisette ist gestorben?«

Mutter nickte unter Tränen und der Schmerz stand in ihrem Gesicht: »Das ist die Strafe. Das ist die Strafe für meinen Hochmut.«

Selbst wenn es das Zwillingsmädchen nur in der Fantasie ihrer Mutter gegeben hatte, Lisette verstand eines: Sie war nie die richtige Tochter gewesen. Sie hatte nie die richtige Tochter sein können, weil es noch eine andere gegeben hatte, die nie gelebt hatte, aber immer die bessere gewesen wäre, die richtige. Die, die so war, wie Mutter sie haben wollte, und nicht wie die, die sie an ihre Vergangenheit erinnerte.

Der Kummer ihrer Mutter war tief, und sie tat ihr leid. Das tote Geschwisterchen tat ihr leid. Sie selbst tat sich leid. Sie hielten sich an den Händen und weinten zusammen den ganzen alten Kummer, der seit so vielen Jahren in ihnen vergraben gewesen war, mit einer Flut von Tränen heraus, Zum ersten Mal im Leben waren sie sich nah. Richtig nah.

»Wie schön, dass Viktoria so wunderbares weiches blondes Haar hat«, flüsterte Lisette. »Da bist du sicher stolz. So eine schöne Tochter hat nicht jede Mutter.«

»Ja«, sagte ihre Mutter. Sie sah glücklich aus, als sie noch immer unter Tränen seufzte: »So eine Tochter hat wirklich nicht jede Mutter.«

Es war gar nicht schwer zu verzeihen.

1935

Charlotte packte ihren neuen Koffer, und Lisette saß auf Charlottes Bett und gab ihr gute Ratschläge, die sie wahrscheinlich alle nicht hören wollte. Das glatte Leder des Koffers duftete neu und nach Abenteuer, und Lisette war froh, dass sie den schönsten Koffer für Charlotte ausgesucht hatte. Ab nächster Woche würde sie die Kunstgewerbeschule in Wiesbaden besuchen und alle feinen Näh- und Webtechniken lernen. Damit sie nicht jeden Tag hin- und herfahren musste, hatte Anni dafür gesorgt, dass sie eine der Dachmansarden im Haus ihrer Mutter am Kaiser-Friedrich-Ring bekam. In diesem Zimmer würde der Koffer unterm Bett liegen und Charlotte immer davon erzählen, dass sie zurückgehen, umziehen oder verreisen könnte. Lisette wunderte sich noch immer darüber, dass Charlotte sich freute, in der Nähe ihrer

Großmutter zu sein. Lotte war mit ihren achtzehn Jahren doch noch viel zu jung, um nicht zuhause bei ihr zu wohnen. Sie selbst war zwar auch nicht älter gewesen, als sie von zuhause weggelaufen war, aber Charlotte war keine Draufgängerin, wie sie es als junges Mädchen gewesen war. Sie war viel zurückhaltender, und Lisette hatte Angst, dass ihre Tochter in der Stadt untergehen und unglücklich alleine in ihrer Mansarde sitzen würde, dass sie sich zu viel um ihre Großmutter kümmern und ihre eigenen Träume hintanstellen würde. Lisette war sich ja noch nicht einmal sicher, ob Charlotte wirklich gerne Schneiderin werden wollte oder ob es ihr Pflichtbewusstsein war, ihre Mutter nicht alleine zu lassen mit dem kleinen Atelier, jetzt, wo Henri seinen Weg als Winzer eingeschlagen hatte. So viel wollte sie ihr mitgeben. So viel mehr als einen Koffer und so viel mehr, als jemals in einen Koffer passen würde.

»Schau mal, ob nicht doch noch Platz ist für die Decke.«

Lisette hatte aus einem leichten Wollstoff ein warmes rotes Plaid für sie gesäumt und eine kleine modern wirkende Borte aus schwarzen Ranken daraufgestickt, zwischen denen weiße Trauben strahlten. Ein kleines bisschen Heimat, ein kleines bisschen Winzerdorf für das fremde Stadtzimmer. Sie hielt sie ihr hin, doch Lotte schüttelte den Kopf.

»Ich habe doch genug warme Sachen. Das kannst du hier bestimmt besser gebrauchen als ich. Es passt sowieso nicht mehr in den Koffer.«

Lisette ließ das Plaid auf ihren Schoß sinken und schwieg enttäuscht. Sie hatte ein paar Nächte an der Borte gestickt. Aber wie immer war das, was sie geben wollte, nicht das, was Charlotte annehmen wollte.

»Ich wünsche dir so viel«, sagte sie nach einer Weile. »Ich hätte dich gerne noch ein bisschen gepäppelt, bevor du ausziehst aus dem Nest, damit deine Wünsche noch ein bisschen wachsen können und fliegen lernen.«

»Ich habe alles, was ich brauche«, sagte Lotte.

Lisette nickte. Ja, sie hatte bestimmt alles, was sie brauchte, aber hatte sie auch Wünsche, Träume, Ideen, die sie vielleicht nicht brauchte, die ihr jedoch immer weiterhelfen würden, wenn sie einmal feststeckte? Hätte Emile seine Tochter besser verstanden, als sie es konnte? Emile hätte ihr bestimmt beibringen können, wie man höher fliegt. Er wäre so stolz gewesen, eine Tochter zu haben. Eine blonde Tochter mit dunkelblauen Augen. Manchmal war es schwer auszuhalten, wie ähnlich sie ihm sah. Was hätte Emile ihr mitgegeben an diesem Tag, und hätte sie es von ihm angenommen?

Plötzlich wusste sie, was sie tun musste. Sie sprang auf, und Lotte runzelte die Stirn. »Mama, ich brauche nichts mehr!«

»Schsch... warte einfach hier. Und wenn ich dich rufe, kommst du runter, ja?«

»Es passt aber nichts mehr in den Koffer.«

»Das muss auch gar nicht in den Koffer.«

Lisette ging in den Garten, in dem jetzt im Spätsommer alles bunt durcheinander blühte, Dahlien in allen Farben, Astern und Zinnien, hoher Eisenhut, Silberkerzen, Kosmeen, Sonnenblumen. Der ganze Garten leuchtete in allen Farben, die die Welt zu bieten hatte, und Lisette schnitt den größten und farbenfrohesten, leuchtendsten Strauß, den ihr Garten hergab. Noch eine von den dunkelroten Dahlien und noch ein paar lila Astern. Sie musste die Blumen mit beiden Armen umfassen, um sie überhaupt tragen zu können. Sie verschwand förmlich hinter der Blumenpracht, die sie ins Haus trug, um nach ihrer Tochter zu rufen.

Als Charlotte den riesigen Strauß sah, schlug sie die Hände vor den Mund. »Das ist ja ... das ist ja dein halber Garten!«

»Das sind all meine Wünsche für dich.«

»Das ist die reinste Verschwendung, Mutter, du hast deinen schönen Garten geplündert.«

Lisette schüttelte den Kopf. »Nicht geplündert. Für dich gepflückt, weil ich dir das wünsche. So viel bunte Fülle, wie ich gar nicht in Händen halten kann. Bewahre dir diesen Blumenstrauß im Herzen. Und träume immer so groß und so bunt.«

Charlotte nickte stumm.

»Und wo immer du es finden wirst, ob ich es verstehe oder nicht, das hier ist es, was ich dir wünsche: diese Fülle. Diese wilde, bunte Fülle.«

Der Tag war sonnig, und Lisette beschloss, den Weg nach Rauenthal zurückzulaufen. Sie lief die ganze Biebricher Allee entlang, vorbei an den Gartenvillen, vorbei an den kleinen Biebricher Arbeiterhäusern, bis an den Rhein, den großen, breiten Fluss, der immer weiter floss und niemals versiegen würde. Jeden Tag strömte er von der Quelle zur Mündung, und egal, wie das Wetter war, hier am Wasser war es immer noch ein bisschen heller, gab es etwas mehr Licht, weil es hier in der Spiegelung des Wassers immer doppelt so viel Himmel gab wie anderswo. Der Rhein floss durchs Land, egal ob man verliebt war, ob man Kinder bekam, ob Krieg herrschte oder Frieden, der Rhein floss immer weiter, ein gleißendes Band. Und egal, was geschah, die Welt drehte sich immer weiter, Mütter bekamen Töchter, Töchter wurden Mütter. Es würde weitergehen. Charlotte würde Mutter werden und es hoffentlich besser machen.

Sie lief den Leinpfad am Rhein entlang bis nach Eltville, und als sie die Uferpromenade erreichte, dämmerte es bereits. Als sie den Berg erklommen hatte, funkelten die Lichter des Dorfes ihr entgegen. Dort war ihr Zuhause, das zum ersten Mal leer sein würde. Charlotte wohnte nun in ihrer kleinen Dachmansarde neben Anni und hatte so freudig ausgesehen, als sie dort den Koffer ausgepackt hatte. Lisette hatte einen Glanz in ihren Augen entdeckt, den sie zuvor noch nie wahrgenommen hatte. Vielleicht konnte man das Wesen des eigenen Kindes erst erkennen, wenn man einen Abstand gewonnen hatte. Durch den Abschied sah sie mit einem Mal nicht nur die eigene Tochter, sondern den Menschen Charlotte, deren ganz eigene Persönlichkeit immer mehr zum Vorschein kam. Ganz unabhängig von ihr als Mutter. War das überhaupt möglich, die eigene Tochter als eigenständigen Menschen zu betrachten, ganz unabhängig von ihr selbst? Es würde sich nun vieles verändern. Und nicht nur in Charlottes Leben.

Wer würde sie sein, so ganz für sich, alleine in ihrem Haus, ohne die Menschen, die es gefüllt hatten und die ihrem Leben jeden Tag eine Aufgabe und ihrer Liebe eine Richtung gegeben hatten? Charlotte war jetzt in Wiesbaden, Henri als Kursist auf der Weinbauschule in Geisenheim, Henriette war glücklich verheiratet. Und Emile war tot.

Sie war hier jetzt alleine.

Sie stand in ihrem Garten und ließ ihren Blick über die fast leergepflückten Blumenbeete wandern. Es würde nur wenige Tage dauern, dann wären schon wieder die ersten Knospen zu entdecken. Weil alles weiter ging. Das würde sie Charlotte nachher schreiben. Dass alles immer weiter ging.

Lisette richtete den Blick nach oben und sah, wie die ersten Kranichzüge sich am Himmel sammelten, wie die Vögel versuchten, eine Formation zu finden, in der sie nun gen Süden fliegen würden. Sie würden die Formation finden, sie würden wegziehen und sie würden wiederkommen. Alles ging weiter.

2006

Lisette und Emile haben groß geliebt. Sie haben zehn Jahre zusammengelebt. Fast zwei Jahre davon waren sie durch Krieg getrennt, aber in Gedanken immer verbunden. Ich habe mir das so vorgestellt, dass diese Liebe so groß war. Aber wer konnte das schon genau wissen? Ich habe die Geschichte zusammengesetzt, versuchte, aus den Bruchstücken, die ich in Erfahrung bringen konnte, eine Welt zu erschaffen. Und die Geschichte dieser Liebe war die Geschichte, an die ich jetzt glaubte. An die ich glauben wollte. Denn sie erzählte mir, dass man zusammen mehr sein konnte als allein. Dass man zusammen frei sein konnte. Dass man zusammen besser war. Und jetzt, wo ich an ihrem Ende angelangt war, merkte ich, wie gut es mir tat, daran zu glauben. Weil es mit Wachstum zu tun hatte und mit Entfaltung. Und damit, einfach loszulaufen. Über Freitreppen. Eine Liebe zu wagen, die jeden Tag leuchten ließ.

Wenn meine Urgroßmutter das schon einmal gewusst hatte, warum war es meiner Großmutter und meiner Mutter nicht gelungen, auch groß zu lieben? Falls sie es doch getan hatten, wusste ich nichts davon und konnte es mir auch nicht vorstellen. Wie hätte ich es dann lernen sollen, wenn keine der beiden es von Lisette gelernt hatten?

Als ich alles aufgeschrieben hatte, fuhr ich nach Rauenthal, um Lisettes Grab zu besuchen und ihr davon zu erzählen. Auf dem Weg dorthin kam ich an einem bunten Blumenfeld vorbei, auf dem man selbst Blumen schneiden konnte. Ich schnitt rote Gladiolen und pinke Zinnien, sattgelbe Sonnenblumen, rosa Löwenmäulchen und violette Astern. Es war ein großer leuchtender Strauß, den ich auf Lisettes Grab stellte.

Mit ihrer Geschichte hatte ich mich nun beschäftigt. Aber ich musste mir eingestehen, dass ich weder etwas von meiner Großmutter Charlotte noch von meiner Mutter Paula wusste. Ich wusste nicht, wer sie als junge Frauen gewesen waren. Was sie gehofft und wovon sie geträumt hatten.

»Ach, die Liebe«, seufzte Paula, als ich sie in Berlin besuchte. »Dieses ewige Dilemma. Wir wollten Liebe und wir wollten Freiheit. Uns nicht einengen lassen. Wir haben BHs verbrannt und gegen Pershings demonstriert. Das war wichtig! Liebe ...«

Sie seufzte wieder. Aber mich interessierte etwas anderes. *Mich interessiert, warum du so traurig aussiehst, wenn du das erzählst. Warum du ins Kopfkissen geweint hast, wofür du weggelaufen wärst, was du riskiert hättest. Mich interessiert, warum du immer seufzt, wenn wir von Lisettes großer Liebe sprechen.*

Wir kannten unsere Mütter immer nur von einer Seite. Von der Mutterseite. Die Mütter zeigten uns ihr Muttergesicht. Die Gesichter der Frauen, die auch in ihnen steckten, die sie gewesen waren, bevor sie unsere Mütter wurden, die kannten wir gar nicht. Kannte Lisette die Träume ihrer Mutter Dora? Kannte Charlotte die Träume ihrer Mutter Lisette? Kannte ich meine Mutter Paula?

Ich dachte an die Frau, der ich vor den weißen Kreuzen Verduns begegnet war. Sie hatte gesagt, dass die Vergangenheit uns beeinflusst und in uns weiterwirkt. *Warum weinen Sie dann?* Auch in mir wirkte die Geschichte von Lisette, und wir stellten uns die gleichen Fragen. Welche Frau war ich und woran wollte ich glauben? Und wie könnte ich die Frau werden, die ich sein wollte?

Und ich dachte plötzlich, dass wir Winterfrauen doch eine Gemeinsamkeit hatten. Uns verband etwas, das man nicht auf den ersten Blick erkennen konnte. Wir waren Ausreißerinnen. Wir liefen gerne weg. Auch vor uns selbst. Aber, und das war die große Frage, kamen wir auch an?

Nachwort

Noch nie habe ich für ein Buch so viel recherchiert wie für dieses. Meine mit großer Wahrscheinlichkeit angeborene Scheu vor Archiven habe ich deshalb überwinden müssen. Inzwischen habe ich sogar eine gewisse Faszination für Archive entwickelt. Was alte Stadtansichten, Familienbilder, Adressbücher und Zeitschriften, Gesetzestexte und Werbung alles erzählen können! Ich danke dem Stadtarchiv Wiesbaden, Herbert Klein, der mir sein Rauenthaler Bildarchiv geöffnet hat, und Dr. Mirjam Sachse vom Archiv der deutschen Frauenbewegung in Kassel. Überall schlummern noch viele Geschichten!

In diesem Roman habe ich Fiktion mit geschichtlicher und lokaler Realität vermischt. Die Geschichte, die ich erzähle, ist nie geschehen, aber sie könnte genau so geschehen sein. Die Wiesbadener Ananastörtchen wurden tatsächlich erst 1903 in der Konditorei Kunder erfunden, natürlich gab es keinen Bauunternehmer Winter in Wiesbaden. Auch die Rauenthaler Bevölkerung entspringt komplett meiner Fantasie, und die Straße, in der Lisettes Haus steht, habe ich zum Ortsplan dazuerfunden. Der heilige Nepomuk wird dort tatsächlich Pumpezenes genannt, und seine Statue bewacht heute etwas prosaisch einen nach ihm benannten Parkplatz. Akribische Recherche und fliegende Fantasie standen in stetem Wettstreit miteinander, und ich hoffe, die richtige Mischung gefunden zu haben. Der Wiesbadener Kunsthistorikerin Monika Öchsner danke ich an dieser Stelle sehr für ihre Unterstützung.

Mein herzliches Dankeschön gilt dem dtv, der mir und meiner Geschichte ein unterstützendes, kreatives Zuhause ist, meinen Erstlesern, Martina Georg und Michael Zuch, Sabine Georg für die Geschichte der eingepflanzten Karotten und all denen, die viel Geduld mit mir hatten, während ich diesen Roman geschrieben habe.

Wahrscheinlich wäre ich nie auf die Idee gekommen, dieses Buch zu schreiben, wenn ich nicht selbst Mutter und Tochter und Enkelin wäre, eingereiht in einen Reigen von Frauen, den Botschaften und Erfahrungen lauschend, die durch die Generationen fließen und uns alle verbinden.

Die Geschichte der Winterfrauen wird weitergehen. Ich werde das Band, das diese Frauen verbindet, noch eine Weile weben. Und ich freue mich, wenn meine Leserinnen Maya Winter dabei begleiten werden, wenn sie versucht zu verstehen, wo sie herkommt und welche Botschaften die Frauen ihrer Familie ihr zuflüstern.

Astrid Ruppert

Quellenangaben

Der Gute Ton, H. Schramm, Berlin, 1895
Deutsches Damen-Journal, Organ für die gesammten Interessen der Damenwelt, 1889
Jede Frau ihre eigene Schneiderin!, Wilhelmine Ruckert, Berlin, 1900
»Warum können wir die herrschende Kleidung nicht als gesund, schön und praktisch bezeichnen?«, Anna Kühn, in: Die gesunde Frau, Nr. 15, Berlin, 1901
»Eigenkleid und Konfektion«, Margarete Pochhammer, in: Gesundheitsgemäße Bekleidung, Nr. 22, 1907
Die Frau und die Kunst, Karl Scheffler, Berlin, 1900
Die Schönheit des weiblichen Körpers, Carl Heinrich Stratz, Stuttgart, 1898
Das Rosen-Innere, Rainer Maria Rilke, in: Gegenüber dem Himmel – Die schönsten Gedichte von Rainer Maria Rilke, hrsg. von Uwe Heldt, München, 1997
Spruch Nr. 22, Emanuel Geibel, in: Gedichte und Gedenkblätter, Stuttgart 1864
Loretto I, Edlef Köppen, in: Heeresbericht, Berlin, 1930
Gang im Spätherbst, Hermann Hesse, in: Sämtliche Werke in 20 Bänden. Herausgegeben von Volker Michels. Band 10: Die Gedichte. © Suhrkamp Verlag Frankfurt am Main 2002. Alle Rechte bei und vorbehalten durch Suhrkamp Verlag Berlin.